광주의
문학정신과

그 **뿌리**를
찾아서

광주의 문학정신과

그 뿌리를 찾아서

이승철 지음

부록 서면 인터뷰
나의 삶, 나의 문학을 말한다

문순태 허형만 김희수 박호재
이은봉 김형수 이도윤 박상률
박관서 염창권 은미희 박두규
채희윤 송은일 김선태 김경윤
김 완 심영의 김여옥 최기종
조성국 이지담 서애숙 이재연
이대흠 유종화 송태웅 정윤천
이상인 장진기 이민숙

돌이켜 보면 스무 살 때부터 문학의 길에 들어섰으니, 어언 사십 성상이 흘렀다. 새푸른 청춘의 그 시절 나는, 아름다운 서정시를 쓰고 싶었다. 그러나 1980년 '5월'의 광주를 통과하면서 내 문학관과 인생관은 과거와 180도 다르게 변해 버렸다. 그 '5월'을 겪으면서 문학이란 다름 아닌 나와 이웃의 삶의 이야기이며, 시대적 아픔을 짊어져야 한다고 생각하게 되었다.

이 책은 내 문학의 본적지를 되찾아가는 여로(旅路)라고 할 수 있다. 내가 탯줄을 묻은 전라도와 나를 성장시켜준 광주에서 생성된 문학을 꼭 한 번은 정리하고 싶었다. 물론 지금까지 광주전남의 문학사를 다룬 여러 책들이 출간되었다. '광주전남작가회의'나 '광주문인협회'가 주체가 되어, 혹은 문학사를 전공하는 대학교수나 시인·작가들에 의한 선행 작업이 있었다. 하지만 나는 기존의 것과 다른 방식으로 이 책을 쓰고 싶었다.

나는 광주전남의 진정한 문학정신은 무엇인지, 그 영혼과 모럴을 찾고자 했다. 1920년대부터 현재에 이르기까지 100년이라는 시대적 공간 속에서 광주전남에서 출현한 근·현대문학의 실체를 살펴보되, '광주전남문학'이라는 지역적 공간에 한정하지 않고, '한국문학' 전체의 차원으로 확장시켜 보려고 했다. 또한 작품과 텍스트 위주의 접근이 아닌 한 시대의 문학이 출현하게 되는 정치사회적 배경과 원인을 따져보려고 했다. 그 때문에 이 책은 당대의 문학적 '시대정신'에 방점을 두고, 이를 실천한 '문인들'의 이야기를 담은 '문학운동사'라고 할 수 있다. 광주전남 근현대문학의 효시라고 할 수 있는 '조운' 시인부터 현존하는 광주전남 문인들까지 그 면모와 발자취를 짚어보았다.

가급적 딱딱하고 지루한 설명을 피하고, 한국문학의 '결정적 순간'과 '주목해야 할 장면들'을 보여주려고 했다. 비화와 에피소드를 찾아내고, 그동안 출간된 책들에서 '사실'과 부합되지 않은 내용들에 대해서는 요즘 유행하는 '팩트체크'를 했다.

이 책의 집필을 마칠 즈음, 나는 엉뚱한 생각을 하게 되었다. 이 글은 원래 계간 『문학들』에 연재(2013년 가을호~2014년 가을호)되었다. 당시에는 잡지사 측의 기획의도와 지면관계상 미처 언급하지 못했지만, 광주전남의 현대문학사를 이야기할 때 중요한 문인들의 이야기를 '육성'으로 담아내면 어떨까 하는 생각 말이다. '부록'으로 실린 '광주전남 문인들과의 서면인터뷰'는 그러한 취지에서 게재된 것이며, 광주전남 문학의 현주소를 파악하는 데 보탬이 되리라고 생각한다. 매우 진솔하게, 때론 거침없이 자신의 삶과 문학관을 담아 옥고를 보내주신 31명의 문인들은 이 책의 부족함을 넉넉히 채워주셨다. 그분들에게 감사드린다.

이 책은 '문학들' 출판사 송광룡 대표의 우정 어린 채찍과 격려가 없었다면, 출판될 수 없었을 것이다. 연재된 원고를 책으로 펴내면서 대폭적인 수정을 가하여 출판사 측에 적잖은 수고로움을 끼쳤다. 새로운 사업의 시작으로 바쁜 와중에도 꼼꼼하게 교정을 해준 김여옥 시인과 어려운 출판현실에도 불구하고 이토록 어엿하게 책을 만들어 준 '문학들' 출판사에 고마움을 전하지 않을 수 없다.

끝으로 이 책을 통해 독자들이 광주전남 문학의 새로운 일면을 발견할 수 있기를 기대해본다.

2019년 1월, 새해를 맞으며

이승철

차례

5부 〈5월시〉 동인과 〈광주젊은벗들〉의 문학운동

1부

한국 근현대문학을
개척한 광주전남의
선각자들

1. 광주의 문학정신과 광주전남문학사의 뿌리 찾기

1980년 오월의 광주는 전두환, 노태우 등 이른바 신군부 세력이 자행한 전대미문의 학살과 참상을 겪게 된다. 그것은 그 누구라도 단 한 번도 상상해 보지 못했던, 말하자면 문학적 상상력 속에서조차 존재하지 않았던 사건이었다. 그 '5월'에 대해 김진경 시인은 역사적·사회적 중력을 느낀 최초의 사건이라고 규정했으며, 이영진 시인은 이 땅에 살아가는 모든 존재의 당위를 한꺼번에 지워 버린 거대한 테러였다고 주장했다.

그런 까닭에 그 5월에 살아남은 사람들은 존재가 지워진 사람들(5월 광주의 희생자들)을 생각할 때마다 극심한 죄책감과 굴욕감, 자괴감을 느껴야 했다.

바로 그러한 참회와 부끄러움 속에서 1981년 7월, 광주를 기반으로 〈5월시〉 동인이 활동했고, 그 아랫세대로서 이제 막 문학의 길에 들어선 〈광주젊은벗들〉이 1982년 12월, 광주에서 시낭송운동을 전개했다.

문학사의 올바른 서술을 이룩하려면 광주전남문학을 형성했던 존재적 바탕을 먼저 찾아야 한다. 광주의 진정한 문학정신이 무엇인지, 그 영혼과 모럴을 발견하기 위해서는 그들이 어떠한 삶을 살아왔는지 되짚어 봐야만이 온당한 평가가 이루어질 수 있다. 문학평론가 임헌영의 주장처럼 세계문학사에서 작가의 생애와 작품을 떼어놓고 보는 문학은 없다. 오직 한국문학사만이 인간을 떼어놓고, 거의 작품 위주로만 쓰는 '작품사'라는 오류를 범하고 있다. 하여 나는 작가의 생애와 작품을 분리하지 않는 방향으로 이 글을 쓰려고 한다.

먼저 한국 근현대문학을 개척한 광주문학의 진정한 선각자들은 누구이며, 그분들의 정치사회적 활동을 통해 형성된 광주전남문학의 문학정신에 대해 진단하려고 한다. 그런 다음 〈5월시〉 동인과 〈광주젊은벗들〉의 활동상을 점검하면서 1980년대 광주에서 일어난 문학운동이 우리 문학사에 어떠한 발자취를 남겼는지 살펴볼 것이다.

한국 근대사를 살펴볼 때 광주전남의 근대사는 지역적 의미뿐만 아니라 한반도 전체의 역사를 총체적으로 드러내 주고 있기 때문에 민족사적으로 중대한 의미를 지니고 있다.

임진왜란 '7년 전쟁'을 겪은 후 충무공 이순신 장군은 "만약 호남이 없었다면, 국가가 없었다고 해도 과언이 아니다(若無湖南 是無國家)"라고 말했을 정도로 그 당시 조선의 위기극복에 떨쳐나선 의병들 중 약 70%가 호남 사람들이었다.

또한 호남은 조선시대 국가재정의 40%를 충당했던 곡창지대로, 봉건지배층의 가혹한 착취와 수탈의 대상이 되었다. 지배층의 가렴주구와 피눈물 나는 학정을 더 이상 두고 볼 수 없었던 호남지역의 피지배층은 마침내 1894년 갑오농민혁명에 뛰어들어 봉건왕조의 심장을 겨누었다. 갑오농민혁명의 강령인 '인내천(人乃天) 사상'은, 제왕 또는 왕조의 상징이었던 천(天)의 개념을 다름 아닌 백성과 민초에게 부여했다. '사람이 곧 하늘이다'라는 인내천 사상은 봉건왕조를 정면으로 겨눈 파천황적인 발상이기도 했다. 언젠가 전남대 송기숙 교수가 말한 바처럼, 조선의 상것들은 양반, 상놈 간의 차별만 없어지더라도 세상의 절반은 극락이다고 생각했을 것이다. 사람 하나하나가 모두 하늘처럼 귀중하다는 동학이념은 우리 역사에서 처음으로 민중의식을 드러낸 것이며, 봉건체제에서 근대사회로 진입하는 데 있어 중요한 정신적 토대가 되었다.

갑오농민혁명의 정신은 의병투쟁을 거쳐 3·1독립만세운동으로 이어졌고, 그것은 1920년대의 암태도·하의도 소작쟁의투쟁으로 번져 갔다. 1920년대 소작쟁의투쟁은 동학농민전쟁 이래 민중의 가슴속에 이미 불타고 있던 낡고 병든 제도와 외세에 대한 저항이 전라도 섬사람들에 의해 터져 나온 것이었다. 또한 1929년 광주에서 도화선을 당긴 학생독립운동은 3·1만세운동 이후 최대 규모의 항일투쟁이었다. 광주에서 시작된 이 학생시위는 전국 194개교에서 약 6만여 명이 참가하는 등 반제국주의운동, 민족해방투쟁으로 번져 나갔다.

이처럼 광주전남 지역은 한국 근대사에서 일련의 사회변혁운동을 주도했으며, 일제 식민지시대를 돌파하기 위해 광주전남이 낳은 근대적 지성들은 문학을 통한 반제·항일투쟁의 대열에 적극 앞장섰다. 일제 강점기 시절 광주전남의 선각자들은 민족의 독립과 참된 자아를 찾기 위한 방법으로 문학운동에 적극 투신하게 된다. 그리고 8·15 해방공간과 민주공화국 체제에 들어섰을 때는 정치권력의 예속과 속박에서 벗어나 문학의 참된 정체성을 회복하고자 '표현의 자유투쟁' 등 제반 실천적 활동을 선도했다.

2. 근현대문학의 거대한 뿌리, 조운 시인과 박화성 소설가

광주전남 문단의 산증인인 김준태 시인이 진즉부터 규정한 바 있듯이 광주전남의 근현대문학의 효시는 다름 아닌 조운(曺雲) 시인이다. 현대

시조의 교과서이자, 아버지로 평가되는 조운 시인은 남북한을 통틀어 민족 고유의 정형시가인 시조(時調)를 가장 탁월하게 형상화했던 분이며, 반제·항일투쟁에 적극적으로 투신했던 애국지사였다. 그는 고향 땅 영광에서 교육·문학·연극·음악·체육 등 거의 모든 분야에 걸쳐 가장 활기찬 업적을 남겼으며, 광주전남 문학의 거대한 뿌리로 존재한 분이다.

조운 시인은 1900년 6월 26일, 전남 영광읍 도동리 136번지에서 아버지 창녕 조씨 희섭과 어머니 광산 김씨의 1남 6녀 중 외아들(다섯째)로 태어났다. 아버지는 관청의 '아전'이었고 소실로 들어온 어머니는 '말을 알아듣는 꽃', 해어화(解語花)였다. 아버지 조희섭은 조운이 네 살되던 해인 1903년에 돌아가셨다.

조주현(曺柱鉉, 조운의 본명)은 1917년 영광보통학교를 졸업한 후 공립목포상업학교(2년제)에 입학했다. 이듬해 1월에는 동갑내기인 김공주와 혼인했다. 1919년 공립목포상업학교를 졸업한 조운은 그해 1919년 3월 14일과 15일, 영광의 청년회와 영농회 회원들과 함께 독립만세시위를 주동했다. 이틀 동안 영광에서 일어난 만세시위는 지역민 2천여 명이 참가할 정도로 위세가 대단했다. 조운은 이 만세시위 사건의 주모자로 일경의 수배를 받게 되자, 그들의 추적을 피해 간도(間島) 땅으로 도피했다.

조선 혁명가들의 '민족해방투쟁사'를 추적한 『현대사 아리랑』의 저자 김성동(소설가)에 따르면 이때 조주현은 간도(間島) 땅 그곳, 북풍한설이 몰아치는 만주 벌판 어디쯤에서 훗날 소설가로 등단하게 되는 떠돌뱅이 문학청년 서해(曙海) 최학송(崔鶴松, 1901~1932)과 극적으로 만나게 된다. 자치동갑으로 서로 뜻이 맞은 두 문청은 만주와 시베리아 벌판에서 온갖 풍상을 겪게 되고, 조선독립의 한 방편으로 문학에 뜻을 두게 된다. 소설가 최서해는 훗날 조운 시인의 누이동생 분려와 결혼함으로써 매제가 된다.

최서해와 함께 만주와 시베리아 등지에서 2년 동안 풍찬노숙을 한 조주현은 금강산과 황해도 해주, 개성 등지를 답사한 후 2년 만에 고향 땅 영광으로 돌아왔다.

그런 다음, '조운(曺雲)'이라는 필명으로 1921년 4월 5일, 동아일보 '독자 문단'에 「불살러주오」, 1924년 11월 『조선문단』 제2호에 「초승달이 재 넘을 때」 등의 시를 발표했고, 1925년 5월 『조선문단』 제8호에 연작시조 「법성포 12경(法聖浦 十二景)」을 발표함으로써 광주전남이 낳은 최초의 시인이 되었다.

1922년 조운 시인은 전남 영광에서 중학 과정의 '영광학원(영광중학교)'의 국어교사로 재직하면서 우리나라 최초의 지역문예지 〈자유예원〉을 등사판으로 발간, 후진 양성에 힘썼다. 조운은 영광 사람이라면 누구라도 〈자유예원〉에 응모할 수 있도록 했다. '장원(壯元)'으로 뽑히게 되면, 서울의 '개벽사'에서 발행하던 『부인』이라는 잡지에 실릴 수 있는 특전이 주어졌다.

1904년 목포 죽동에서 태어나 정명여학교와 숙명여고를 졸업한 박화성은 광주의 '북문밖교회'에서 유치원 보모를 하면서 야학교사로 부인들이나 처녀들을 가르쳤다. 그러다가 1922년 영광중학교 교사로 부임했다. 목포 정명여학교 시절부터 습작을 했던 박화성이 〈자유예원〉에 응모한 글은 두 차례에 걸쳐 장원으로 선정됐다. 이후 「정월 초하루」라는 글을 써서 세 번째 장원을 했을 때 조운 시인은 그에게 소설을 한번 써 보라고 권했다.

조운의 격려에 힘입어 박화성은 첫 번째 습작소설로 「팔삭동」이란 단편을 썼다. 박화성의 글재주에 눈이 번쩍 뜨인 조운 시인은 칭찬을 아끼지 않으면서, "또 한 번 써 보라!"고 권했다. 박화성이 19세 때 쓴 두 번째 단편소설 「추석전야」를 읽어본 조운 시인은 그를 소설가로 만들고자 마음을 먹게 된다. 조운은 춘원(春園) 이광수(李光洙)가 공주 계룡산에서 휴양중이라는 소식을 듣고, 그곳으로 찾아갔다.

불살너주오   曹雲

여보 당신이 주는
비단옷과
인絹미에 뭏은
나는집기지안소

커커 소리를 들으시오
이름 물으는 커黑의 神이나를
때맛한나다
나의 靈과 肉을

나를써러지도 달녀지도
말어주오
나는커품은나라
愛人외품에안기고말겟쇼
黃昏이되기前에나를노하주오

아니노흘려면
나(靈)만이리도가겟쇼
나의肉을
불살너주오 (쯧)

1 '광주전남 근현대문학의 아버지' 조운 시인.   2 조운 시인의 가족.
3 조운 시인이 1921년 4월 5일자의 동아일보 '독자문단'에 최초로
발표한 시.   4 매제이자 소설가인 서해 최학송(오른쪽)과 조운 시인.
5 전남 영광읍 도동리 조운 시인의 생가.

조운 시인은 춘원에게 박화성의 단편 「추석전야」를 직접 건네주었다. 「추석전야」는 목포에서 최초로 건립된 방직공장 여공들의 애환을 담은 단편소설이었다. 일제강점기 시절 가난 때문에 핍박받고 있는 노동자와 농민들의 참상을 고발한 사회소설로 작가정신이 돋보인 작품이었다.

춘원은 박화성의 이 단편을 자신이 주재하던 『조선문단』 1925년 1월호에 전격 추천하게 된다. 이 소설을 추천하면서 춘원은 칭찬을 아끼지 않았다.

눈물로써 읽은 소설이다. 기교는 덜 되었고, 덜 지은 듯한데도 높은 동기, 뜨거운 정서는 비참한 인생 생활의 사실을 보는 듯 압박감을 느끼게 한다. 정성 있고, 힘 있는 이를 만남에 너무 기쁘다.

이로써 소영(素影) 박화성(朴花城)은 광주전남이 낳은 최초의 여성작가로 등장했다. '신경향파 문학'이 태동할 그즈음에 채만식, 한설야와 함께 소설가로 데뷔한 박화성은 식민지 현실에 저항하는 문제작가로 문단의 주목을 받게 된다.

1926년 숙명여자고등보통학교(현 숙명여자대학교)를 졸업한 박화성은 일본으로 유학을 갔고, 니혼여자대학(日本女子大學) 영문과에 재학 중일 때 여성항일구국운동단체인 〈근우회〉의 도쿄 지부장으로도 적극 활동했다. 1929년에 3학년을 수료하고 귀국길에 오른 박화성은 1932년 5월, 『동광』지에 노동문제를 다룬 중편소설 「하수도 공사」를 발표하면서 작가 활동을 재개했다. 이어 그해 6월부터 11월까지 근대 여성작가 중 최초로 장편소설 「백화」를 동아일보에 연재했다.

신문학사의 여명기에 최초의 여성 소설가로 등장한 박화성은 역사의식과 시대정신으로 무장된 작품을 연이어 발표한 의식 있는 작가였다.

1 한국 최초의 여성작가, 소영 박화성. 2 박화성 작가의 가족사진. 부군(천독근)과 세 아들 (왼쪽부터) 승준, 승세, 승걸. 3 집필실 '세한루' 서재에서 박화성 작가. 4 박화성이 낳은 소설가, 하동 천승세.

그는 문단생활 60년 동안 20여 편의 장편과 100여 편의 단편을 발표했다. 1988년 1월 30일, 84세의 일기로 타계할 때까지 박화성은 여성문단의 최고 원로작가이자 정신적 지주였고, 한국 근현대문학을 대표하는 여성작가로 존중받았다.

박화성 작가가 이룩한 목포의 '산문정신'과 그 소설적 전통은 천승세(박화성 작가의 아들. 1958년 동아일보 신춘문예로 등단, 한국작가회의 고문), 조승기(1976년 중앙일보 신춘문예로 등단), 김양호(1978년 한국일보 신춘문예로 등단, 민족문학작가회의 이사 역임), 김지수(1987년 동아일보 신춘문예로 등단), 채희윤(1989년 한국일보 신춘문예로 등단, 광주전남작가회의 회장 역임), 김시일(1990년 민족문학작가회의 신작소설집으로 등단), 김희저(1995년 세계일보 신춘문예로 등단), 은미희(1999년 문화일보 신춘문예로 등단) 작가 등으로 이어져 오늘에 이르고 있다.

3. 최초의 근대적 희곡작가 김우진과
   〈사의 찬미〉의 윤심덕

박화성이 소설가로 등장할 그 무렵에 우리나라 최초의 근대적 희곡작가로서, 신극운동을 주도한 김우진이 출현했다. 그는 1897년 9월, 전남 장성에서 김성규의 장남으로 태어났는데, 아버지는 전라도 일대에 117만 평의 토지를 소유한 대부호였다. 11세 때 가족을 따라 목포 북교동 46번지로 이주한 김우진은 목포공립보통학교(현재 북교초등학교)를 졸업한 후 부친의 뜻에 따라 일본 큐슈의 구마모토(熊本)농업학교에 진학했다.

그런데 김우진은 농업보다는 문학과 철학에 관심이 더 많았다. 농업학교를 졸업한 그는 문학에 대한 미련 때문에 1920년 일본의 도쿄에 있는 와세다(早稻田)대학 영문과에 진학했다. 일본 유학 시절 그는 보들레르, 하이네, 브라우닝의 작품을 탐독했다. 그리고 칸트와 헤겔, 쇼펜하우어와 니체의 철학에 영향을 받았다. 또한 연극에도 심취하여 조명희 홍해성 고한승 조춘광 등과 함께 연극 연구단체인 〈극예술협회〉를 조직해 활동하면서, 우에노(上野)음악학교에 재학 중인 작곡가 홍난파와 성악가 윤심덕과도 만나게 된다.

1921년 여름방학을 맞아 목포로 온 김우진은 일본에 있는 조선인 노동자단체인 〈동우회〉를 후원하는 모금운동의 일환으로 〈동우회 순회연극단〉을 꾸렸다. 30명 규모의 단원을 직접 이끌면서 연출가로 나선 김우진은 40일 동안 목포에서 함흥까지 25개 지역, 주로 농촌지역을 순회하는 연극 대장정을 실행했다. 모금운동의 취지도 있었으나 한편으론 농촌계몽운동의 일환이기도 했다. 동아일보가 농촌계몽운동인 '브나로드운동'을 제창한 때가 1931년이라는 것을 감안하면 김우진은 이 부문에서 가장 선두적인 활동을 한 셈이다. 이때 김우진은 연극만으로는 대중적 호소력이 약할 수 있다고 생각하여 공연 도중 막간을 이용하여 작곡가 홍난파의 연주와 소프라노 윤심덕의 독창을 곁들여서 대중적 인기를 끌어모을 수 있었다.

1924년 와세다대 영문과를 졸업한 김우진은 목포로 귀향하여 부친의 막대한 토지를 관리하는 '상성합명회사'의 사장으로 취임했다. 그러나 회사 경영에 큰 뜻이 없던 그는 이때부터 본격적으로 창작활동에 전념했다.

수산(水山) 김우진(金祐鎭)은 이후 3년 동안 문학예술 분야의 전 장르를 섭렵하며, 예술적 투혼을 발휘했다. 그는 목포가 낳은 최초의 시인으로 50여 편의 시를 창작했으며, 3편의 소설과 5편의 희곡, 20여 편의 평론 등 총 78편의 작품을 썼다.

김우진은 희곡 「두덕이 시인의 환멸」(1막)에서 전통윤리와 서구적 윤리의 첨예한 대립과 갈등을 그려냈고, 「이영녀」(3막)에서는 사창가에 사는 하층민의 비참한 생활상을 자연주의적 수법으로 담아냈다. 그의 대표작인 「난파」(3막 7장)와 「산돼지」(3막)는 우리나라 최초의 표현주의적 희곡이자, 전위적인 실험극이었다. 1926년에 창작된 「난파」는 유교적 가족구조 속에서 서구적 윤리관을 지닌 한 젊은 시인의 몰락을 형상화한 자전적 희곡이며, 「산돼지」라는 희곡에서 좌절당한 청춘의 방황과 고뇌를 담아냈다.

김우진은 목포가 낳은 최초의 근대적 희곡작가였다. 신파극이 판을 치던 1920년대에 김우진으로 인해 신극운동이 펼쳐졌다. 일본 유학에서 배우고 익힌 표현주의와 상징주의 기법을 연극에 최초로 도입하는 등 김우진은 근대 신극운동사에 가장 굵직하고도 뚜렷한 발자취를 남겼다. 당대의 시대상황을 죽음에 비견되는 질곡의 시대로 파악하고 신극운동을 펼친 그는 또한 진보적 개혁주의자였다. 그의 희곡작품은 봉건적 윤리와 가치관에 저항했던 문제작으로 자신의 문학관인 사회개혁적 작가정신을 적극 반영하고 있었다.

김우진은 당대 연극과 문학적 현안과 이슈에 대해서도 여러 편의 글을 남겼다. 소극장운동을 최초로 제창했고, 「이광수 류의 문학을 매장하라」는 논문에서 계몽적 민족주의와 인도주의를 신랄하게 비판했다. 「조선말 없는 조선문단에 일언함」이라는 평론에서 그는 순수한 조선어의 부흥과 구비문학의 수집, 우리만의 독특한 시가율을 가져야 함을 역설했다. 김우진은 문단적 이슈를 선점하면서 비평가로서 혜안을 보여주었다.

그런데 김우진의 부친은 전통적 가족주의자였다. 아들이 예술활동을 그만두고, 집안의 가업을 이어받기를 희망했다. 이 때문에 김우진은 부친과 숙명적인 갈등을 겪게 된다. 자유로운 삶을 갈망했던 진보주의자 아들과 전통적 가족주의를 고집한 보수주의자 아버지와의 불화는 옛것과 새것의 충돌이었고, 봉건과 근대의 마찰이었다. 김우진은 가계사적 질곡을 더 이상 자신의 힘으로 헤쳐 나갈 수 없는 상황에 직면하자, 마침내 결단을 내리게 된다.

1926년 6월 초순, 김우진은 가업과 예술 사이에서 번민을 거듭하다가 마침내 회사 생활을 청산하기로 결심했다. 아버지에게 오직 예술에만 전념하겠다는 뜻을 밝히게 된다. 이에 그의 부친은 그럴 수 없다고 매우 단호하게 호령했다. 어느 날 김우진은 목포 생활을 청산하기로 결심했고, 그의 모친은 홀연히 집을 떠나는 아들에게 거금을 쥐여주었다.

일본 유학에서 돌아온 후에도 서울과 목포에서 윤심덕과 가끔 만났고, 서로 편지도 왕래했던 김우진은 목포를 떠나 서울로 갔다. 종로구 수은동에 위치한 윤심덕의 하숙집에서 두 사람은 몇 달 만에 해후했다. 이때 윤심덕은 김우진을 위로하면서 도쿄에 먼저 가 있을 것을 권했다. 1897년생으로 동갑내기였던 두 사람의 성격은 서로 판이했다. 윤심덕은 '왈녀'라는 별명이 붙을 정도로 거침없는 성격이었지만, 김우진은 사려 깊고 배려심이 많은 남자였다. 성격은 서로 달랐지만, 예술을 향한 치열한 정신과 사상적 연대로 두 사람은 일찍부터 공감하고 있었다. 어느 날 김우진은 윤심덕에게 "나는 각본을 쓸 테니, 너는 배우로 나아가라"고 권하기도 했다. 김우진의 권유를 받아들여 윤심덕은 1925년 11월에 〈토월회〉 배우로 활동하다가 가족들의 극심한 반대에 부딪혀 결국 포기한 일도 있었다.

1926년 7월 9일, 김우진은 도쿄로 건너갔다. 그 일차적 목표는 일본에서 잠시 독일어를 배워 독일로 유학을 가고자 함이었다. 김우진이 먼저 일본으로 떠나고 나서 얼마 후 윤심덕도 일본으로 향했다. 오사카(大阪)에 있는 닛코축음기주식회사(日東蓄音機株式會社)와 맺은 음반취입을 마무리함으로써 여동생 윤성덕의 미국 유학비를 도와 주기 위해서였다.

윤심덕은 여동생과 함께 오사카로 갔다. 오사카의 장춘여관을 숙소로 정하고 노래를 취입할 때까지 함께 기거했다. 윤심덕은 '닛토축음기주식회사'에서 여동생의 피아노 반주에 맞춰 「어여쁜 색시」, 「매기의 추억」,

「나와 너」, 「아! 그런 사람인가」, 「어머니 부르신다」, 「방긋 웃는 월계화」, 「망향가」 등의 노래를 취입했다. 취입을 끝마쳤건만 갑자기 윤심덕은 레코드사 측에 한 곡을 더 추가하자고 청했다. 루마니아 작곡가 이바노비치의 곡에 가사를 붙인 「사(死)의 찬미(讚美)」라는 노래였다. 이 노래까지 취입을 끝마친 윤심덕은 여동생의 미국 유학길을 배웅하기 위해 항구도시 요코하마로 갔다. 여동생이 여객선을 타고 떠나자 오사카로 다시 되돌아온 윤심덕은 김우진이 머물고 있는 도쿄 하숙집으로 전보를 쳤다.

1926년 7월 31일, 김우진은 윤심덕이 보내온 한 통의 전보를 받았다. 당장 오사카로 오지 않으면 죽어 버리겠다는 내용이었다. 깜짝 놀란 김우진은 윤심덕의 자살을 만류하고자 기차를 타고 황급히 오사카로 갔다. 오사카 장춘여관에서 만난 두 사람은 그곳에서 며칠을 함께 보냈다. 그리고는 1926년 8월 3일, 김우진과 윤심덕은 시모노세키(下關)와 부산(釜山)을 오가는 관부연락선(關釜連絡船) 도쿠주마루(德壽丸)호 1등실에 몸을 실었다.

1926년 8월 4일, 수요일 새벽 4시쯤이었다. 객실을 순찰하던 관부연락선 직원은 1등실 객실 문이 환히 열려진 것을 보고 불길한 마음에 그 선실로 들어갔다. 그런데 승객은 보이지 않고, 여행 가방 위에 '보이에게'로 시작되는 간단한 메모지가 한 장 놓여 있었다.

미안하지만 짐을 집으로 보내 주시오. 전남 목포부 북교동 김수산(金水山). 경성부 서대문정 2정목 173번지 윤수선(尹水仙).

윤심덕의 소지품으로 현금 140원과 장식품이 있었고, 김우진은 현금 20원과 금시계가 있었다. 수산(水山)은 김우진의 아호였고, 수선(水仙)은 윤심덕의 아명이었다.

여객선 순찰 직원은 선장에게 급히 이 사실을 전했다. 선장은 즉시

배를 멈추고, 1등실 승객 명단을 모두 확인한 결과 승객은 김우진과 윤심덕이라는 것을 확인할 수 있었다. 선원들은 객실의 불을 모두 켠 채 두 사람을 찾기 위해 노력했지만, 아무런 흔적을 찾을 수가 없었다.

그 이튿날인 1926년 8월 5일자 동아일보("현태탄 격랑 중에 청년 남녀의 정사(情死) 남자는 김우진, 여자는 윤심덕")와 조선일보("미성(美聲)의 주인공 윤심덕양 청년문사와 투신정사"), 그리고 매일신보와 일본의 아사히(朝日)신문 등에도 두 남녀의 정사(동반자살)를 취재한 뉴스가 연이어 사회면 톱기사로 보도되었다. 신문 뉴스에는 윤심덕, 김우진의 사진과 함께 "관부연락선 덕수환이 대마도 앞바다를 항해하던 중 서로 얼싸안고 바다에 뛰어들었다"고 갖가지 추측과 취재기사로 도배되어 있었다.

하지만 승객 중에서 두 사람의 투신장면을 목격한 사람은 아무도 없었다. 이후 김우진의 가족은 거액의 현상금을 내걸고 김우진의 시신을 찾으려고 백방으로 노력했지만 끝내 찾을 수가 없었다. 이에 김우진의 부친은 5년 뒤 무안군 청계면 월선리의 '말뫼산' 정상에 가묘(초혼묘)를 썼다.

윤심덕은 지성과 미모를 겸비한 당대 최고의 소프라노 가수였다. 그녀는 전통의 윤리와 제도를 거부한 신여성이기도 했다. 당시 신문과 잡지는 그녀의 일거수일투족을 '가십'의 대상으로 삼아 보도했다. 윤심덕을 때론 '스타'로, 때론 '탕녀'로 부각했다.

김우진-윤심덕 두 사람의 죽음이 결국 정사로 세속화되자, 사후에 출반된 〈사(死)의 찬미(讚美)〉는 대중들의 폭발적 관심을 불러일으켰다. 그녀의 기구한 팔자가 시대적 정서와 맞물려 가장 처절한 애절가로 만인의 심금을 울렸던 것이다. 그때 일본 오사카의 닛코레코드사는 "윤심덕 양의 결사(決死)의 절창(絕唱)「사의 찬미」를 최후로 부르고 창해에 몸을 던진 조선 유일의 소프라노 명가수 고 윤심덕 양"이라고 홍보에 마냥 열을 올렸다. 그런 까닭으로 윤심덕의 음반은 전대미문의 판매고를 올렸다. 조선 최초의 대중가수가 전격 출현한 것이다.

그렇다면 왜 김우진이 동반자살을 선택할 수밖에 없었는가. 김우진이 일본 도쿄에 머물고 있을 때 서울에 있는 친구 조명희에게 보낸 편지가 죽기 직전 도착(1926년 8월 3일)했는데, 동아일보는 그 편지를 입수하여 1926년 8월 5일자 사회면에 소개한 적이 있었다. 당시 동아일보는 8월 5일부터 시작하여 9일까지 1주일 동안 사회면에 대대적으로 김우진-윤심덕 관련 기사를 게재했다. 친구 조명희에게 보낸 그 편지의 내용은 부친과의 갈등으로 번민했던 김우진의 마음이 담겨 있었다.

> 나는 아무리 하여도 굳게 먹은 나의 결심을 변할 수가 없다. 지금
> 와서도 나의 아버지는 내가 가정에 돌아오기를 기다리며, 내가 가정을
> 의뢰를 하여 그 전과 같은 그러한 생활을 하기를 바라는 듯하지만 나는
> 도저히 또 다시 그러한 비인간적 생활로 끌려갈 수는 없다. 나는 아무
> 리 어려움이 있더라도 이대로 굴치 아니하고 한 개의 사람으로서 본래
> 의 인간성에 기인한 참생활을 하여 보겠다.

광주전남작가회의 회장을 역임한 박관서 시인은 「김우진의 희곡에 나타난 죽음의식 연구」로 조선대학교 대학원에서 1997년 석사학위를 받은 바 있는데, 그는 김우진이 자살을 선택한 사상사적 배경을 이렇게 추론하기도 했다.

> 김우진은 버나드 쇼의 '인간의 진화는 오직 하나 인간 영혼의 성숙'
> 이라는 창조적 진화사상과 월트 휘트먼의 로퍼사상(loafer, 자유인), 곧
> 제도나 관습에 얽매이지 않고 선이나 악을 초월하여 사는 '자유인'으로
> 서의 삶을 원했다. 즉, 일체의 권위에서 벗어나 자유로운 생명을 완전
> 연소시키는 강렬한 체험자로서의 삶을 갈망했던 것이다. 이는 당시 일
> 본의 명치제국주의에 강력하게 비판적인 입장을 취하면서 자기 농장의

노예들을 해방하는 등 자유인으로서 각고의 노력을 하다가 결국 여기자와 동반자살을 한 일본의 소설가 아리시마 다케오(有島武郎, 1878. 3.4.~1923. 6. 9.)와 김우진과의 사상적 연계를 통해서도 확인할 수 있다. 따라서 김우진의 죽음은 단순히 개인사적 상황에서의 해석보다는 정신적, 문화적 승화의 차원에서 파악해야 한다고 생각된다. 정병욱 교수가 「공무도하가」의 백수광부와 여옥을 투신제의와 이를 노래한 음악의 신 뮤즈로 봐서 한국문학의 시원설화로 제시했듯이, 한국 최초의 희곡작가였던 김우진과 역시 최초의 소프라노 가수였던 윤심덕의 현해탄에서의 죽음 역시 한국 현대문학의 제의나 시원설화로 해석할 여지가 충분하다고 여겨진다.

박관서 시인은 김우진의 죽음을 단순히 사랑하는 여자와 동반자살, 정사로 해석하는 시각은 문제가 있다고 보았다. 김우진은 결코 염세주의자가 아니었기에 사상적 접근으로 바라봐야 한다는 게 그의 생각이었다.

김우진이 문학예술에 적극 투신한 것은 3년에서 5년이라는 기간에 불과했다. 그 기간 동안 그는 시·소설·희곡·평론·연극 등 전 장르에서 선구적인 업적을 남겼다. 무엇보다도 〈극예술협회〉의 활동을 통해 최초로 근대극운동을 펼쳐낸 점은 높이 평가되어야 마땅하다.

〈김우진연구회〉의 한옥근 초대회장은 "김우진이 짧은 생애 동안 남긴 다섯 편의 희곡은 한국 연극의 역사를 새롭게 쓴 기념비적 작품이라고 할 수 있다. 그는 1920년대 격랑 속에서 전통, 인물, 계몽주의에 함몰되지 않고 새로운 예술과 문학을 개척하고자 했던 문화인물이다. 우리 연극사에서 가장 진지하게 자신의 삶과 예술정신을 희곡으로 표현했던 작가였다."고 평가했다. 이처럼 한국연극사에 가장 뚜렷한 족적을 남긴 희곡작가 김우진이 돌연 자신의 운명을 단절시키고 말았으니, 그때 그의 나이는 갓 서른 살이었다.

1 한국 최초의 근대적 희곡작가, 수산 김우진. 2 한국 최초의 소프라노 가수, 수선 윤심덕. 3 김우진‒ 윤심덕 동반자살을 보도한 1926년 8월 5일자의 동아일보 사회면 톱기사. 4 일본 오사카에서 최초로 출반된 〈사의 찬미〉의 가사.

4. 한국 현대시의 선구자 〈시문학파〉의 박용철 김영랑 김현구 시인

1930년대의 한국 현대시는 〈시문학파〉 시인들에 의해 그 서막이 열렸다. 광주 광산 출신의 박용철, 전남 강진 출신의 김영랑과 김현구, 그리고 정지용 신석정 이하윤 정인보 변영로 허보 시인이 동참하여 1930년대의 새로운 문학운동으로『시문학』동인지가 출현했다.

우리 근대문학사에서 최초의 동인지는 1919년 1월, 일본 도쿄 유학생들인 김동인 주요한 전영택 김환 최승만이 일본 요코하마(橫濱)에서 발간한『창조』이다. 뒤이어 국내에서는 1920년에 김억 황석우 오상순 염상섭 나혜석 민태원이 주축이 되어 동인지『폐허』가 나타났다. 1922년에는 홍사용 박종화 이상화 박영희 나도향 현진건 등의 참여로『백조』가 출현했으며, 1925년에는 김기진 박영희 임화 권환 안막 박세영 박팔양 이찬 등이 참여한 〈카프(KAPF)〉가 등장했다.

그리고 나서 1930년 3월에 동인지『시문학』이 출현했다. 그즈음 '카프'와 '신경향파문학'에 대한 일제의 탄압이 가해지던 시기로 우리 시가 살아남으려면 새로운 표현기법을 추구해야 했다. 1920년대의 영탄과 감상, 의식과잉의 허무주의, 생경한 관념어라는 문학적 토대에서 우리 문학이 한 단계 더 성숙하게 된 것은 동인지『시문학』의 출현으로 가능했다.

1930년 3월초에 창간된『시문학』은 그해 5월에 제2호, 1931년 10월에 제3호를 끝으로 종간되었지만 우리 문학사에 끼친 영향은 지대했다. 창간호에 김영랑 박용철 정지용 정인보 이하윤이 참여했고, 제2호에 변영로 김현구, 제3호에 신석정 허보가 동참했다. 이들 중 〈시문학파〉의 중심인물인 김영랑 박용철 정지용은 휘문의숙(1918년 1월, 4년제 휘문고보로 개칭) '동문'이라는 유대관계가 있었기에 훗날 서로 의기투합하여 『시문학』을 창간하게 된다.

중등교육기관인 휘문의숙(휘문고보)은 배재고보와 함께 한국 근대문학의 산실이었다. 휘문의숙 출신 문인으로는 월탄 박종화, 노작 홍사용이 영랑 김윤식의 한 학년 선배였고, 그 한 학년 아래로 정지용, 그 아래 학년으로 이태준이 재학했다. 박용철은 광주보통학교를 졸업하고 휘문의숙을 입학했다가 바로 배재고보로 전학을 갔다. 배재고보 출신 문인으로는 나도향 박영희 김기진 김소월 등이 있었는데 이들 중 박영희와 김기진은 프로문학 〈카프〉를 이끈 주역이다. 박용철과 김영랑은 일본 아오야마학원에서 전라도 동향의 벗으로 우연히 만나 이후 〈시문학파〉 운동을 함께 주도하게 된다.

전남 강진군의 〈시문학파기념관〉에서 관장으로 활동하고 있는 김선기 시인(문학박사)은 「김영랑과 1930년대 시문학」이라는 논문에서 〈시문학파〉의 태동배경을 이렇게 언급하고 있다.

> 1925년부터 1935년까지 10년간은 프로문학파와 민족문학파 간의 대립시기였다. 1927년부터 〈해외문학파〉가 순수문학론을 들고 나와 문단논쟁이 촉발되었고, 이것을 기화로 하여 순수문학운동으로 〈시문학파〉가 구체화되었다. 그리고 〈시문학파〉 운동이 〈구인회〉와 〈시인부락〉으로 그 맥이 이어졌다. 〈시문학파〉는 조선프롤레타리아예술가동맹 즉 〈카프〉의 정치적 경향의 시에 적극 반발하여 정치성이나 사상성을 배제한 순수서정시를 지향한 것이 가장 중요한 문학적 특색이다. 내용과 형식의 유기적 조화에 의한 자유시 창작과 의식적인 언어의 조탁, 은유와 심상의 의식적 활용을 시문학파의 시적 경향이다.

조화로운 언어의 조탁을 통하여 시인의 내면정서(서정)를 표현하려 했던 〈시문학파〉가 새로운 리듬 감각과 참신한 현대어의 구사로 진정한

1 1930년 〈시문학파〉 동인 창립 기념(1930년). (아래 왼쪽부터) 김영랑 정인보 변영로. (위 왼쪽부터) 이하윤 박용철 정지용 시인. **2, 3** 『시문학』 창간호와 종간호. **4** 강진군 〈시문학파기념관〉 김선기 관장. **5** 강진군이 2012년 3월 5일에 개관한 〈시문학파기념관〉 전경.(사진제공 〈강진시문학파기념관〉)

의미에서 한국 현대시의 출발점이 된 것은 사실이다. 특히 광주전남 출신의 박용철 김영랑 김현구 시인은 전라도 토속방언의 사용과 세련된 모국어의 구사, 자신의 삶의 공간을 시의 화폭 속에 담아냄으로써 한국시가 근대에서 현대로 넘어가는 징검다리 역할을 수행했다. 〈시문학파〉에 의해 우리 시가 그 이전과 확실히 다른 예술적 수준으로 끌어올려진 것이다. 〈시문학파〉 시인들 중 광주, 전남 출신인 용아 박용철 영랑 김윤식 현구 김현구 시인의 활동을 살펴보면 다음과 같다.

1930년대 〈시문학파〉 운동의 선각자는 용아(龍兒) 박용철(朴龍喆) 시인이다. 박용철은 조선 중종 때 문신 청주 박씨 눌재(訥齋) 박상(朴祥)의 후손으로 1904년 6월 21일, 광주 광산구 송정리 솔머리(소촌리)에서 태어났다. 광산 지역에서 천석꾼 대지주였던 아버지 박하준과 어머니 장택고씨(長澤高氏) 사이에 3남(男)으로 태어난 박용철은 두 형이 어려서 죽게 되자 4남매 중 장남이 되었다. 유년 시절부터 천재 소리를 들었고, 서당에 다닐 때 『사자소학(四字小學)』을 낭랑하게 읽었으며, 한시를 쓸 정도로 아주 명석했다. 광주공립보통학교 시절에도 공부를 잘했고, 특히 수리(數理)에 능했다.

박용철은 1917년 휘문의숙에 입학했다가 이내 배재고보로 전학을 갔다. 배재고보 재학시절에도 우등생이었고, 수학은 항상 톱이었다. 배재고보 시절인 1918년 3월경 친구들과 함께 〈목탁〉이라는 등사판 지하신문을 발간할 정도로 민족의식이 깨어 있었다. 이 일로 염형우, 장용하 등 몇몇 친구들이 경찰에 체포되었지만, 친구들의 함구로 박용철은 체포를 면할 수 있었다. 하지만 1919년 3·1만세운동의 여파로 그와 뜻이 맞던 몇몇 친구들이 구속되고, 3·1운동이 실패로 돌아가자 박용철은 1920년 졸업을 얼마 앞두고 학교에 스스로 자퇴원을 내고 말았다. 1922년 박용철은 일본의 아오야마학원 중학부 4학년에 편입했다. 강진에서 유학 와

이 학교의 영문과에 다니던 김윤식과 우연히 만난 박용철은 그와 하숙을 함께하는 등 이내 서로 절친한 친구가 되었다. 김윤식이 와병했을 때 박용철은 지성으로 간호했다. 김윤식의 권유로 박용철은 릴케와 괴테, 하이네의 시를 탐독하는 등 문학에 점차 관심을 갖게 된다.

아모야마학원을 졸업한 박용철은 1923년 도쿄 외국어학원 독문과에 수석 입학했다. 어학에 뛰어난 재능을 지닌 그는 영어와 독일어를 능숙하게 구사할 수 있었다. 그런데 1923년 9월 1일, 일본 역사상 최악의 재난인 '관동대지진'이 발생했다. 진도 7.9의 지진으로 도쿄에서 목조 가옥 4만 채가 무너졌고, 건물의 3분의 2가 붕괴되었다. 1000만 명의 관동 인구 중 사망자는 14만 명, 실종자는 4만 명에 달했다. 가장 큰 피해를 본 곳은 도쿄로, 사망자와 실종자의 75퍼센트를 차지했다. 지진과 화재로 인한 대혼란 속에 "조선인이 폭동을 일으키고 방화를 했다."는 갖가지 유언비어가 난무했다. 그 때문에 일본인들에 의한 대대적인 '조선인 사냥'이 자행되었다. '관동대지진'의 여파로 조선인 수천 명과 중국인 300여 명이 살해당했다. 박용철은 '관동대지진' 속에서 천행으로 목숨을 부지할 수 있었다.

박용철은 건강마저 좋지 않았기에 학업을 중단했고, 무사히 귀국길에 오를 수 있었다. 귀국 후 박용철은 연희전문학교 문과 1학년에 편입하여 다니게 된다. 당시 위당(爲堂) 정인보(鄭寅普)는 연희전문학교에서 한학과 역사학을 가르쳤다. 정인보는 어느 날 박용철이 쓴 작품을 보고서 장래가 촉망된다는 호평을 했다. 그런 인연으로 훗날 정인보도 〈시문학〉 동인에 합류하게 된다.

박용철은 연희전문학교를 몇 개월 동안 다니다가 더 이상 배울 게 없다는 이유로 학교를 그만두었다. 그러고는 광주 송정리 고향마을 솥머리(마을의 형상이 가마솥의 머리, 정두(鼎頭) 같다고 하여 '솥머리'로 불렸다. 이후 사람들은 부르기 쉽게 '솔머리'라고도 했다)로 낙향했다. 솥머리에 살 때 첫 부인과 서로 뜻이 맞지 않아 어느 날 두 사람은 별거에 들어갔다. 이후 박용철은 시작에 몰두하면서 독일 유학을 꿈꾸었으나 그마저 허사가 되었다. 이에 스스로 방안에 유폐되어 시작에 몰두하거나 강진에 살고 있던 친구 김윤식에게 자신이 쓴 시를 편지에 써서 서로 왕래하는 것을 유일한 낙으로 삼아 지냈다. 그러자 부친은 그에게 미두(米豆)장사를 시켜보고, 도박에 재미를 붙여보라고 권유할 정도였다. 25세 때 박용철은 첫 부인과 합의이혼을 했다. 이후 그는 몇 년 동안 책과 원고지에 파묻혀 지내면서 시작(詩作)에 전념했고, 때론 시조와 한시도 창작했다.

송정리 솥머리 생가에서 각고의 7~8년을 보내는 동안 박용철은 1927년 9월경 김윤식과 함께 금강산 여행을 함께 다녀오기도 했다. 1929년 어느 날 두 사람은 동인지 창간에 의견일치를 보게 된다. 김윤식과 박용철은 10월에 휘문고보 영어교사로 재직하고 있던 정지용을 만났다. 김윤식은 휘문고보 재학시절 1년 후배인 정지용과 서로 알고 지내는 사이였다. 당시 문단의 주목을 받던 정지용 시인을 만난 두 사람은 동인지운동에 함께 할 것을 권했고, 정지용은 이를 수락했다.

1930년 초 박용철이 끔찍이 아꼈던 누이동생 봉자가 배재여고보를 졸업하고 이화여전에 입학하게 되자 박용철은 서울 적선동으로 이사했다. 이어 박용철은 〈해외문학파〉 동인이며, 중앙일보 학예부 기자 이하윤을 찾아갔다. 1930년 초봄, 박용철은 신문사로 찾아가 이하윤에게 자신의 시와 김영랑의 시 원고 뭉치를 보여주면서 동인 합류를 요청했다. 박용철은 이때 단 한 편의 시도 지면에 발표한 적이 없는 문청이었다. 박용철은 이날 이하윤에게 『시문학』 창간의 계획을 하나하나 들려주었고, 이하윤은 자상하고 침착한 청년시인의 기백을 듣고서 동인 참여를 수락하게 된다. 이처럼 영랑과 용아는 미등단 상태에서 기성문인인 정지용 이하윤 정인보 변영로를 영입하여 새로운 동인지 출간 작업에 박차를 가하게 된다.

1930년 3월에 동인지 『시문학』 창간호가 박용철과 김영랑의 주도로 탄생하게 된다. 박용철은 동인지 창간을 위해 편집과 재정을 떠맡았고, '후기(後記)'에 동인지 창간 의의를 밝혔다. 창간호에는 김영랑의 「동백 닢에 빛나는 마음」 등 13편, 정지용의 「이른 봄 아침」 등 4편, 박용철의 「떠나가는 배」 등 5편, 이하윤의 시 2편과 정인보의 역시(譯詩), 이하윤과 박용철이 번역한 실러의 「헥토르의 이별」과 괴테의 「미뇽의 노래」 등이 실려 있다. 『시문학』 창간호의 '후기'에서 박용철은 자신의 포부를 당차게 밝혔다.

> 우리는 시를 살로 새기고 피로 쓰듯 쓰고야 만다. 우리의 시는 우리 살과 피의 맺힘이다. 그럼으로써 우리의 시는 지나가는 걸음에 슬쩍 읽어치우기를 바라지 못하고 우리의 시는 열 번 스무 번 되씹어 읽고 외워지기를 바랄 뿐 가슴에 느낌이 있을 때 절로 읊어 나오고 느낌이 일어나야만 한다. 한말로 우리의 시는 외워지기를 구한다. 이것이 오직 하나 우리의 오만한 선언이다(……) 한민족의 언어가 발달의 어느 정도에 이르면 국어로서의 존재에 만족하지 못하고 문학의 형태를 요구한다. 그리고 그 문학의 성립은 그 민족의 국어를 완성시키는 것이다.

『시문학』 창간호에 「떠나가는 배」, 「싸늘한 이마」, 「비 내리는 밤」 등을 발표한 박용철은 이후 본격적으로 문학운동에 뛰어들었다. 『시문학』 은 1930년 5월 20일에 제2호가 출간되었고, 1931년 10월 10일에 3호를 끝으로 종간되었다. 2호에는 김영랑 박용철 정지용 변영로 김현구 시인의 창작시 25편과 정인보 정지용 이하윤 박용철이 번역한 시가 실려있다. 3호에는 김영랑 박용철 정지용 김현구 허보 신적정의 창작시 20편과 이하윤의 번역시 1편, 박용철의 번역시 10편이 실려 있다.

『시문학』지가 3호로 종간되자 박용철은 1931년 11월에 문예지『문예월간』을 창간하여 발행인 겸 편집인으로 활동하면서 1932년 3월에 제4호까지 발간했다. 〈해외문학파〉인 이하윤 김진섭 이헌구 등이 중심이 되었고, 유치환 정지용 신적정 허보 등의 시와 유진오의 소설 등이 실려 있다. 박용철은『문예월간』창간호에 시조와 시를 발표했고, 「효과적인 비평논강」이라는 글로 본격적인 평론작업에 나서기도 했다. 또한 그는 1934년 1월에 문예지『문학』지를 창간하여 3호까지 펴냈다.

박용철 시인은 누이동생 박봉자의 이화여전 선배인 임정희와 만나 열애에 빠졌고, 1932년 5월, 두 사람은 혼인하게 된다. 결혼하던 그해에 박용철은 〈해외문학파〉가 중심이 된 〈극예술연구회〉 활동에 열을 올리게 된다. 〈극예술연구회〉에 참여하여 공연비 일체를 부담하면서 그는 희곡 「인형의 집」, 「베니스의 상인」, 「바보」 등을 번역해 무대에 올렸고, 직접 무대에 출연할 정도로 정열적인 활동을 멈추지 않았다.

박용철은 1934년 1월『문학』지를 창간하기 이전부터 병마에 시달리고 있었다. '폐질환'의 악화로 가슴앓이 고통은 갈수록 심해졌고, 의사소통도 펜으로 써서 해야 할 정도가 되었다. 춘원 이광수가 '일본문학강좌'에서 우리 문학을 식민지화하는 것을 보고 크게 분노하여 박용철은『신동아』1934년 2월호에 「조선문학의 과소평가」라는 글로 이를 반박하자, 춘원이 용아에게 찾아가 사과하기도 했다.

1935년 봄에 박용철과 정지용, 김영랑 세 사람은 〈카프〉의 서기장, 임화 시인이 폐결핵으로 고생한다는 말을 듣고 병문안을 갔다. 그 당시 임화는 〈카프〉의 맹원들이 일제 경찰에 의해 2차례 검거되자 김남천과 함께 경기도 경찰국에 '카프 해산계'를 제출하고 요양을 하고 있었다. 임화와 문학적 입장은 달랐지만 박용철은 그에게 치료비를 건네주며 쾌차를 빌었다. 그날 병문안을 마치고 나오면서 박용철은 정지용과 김영랑에게 '시문학사'에서 첫시집을 발간하자고 전격 제안했다. 그 당시 시인이 시집을 내는 것은 대부분 자비출판이었으나 박용철은 정지용에게 원고료까지 지불하며 시집 출간을 적극 권유했다. 1935년 10월 정지용 시 89편과 박용철의 발문으로 『정지용 시집』이 시문학사에서 출간되었다. 이어 11월에 박용철은 영랑의 첫시집 『영랑 시집』도 펴냈다.

　1935년 12월 하순에 박용철은 동아일보 지면(석간)에 연속 네 차례에 걸쳐 「을해시단총평(乙亥詩壇總評)」이란 평론을 발표했다. '새로우려 하는 노력'(1935. 12. 24.), '변설 이상의 시'(1935. 12. 25.), '태어나는 영혼'(1935. 12. 27.), '기상도와 시원 5호'(1935. 12. 28.)라는 제목으로 발표된 박용철의 평론은 을해년(1935년)의 시단 흐름과 시인들의 작품성과에 대해 평가하는 자리였다. 박용철은 여기서 임화의 비평자세를 통렬하게 비판하여 문단논쟁을 촉발시켰다. 임화가 『신동아』 1935년 12월호에 쓴 「담천하(曇天下)의 시단 1년」이란 글에서 김기림에 대해 "그들(기교주의자)은 진보적 문학의 불행 위에 자기의 행복을 심어온 것이다."고 공격한 것에 대해 박용철은 "이 협소한 조선문단에서의 문단 헤게모니를 유일한 목표로 삼는 비열한 도배(徒輩)가 아닌 이상 이러한 무용한 적개심의 발로는 당연히 청산되어야 한다."라고 주장하면서, 임화의 논리를 적극 비판했다. 이로써 김기림-임화-박용철 간에 '기교주의 논쟁'이 촉발되었다. 박용철은 '변설 이상의 시'라는 글에서 임화의 주장에 대해 "시적 기법의 이해부족으로 설명적 변설(辨說)을 하는 등 사실 인식의 착오와 논리의 혼란이며, 시는 변설 이상의 것"이라고 맹폭을 퍼붓는 등 이 논쟁을 주도했다. 또한 박용철은 정지용과 김기림의 시를 적극 옹호하고, 평가했다. 동아일보 1935년 12월 27일자의 '태어나는 영혼'에서 "정지용 시집이 우리 시에 한 개 새로 세운 노정표인 것은 거의 의심할 여지가 없다."고 평가한 후 정지용 시 「유리창」에 대해 "사물의 본질에까지 철하는 시인의 예민한 촉감을 느낄 것이오, 그 다음으로 일맥의 비애감을 맛볼 수 있을 것이다."고 평했다. 아울러

1935년 12월 28일자의 '기상도와 시원 5호'에서는 김기림의 장시 『기상도』의 시적 성과를 호평했고, 유치환 김상용 이상 김광섭 김현승의 시를 긍정적으로 평가했다.

1936년 용아가 적선동에 살 때 미당 서정주가 병문안을 갔다. 그 자리에 마침 김영랑도 와 있었다. 미당은 이런저런 얘기 끝에 자신이 창간을 준비 중인 시동인지 『시인부락』(1936년 11월 창간) 발간 작업에 대해 용아에게 자문을 구하기도 했다. 그날 서로 만난 것이 인연이 되어 훗날 영랑은 미당에게 자신의 시선집 편집을 의뢰하게 된다. 용아의 문학혼은 병중에도 결코 약화되지 않았다. 1938년 1월호 『삼천리문학』에 자신의 대표적 시론인 「시적 변용에 대하여」를 발표했고, 같은 잡지 4월호에 시 「만폭동」을 발표하는 등 그의 문학적 열정은 식을 줄 몰랐다.

용아가 병마에 시달릴 때 정지용은 프랑스산 성수(聖水)를 뿌려주며 가톨릭에 귀의할 것을 권했지만 용아는 끝내 종교 갖기를 거부했다. 성모병원과 세브란스병원을 옮겨 다니며 치료를 받았으나 악화된 몸은 좀체 회복되지 않았다. 결국 용아는 서울 사직동 자택으로 돌아왔다. 그때도 달력 뒷장이나 담뱃갑에 시를 메모했다. "그는 병난 시계같이 휘둥그레지며 멈칫 섰다"(「해후」), "네가 그런 엄숙한 얼굴을 할 줄 몰랐다."(「안 가는 시계」) 등이 용아가 병상에서 쓴 시다.

용아 박용철 시인은 1938년 5월 12일, '후두결핵'이 악화되어 34세의 나이로 짧은 생을 마칠 때까지 식민지시대의 아픔을 자기화하면서 누구보다도 치열하게 문학적 혼을 불태웠다. 그는 시와 평론을 썼고, 외국 시와 희곡작품을 번역, 국내에 소개했다. 무엇보다도 〈시문학파〉 운동의 산파역을 했다. 그리고 '시문학사'라는 출판사를 설립하여 1930년대 문학의 빛나는 성과로 일컬어지는 『정지용시집』, 『영랑시집』을 펴낸 출판인이기도 했다. 또한 그는 1930년대 평단을 이끌면서 임화와 춘원의 논리를 되받아칠 정도로 비평적 안목이 뛰어났던 문예운동가였다.

1 1921년 일본 도쿄 '아오야마학원' 유학시절 (왼쪽)김영랑 박용철 시인. 2 광주광역시 광산구 소촌리 솔머리의 용아 박용철 시인 생가. 3 '시문학사' 편찬으로 박용철 시인 1주기에 출간된 『박용철 전집』(동광당서점). 4 1925년 5월, 신랑 김영랑과 신부 안귀련의 결혼식. 5 1944년 영랑 생가의 사랑채 앞에서 영랑 부부와 자녀들. ⓒ강진시문학파기념관

용아의 대표시 「나두야 간다」에서 알 수 있듯이 그는 순수시를 표방했지만, 그 속에는 민족의 비애와 저항이 숨어 있었고, 철학적 의미구조가 담겨 있었다. 용아가 떠난 후 미망인 임정희 여사와 〈시문학파〉 동인들인 김영랑 김현구 이하윤 정지용 등이 앞장서서 전2권으로 『박용철 전집』이 동광당서점에서 출간되었다. '시문학사 편찬', '동광당서점 장판'으로 출간된 『박용철 전집』은 한국문학사상 최초의 전집이었다. 1940년 '시문학사'에서 전3권(시가편, 평론집, 시집) 분량으로 『박용철 전집』이 완간되었다.

〈시문학파〉의 대표시인 영랑(永郎) 김윤식(金允植)은 1903년 1월 16일, 전남 강진군 강진면 남성리 탑골마을 북산 아래에서 아버지 김종호와 어머니 김경모 사이에 3남3녀 중 장남으로 태어났다. 부친은 5백석 규모의 대지주이자 강진의 유지였다. 강진보통학교를 1915년에 졸업했고. 이듬해 김은초와 결혼했으나 사별하게 된다. 김윤식은 1916년 2월, 상경하여 YMCA에서 영어를 공부한 다음, 이듬해 3월 휘문의숙에 입학했다. 1919년 휘문고보 3학년 재학 시절에 '독립선언서'를 비밀리에 갖고 와 고향에서 독립만세운동(강진 4·4운동)을 모의하다가 체포되어 대구형무소에서 6개월간 수감생활을 하게 된다.

1920년 일본으로 유학을 가서 아오야마학원 영문과를 다녔다. 그곳에서 박용철과 만나 절친한 사이가 된다. 1923년 관동대지진이 발생하자 학업을 중단하고 귀국했다. 도쿄 유학시절 친구인 최승일의 여동생, 최승희(무용가)와 교제하다가 한때 결혼을 약속한 사이가 되었으나, 양쪽 집안의 반대로 무산된다. 1925년 5월, 23세의 김영랑은 개성 호수돈여고 출신의 20세의 안귀련과 결혼하여 슬하에 7남 3녀를 두는 등 원만한 부부생활을 이어갔다.

영랑은 1930년 『시문학』 창간호에 「동백 잎에 빛나는 마음」, 「언덕에 바로 누워」 등 13편의 시를 발표하여 한국시단에 혜성처럼 얼굴을 내밀었다. 그 후 대표작 「모란이 피기까지는」, 「오-매, 단풍 들것네」, 「돌담에 속삭이는 햇발」 등 자신의 생가 주변에서 길러낸 시편들을 썼다. 1935년 11월, 영랑은 『시문학』지와 『문학』지에 발표한 37편과 신작 17편을 추가하여 『영랑시집』(시문학사)을 출간했다.

일제 말기에 수많은 시인, 작가들이 친일문학의 대열에 동참할 때 김영랑 시인은 단 한 편의 친일작품도 남기지 않았으며, 일제가 강요했던 창씨개명과 신사참배를 끝내 거부했다. 또한 일제의 삭발령을 거부한 채 한복만을 즐겨 입고 다니는 등 흠결 없는 민족선각자였다. 1939년 『문장』에 「오월」, 「독을 차고」, 그리고 1940년 7월 『문장』에 「춘향」, 8월에 『인문평론』에 「집」을 발표한 후 해방이 될 때까지 그는 문학적 침묵을 고수했다. 그 침묵은 일제의 파시즘에 저항하기 위한 방편이고, 친일문학 대열에서 이탈하기 위한 그만의 결단을 보여준 것이다.

해방 후 영랑은 강진에서 '대한청년단' 단장과 '대한독립촉성회'라는 단체에서 활동하다가 1948년 5월 10일에 치러지는 초대 민의원 선거에 우파 정당인 '한국민주당' 후보로 출마하게 된다. 추첨에 의해 기호 1번을 배정받은 김윤식 후보는 선거초반 순조롭게 출발하는 듯했으나, 운동기간 중 자가용을 타고 유세를 다닌 것이 빌미가 되어 여타 후보로부터 집중적인 공격을 받게 된다. 선거전은 점차 지주 출신 김윤식 후보와 소작인 출신 차경모 후보 간의 과열양상으로 전개되었다. 좌파진영 청년들이 영랑의 집 주변의 대밭에 불을 지르기까지 했다. 모두 4명이 입후보한 강진군 선거는 시간이 흐를수록 좌우익 간의 첨예한 대립양상이 되었고, 결국 좌파진영인 무소속 차경모 후보가 당선되었다. 영랑은 후보 중 꼴등인 4등으로 낙선했다는 충격에 한동안 헤어나지 못했다. 영랑은 고향 땅을 떠나야겠다고 마음먹고 1948년 9월, 강진의 가산을 정리하여, 서울 신당동으로 이사했다.

1949년 2월, 영랑은 '한국문화단체총연합회' 문학위원으로 선출되었고, 그해 8월부터 1950년 4월까지 9개월 동안 이승만 정부의 공보처 출판국장으로 일했다. 1949년 영랑은 그때까지 자신이 발표한 80여 편의 시 중에서 60편을 후배인 미당에게 건네주며 시선집의 편집을 맡겼다. 미당은 이 시선집을 시형(詩形)과 내재율의 유형으로 3부로 나누어 편집하고, 발사(跋詞)를 썼다.『코주부 삼국지』만화로 유명한 만화가 김용환이 영랑의 캐리커쳐를 그렸고, 정지용 등의 도움으로 영랑의 두 번째 시집『영랑시선』이 1949년 10월, '중앙문화협회'에서 출간되었다.

그런데 영랑이 일제 말기에 절필한 후 6년 만에 처음으로 동아일보에 발표(1946. 12. 10)한 시「북」을 편집하는 과정에서 미당은 어처구니 없는 실수를 범했다. 즉, 첫 행과 마지막 행에 수미쌍관 형식으로 쓴 "자네 소리 하게 내 북을 치제."라는 부분을, 그 첫 행은 "자네 소리하게 내 북을 잡지"라고, 마지막 행은 "자네 소리하게 내 북을 치지"라고 고친 것이다. 아울러 11행의 첫 시어인 "떡떡 궁!"을 "떡 궁!"이라고 처리했다. 미당은 영랑이 추구한 전라도 토속방언의 말맛을 사라지게 만드는 우를 범한 것이다.

김영랑과 동향 출신의 현구(玄鳩) 김현구(金炫耉) 시인은 1904년 11월 30일 강진읍 서성리 179번지에서 출생했다. 1930년 5월, 영랑과 용아의 천거로『시문학』제2호에「님이여 강물이 몹시도 퍼럿습니다」,「황혼」,「적멸」등 8편의 시를 발표하고, 이후『문예월간』과『문학』에「풀우에 누워」,「길」등 4편의 시를 발표했던 김현구 시인은 자신의 작품 속에 '낙화정', '서문', '신학산' 등 강진의 구체적 지명과 풍물을 끌어들였고, 최근 강진 출신의 목포대 김선태 교수에 의해 감각성이 뛰어난 시인이라고 재평가를 받았다.

500석 지주의 아들로 태어나 마음껏 풍류를 즐겼던 김영랑 시인은 호방한 성격이었다. 그리고 정치활동에도 관심이 많아 해방 후 '대한청년단' 단장을 지내고 초대 민의원 선거에도 출마했다. 그러나 김현구 시인은 소극적인 성격의 소유자였다. 해방 후 강진군수로 천거되었으나 이를 거절할 정도로 어찌 보면 결백증과 무욕의 마음을 지닌 시인이기도 했다. 그리고 생전에 시집 발간에 따른 불운도 겹쳤다. 김현구 첫 시집이 '시문학사'에서 출간될 예정이었으나, 용아가 갑작스럽게 타계하자 무산되고 말았다. 1941년 시집 제목을 『무상(無常)』으로 정하고 '광명출판인쇄공사'에서 그 출간을 준비했다. 그런데 현구 시인이 한사코 '비매품' 출간을 주장하여 결국 출판사 측과의 마찰로 이 또한 무산되었다. 그러다가 영랑이 1949년 공보처 출판국장 재직할 때 그에게 시집 출간을 의뢰했으나, 전쟁이 터지고 영랑이 갑작스레 타계하는 바람에 이 또한 무산되어 생전에 시집을 펴낼 수가 없었다.

1970년 아들 김원배에 의해 사후 20년 만에 발표작 12편, 유고 70편 등 82편의 시를 묶어 김현구 시인의 유고시집 『현구 시집』(문예사)이 '비매품'으로 출간될 수 있었다. 그동안 김영랑에 가려 빛을 보지 못했지만, 이 시집 출간을 계기로 서울대 김용직 교수, 서강대 김학동 교수, 그리고 목포대 김선태 교수에 의해 연구논문이 발표됨으로써 현구 시인의 존재가 문단과 학계에 알려지게 된 것이다. 김선태 교수의 평가처럼 김현구 시인은 영랑의 숙명적 라이벌이자, 문학적 동반자라고 말할 수 있다.

김영랑과 김현구 시인은 전라도 강진지역의 토속 방언을 적절히 활용했으며, 음악성과 감각성이 돋보이는 운율을 시 속에 담아내어 현대 서정시의 발전에 이바지했다. 전라도 시인들에게 전통적으로 내려오는 시적 운율과 가락은 〈시문학파〉 시인들로부터 큰 영향을 받았다고 말할 수 있다.

흔히들 시인을 가리켜 '부족 방언의 마술사'라고 칭한다. 시인들이

1 강진 출신 현구 김현구 시인. **2** 1940년대 초, 경주의 분황사 여행. 김영랑(왼쪽 첫번째), 김현구(뒷줄 오른쪽 두 번째) 시인 등. **3** 미당 서정주 편집으로 1949년에 출간된 『영랑시선』(중앙문화협회). **4** 영랑이 절필 6년 만에 처음 발표한 1946년 12월 10일자의 동아일보 지면. **5** 1950년 4월 서울 망우리에서 친구 장례식에 참석한 영랑의 마지막 모습. **6** 〈시문학파기념관〉 개관식 때 한 자리에 모인 〈시문학파〉 후손들과 문인들.

자신의 작품 속에 방언을 활용한다는 것은 문학평론가 임우기의 주장처럼 주체 속의 타자를 살피고, 존중하고자 하는 문학정신에서 비롯된다. 백석 시인이 함경도와 평안도의 토속어를 활용하여 시의 맛과 깊이를 더욱 풍부하게 만들었듯이 김영랑과 김현구 시인 또한 전라도 강진 토속방언을 시 속에 적절히 활용함으로써 시의 맛과 깊이를 살려냈던 것이다.

1930년대 문학을 주도하면서 든든한 주춧돌이 되었던 박용철 시인이 34세의 일기로 요절하게 되자 영랑과 현구 시인은 강진 고향땅에서 우리말의 아름다움을 살리며, 때론 저항정신이 깃든 시편으로 자신의 문학적 지조를 끝까지 지켜내고 있었다.

5. 친일문학의 기로에서 '민족혼'을 지켜낸 광주전남의 문인들

일제 식민통치시대의 문학인들은, 무엇보다도 민족의식의 고취를 첫 번째 사명으로 실천해야 했을 때 광주전남이 낳은 문학적 선각자들- 조운 박용철 김영랑 시인 등은 피압박 민족의 항일정신을 자신의 작품 속에 담아냈다.

특히 조운 시인이 창작한 「석류」, 「구룡폭포」, 「고매」, 「고부 두승산」 등의 작품은 그가 항상 역사와 현실 속에 발 딛고 서 있음을 알 수 있다. 조운 시인은 1934년 9월에 「선죽교」를 발표한다. 그 무렵은 일제가 난징대학살을 준비하기 위해 이미 상해전선을 구축해 가던 시기로 제국주의 창검이 이 땅을 뒤덮고 있었다. 조운 시인은 선죽교의 핏자국과 포은 정몽주의 삶을 작품 속에 끌어들여 그 어떤 압제와 총칼에도 굴하지 않는 의인(義人)의 삶을 추앙했으며, 일제의 잔혹성("이마적 흘린 피들만

해도 발목지지 발목져.")을 부각시켰다. 이 작품은 유재영 시인의 평가처럼 한 시대의 진실로서 시가 어떻게 존재하느냐 하는 근원적인 질문과 함께 시의 존엄성을 일깨워 준 시편이다.

그뿐 아니라 조운 시인은 자신의 고향을 무대 삼아 민족의식을 고취하고자 교육과 문화예술, 체육 분야에서 제반 운동을 펼쳐냈다. 지역 주민들을 상대로 문맹퇴치운동과 물산장려운동을 전개했으며, 〈추인회〉를 결성하여 시조 부흥운동과 함께 신재효의 판소리 여섯마당 복원, 소인극회 운동 등 민중의 각성을 위한 문화운동을 적극 실천했다.

1934년 4월, 조운 시인을 비롯한 영광지역 지도자들은 〈영광체육단〉을 결성하여 영광군민운동회를 개최하였고, 이를 영광·장성·고창·정읍 등 4개 군 연합운동회로 발전시켰다. 매년 군별로 순회 개최하는 연합운동회로 민족단합을 도모했다. 1937년 4월, 영광군민운동회에는 베를린올림픽의 영웅 남승룡 선수를 초청하여 배일사상을 고취했다. 영광체육단이란 조직이 영광 등 전라도 지역에서 확실히 뿌리내리고 그 영향력이 점차 커지게 되자 일제는 1937년 9월, 이른바 '영광체육단사건'을 조작하여 체육단 소속 지도급 인사 300여 명을 체포하게 된다. 이 가운데 41명을 목포검찰에 넘겨 37명을 불구속기소했고, 조운 시인 등 4명을 구속기소했다. 이 사건으로 조운 시인은 1년 6개월간의 옥고를 치르고, 1939년 2월에 출옥할 수 있었다.

1937년 7월, 일제는 침략전쟁을 동아시아 전체로 확대시키고자 '중일전쟁'을 도발했다. 이후 일제는 황국신민화와 민족말살정책을 노골적으로 강행했다. 그즈음부터 상당수 문인들이 '친일문학'의 대열에 합류하기 시작했다.

1939년 4월 임화 최재서 이태준 등은 〈황군위문작가단〉을 결성하였다. 황군위문작가단 중 김동인 박영희 임학수 등은 일제의 침략전쟁을 미화하고자 중일전쟁이 진행 중인 중국 현지를 답사하고 기행문이나 시를 발표했다. 1939년 10월에 춘원 이광수를 회장으로 친일문학 단체인 〈조선문인회〉가 출범했다. 〈조선문인회〉는 국민문학 건설과 총력전 수행이라는 목표 아래 문단의 일본어화 촉진, 문인의 일본적 단련, 작품의 국책 협력이라는 강령을 내걸고 노골적으로 친일문학 활동을 전개했다. 김동환 김상용 김안서 김해강 노천명 모윤숙 서정주 이찬 임학수 주요한 최남선 등의 시인과 김동인 박태원 송영 유진오 유치진 이광수 이무영 정비석 채만식 최정희 등의 소설가, 곽종원 김기진 박영희 백철 이헌구 조연현 최재서 홍효민 등의 평론가들이 조선총독부의 지원 아래 전국 순회강연회와 시낭독회 등의 행사를 개최했다. 그들은 일본과의 내선일체를 부르짖었고, 일제의 침략전쟁을 찬양하는 친일활동을 민족이 해방되는 그날까지 문학의 이름으로 자행했다.

조운 시인은 1940년 『문장』 10월호에 3편의 시조를 발표했다. 「독좌(獨坐)」, 「장음(長吟)」, 「해문(海門)의 아침」이라는 작품이다. 이 시조는 '질항을 번쩍 들어 메부치는 마음으로', '지난밤 모진 비바람 죄를 잊어버렸다'가 암시하듯 일제의 탄압이 극에 달하고 있음을 은유적으로 상징하는 시편이었다.

일제는 1941년에 들어서자 문예지 『문장』을 폐간시키고, 친일문예지 『국민문학』을 등장시켰다. 그러고는 그해 12월에 미국의 진주만을 폭격하여 '태평양전쟁'을 도발했다. 1943년 4월에 〈조선문인회〉는 일본인 문인단체인 〈조선하이쿠작가협회〉 등과 통폐합하여 〈조선문인보국회〉를 결성함으로써 더욱더 노골적인 친일활동을 전개하였다. '세계 최고의 황도문학 수립'을 내걸고 전국을 돌아다니면서 강연회를 열었다. 친일문예지 『국민문학』을 선전장으로 하여 조선인들에게 징용과 징병을 강요하는 등 온갖 반민족적 대열에 앞장서게 된다.

〈민족문제연구소〉 임헌영(평론가) 소장이 시전문지 『시경』 2005년 상반기호와의 대담(「친일문학 이제까지의 논란, 무엇이 문제인가」)에서 밝힌 '친일문학'과 '친일문인 기념사업'과 관련한 주장은 우리에게 시사점을 던져 주고 있다.

친일문학을 규정하는 데 있어 가장 중요한 요소는 뭐냐면 첫째는 천황 찬양이죠. 둘째는 전쟁 찬양, 세 번째는 궁극적인 아시아공영권을 인정한 것이거든요. 이런 사상적인 친일을 빼놓고, 그냥 겉보기로는 친일 같지만 빠져나올 구멍을 만들어놓은 작품은 결코 친일이 아니게 됩니다. 그냥 봐서는 안 됩니다. 친일잡지에 일어로 썼어도 내용이 다르면 친일이 아니죠. 그 당시의 사회의 사상과 친일이라는 이데올로기적 측면을 알고 작품을 분석해야 이 사람의 친일 여부를 알 수 있습니다. 이런 정황을 모르면서 이거는 친일이다, 아니다라고 해서는 안 됩니다. 그리고 친일문학인을 기념하는 사업은 왜 계속해야 합니까. 이 기념사업을 하겠다는 사람들은 친일행위 못지않은 민족정기의 해독을 끼치는 것이지요. 그렇지 않습니까? 결국 친일한 사람이지만 예술은 괜찮으니까 계속 높이자는 것은 앞으로 너희들도 조국이 위태로워지면 괜히 애국하지 말라고 가르치는 것 아닙니까? 그런 교육장을 만드는 것이 비판 안 받을 것 같습니까? 비판을 안 하는 것은 이미 제대로 된 나라라고 할 수 없는 것이지요.

'친일문학'의 본질은 일제가 저지른 침략전쟁으로 비롯된 살육과 약탈, 인권침해의 참상을 정당화하려 했던 '반인도주의 문학'이었다. 친일문학 연구에서 드러난 바처럼 친일 예술인들의 공통점은 일제가 매우 오랜 기간 동안 한반도를 지배할 거라고 인식했다는 점이다. 서정주 시인은 일제지배가 200년은 족히 갈 거라고 자백한 바 있다. 이러한 인식은 일제의 가치관에 따라 민족의식을 망각하고 소시민으로 살았다는 반증이거니와 일제의 전체주의적 언론 매체를 무조건 신봉했다는 논리와도 통한다.

일제 침략전쟁의 원흉, 히로히토 일왕이 패전을 선언하기 직전인 1945년 8월 15일 오전 10시, 소설가 김동인은 조선총독부 정보과장을 만나 "허락만 해 준다면 보다 효율적으로 친일활동을 할 수 있도록 작가단을 구성하겠다."고 자진하여 간청할 정도로 그는 국제정세에 무지몽매했고, 적극적인 친일행위자였다. 그럼에도 불구하고 조선일보는 지금도 친일문인기념문학상인 '동인문학상'을 대대적으로 시행해 오고 있다.

미당 서정주 시인의 경우 '다츠시로 시즈오(達城精雄)'라고 창씨개명을 한 다음, 1942년 7월 매일신보에 평론을 발표하면서 친일문학의 대열에 본격적으로 합류했다. 『춘추』 1943년 11월호에 「경성사단대연습 종군기」라는 수필을 썼고, 매일신보 1943년 11월 16일자에 학병 출정을 권장하는 「헌시」를 발표했다. 또한 친일문학 잡지 『국민문학』 1944년 8월호에 태평양전쟁 중 사망한 일본군 전사자를 추모하는 시 「무제」를 발표했고, 같은 해 12월 9일자의 매일신보에 「오장 마쓰이 송가」라는 시를 발표했다. 서정주는 시뿐만 아니라 수필, 단편소설, 르포 등 전 장르에 걸쳐 친일문학 대열에 자발적 투신을 했다. 그러나 미당은 해방 후 단 한 번도 진정어린 반성과 참회를 하지 않았고, 친일을 넘어 친독재의 행보까지 보여 왔다.

지난 1996년 계간 『시와시학』 가을호는 미당 서정주의 등단 60주년을 맞아 〈미당문학 60년〉을 특집으로 게재했다. 이 특집에서 미당은 「나의 문학인생 7장」이라는 장문의 글을 통해 "거북이처럼 끈질기고 유유하게 난세의 물결을 헤치고 살아간다."는 자신의 인생관을 토로했다. 그런 다음 그는 중앙일보 이경철 기자와 가진 인터뷰 기사(1996년 9월 8일자)에서 "친일시(親日詩) 몇 편 어쩔 수 없이 쓴 강요"라고 자신의 친일행위를 축소, 왜곡했다. 그는 "친일적이라는 시 몇 편이 있지만 그것은 징용(징병)에 끌려가지 않기 위해 국민총동원연맹의 강제명령에 따라 어쩔 수 없이 쓴 것들이니 이 점은 또 이만큼 이해해 주셨으면 고맙겠다."고 말했다.

서정주 자신의 친일 행각에 대한 자기합리화와 옹색한 변명이 아닐 수 없다. 그의 말대로라면 오직 자신만이 징용(징병)에 끌려가지 않기 위해 조선의 젊은이들에게 징병을 예찬하고, 가미가제 특공대원이 될 것을 독려하면서 '일제 충성'이라는 역사적 죄과를 저질렀는데, 어찌 '이만큼 이해해 주셨으면'하고 바란단 말인가. 서정주는 반민족적 친일행위로 자신의 목숨은 부지할 수 있었겠지만, 수천수만 꽃다운 조선의 젊은이들과 처녀들은 '징병'과 '징용' 혹은 '정신대'로 강제 동원되지 않았던가.

더구나 그는 중앙일보와의 인터뷰에서 '친일적이라는 시 몇 편이 있지만'이라고 자신의 친일문학 행적을 축소하는 발언을 서슴지 않았다. 1986년 실천문학사에서 출간된『친일문학선집1·2』에 이미 증거로 나와 있듯이 미당의 친일작품의 분량은 춘원 이광수 다음으로 2인자였다. 미당은 시는 물론이거니와 자신의 장르가 아닌 소설, 평론, 수필, 르뽀 등 전 문학적 장르를 망라하여 융단폭격하듯 친일문학 폭탄을 터뜨렸다. 조선의 젊은이들이 하루빨리 대동아전쟁에 참전, 일제 침략전쟁의 총알받이가 되라고 호소했다. 당시 서정주는 1936년에 동아일보로 등단했기에 문단 데뷔가 10년도 채 안 된 '신인'이었다. 그럼에도 불구하고 중견문인들이 한두 편 혹은 서너 편의 친일작품을 썼을 때 그는 10편이 넘는 다작을 창작했다. 이육사, 윤동주 시인이 독립운동 혐의로 일제에 체포되어 이국의 땅에서 순국의 길을 택했을 때 친일문학인들은 일신의 안녕과 영달을 위해 민족적, 역사적 죄악을 저질렀던 것이다.

어디 그뿐인가. 미당 서정주는 광주시민의 선혈이 채 마르지 않은 1980년 8월, 전두환이 이제 막 대통령이 되려고 할 때 텔레비전에 출연, 광주학살의 주범인 전두환을 찬양하는 일에도 적극 앞장섰다. 전두환을 '단군 이래 최대의 미소를 가진 분'이라고 적극적으로 미화하여 그가 대통령으로 가는 길에 장밋빛 비단길을 깔아 주었다. 아울러 1987년 1월 18일은 전두환의 56회 생일이었는데, 이를 기념하여 「전두환 대통령 각하 제56회 탄신일에 드리는 송시(頌詩)」를 써서 바쳤다는 것은 이미 알려진 사실이다. 내란으로 권력을 찬탈하고, 자국민인 광주시민들을 무차별적으로 학살했던 최고책임자에게 '송시'를 써서 바쳤다는 것은 무엇을 의미하는가. 친일문학이 일제의 강요에 의한 것이라면, '전두환 송시'는 전두환의 강요에 의한 것인가.

서정주는 구차한 변명 따위 집어치우고 살아생전에 "오직 일신의 영달과 안위를 위해 민족과 역사 앞에 큰 죄를 지었다."고 진정으로 사죄했어야 옳았다.

한 시인(문인)에 대한 문학적 평가는 문학작품과 그 창작자의 역사적, 사회적 삶과 따로 떼어서 평가할 수 없다. 생애와 작품을 두루 살펴보는 총체적인 평가여야 마땅하다. 친일·친독재 행적에 대해 반성하지 않았고, 참담한 역사적 오류를 지닌 제반 행적을 무시하고, '오직 작품만이 중요하다'는 차원에서 문학적 미화를 허용해선 안 된다. 그리고 그 일에 한국문단이 적극적이든 소극적이든 관여했다는 것은 주지의 사실이다.

지난 2001년에 중앙일보에 의해 제정된 대표적인 친일문학상인 '미당문학상'은 출범 직후부터 문단의 숱한 논란과 이슈였다. 그럼에도 중앙일보는 이 상의 제정을 강행함은 물론 최고의 시문학상인 것처럼 포장하여, 수상자에게 거금 3,000만 원이라는 상금을 지급했다. 그러던 중 2016년 7월 〈한국문인협회〉가 친일문학인 이광수와 최남선을 기리는 '춘원문학상'과 '육당학술상'마저 제정하려고 하자, 〈한국작가회의 자유실천위원회〉와 〈민족문제연구소〉가 이 상의 부당성을 여론에 적극 홍보했고, 마침내 문인협회가 이 상의 제정을 철회하게 된다.

바로 이를 계기로 친일문학상에 대한 진보 문단의 대응이 본격화되었다. 한국작가회의 자유실천위원회(위원장 맹문재)는 친일문학상 문제를 우리 사회에 전면적으로 알리기 위해 2016년 11월 9일 민족문제연구소와 함께 〈친일문인 기념문학상 반대 긴급토론회〉를 열었다. 이 토론회에 문단 안팎의 많은 사람들이 참여해 뜨거운 관심을 보였다. 이후 〈한국작가회의〉 이사회에서도 이 문제가 줄곧 논의되었고, 2017년 3월 25일 작가회의는 〈친일문인 기념문학상에 대한 토론회〉를 가졌다. 이어 2017년 3분기 이사회에서 친일문학상에 대한 입장을 확정했다. 한국작가회의는 "독재권력과 분단체제의 모순에 맞서온 전통을 계승한다는 차원에서 친일문학상에 관여하지 않기를 회원들에게 권고"했다. 한국작가회의 자실위원회는 토론회와 거리집회 등을 지속적으로 전개하며 반대운동을 펼친 결과, 2018년 10월경에는 '미당문학상이 폐지된다'는 뉴스가 흘러나오기도 했다. 친일문학상 논란에 대해 맹문재(시인, 안양대 교수) 위원장은 서울신문(2016년 12월 9일자)에 발표한 「부끄러운 친일문학상」이라는 기고문에서 다음과 같이 자신의 의견을 밝혔다.

친일문학상을 옹호하는 측은 작고문인의 공과 과를 모두 살펴봐야 한다고, 즉 그의 생애의 작은 흠결보다는 문학적 업적을 인정해야 한다고 주장한다. 그러나 이러한 주장은 성립할 수도 인정될 수도 없다.『친일인명사전』에 수록된 문인들의 경우를 보면 그들의 흠이 결코 작지 않으며, 설령 인간적인 차원에서 이해한다고 할지라도 그들을 기리는 문학상을 제정하는 일은 다른 차원의 문제다. 문학상은 작가의 작품에 권위를 부여하는 것 이상으로 창작자에게도 독자에게도 그리고 문학사에도 지대한 영향을 미치기 때문이다. 따라서 문학상의 경우는 개인의 삶과 역사적인 삶을 모두 살펴봐야 하는데, 친일문학상의 경우는 해당 문인의 결격사유가 매우 크기 때문에 제정해서는 안 되는 것이다. 더욱이 친일문인들이 민족 앞에 사죄를 하지 않았을 뿐만 아니라 사회적으

1 〈민족문제연구소〉 임헌영 소장(평론가). 2, 3 친일문학상 반대운동을 주도한 〈한국작가회의 자유실천위원회〉 맹문재(시인) 위원장과 위원들. 4 한국작가회의 자유실천위원회와 민족문제연구소가 공동주최한 "친일문인기념문학상 이대로 둘 것인가" (조선일보 동인문학상 편) 세미나. ⓒ뉴스페이퍼

로도 용서가 되지 않은 상태인 것이다. 그런데도 친일문인들 중에서 김동인 노천명 모윤숙 서정주 유진오 유치진 이무영 이헌구 조연현 채만식 등의 문학상이 제정돼 있다. 특정 문인들을 기리는 문학상을 제정하는 일은 그의 업적을 적극적으로 문학사에 넣으려는 것이다. 결국 위인을 만드는 사업이다. 따라서 친일문학상의 제정과 운영에 반대하는 것은 당연하다. 친일행적이 있는 문인들을 위인으로 만들 수 없지 않은가. 이처럼 친일문학상 자체에 반대하는 것은 과거의 역사에 함몰되는 것이 아니라 현재의 모순된 문제를 극복해 발전적인 미래로 나아가려고 하는 것이다.

다시 한번 돌이켜 보면 1943년 11월의 '카이로선언'에서 연합국은 조선의 독립을 약속했고, 1945년 3월 미군에 의한 도쿄 대공습이 펼쳐졌다. 그리고 1945년 8월 6일과 9일, 일본 히로시마와 나가사키에 미군의 원자폭탄이 투하되어 일본제국의 패색이 완연해졌다. 그럼에도 국제정세에 무지몽매한 김동인 등 친일문인들은 일제가 패망하는 그날, 그 순간까지 충성을 맹세했다. 참으로 부끄러운 모습이 아닐 수 없다.

일제 말기 상당수 문인들이 친일문학에 동참하면서 일제를 찬양하거나 협조하는 등 훼절의 길을 걷고 있을 때 광주전남 출신의 문학적 선각자들은 일제의 식민통치 논리에 결단코 순응하지 않았다. 광주전남의 문인들은 해방이 되는 그날까지 펜을 꺾고 침묵하거나 혹은 일제의 검열 따위를 두려워하지 않고, 펜으로 혹은 몸으로 싸우면서 민족의식을 끝까지 지켜내려고 했다. 바로 이 같은 사실은 광주전남문학이 지닌 소중한 문학적 자산이다. 친일문학의 기로에서 끝까지 민족적 자존과 자신의 이름자를 올곧게 지켜낸 조운 김영랑 김현구 김현승 시인과 박화성 소설가 등 광주전남이 낳은 문학적 선각자들이야말로 광주문학정신의 '거대한 뿌리'라고 말할 수 있다.

6. 해방정국과 〈조선문학가동맹〉 그리고
조운 시인의 월북

1945년 8월 15일 정오, 일왕 히로히토의 '무조건 항복선언'으로 악랄한 식민통치는 그 종막을 고하는 듯했다. 그런데 일제 조선총독부는 간악한 술책을 발동하여 식민 지배의 인수인계 방식을 놓고 미군과 협상할 때 온갖 거짓 정보를 미군 측에 제공했다. 조선의 독립에 앞장선 사람들을 반미·용공주의자로 매도함은 물론 미군 측에 조선사회를 강압적으로 통치하지 않으면 이내 공산화될 것처럼 각인시켰다. 그뿐 아니라 일제총독부는 조선 땅에서 철수하는 퇴각자금을 마련하고자 천문학적인 화폐를 찍어내어 조선경제를 마비시키는 악랄한 본질을 최후의 순간까지 드러냈다. 8·15 당시 조선은행권의 발행고는 총 40억 원이었다. 그런데 광복 이후 2주 동안 총독부는 총 발행고의 3배가 넘는 140억 원의 화폐를 더 찍어내어 일본인들과 친일파들에게 대거 살포했다. 천문학적인 통화량의 증가는 살인적인 인플레 현상으로 이어졌다. 쌀값만 보더라도 무려 2,400%가 뛰어오르는 등 해방 직후의 조선 민중은 민생고에 더욱더 신음해야 했다.

조선총독부의 이 같은 악랄한 술책에 놀아난 미군 제24군단 하지 중장과 더글라스 맥아더 육군총사령관은 〈태평양 방면 미국 육군부대 총사령부 포고 제1호〉라는 삐라를 비행기에서 살포했다. 거기에는 조선민중을 적대시하는 6개 조항의 포고령이 들어 있었다. 조선 남녘땅의 해방군이 아니라, 점령군임을 자처한 미군들은 1945년 9월 7일 인천을 거쳐 다음 날 서울에 진입했다. 일제총독부는 조선 땅에서 퇴각하는 그날까지 천문학적인 재부를 일본 본국으로 빼돌렸고, 미군정과 한통속이 되어 조선의 완전한 해방과 독립을 가로막았던 것이다.

조선은 광복을 맞아 여운형 선생의 주도로 건국준비위원회와 인민위원회가 구성되었다. 식민지 지배에서 벗어나 통일국가를 건설하기 위해 민족의 선각자들은 경향 각지에서 활동했지만 미군과 소련군에 의한 분할통치는 조선 땅에 분단의 어두운 그림자를 드리우고 있었다.

해방정국 당시 전남 영광에서 머물던 조운 시인은 여운형 선생이 주도하는 서울의 건국준비위원회의 선전부장과 영광군 건국준비위원회의 부위원장을 맡았다. 아울러 영광군 인민위원회 위원장을 맡아 해방조국 건설을 위해 나서게 된다. 한동안 꿈에 부풀어 서울과 영광을 부지런히 오르내렸지만 조선사회는 이데올로기적인 갈등과 혼란에 직면해 있었다.

해방 직후의 조선문단은 좌파 진영의 〈조선문학가동맹〉과 우파 진영의 〈조선청년문학가협회〉로 양분되어 활동하기 시작했다. 조운 시인은 목포의 박화성 작가, 화순의 여상현 시인, 함평의 최석두 시인 등과 함께 1946년 2월에 출범한 조선문학가동맹에 참여했다.

1946년 11월 조선문학가동맹은 조운 양주동 염상섭 채만식 박태원 등을 중앙집행위원으로 선출했다. 광주전남을 대표하여 중앙집행위원으로 선출된 조운 시인은 1947년 초에 가족과 함께 서울로 이주한다. 조운 시인은 1947년 3월 조선문학가동맹 연간시집에 「고부두승산」, 「석류」, 『문학』지에 「탈출」, 그리고 『문학평론』에 「얼굴의 바다」라는 시조를 발표한 다음, 5월 초순에 첫 시집 『조운 시조집(曺雲 時調集)』을 '조선사'에서 간행했다. 이어 1948년 『문장』의 10월호에 제주 4·3항쟁을 최초로 다룬 시조 「유자」(창작시기는 1948년 6월 17일)를 남쪽 문예지에 마지막으로 발표했다.

한때는 동국대에 출강하여 후진을 양성하기도 했던 조운 시인은 1948년 5월 10일 남한만의 단독선거가 끝난 다음, 『임꺽정』의 작가 홍명희 등과 함께 38선을 넘어 평양으로 갔다. 가족과 함께 월북을 선택했던 조운 시인은 '조선민주주의인민공화국'에서 최고인민회의 상임위원(장관급)으로 활동했다. 이후 '조운'이라는 이름은 한국의 문학기지(文學基地)에서 40년 동안 유폐되어 사라지게 된다. 조운 시인은 월북 이후 최고인민회의 상임위원, 고전예술극장 연구실장, 조선인민예술학교 학장 등으로 활동했다고 보도된 적이 있으나, 언제 그 생을 마감했는지 아직 잘 알려지지 않았다.

1988년 7월 19일, 정부는 '월북문인'에 대한 제2차 해금조치를 단행했다. 이때 조운 시인을 비롯한 백석 이용악 정지용 오장환 박태원 이태준 등 월북문인들에 대한 족쇄가 비로소 풀렸다. 이를 기화로 1990년 광주 남풍출판사(대표 정진백)는 『조운문학전집』을 발간했다. 그리고 지난 2000년 '조운 시인 탄생 100주년'을 맞아 시와 시조를 한데 묶어 『조운 시조집』이 새롭게 작가출판사(대표 손정순)에서 출간될 수 있었다. 조국 분단과 함께 잃어버린 우리의 서정이 비로소 '불온'의 감금에서 '해방'의 감격으로 다가온 것이다.

〈조운 탄생 100주년 기념사업회〉(회장 나두종, 명예회장 송영)는 『조운 시조집』 발간과 함께 조운의 대표시 「석류」를 새긴 시비(詩碑)를 제막하고, 100주년 기념식을 시인의 고향 영광 땅에서 개최하려고 했다. 그런데 '시비 제막식'을 하루 앞둔 2000년 7월 21일 밤, '국정원' 광주지부 간부(영광 출신)의 사주를 받아 영광지역 일부 보수단체 회원들이 영광교육청 앞마당에 세워 둔 시비의 기단부와 조경석을 훼손하는 일을 저질렀다.

이에 민족문학작가회의와 민예총, 광주전남작가회의와 광주전남민예총, 조운100주년기념사업회는 긴급 기자회견을 열었다. 남북정상회담이 성사되고, 이산가족이 상봉하는 상황에서 이념의 망령이 여전한 상황에 우려를 표명하고, '조운시비훼손사건'을 강력 규탄했다. 이 사건은 언론에 크게 보도되어 사회문제화 되었다. 결국은 청와대 비서실과 이낙연 의원(현 국무총리) 등의 노력으로 시비 건립 장소를 영광군 영광읍 한전문화회관 마당으로 옮겨 2000년 9월 2일 오후 5시경 조운

1 조운 시인 탄생 100주년(2000년)을 맞아 출간된 『조운 시조집』(작가). **2** 2000년 9월 2일, 〈조운탄생100주년기념시비건립위원회〉(공동위원장 나두종 송영) 주최로 전남 영광읍 한전문화회관 앞에 건립된 조운의 「석류」 시비 제막식에 참석한 전국의 문인들.

시인의 대표작 「석류(石榴)」를 새긴 시비 제막식을 가질 수 있었다.

> 투박한 나의 얼굴
> 두툴한 나의 입술
>
> 알알이 붉은 뜻을
> 내가 어이 이르리까
>
> 보소라 임아 보소라
> 빠개 젖힌
> 이 가슴.

서울과 전국 각지에서 민족문학작가회의 회원들과 영광문인협회 회원들, 영광 군수 등 지역 유지들이 참석한 가운데 조운 선생의 시비 제막식과 탄생 100주년 기념식을 무사히 치를 수 있었던 것이다.

앞서 살펴본 대로 근대 희곡문학의 창시자 김우진이 1926년 8월 현해탄의 정사로 서른 살의 나이에 자결하고, 1930년대 시문학파 운동을 주도한 박용철 시인이 1938년 5월, 34세의 나이로 요절하게 된다. 그리고 '광주전남문학의 뿌리'라고 할 수 있는 조운 시인은 1948년 8월 서울에서 평양으로 월북을 단행한다. 1948년 5월 10일, 강진에서 제헌국회 초대 민의원 선거에 출마했던 김영랑은 낙선의 고배를 마시고는 그해 9월에 상경하여 이듬해 1949년 8월부터 9개월 동안 정부의 공보처 출판국장을 지내다가 1950년 4월에 그만두게 된다. 영랑은 1949년 10월, '중앙문화협회'에서 두 번째 시집 『영랑시선』을 발간하게 된다. 한국전쟁이 일어나자 미처 피난하지 못한 영랑은 '서울수복'이 이루어진 1950년 9월 27일 유탄에 맞아 복부에 심한 상처를 입게 되었다. 영랑은 끝내 깨어나지 못하고 신당동 자택에서 9월 29일, 안타깝게도 48세의 나이로 운명하게 된다. "이것이 곧 순수 서정시인 영랑이 맞은 비극적 최후였다(김선기)." 그리고 10월 3일, 강진읍사무소에서 공무원으로 일하던 김현구 시인은 좌우익의 갈등으로 인해 향년 46세의 나이로 죽음을 맞이해야 했다.

이로써 일제 식민지와 광복, 그리고 한국전쟁을 거치면서 광주전남문학은 전혀 뜻밖의 비극적 상황에 직면하게 되었다. 바로 그때 식민지 치하와 해방정국, 전쟁의 소용돌이 속에서도 광주전남문학에 여전히 한 줄기 서광으로 어둠을 밝힌 사람이 있었으니, 그가 바로 다형 김현승 시인이다.

7. 광주 현대문학의 아버지,
김현승 시인의 가계사와 등단 무렵

조운 시인을 효시로 한 광주전남의 근현대문학은 박화성 작가가 묵정밭을 일구었고, 김영랑과 박용철 시인 등이 꽃봉오리를 피웠으며, 그 결실은 다형(茶兄) 김현승(金顯承) 시인에 의해 맺어졌다. 광주지역 문인이라면 누구나 광주 현대문학의 미학적 좌장(座長)으로 다형 김현승 시인을 꼽는 데 주저하지 않는다.

다형은 한국시단에서 가장 뛰어난 지성 시인이자, 민족과 역사 앞에서 지조와 절개를 지켜낸 분이기도 하다. 그러기에 흔히들 다형을 '광주 현대문학의 아버지'라고 일컫는다. 다형은 앞서 언급했던 광주전남 문학의 선각자들과 함께 '친일문학'의 대열에서 저 멀리 떨어져 있었고, 지사적 풍모와 선비정신으로 광주 현대문학의 정신적 기둥이 되었다.

김현승은 1913년 4월 4일(음력 2월 28일), 아버지 김창국과 어머니

양응도 사이에 6남매 중 차남으로 평양에서 태어났다. 전북 전주 출신의 김현승의 부친 김창국은 13세 때 전주에서 최초로 세례를 받은 5명의 신자 중의 한 사람으로 '호남 최초의 세례교인'이었다.

김창국은 전주에서 소학교과정을 마친 후 미국인 선교사 해리슨 목사의 주선으로 평양의 숭실중학교를 거쳐 평양신학교로 진학했다. 평양신학교 재학 중 황해도 문산 출신의 양응도와의 사이에 김현승은 2남으로 태어났다. 김창국 목사는 1915년 평양신학교를 졸업(3회)한 후 제주 성내교회로 첫 부임을 했고, 그곳에서 제주 복음화를 위해 헌신했다. 제주에서 유년 시절을 보낸 김현승은 7살 때인 1919년 4월, 부친이 전남 광주로 부임지를 옮기게 되자, 광주 양림동으로 이사했다.*

다형의 부친 김창국 목사는 광주 남문밖교회로 부임하여 시무하다가 이 교회가 1924년부터 금정교회와 양림교회로 분리될 때 양림교회의 담임목사로 부임했다. 금정교회에서 분리된 초기에는 양림동 푸른동산의 오웬기념각에서 임시예배를 드리다가 1926년 4월 현재의 양림교회가

---

* 김현승 시인이 언제 광주로 이주해 그 첫발을 내딛었는지에 대한 기록은 서로 상충한 부분이 있기에 참고로 밝힌다. 김현승 시인은 1974년 출간된 『김현승 시전집』(관동출판사)의 '자술연보'에서 "1919년 4월, 7세 되던 해에 부친의 교역 전근지인 전남 광주로 이주하여 미션계의 숭일학교 초등과에 입학하다."고 기술했다. 그리고 1959년 광주문화사에서 발간된 『젊은이』 전남문화 9월호의 〈특집 광주 30년〉에 실린 자신의 글 「30년 전의 광주」의 서두에서 이렇게 밝힌 바 있다. "광주 남문밖 장로교회로 전직하여 오는 목사의 차남으로 송정리에서 내려, 이상야릇한 그러나 비위가 들리는 것은 아닌 가솔린 냄새를 처음으로 맡으며, 미국 선교사의 자동차로 광주에 들어오던 때가 내가 소학교 1년인 일곱 살 때이니까, 지금으로부터 꼭 40년 전의 일이다." 이 글이 발표된 때가 단기 4292년(1959년)으로 다형은 1919년에 광주로 처음 왔다고 밝힌 바 있다. 그러나 '다형김현승기념사업회'에서 2014년에 출간한 『다형 김현승의 삶과 문학』에 실린 다형의 막냇동생 김현구(광주고 및 전남여고 교장, 광주중앙교회 원로장로 역임, 2017년 별세)는 "1922년 9세 때(다형 연보에서 7세 때로 기록된 것은 착오임) 선친께서 광주남문교회로 부임하시게 되어 그 후 양림교회를 개척하시고 25년 근속 후 전남노회 공로목사로 은퇴하셨다."라고 밝히고 있다. 아울러 다형의 3남으로 현재 미국 LA에 거주하고 있는 김청배(사업가) 씨는 필자와의 페이스북 메신저 대화에서 "실제 기록을 보면 김창국 목사님이 제주도에서 목회하셨던 기록이 1917년부터 1922년까지로 되어 있고 제주도에서 1919년에 임시정부 군자금 모금사건으로 옥고를 치르신 기록이 있는 것으로 보아, 광주로 오신 해가 1922년이 맞는 것으로 생각됩니다."라고 밝힌 바 있다.

준공되자 그곳에서 1947년까지 목회활동을 계속했다. 김창국 목사는 매우 엄격하고 성실한 목회자로 청교도적 신앙에 투철한 분이었다. 양림동의 김창국 목사 자택에는 미국 장로회 선교사들이 수시로 드나들었고, 그 집에는 항상 커피 향기가 그윽했다. 김창국 목사는 일경의 요시찰인 명단에 오를 정도로 민족의식이 투철한 분이었다. 김창국 목사의 부인이자 김현승 시인의 어머니인 양응도 여사는 선교사들에게서 성경과 신학문을 배운 신여성으로 '광주YWCA'의 초대회장을 지낸 분이었다.

1926년 3월 광주 양림동에서 초등과정의 숭일학교를 졸업한 김현승은 부친의 뜻에 따라 1927년 4월, 평양의 숭실중학교를 입학했다. 중학 시절, 다형이 좋아한 것은 스포츠였고, 그 다음이 문학이었다. 숭실중학교 시절 김현승은 '광주축구단'의 일원으로 활동할 정도로 광주의 대표적 축구선수로 두각을 나타내기도 했다.

1932년 4월, 김현승은 숭실전문학교(4년제) 문과에 입학했다. 전문학교 시절 김현승은 100미터 육상 선수와 투창, 투원반 그리고 축구선수로 이름을 날리기도 했다.

1933년 4월, 2학년으로 진급했지만 위장병의 악화로 광주에서 요양을 한 후 김현승은 다시 복학할 수 있었다. 1933년 겨울방학 때 김현승은 숭실중학 시절부터 남몰래 품어온 시창작(詩創作)에 열중하게 된다. 『김현승시전집(金顯承詩全集)』(1974, 관동출판사)의 자술연보(自述年譜)에 따르면 문단 데뷔 무렵의 정황은 이러했다.

그해의 2주간 남짓한 겨울방학에는 광주로 하향(下鄕)을 단념하고, 4층 건물의 기숙사에 홀로 남아 밤낮을 가리지 않고 시작(詩作)에 전념한 결과 2편의 장시(長詩)를 얻게 되었고, 이 2편의 시가 당시 시인이며, 문과 교수였던 양주동 교수의 눈을 끌게 되어 교수의 소개로 드디어 동아일보 문화란에 발표됨으로써 문단에 데뷔하다.

김현승은 자신이 쓴 산문(「굽이쳐 가는 물굽이같이」)에서 데뷔 무렵의 상황을 자세히 고백한 바 있다. 1933년 겨울방학을 맞았건만 광주로 하향하는 것을 포기하고 기숙사에서 머무르기로 작정한 김현승은 기숙사 건물에 홀로 남아 2편의 시를 창작하는 데 몰두했다. 김현승의 표현에 따르면 한 편은 '황혼'을 소재로 한 감상적인 시였고, 다른 한 편은 '아침'을 소재로 한 명랑하고 희망에 가득 찬 시였다. 오래전부터 학업 중에 틈틈이 써 오던 작품인데 밤낮을 가리지 않고 방에 파묻혀 때로는 세수도 잊고, 오직 창작에만 전념했다. 작품을 쓰다가 지치면 외투를 걸치고 거리로 나가 싸구려 빵집에서 5전짜리 싸구려 커피를 마시며 그는 2편의 장시(長詩)를 완성하는 데 몰두했다.

작품이 완성되자 김현승은 서울의 어느 잡지에 투고해 볼까 생각하다가 숭실전문대 교지 『숭전(崇專)』에 투고했다. 이때 김현승의 투고작을 발견한 문학과 교수 양주동(梁柱東) 시인은 문학개론 강의가 끝난 후 김현승을 따로 불러 "교지에 투고한 시들을 감수차 읽어보았는데, 아까우니 교지보다는 신문이나 잡지에 투고하라"고 권했다. 이 말을 들은 김현승은 뛸 듯이 기뻐했으나 어떻게 해야 할지 그 방법을 몰랐다. 이에 양주동 교수는 김현승이 창작한 2편의 시를 추천사와 함께 동아일보 문화부장 서항석 씨에게 보냈다.

그리하여 동아일보 1934년 3월 25일자에 김현승의 시 「쓸쓸한 겨울 저녁이 올 때 당신들은」이란 시가 3면의 학예(學藝)란에 전격 발표되었다. 이어 그 이틀 후인 동아일보 1934년 3월 27일자의 학예란에 「어린 새벽은 우리를 찾아온다 합니다」라는 시가 또다시 게재된다.*

---

* 1974년에 간행된 『김현승 시전집』(관동출판사)과 1985년에 간행된 『김현승 전집』(시인사) 그리고 2012년에 간행된 『다형 김현승 전집』의 '작품연보'에 따르면 이 시편이 동아일보에 발표된 시기가 1934년 5월 25일이라고 기재돼 있으나, 잘못 표기된 것이다.

이처럼 불과 사흘 사이에 2편의 장시가 연속으로 발표된 경우는 매우 이례적인 일로서 동아일보는 무명의 김현승에게 파격적인 대우를 한 것이었다.

해를 쫓아 버린 검은 광풍이 눈보라를 날리며 개선행진을 하고 있습니다그려!/불빛 어린 창마다 구슬피 흘러나오는 비련의 송가를 듣습니까?/쓸쓸한 저녁이 이를 때 이 땅의 거주민이 부르는 유전의 노래입니다./지금은 먼 이야기, 여기는 동방/그러나 우렁차고 빛나던 해가 서쪽으로 기울어지던 날/오직 한마디의 비가를 이 땅에 남기고 선인의 발자취가/어두움 속으로 영원히 사라졌다 합니다./그리하여 눈물과 한숨, 또한 내어버린 웃음 위에/표랑의 역사는 흐르는 세월과 함께 쓰여져 왔다 합니다.

– 「쓸쓸한 겨울 저녁이 올 때 당신들은」 중에서

동편에선 언제나 가장 높은 체하는 험상궂은 산봉우리가/아직도 해를 가리우며 내어 놓지를 아니하는데/그 얌전성 없는 참새들은 못 기다리겠다고 반듯한 줄을 흩트리고/그만 다들 날아가 버리겠지요./그러나 그 차고 넘치는 햇발들이 사방으로 빠져 나오고 있지 않습니까?/그러기에 어젯밤 당신을 보고 말하지 않았습니까?/밤을 뚫고 수천 수백 리를 걸어 나가면 광명한 아침의 선구자인 어린 새벽이/희미한 등불을 들고 또한 우리를 맞으러 온다고 말하지 않았습니까?

– 「어린 새벽은 우리를 찾아온다 합니다」 중에서

일제 강점기 때 그 누구보다도 뜨겁게 민족의 해방과 독립을 염원했던 김현승의 시정신은 이 시편 속에 고스란히 녹아 있다. 그의 시편은 암담한 현실 속에서 강직한 삶의 의지를 드러내고자 하는 주지적 경향을 띠고 있다. 그러기에 당시의 시대적 상황을 암시하는 '광풍', '쓸쓸한 저녁', '비련', '비가', '눈물', '한숨', '밤' 등의 시어와 대척되는 '해', '동방', '햇발', '광명', '아침', '어린 새벽', '등불' 등의 시어를 발견할 수 있다. 문학평론가 유성호 교수가 「김현승 시의 구조와 방법」(2006년)에서 적절하게 지적한 것처럼 김현승이 사물을 읽는 '인식구조'와 시를 쓰는 '형상화방법'은 이른바 '대위구조적 상상력'이다. 즉 이원적 사유에 바탕을 둔 이항대립적 상상적 힘은 '유/무, 진/퇴, 명/암, 희/비, 선/악, 자유/구속, 제국주의/식민지, 이성/감성, 신/인간' 등 사회적, 추상적, 가치평가적인 대립적 힘과 그들이 이루는 조화, 그것들의 대립/융화의 원리로 시적 형상을 창조하는 상상력을 보여 준다. 김현승은 한결같이 이원적 대위를 이루는 개념을 통해 사물의 실상에 접근하였으며 그것을 철저히 이미지화하는 시적 경향을 보였다.

김현승 시인이 초기 데뷔작을 통해 무엇을 노래하고자 했는지 시대적 상황과 대비시켜 보면 금방 알 수 있다. 암울한 식민지 시대에서 고통 받고 있는 민족적 비애를 타파하려는 그의 시정신은 데뷔 초기 시편들에서 유사한 시적 이미지와 메타포를 보여준다. 절망적인 시대상황을 암시적으로 드러내면서 끝내는 민족의 미래, 희망을 개척하려는 시인의 의지를 읽을 수 있다.

김현승 시인은 1934년 3월에 2편의 시를 연이어 발표한 후 몽양(夢陽) 여운형(呂運亨)이 운영하던 조선중앙일보의 1934년 6월과 7월에 「아침」과 「황혼」이라는 시를 발표했다. 아울러 1934년 9월 28일자의 동아일보에 「새벽은 당신을 부르고 있습니다」라는 시를 또다시 발표하여 '김현승'이라는 이름은 '조선문단'에 점차 알려지게 되었다.

1935년 한 해 동안 김현승은 무려 10여 편의 시를 지면에 발표했다. 『조선문단』 2월호에 「떠남」, 「새벽」, 『조선시단』 4월호에 「묵상수제(默想數題)」, 동아일보(5월)에 「아침과 황혼을 데리고 갈 수 있다면」, 조선

1, 2 다형 김현승 시인의 시가 최초로 발표된 1934년 3월 25일자와 3월 27일자의 동아
일보의 지면. 3 다형 김현승 시인의 육필 원고.

중앙일보에 각각 「너와 나」(6월), 「까마귀」(7월), 「동굴의 시편 1·2」(10월), 「밤마을」 등의 시편을 연속해서 발표했던 것이다.

이처럼 동아일보와 조선중앙일보 등의 지면에 역작을 발표하게 되자, 1935년 12월 월간 『신동아』지의 연말시단(年末詩壇)에서 평론가 홍효민은 촉망받은 신인으로 김현승과 조영출을 언급했고, 김현승을 "혜성처럼 나타난 시인"이라고 극찬하고 나섰다. 그뿐 아니라 당시 조선문단을 이끌던 임화 김기림 황석우 시인과 이태준 소설가 등이 김현승을 주목하기 시작했다. 김현승은 신춘문예나 잡지를 통한 공식 추천제도를 거치지 않았지만, 일약 조선문단과 시단에 혜성처럼 등장한 것이다.

김현승 시인은 1934년부터 1936년까지 20여 편의 작품을 신문과 잡지에 발표했다. 그는 궁핍하고 암울한 식민지 시대에서 고통 받고 있는 민족적 비애를 극복하고자 하는 마음을 자연미의 예찬과 동경으로 표현하고자 했다. 다형은 자신의 그러한 시풍(詩風)을 '민족적 로맨티시즘' 혹은 '민족적 센티멘탈리즘'이라고 표현했다.

1936년 3월, 김현승은 숭실전문대 문과 3학년을 수료한 후 졸업을 1년 앞두고 또다시 고질병인 위장병과 신경쇠약으로 건강이 흔들리게 되자 평양을 떠나 광주로 하향했다. 김현승 시인의 표현처럼 그의 육체가 성장한 곳은 광주였지만, 그의 정신이 성장한 곳은 평양이었다. 평양을 떠나 고향 광주에서 몸을 추스른 김현승은 모교인 숭일소학교에서 교편을 잡으면서 일본 도쿄의 동경체육대학으로 유학을 간 동생 김현택(훗날 축구 국제심판으로 활동)의 학비를 부친과 함께 부담했다.

그런데 이듬해 1937년 3월에 일제 고등계 경찰은 광주 '양림교회'에서 벌어진 작은 사건을 트집 잡아 이를 '신사참배 거부문제'로 조작했다. 사건의 발단은 수피아여고 교사가 제자인 여학생과 염문을 뿌리게 되자 양림교회의 정의파 청년들이 그 교사에게 린치를 가하는 일이 발생했다. 이에 그 교사는 교회 청년들을 반일적이고 신사참배를 거부하는 무리라고 누명을 씌워 폭행죄로 고소했다. '양림교회' 관련자들이 올가미에 걸려들기만을 고대하던 일제 경찰은 고소장을 접수하자마자 교회청년들과 그 배후조종자들에 대해 일제히 체포령을 내렸다. 김현승은 물론 부친 김창국 목사, 그리고 누이동생과 십수 명의 교회청년들이 한밤중에 '사상범'으로 체포되었다. 김현승의 부친은 이 사건과 아무런 관련이 없었으나 '요시찰인'으로 일제 경찰에 낙인이 찍혔기에 교회의 청년들이 문제를 일으킨 것을 기화로 체포해 간 것이었다.

광주경찰서로 연행된 김현승 가족은 이후 각각 다른 지서로 연행돼 구속 조치되었다. 김현승 시인은 광주에서 50여 리나 떨어진 장성경찰서 유치장에 갇히게 된다. 거기서 알몸으로 물고문까지 받는 등 극심한 모욕과 취조를 당했다. 김현승 시인을 비롯한 사건 관련자들은 한 달 만에 광주경찰서 유치장에 다시 모였고, 이후 모두 불구속 기소조치로 석방되었다. 이 사건의 주모자로 불구속 기소된 김현승은 광주법원 1심에서 무죄를 선고받았고, 교회 청년들에겐 거액의 벌금이 부과되었다.

몇 달 후 대구에서 열린 2심법원에서 김현승을 포함하여 교회청년들에게 거액의 벌금형이 판결되었다. 이때 벌금은 미국 선교회에서 극비리에 부담하여 감옥행을 면했지만, 일경에 의해 김현승 시인은 숭일학교 교사직에서 파면당했다.

그런 소용돌이를 겪으며 졸지에 실직자가 된 김현승 시인은 1938년 2월, 기독교 장로인 장맹섭의 따님 장은순(張銀淳)과 혼인을 하여 신혼생활을 시작했다. 당시 수피아여고에서 음악교사로 일한 신부의 수입으로 살림을 꾸려나갔다. 하지만 "일인(日人)들ㅡ 그 흉악한 인간들"(김현승 시인의 표현)에 의해 광주를 떠나야 했던 김현승 시인은 1938년 4월, 숭실전문학교에 복학하고자 평양을 찾아갔다. 그런데 그 학교는 1938년 3월 4일, 일제의 억압적인 통치와 '신사참배' 강요에 맞서서 자진폐교(自進廢校)한 상태였다. 신사참배와 친일활동을 했던 여타의 대학들과 비교해 볼 때 숭실전문학교는 진정으로 민족대학이었다는 평가를 받을 만했다.

바로 그때부터 해방 전까지의 강퍅한 삶의 여정에 대해 김현승 시인은 '자술연보'에서 이렇게 피력했다.

기구한 젊음의 장한(長恨)을 품고 제2의 고향인 평양을 돌아서다. 이때부터 8·15해방까지 지상에서 태어난 한 식민지 청년의 형극의 길이 비롯되다. 학업은 중단되고 교사의 직에서는 관의 압력에 의해 해고되고 꿈에서도 잊지 않던 시작(詩作)은 현실적으로 중단되고 구직을 위하여 평안남도의 두메산골까지 방황을 하고 마침내는 기질에도 맞지 않고 원치도 않았던 회사 등의 직장에서 연명을 위하여 생활이 아닌 생존을 계속하다. 이 동안에 모친(양응도)의 상(喪)을 당하고 삶의 무상(無常)을 더욱 체험하다.

숭실전문학교가 폐교되자 김현승 시인은 평북 용강군에 있는 어느 두메산골의 사립학교 교사로 몇 달 동안 근무하다가 감옥과도 같은 생활에 염증을 느끼고 어느 날 그곳을 훌쩍 빠져나왔다. 그 뒤 황해도와 전남 화순의 금융조합에서 서기로 근무했지만 시와 숫자는 너무도 거리가 먼 것을 실감하고 2년 후 그만두고 말았다. 그리고는 어느 피복회사에서 일자리를 얻어 한동안 수입은 괜찮았다. 하지만 회사 상무이사인 일인(日人)이 술을 못한다는 이유로 김현승 시인을 몹시 괴롭혔다. 그는 생잔(生殘)을 위해 전전긍긍한 채 살아가야 했다.

1937년 7월, 일제는 중일전쟁을 도발했다. 이어 1937년 12월 13일 일본군이 국민정부(國民政府)의 수도였던 난징(南京)을 점령한 후 이듬해 2월까지 대량학살과 강간, 방화 등을 저지른 '난징대학살[중국에서는 난징대도살(南京大屠殺)이라고 한다]'을 자행했다.

약 6주 동안 20~30만 명의 중국인이 일본군에 의해 잔인하게 학살되었으며, 강간 피해를 입은 여성이 2~8만 명에 이르렀다. 일본군의 방화와 약탈로 난징의 건축물의 약 24%가 불에 타버렸고, 90%가 파괴되는 대참사가 일어난 것이다. 난징대학살을 자행함으로써 제국주의자로서의 침략전쟁의 마각을 드러낸 일제는 조선의 해방과 독립을 염원하는 일체의 행동을 철저하게 탄압했다.

김현승 시인은 일제의 대륙침략전쟁이 본격화되고, 황국식민화정책으로 친일문학이 기승을 부리게 되자 사실상 절필함으로써 일제에 항거하고자 했다. 1937년부터 1945년 8월 15일까지 김현승의 시는 지면에서 사라졌다. 그리고 일제 말기에 강요된 국민복 입기나 삭발령도 단연 거부했다는 것이 가족들의 기억이다. 일제 말기, 상당수 문인들이 친일문학의 대열에서 일신의 안녕과 영달을 구가할 때 그는 식민지 지식인의 자존을 지켜내고자 신산스러운 삶을 이어갔던 것이다.

8. 다형 김현승 시인이 한국문학사에 남긴 업적과 평가

1945년 8월 15일, 식민지 조국이 해방이 되자 김현승은 해방의 기쁨을 만끽했다. 이때 아내와 슬하의 3남매(장녀 김옥배, 장남 김선배, 차남 김문배)의 가장으로서 생계를 위해 광주에 있는 〈호남신문사〉 기자로 취직했다. 하지만 시적인 삶, 정적인 삶을 추구했던 다형에게 '신문기자'라는 동적인 직업은 체질상 맞지 않았다. 이내 그는 신문사를 사직했다. 8·15 해방은 생존에 허덕이던 김현승 시인을 다시 정신세계로 돌아오게 하는 계기로 작동했다. 다형 자신의 표현처럼 "깊은 생존의 바닷속으로 가라앉아 가던 불쌍한 시혼(詩魂)에 한 가닥 빛을 던져 주고 꺼져 가던 생명의 등잔에 기름을 불어넣어 주었다."

김현승은 9년이라는 기나긴 문학적 공백기를 깨고 다시 시단에 복귀하려고 했지만 해방 후 양주동 교수는 주로 학계에서 활동하며 문단과는 절연하고 있었다. 그 무렵 김현승의 시작활동에 도움을 준 사람은 김광균 서정주 장만영 시인 정도였다. 김현승 시인은 이전과 달라진 민족적 상황에서 시작 방향을 놓고 고심을 거듭했다. 1930년대 풍의 민족적 센티멘탈리즘의 연장에서 벗어나야 했고, 현실 치중의 시를 쓰는 것도 생리상 맞지 않았다. 그래서 다형은 인간의 내면세계로 눈길을 돌렸다. 그동안 외계적인 자연에만 치우친 나머지 인간의 내면적인 자연을 몰각했다는 자성에 이르게 된 것이다.

　　김현승은 1945년 8월 『문예』지에 「시의 겨울」, 1946년 4월 『민성』지에 「내일」, 그리고 1947년에는 정지용 시인이 주간으로 있는 경향신문에 「조국」, 「자화상」 등의 시를 발표함으로써 오랜 동면에서 깨어나 문단에 복귀했다. 1946년 6월 김현승은 광주의 양림교회 청년들과 함께 모교인 숭일중학교의 복교를 이룩했고, 이 학교의 초대 교감으로 취임했다. 이듬해 교장 발령이 예정되었으나 사양했고, 1949년 6월에는 교사직마저 그만두었다. 1950년 8월, 한국전쟁의 와중에 김현승 시인은 부친상을 치러야 했다.

　　해방 직후 전라도 지역에서는 쌀 한 되, 보리 한 되를 자발적으로 내놓으면서 민립대학을 설립하자는 운동이 거세게 일어났다. 1946년 9월, 조선대학교 설립동지회는 새로운 국가수립에 기여할 지역사회의 인재를 양성한다는 명분으로 전국 각지에서 대중적인 참여를 이끌어냈고, 여기에 7만 2,195명이 조선대학교 설립동지회 활동에 동참했다. 그 무렵 광주의 인구가 불과 10만여 명이었음을 감안할 때 광주와 호남을 넘어 전국적인 대중들의 참여가 있었음을 알 수 있다. 압도적인 대중의 참여로 설립된 대학, 바로 그 조선대학교의 요청으로 김현승 시인은 1951년 4월에 조대 문리대 문학과 교수로 부임하게 된다.

한국전쟁 기간 중인 1951년 6월, 광주에서 출간된 『신문학』 창
간호와 1952년 9월, 목포에서 출간된 『시정신』 창간호.

김현승 시인이 조선대 교수로 재직하던 무렵인 1951년 6월에 광주에
서는 문예지 『신문학(新文學)』이 '광주문화사' 발행으로 창간되었다. 한
국전쟁이 진행 중인 그때 전국적으로 동인지나 문예지 발간이 모두 중
단된 상태였다. 바로 그 시기에 김현승 시인의 주도로 출간된 문예지
『신문학』은 처음엔 광주전남지역의 문인들의 동인지 성격으로 출간되
다가 3집부터 전국의 문인들을 수용하는 문예지로 발전되었다. 『신문
학』에는 광주지역 문인들로 김현승 박흡 이동주 이석봉 등의 시와 장용
건 손철 승지행 임병주 김해석 전병순 등의 소설, 최태응 이은태 이은상
조희권 차재석 등의 수필이 실려 있다. 아울러 평론과 '호남문학을 말하
는 좌담회', 문단 회고담, 해외문화 토픽, 문단동정이 실리는 등 1930년
대 『시문학』 이후 광주전남 문인들이 만든 최초의 문예지라는 점에서
그 의미가 컸다.

창간호부터 제4집까지 김현승 시인이 편집인과 편집주간을 맡은 『신
문학』은 해방 직후 광주전남의 문단 현황을 잘 보여 주고 있다. 화가 천경
자, 김보현 등의 표지화, 김두하의 판화, 서예가 손재형의 제자(題字)로

장정된 100쪽 안팎의 이 잡지에는 광주전남지역에서 활동하는 문인들의 작품이 합평을 통해 엄선돼 게재되었다. 1951년 6월에 출간된 창간호에는 김현승의 시 「신록이 필 때」, 「고 영랑 추도일에」, 박흡의 시 「독수리」 외, 이동주의 「좁은 문의 비가」, 이석봉의 시 「비익조」 등이 실려 있다.

1951년 12월에 출간된 제2집부터 고 박용철 시인의 미망인 임정희 여사의 후원으로 이후 4집까지 출간될 수 있었다. 서울 관훈동과 광주 충장로 5가에 주소지를 둔 출판사 '신문학사(新文學社)'에서 발행되었고, 인쇄처는 목포의 제일인쇄소였다. 제2집에는 김현승의 시 「고향에」, 「가을의 입상」, 이동주의 시 「봉선화」, 「강강술래」 등과 김해석의 「Y가의 생리」, 손철의 「유방」, 전병순의 「준교사」 등의 소설과 노천명의 회고담 「시문학 시절 회고」, 이은상의 수필 「사물 유감」, 조희권의 수필 「철없는 사람들」, 차재석의 수필 「편집수첩」 등이 눈에 띈다.

『신문학』은 뒤표지에 광고를 실었는데, 1집에는 '조선대학'이 전면 광고를 후원했고, 2집에는 '전라남도석유조합(조합장 고광표)'과 '목포 상선주식회사(사장: 김대중)'가 절반씩 광고를 냈다. 당시 목포에서 '목포상선주식회사'를 이끌며 성공한 사업가로 알려진 김대중 사장(15대 대통령)이 지역문화 발전을 위해 출판비를 후원한 것이다.

『신문학』 제2집 발간 이후 서울과 부산 등지에서 문인들의 찬사와 격려가 쏟아졌고, 1952년 7월에 간행된 『신문학』 3집부터 광주를 뛰어넘어 전국적인 문예지로 면모를 갖추게 된다. 그즈음 서정주 시인이 광주로 피난을 와서 김현승의 자택에서 기거한 관계로 서울과 여타 지역 문인들과의 소통이 자연스럽게 이루어질 수 있었다. 그런 관계로 신석정 구상 서정주 김종문 황순원 조연현 등의 글이 이 잡지에 실리게 된다. 1953년 5월에 출간된 제4집에는 황순원의 「소나기」와 조지훈의 시 「풀잎단장」 등이 실려 있고, 이에 대한 조연현의 평론이 게재돼 있다.

전남대 국문과 임환모 교수가 〈2016 다형문학축전〉에서 발표한 「'신문학'의 한국문학사적 위상」이란 글에서 언급한 것처럼 한국전쟁 기간 중 광주에서 출범한 문예지 『신문학』은 당시 전국 유일의 순수 문예지이자, '호남 최초의 전국적인 문예지'라는 점에서 문학사적 의의가 크다. 아울러 광주전남 문단의 활성화에 크게 기여했다고 평가할 수 있다.

1952년 9월에는 이동주 김현승 차재석을 편집인으로 시 전문지 『시정신』이 목포의 항도출판사에서 출간되었다. 『시정신』에 '고(故) 박용철 시인'의 작품과 김현승 시인의 대표작 「눈물」이 게재되었다. 또한 신석정 서정주 이동주 이병기 유치환 시인 등의 작품이 실리게 된다. 한국전쟁 기간 중 광주와 목포에서 출간된 『신문학』과 『시정신』을 통해 지역문학과 중앙문단과의 교류가 본격적으로 이루어져 광주전남의 문학이 새롭게 부활할 수 있는 토대가 마련될 수 있었다.

『시정신』 창간호에 실린 다형의 대표작 「눈물」에 얽힌 비화가 있다. 김현승 시인이 광복 후 광주에서 다시 시작생활을 전개하면서 셋째 아들(김기배)을 얻게 되어 몹시도 기뻐했다. 그런데 6·25전쟁과 전쟁 후의 극심한 생활고로 네 살짜리 아들이 약 한 번 변변히 써보지 못하고 시름시름 앓다가 세상을 떠나게 되자, 큰 충격을 받게 된다. 이때 다형이 애지중지한 그 아들을 잃고서 애통한 아픔을 극복한 후에 쓴 시가 바로 「눈물」이란 작품이었다.

김현승 시인은 1951년 4월부터 1961년 3월까지 만 10년 동안 조대 국문과 교수로 재직했다. 조대 재직 시절에 그는 기독교 정신에 입각하여 자기성찰의 순결성을 드러낸 「플라타너스」, 「옹호자의 노래」, 「가을의 기도」 등의 시편들을 연이어 발표했다.

다형은 조선대 교수 시절, 전남도청 인근에 자리한 상록수다방과 충장로에 있는 신성다방, 노벨다방, '나하나' 경양식집 등을 단골로 삼아 문인들과 문학에 뜻을 둔 문청들을 자주 만났다. 그는 후배 문인들 혹은 까까머리 고교생 문청들과 격의 없이 어울렸고, 문학적인 이야기보다는 세상 돌아가는 이야기, 커피와 축구 이야기로 환담을 나누었다. 다형은 수필에서 자기 성격을 밝힌 것처럼 우선 비사교적이고 고집이 강했다. 친구가 그리 많지 않은 것도 그의 성격에 기인했다고 볼 수 있다. 표정은 대체로 근엄하고 담담했으나 제자들에게는 항상 자상하고, 배려가 많았으며 때론 유머감각이 넘치는 말로 대했다. 그리고 시낭독회나 시화전이 열릴 때 후배들을 후원하고, 격려했다. 광주시 양림동 89번지 김현승 시인의 자택에는 고교생 혹은 대학생 문청들이 수시로 들락거리면서 다형으로부터 문학적 세례를 받았다. 다형은 문학을 가르치는 입장에서는 매정할 정도로 까다로운 스승이었다. 그는 "사상이 없는 시는 무정란과 같다."라고 말할 정도로 시에 있어 '사상성'을 그 무엇보다도 중요시했다.

1955년 4월, 김현승 시인은 '한국시인협회'가 수여하는 제1회 '시인상' 수상자로 선정되었지만, 작품에 대한 평가라기보다는 '공로상' 성격이라는 이유로 수상을 거부해 화제가 되었다. 5월에 한국문학가협회의 중앙위원으로 활동했고, 7월에는 제1회 '전라남도문화상' 문학부문상을 수상했다.

다형은 1957년 12월, 첫 시집 『김현승 시초』(문학사상사)를 어느 청년의 도움으로 출간할 수 있었다. 그간 시집 한 권을 펴내지 못한 사정을 안타깝게 여긴 '고맙고 친절한 어느 청년'이 시집 출간의 도움을 자청했다. 이에 김현승 시인은 지니고 있던 80여 편의 시 중에서 60여 편을 선하여 그 청년에게 건네주면서, "원고의 선정과 장정을 서정주 시인과 상의하여 출간하라."고 말했다. 미당은 그 60편의 시 중에서 27편만을 선하고, 발문을 쓰는 등 70쪽 분량의 『김현승 시초』를 발간하는 데 노력을 보탰다.

다형의 첫 시집 『김현승 시초』는 모두 2부로 나뉘어져 「눈물」, 「푸라타나스」, 「5월의 환희」, 「가을의 기도」, 「자화상」, 「무등차」 등 다형이

1 1938년 2월 신랑 김현승과 신부 장은순 결혼식. 2 그 누구보다도 커피를 좋아한 다형(茶兄) 김현승 시인. 3 숭전대 교수 시절 캠퍼스 안에서 다형 시인. 4 다형의 가족. 다형은 슬하에 3남 2녀를 두었다. 다형이 막내딸 순배를 안고 있다.

1945년 8월에 시작활동을 재개한 후 발표된 대표작이 실려 있다. 이성부 시인의 회고한 바처럼 다형의 첫 시집에는 사랑과 슬픔, 고독과 기도의 정서가 깔려 있다. 목사의 아들로 태어나 기독교 가정환경에서 성장하고, 기독교적 보편성 위에서 문학적 좌표를 설정했음에도 불구하고 다형은 천상이 아닌 지상을, 신의 문제가 아닌 인간의 문제를 추구했다. 다형이 첫 시집을 출간한 것은 등단 이후 무려 23년 만의 일이었고, 그의 나이 45세 때의 일이었다.

다형이 그토록 오랜만에 시집을 출간한 것은 시인의 겸허함과 신중함의 반영이기도 했다. 다형 시인이 비록 늦은 나이에 첫 시집을 간행했으나, 이미 그는 한국문단에서 광주를 대표하는 시인으로 자리 잡고 있었다.

다형 시인의 별명은 후배 문인들에게 '양림동 백작' 혹은 '대추씨' 라고 불려졌다. 그는 항상 온몸에 단정한 멋이 흘러넘쳤고, 함부로 범접할 수 없는 깐깐한 성격을 지니고 있었다. '대추씨' 처럼 작지만 단단하고, 함부로 깨물 수 없는 견고한 힘이 다형의 모습이자 본질이었다. 이 때문에 박봉우 이성부 문순태 등 광주지역 문인들은 다형 선생을 '대추씨' 라고 칭하곤 했다. 그리고 다형 시인의 미망인 장은순 여사(1915~2001)의 회고에 의하면 원고청탁이 오면 언제나 마감날짜 전날 보냈고, 출근시간도 항상 시간을 넉넉히 잡고 나간 까닭에 결근이나 지각은 거의 없었다. 또한 자녀들에 대한 사랑은 어느 모성애 못지않을 정도로 지극했다. 다형 시인은 언제나 습관처럼 혼자서 고개를 푹 숙인 채 땅만 보고 바쁘게 걸어 다녔고, 광주에 살 때는 전남대 농대의 플라타너스 숲길을 걷는 걸 특히 좋아했다.

김현승 시인은 『현대문학』 등의 신인 추천위원과 신춘문에 심사위원으로 활동하면서 여러 문인들을 길러냈다. 다형에 의해 박봉우 주명영 박홍원 임보 랑승만 문병란 권영진 이성부 정재완 손광은 김규화 정의

홍 윤삼하 정현웅 진헌성 조태일 문순태 오규원 박경석 양성우 이한용 이운룡 이생진 김준태 윤재걸 등이 등단할 수 있었다.

김현승 시인에 의해 1959년 10월 『현대문학』지에 첫 추천을 받았고, 1962년 3회 추천이 완료되어 등단한 문병란 시인(조선대 인문대 문학과 10회, 1961년 졸업)은 조선대 재학 시절 김현승 교수에 대해 이렇게 회고한 바 있다.

> 다형 선생님은 청교도적인 신앙을 바탕으로 실존주의적 절대고독을 작품으로 형상화한 분이다. 절제된 압축과 모던한 이미지, 견고한 시적 패턴을 보여 주는 등 보석처럼 견고하고 빛나는 이미지를 지닌 시인이었다. 조선대 문리대 재직 시절, 시론(詩論) 시간에는 이론을 가르쳤지만, 시창작 시간에는 시를 실제로 쓰도록 했다. 칠판에 시제(詩題)를 하나 써 놓고 학생들에게 그 제목으로 시를 쓰도록 한 것이다. 그러고는 당신도 그 제목으로 시를 창작했다. 내 등단작인 「가로수」라는 작품도 시창작 연습시간에 썼던 작품인데, 이것을 다형 선생님이 『현대문학』에 첫 번째 추천작으로 뽑았다. 선생님은 시창작에서 정확하고도 빈틈없는 언어표현을 강조했으며, 낭비가 되는 언어를 절대 쓰지 말도록 했다.

김현승 시인은 10년 동안 광주에서 후진을 양성하다가 1960년 4월, 숭실대 부교수로 자리를 옮겼다. 1964년에는 숭실대 교수로 재직하면서 전북대 대학원과 연세대 대학원 등에도 출강했다. 서울 수색동의 산동네로 이주한 뒤 다형의 부인은 피아노 레슨을 하면서 살림을 보탰다. 김현승 시인은 수색에 살면서도 광주와 서울을 자주 오가며 광주지역 문인들에게 당산나무와 같은 역할을 했다.

다형이 살았던 서울 수색동 119-10번지의 집은 광주전남의 문인들이 수시로 드나들던 단골 사랑방이기도 했다. 당시 수색동에는 이동주 박봉우 시인과 하근찬 소설가 등이 살고 있었다. 그들을 비롯해 박이도 김종해 이탄 권오운 박건한 이성부 조태일 이근배 오규원 홍신선 노향림 최하림 김규화 이시영 이가림 시인 등과 염무웅 김현 등 평론가, 이경자 소설가 등이 수색동 집을 자주 찾아가곤 했다. 문단에서는 이들을 가리켜 '수색사단' 이라고 일컬었다. 다형은 문인들이 찾아오면 자신이 즐겨 마시던 원두커피, 힐스 브로스(Hills Bross)를 직접 포트에 끓여 내놓으면서 그들과 환담하는 것을 즐거워했다. 심심풀이로 '섯다' 판을 벌여 즐거운 한때를 보내기도 했고, 당신 자신은 술을 못했지만 제자와 후배들을 위해 수색역 앞의 설렁탕집에서 술자리를 마련해주곤 했다. 최하림 시인도 그때 다형 선생 댁에 자주 드나들었다. 1960년대 초반 박봉우 이성부 문순태 등 광주의 제자들이 간혹 돈을 빌리려 수색동 다형 선생의 집을 찾았을 때 책갈피 속에 넣어둔 지폐를 꺼내어 사모님 몰래 건네줄 정도로 다정다감한 분이라고 기억하고 있다.

1966년에 창간된 『창작과비평』은 3년 만인 1968년 봄호에 처음으로 시를 게재했는데, 이때 김현승 시인의 '근작 시편' 이 단독 특집으로 실렸다. 「미래의 날개」, 「고독」, 「어리석은 갈대」 등 5편의 시가 한꺼번에 발표된 것이다. 1960년대는 흔히 '난해시의 천국' 이라고 말할 정도로 한국시가 독자·대중과 유리되어 있었다. 하지만 다형은 시류에 흔들리지 않고, 현실 지향의 명료한 목소리로 시의 본령을 되찾으려고 했다.

1968년 1월에 김현승 시인은 제3시집 『견고한 고독』을 출간했다. 시인이자 문학평론가인 장석주는 "이 시집을 통해 다형은 신의 불가지성(不可知性), 무한성, 영원성에 대비되는 인간의 근원적 허무의 자각에서 비롯된 고독의 실체를 발견하여 노래했다."고 평가했다.

1968년 6월 16일, 김수영 시인이 서울 신수동의 집 근처에서 불의의 교통사고로 타계했다. 한국문단은 큰 슬픔에 잠겼고, 계간 『창작과비평』 가을호는 '고 김수영 특집'을 마련했다. 12편의 시와 평론 2편, 일기초를 실었고, 「김수영의 시사적 위치와 업적」이라는 김현승의 평론을 게재하기도 했다.

> 시인 김수영(金洙暎)은 갔다. 폭탄과 교훈과 시사를 한국시단에 던지던 김수영은 너무도 아깝게 너무도 일찍 가고 말았다. 그는 과거에 만족하는 시인이 아니었다. 언제나 앞을 보고 오늘의 정체를 극복하려고 노력하는 자기만족을 모르는 시인이었다.

이렇게 서두를 시작하는 다형의 '김수영론'은 한국 신시사(新詩史) 60년의 흐름을 살펴본 후 김수영 시인이 남긴 문학사적 업적을 높이 평가했다.

> 김수영은 60년대에 있어 순수파의 어느 시인보다 우수하게 언어의 예술성을 소중히 여기고 무의식 세계의 무한대에 매력을 느낀 시인이었지만, 그는 결코 언어의 마술성에 현혹되어 시의 사상성을 몰각하는 시적 유희에 빠지지 않았다. 한국의 유능한 시인들이 언어의 예술성에만 사로잡혀 있을 때 김수영의 현명한 눈은 그의 시에 건전한 사상성을 도입함으로써 한국 현대시의 메커니즘을 깨우쳐 주었다.

김현승 시인은 '김수영론'의 말미에서 그즈음 한국시단에 대해 불편한 심기를 드러냈다. "시란 다름 아닌 생활의 절실한 반영이면 된다. 그 절실한 반영이 한국 시인의 손에 의하여 쓰여질 때 그것은 저절로 자기도 모르게 한국적인 문학이 되는 것이다. 따라서 그것은 오늘의 절실한 문제라는 점에서 공통적으로 세계성을 가질 수도 있게 된다."

김수영이 타계하던 그해 『세대』지 12월호에 다형은 「시는 없다」라는 의미심장한 시를 발표했다.

> 그러나 시가 호올로 꽃피는 땅엔/사람도 짐승도 없다/그들의 더운
> 숨소리조차도 들리지 않는다//눈물은 한갓 염분과 수분으로 갈라지고/
> 심장은 세파드에게서도 받아오고/백지 위엔/마른 잉크가 바래어 있을
> 뿐,/시가 호올로 메아리하는 곳에/시는 없다 시는 없다!

1930년대 최고의 모더니스트로 활동한 김기림과 최고의 시인으로
인기를 모은 정지용, 그리고 1960년대 한국시단에 가장 큰 영향력을 지
닌 김수영은 김현승 시에 대해 적극적인 옹호자였다. 그러나 그들이 모
두 세상을 일찍 타계함으로써 "나는 문단에 복이 없네. 내 시를 평가하
고 좋아했던 사람들은 모두 일찍 세상을 떠났단 말이야."라고 제자 이성
부 시인에게 말할 정도로 다형 시인의 '외로움'의 그림자는 그 문학세
계와 일상적 삶에 짙게 배어 있기도 했다.

1970년에 이르면 다형은 『견고한 고독』에서 『절대고독』(1970년, 성
문각)으로 넘어갔지만 고독에의 탐구는 여전히 계속되었다. 이에 대해
문학평론가 유성호(한양대 국문과 교수)는 이렇게 진단했다.

> 김현승 시인은 후기 시편에서 철학적 관념을 극한까지 추구하면서
> 형이상학적 궁극에 이르는데, 그것은 다름 아닌 '고독(孤獨)'이라는 개
> 념에 대한 집요한 천착이었다. 김현승을 이르는 별칭 중에서 가장 보편
> 적인 것이 '고독의 시인'이듯이 고독과 김현승의 관계는 단순한 주제
> 적인 집념 외에 더 큰 의미가 내포되어 있다. 이 고독에 대한 인식으로
> 결국 김현승 시인은 가장 치열한 '자기탐구'의 극점에 이른다고 할 수
> 있다. 김현승이 자신의 시적 여정 중 가장 깊이 있는 관념(고독)에 이르
> 고 또 그것에 끊임없이 애정을 가지고 형상화한 것으로 미루어 보아

『견고한 고독』과 『절대고독』을 펴낸 시기가 그의 시적 인생의 클라이맥스이고, '신앙'으로 원점회귀하기 직전의 한 정점이기도 하다. 김현승 시인이 추구한 고독의 층위는 그 스스로가 말한 기질적인 고독, 그리고 시대적 상황이 가져다준 사회적인 고독, 그리고 존재론적인 고독과 신을 잃어버린 고독 등으로 나타난다.

다형은 「절대고독」에서 "나는 이제야 내가 생각하던/영원의 먼 끝을 만지게 되었다//그 끝에서 나는 눈을 비비고/비로소 나의 오랜 잠을 깬다"라고 표현한 것처럼 김현승의 필생의 시적 테마인 고독은 프로테스탄트의 힘겨운 자기 각성, 자기 정체성 도달의 의미를 띤다. 그 고독의 시적 의미는 외따로 혼자 버려져 있는 감각적 쓸쓸함으로서의 외로움과 질적으로 다르다. 그것은 '단독자'로서의 인간의 실존에 대한 자각을 의미하는 개념으로 쓰이고 있다. 김현승은 고독에 깊이 들어간 세계에서 새로 발견하는 탄생의 기쁨을 보고 있다. 그것을 시인은 '절대고독'이라고 부르고 거기서 '영원의 먼 끝'을 만지고 있다. 다형은 영원의 끝을 만지면서 비로소 고독한 존재로서 자신을 발견하고 있는 것이다. 김현승 시인은 유성호의 평가처럼 "인간존재를 신 앞에 던져진 유한하고 고독한 존재로 파악, 그 안에서 영원을 감득하는 '절대고독'의 극한까지 추구해간 보기 드문 시적 치열성을 지닌 시인"이었다.

또한 문학평론가 김우창은 "김현승의 종교적 추구는 어려운 시대에 있을 수 있는 하나의 정신자세를 나타내 준다. 정신이 상실된 시대에서 그 정신은 시대의 얼굴을 직시함으로써 스스로 우위를 확인할 수 있다고 믿는다. 시대를 보는 정신의 명증성은 곧 시대를 거부하는 강력한 내면의 의지가 된다."고 평가하기도 했다.

다형은 1971년에는 서라벌예대 문예창작과에 출강하여 후진을 양성했고, 1972년에는 숭전대(현, 숭실대) 문리대 학장으로 활동하면서, 『한국현대시 해설』이라는 책을 관동출판사에서 출간했다. 1972년 3월, 김현승 시인은 차남(김문배)의 결혼식을 종로에서 치르던 중 하객들에게 감사인사를 하는 순간, 말씀 도중에 돌연 고혈압으로 쓰러졌다. 그 몇 달 동안 다형은 학교를 휴직하며 집에서 요양을 했다. 다행히 병세가 호전되어 일상으로 되돌아올 수 있었다. 이듬해가 회갑이었지만 회갑잔치를 제대로 치르지 못했고, 불편한 몸으로 계속 서울캠퍼스와 국문과가 있던 대전캠퍼스까지 강의를 나갔다. 병후에 다형 김현승 시인은 "시를 버릴지언정 나의 구원인 나의 신앙을 다시금 떠날 수는 없다."는 각오를 갖고 의식적으로 기독교 신앙을 주제로 한 여러 시편들을 발표했다. 1973년 5월에 다형은 '서울특별시 문화상' 문학부문을 수상했다. 이듬해 1974년 5월에 다형 시인은 '시작생활 40년'을 정리한 『김현승시전집』(관동출판사)을 출간했다. 문단 데뷔 후 발표한 230편을 한데 묶어 전집을 출간한 후 경향신문과 가진 인터뷰에서 그 소회를 피력했다.

> 다작도 과작도 아닌 편이다. 언제나 생각하는 것은 시적 경험이며, 시어로 깊은 생각 끝에 고르고 다듬어 시를 내놓는다. 고혈압으로 쓰러진 후 독실한 신앙생활을 하지 못한 데 대한 가책이 되살아나 이후에는 다시 순수한 신앙인의 자세를 견지하려고 했다.

다형은 그 이전에도 그랬지만 개인 시집은 물론이거니와 전집을 펴냈을 때도 그 흔한 출판기념회를 한 번도 갖지 않았다. 김현승 시인은 전집을 출간하고 나서 타계하기 6개월 전 고향 광주를 방문한 적이 있었다. 그날 광주MBC 개국기념일에 초청을 받은 다형은 고향 광주를 노래한 송가 「산줄기에 올라」를 낭송했다. 그러고는 오랜 만에 제자들을 불러 자리를 같이했다. 그날 김준태 한옥근 문병란 김현승 양성우 범대순 김재흔은 전남도청 앞(현, 아시아문화의전당)에서 다형 시인을 모시고 기

광주 금남로 전남도청 앞(현재 아시아문화전당)에서 제자 및 후배 문인들과 함께한 다형 시인. (왼쪽부터) 김준태 한옥근 문병란 김현승 양성우 범대순 김재흔 시인.

념촬영을 했다. 김준태 문병란 양성우 김재흔 시인은 다형의 추천으로 등단한 직계 제자뻘이었고, 한옥근 희곡작가와 범대순 시인은 직계 제자는 아니더라도 다형을 정신적 스승으로 모시고 있었다.

김준태 시인은 그날 다형과의 만남에 대해 "이날 선생을 모처럼 뵈었는데, 그 표정은 밝고 명쾌했으나 뭔가 센티한 기분에 젖어 있다는 것을 체득할 수 있었다. 훗날 다형 선생이 타계하고 나서 '수구초심'이라고 자신의 죽음을 예감하여 마지막으로 고향 땅을 밟은 게 아닌가 하고 느꼈다."고 회고했다.

고향 광주를 방문한 그 6개월 후, 고혈압에 의한 뇌출혈이 또다시 다형의 몸을 엄습했다. 1975년 4월 11일, 숭전대 채플 시간에 김현승 시인은 설교를 하기로 되어 있었다. 당시 교목인 오은수 목사가 채플을 인도한 후 기도순서가 끝나면 학생들에게 설교를 할 예정이었다. 그 이전 다형은 학교나 교회에서 몇 번이나 설교 요청을 받았으나 "설교는 목회자의 몫이다."라는 이유로 한 번도 응한 적이 없다가 그날은 설교를 수락을 했다. 그런데 설교 순서가 되었지만 다형은 기도하는 자세에서 전혀 움직임이 없었다. 다형 시인은 기도 도중 잠자듯이 쓰러지고 만 것이다. 주위 사람들은 김현승 시인을 노량진에 있는 현대병원으로 급히 옮겼다. 응급가료를 받았으나 '가망이 없다'는 병원 측의 통보를 받은 가족은 수색의 자택으로 옮겼다. 그러나 끝내 일어나지 못한 김현승 시인은 1975년 4월 11일, 저녁 7시 20분경 서울 수색동 119-10번지 자택에서 향년 63세의 일기로 파란만장한 생을 마감했다. 유족으로는 미망인 장은순 여사와 3남(김선배 김문배 김청배) 2녀(김옥배 김순배)가 있었다.

'수색동 집 마당에 라일락꽃이 환하게 피어 있던 그날'(막내딸의 회고), 4월 부활절을 전후로 한 그날에 김현승 시인이 타계했다는 부음을 듣고서 수많은 조문객들이 빈소를 찾았다. 숭전대 이한빈 총장을 비롯해 서정주 김동리 손소희 등 서울지역 문인들과 문병란 이성부 조태일 양성우 김준태 시인, 문순태 소설가 등 광주지역 문인들 다수가 수색동 빈소를 찾아 고인과 함께했던 순간들을 추억했다. 경향 각지에서 조문 온 문인들은 너나없이 깊은 슬픔을 감추지 못했고, 평생 흠결 없이 세상을 살다간 고인을 추모했다. 고인의 장례는 '숭전대학교장(葬)'으로 치러졌고, 장지는 경기도 마석 모란공원으로 정해졌다. 하관식이 엄수될 때 이한빈 총장은 다형의 시 「절대고독」을 낭송하여 조문객들의 마음을 다시 한 번 숙연하게 만들었다. 다형이 묻힌 묘비 한쪽에는 '더러는 옥토에 떨어지는 눈물이고저'라는 시구가 새겨졌다.

다형 시인이 타계하고 나서 1975년 4월 14일자 동아일보는 김동리 소설가의 조사 「곡(哭) 김현승형」과 함께 유시(遺詩) 「백지(白紙)」를 함께 게재했다. 그런데 이날 게재된 김현승의 유고시는 시인의 이름을 밝히지 않은 채 '김(金)'이라는 성만 있었다. 그 당시 정치현실을 은연중에 드러

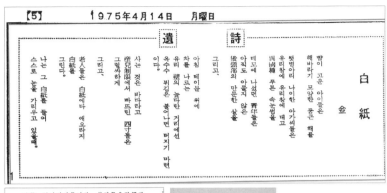

1, 2 다형이 타계 후 1975년 4월 14일자 동아일보 발표된 유고시와 김동리 작가의 조사.
3 1975년 11월, 다형의 제자 조태일 시인이 편집하여 출간된 김현승 유고시집 『마지막 지상에서』(창작과비평사).

낸 작품으로 정보부의 검열로 그리 된 게 분명했다. 다형의 그 유고시는 "데모에 나섰던 청년들은/아직도 아물지 않은/후두부의 만문한 살을", "사는 것은 바다라고/산아제한에서 빠뜨린 사촌들은/그럴싸하게", "나는 그 백지를 들어/스스로 눈을 가리우고 있을 때"라는 시 구절이 암시하듯 유신정권 치하의 정치현실을 날카롭게 꼬집고 있었다.

다형 김현승 시인은 타계할 때까지 260편의 시와 '시전집'을 포함해 모두 여섯 권의 시집을 남겼다. 그동안 많은 사람들이 '김현승론'을 쓰면서 다형에 대해 형이상학적 원점을 추구한 시인(조재훈 시인), 혹은 신앙의 시인, 고독의 시인, 관념의 시인 등으로 명명하곤 했다.

광주고 시절부터 다형 선생을 흠모하고 그 문학적 가르침을 받은 이성부 시인은 김현승 시인의 문학세계에 대해 이렇게 평가한 바 있다.

1934년 동아일보를 통해 문단에 데뷔한 이래 1975년 4월 숨을 거두기까지 다형 김현승의 40여 년에 걸친 시작생활은 곧 한국현대시의 큰 산맥 하나를 형성하는 데 바쳐졌다. 그는 우리의 현대시에서 정통이라는 이름으로 행해졌던 온갖 전근대적 영탄과 가지가지 실험의 미몽으로부터, 혼란으로부터, 참으로 시를 시답게 지켜 오고 또 발전시켜 온 시인이었다. 그는 한국현대사의 격동과 함께 어려운 시대를 어렵게 살아 왔으면서도, 시대와 삶의 진지한 이해를 위하여 끊임없이 노력한 시인이었다. 삶의 의미와 사물의 본질을 캐어나가는 그의 방법은 정확한 언어와 그 명징성에 추호도 빈틈이 없었으며, 보수적이고도 퇴영적인 세계에 안주하지 않으려는 끈질긴 자세를 견지하고 있었다. 흔히 다형을 가리켜 '지성의 시인', '철학의 시인'이라고 말들을 한다. 이때 다형은 지적·철학적이라고 할 때 대체로 빠지기 쉬운, 관념적·현학적 속성의 노출을 애써 피해 왔다고 할 수 있다. 그는 오히려 관념을 시어로 승화시키는 고도의 기능공이었으며, 이러한 기능은 언제나 삶과 시대의 본질적 탐구라는 명제와 깊이 관련되고 또 부합되는 것이기도 했다.

또한 다형을 오랫동안 정신적 스승으로 모셔 온 김준태 시인은 김현승의 시정신에 대해 이렇게 언급한 바 있다.

다형의 시정신은 한마디로 말해 '퓨리터니즘(청교도주의)'이며, '경건주의'가 들어 있다. 그것은 바로 '광주정신'이라고도 할 수 있을 것이다. 다형이 보여 준 '고독의 존재의식'은 4·19를 기점으로 리얼리즘으로 진입했다고 생각한다. 이 때문에 그의 시정신을 이어받은 박봉우 조태일 이성부 김준태 시인 등이 출현할 수 있었다.

한양대 대학원에서 박사학위(2004, 「김현승 시 연구- 시어를 중심으로」)를 받은 박몽구 시인은 다형의 시적 업적을 이렇게 평가했다.

김현승은 직설적으로 토로하기보다는 자신의 마음을 표현하기에 적당한 사물을 찾는 데 골몰한 시인이며, 그것이 동시대 다른 시인들과 대별되는 점임을 알 수 있다. 그의 시는 모호한 이미지에 기대지 않고 하나하나 적확하고 맑은 심상을 떠올리게 하는 이미지로 구축되어 있다. 그동안 김현승은 기독교 시인으로 크게 경도된 감이 있지만, 그의 이미지 구사능력을 보면 어느 시인보다도 뛰어나다는 것을 알 수 있다. 특히 김현승은 방법론에 그치지 않고, 시적 메시지를 풍부하게 담고 있을 뿐더러 시의 사회적 역할에도 애정을 보였다는 점에서, 기법과 주제에 두루 관심을 가진 시인이라는 평가를 받아도 좋을 것이다.

김현승 시인의 5남매 중 막내딸인 김순배(피아니스트) 경희대 교수는 2013년 『대산문화』 봄호에 아버지를 추억하면서 "그 어떤 유산보다

값진, 아버지가 물려주신 정신과 신앙의 힘에 감사한다."고 밝혔다.

　　내 부친은 불멸의 작곡가 요한 세바스찬 바흐와 비슷하다고 생각한
다. 마치 바게트처럼 겉으로는 딱딱하고 건조해 보이나 부드러운 속살
의 감격을 지녔다는 점, 높은 예술혼을 지니고 그것을 생업으로 삼으셨
지만 결코 빵을 위해 구차해지지 않으셨다는 점, 한밤중에 깨어 일어나
음악을 듣고 시를 쓰는 작업에 삶의 의미를 걸었지만, 처자식에 대한
애정과 의무 또한 중하게 여겼다는 면에서 아버지와 바흐는 많이 닮으
셨다. 현실의 비리나 불합리를 도저히 묵과하지 못하고 자주 열을 내며
의분을 금치 않았다는 것과 절제와 검소는 몸에 배인 습관이었고, 제자
들을 향한 사랑은 거의 본능적이었다는 점도 비슷하다.

　　다형 김현승 시인은 제자들과 어울릴 때 가장 편안하고 즐거워했다.
그러나 정치권력 혹은 출세지향적인 사람들이나 민족 앞에 훼절한 문인
들을 결코 좋아하지 않았다. 한국전쟁 당시 광주로 내려온 미당 서정주
시인에게 다형은 자신의 학동 집 바깥채에 거처를 마련해 주면서, 신경
쇠약과 영양실조로 미당의 정신이 오락가락할 때 몸에 좋다는 온갖 약
을 다달이 가져다주곤 했다. 또한 조선대 부교수로 일할 수 있도록 알선
해 주는 등 따뜻한 온정을 베풀었지만, 그것은 어디까지나 인간적인 배
려에 불과했을 뿐이다. 다형의 막내딸은 "아버지는 결코 미당을 좋아하
지 않으셨다."고 회고담에서 밝힌 바 있다.

　　김현승 시인이 타계한 후 1975년 11월, 조태일 시인(다형의 문학적
제자로 「김현승 시정신 연구— 시의 변천과정을 중심으로」라는 논문으
로 경희대대학원에서 박사학위를 받음)은 다형의 유고시집 『마지막 지
상에서』(창작과비평사)를 출간하면서 편집자로서 다음과 같은 소회를
밝혔다.

1 1971년 6월 26일, 〈김현승시비건립위원회〉(위원장 범대순)가 무등산 자락에 건립한 다형 김현승 「눈물」 시비.　**2** 2013년 9월 28일, 다형 탄생 100주년 기념으로 광주광역시와 〈다형김현승기념사업회〉(회장 손광은)가 호남신학대 정문 인근에 건립한 다형의 「절대고독」 시비. 다형의 3남 김청배, 문병란 손광은 시인 등.　**3** 2013년 9월 28일, 〈다형 김현승 선생 탄생 100주년 기념문학대전〉에 참석한 김현승 시인 가족과 친지들.　**4** 이날 참석한 가족, 친지를 소개하는 김청배 3남(미국 거주).

다형의 고독의 세계는 감상이나 허무의식으로 위축된 고독이 아니라 강한 인간의 윤리적 차원에서의 생명에 집중되는 고독의 세계이다. 다만 아쉬운 점은 후기 시에 이르러 이 고독의 내면에서 인간의 현장으로 눈을 돌리려는 기미가 보였으나, 그것을 미처 다 보여 주지 못하고 타계하셨다는 점이다.

김현승 시인이 돌아가시고 나서 광주전남 지역 문인들은 첫 추모 사업으로 다형 선생의 시비(詩碑)를 건립하기 위해 노력했다.

범대순(당시, 한국문인협회 광주지부장) 시인을 위원장으로 하는 〈김현승 시비 건립위원회〉를 구성했다. 그리하여 1977년 6월 26일, 광주 원효사 입구 무등산록에 '김현승 시비 제막식'이 열렸다. 높이 3.6미터, 길이 2.4미터의 타원형의 시문석에 서예가 장전(長田) 하남호의 글씨로 다형의 대표작 「눈물」이 새겨진 시비이다. 다형 시인의 대표작 「눈물」은 한국전쟁 당시 목포에서 출간한 문예지『시정신』창간호(1967년『현대문학』12월호에 재발표)에 실린 작품이기도 하다. 이 시의 기저에는 기독교 정신이 깔려 있고, 다형 시인이 아끼던 어린 아들을 잃고 나서 쓴 시이다. 다형 자신이 이 시의 주제에 대해 "인간이 신 앞에 드릴 것이 그 무엇이겠는가. 이 지상에서 오직 썩지 않는 것이 있다면 그것은 신 앞에 흘리는 눈물뿐일 것이다." 라고 말씀한 바 있다. 다형은 생전에 이 시를 자신의 타고난 기질과도 잘 맞는 시라고 자평한 작품이기도 했다.

더러는
옥토(沃土)에 떨어지는 작은 생명이고저……

흠토 티도,
금가지 않은

나의 전체는 오직 이뿐!
더욱 값진 것으로
드리라 하올 제

나의 가장 나중 지니인 것도 다만 이뿐!
아름다운 나무의 꽃이 시듦을 보시고
열매를 맺게 하신 당신은,

나의 웃음을 만드신 후에
새로이 나의 눈물을 지어 주시다.

　다형의 시비 제막식이 있던 날 〈자유실천문인협의회〉의 고은 대표간사와 백낙청 평론가, 문병란 시인, 김준태 시인, 문순태 소설가 등 다형의 여러 제자 문인들과 〈한국문인협회〉의 문덕수 이사장, 범대순 문협 광주지부장 등 200여 명이 참석했다. 그날 시비 제막식에 참석한 문인들은 "언제나 꽃처럼 피어 있는 나의 도시, 사랑하는 나의 도시/시인들이 자라던 나의 고향이여!(「산줄기에 올라」)"라고 광주를 노래한 김현승의 시구처럼 바로 그 무등의 품 안에서 되살아난 다형의 시정신을 오롯이 되새길 수 있었다.

　지난 2013년 9월 28일, 〈다형 김현승 선생 탄생 100주년 기념문학대전〉이 광주광역시 남구문화원에서 열렸다. 강운태 광주광역시장, 최영호 광주남구청장과 광주시민들, 〈다형 김현승 시인 기념사업회〉손광은 회장과 회원들, 다형의 유가족과 친지, 곽광수 서울대 명예교수, 김인섭 숭실대 교수, 이은규 시인, 다형의 제자 문순태 소설가 등이 참석해 기념식 및 학술토론회를 갖고 탄생 100주년을 맞은 김현승의 삶과 문학을 기렸다.

다형 김현승 시인은 슬하에 김옥배(1938년생, 장녀), 김선배(1942년생, 장남), 김문배(1944년생, 차남), 김청배(1952년생, 3남), 김순배(1956년생, 막내딸) 등 3남 2녀를 두었다. 현재 김옥배, 김선배, 김청배는 미국에서 살고 있다.

다형 시인 탄생 100주년 기념행사를 맞아 김문배(차남), 김청배(3남), 김순배(막내딸), 박희례(김문배의 아내), 위혜련(김청배의 아내), 김현구 장로(다형의 막내동생, 2017년 작고) 등이 참석했고, 다형의 3남 김청배 장로가 가족과 친지들을 소개했다. 아울러 탄생 100주년을 맞아 '다형김현승기념사업회' 편으로『다형 김현승 전집』이 양장본으로 재출간되었다.

9. '순수서정' 이동주와 '5월의 여성시인' 고정희, 그리고「휴전선」박봉우의 시정신

1950년대를 대표하는 광주전남문학의 시정신으로 우리는 해남 출신의 이동주(李東柱) 시인과 광주 출신의 박봉우(朴鳳宇) 시인을 기억해야 할 것이다. 이울러 '5월의 여성시인'으로 해남 출신 고정희 시인의 이름을 불러본다.

1920년 해남 현산면에서 태어난 이동주 시인은 일생을 안주하지 못하고 문단에서 둘째가라면 서러워할 방랑시인으로 표표히 떠돌아다닌 탓에 '이삿갓'이라는 별칭으로 통했다.

1940년 혜화전문학교에서 조지훈 시인으로부터 문학수업을 받은 그는 1946년 〈목포예술문화동맹〉에서 4인 시집『네 동무』라는 사화집을 간행한 후 1948년 상경하여 출판사 '신조사'에서 근무했다. 그때 문학평론가 조연현의 소개로 김영랑과 서정주 시인 등을 만났다.

1 전남 해남 출신 이동주 시인이 『현대문학』에 발표한 김영랑 실명소설. **2** 김동리 최정희 박두진 박목월(왼쪽 서 있는 사람부터) 등 문인들과 이동주 시인(오른쪽 앉은이).

그 후 서정주의 추천으로 1950년 『문예』지를 통해 등단했다. 데뷔작 「황혼」, 「새댁」, 「혼야」는 서구시의 흐름에 벗어나 순수 서정시를 추구했던 작품들이다.

1951년 광주에서 발간된 동인지 『신문학』에 실린 대표작 「강강술래」는 향토적인 순수서정과 한국적 정한(情恨)의 세계를 섬세하게 그려낸 작품이다.

여울에 몰린 은어떼.//삐비꽃 손들이 둘레를 짜면/달무리가 비잉빙 돈다.//가아응, 가아응, 수우워얼래애/목을 빼면 설움이 솟고…//백장미 밭에/공작이 취했다.//뛰자 뛰자 뛰어나 보자/강강술래.//뉘누리에 테이프가 감긴다./열 두 발 상모가 마구 돈다.//달빛이 배이면 술보다 독한 것//기폭이 찢어진다./갈대가 쓰러진다.//강강술래/강강술래.

6·25전쟁이 발발하자 서울에서 낙향하여 해남과 목포에서 활동했던 이동주 시인은 전쟁 중인 1952년 목포에서 차재석의 후원으로 발간된

시 전문지 『시정신』의 편집을 주재했다. 이 『시정신』에 김현승 신석정 서정주 유치환 이병기 등의 작품이 실리는 등 광주전남문학의 새로운 토대가 마련되었다.

이동주 시인은 자신의 문학관에 대해 "나는 문학에 있어서만은 '순수'로 수절한 사람이었다."고 밝힌 바처럼 작품 속에 토속적인 순수서정을 '남도가락'에 담아내어 한국적 정한(情恨)의 미학을 보여 주었다.

이동주 시인은 『현대문학』 1967년 3월호에 총 11쪽 분량으로 김영랑의 삶의 여정과 문단활동을 꾸밈없이 서술한 실명소설을 발표했다. 이어 이광수, 김소월, 김동인, 박종화 등 문인 20명을 실명화한 소설을 발표하여 화제가 되기도 했다.

이동주 시인이 태어난 전남 해남은 조선 중기 때 문신으로 정철, 박인로와 함께 조선시대 3대 가인(歌人)으로 일컬어지는 고산(孤山) 윤선도(尹善道)가 태어난 곳이기도 하다. 단가와 시조 75수를 한글로 창작한 조선시대 대표적 시인 윤선도는 정치적으로 열세였던 남인(南人) 가문에 태어나 집권 세력인 서인(西人) 일파에 강력하게 맞서다가 20년 동안 유배를 당했다. 아울러 19년간 은거생활을 했던 반골의 소유자이자, 지조의 시인이기도 했다.

고산 선생의 반골적 시인정신과 이동주 시인의 문학적 서정에 힘입은 탓인지 전남 해남은 전국의 군 단위 지역에서 가장 많은 문인을 배출한 '시인의 고향'으로도 유명하다.

2015년에 출간된 『해남군지』에 의하면 해남 출신 시인은 90여 명에 이른다고 밝히고 있다. 특히 1980년대 한국 민족문학을 대표하는 김준태 김남주 고정희 황지우 시인이 전남 해남에서 태어난 것은 익히 알려진 사실이다.

해남 출신 문인들의 이름은 일일이 다 열거할 수 없을 정도다. 박성룡 박진환 박건한 윤재걸 노향림 윤삼하 손동연 김경윤 김여옥 김사이

유종 김경옥 문재식 박문재 등의 시인과 윤금초 이지엽 박록담 등의 시조시인, 양원옥 홍광석 김다경 박태정 등의 소설가, 김봉호 김남 등의 희곡작가, 윤기현 윤삼현 이춘해 등의 동화작가 그리고 미술평론가로 이석우 '겸재정선미술관장'이 해남 땅에서 태어났다.

현재 해남군 옥천면 동리마을에서 살고 있는 윤재걸 시인은 「유배공화국, 해남 유토피아!」라는 시에서 자신의 고향 '해남'을 격정적으로 노래하였다.

> 가을걷이 풍성한 해남 땅 끝에/번듯하게 들어선 새날 새 세상//귀양다리 피와 살이 얽힌/해남 들녘에 우뚝 선 시인공화국!//위대한 저항의 선각들과/위대한 반골의 전사들이//저마다 사리(舍利)처럼 토해낸/시문의 숲 헤쳐 가며//오늘 나 귀향이란 이름으로/고향 땅에 스스로 귀양 보냈네//두려움 없이 새 세상을 기약하며/세 나라의 깃발 끝내 보겠네//고산(孤山) 공화국 만세!/남주(南柱)공화국 만세!//유배공화국 만세!/시인공화국 만세!

해남 화산면 출신의 김여옥 시인도 「이제부터 해남은 땅끝이 아니라네」라는 시에서 고향 '해남'이 지닌 문화사적인 의미를 민족 시원의 경지로까지 승화시키는 시편을 발표한 바 있다.

> 바다 남녘땅을 땅끝이라 하네./땅끝마을은 지말(地末)이라 하네./백두대간도/해남으로 흘러와서는/그 아미를 숙인다네./앞 바닷물에 그 소백머리를 풀어 감는다네./(……)//한밤 자정엔/푸른 달빛도 마실 나오느니,/머릴 감던 소백 정수리도 그 채머리를 들고/흰 젖부덩을 물면에 담근 채/초의(草衣)의 '동다송(東茶頌)'을 읊느니.//그제야 지말(地末)은 무릎 세워 일어나니리,/온갖 산천초목들을 깨워서는/여봐라, 추

1, 2, 3, 4 전남 해남이 낳은 대표적 현대시인들– (왼쪽부터) 김준태 김남주 황지우 고정희 시인. **5, 6** 〈자유실천문인협의회〉 주최 '민족문학교실'에서 강연 중인 고정희 시인. 〈자실〉 시절, 홍정선(가운데) 평론가, 김경미 시인과 함께. **7** 1997년 10월 15일, 광주문화예술회관 마당에 건립된 고정희의 「상한 영혼을 위하여」 시비.

사(秋史)가 왔다 이르고/다산(茶山)과 영랑(永郎), 동주(東柱)까지 선잠을 깨워서는/소치(小癡)를 앞세워 그림 같은 지리산 길을 드느니./'어부사시사'를 읊고 있는 고산(孤山) 옷자락도 잡아끌어/불꽃나라 한산행(漢山行)을 드느니.

해남 출신 고정희 시인이 남긴 문학적 업적

해남 삼산면 출신으로 1980년대 대표적 여성운동가이자, 여성시인으로 평가되는 고정희(高靜熙, 1948. 1. 17.~1991. 6. 9.)라는 시인을 떠올리지 않을 수 없다. 고정희 시인은 한국문학에서 최초로 '페미니즘문학', '여성해방문학'을 제창했고, '5월광주' 문제를 집중적으로 형상화한 최초의 여성시인으로 1980년대 민족문학에 이바지했다.

이승에서 불과 43년이란 짧은 생애를 살다가 우리 곁을 홀연히 떠나갔지만 불꽃처럼 뜨거운 그의 시혼은 여전히 생생하게 살아 숨 쉬고 있다. 1975년 『현대시학』으로 등단한 이후 16년 동안 고정희는 10권의 시집을 펴낼 정도로 누구보다도 '다산성'의 시인'이었다. 1984년 〈자유실천문인협의회〉가 재창립하여 활동을 전개할 때 서울에서 광주전남 출신 후배문인들을 만나면 마치 오래 전에 헤어진 가족을 만난 듯, 만사 젖혀두고 후배들을 챙겨주던 '광주의 누님'이기도 했다.

김정환 시인은 고정희의 문학세계에 대해 "데뷔 초기에 기독교적 구원의 차원, 내면적인 고통에서 몸부림치고 절규했지만 초기의 기독교주의, 고통주의, 고독주의에서 분연하게 벗어나 풍자와 예언자적 감수성으로 고향정신(5월정신)의 획득으로 나아간 시인이다."고 평가한 바 있다. 고정희는 1980년 5월의 광주를 통과한 이후 남도가락과 판소리, 씻김굿 형식의 남도미학을 자신의 시 속에 수용하여 5월정신과 광주의 한(恨) 그리고 한반도 여성민중의 수난사에 대해 의미 있는 문학적 성과를 남겼던 것이다.

전남 해남 삼산면 송정리 259번지에서 아버지 고양동과 어머니 김은 녀와의 사이에 5남 3녀 중 장녀로 태어난 고정희(본명: 고성애)는 1967년 장만영 시인의 추천으로『새농민』에 여러 편의 시를 발표한 후 1969년 목포의 젊은 문인들과 함께 〈흑조〉 동인으로 활동했다. 1975년 박남수 시인의 추천으로『현대시학』을 통해 등단한 고정희 시인은 한때 〈새 전남〉, 〈주간전남〉의 기자와 광주YWCA 간사로 활동하면서 광주와 문학적 인연을 맺게 된다.

광주 시절 고정희 시인은 문병란 양성우 김준태 강인한 허형만 송수권 국효문 장효문 시인 등과 교유하면서 1979년 광주에서 출범한 〈목요시〉 창간동인으로도 활동했다. 전라도의 한과 역사적 상처에 깊은 관심을 가진 고정희 시인은 1981년부터 서울에서 기독교문사의 〈기독교대백과사전〉 편찬위원, 〈크리스챤아카데미〉 출판간사, 〈또하나의 문화〉 편집동인, 〈한국가정법률상담소〉 출판부장, 〈여성신문〉 초대주간 등으로 의욕적인 활동을 전개했다.

고정희 시인이 1991년 6월 9일, 자신의 문학적 모체가 된 그곳 지리산– 뱀사골에서 등반도중 갑자기 불어난 폭우로 실족하여 타계했을 때 그의 시와 문학을 사랑하던 사람들은 큰 충격을 받았다. 또한 문단 데뷔 16년이라는 기간 동안『누가 홀로 술틀을 밟고 있는가』,『실락원기행』,『지리산의 봄』,『초혼제』,『이 시대의 아벨』,『눈물꽃』,『저 무덤 위에 푸른 잔디』,『광주의 눈물비』,『여성해방 출사표』,『아름다운 사람 하나』 등 10권의 시집을 연이어 펴냈다는 사실에 모두들 놀라워했다.

그뿐 아니라 고정희는 〈자유실천문인협의회〉와 〈민족문학작가회의〉에서 여성문학위원장, 시분과위원회 부위원장 등으로 활동하면서 창작과 문학운동, 여성운동을 병행했다. 특히 고정희 시인이 광주 5월영혼의 부활을 위해 회심의 역작으로 출간한 장시집『저 무덤 위에 푸른 잔디』는 광주문단의 주목을 받았다.

오월이라는 의미를/그대의 저녁밥상에서 밀어내지 말라/ 광주는 그
대의 밥이다/오월이라는 눈물을/그대 마른 가슴에서 닦아내지 말라/
광주는 그대의 칼이다

— 「망월동 원혼들이 쓰는 절명시」 중에서

창공에 오천만 혼불 떴다/산이슬 털고 일어서는 바람이여/어디로 가
는가/그 한 가닥은 하동포구로 내려가고/그 한 가닥은 광주로 내려가고
/그 한 가닥은 수원으로 내려가는 바람이여/때는 오월, 너 가는 곳마다/
무성한 신록들 크게 울겠구나/뿌리 없는 것들 다 쓰러지겠구나

— 「지리산의 봄 2」 중에서

해남 삼산면 봉학리 출신의 김남주 시인과 이웃 마을인 송정리에서
태어난 고정희 시인은 이상과 현실을 따로 분리해서 생각하지 않았고,
정치현실과 예술혼을 따로 떼어놓고 보지 않았다. 해남 출신 후배시인
김경윤(전, 광주전남작가회의 회장)은 고정희의 삶과 문학세계를 다룬
글 「사랑과 해방의 페미니스트」에서 고정희 시인의 문학적 업적에 대해
다음과 같이 평가한 바 있다.

시인 고정희! 그는 지치지 않는 정열과 에너지에서 육화된 기독교
적 상상력과 그 세계관, 역사의 중심부를 파고드는 현실감각, 굿과 제
의 형식의 현대적인 수용, 여성문제의 비판적 형상화, 처연한 사랑의
시에서까지 그의 개성적인 시의 영토를 확장한 우리시대의 빼어난 시
인 중의 한 사람이었다.

고정희 시인이 타계한 1주기에 유고시집 『모든 사라지는 것들은 뒤에
여백을 남긴다』(1992, 창작과비평사)가 출간되었고, 2011년 타계 20주

기에 『고정희 시전집』(전2권, 또하나의문화)이 간행되었다. 그리고 〈고정희기념사업회〉(회장 이미숙)의 주관으로 고정희 시인의 삶과 문학세계를 돌아보는 〈고정희문화제〉가 열리고 있어, 그의 문학적 대의와 여성운동의 참뜻을 되새기고 있다.

광주문학을 이야기할 때 박봉우 시인의 영향력을 결코 무시할 수 없을 것이다. 1934년 광주 학동에서 태어나 광주서중과 광고를 졸업하고, 전남대 정치학과를 수학한 박봉우 시인은 다형이 길러낸 첫 번째 제자로 유명하다. 광주서중 시절에 〈진달래〉라는 동인을 결성해 '소년문사'로 두각을 나타낸 그는 1951년 광고 1학년 때 윤삼하 강태열 주명영과 함께 광주 최초의 학생 동인지 『상록집』을 간행했다. 광고 2학년 재학시절에 조지훈 박목월 박두진 시인이 편집진으로 참여하고 있던 『주간 문학예술』지에 「석상의 노래」라는 시가 '신인 추천'을 받음으로써 그는 고교 시절부터 '학생문단'에 이미 이름을 날렸다.

1955년 전남대 정치학과 2학년 재학 시절 박봉우는 광고 문예반 출신이 주축이 된 〈영도〉라는 동인을 결성했다. 박성룡 이일 정현웅 강태열 김정옥 주명영 장백일 등이 참가한 이 동인지는 전국적인 명성을 얻었다. 이듬해 박봉우는 '추봉령(秋鳳嶺)'이라는 아호로 1956년 1월 1일자, 조선일보 신춘문예에 시 「휴전선」이 당선(심사위원 양주동, 김광섭) 됨으로써 전후 시단에 첫발을 내디뎠다.

산과 산이 마주 향하고 믿음이 없는 얼굴과 얼굴이 마주 향한 항시 어두움 속에서 꼭 한 번은 천동 같은 화산이 일어날 것을 알면서 요런 자세로 꽃이 되어야 쓰는가.//저어 서로 응시하는 쌀쌀한 풍경. 아름다운 풍토(風土)는 이미 고구려 같은 정신도 신라 같은 이야기도 없는가. 별들이 차지한 하늘은 끝끝내 하나인데 우리 무엇에 불안한 얼굴의 의

미는 여기에 있었던가.//모든 유혈은 꿈같이 지나가고 지금도 나무 하나 안심하고 서 있지 못할 광장 아직도 정맥은 끊어진 채 휴식인가 야위어가는 이야기뿐인가//언제 한 번은 불고야 말 독사의 혀같이 징그러운 바람이여 너도 이미 아는 모진 겨우살이를 또 한 번 겪으려는가 아무런 죄도 없이 피어난 꽃은 시방의 자리에서 얼마를 더 살아야 하는가 아름다운 길은 이뿐인가//산과 산이 마주 향하고 믿음이 없는 얼굴과 얼굴이 마주 향한 항시 어두움 속에서 꼭 한 번은 천동 같은 화산이 일어날 것을 알면서 요런 자세로 꽃이 되어야 쓰는가.

동족상잔의 뼈아픈 상처로 각인된 '한국전쟁'이 발발한 지 불과 5년이 채 안 된 시기였다. 1950년대 중반, 말하자면 반공 이데올로기가 창궐했던 그 시기에 박봉우 시인은 '휴전선'을 소재로 감히 '통일'이란 화두를 민족 전체에게 제출했던 것이다. 당시로서는 감히 쓰기조차 힘든 작품이었다. 분단의 상흔('모든 유혈', '너도 이미 아는 모진 겨우살이')을 벗어던지고, 민족화해를 도모하도록 촉구한 「휴전선」은 남북한 당국자들은 물론이거니와, 남북 민중들의 변화된 자세를 촉구했다. 이 시는 분단시대 지식인으로서 선각자적 시인의 혜안이 돋보이는 작품이다. 시대적 억압, 분단체제의 질곡을 꿰뚫고 아름다운 통일세상을 열망한 박봉우의 「휴전선」은 1950년대를 대표하는 시대적 절창이다.

「휴전선」은 신경림 시인의 평가처럼 "6·25 이후 최초로 등장한 민족시이며 반전시라는 점에서 문학사적 중요성을 갖고 있는 작품"이다. 전쟁이 휩쓸고 간 폐허 속에서 대부분의 시인들이 기진맥진한 채 꽃과 여인과 술과 혹은 병든 자아의 한구석을 노래하며 자위하고 있을 때 박봉우 시인은 "산과 산이 마주 향하고 믿음이 없는 얼굴과 얼굴이 마주 향한……"이라고 분단현실과 민족의 갈등을 노래했다.

1957년 첫 시집 『휴전선』(정음사)을 간행한 박봉우 시인은 1958년

1, 2 젊은 날의 박봉우 시인과 그의 첫 시집 『휴전선』. 3 서로 다정한 우정을 나누었던 박봉우 신동엽 시인 그리고 소설가 하근찬. 4 2001년 11월 25일, 〈박봉우시비건립위원회〉 주최로 경의선 임진강역 구내에 건립한 박봉우의 「휴전선」 시비. 5 이날 인사말을 하고 있는 신경림 시인.

'전라남도문화상' 문학부문을 수상했다. 이어 1959년에는 두 번째 시집 『겨울에도 피는 꽃나무』(백자사)를 간행했다. 4·19를 전후로 하여 한때 그는 분단으로 인한 내적 출혈을 견디지 못하고 정신병동의 신세를 지기도 했지만, 일관되게 '4월혁명'의 정신을 노래한 시인이었다. 1962년에 간행한 제3시집 『4월의 화요일』(성문각)로 그는 '현대문학상'을 수상함으로써 한국문단의 중견시인으로 자리 잡았다. 이후 14년 만에 그는 네 번째 시집 『황지의 풀잎』(창작과비평사)을 간행했다.

무엇보다도 박봉우 시인은 1959년 조선일보 신춘문예에 신동엽이 '석림(石林)'이라는 필명으로 장시 「이야기하는 쟁이꾼의 대지」를 투고했을 때 예심위원으로서, 1천 편의 투고작 중에서 신동엽의 시를 전격적으로 발굴했다는 점은 기억해야 할 업적이다. 신동엽 시인의 데뷔작 「이야기하는 쟁이꾼의 대지」는 조선일보에 발표될 때 20여 행이 강제로 삭제되고, 아울러 당선작이 아닌 입선으로 처리될 만큼 그 당시 신춘문예 풍토에서는 매우 획기적인 작품이었다. 1960년대의 대표적 참여시인으로 「껍데기는 가라」, 「금강」 등의 작품으로 민족시인의 반열에 오른 신동엽 시인을 발굴한 사실만 보더라도 박봉우 시인이 지닌 문학적 혜안은 높이 평가받아야 마땅하다.

김현승 시인이 평가했듯이 "박봉우 시인의 언어는 비단으로 만든 손수건이 아니라, 광목 폭을 찢어 만든 깃발"과 같은 것이었다. 그가 쓴 초기 시편들은 광고 후배들은 물론이거니와 광주에서 시를 쓰겠다는 문학 지망생들의 '불멸의 텍스트'가 되었다.

1965년 가을, 박봉우는 문학적 스승인 김현승 시인을 주례로 모시고 서울 종로의 탑골공원에서 혼인식을 올렸다. 민속학자 심우성이 거느린 남사당패가 축하 마당놀이 한판을 걸판지게 벌여 문단에 화제가 되기도 했다. 그러나 결혼 이후 그는 가난의 신산스러움을 극복하지 못한 채 폭음과 방랑으로 점철된 '아웃사이더의 삶'을 서울에서 살았다. 그러다가

1975년 『창작과비평』 여름호에 시 「서울 하야식」을 발표한 후 1977년 4월 20일, 전주에 정착했다. 전주시장의 배려로 전주시립도서관의 '촉탁위원'으로 13년 동안 일했지만, 그 직장은 생계 수준에도 못 미치는 상용 잡급직이었다.

비록 가난했지만 박봉우 시인은 자존감이 강한 사람이었다. 생활고에 시달리는 자신의 모습을 그가 사랑한 고향 광주 땅에서는 보여 주지 않으려고 애썼다. 그의 아내는 전주에서 생계를 꾸리기 위해 리어카 행상을 하기도 했다. 허나 그는 발버둥치는 삶 속에서도 시집 『황지의 풀잎』, 『딸의 손을 잡고』를 간행하는 등 시심을 잃지 않으려고 애썼다.

박봉우 시인의 하루 일과는 점심 무렵부터 낮술로 시작해서 하루를 끝마칠 정도로 그 누구보다도 술을 좋아했다. 시인으로서 견딜 수 없는 삶은 그로 하여금 '술 백 잔의 일상'을 살도록 만들었다. 광고 1년 선배인 박성룡 시인은 "친구 좋아하고 술 좋아했던 그의 술자리는 혈기가 끓는 대화가 많았다. 그는 돈이 없어도 먼저 술값을 계산할 정도로 예의가 바른 사람이었다."고 회고한 적이 있다. 그가 전주에서 사는 동안 수많은 문청들이 그를 추앙하며 따랐다.

필자 또한 그가 전주시립도서관에서 재직한다는 말을 듣고 1980년대 중반 어느 날, 박봉우 시인을 찾아가 뵌 적이 있었다. 그는 나를 만나자마자 근무중임에도 불구하고 기다렸다는 듯 술이나 한잔하자며 나를 끌고 갔다. 겉으로 보기에는 술밖에 모르는 사람으로 보였지만, 문학에 대해 이야기할 때 흐트러짐이 없었다. 자신의 모든 시를 단숨에 낭송할 정도로 기억력 또한 비상했다.

1985년 12월 광주출판사(대표 김희수)가 지역문화 무크로 『민족현실과 지역운동』 1집을 출간할 때 박봉우 시인은 오랜만에 신작시 「사랑하는 내 고향 광주를 아직은 노래하지 않으련다」, 「분단에서」, 「민중의 소리」, 「분단아!」를 발표하여 광주문단에 화제가 된 적이 있다. 이때 박봉우 시인은 편집장으로 일하는 고규태 시인에게 청탁원고를 보내면서 짤막한 편지 한 통을 보냈다고 한다.

역작(力作)을 보내드리오니, 원고료를 급히 송부하기 바람!

『민족현실과 지역운동』에 발표된 「민중의 소리」는 5·18광주민중항쟁을 노래한 시편이었다. 1980년대 중반 엄혹한 군사독재의 현실 속에서 그는 5월항쟁의 진실을 꿰뚫고 있었던 것이다.

노한 파도 소리/니빨을 갈았다/우리는 잠자는 듯/누워 있지만/깃발을/바람에/펄럭이었다/밀려오는 파도/그 목소리를/아는가/그 뜨겁고 아픈/목소리, 목소리를/아는가/노한 파도소리/그것은 우리들의 것이었다.

박봉우 시인이 타계하기 직전에 마지막으로 발표한 작품은 『금호문화』(1989년 9월호)에 실린 「쌀이 떨어졌네」라는 시였다. 이 시가 상징하듯 박봉우 시인은 가난과 질병 속에 신음하다가 1990년 3월 1일, 향년 56세의 나이로 전주시 경원동 자택에서 별세했다. 큰딸 이름은 '하나', 둘째 아들은 '겨레', 막내 이름은 '나라'였다.

시인의 죽음이 전해졌을 때 그를 알던 많은 문인들은 마치 진즉부터 예고된 상황처럼 담담한 슬픔으로 그 죽음을 받아들였다. 광고 1년 선배로 시인과 절친했던 언론인 김중배(당시 동아일보 출판국장)를 장례위원장으로 〈민족시인 박봉우 선생장〉이 치러졌고, 유해는 전주시립효자공원묘지에 안장되었다.

순천대 오성호 교수의 평가처럼 "분단현실에 대한 예언적 지성으로서 박봉우는 처음부터 「휴전선」의 시인이었고, 생애의 끝까지 「휴전선」

의 시인이었으며, 오로지 「휴전선」을 쓰기 위해 태어난 시인이었다."고 말할 수 있다.

박봉우 시인이 타계한 이후 1990년대 중반 〈영도〉 동인으로 활동했던 광고 동창 강태열 시인의 발의로 〈시인 박봉우 시비건립위원회〉가 결성되었다. 민족문학작가회의(현재 한국작가회의) 현기영 이사장, 민예총 김윤수 이사장, MBC 김중배 사장을 공동위원장으로 하여, 시비 건립을 위한 모금운동에 들어갔다. 그리하여 지난 2001년 11월 25일, 경의선 임진강역 구내에 박봉우 대표시 「휴전선」을 새긴 시비(글씨: 신영복, 제작: 김운성)가 건립될 수 있었다. 그해 2001년은 「휴전선」 발표 45주년이 되는 해이기도 했다.

식민지와 분단의 땅에 태어났지만 우리가 지향해야 할 통일문학의 표상으로 박봉우 시인은 지금 휴전선 저 너머를 바라보면서 통일조국의 그날을 고대하고 있을 것이다.

10. 죽형 조태일 시인이 민족문학사에 남긴 업적

1941년 전남 곡성 죽곡면 원달리에 있는 천년사찰 태안사(泰安寺)의 대처승 조봉호 스님과 그보다 열여덟 살 아래인 어머니 신정임 사이에 7남매 중 넷째로 태어난 조태일(趙泰一)은 어린 시절, 여순사건과 6·25 전쟁이라는 엄청난 동족상잔의 아픔을 겪으며 자라게 된다. 구산선문(九山禪門)의 하나인 동리산 태안사는 신라 말기 귀족 중심의 교종(敎宗)과 달리 일반 백성 중심에서 구도를 찾는 선종(禪宗)에서 비롯된 산문(山門)이었다.

그가 태어나고 자란 원달 1리의 마을은 태안사 절 밑의 사하촌으로 모두 합해야 10여 호에 지나지 않은 작은 산골마을이었다. 소년 조태일은 이곳에서 20여 리에 있는 동계초등학교를 2학년까지 다녔다. 그곳에서 "깊은 산골의 바람이나 구름/멧돼지나 노루 사슴 곰 따위/혹은 날짐승들과 함께/오순도순 놀며"(「원달리의 아버지」) 유년시절을 보냈다. 원초적 생명력으로 가득 찬 그의 고향은 훗날 그의 시적 바탕을 이루게 된다.

유년 시절 조태일은 여순사건과 6·25한국전쟁을 겪으면서 자신도 모르게 역사적 소용돌이를 경험하게 된다. 김준태 시인이 지적했듯이 이러한 외적 체험은 훗날 조태일 시 속에 혼재하여, 복합현상을 일으키게 된다. 원초적 생명력이라는 고향정신과 역사의식 혹은 민족의식의 토대를 형성하게 된 것이다. 독일의 실존주의 철학자 하이데거는 "시란 지금까지 잊고 살았던 고향의 발견에 다름 아니다."라고 말했다. 장시 「황무지」로 노벨문학상을 수상한 T. S. 엘리엇 시인은 "역사의식을 가질 때라야 비로소 시인으로서 눈을 뜨게 된다."고 말했다.

1985년에 나남출판사에서 출간된 '조태일 문학선집' 『연가』에 실린 자전적 산문에서 시인 자신이 밝힌 바처럼 1948년에 여수와 순천 일대에서 발생한 '여순사건(여순항쟁)'은 조태일 시인에게 엄청난 역사적 상흔을 안겨 주었다. 태안사가 위치한 동리산은 여순사건의 격전지였다. 낮에는 국군, 밤에는 인민군(밤손님)이 점령하면서 처절한 살육의 현장이 되었다. 그의 부친 조봉호 태안사 스님은 마을 사람들로부터 존경받은 분이었다. 하지만 전쟁은 인간의 이성을 마비시켰다. 조태일은 여순사건으로 부친이 죽을 고비를 수십 차례를 겪으며 살다가 가산을 모두 팽개치고 고향을 떠나는 것을 체험했다. 조태일은 부모님을 따라 광주로 피난길에 올라 광주 광천동에서 살았다. 그곳으로 피난 온 지 2년 만에 식구들은 다시 6·25 한국전쟁을 겪게 된다. 6·25가 끝난 직후 부친은 화병으로 생을 마감하게 된다. 이때 부친은 소년 조태일만이 임종을 지키고 있는 자리에서 "고향을 떠난 지 30년이 지나면 고향 땅을 밟아라!"는 유언을 남기고 돌아가셨다.

부친의 때이른 죽음으로 조태일의 모친은 35살의 나이에 홀몸이 되어 7남매를 먹여 살리느라 행상을 하는 등 온갖 고생을 다했다.

1958년 조태일은 광주서중을 졸업하고 광고에 입학했다. 중학교 때는 미술에 취미가 있었고, 여러 가지 운동을 좋아했다. 광고 1학년 때 그는 어린 조카의 죽음을 목격하고 큰 충격을 받았다. 이에 죽은 아이를 위로하고 자신의 마음도 달랠 겸 「백록담」이라는 시 한 편을 썼다. 그것이 계기가 되어 『세계문학전집』 등 온갖 책을 독파하기 시작했다. 그 후 문예반 활동을 하면서 시를 쓰게 되고, 이 과정에서 당시 조선대에서 교수로 재직 중인 김현승 시인을 만나게 된다. 1962년 광고 3학년 때 '전남일보 속간 11주년 기념 문예작품공모'에 「다시 포도(鋪道)에서」가 당선되어 일찍부터 문학적 재능을 나타냈다. 그는 대학 진학을 앞두고 고민했다. 아버지의 대를 이어 동국대 불교학과를 가려고 생각했지만, 결국 '시인'이라는 꿈을 저버리지 못하고 경희대 국문과에 입학했다. 1964년 경희대 국문과 2학년 때 조태일은 경향신문 신춘문예에 「아침 선박」이 당선되어 일국의 시인이 되었다.

조태일 시인은 1965년 첫 시집 『아침선박』(선명문화사)을 펴냈고, 박봉우 윤삼하 정진규 이근배 강인한 김종해 시인 등과 함께 신춘문예에 당선된 시인들의 모임인 〈신춘시〉 동인으로 활동하다가 ROTC 장교로 군에 입대했다. 1960년대 중반 이후 그는 참여시를 옹호하면서 시를 통한 문학운동, 문학을 통한 변혁운동을 모색하게 된다.

조태일 시인은 1968년 군복무를 마친 후 사회로 복귀했다. 군에서 제대하자 그는 "형식에 구애된 조립적 시에서, 그리고 내면의식이니 뭐니 하느라고 우리가 다 같이 빠져 있는 관념의 울타리에서 시가 벗어나야 한다."는 생각으로 새로운 시 잡지를 창간했다. 28세의 청년으로 '남일인쇄소'에서 근무하던 조태일 시인은 1969년 8월호부터 이듬해 1970년 11월호까지 월간 시 전문지 『시인』을 창간, 주재하면서 한국문단에

1, 2 조태일 시인의 서중, 일고 시절. 3 경희대 졸업식(조태일 시인 옆은 어머니). 4, 5 월간 시 전문지 『시인』을 펴낼 무렵. 조태일 시인이 1년간 주재한 『시인』 지. 6 조태일 시인 육필 원고.

새로운 충격파를 던져 주게 된다. 『시인』 지는 한국 시사(詩史)에서 이론과 실제를 통해 커다란 발자취를 남겼는데, 그 모든 것은 조태일 시인의 역량에서 비롯된 것이었다.

조태일 시인이 주재했던 『시인』 지를 통해 1969년 11월호에 김준태 김지하 시인이 그리고 1970년 11월호에는 양성우 시인이 등단했다.

『시인』 지에 의해 1970~1980년대 한국 민족문학운동의 실천적 주역으로 활약했던 김지하 양성우 김준태 시인을 배출하면서 문학을 통한 현실참여, 표현의 자유 투쟁이 일어나게 된다.

조태일은 시인이란 현실과 '유리' 되어선 안 되고, '밀착' 되어야 한다고 생각한 사람이었다. 이를 위해 그는 '참여정신' 을 강조했다. 조태일에게 참여정신은 정치권력에 빌붙어 세속적·현실적 실속을 챙기는 '순응하는 참여' 가 아닌, 권력을 향한 '저항정신' 을 뜻했다. 이 저항정신이야말로 새로운 창조의 정신이라고 생각했다. 그의 시의 관심은 오로지 현실이었다. 그는 곧잘 현실을 제대로 알지 못하고 어떻게 미래를 창조할 수 있느냐고 말했다. 현실 속에서 모든 시의 싹이 움트고 있기 때문에 시인은 현실의 부조리함이나 허위의식, 거기서 파생되는 인간정신의 위기로부터 도피해서는 안 된다고 주문했다. 또한 그는 인간의 순수함이 짓밟히는 획일주의나 독재주의의 횡포로부터 인간정신의 상실을 막으려면 저항해야 한다고 생각했다. 그는 '글은 곧 사람이다' 라는 생각을 가지고 있었으며, '사람 따로 글 따로' 라는 것은 하나의 공염불에 불과하다고 주장했다.

죽형(竹兄) 조태일의 시는 날카로운 죽창과 식칼처럼 벼린 날로 '4·19혁명' 의 좌절과 희망을 노래했다. 조태일 시인의 두 번째 시집 『식칼론』(1970년, 시인사)은 4월혁명의 절망과 새로운 시대의 열망이 복합적으로 드러난 시편들이었다. 전남대 정경운 교수가 「조태일 시인의 삶과 문학」에서 지적한 바처럼 "피 묻은 피 묻은 처녀막을 나부끼며/아프고 피비린 냄새를 풍기며/광화문네거리 한복판에/내가 섰다 내가 섰어."(「나의 처녀막 3」)에서 언급된 그 '처녀막'은 '시대의 순결성'을 의미한다. 그 처녀막의 파열은 5·16이라는 쿠데타에 의해 파괴된 4월혁명의 좌절을 상징했다. 자유를 향한 민중의 열망이 훼손된 그 원통함을 조태일은 개인화시키지 않고, 민족이라는 집단적 차원으로 끌어올렸던 것이다.

조태일은 새로운 문인결사체인 〈자유실천문인협의회〉의 탄생에 결정적인 기여를 했다. 그리고 '창비시선'의 기획편집자로서 『창작과비평』의 문학적 위상을 높였고, 〈자유실천문인협의회〉와 〈민족문학작가회의〉의 활동을 통해 한국문단의 새로운 지형도 형성에 이바지했다. 월간 『시인』지가 권력의 탄압 속에서 중단된 이후 조태일 시인은 1980년대 초반 '무크시대'를 맞아 1983년에 시 무크 『시인』지를 창간했다. 무크 『시인』지를 통해 1980년대의 대표적 이론가였던 채광석이 '시인'으로 데뷔했고, 이어 박남준 권혁소 이도윤 정원도 김해윤(김영환) 채상근 김종원 등이 등단해 활약하게 된다.

4·19세대의 일원이자, '참여시의 맹장'으로서 『시인』지를 주재했던 조태일 시인은 순응과 타성, 굴종에 빠진 한국시단을 위기에서 건진 구원투수였다. 그가 발굴한 김지하 양성우 김준태 채광석 시인을 통해 한국문단의 물꼬를 새로운 방향으로 틀어낼 수가 있었다.

문학인의 역할 가운데 가장 중요한 일 중의 하나는 무명(無名)의 후생들을 발굴하여 그들을 통해 새로운 문학적 피를 수혈하는 일이다. 에즈라 파운드 시인이 무명의 시인 T. S. 엘리엇과 예이츠, 제임스 조이스를 발굴하여 그들을 일약 세계적인 시인으로 길러낸 것처럼, 그리고 박봉우 시인이 신동엽을 발굴하여 그를 민족시인의 반열에 오르게 한 것처럼 '탁월한 시의 감식자'가 되어 무명의 시인을 새롭게 발굴한다는 것은 선배 문인으로서 가장 중요한 역할이기도 하다.

앞서 잠시 언급한 대로 조태일 시인은 1974년 11월 18일, 타락한 정치현실과 부도덕한 정치집단에 최초로 항거한 문인집단이었던 〈자유실천문인협의회〉(현재 한국작가회의)를 창립할 때 고은 백낙청 이문구 박태순 황석영 양성우 이시영 송기원 등과 함께 주도하게 된다. 아울러 최초의 재야 민주화운동 상설조직인 〈민주수호국민협의회〉의 활동에도 관여했다.

1987년 9월에 〈자유실천문인협의회〉가 〈민족문학작가회의〉로 확대, 개편되었을 때 조태일 시인은 초대 상임이사를 역임했고, 이후 이 조직의 부회장으로 활동했다. 조태일 시인은 문학을 통한 우리사회의 민주화와 표현의 자유 쟁취투쟁에 적극 앞장섰다.

에즈라 파운드가 무명의 시인들을 발굴해 잡지에 소개하고, 감옥에 투옥되면 석방운동에 앞장섰으며, 작품집 출간 시엔 많은 도움을 아끼지 않은 것처럼 조태일 시인 또한 그러했다. 『창작과비평』에서 퇴짜를 맞은 김지하를 발굴했고, 무명의 대학생 김준태와 무명의 교사 양성우를 발굴하여 자신이 이끌던 잡지에 소개했다. 그리고 1970년대~1980년대의 민주화운동 기간 중에 고통 받는 문단 동료나 민주 인사들의 옥바라지에 가장 열성적으로 헌신한 사람이 바로 조태일 시인이었다. 양성우 시인이 1977년 6월 「노예수첩」 필화사건'으로 투옥되자, 제3시집 『겨울공화국』을 출간하여 고은 시인과 함께 긴급조치 9호위반으로 구속되기도 했다.

1980년 '서울의 봄' 당시에는 계엄해제를 촉구한 지식인 124명의 서명에 동참했고, 그해 5월 16일에는 서울 청진동 경주집에서 열린 〈자유실천문인협의회〉 소속 문인들과 임시모임을 가진 것이 문제가 되어 '5·18예비검속자'로 지목돼 수배를 받게 된다. 이 일로 1980년 7월, 신경림 시인, 구중서 평론가와 함께 계엄포고령 위반으로 육군교도소에 구속되었고, 고등군법회의에서 징역 2년, 집행유예 3년을 선고받는 등이 땅의 민주화를 위해 헌신했다.

조태일의 세 번째 시집『국토』가 신경림 시집『농무』에 이어 '창비시선' 의 두 번째 시리즈로 출간된 것은 1975년 5월이었다. 이 시집은 서점에 배포되자마자 정부당국으로부터 '판매금지' 조치를 당했다. 이은봉 시인(전 광주대 문창과 교수)은『국토』가 지닌 문학사적 의미를 이렇게 부여했다.

"『국토』는 군사독재에 의해 탄압받는 한국문학 전체를 상징한 문제의 시집이었다. 김지하의 시집『황토』가 그러했듯이 조태일의 시집『국토』는 민주화를 열망하는 국민 모두의 염원을 담아내고 있었다. 각각의 작품들이 지니고 있는 예술적 완성도나 성취도를 따지기 이전에 조태일 시집『국토』는 이미 우리 시단 전체의 '전위'로 존재했던 것이다."

김현승 시인은『국토』에 대해 "조태일의 시는 현실을 시인의 독특한 상상력으로써 변형시켜 하나의 압축된 새로운 형상으로서 보여 주고 있다."고 말했다. 신경림 시인은 "억눌리며 살아온 사람들의 모아진 힘, 짓밟히고 살아온 민중의 지혜가 느껴진다."고 했다. 염무웅 평론가는 이 시집의 '발문'에서 "그는 강골의 시인이자 반골의 시인이다. 그런 자기의 시적 체질을 조태일만큼 완강하고 집요하게 지키고 키워 나온 시인을 우리 시문학사에서 찾기 어려울 것이다. 시집『국토』는 우리 시대의 정치적 암흑에 대한 가장 선렬한 비판 중의 하나일 것이다."고 평가했다.

시집『국토』가 판금된 후 조태일 시인은 1980년 4월에 산문집『고여 있는 시와 움직이는 시』를 출간했지만, 이 책 역시 신군부에 의해 '계엄포고령 위반'으로 판금되고 말았다. 이후 조태일은 1983년에 시집『가거도』(창작과비평사), 1985년에 문학선집『연가』(나남출판)를, 1987년에『자유가 시인더러』(창작과비평사)를 출간했다. '6월항쟁'의 승리를 발판삼아〈자유실천문인협의회〉가 그해 9월 17일〈민족문학작가회의〉로 확대 개편되었을 때 그는 초대 상임이사를 맡아 이 조직을 이끌었다.

1989년 조태일 시인은 광주대학교 성래운 학장의 권유로 광주에서

1 1975년 5월, 창작과비평사에서 출간된 조태일 제3시집 『국토』. 2 1970년대 중반 서울 청진동 창작과비평사 사무실에서. (왼쪽부터) 염무웅 백낙청 평론가, 조태일 시인, 이오덕 이원수 아동문학가. 3 1979년 광주 YWCA 강당에서 열린 〈양심범을 위한 문학의 밤〉에서 양성우 송기숙 김지하 문익환 등 구속된 문인들의 석방을 촉구하는 조태일 시인. 4 〈민족문학작가회의〉 초대 상임이사 시절 조태일 시인(오른쪽). 그 옆은 천승세 소설가, 이시영 시인. 5 〈자유실천문인협의회〉 주최 민족문학교실에서 강연 중인 조태일 시인. 6 살아생전 담배와 생맥주를 즐겨했던 죽형 조태일 시인.

후진을 양성하기 위해 오랜 서울 생활을 청산하고, 광주대 문창과 교수로 취임했다. 광주대에서 교수로 재직했던 그 10년 동안 조태일은 학생들을 가르치는 가운데서도 창작과 연구활동을 게을리하지 않았다.

1991년에 경희대대학원에서 「김현승 시정신 연구」로 박사학위를 받은 조태일은 그해 제6시집 『산속에서 꽃속에서』(창작과비평사)를 출간하여 제1회 편운문학상을 수상했다. 이듬해 1992년 『문학의 이해』(공저, 시인사)를 간행했고, 제35회 전라남도문화상 문학부문을 수상했다.

1994년에는 민족문학작가회의 부회장으로 선출되었고, 3월에 광주대 예술대학 초대학장과 문창과 교수로 재직했다. 이론서 『시창작을 위한 시론』(1994, 나남출판), 연구서 『김현승 시정신 연구』(1998, 태학사), 산문집 『시인은 밤에도 잠들지 않는다』(1996, 나남출판) 등을 펴냈고, 1995년에 제7시집 『풀꽃은 꺾이지 않는다』(창작과비평사)로 제10회 만해문학상을 수상했다. 1996년에는 민족문학작가회의의 부이사장으로 활동했다. 타계하던 그해 1999년에도 이론서 『알기 쉬운 시창작 강의』(나남출판)와 제8시집 『혼자 타오르고 있었네』(창작과비평사)를 출판할 정도로 그는 자기 자신에게 잠시의 휴식도 허락하지 않았다. 광주대 제자들과 수업시간이 끝나면 호프집에서 밤새도록 뒤풀이 강의를 이어갔던 그는 그 아무리 술을 마셔도 새벽 6시가 되면 어김없이 일어나 출근 준비를 했다. 조태일 시인이 광주대 문창과 교수로 재직하는 동안 그의 문창과 제자들은 전국의 신춘문예나 잡지에 '신인'으로 가장 많이 등단했다.

살아생전 조태일 시인은 자신이 지닌 호주머니 돈을 털어 어려움에 처한 동료와 후배 문인들의 쌀독을 손수 살피던 다정다감한 사람이었다. 후배 문인들에게 문학혼을 심어 주면서 술과 밥을 사는 것을 즐거워했다. 백 마디 말보다는 한 자락의 실천행위를 묵묵히 보여 주었던 그는 사소한 약속이라도 이를 반드시 지켜내려고 했다. 또한 그는 OB호프 맥주잔에 맺혀 있던 황금빛 이슬을 좋아했고, 그리고 애연가였다.

조태일 시인에게서 또 하나 빼놓을 수 없는 것은 바른말이다. 신경림 시인이 회고한 바처럼 그는 문단에서 입바른 소리를 대놓고 잘했다. 그야말로 '목에 칼이 들어와도' 옳다고 생각하면 누구에게나 어느 자리에서나 선배, 후배, 친구 가릴 것 없이 할 말은 하는 사람이었다. 그래서 가까운 주위에서도 오해를 샀고, 그것이 그가 겪는 곤욕의 원인이 되기도 했다.

30년 동안의 서울 생활을 청산하고, 광주로 내려온 조태일 시인은 문학의 길을 가고자 하는 후배들에게 곧잘 말하곤 했다. "문학은 자기시대를 가장 완벽하게 호명하기 위해 존재하는 것이다." 덧붙여 그는, "물고기가 물을 떠나서 살 수 없는 것처럼 모든 인간은 자신이 속한 시대와 현실을 떠날 수 없다, 문학은 인간의 삶에 뿌리를 내려야 한다."고 강조했다.

조태일은 다산연구가인 박석무(현 조태일기념사업회 이사장)와 고교 시절부터 가장 단짝인 사이였다. "나라를 걱정하지 않은 것은 시가 아니다(不憂國 非詩也)"고 주장했던 다산 정약용의 문학정신을 적극 실천했다.

김준태 시인의 회고담처럼 조태일 시인은 한 번 옳다고 생각하면 끝까지 밀어붙이는 고집불통의 사나이이기도 했다. 대의명분을 생명으로 여겼으며, 조지훈 시인의 지조론, 김현승 시인의 청교도적인 인격주의, 김수영 시인의 앙가주망(현실참여)의 시정신을 결합시켜 온몸으로 시를 쓰며 살았다. 그 스스로 자신의 임종 날짜를 예언하여 스물여덟 살에 쓴 시(「간추린 일기」)에서 "내가 죽는 날은 99년 9월 9일 이전"이라고 말했다. 그는 마치 이것을 실천하듯이 1999년 9월 7일, 향년 58세의 나이로 이승의 끈을 놓아버린 '대자유의 시인'이기도 했다.

살아생전 그는 "5·18 당시 목숨을 잃은 사람들에게 면목이 없다."며,

1 전남 곡성 태안사 입구에 있는 '조태일 시문학기념관'에 전시된 유품. 2 타계 후 정부(김대중 대통령)으로부터 수여받은 보관문화훈장. 3 2015년 9월 16일 〈조태일기념사업회〉(회장 박석무) 주최로 조태일 시문학관에서 개최된 〈조태일 문학축전〉에 참석한 문인들.

'5월 민주유공자'가 되는 것을 끝내 거부했다. 이 때문에 가족묘가 있는 용인에 묻혔던 조태일 시인은 박석무 5·18기념재단 이사장과 김준태 시인의 인우보증으로 2005년 5월 8일, 사후(死後) 5년 만에 비로소 '국립 5·18묘지'에 안장될 수 있었다.

시인은 떠날 때 무엇을 지상 위에 남기는가. 시인 조태일은 한국 시사(詩史)에서 가장 강렬한 자기만의 언어로 저항하고 분노했다. 행동이 필요할 때 주저치 않고 반드시 행동하는 시정신을 보여 주었다. 또한 시인의 삶이란 모름지기 대지의 아들로서 당당함과 순결성을 보여 줘야 마땅하다는 명제를 우리에게 남겨 주었다. 문학평론가 백낙청이 그를 추모하면서 말한 바 있듯이, 만약 조태일 시인이 없었다면 오늘날 한국 시문학은 어떤 모습이었을지 자못 궁금하다.

2부

참여문학의 등장과
민족문학운동의
출발

1. 1970년 5월, 새로운 출발선상에 선 한국문학

모든 역사가 그러하듯이 문학사(文學史) 역시 결코 우발적인 사건들의 집적이 아니다. 필연적인 사건 과정의 연속인 까닭에 우리는 과거를 현재의 원인으로 파악하여 현재를 통한 과거의 역사적 성격을 이해하고 추론해 낼 수 있다. 미래 역시 현재의 결과로 파악함으로써 우리는 현실의 상황을 기반으로 미래를 내다볼 수 있다. 따라서 이미 없어진 것처럼 보이면서 현재에 엄연히 용해되어 있는 것이 과거요, 아직 없을 것 같은데 현재에 잠정적으로 내재돼 있는 것이 미래라고 말할 수 있다.

한국 민족문학의 맹장(猛將) 조태일 시인이 이미 지적했다시피 한국 문학이 지극히 말초적인 개인의식의 흐름이나 극소수의 미적 도락을 위한 밀폐된 시적 공간에서 벗어나 생명력이 넘치는 폭넓은 인간 감정과 민중의식의 현장으로 되돌아온 것은 1960년 4·19혁명에서 비롯된 바가 크다. '4월혁명'으로 민중의 위대한 생명력과 끈질긴 영원성을 실감할 수 있었고, 민중의 생명력을 보다 높은 차원으로 승화하기 위해 문학인들이 좀 더 선도적 역할을 해야 한다는 자각이 일어났다.

1960년대 문학에서 바로 이 같은 첨단의 역할을 수행한 사람은 김수영 신동엽 조태일 시인이다. 이 시인들은 예리한 시적 촉수를 한반도의 현실과 대지의 역사에 꽂아 인간의 생명을 재발견했으며, 자유의지 확산과 민중의식의 고취에 선도적 역할을 수행했다.

1960년대 참여시를 지향하는 민족문학의 미학적 화두는 시대의식과 사회의식을 문학 속에 어떻게 용해하여 형상화하는가의 문제였다. 우리 사회의 현실과 갈등을 압축, 반영하고 문학이 궁극적으로 인간해방에 기여해야 한다는 자각이 싹트고 있었다. 그와 함께 인간에 대한 존엄성과 기본적 인권은 국가권력 이전부터 존재하는 자연권에 속해 있기 때문에 그 천부적 권리는 권력자의 어떤 탄압과 압력으로도 짓밟힐 수 없다는 자각이 일어났다.

바로 그러한 자각 속에 1970년대의 문학은 새롭게 용틀임을 시작했다. 흔히들 1970년대를 일컬어 격동과 수난의 시대라고 말한다. 민주주의에 대한 자각이 시민 대중 사이에 일어났으며, 권력집권층의 비리와 모순, 부조리에 저항하기 위한 참여정신이 문학 속에서 점차 발현되었다. 고은 시인의 표현처럼 '1970년대는 영광인 고난의 시대였고, 고난인 영광의 시대'였다.

광주전남의 현대문학이 낳은 문학적 선구자들은 '민주주의'라는 가치를 지키기 위하여 그 누구보다도 앞장섰다. 그들은 자기 문학혼을 관철하고자 자신의 몸뚱이를 시대의 질곡 속으로 들이밀어 민주의 제단에 헌신하고자 했다.

1970년 5월을 거치면서 한국문학은 전혀 새로운 방향으로 움직이기 시작했다. 그 이전까지 한국문학은 정치권력의 지배질서에 순응되어 민족현실과 동떨어진 문학주의에 함몰되어 있었다. 그런데 1970년대라는 '질풍노도의 시대'를 거치면서 한국문학은 부도덕한 지배질서의 전복을 꿈꾸는, '풍운아(風雲兒)'로 새로운 미학적 쟁투를 시작하게 된다.

한국문학이 권력에의 순응과 미학적 타성에 벗어나 변혁을 꿈꾸게 된 까닭은 무엇일까. 그것은 사람다운 삶과 인간으로서의 존엄 그리고 억압된 자유를 해방하려는 인류의 오랜 꿈의 대열에 문학이 동참하게 됨을 의미했다. 1960년대부터 월간 『사상계』와 계간 『창작과비평』 등의 잡지는 '지식인의 사회참여'라는 모럴을 제시하면서 한국문학의 새로운 지형도 형성에 앞장서고 있었다. 하지만 1970년대의 한국문학에서 양적인 대세를 차지한 측은 이른바 '순수문학'의 진영이었다. 그들 중 상당수는 권력의 전횡에 침묵하면서, 혹은 권력이 베푸는 세속적 이익에 안주하면서 문학은 현실적 삶과 무관하다는 '음풍농월(吟風弄月)'의 미학에 함몰되어 있었다.

1970년대가 시작되기 전, 박정희 정권은 국정 슬로건으로 '중단 없는 전진'을 내걸었다. 그리고 장기독재의 발판을 마련하고자 '3선 개헌'을 추진하려고 했다. '3선 개헌'에 대한 정권 측의 행동이 본격화되자, 야당과 대학생들은 민주주의의 수호를 위해 일제히 반대투쟁에 나섰다. 1969년 6월부터 전국적으로 대학생들의 '3선 개헌 반대시위'가 잇따랐고, 야당은 연일 시국강연회를 열어 개헌의 부당성을 국민들에게 알리고자 총력을 기울였다. 그럼에도 불구하고 박정희 대통령이 이끄는 공화당은 1969년 8월, '3선 개헌안'을 당론으로 확정했다. 야당은 즉각 국회농성 투쟁으로 장기집권 음모를 강력하게 규탄했지만, 1969년 10월 17일에 치러진 '국민투표'를 통해 3선 개헌안은 관철되고 말았다.

그러는 와중에도 대망의 1970년 새해는 밝았다. 국민 모두가 희망찬 새날을 기대하고 있었고, 야당은 이듬해 치러질 대선을 향해 기지개를 켜고 있었다. 그런데 3월 17일 밤 11시경에 세칭 '정인숙 여인 피살사건'이 마포 절두산 인근의 한강변 도로에서 발생하여 세상이 한동안 시끄러웠다. 경찰은 고급요정의 마담으로 일했던 정인숙이란 여성이 그녀의 오빠가 쏜 권총에 의해 살해당했다고 발표했다. 이 사건의 수사과정 중 정인숙의 집에서 발견된 포켓용 수첩에는 5·16 주체세력을 포함한

1 1970년 3월, 한강변에서 발생한 '정인숙 여인 피살사건'은 김지하 담시「오적」창작의 모티브가 되었다. **2** 1970년 4월, 서울 마포 창전동에서 발생한 '와우아파트 붕괴사고'는 '조국근대화'의 실상을 보여주었다.

현직 장·차관과 군 장성, 국회의원, 5대 재벌그룹 회장 등 유명인사 수십 명의 이름과 연락처가 적혀 있었고, 이들의 명함이 발견되었다. '정인숙 피살사건'은, 언론의 초점이 요정정치를 둘러싼 집권층의 부도덕성에 맞춰지면서 '정치권력형 섹스스캔들'로 비화되었지만, 이 사건은 정일권 국무총리가 해임되는 선에서 일단락되었다.

이어 1970년 4월 8일 아침 6시 반경 서울 마포구 창전동의 와우산 중턱에 건설된 '와우 시민아파트' 한 동(棟)이 졸지에 붕괴되는 사고가 발생했다. 와우아파트 붕괴사고로 시민 34명이 목숨을 잃었고, 40여 명이 부상당하는 참변이 일어났다. 이것은 명백한 인재(人災) 사고였다. 김현옥 서울시장이 불과 6개월 만에 불도저식으로 밀어붙인 눈요기 날림공사, 부실공사 때문에 아파트 붕괴라는 초유의 사태가 발생한 것이다. 사건 발생 후 서울시와 건설업자 간의 유착관계가 드러남으로써 사고는 예견된 거나 마찬가지였다.

박정희 정권은 '조국 근대화'와 판잣집의 양성화라는 명목으로 시민 아파트를 건설했지만, 결국 가난하고 힘없는 서민들만 떼죽음을 당함으로써 '와우식 근대화'의 실상이 드러나게 되어 한동안 서울 민심은 뒤숭숭했다.

1970년 3월과 4월에 연이어 발생한 이 사건들과 함께 당시 새로운 부자촌(富者村)으로 떠오른 '동빙고동 오적촌'이 세간의 화제가 되고 있었다. 서민들 대다수는 '판잣집' 신세를 못 벗어나고 있었건만, 5·16 집권세력은 동빙고동 일대에 호화 빌라촌, 세칭 '오적촌'에 거주하면서 서민대중들과의 위화감을 조성하고 있었다.

2. 민족문학의 신호탄, 김지하의 담시 「오적」 출현

월간지 『사상계』의 편집장 김승균은 '5·16군사쿠데타 9주년 특집호'인 1970년 5월호에 '오적촌' 문제를 다루기 위해 대학 시절부터 잘 알고 지내던 김지하 시인을 만나 의견을 교환하면서, 이에 대한 '장시'를 청탁했다. 그런데 원고청탁을 받은 김지하 시인은 불과 사흘 만에 신들린 듯 200자 원고지 40장 분량, 287행에 이르는 장시를 집필했다. 그는 판소리 형식으로 쓴 이 작품을 '담시(譚詩)'라고 칭하고, 「오적」(五賊)이라는 제목으로 탈고했다. 재벌 국회의원 고급공무원 장성 장차관을 일컬어 '천하흉폭 오적'이라고 지칭한 김지하는 구악(舊惡)을 일소한다는 5·16혁명이 신악(新惡)으로 변질되었으며, 정인숙 피살을 정치적 사건으로 바라보았다. 그리고 와우아파트 붕괴사건을 근대화의 허상, 공직자의 부정부패에서 비롯된 것이며, 향후 치러질 대선과 총선에서 엄청난 관권 부정선거가 있을 것임을 재미있게 형상화하여 『사상계』 1970년 5월호에 발표했다.

이 시가 발표되자마자 파장은 실로 엄청났다. 초판이 일시에 매진되었고, 독자들로부터 재판 요구가 빗발쳤다. 한 편의 시가 독자들에게 그토록 큰 파문을 일으킨 것은 한국 시문학 사상 초유의 일이었다.

김지하(金芝河)의 본명은 김영일(金英一)이며, 1941년 목포시 연동(산정동)에서 태어났다. 훗날 민청학련 사건으로 투옥되었다가 석방된 후 1975년 2월 하순, 동아일보에 게재했던 옥중수기 「고행… 1974」에서 밝힌 바처럼 김지하는 "저주받은 땅 전라도의 아들이자, 천대받는 사람들 '하와이'의 시인"이라고 스스로를 일컬었다. 1989년 전남일보 창간 인터뷰에서 김준태 시인과 나눈 대담에서도, "아무래도 내 시의 고향은 전라도일 수밖에 없다."라고 단언하였다. 그는 젊은 날부터 스스로를 '개땅쇠, 전라도의 아들'이라고 자각하면서 문학에 투신했다.

목포에서 산정초등학교를 졸업하고, 목포유달중학교 1학년 때 아버지를 따라 원주로 이사한 김영일은 원주중학과 서울 중동고를 졸업하고, 1959년 4월 서울대 문리대 미학과에 입학했다. 1960년 4월혁명이 일어났을 때 〈서울대 민족통일학생연맹〉을 이끌었고, 1964년에는 '대일굴욕외교 반대투쟁'을 주도했다. 특히 1964년 5월, 서울대에서 거행된 〈민족적 민주주의 장례식 및 규탄대회〉에서 「곡(哭) 민족적 민주주의」라는 조사(弔辭)와 함께 「최루탄가」라는 데모 노래의 가사를 써서 대학가에 문학적 명성을 날렸다.

'6·3사태'의 주모자로 체포돼 무기정학을 당한 김영일은 약 4개월 동안 서대문형무소에서 옥고를 치른 후 목포와 해남 등 전라도 일대를 돌아다니면서 문학혼(文學魂)과 시심(詩心)을 키워나갔다.

1969년 『시인』지 11월호에 「황톳길」외 4편의 시를 '지하'라는 필명으로 발표, 등단한 김지하는 이후 김준태 시인에게 보낸 1970년 3월 11일자의 편지에서 '전라도'에 대한 자신의 견해를 밝힌 바 있다. 당시 김지하가 '전라도'를 주목한 이유는 단순히 스스로가 '개땅쇠'라는 점에만 있지 않았다. 삼한과 백제 이래 전라도는 가장 우수한 예술의 고향이며, 역사적으로는 압박과 모멸, 착취의 살육 밑에서 오랫동안 몸부림쳐 온 곳이자, 세계에서도 유례가 드문 비극의 땅으로 인식했다. 전라도 사람들은 언제나 그 압박과 비극적 현실에 온몸으로 저항했고, 온몸으로 고통의 노래를 불러왔었다고 생각했다. 말하자면 김지하는 등단 초기부터 전라도 땅의 혼과 살, 그 투쟁의 역사를, 그 하늘과 황토 먼지를 예술 속에 승화시켜 세계적 예술의 경지로 끌어올리려는 자의식에 사로잡혀 있었다.

청소년 시절 김영일이 시인을 꿈꾸게 된 것은 아주 우연한 계기였다. 목포유달중 1학년 때 유달산으로 놀러갔다가 공중변소에서 발견한 시 형식의 낙서를 읽고 강렬한 시적 충동에 사로잡혀 갑자기 시에 관심을 갖게 된 것이다. 중학생 김영일은 한국전쟁 기간 중인 1952년 목포에서 발간된 『시정신』이란 잡지를 읽었다. 차재석의 후원, 이동주 시인의 편집, 서정주 시인의 편집주간 체제로 발행된 잡지였다. 그는 이 책을 통해 박용철 김현승 신석정 서정주 이동주 유치환 시인 등의 작품을 읽었다. 서울 중동고등학교 시절 김영일은 문예반에서 활동했다. 백일장에 참가했으나 입상하지는 못했고, 서울 시내 7대 사립고교 문학의 밤에 참가하여 자작시를 낭송하기도 했다. 그때 한용운 김소월 서정주 등의 시집을 접했고, 키츠, 셸리, 바이런, 오든, 엘리엇, 딜런 토마스 시를 읽는 등 국내외 온갖 문학 책들을 탐닉했다. 그러다가 스물세 살 무렵인 1963년 목포문협 기관지 『목포문학』 제2호의 편집을 맡고 있던 최하림(시인)이 김현(문학평론가)을 통해 김영일에게 시를 청탁하게 되자, 이때 그는 「저녁 이야기」라는 시를 김지하(金之夏)라는 필명으로 처음 발표했다.

1966년 어느 봄날에 김영일은 '통혁당' 기관지 『청맥』으로부터 갑오동학혁명을 주제로 한 서사시를 청탁받고, 총 300행 규모의 미완성 서사시 「우슬치」를 창작했다. 이즈음 서울대 동창생인 조동일은 김영일이 쓴 「황톳길」, 「육십령」 등 6편의 시를 계간 『창작과비평』을 이끌던 백낙청 평론가에게 '신인 투고작' 형식으로 건네주었다. 이때 '창비'의 편집인 백낙청으로부터 신인작품 심사를 의뢰받은 김수영 시인은 김지하의 투고작에 대해 "인민군 노래 같다."며, '신인 불가'라는 판정을 내렸다. 그런 탓에 김지하는 스무 살 중반까지 한국문단에 얼굴을 내밀 수 없었다.

1969년 어느 날이었다. 목포 동향의 벗인 문학평론가 김현이 우연히 하숙집에 놀러 왔다가 막무가내로 데뷔의 길을 알아보겠다며 김지하가 써놓은 작품들을 들고 갔다. 김현은 이 작품들을 『시인(詩人)』지를 주재하던 조태일 시인에게 건네주었다. 탁월한 시적 감식가이자 득안(得眼)의 소유자인 조태일은 김지하를 '신인(新人)'으로 발굴했다. 그리하여 스물아홉의 김지하는 『시인』지 1969년 11월호에 「비」, 「황톳길」, 「들녘」, 「녹두꽃」 등의 시를 '지하'라는 필명으로 발표함으로써 문단에 공식데뷔하게 된다. 만약 이때 조태일 시인이 김지하를 발굴해 내지 못했다면, 자칫 김지하는 한국문단의 미아가 될 수도 있었을 것이다. 당시의 한국문단 풍토에서 김지하의 시는 그만큼 생소했고, 그 가락과 내용에 있어서 기존의 발상법과 문체와는 판이하게 다른 형식으로 저만치서 홀로 떨어져 있었던 것이다. 같은 호의 『시인』지에는 또 다른 신인으로 김준태의 작품도 함께 실렸다. 이후 두 사람은 등단 초반에 서로 편지를 주고받으며 깊은 문학적 우정을 나누게 된다.

김지하 시인은 1970년 『시인』 4월호에 최민 김준태 시인과 함께 특집으로 「호박」, 「서울길」, 「남쪽」, 「달」 등 4편의 시를 발표했을 뿐, 그가 서른의 나이로 「오적」을 『사상계』에 발표하기 이전까지 문단에서 그의 얼굴과 이름을 아는 사람은 몇몇에 불과했다.

그러던 어느 날 김지하 시인은 대학 시절부터 잘 알고 지내던 『사상계』 김승균(전 일월서각 대표) 편집장과 만나게 된다. 『사상계』 1970년 5월호에 김지하 시를 청탁하게 된 배경에 대해 김승균은 이렇게 회고한 바 있다.

당시 『사상계』는 매달 테마를 정해 외부 필자에게 원고를 청탁했다. 『사상계』 사무실이 종로구 청진동 백조다방 건물 4층에 있었는데, 야당 정치인들이나 지식인들의 사랑방이기도 했다. 1970년 5월호를 5·16쿠데타 9주년 특집호(「반민주·반자유·허탈의 9년」)를 내기로 하고 4월 기획회의를 했는데, 당시 부촌(富村)이었던 동빙고동이 화제가 됐다. 혁명 공약에서 부정부패를 일소하겠다고 한 쿠데타 세력이 오히려 부패의 온상이 되고 있다고 실망과 비난이 드셌다. 집에 에스컬레이터를 달아 놓고 사는 '오적촌'이 있다는 소문이 시중에 파다하다는 거였다. 오적촌을 주제로 장시를 받아야겠다고 생각해 문득 김지하를 떠올렸다. 다들 찬성했다. 당시 김지하는 대중에게 알려진 유명 인사는 아니었지만 재주가 뛰어나다는 것을 알 만한 사람들은 다 알고 있었다. 이에 김지하를 만나 동빙고동에 '오적촌'이라는 곳이 있다더라, 이에 대한 장시(長詩)를 하나 써 달라고 청탁했다. 특히 그런 시를 쓰려면 용기가 필요한 사람이어야 했으니 그가 적격이었다. 그런데 원고청탁 5일 만에 300행이나 되는 긴 담시(譚詩)가 왔다. 그것도 삽화까지 그려서 말이다.*

사흘 만에 썼다고 하기에 '역시 김지하'라고 생각했다. 그런데 막상 「오적」 원고를 받아들고 걱정도 없지 않았다. 『사상계』가 박 정권의 광고 탄압으로 가뜩이나 어려운 상황이었는데, 「오적」이 나가면 더 어려워지지 않을까 하는 생각도 있었다. 원고를 받자마자 나는 사장실 책상 위에 슬그머니 올려놓고 나왔다. 돌아와 보니 부완혁 사장(『사상계』 1대 사장은 장준하, 그는 2대 사장이다)이 껄껄 웃어가며 읽고 있었다.

---

* 『사상계』 1970년 5월호 232쪽에 흑백 삽화가 전면에 실려 있다. 하단에 '70. 4. 지하'라는 서명이 있는데, 이 삽화는 훗날 민중미술가로 명성을 얻게 되는 판화가 '오윤'이 그린 것이다. 김지하는 서울대 미대 후배 오윤(소설 「갯마을」의 작가 오영수의 아들이기도 하다)에게 「오적」의 내용을 담은 삽화를 부탁했고, 추후 이 시가 문제가 될 경우 오윤을 보호하기 위해 김지하가 그린 것처럼 '지하'라고 서명한 것이다.

그러더니 나를 보고 '괜찮겠죠' 하면서 OK 사인을 해 주었다. 어려운 한자가 많아 활자를 새로 만드느라 편집이 늦어져 잡지는 4월 말에야 출간됐다. 책은 그야말로 날개 돋친 듯 팔렸다. 초판 3천 부가 삽시간에 매진됐고, 재판 요구가 빗발쳤다. 요샛말로 대박이 난 거였다.

김승균 편집장은 『사상계』 1970년 5월호의 '편집후기'에서 「오적」 이라는 이 담시는 해학과 풍자로 독자들의 가슴을 후련하게 해 줄 것이 며, 그의 탁월한 언어와 날카로운 필치, 참신한 형식은 한국문학의 새로 운 방향을 제시하는 데 일조가 될 수 있다고 믿는다."라고 이 시를 수록 하는 감회를 밝혔다.

문학과 정치적 상상력을 결합, 풍자적으로 쓴 「오적」은 경이로운 언 어감각으로 인해 시를 읽는 재미와 함께 세상을 전복시키는 미학적 전 율을 지니고 있었다. 당시 난해시가 창궐하는 시적 풍토에서 한국 시단 과 독자들은 적잖은 충격에 휩싸였다. 『사상계』 1970년 5월호에 18쪽 (231쪽~248쪽) 분량으로 게재된 '담시(譚詩)' 「오적(五賊)」은 그 이전 의 한국시에서 전혀 찾아볼 수 없는 내용과 형식이었다. 박정희 정권의 부정부패의 실상을, 나라를 팔아먹은 친일 모리배 '을사오적(乙巳五 賊)'에 빗대어 비판한 이 작품은 김지하가 서른 살에 쓴 장시였다. 더구 나 청탁을 받는 지 불과 사흘 만에 그는 마치 신들린 듯 썼다. 그때 김지 하가 '담시' 같은 판소리 형식으로 시를 써야겠다고 생각한 것은 서울 대 재학 시절 〈우리문화연구회〉의 비공식 멤버로서 조동일 윤대성 심우 성 등과 함께 민요, 판소리, 탈춤, 무속 등 우리의 전통민예에 관심을 갖 고 있었기에 가능했다. 그는 조동일(전, 서울대 국문과 교수)로부터 "현 대 서사시는 '판소리'의 현대화다."는 견해를 듣고 일찍이 판소리에 큰 관심을 가졌다.

김지하의 회고에 따르면 김승균 편집장으로부터 원고를 청탁 받은

1 조태일 시인이 주재한 『시인』 1969년 11월호를 통해 김
준태 김지하 시인이 '신인'으로 등단했다. **2** 김지하의 담
시 「오적」이 발표된 『사상계』 1970년 5월호. 「오적」 필화
사건으로 폐간되었다. **3** 김지하 시인이 「오적」 발표 때
『사상계』에 게재된 '오적도' 삽화. 그림 하단에 '지하'라
는 서명이 있으나, 김지하 후배 오윤 화가가 그린 것이다.

그 사흘 동안 어떤 영적 흥분에 사로잡혔다고 했다. 고위 공직자들의 부패, 도둑질 방법, 호화판 저택의 내부 같은 것들은 전혀 본 적도 없거니와 고작 시중에 떠도는 소문들을 들은 것뿐이었는데, 막상 시를 쓰려고 앉으니 단박에 착상이 떠올랐다고 했다. 이 때문에 그가 「오적」을 사흘 만에 창작한 것은 "아무리 이성적으로 따져 보아야 알 수가 없다. 나는 그것을 '신명'이라고 생각한다. 신명이 내 상상력에 불을 지폈다고밖에 말할 수 없다."고 회고했다.

김지하는 이때 '정인숙 피살'을 하나의 정치적 사건으로, '와우아파트 붕괴'를 고위공직자의 부패에서 기인한 것으로 표현하여 시사성을 가미했다. 특히 오적과 포도대장이 갑자기 벼락을 맞아 급살한다는 결말은 혁명을 추구한 5·16 쿠데타세력이 실은 부정부패의 온상이 되어 국민적 지탄의 대상이 되고 있음을 은연중에 드러내고자 했다.

詩를 쓰되 좀스럽게 쓰지 말고 똑 이렇게 쓰랏다./내 어쩌다 붓끝이 험한 죄로 칠전에 끌려가/볼기를 맞은 지도 하도 오래라 삭신이 근질 근질/방정맞은 조동아리 손목댕이 오물오물 수물수물/뭐든 자꾸 쓰고 싶어 견딜 수가 없으니, 에라 모르겠다/볼기가 확확 불이 나게 맞을 때는 맞더라도/내 별별 이상한 도둑이야길 하나 쓰것다.

이렇게 시작되는 담시(譚詩) 「오적」을 읽은 독자들은 마치 감전된 듯 충격을 받았다. 『사상계』 1970년 5월호가 발간되자마자 문단 내부에도 적잖은 충격에 휩싸였다. 잡지는 일시에 매진되어 전국적인 품귀 현상이 일어났고, 이 시에 대해 소문을 접한 독자들은 책을 구하지 못하여 발을 동동 굴렸다. 마침내 세간과 정치권은 이 한 편의 시로 요동치기 시작했다. 한 편의 시가 그토록 큰 파열음을 일으킬 줄은 그땐 누구도 미처 예상하지 못한 일이었다. 국민들은 「오적」을 통해 비로소 시인이란 존재를 경이롭게 바라보았고, 한국문학은 1970년 5월을 기점으로 과거와 전혀 다른, 새로운 출발선상에 서 있게 된다.

김지하의 「오적」이 발표되자 문단에서 가장 먼저 주목한 사람은 문학평론가 염무웅이었다. 그는 당시 동아일보의 '월평(月評)'을 담당했는데, 1970년 5월 30일자의 〈5월의 시단〉 제하의 글에서 신동엽 시인의 유작시 5편과 김준태 시인의 신작시 6편, 범대순 이중 마종기 시인의 시편을 언급했다. 그리고 이 글의 마지막 부분에서 김지하 시인의 「오적」에 대해 '한국시의 앞날을 밝게 하는 작품'이라고 호평을 했다.

> 끝으로 이 달의 시를 말하는 자리에서 김지하 씨의 「오적」(『사상계』)을 빼놓을 수는 없을 것이다. 담시(譚詩)라는 표제 밑에 300행이 넘는 분량을 담고 있다. 이 작품은 단순한 현실풍자로만 보아 넘기는 것은 피상적 판단에 그치기 쉽다. 도리어 그러한 생생한 풍자를 유기적으로 자기내부에 용해시킨 시 형식적 달성은 한국시의 앞날을 밝게 한다. 이미 창조적 힘이 없어진 줄 알았던 판소리의 가락이 그 가락에 별다른 형태적 수정 없이도 우리에게 그토록 직접적인 실감을 표현할 수 있다는 사실은, 가령 반세기가 넘는 시조부흥론의 어슬픈 후렴에 비하여 하나의 놀라움이 아닐 수 없다.

한국문학의 새로운 지형도 형성에 담시 「오적」이 몰고 온 파장은 컸다. 1970년 5월을 기점으로 기존의 고착화된 한국문학판에 심각한 균열이 발생하기 시작했던 것이다. 소설가 김남일(한국작가회의 전 사무국장)이 지적한 바처럼 가장 큰 균열은 문학이 당대를 바라보고, 해석하는 지점에서 목격되었다.

한쪽(순수, 보수문학 진영)은 권력의 지배질서를 고스란히 받아들인 반면에 다른 한쪽(참여, 진보문학 진영)은 그런 질서에 대한 이탈과 전복을 꿈꾸었다. 그리고 후자는 전자가 그동안 한국문학사에서 차지했던 관성적 권위마저 더 이상 받아들이려 하지 않았다. 물론 1970년대 초반 한국문단의 대세는 여전히 '순수문학' 진영이었다. 그러나 그 '순수성' 이 독재체제가 자행한 폭압적 현실을 고무·찬양한 것은 아닐지라도, 그 진영의 상당수 명망 있는 문학인들이 권력의 편에 서서 문학적 침묵에 동조한 사실은 장차 한국문학이 추구할 변혁적 근거가 되었다.

3. 담시 「오적」 필화사건과 43년 만의 재심판결

1970년 5월 18일부터 21일까지 엿새 동안 진행된 국회 대정부질의 시간에 신민당의 김응주 조윤형 김용만 의원 등은 약속이라도 한 듯이 김지하의 「오적」 시에 언급된 동빙고동 도둑촌(호화주택) 문제와 와우아파트 붕괴사건, 정인숙 피살사건 등 이른바 권력층의 부정부패 문제를 집중 추궁하여 정부 측을 매우 곤혹스럽게 만들었다.

특히 김응주 의원은 "3천만 원짜리 호화주택 소유자 330명의 명단을 공개하라!"고 도둑촌의 실태를 폭로, 언론의 주목을 받았다.

> 서울이라 장안 한복판에 다섯 도둑이 모여 살았겄다…/…동빙고동
> 우뚝…/천하흉폭 오적의 소굴이렸다…/본시 한 왕초에게 도둑질을 배
> 웠으나 재조는 각각이라/…십년 전 이맘 때 우리 서로 피로써 맹세코
> 도둑질을 개업한 뒤/날이 날로 느느니 기술이요 쌓이느니 황금이랴…

동빙고동의 호화주택과 부정부패를 판소리 가락에 실어 몰아붙인 김지하의 풍자시는 이 잡지의 권두언에서 부완혁 대표가 언급한 것처럼 무한한 집권욕에 불타고 있을 뿐 5·16을 혁명으로 합리화 시킬 만한 아

무런 정치철학이 없었다. 또한 김지하 시인이 '박정희'라는 이름을 직접 거명하지 않았지만 "본시 한 왕초에게 도둑질을 배웠다"는 표현은 5·16세력들이 모두 '도둑질(부정부패)'에 연루되어 있음을 암시했다.

「오적」은 이미 장안의 화제가 되었음은 물론, 그 파장이 점차 정치권으로 옮아가고 있었다. 이 시가 『사상계』 1970년 5월호에 발표되었을 때, 정보기관은 잡지를 회수하는 차원에서 사건을 일단락하려고 했었다. 그런데 갑자기 정치권에 파란을 일으키며, 이슈화되었던 것이다. 국회 대정부질의 시간에 야당의원들이 이 시를 인용하고 나서 신민당 당보 〈민주전선〉과 북한의 노동신문에 「오적」 시가 게재되는 일이 발생했다. 그런 탓에 한 편의 시가 종이 위에 시적 핵폭탄이 되어 여론을 요동치게 만들었다.

「오적」이 『사상계』에 발표되어 장안에 화제가 되자, 신민당은 박정희 정권의 부패상을 폭로하는 절호의 기회로 삼고자 했다. 신민당 유진산 당수는 〈민주전선〉 편집국장(김용성)에게 〈민주전선〉 1면에 김지하의 「오적」 전문을 게재함은 물론 정인숙 피살사건과 와우아파트 붕괴사건, 동빙고동 도둑촌 문제에 대한 신민당 의원들의 대정부질의 내용을 당보에 게재하도록 지시했다. 〈민주전선〉 김용성 편집국장은 「오적」 시의 전문을 읽어본 후 유진산 당수에게 「오적」 중 군 장성 관련 부분은 군부를 자극할 수 있는 예민한 문제이므로 이 부분은 삭제하고 게재하는 게 좋겠다고 건의하여, 그렇게 결정되었다. 신민당은 평소 발행 부수의 2배인 20만 부를 찍어 전국에 배포할 계획이었다.

신민당 당보 〈민주전선〉에 「오적」 시가 게재된다는 정보를 입수한 중앙정보부는 즉각 행동에 돌입했다. 정보부와 종로경찰서 요원 등 20여 명이 1970년 6월 2일 새벽 1시 30분경 서울 종로구 관훈동 신민당사 1층에 있는 출판국 인쇄소를 급습했다. 정보부 요원들과 경찰은 인쇄되어 쌓아둔 신민당보 〈민주전선〉(6월 1일자, 제40호) 전량과 옵셋 인쇄판

4장을 전격적으로 압수하기 시작했다. 제1야당 기관지가 정보기관에 의해 압수당하는 초유의 사건이 발생했다.

〈민주전선〉을 압수조치한 중앙정보부는 6월 2일 오전, 「오적」을 문제 삼아 필자인 김지하 시인과 『사상계』 부완혁 사장과 김승균 편집장, 〈민주전선〉 출판국장 겸 편집인 김용성 등 4인을 반공법 제4조 1항(반국가단체에 대한 찬양, 고무 등) 위반 혐의로 체포하려고 했다. 그날 정보부는 김용성의 신병을 확보하지 못했지만 3인을 체포해 구속영장을 신청했다.

6월 2일 오후, 정일권 국무총리와 박경원 내무부장관, 이호 법무부장관은 청와대로 가서 박정희 대통령에게 〈민주전선〉 압수사건의 전말을 보고했다. 5월 중순 김응주 의원이 국회 대정부질의 시간에 「오적」 시를 거론하며 정부를 질타하자, 『사상계』에 실린 그 시를 읽고, "이게 무슨 애국이냐!" 하며 책을 집어던졌던 박정희는 「오적」 사건을 단호하게 처리하라고 내각에 지시했다.

1970년 6월 3일부터 국회에서는 신민당보 〈민주전선〉 압수사건을 둘러싸고 여야 간에 치열한 공방전이 벌어졌다. 야당인 신민당 의원들은 국회 대정부질의에서 "〈민주전선〉 압수는 집권층이 자신들의 부패를 은폐하기 위해서 꾸며낸 언론탄압이자 야당탄압인 동시에 국민의 고발정신을 말살하기 위한 것이다."고 강력하게 성토했다. 이에 여당인 공화당 의원들은 거칠게 반격했다. "〈민주전선〉은 언론의 범주에 들어갈 수 없는 선동삐라이자 불온문서이다. 유진산 당수는 당보에 「오적」을 게재한 것을 즉각 사과하라!"고 요구했다. 한 술 더 떠 여당 의원 10여 명은 신민당의 원내총무와 김응주 의원을 폭행하여 국회 본회의장에서 난투극이 벌어졌다. 6월 4일, 신민당 김대중 의원은 의사진행발언을 통해 영국의 처칠, 미국의 제퍼슨과 케네디, 닉슨 등을 거론하며 〈민주전선〉 사태에 대해 공화당 측의 과잉반응, 과잉충성을 질타했다.

정권의 입장에서 항상 비판이란 괴로운 것이다. 그러나 입에 쓰고 귀에 거슬려야 약이 아닌가. 야당의원의 면책특권을 문제 삼아서야 쓰겠는가. 김지하의 「오적」이 나온 지 근 한 달이다. 그때 이미 수사기관이 김지하를 불러 조사했고, 몸도 약한 사람이 그런 일 말라고 타일렀을 뿐이다. 반공법 혐의가 있다면 그때 취급했어야지 신민당이 당보에 전재한 뒤 문제 삼는 것은 야당 탄압이 아닌가? 야당 원내 총지휘자의 멱살을 잡고 뺨을 치고, 60대 노인 김응주 의원을 구타, 병원에 입원까지 한 것은 있을 수 없는 일이다.

〈민주전선〉 압수사건에 대한 치열한 공방으로 국회는 며칠째 공전되었고, 여야 간의 정면대치로 한동안 정국은 얼어붙었다.

그런 가운데 서울지검 공안부 박종연 검사는 1970년 6월 19일, 김지하 등 4인을 반공법 위반혐의로 구속, 기소했다. 공소이유는 "남한사회의 빈부격차를 부각시킴으로써 계급의식을 고취한 용공작품을 창작하고, 게재했다."는 혐의였다.

7월 7일 오전 10시 반경, 서울형사지법 단독 6부 목요상 판사의 심리로 「오적」 사건'의 1심 첫 공판이 열렸다. 김영일(김지하) 등 피고인 측 변호인은 한승헌 이병린 최병길 변호사가 선임되었다. 이날 1차 공판에서 피고 김지하는 "담시 「오적」은 일부 몰지각한 부정부패자와 이의 단속에 나선 경찰의 비리에 대한 권선징악을 판소리 형식으로 풍자한 것이며, 계급의식을 고취시킬 의도는 없었다. 시에 '오적'과 '꾀수'를 등장시킨 것은 도둑과 도둑의 문제이지, 계급과 계급의 문제는 아니다."고 진술했다. 피고인 김지하의 거침없는 진술로 방청석 여기저기에서 폭소가 터져 나왔다. 7월 21일, 2차 공판이 열렸다. 김지하는 이병린, 한승헌 변호사의 반대심문에서 "참다운 반공은 강한 국방력도 문제지만, 우선 내적인 부정부패를 철저히 뿌리 뽑음으로써 국민을 단결시키는 데 있을

김지하의 「오적」 필화사건 재판이 열린 서울형사지법 법정. 왼쪽부터 김지하 부완혁 김승균 김용성.

것이다. 따라서 부정부패 그 자체가 이적이 될지는 몰라도 이를 비판하는 소리가 이적이 될 수 없다."고 검찰 측 공소사실을 전면 부인했다. 이어 8월 18일의 3차 공판에서 김지하는 최병길 변호사의 반대심문에서 이렇게 답변했다.

"재벌 국회의원 고급공무원 장성 장차관 등 5적(五賊)을 옥편을 찾아야 겨우 알 수 있는 어려운 한자로 표기한 것은 교묘히 법을 피해 저지르는 부정부패가 보통사람 눈으로 투시할 수 없는 정도이기 때문에 보통사람들이 잘 알아볼 수 없는 어려운 한자를 썼다. 다섯 가지 도적을 짐승을 뜻하는 한자로 표기한 것은 범죄행위 자체를 추상적으로 지칭하기 위한 것이며, 어떤 계급계층이나 사람을 지적한 것은 아니다."

1970년 8월 28일에 열린 '「오적」 필화사건' 제4차 공판에서 변호인 측의 증인으로 이항녕 고려대 교수, 김승옥 소설가, 그리고 검찰 측 증인으로 염희춘 국제문제연구소 연구원이 출두해 증언했다. 이날 이항녕 교수는 "담시 「오적」이 민주사회의 병폐인 부정부패를 없애기 위해 쓴 것이다는 인상을 받았고, 공산주의의 계급사상을 고취한 것은 아니라고 본다."고 증언했다. 이어 목요상 판사는 선우휘(언론계, 조선일보 편집국장), 박두진(문학계, 시인), 안병욱(학계, 숭실대 교수) 등 3인에게 이 시의 감정을 의뢰했다. 「오적」 시에 대한 감정을 의뢰받은 박두진 시인은 "이 시가 어떤 개인을 악의를 갖고 비방한 것이 아니라, 사회의 부정부패를 보고 그에 대한 공분을 표현한 것으로 본다. 이 시가 범죄로 성립되지 않는다."고 진술했다.

1970년 9월 8일, 서울형사지법 목요상 판사는 부완혁 김지하 김용성 김승균 등 네 명의 피고인들에 대해 '각각 보석금 10만 원, 자택으로 주거 제한'이라는 조건으로 보석을 허가했다. 법원의 보석조치로 이날 오후 7시 10분, 구속된 4인은 투옥된 지 약 100일 만에 서울구치소에서 석방될 수 있었다. 그들이 석방되던 날, 신민당 유진산 당수를 비롯한 고흥문 사무총장, 정성태 국회부의장, 장준하 양일동 김수한 박한상 등 야당 인사와 김지하 시인의 모친 정금성 여사가 마중을 나왔다. 이때 유진산 당수 등 여러 사람들이 김지하를 서로 모셔가려고 했지만, 김지하는 장준하의 차량에 동승했다.

1970년 최고의 정치적 사건으로 비화된 「오적」 필화사건'에 대한 재판이 열릴 때마다 동아일보는 관련 기사와 피고인들의 사진을 사회면의 주요 기사로 보도하여 국민적 관심을 불러일으켰다. 또한 법정은 항상 방청객들로 북적거렸다. 문단은 '표현의 자유'에 관한 중대한 사안이므로 향후 이 사건이 어떻게 전개될지 비상한 관심을 가지고 지켜보았다.

이 사건에 대한 2심공판은 관련 피고인들이 석방되고 나서 한참 후인 1972년 12월 9일에 열렸다. 서울지검 공안부 박종연 검사는 부완혁 김용성 손주항(〈민주전선〉 편집위원) 등 세 명의 피고인에게 각각 징역 3년, 자격정지 3년을 구형했다. 김지하의 경우 그동안 공판정에 출석하지 못한 관계로 추후 심리를 따로 하겠다고 판시했다. 12월 20일 오전, 서울 형사지법 이영모 판사는 「오적」 사건에 대해 다음과 같이 판결했다.

"김지하의 담시 「오적」을 『사상계』 등에 게재한 것은 특권층의 부정부패를 응징하려는 데 그 목적이 있다고 피고인들이 주장하고 있으나, 그 빙자의 도가 너무 지나쳐 우리나라 실정에서는 담시의 범위를 넘어선 것이라고 보이며, 이로 인해 계급의식을 조성, 북한의 선전 자료(노동신문)에 이용되었으므로 유죄로 인정, 징역 1년 자격정지 1년씩을 선고할 것이나, 피고인들의 정상을 참작, 형의 선고를 유예한다."

이날 재판부가 「오적」 사건에 대해 '이적(利敵)' 혐의를 적용한 검찰 측의 주장을 받아들이는 판결을 내림으로써 장장 2년 6개월에 걸친 법정공방은 '유죄'로 결론이 났다.

이후 43년 만에 김지하 시인은 민청학련 사건과 「오적」 필화사건에 대해 법원에 재심(再審)을 청구했다. 지난 2013년 1월 서울중앙지법은 재심 1심에서 민청학련 사건과 관련한 긴급조치 4호 위반과 국가보안법 위반혐의, 내란선동 혐의에 대해 무죄를 선고했다. 그러나 「오적」 필화사건에 대한 반공법 위반혐의에 대해 유·무죄 판단을 바꾸지 않고, 법정 최하형인 '징역 1월의 선고유예' 판결을 내렸다. 재판부는 "김씨의 창작 활동은 북한에 동조한 것이 아닌 헌법상의 기본권 행사"라고 판시하면서도 무죄 판결을 내리지는 않았다. 이때 재판부는 "재심 사유가 없는 '범행'의 경우 유·무죄 판단을 변경할 수 없다는 대법원 판례에 따른 것이다."고 그 이유를 밝혔다.

이에 김지하 시인의 변호인 측은 "재심이 개시된 이상 전체 범죄사실에 관해 공소사실의 인정 여부를 새로 심사해야 한다."며 항소했지만 기각됐다. 서울고법 형사9부(부장판사 김주현)는 2013년 5월 9일에 열린 재심 항소심 판결에서 "재심개시 결정 권한은 1심 법원에 있으므로 항소를 기각한다."며 "죄가 되고 안 되고는 1심 법원에 새로 재심청구를 하여 재심이 개시되면 그때 판단할 수 있다."고 이유를 밝혔다.

지난 2013년 5월 22일, 서울고법은 '징역 1월의 형'이라는 '선고유예'를 유지한 재심 항소심 판결에 대해 "검찰과 김지하 시인이 상고하지 않은 관계로 그 판결이 확정됐다."고 밝혔다. 이로써 「오적」 사건이 발생한 지 43년 만에 '징역 1월의 선고유예'라는 '유죄'로 재심 판결이 내려졌다.

4. 『사상계』의 폐간과 '광복군' 장준하의 파란만장한 생애

「오적」 필화사건이 발생한 이후 김지하 시인은 한국문단의 '라이징 선(Rising Sun)'으로 부각되었다. 어디를 가나 그를 환영했고, 극진히 예우했다. 오죽하면 김지하 자신이 "결코 자만해선 안 된다."고 스스로 다짐할 정도였다. 하지만 반독재 민주화투쟁을 이끌던 『사상계』 잡지는 '인쇄시설 미비'라는 이유로 1970년 9월 29일, 문화공보부에 의해 '폐간(廢刊)'이라는 사형조치를 당했다. 이 때문에 「오적」이 실린 1970년 5월호(통권 제205호)가 『사상계』의 마지막 종간호가 된 것이다. 그 배후엔 중앙정보부와 권력 핵심층이 작동했다.

『사상계』는 1953년 4월에 창간된 이래 당대 지성의 빛이자 소금의 역할을 수행하며, 한국사회에 가장 영향력 있는 매체로 여론형성을 주도했다. 또한 한국문단의 발전에도 기여한 『사상계』 장준하 선생의 역할을 기억하지 않을 수 없다. 『사상계』는 당대 이슈와 화제를 담은 특집과 논문·비평·칼럼뿐만 아니라 문학 부문에 많은 지면을 할애했다. 시와 시조, 단편소설을 게재함은 물론 『사상계』 신인문학상을 통해 한국문학의 발전에 적잖은 기여를 했다. 『사상계』는 과거와 다른 새로운 문학을 찾아 발굴했다. 그런 까닭에 1960년대의 『사상계』 신인문학상은 가장 공신력 있는 등단 경로였다. 황석영 서정인 이청준 박태순 최인호 박상륭 박경수 한남철 박순녀 구혜영 현재훈 등의 소설가, 강은교 김종원 강계순 홍완기 김정옥 김규태 김만옥 시인 등이 이 잡지를 통해 등단하여 문단의 주목을 받았다.

『사상계』를 창간하여 민족지성을 밝히고, 한국문학의 발전에 이바지했던 장준하 선생의 파란만장한 삶의 일대기를 살펴보면 다음과 같다.

장준하는 1918년 8월 27일, 평안북도 의주(義州)에서 독실한 크리스천인 아버지 장석인 목사와 어머니 김경문 사이에 5남 1녀 중 차남으로 태어났다. 형이 일찍 세상을 뜬 관계로 사실상 장남이 되었다.

장준하의 조부는 한의사와 한학자로 일찍이 기독교 사상을 받아들인 개신교 장로였고, 아들 장석인을 개신교 목사로 길러냈다. 부친은 의주에서 독립운동을 하다가 일제에 쫓겨 1920년, 삭주로 이사했다. 삭주에서 농사일을 거들던 장준하는 열세 살 무렵 대관보통학교 5학년에 입학, 단 1년 만에 수석으로 졸업했다.

1933년 장준하는 부친이 교사로 재직중인 평양의 숭실중학교에 입학했는데, 이때 문익환 윤동주 정일권 등과 절친하게 지냈다. 이듬해 부친이 선천군 신성중학교의 교목이 되자, 그곳으로 전학하여 1938년에 졸업했다. 신성중학교를 졸업한 후 평양의 숭실전문학교에 입학하려고 했으나, 일제의 신사참배 거부로 이 학교가 자진 폐교되자, 평북 정주의 신안소학교에서 3년간 교사생활을 했다. 그즈음 아버지도 신사참배를 거부했다는 이유로 신성중학교에서 축출 당하여, 목회활동을 시작했다.

청년 장준하는 목사가 되고자 일본 유학길에 올랐다. 1941년 일본 도요대학(東洋大學) 예과(철학과)를 거쳐 1942년 장로교 계통인 니혼신학교(日本神學校)에 입학했다. 이 니혼신학교에는 문익환 전택부 김관석 등도 공부하고 있었다. 일본 유학을 마치고 고향으로 돌아온 장준하는

1943년 11월, 신안소학교 시절의 제자인 김희숙과 혼인을 했다.

그즈음 태평양전쟁을 일으킨 일제는 조선 청년들을 강제 징병해 전쟁터로 몰아넣고 있었다. 장준하는 1944년 1월, 일본군 학도병에 자원하여 입대했다. 학병을 기피하면 약혼자가 정신대에 끌려갈 수도 있고, 중국에 파견되면 일군을 탈출해 임시정부 광복군으로 편입하려는 생각을 갖고 있었다. 평양 42부대에서 훈련을 받은 장준하는 중국 쉬저우(朔州)의 관동군 쓰가다 부대에 배속되었다. 그해 7월 7일, 장준하는 부대에서 탈영하여 이틀 후 중국 국민정부 유격대 부대를 찾아갔다. 그곳에서 4개월 전부터 먼저 탈출해 와 있던 김준엽과 만났다. 이후 두 사람은 평생 동안 깊은 우정을 나누게 된다. 7월 하순경 장준하, 김준엽은 유격대 부대를 떠났고, 8월 초순 안후이성 임천에 도착했다. 그곳에서 중국 중앙군관학교 임천분교의 '한국광복군 훈련반(한광반)'에 입소하여 3개월간 훈련을 받은 후 1944년 11월에 중국 중앙군 준위로 임관되었다.

그 후 장준하, 김준엽 등 50여 명의 대한청년들은 7개월 동안 장장 6,000리(2,356㎞) 길을 도보로 걷는 대장정을 시작했다. 이때 장준하는 "못난 조상이 되지 말자."는 자신의 신조를 되뇌며 1945년 1월 31일, 천신만고 끝에 대한민국 임시정부가 있는 중국 충칭(重慶)에 도착했다. 그곳에서 임시정부의 김구 주석과 '한국광복군' 참모장 이범석 장군 등을 만났다. 1945년 2월 20일, 장준하는 한국광복군 '소위'로 임관했다.

이범석 장군은 중국 국민정부 후원으로 창설된 '한국광복군' 참모장으로 일하다가 정예군을 양성하기 위해 광복군 제2대대장이 되었다. 이 장군은 중국 산시성(陝西省) 시안(西安)에서 OSS(미국 전략정보국)와 합작하여 국내 진공작전, 즉 '독수리 계획'을 준비하고 있었다. 이 작전을 수행하기 위해 이 장군은 한국광복군 중 33명을 선발했다. 1945년 4월 29일, 장준하 김준엽 노능서 등은 OSS 훈련을 받기 위해 이범석 장군과 함께 중국 시안으로 건너갔다. 한국광복군 제2지대에 배속된 장준하는 5월 1일, 중위로 진급했다. 그곳에서 3개월 동안 국내 침투를 위한 폭파와 첩보, 침투 등 OSS 특수훈련을 받았고, 국내 진공작전을 수행할 날만을 기다렸다.

내 영혼 저 노을처럼 번지리/겨레의 가슴마다 핏빛으로/내 영혼 영원히 헤엄치리/조국의 역사 속에 핏빛으로

OSS 특수훈련을 받으면서 장준하는 자신이 쓴 이 자작시를 수없이 되뇌었다. 외세의 힘을 빌리지 않고 대한청년의 힘으로 조국을 직접 해방하고자 의지를 다졌던 것이다. 조국 해방을 위한 국내 진공작전의 D데이는 1945년 8월 20일로 결정되었다. 그런데 1945년 8월 10일, 일제가 연합군의 '포츠담선언'을 수락함으로써 이 작전은 무산되고 말았다. 일왕 히로히토는 8월 15일 '무조건 항복'을 선언했다. 이범석 장군은 김준엽 등과 OSS와 연계한 국내 '정진대'를 편성하여 8월 16일 국내진입을 시도했지만, 실패했다.

곧이어 1945년 8월 18일, 새벽 5시경 이범석 장군은 장준하 김준엽 노능서와 함께 중국 시안비행장에서 미군기를 타고 다시 조국으로 향했다. 일행은 7시간 반 만에 서울의 여의도비행장에 무사히 도착하여 일본군 시브자와 대좌를 만난다. 일본군 대좌는 장준하 등 OSS 대원들에게 맥주를 대접했다. 하지만 본국으로부터 어떤 연락도 받지 못했고, 패전 소식에 흥분한 부하들을 통제할 수 없으니, 중국으로 되돌아가 줄 것을 간청했다. 결국 이범석 장군 등은 통한의 가슴을 안고 중국으로 귀환해야 했다.

1945년 11월 23일, 장준하는 대한민국 임시정부 요원의 수행원으로 김포비행장에 입국했다. 그런 다음 한동안 김구 선생의 비서로 활동했다. 1946년 1월, 아내 김희숙과 서울에서 재회하여 가정을 꾸렸다.

한국전쟁이 진행 중인 1952년 8월, 문교부장관 백낙준은 피난수도 부산에서 ‘국민사상연구원’을 발족했다. 장준하는 이 단체의 사무국장으로 일하면서 그해 9월, ‘국민사상연구원’의 기관지『사상』을 창간할 때 편집인으로 참여했다. 『사상』은 1952년 12월까지 제4호를 발간하다가 재정 문제로 중단되었다.

장준하는 백낙준 전 문교부장관을 만나『사상』속간의 의지를 밝히고 이를 수락 받았다. 그러고는 월간『사상계』를 1953년 4월호로 부산에서 창간했다. 1953년 9월호를 끝으로 부산 시대를 마감하고, 서울 종로로 사무실을 옮겼다. 『사상계』는 창간 초기의 숱한 어려움을 극복하고, 1955년부터 판매량이 급증하여 1만부 – 3만부 – 5만부라는 판매고를 기록했다. 당시 일간지가 10만 부 정도 발간할 때『사상계』는 엄청난 영향력을 지닌 채 이승만 독재에 저항하는 이론적 기지 역할을 수행했다. 1958년 8월호에 함석헌 선생의 글「생각하는 백성이라야 산다」를 게재하여 필화사건을 겪어야 했고, 1959년 2월 보안법 파동 때는 ‘백지(白紙) 권두언’으로 자유당 정권의 독재를 비판했다.

1960년 3·15 부정선거 때 장준하는 권두언을 통해 자유당의 횡포를 다시 한 번 신랄하게 규탄했다. 그리고 1961년 5·16쿠데타가 발생했을 때『사상계』는 ‘민족주의적 군사혁명’으로 긍정적인 평가를 했으나 박정희 장군이 군정을 연장하고, 민정 참여를 선언하자 이때부터 맞서기 시작했다.

1962년 8월, 장준하는 필리핀 마닐라에서 언론·문학부문 ‘막사이사이상’을 수상하여 출판인으로 널리 알려지게 되었다.

장준하는 현실정치에도 깊은 관심을 가졌다. 박정희 정권이 한일국교 수립을 추진할 때 1964년 3월부터 〈한일굴욕외교 반대투쟁위원회〉의 초청연사로서 박정희 정권의 매국(賣國)외교를 강력 비판했다. 1965년 7월『사상계』긴급증간호에는「신을사조약의 해부」를 게재하여 한일

협정 조인을 정면으로 반대했다. 장준하의 현실참여가 강해질수록 이 잡지에 대한 권력의 탄압도 더욱 심해졌다. 『사상계』는 두 번이나 세무사찰을 당했다. 서울지검 문상익 검사는 조세법 위반혐의로 '약식기소'하여 거액의 벌금을 부과한 탓에 장준하는 자택을 팔아야 했다.

장준하는 1966년 10월 26일, 민중당 주최의 〈특정재벌 밀수진상 폭로 및 규탄 국민대회〉에서 "박정희란 사람은 우리나라 밀수왕초다. 미국 존슨 대통령이 방한하는 것은 박정희 씨가 잘났다고 보러 오는 것이 아니라 한국 청년의 피가 더 필요해서 오는 것이다."라고 발언하여 '국가원수 모독죄'로 구속되었고, 그해 12월에 보석으로 풀려났다.

1967년 5월 3일에 치러지는 제6대 대통령선거는 기호6번 민주공화당 박정희 후보와 기호3번 신민당 윤보선 후보 간의 재격돌이었다. 그해 4월, 장준하는 윤보선 후보 지원유세에서 "박정희는 국민을 물건으로 취급해 우리나라 청년을 월남에 팔아먹었다. 박 씨는 과거 공산당의 조직책으로 활동한 사람이다."고 발언하여 대선이 끝난 5월 7일, 대통령선거법 위반(허위사실 공포)과 국회의원선거법 위반(사전선거운동)으로 다시 투옥되었다. 수감 중인 장준하는 6월 8일의 제7대 총선을 맞아 옥중출마를 단행했고, 동대문을구에서 압도적인 지지로 국회의원에 당선돼 석방되었다. 장준하는 국회의원이 되자 1968년 1월 1일자로 『사상계』 발행인이라는 직책을 부완혁 씨에게 위임했다. 매달 나오는 국회의원의 세비는 『사상계』 발행으로 진 빚을 갚는 데 썼다.

1970년 11월 3일, '학생의 날'을 앞두고 국회의원 장준하는 '민족학교'라는 새로운 형태의 민중운동을 펼쳐내고자 했다. 11월 4일, 명동의 대성빌딩에서 장준하 백기완 김지하 등이 '민족학교' 창설 기념강연을 했다.

이어 통일운동 연구단체로 '백범사상연구소'(소장 백기완)를 출범시켰다. 이 연구소 사무실에 김도현 김중태 현승일 이신범 심재권 김근태

1 평양 숭실중학교 시절 장준하의 절친한 친구들. (뒷줄 서 있는 왼쪽부터) 장준하 문익환 윤동주, 앉은 이는 정일권. 2 1945년 5월, 중국 시안에서 국내 진공작전을 준비 중인 광복군 (왼쪽)장준하와 노능서. 3 월간『사상계』창간 초기의 장준하 발행인 (왼쪽 두 번째)과 김준엽 안병욱 등 편집위원들. 4 월간『사상계』를 주재하던 장준하 발행인. 5 1962년 8월, 필리핀에서 언론 문학부문 '막사이사이상' 수상한 장준하 발행인과 그 외 수상자들. 6 제7대 국회의원으로 국회 상임위 국방위원회 활동 중 군 부대를 시찰중인 장준하 의원. 7 1973년 12월 24일, 서울 YMCA에서 〈민주회복을 위한 개헌청원 100만인 서명운동〉 발족식에서 장준하. 앉아 있는 이는 재야인사 함석헌. ⓒ장준하기념사업회

최열 고영하 등이 상주하다시피 했다. '백범사상연구소'는 문고판『백범어록』과『앎과 함』시리즈를 연이어 출간하여 독자들의 주목을 받았다.

1971년 4월, 장준하는 신민당을 탈당, 무소속 의원이 되었다. 그즈음 학도병 탈출 과정과 광복군 시절을 회상한 저서『돌베개』(화다출판사)를 펴내고, 서울 신문회관 3층에서 출판기념회를 가졌다.

이어 1971년 4월 19일에 결성된 재야 최초의 민주화운동단체,〈민주수호국민협의회〉(약칭: 민수협)에 야당 의원으로서는 유일하게 참여했다. '민수협'은 1971년 4월 27일에 치러지는 제7대 대선과 5월 25일에 치러지는 제8대 총선에서 박정희 정권의 관권부정선거를 막고자 여러 활동을 전개했다. '민수협'은 김재준 이병린 천관우가 대표위원으로, 지학순 함석헌 장일순 법정 양호민 이호철 계훈제 리영희 김정례 등이 중심축으로 활동했다. 특히 '민수협'에 이호철 남정현 한남철 조태일 방영웅 염무웅 박태순 김지하 등 10여 명의 문인이 발기인으로 참여함으로써 문학인들의 조직적 현실 참여가 처음으로 이루어졌다.

장준하는 1971년 5월 25일에 치러진 제8대 총선에서 국민당 후보로 동대문 을구에서 재차 출마했으나 여당의 관권부정선거로 낙선의 고배를 마셨다. 이후 박정희가 '10월유신'을 선포하자, 가장 강력하게 저항했다. 장준하는 1973년 12월 24일, YMCA 2층 총무실에서〈민주회복을 위한 개헌청원 100만인 서명운동〉을 출범시키고, 박정희 유신체제에 정면으로 도전장을 내밀었다. 이날 개헌청원 서명에 장준하 함석헌 법정 김동길 김재준 이병린 지학순 등 39명이 참가했다. 법정 스님의 말처럼 "그는 금지된 동작을 맨 먼저 시작한 혁명가였다."

1975년 8월 17일 오후에 경찰은 경기도 포천군 이동면 조평리의 약사봉에서 등산 도중 장준하가 추락해 사망했다고 발표했다. '장준하 사인 (死因)은 추락에 의한 뇌진탕'이라고 발표했지만, 숱한 의문점이 있었다.

그즈음 장준하는 함석헌 김대중 김영삼 등과 함께 재야 및 정치권을 결집해 8월 20일, 전국적인 거사를 준비하고 있었다. 그런데 거사를 3일 앞두고서 만 60세의 나이로 돌연 절명하고 말았던 것이다. 이때 경찰과 검찰은 사건 당시 최후의 동행인이자 유일한 목격자로 자처한 김용환의 진술에만 전적으로 의존하여 실족사, 단순변사자로 처리했다.

경찰과 검찰은 사건발생 이후 한동안 현장을 이탈하여 행방이 묘연했던 그 김용환에 대해서 철저한 추궁도 하지 않았음은 물론, 사고현장에 대한 검증도 생략했다. 그러고는 사체검안 의사로부터 '후두부 함몰 골절에 의한 추락사'라는 진술을 들은 후 현장을 검증했다고 발표했다. 당시 검찰과 경찰은 정보부 요원들에 둘러싸여 제대로 수사를 진행할 수도 없었다.

사건 이틀 후 8월 19일, 동아일보는 고려대 김준엽 교수가 쓴 장준하 선생에 대한 추모사(「애국으로 일관한 청빈의 일상」)를 게재했다. 아울러 「장준하씨 사인에 의문점 – 검찰, 사고경위를 조사」라는 제목의 기사를 사회면 톱으로 내보냈다. 검찰이 경찰의 수사에 의문을 갖고 현장 유일한 목격자인 '김용환'을 불러 사건을 재조사하고 있다는 내용이었다. 이 기사가 보도된 19일 오후, 서울지검 김태현 차장검사는 기자회견을 갖고 이 기사 내용을 전면 부인하고는 사인을 '실족에 의한 추락사'라고 발표했다.

중앙정보부는 '실족사(失足死)'가 아닌 '의문사(疑問死)'라는 주장에 대해 '유언비어'라며 철저하게 입막음을 했다. 당시 언론 중 유일하게 동아일보에 보도가 나가자 서울지검 공안부 정치근 부장검사는 이 신문의 한우석 지방부장, 장봉진 의정부 주재기자, 성낙오 편집부 기자를 전격적으로 소환해 조사했다. 그러고는 "장준하 선생 의문사 관련 기사를 사회면 톱으로 배치한 이유, 사인에 의혹이 있다는 내용으로 기사 제목을 뽑은 이유가 뭐냐!"고 추궁했다. 검찰은 1975년 8월 21일, 성낙오 편집기자를 '긴급조치 9호' 위반으로 구속했다.

장준하 선생의 장례식은 재야 및 사회단체와 야당의 침통한 분위기 속에서 서울 면목동 자택에서 가족장으로 치러졌다.

　1975년 7월 21일 오전 9시, 장준하 선생의 유해가 서울 면목동 전셋집에서 출발하자 지역주민 300여 명이 거리로 나와 고인을 추모했다. 이어 오전 10시경 서울 명동성당에서 김수환 추기경의 집전으로 영결식이 거행되었다. 유진오 백낙준 박순천 김홍일 함석헌 천관우 김대중 김영삼 양일동 김준엽 등 각계인사와 시민 등 1,500여 명의 추모객이 자리를 함께 했다. 고인의 유해는 한국광복군 시절부터 30년 동안 고인이 간직했던 그 태극기에 덮여 있었다. 이날 김수환 추기경은 영결실을 집전하면서 추모사를 했다.

　　　고인은 자신의 생존가치를 조국과 민족을 위하는 데 있다고 확신하고 나라사랑, 겨레사랑으로 일관했다. 고인은 한 분의 애국자나 정치가만이 아니라, 정의와 진리의 사도였다. 별이 떨어진 것이 아니라 죽어서 새로운 빛이 되어 우리 갈 길을 밝혀 줄 것이다. 비록 고인은 유명을 달리했지만 고인의 뜻은 우리 마음속에 살아 있을 것이다.

　이어 이해영 목사의 성경봉독, 문동환 서남동 목사의 추모기도를 끝으로 영결식이 끝나고 고인의 유해는 파주 광탄면 신산리 나사렛 천주교묘지에 안장되었다.

　박정희 유신독재를 거치는 동안 장준하 선생의 의문사는 수면 아래로 잠복해 있었다. 그러다가 서거 10주기를 맞은 1985년 『신동아』 4월호에 최초로 「추적 장준하, '의문의 죽음'」이라는 장문의 르포기사가 실려 세간의 이목을 끌었다. 이 기사를 썼던 윤재걸(시인) 기자는 의미심장한 발언을 남겼다.

장준하 선생은 정치적 모살을 당한 것이 맞다. 결론적으로 말해 장선생은 문제의 사고현장에 아예 가지 않으셨는지도 모른다. 여러 사실을 종합해 볼 경우, 추락사했다고는 전혀 생각할 수 없기 때문이다. '추락사를 가장할 수 있는' 가장 그럴 듯한 위치로 옮겨온 것이 아닌가 하는 의심이 드는 것도 바로 그 때문이다.

지난 2012년 8월 1일, 장준하 선생의 유골이 37년 만에 처음으로 모습을 드러냈다. 묘소인 파주시 광탄면 나사렛공원묘지 뒤편 석축이 폭우로 붕괴된 탓에 파주시 탄현면 통일동산으로 유골을 이장하는 과정에서 그 무덤의 문이 열린 것이다. 2012년 8월 16일, 〈장준하기념사업회〉는 장준하 선생의 유골 사진과 유골을 검시한 서울대 의대 이윤성 법의학교수의 소견서를 공개했다. 〈장준하기념사업회〉 측은 법의학 검사결과를 근거로 타살이 분명하다고 주장했다.

이 교수가 사인이라고 밝힌 두개골 오른쪽 귀 뒤 함몰 모양과 위치는 결코 추락에 의한 함몰이 아니다. 추락에 의해 골반 뼈에 골절이 생겼다면 반드시 다른 부위에도 추가 골절이 있어야 하는데, 팔·다리·갈비뼈 어느 곳에서도 골절이 발견되지 않았다.

생전에 장준하 선생을 모셨던 백기완 통일문제연구소 소장은 "장준하 선생의 죽음은 박정희의 비겁한 학살이요, 암살이다."고 단정했다.

지난 1991년 8월 15일, 노태우 정부는 장준하 선생에게 건국공로훈장 '애국장'을 추서했다. 그리고 1999년 11월 1일, 김대중 정부는 『사상계』 잡지의 발간 공로를 높이 기려 '금관문화훈장'을 추서했다.

2013년 1월, 서울중앙지방법원 형사합의24부(김상동 부장판사)는 장준하 선생의 '1974년 대통령긴급조치 1호위반' 재심사건에 대해 39

년 만에 '무죄'를 선고했다. 재판부는 재심판결에 깊은 사죄와 존경의 뜻이 담겨 있음을 알아달라고 과거의 잘못된 판결을 사과했다. 그럼에도 불구하고 장준하 선생의 '의문의 죽음'에 대한 실체적 규명은 아직도 미완인 채로 남아 있다.

5. 전태일 분신자살사건과 김지하 첫 시집 『황토』 출간

「오적」 필화사건이 있고 나서 한국 노동운동과 학생운동에 하나의 커다란 분기점이 된 이른바 '전태일 분신자살사건'이 발생하여 한국사회를 깜짝 놀라게 했다. 평화시장 노동자들의 열악한 노동환경 개선을 위해 〈바보회〉와 〈3동(棟)친목회〉를 결성해 회장으로 활동했던 전태일은 노동조합의 설립을 요구하는 진정서를 노동청에 제출했다. 그때마다 당국은 시정조치를 하겠다고 약속했지만, 번번이 지켜지지 않았다. 이에 전태일을 중심으로 한 〈삼동회〉 회원 10여 명은 1970년 11월 13일 정오쯤 근로기준법 화형식을 평화시장 앞에서 개최하기로 했다.

1970년 11월 13일, 전태일 일행은 시위를 감행했다. 경찰은 인근 노동자들이 시위대열에 합류하지 못하게 했고, 시장 안의 사업주들도 노동자들이 밖으로 나가지 못하도록 가로막고 있었다. 〈삼동회〉 회원들이 플래카드를 들고 구호를 외치자 경찰은 집회를 해산시키려 했다. 그러자 오후 1시 30분경 스물두 살의 평화시장 노동자 전태일은 '나 하나 죽어지면 무엇인가 달라지겠지….'라는 각오를 다지며 자신의 몸을 활화(活火)하기로 결심했다.

전태일은 "근로기준법을 지켜라", "우리는 기계가 아니다", "일요일은 쉬게 하라", "노동자들을 혹사하지 말라"는 구호를 외치며 평화시장 앞길에서 시위를 벌였다. 국민은행 평화지점 앞길에 이르러 그는 『근로

기준법 해설』이라는 책자를 껴안고, 온몸에 휘발유를 끼얹었다. 분신을 감행한 전태일은 "내 죽음을 헛되어 말라"는 외마디 말을 남기고 쓰러졌다. 전태일은 명동성당 안의 성모병원으로 옮겨졌으나, 이날 밤 10시경 숨을 거두고 말았다. '전태일 분신자살사건'이 발생하자, 언론은 일제히 이 소식을 뉴스로 알렸다.

이날 전태일의 비보를 접하고 가장 빠르게 행동한 것은 대학생들이었다. 전태일의 모친 이소선 여사는 전태일 열사의 빈소에 나타난 장기표, 조영래 등 서울대생 일행들에게 "어째서 대학생들이 이제야 나타났는가? 사회양심이 이렇게 메말라 버렸는가?"라고 말하며 눈물어린 호소를 했다. 장기표, 조영래 등 대학생들은 명동성당 인근의 찻집에서 김지하 시인 등과 만나 장례절차에 대해 이야기를 나누었다. 이날 김지하 시인은 훗날『전태일 평전』을 집필하게 되는 서울 법대생 조영래의 부탁으로 장례식장에서 낭송될 추모시「불꽃」를 썼다.

1970년대 벽두에 발생한 '전태일 사건'은 1960년대 노동운동의 한계를 집약한 사건이자, 1970년대 노동운동의 새 출발을 알리는 신호탄이었다.

전태일 사건을 계기로 문학계는 황석영 작가의 소설「객지」(『창작과비평』 1971년 봄호)를 필두로 작가 조세희 등이 노동문제를 다룬 작품을 창작하기 시작했다. 1970년대라는 산업화시대의 공간 속에서 도시빈민과 하층노동자들의 비참하고 처연한 삶의 문제가 우리 문학의 화두로 떠오르기 시작한 것이다.

전태일 사건이 있고 나서 김지하 시인은 1970년 12월 중순에 첫 시집『황토』를 한얼문고에서 출간했고, 신문회관(현재 한국프레스센터)에서 출판기념회를 개최했다. 문학평론가 염무웅이 시집『황토』의 발문에서 이야기한 바처럼 김지하 시인은 한 마리 검은 수말처럼 돌연히 한국 문단에 나타났다. 그러고는 감미로운 몽환으로 채색되고 미화된 허구적

1970년 12월, 한얼문고에서 출간된 김지하 첫 시집 『황토』.
시집 뒷면은 김지하 시인의 사진이 실려 있다.

세계로부터 1970년대 벽두의 삶을 탈환하여 감명 깊은 충격을 던져 주었다. '현실에 대한 미칠 듯한 괴로움을 가장 진실하게 기록한 하나의 기념비'로 평가된 김지하의 시들은 한국문학이 지향해야 할 가장 순수한 용기를 대변하고 있었다.

김지하의 「오적」이 발표된 이듬해인 1971년은 제7대 대통령선거가 치러질 예정이었다. 제7대 대선은 집권 공화당과 야당인 신민당과의 싸움이라기보다는 김대중 후보와 박정희 후보의 지상명령을 받은 이후락 중앙정보부와의 싸움이었다. 이후락 중앙정보부장은 대선을 맞아 박정희 대통령의 3선을 관철하고자 온갖 수단과 방법을 총동원했다.

대선 기간 중 공화당은 공식선거비용의 60배가 넘는 천문학적인 자금을 살포했다. 이 때문에 전국 어디서나 막걸리와 고무신이 넘쳐 났다. 또한 선거 운동 기간 중에 각종 간첩사건이 발표되어 국민들에게 안보 불안심리를 자극했다. 그럼에도 선거판세가 박정희 후보에게 불리하게 돌아가자, 이효상 국회의장 등은 경상도 지역을 순회하면서 노골적으로 지역감정을 조장하기 시작했다.

신민당 김대중 후보는 정책선거로 국민들의 관심과 이목을 집중시켰다. 신민당은 "10년세도 썩은정치, 못살겠다 갈아치자", "논도갈고 밭도 갈고, 대통령도 갈아보자"는 선거구호를 내걸었다. 김대중(DJ) 후보는 전국의 선거유세를 통해 점차 폭발적인 바람을 불러일으키고 있었다. 10만 명이 넘는 인파가 몰려드는 건 보통이었고 서울 장충단공원 유세는 사상 유례가 없는, 1백만 명의 인파가 구름 떼처럼 몰려들었다. DJ는 연일 사자후를 토해내며 정권교체를 부르짖었다. 전국 어디를 가나 DJ를 지지하는 열기는 상상을 뛰어넘었다. 외신들은 김대중 후보의 당선을 예상하기도 했다.

그러나 1971년 4월 27일의 제7대 대선 결과는 박정희 후보의 승리로 귀착되었다. 항간에선 김대중 후보가 투표에서는 이겼으나 개표에서 졌다는 이야기가 떠돌았다. 선거 후인 4월 29일, 동아일보는 사설을 통해 전국적으로 펼쳐진 부정선거의 실상을 개탄했다.

그 무렵 대통령선거 참관인단에 참여하고 돌아온 대학생들과 문인들은 제7대 대선은 '원천적 부정선거'라고 주장했다. 무더기 투표, 2중 투표, 금품에 의한 주권 매매와 투표장에서의 폭력난무 등 엄청난 부정의 관권선거였다고 폭로했다. 그럼에도 불구하고 박정희와 김대중 후보 간의 표차는 94만 표에 불과했다. 중앙정보부장을 지낸 김형욱이 자신의 회고록에 밝힌 대로 1971년 대선은 사실상 김대중 후보의 승리였던 것이다.

6. 유신 악법의 등장과 문인 61명의 개헌청원 지지 선언

1972년 10월 17일, 박정희 대통령은 평화통일의 성취와 남북대화의 뒷받침이라는 그럴듯한 명분을 내세워 '대통령 특별선언'이라는 것을 발표했다. 그날 전국에 비상계엄을 선포하여 국회 해산과 정당활동 중지, '유신헌법(維新憲法)'에 대한 국민투표 회부라는 사실상 '제2의 쿠데타'를 자행했다. 영구집권 시나리오에 따라 정치적 반대세력에게 재갈을 물리더니 허울 좋은 국민투표 형식을 거쳐 대한민국 헌정사상 초유의 악법이라고 일컬어지는 '유신헌법'을 전격적으로 통과시켰다.

유신헌법에 따라 대통령의 임기는 6년으로 연장되었고, 중임(重任) 제한은 철폐돼 영구집권이 가능하게 되었다. 대통령의 선출 방식은 국민의 직접선거가 아닌 '거수기'인 '통일주체국민회의' 대의원들에 의한 간선제로 바뀌었다. 그뿐 아니라 박정희는 국회의원 의석 중 3분의 1의 지명권, 법관 임명권, 긴급조치권 발동 등 각종 비상대권마저 거머쥐는 등 무소불위의 독재체제를 구축했던 것이다.

1972년 12월 23일, 통일주체국민회의에서 99.9%의 득표율로 대통령에 당선된 박정희는 12월 27일, 악명 높은 '유신헌법'을 공포하더니 그날 제8대 대통령으로 취임했다. 바로 그때로부터 '10월유신'이라고 불리는 공포정치가 이 땅을 얼어붙게 만들었다. 오직 '타는 목마름으로' 민주주의를 외쳐야 하는 '겨울공화국' 시대가 찾아온 것이다.

1974년 1월 7일에는 서울 명동의 YWCA 건물에 있는 코스모폴리탄 다방에서 〈문인 61인 개헌지지 선언〉이 전격 발표되었다. 유신체제 선포 이후 처음으로 문인들이 집단적인 유신반대 의사를 표명한 것으로, 문학평론가 백낙청이 작성한 선언문의 내용은 이러했다.

> 대다수 동포들이 빈곤과 압제에 시달리며 민족의 존망 자체가 위태로운 이 어려운 시기를 맞이하여 문학인들은 더 이상 침묵할 수만은 없다. 우리는 미래의 한국문단과 사회에 새로운 풍토를 조성하기 위해 개헌서명을 지지한다.

바로 이 같은 서두 아래 4개항의 결의를 주장했다. 헌법개정 청원은 국민의 당연한 권리이며, 국민의 편에 서서 민주주의와 사회정의를 위해 싸우며 모든 양심적인 지식인들과 더불어 어떠한 가시밭길도 헤쳐나갈 것임을 천명했다. 개헌지지 선언에는 이희승 이헌구 김광섭 김승옥 남정현 박태순 장용학 고은 구중서 김병걸 김병익 김원일 신상웅 박봉우 송영 신경림 신상웅 이문구 이성부 이시영 이제하 임헌영 정현종 조태일 최민 등 문인 61명이 참가했다.

1월 7일, 〈문인 61인 개헌지지 선언〉이 발표될 예정인 명동 코스모폴리탄 다방에는 서명에 참가한 문인 20여 명이 모여들었다. 이호철 작가의 사회로 백낙청 평론가가 선언문을 낭독했다. 이날 선언에 참가한 안수길 박연희 이호철 천승세 한남철 백낙청 염무웅 김지하 황석영 송영 등 문인들은 선언문 발표 후 즉각 연행되어 중부경찰서로 끌려갔다. 문인들이 대규모로 입장표명을 한 것은 그때가 처음이었는데, 경찰서로 연행된 문인들은 그날 통금시간이 임박해서야 풀려날 수 있었다.

헌법개정 청원운동에 문인들이 합세하자 타협정치에 능숙한 신민당 당수 유진산마저 개헌을 지지하게 되었다. 이에 박정희 정권은 당황하기 시작했다. 박 정권은 다음 날인 1월 8일, 개헌청원 서명운동을 탄압하기 위해 이른바 '대통령 긴급조치' 1, 2호를 선포했다.

유신체제의 시작과 함께 1970년대 중반의 한국 현대사는 민주주의의 암흑기에 접어들게 된다. 박정희 정권의 이른바 '긴조(긴급조치) 시대'가 시작된 것이다. '긴급조치 1, 2호'가 발동된 후 가장 먼저 구속된 사람은 장준하 백기완이었다. 『사상계』를 통해 한국 지성사회를 선도했던 장준하와 '백범사상연구소' 백기완 소장은 '개헌청원 지지성명'을 주도한 혐의로 1월 13일, 구속 수감되었다. 그런 다음 군법회의에서 징역 15년, 자격정지 15년이라는 중형을 선고받았다.

개헌 청원운동이 문단으로 확산되자 1974년 1월 14일 보안사는 이호철 등을 영장도 없이 임의동행 형식으로 체포하여 12일 동안 조사를 했다. 1월 26일, 보안사는 서울을 거점으로 한 '문인간첩단'을 적발했다고 언론에 대대적으로 발표했다. 문단에 이름이 익히 알려진 이호철 작가, 임헌영(본명: 임준열) 평론가, 김우종 평론가, 장백일(본명: 장병희) 평론가, 정을병 작가 등 문학인 5명이 '간첩단'이라는 이름으로 구속되자, 세상 사람들은 깜짝 놀라워했다. '문인간첩단사건(일명 『한양』지 사건)'은 일본에서 발행되던 한글 종합지인 『한양』지에서 원고료를 받은 일부 문인들을 엮어 얼토당토않게 '문인간첩단'이라는 이름으로 조작한 사건이었다.

그 당시 정보부와 경쟁을 벌이던 보안사는 민간인들을 수사하고, 영장 없이 12일 동안 구금한 상태에서 잠 안 재우기·구타 등 가혹행위를 한 뒤 중앙정보부의 이름을 빌어 검찰에 송치하는 불법행위를 저질렀다. 그런데 검찰이 이들을 기소하면서 간첩죄 항목은 어디론가 사라지고, 국가보안법상 금품수수·고무찬양 등의 혐의만 적용하는 등 이 사건은 누가 봐도 문인들의 개헌 청원운동을 가로막기 위한 꼼수에 불과했다. 신문과 방송에 대대적으로 대서특필된 것과 달리 10월 30일 재판에서 정을병은 무죄로 석방되고, 이호철 임헌영 김우종 장백일 등은 징역 1년, 집행유예 2~3년형을 받고 모두 풀려나게 된다. 이 과정에서 고은 신경림 한남철 백낙청 등이 '문인간첩단사건'에 연루된 문인들의 석방 탄원 서명작업에 적극 나서게 된다. 그 결과 당시 문인협회 소속 회원 600여 명 중 295명이 석방탄원서에 서명함으로써 백낙청의 말처럼 "결과적으로 '문인간첩단사건'은 문인들 간의 동료의식·참여의식을 높이는 계기"가 되었을 뿐이다.

'문인간첩단 사건'은 지난 2011년 12월, 이호철 등은 재심청구를 통해 무죄를 선고받았다. 그런데 임헌영(문학평론가, 민족문제연구소장)의 경우 문재인 정부가 출범한 이후인 2017년 8월 검찰 공안부가 재심

1974년 1월, 보안사는 '문인간첩단 사건'을 조작, 발표했다. 이 사건으로 법정에 선 문인들. (오른쪽부터)이호철 임헌영 김우종 장백일 정을병.

을 자발적으로 청구하고, 2018년 6월 서울중앙지법 형사7단독 홍기찬 부장판사가 재심판결에서 무죄를 선고함으로써 44년 만에 '간첩'이라는 누명을 벗을 수 있게 되었다.

7. '민청학련사건'과 '전남대'의 민청학련 연루자들

1974년 1월 8일 긴급조치 1, 2호가 선포된 이후부터 1979년 12월 8일 긴급조치 9호가 해제될 때까지 '전 국토의 감옥화', '전 국민의 죄수화'라는 유행어가 현실이었다.

긴급조치 1, 2호가 발동되자 김지하는 피신했다. 한 해 전인 1973년 4월 7일, 명동성당에서 김수환 추기경의 주례로 소설가 박경리의 외동딸 김영주와 결혼하여 신혼생활 중이었는데, 긴급조치가 선포되자 동해안으로 도피를 했다. 여관방이나 친구 집에서 전전하면서도 서울대 후배들을 만나 '반유신투쟁'을 위한 전국적 규모의 학생조직의 필요성을 역설했다. 그러고는 학생운동에 필요한 활동자금을 원주성당의 지학순 주교에게서 건네받아 이를 서울대생 조영래를 통해 지원했다.

1974년 1월부터 서울대생 유인태의 집에 이철 나병식 황인성 등이 지방에서 상경한 운동권 대학생 10여 명과 회합을 가졌다. 이들은 각 대학별로 유신반대 예비시위를 한 후 4월초에 일제히 거사하기로 의견을 모았다. 그런데 이에 대한 첩보를 입수한 정보당국이 관련자들을 일제히 연행하기 시작했다. 그럼에도 4월 3일, 계획한 대로 전국 대학생들이 교문을 박차고 거리로 쏟아져 나오자, 그날 밤 긴급조치 제4호가 발동되었다.

이날 신직수 중앙정보부장은 〈민청학련(전국민주청년학생총연맹)사건〉을 발표하면서 이 사건 관련자를 엄단하기 위해 긴급조치 제4호를 발령한다고 했다. 이 법에 의거하면 시위 주동자는 최고 사형, 긴급조치 위반학교는 폐교조치를 할 수 있었다.

4월 3일을 전후로 중앙정보부와 경찰은 민청학련 관련자들에 대한 일제 검거에 나섰다. 관련자들에 대한 죄명은 긴급조치 4호 위반 외에 국가보안법 및 반공법 위반, 내란예비음모·내란선동 등의 혐의를 적용했다.

그즈음 광주에서는 1973년 12월 하순부터 1974년 3월 하순까지 서울에서 내려온 〈민청학련〉 주모자 이철, 나병식 등이 전남대생 김정길, 이강과 만나 의기투합한 후 전남·북 대학의 조직책으로 윤한봉을 선임했다. 이후 윤한봉은 전남대생 김상윤 박형선 윤강옥 최철 유선규 정환춘 이훈우 하태수 이학영 문덕희 등을 조직에 끌어들였다.

윤한봉은 전남대 시위를 1974년 4월 9일로 정하고 유인물 〈자유수호 구국선언문〉을 등사하는 등 준비를 해 나갔다. 그런데 문덕희와 이학영이 거사 직전인 4월 8일 저녁 형사들에게 체포되었다. 그럼에도 불구하고 윤한봉 등은 4월 9일 아침 등교 때 유인물을 살포하며, 시위를 주동하려고 했다.

하지만 그들은 제대로 시위조차 못 해 보고, 형사들과 교수들에게 모두 붙잡히고 말았다. 주모자들이 연행되자 이에 항의하기 위해 수업거부 투쟁을 선동한 혐의로 성찬성 전영천 박진 등도 구속됨으로써 '민청학련사건'의 전남대 관련자는 모두 17명이 되었다.

이들은 전남도경 공안분실과 도경 정보과, 광주 동부경찰서 유치장 등에서 혹독한 조사를 받다가 종로경찰서를 거쳐 서울구치소로 수감되었다. 〈민청학련사건〉으로 인해 전국에서 1천 명 이상의 학생과 지식인이 체포, 연행되었다. 그중에서 745명이 훈계 방면되고, 253명이 '비상군법회의'에 회부되었다. 6월 15일부터 서울에서는 주모자 급으로 분류된 32명에 대한 군사재판이 시작되었다.

광주지역 주모자인 윤한봉 이강 김정길 김상윤은 군사재판에서 국가보안법 위반과 내란예비음모, 긴급조치 1·4호 위반 혐의로 징역 15년, 자격정지 15년이라는 중형을 선고받았다. 나머지 사람들도 징역 12년에서 3년까지 선고받아 복역해야 했다.

긴급조치 4호가 발동된 4월 9일, 김지하는 〈민청학련사건〉의 배후조종과 자금 지원책으로 지목되어 도피생활에 들어갔다. 도피 중에 첫아들 원보가 태어났지만, 집으로 들어갈 수 없었다. 그는 이만희 감독의 영화 〈청녀(靑女)〉의 조감독 신분으로 위장하여 촬영팀과 함께 대흑산도로 피신했다.

피신 2주째인 4월 25일, 그는 투숙했던 흑산도 예리관광여관에서 경찰에 체포되고 말았다. 흑산도에서 고향 땅 목포를 거쳐 서울로 압송된 김지하는 고문 수사로 악명이 높은 중앙정보부 제6국으로 끌려갔다. 5월 27일, 민청학련 사건과 인혁당 관련자 54명이 긴급조치 4호 위반, 국가보안법 및 반공법 위반으로 구속 기소되었다. 이때 민청학련사건의 배후조종 혐의로 함께 구속된 여정남 등 '인혁당 재건위' 관련자들은 창

1974년 7월, 〈민청학련 사건〉으로 '사형'을 선고 받은 김지하 시인.

자가 빠져나올 정도로 극심한 고문수사를 받았다.

7월 13일, 〈민청학련사건〉의 핵심 관련자 32명에 대한 제1심 판결이 내려졌다. 군사법원은 김지하 이철 유인태 여정남 김병곤 나병식 이현배 등 7인에게 사형을 선고했다. 그리고 류근일 등 7명에게 무기징역, 김학민 등에게 징역 20년~15년형이 내려지는 등 사형과 무기징역을 제외하더라도 이날 관련자들에게 선고된 형량은 무려 300년이 넘었다.

민청학련사건으로 김지하 시인에게 사형이 구형되자 해외의 문학인들과 지성들은 〈김지하 구출위원회〉를 구성하여 활동을 전개했다. 프랑스의 장폴 사르트르, 시몬 드 보봐르, 미국의 노엄 촘스키, 하워드 진 그리고 일본의 오에 겐자부로, 오다 마코도 등과 재일교포 작가 이회성, 김달수, 김석범 등이 구명운동에 적극 참여하게 된다. 그리고 국제펜클럽, 국제사면위원회(앰네스티), 일본 펜클럽 등이 한국정부에 '김지하 석방촉구 탄원서'를 제출했다.

그런 가운데 중앙정보부 요원들이 수시로 신문사에 출입하여 사사건건 검열을 실시하자, 동아일보 기자 180여 명이 1974년 10월 24일을 기해 〈자유언론실천선언〉을 채택하게 된다.

김지하 시인과 수많은 대학생들이 민청학련사건으로 투옥되고, 동아일보 기자 등이 자유언론실천운동이 잇따르자 이를 가만히 지켜보고만 있을 수 없었던 문인들은 마침내 집단적인 행동에 나서게 된다.

8. 1974년 11월 18일, '자유실천문인협의회' 의 출범

유신 치하의 엄혹한 현실에서 더 이상 침묵하거나 방관할 수 없었던 문인들은 1974년 10월경부터 서로 만나게 되면 시국문제를 논의하기 시작했다. 그 무렵 대학가는 학생데모가 연일 끊이질 않았고, 동아일보의 '10·24자유언론운동' 을 시작으로 〈자유언론실천선언〉이 잇달아 발표되고 있었다. 조선일보, 한국일보, 경향신문, 서울신문, 신아일보, KBS, MBC, CBS, 합동통신 등 뜻있는 기자들이 권력의 통제와 감시에 맞서 언론자유 수호를 선언하고 있었다.

이 소식을 들은 문인들의 마음은 더욱더 다급해졌다. 10월 하순부터 고은 신경림 이문구 박태순 등이 만나 의견을 교환했다. 1974년 11월 14일과 15일, 서울 청진동의 귀거래다방과 주점 등에서 일단의 문인들이 회합을 가졌다. 고은 신경림 염무웅 조태일 백낙청 이문구 박태순 황석영 송영 이호철 한남철 등이 시국현실과 난국타개의 방안에 대해 논의를 거듭했다. 그 결과 선언문 발표와 함께 이것을 표출하는 방안에 대해 의견 접근이 이루어졌다. 마침내 1974년 11월 18일, 월요일을 D데이로 정하고, 광화문 네거리 인근의 의사회관 빌딩(현재 교보빌딩)에서 '유신헌법 개헌' 에 대한 문인들의 입장을 발표하기로 결정했다. 정보부의 사찰과 감시를 피해 각자가 역할을 분담하여, '문학인 선언' 에 동참할 문인들의 명단을 2~3일 내에 신속히 수합하기로 했다. 선언문 초안 책임은 염무웅 평론가, 시국선언 대표에 고은 시인, 실무책임은 박태순 작가, 연락책임은 이문구 작가 등이 맡기로 했다.

1974년 11월 17일, 일요일이었다. 문인들은 화곡동 고은 시인 집으로 속속들이 모여들었다. 염무웅이 작성한 선언문 초안을 읽어본 후 약간의 자구 수정 끝에 최종문안을 확정했다. 이어 선언문 발표 주체를 어떤 이름으로 할 것인지 논의했다. 당시 전국적 규모의 문인단체로 〈한국문인협회〉(약칭 문협)가 유일했으나, 새로운 문인단체의 필요성이 제기되어 그 명칭을 둘러싸고 의견교환이 이루어졌다. 마침내 〈자유실천문인협의회〉(약칭 자실)라는 새로운 조직 이름으로 선언문을 발표하기로 결정했다. 이어 염무웅이 작성한 선언문을 광주 중앙여고 교사 양성우 시인 등이 '가리방' 철필로 써서, 수백 장의 유인물을 등사했다. 그리고 박태순과 함께 동대문시장 포목점에서 옥양목을 끊어온 고은 시인이 특유의 필체로 "우리는 中斷하지 않는다" "詩人 釋放하라"는 플래카드 구호를 썼다.

마침내 거사 당일이 밝았다. 1974년 11월 18일, 월요일 오전 9시 반경에 선언문을 발표하기로 예정돼 있었다. 광화문 세종로 비각 근처의 다방에 삼삼오오 흩어져 있던 문인들이 의사회관 빌딩으로 집결하고 있었다. 고은 염무웅 박태순 이문구 황석영 송영 양성우 조해일 조선작 윤흥길 김국태 임정남 백도기 김연균 석지현 최민 이시영 송기원 등 문인 30여 명이 현장에 모였다. 박태순 작가는 미리 동아일보 등 신문사에 알렸고, 기자들도 몰려왔다.

9시 50분경 고은 시인이 의사회관 현관 계단에 불쑥 나타났다. 이때 문인들이 2개의 플래카드를 양쪽에서 잡아 올린 가운데 고은 시인이 곧바로 선언문을 낭독하기 시작했다. 서울 광화문 세종로 한복판에서 〈자유실천문인협의회(自由實踐文人協議會) 101인 선언(宣言)〉이 발표되는 그 순간이었다. 그날 문인들이 양쪽에서 손으로 치켜들고 있던 2개의 플래카드에는 "우리는 중단하지 않는다" "시인 석방하라"는 글씨가 크게 적혀 있었고, 그 하단에 작은 글씨로 自由實踐文人協議會라는 단체명이 적혀 있었다.

그날 고은이 낭독한 〈자유실천문인협의회 101인 선언〉의 '결의(決議)'를 살펴보면 문학인들은 "자유민주주의 정신과 절차에 따른 새로운 헌법이 마련되어야 한다."고 주장했다. 유신헌법을 비방하는 모든 행위가 즉각 처벌되는 정치적 상황에서 문인들은 한국 민주주의가 위협받고 있는 현실을 타개하고자 했던 것이다.

> 오늘날 우리 현실은 민족사적으로 일대 위기를 맞이하고 있다. 사회 도처에서 불신과 불의, 부정과 부패가 만연하여, 정직하고 근면한 사람은 살기 어렵고 거짓과 아첨에 능한 사람은 살기 편하게 되어 있으며, 왜곡된 근대화정책의 무리한 강행으로 인하여 권력과 금력에서 소외된 대다수 국민들은 기초적인 생존마저 안심할 수 없는 지경에 이르고 말았다. 이러한 모순과 부조리는 반드시 극복되어야 한다. 그러나 그것은 몇몇 정치가의 독단적인 결정에 맡겨질 일이 아니라 전 국민적인 지혜와 용기에 의해서만 가능한 일이라 믿고, 이에 우리 뜻있는 문학인 일동은 우리의 순수한 문학적 양심과 떳떳한 인간적 이성에 입각하여 다음과 같은 주장을 결의·선언하는 바이며, 이러한 우리의 주장이 실현되는 것만이 국민총화와 민족안보에 이르는 길이라고 선언하는 바이다.

이어 선언문에는 5개항의 결의가 담겨 있었다.

> 1. 시인 김지하 씨를 비롯하여 긴급조치로 구속된 지식인·종교인 및 학생들은 즉각 석방되어야 한다.

2. 언론·출판·집회·결사 및 신앙·사상의 자유는 여하한 이유로도
   제한될 수 없으며, 교수·언론인·종교인·예술가를 비롯한 모든 지
   식인은 이 자유의 수호에 앞장서야 한다.

3. 서민 대중의 기본적 생존권을 보장하기 위한 획기적인 조처가 있
   어야 하며, 현행 노동 제법은 민주적인 방향으로 개정되어야 한다.

4. 이상과 같은 사항들이 원천적으로 해결되기 위해서는 자유민주
   주의의 정신과 절차에 따른 새로운 헌법이 마련되어야 한다.

5. 이러한 우리의 주장은 어떠한 형태의 당리당략에도 이용되어서
   는 안될 문학자적 순수성의 발로이며, 또한 어떠한 탄압 속에서
   도 계속될 인간본연의 진실한 외침이다.

1974년 11월 18일

이 결의 사항의 뒷면엔 선언에 동참한 자유실천문인협의회 소속의 고문(이희승 이헌구 박화성 김정한 박두진 김상옥 박연희 이영도 이인석 장용학)과 대표간사(고은), 간사(신경림 박태순 염무웅 황석영 조해일) 및 회원(강민 강은교 김남주 김준태 문병란 문순태 박봉우 박건한 박완서 송기숙 송영 양성우 이근배 이문구 이성부 이시영 이청준 임정남 정규웅 정희성 조태일 천승세 최하림 한남철 한승원 한승헌 황명걸) 등 총 101인의 문인 이름이 모두 적혀 있었다.

문인들이 박정희 유신체제에 항거하여 광화문 한복판에서 선언문을 낭독하며 시위를 벌인다는 것은 엄혹한 그 시절엔 감히 상상하기 어려운 일이었다. 고은 시인이 선언문을 한창 낭독하고 있을 때 정복을 입은 경찰들이 황급히 몰려와 고은 시인의 입을 틀어막은 채 팔을 낚아챘다. 선언문 낭독이 잠시 중단되자 소설가 황석영이 재빨리 선언문의 후반부를 낭독했다. 경찰들은 문인들이 들고 있는 플래카드 2개를 빼앗으려 했다. 문인들이 이를 빼앗기지 않으려고 안간힘을 쓰는 가운데 송기원

1, 2 1974년 11월 18일, 서울 광화문 세종로 의사회관(현재 교보빌딩) 앞에서 〈자유실천문인협의회〉 출범식 날. 경찰이 현장을 급습하여 이를 제지하고 있다. 선언문을 읽는 고은 시인의 주변에 임정남 염무웅 박태순 윤흥길 송기원 황석영 조세희 등 문인들의 얼굴이 보인다. **3, 4** 문학평론가 염무웅의 초안, 시인 양성우의 글씨로 작성된 〈자유실천문인협의회〉의 선언문. 이 선언문 뒷면에는 문인 101인의 명단이 실려 있다.

의 선창에 따라 "유신헌법 철폐하라!"는 구호가 제창되었다.

이어 경찰과 기동대원들은 의사회관 계단에서 문인들을 끌어내리기 시작했다. 일부 문인들은 광화문 네거리 쪽으로 내달리는 가운데 경찰버스에 태워진 문인들이 압송되기 시작했다.

고은 이문구 조해일 윤흥길 박태순 양성우 송기원 이시영 등 7명의 문인들은 광화문파출소를 거쳐 종로경찰서로 끌려갔다. 황석영 한남철 염무웅 등 체포되지 않은 문인들은 의사빌딩 3층에 있는 〈한국문인협회〉의 사무실로 올라가 향후 대책을 논의했다.

종로경찰서 정보과로 연행된 문인들은 경찰의 조사에 일단 묵비권을 행사했다. 진술을 거부하자 형사들은 고은, 송기원 등의 무릎을 구둣발로 사정없이 짓이겨댔다. 그날 동아일보 석간신문과 다음 날 19일자의 한국일보 조간신문의 사회면에 시위 장면 사진과 관련 기사가 크게 보도되었다. 〈자유실천문인협의회〉의 출범 소식이 언론을 통해 전국적으로 알려지게 된 것이다. 문인들이 체포된 뉴스가 언론에 보도되자 경찰의 대우가 조금 달라졌다. 권력층은, 11월 22일 미국 포드 대통령의 방한을 앞둔 때여서 문인들을 구속할 경우 크게 사회문제가 될 것을 염려했다. 그런 분위기에 힘입어 경찰에 체포된 문인들은 11월 19일 오후 3시경 종로경찰서에서 방면될 수 있었다. 문인들은 기자들에게 문인운동이 계속된다는 것을 알렸다.

〈자유실천문인협의회〉가 창립된 1974년 11월 18일은 한국 현대문학사에서 가장 의미 있는 날로 기록되었다. 바로 이날을 기점으로 한국문학은 권력의 전횡에 침묵·방조한다는 혐의를 스스로 벗어던진 자랑스러운 역사를 갖게 된 것이다. 그 이전까지 전국적 규모의 문인 조직은 〈한국문인협회(문협)〉뿐이었으나, 유신체제의 억압을 뚫고 새로운 문인조직으로 〈자실〉이 출범하여 활동하게 되었다. 이후 〈자실〉은 〈민족문학작가회의〉에서 〈한국작가회의〉로 그 명칭을 변경하면서 활동을 계속하

고 있다. 박태순 작가가 평가한 바처럼 〈자실〉은 동호인적인 친목단체
가 결코 아니었다. 당대의 시대적 부름과 역사의 요청에 따라 독재정권
을 향해 과감히 출사표를 내던짐으로써 한국문학의 새로운 중심으로 작
동하기 시작했다.

9. 동아일보 격려광고와
김지하의 「고행… 1974」 필화사건

　박정희 정권의 탄압으로 1974년 12월 하순부터 동아일보에 백지광
고 사태가 발생하자, 1975년 1월부터 자유실천문인협의회의 회원들은
'문인 자유수호 격려'라는 이름으로 연이어 격려광고의 대열에 동참했
다. 그리고 이것은 국민들에게 감동을 선사한 하나의 '벽시(壁詩)운동'
으로 승화되었다. 민주주의와 언론자유라는 인간의 본원적인 존엄성과
기본권은 어떠한 억압 아래서도 결코 억눌릴 수 없기 때문에 문인들은
양심에 따라 저항하고 분노할 수밖에 없었다.
　신문사 기자들과 문인들이 나서는 등 유신반대운동이 거세어지자 돌
연 박정희는 1975년 1월 22일, 특별담화를 발표했다. 유신헌법에 대한
찬반 여부를 묻는 국민투표를 실시한다고 전격 발표한 것이다. 이에 야
당과 재야는 허울 좋은 국민투표를 거부한다고 했으나 박 정권은 이를
강행했다. 결국 유신헌법에 찬반 투표가 찬성으로 가결되자, 박정희 정
권은 유화조치로 긴급조치 위반 수감자 중 민청학련 관련자들을 석방한
다고 발표했다. 그리하여 민청학련 사건으로 무기징역형과 징역 15~20
년 형을 선고받았던 사람들이 대부분 형집행정지 조치로 풀려나게 된
다. 2월 15일 밤 9시 40분경, 서울 영등포교도소에서 김지하 장준하 백
기완 박형규 김학민 유홍준 등이 석방되었고, 그 밖의 민청학련 관련자

들도 전국의 교도소에서 출감할 수 있었다. 이날 10개월 만에 출옥한 소감을 묻는 기자들의 질문에 김지하 시인은 이렇게 말했다.

종신형을 받았는데 벌써 나오다니… 세월이 유수 같다. 세월이 미쳤든지 내가 미쳤든지 아니면 둘 다 미쳤든지 뭔가 이상하다. 내가 관련된 민청학련 사건은 순수한 민주구국투쟁이며 정정당당한 합법적인 운동이다. 정부의 정책을 비판한다고 해서 가혹한 탄압을 할 대로 한 뒤에 이제 석방한다는 것은 돼먹지 않은 호도책이다. 참으로 끔찍스런 사실들이 낱낱이 공개될 것이다.

그러면서 그는 이 사건에 대한 진실을 밝히겠다고 표명했다. 그날 신경림, 이시영 시인 등 〈자실〉 소속 문인 50여 명은 영등포교도소에서 석방되는 김지하 시인 등을 환영하기 위해 마중 나가기도 했다. 1975년 2월 19일, 김지하 시인은 지학순 주교를 비롯한 원주 지역 재야인사들과 함께 시내에서 출옥 기념 퍼레이드를 가졌다. 2월 22일, 김지하는 김대중 전 대통령 후보의 자택을 방문했다. 이 자리에서 김지하는 "시인은 어둠 속에 감춰진 진실을 밝히는 사람이기에 '김대중 납치사건'의 진실을 알고 싶다."고 말했다. 이에 김대중은 "김 시인은 민족의 슬픔과 아픔과 분노를 진실하게 대변하는, 정신적 대변자"라고 칭송했다.

이어 김지하는 동아일보 1975년 2월 25일자부터 27일까지 3회에 걸쳐 옥중기 「고행(苦行)… 1974」를 연재했다. 동아일보에 연재된 이 글을 통해 김지하는 중앙정보부 6국에서 겪어야 했던, 그야말로 삶과 죽음을 넘나든 회한을 밝혀 나갔다. 아울러 '인혁당 사건'의 진실, 이 사건에 대한 중앙정보부의 조작 과정을 당사자들로부터 들었던 증언을 통해 대담하게 폭로하여 큰 파장을 일으켰다. 3월 12일, 김지하는 함세웅 신부로부터 당시 재야의 구심체 역할을 했던 '민주회복국민회의'의 대변인 직

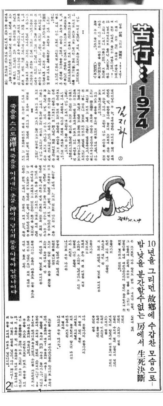

1 1975년 2월 15일 밤, '민청학련 사건'으로 투옥된 김지하 시인이 10개월 만에 영등포교도소에서 출소할 때 환영인파에 둘러싸여 있다. 2 김지하 시인은 석방 이후 동아일보에 「고향… 1974」를 3회에 걸쳐 연재하여 파란을 일으켰다. 이 옥중기로 출감 27일 만에 재구속된 사실을 알리는 동아일보 기사. 3 1975년 12월, '김지하전집간행위원회' 편으로 일본 한양사에서 출간된 『김지하 전집』.

을 맡아 줄 것을 요청받고, 이를 수락했다. 다음 날 3월 13일 오전 10시 경, 김지하는 서울 성북구 정릉의 처갓집, 박경리 작가의 집 앞에서 어머니 정금성 여사와 아내 김영주, 그리고 어린 아들과 함께 정보부 요원들에 의해 전격 체포되었다. 가족들은 14일 밤에 풀려났으나, 김지하는 내외신 기자회견 내용과 인혁당사건의 조작사실을 폭로한 동아일보의 옥중기가 "반국가단체를 고무, 찬양함으로써 결과적으로 북괴의 선전활동에 동조했다."며 반공법 위반혐의로 다시 구속했다. 민청학련 사건으로 출감된 지 27일 만의 일이었다. 3월 14일, 자유실천문인협의회는 동아일보 및 조선일보 기자의 파면 사태와 기자협회 기관지 폐간 조처 그리고 김지하 시인의 재구속에 항의하는 〈최근의 사태에 대한 문학인 165인 선언〉을 발표했다.

김지하를 다시 붙잡아간 중앙정보부는 3월 19일, 반공법 위반 혐의로 김지하 시인을 서울지검에 구속, 송치했다. 이튿날 3월 20일, 한승헌 이세중 등 7명의 변호사로 '김지하 공동변호인단'이 구성되었다. 그런데 3월 22일, 변호인단 중의 한 명인 한승헌 변호사가 『여성동아』에 기고했던 「어떤 조사(弔辭)」라는 글 때문에 구속되는 사건이 발생했다. 사형제도의 폐지와 관련한 글을 3년 전에 이 잡지에 쓴 적이 있었는데, 정보부가 김지하 변호인단 중의 핵심인물을 구속해 버린 것이다.

자실은 3월 25일, 동아일보와 조선일보 기자들의 해임사태에 대한 항의의 뜻으로 이 지면에 대한 집필거부와 함께 김지하, 한승헌 회원의 수난에 아픔을 같이하겠다는 '결의문'을 채택해 발표했다.

1975년 『창작과비평』 봄호에 「빈산」, 「불귀」 등 김지하의 신작시 12편의 시가 발표되었으나 당국에 의해 이 잡지는 즉각 판금조치를 당하게 된다. 김지하가 정보부에 의해 재구속되어 조사받고 있던 1975년 4월 4일, 「나는 공산주의자다」라는 김지하의 '자필진술서'가 문공부에 의해 국내외에 대량으로 배포되기 시작했다.

뒤이어 〈인혁당 재건위 사건〉으로 도예종 하재완 이수병 여정남 우홍선 서도원 김용원 송상진 등 8명에게 고등법원이 사형선고를 했고, 1975년 4월 8일 대법원에 의해 상고가 기각되었다. 인혁당 관련자 8명에게 사형이 확정되자 그들에 대해 전격적으로 사형을 집행했다. 전례가 없는 일이었다. 사형이 확정된 지 불과 20시간 만에 초유의 '사법살인'이 발생한 것이었다. 그리고 이것은 중앙정보부가 인혁당 관련자들에게 가한 엄청난 고문 흔적을 은폐하기 위해서였다.

김지하 시인은 5월 3일, 천주교 정의구현사제단 앞으로 보내는 옥중서신을 통해 정보부에 의해 조작된 「나는 공산주의자다」라는 문건을 반박하고자 이른바 「양심선언」을 발표했다. 김지하의 「양심선언」은 검찰측의 공소사실을 조목조목 반박한 것이었다. 특히 검찰이 김지하의 미완의 작품 「장일담」의 창작의도를 왜곡했는 바 이 작품의 구상 의도를 수첩에 적어 감옥 밖으로 은밀히 유출했다. 이를 토대로 김지하의 절친한 후배인 조영래가 「양심선언」을 새로이 작성하였고, 천주교 정의구현사제단은 김지하의 이름으로 이를 국내외에 발표했다. 이 「양심선언」으로 김지하가 '공산주의자'가 아니라는 사실을 국내외에 널리 알릴 수 있게 되었으나, 이 문건을 소지했다는 이유만으로 수많은 사람들이 체포, 구속되기도 했다. 1975년 5월 9일, 서울지검 공안부는 김지하를 사형에 처하고자 공소장을 변경하는 등 탄압을 가중했다. 이어 5월 19일에 열린 첫 공판에서 김지하의 변호인단은 인혁당사건을 담당했던 판사가 재판부의 일원으로 배정돼 있으므로 공정한 재판을 바랄 수 없다며, 재판부 기피신청을 제출했다.

1975년은 김지하에게 수난과 영광이 동시에 주어진 해였다. 5월에 있었던 '양심선언' 유출 파문으로 가족과의 면회는 물론 독서나 서신 교환조차 일절 금지되었다. 그는 육영수 여사의 저격범 문세광이 갇혀 있던 그 특수감방에서 수감생활을 했다. 이 특수감방은 감시카메라가장착되어 김지하의 일거수일투족을 24시간 감시했다. 6월 29일, '아시아·아프리카 작가회의(AALA)'는 모스크바에서 총회를 갖고 1975년도 '로터스 특별상'을 김지하 시인에게 수여하기로 결정했다. 이어 박정희에게 '김지하 석방요구서'를 보냈다. 이 시기에 미국, 일본, 유럽 등의 작가와 지식인들에 의해 1975년도 노벨문학상과 노벨평화상 후보로 추천되기도 했다. 아울러 9월 12일에는 미국 펜클럽 무리스 루카서 회장이 김지하의 석방을 촉구하기 위해 한국을 직접 방문했다.

그럼에도 불구하고 비상보통군법회의의 검찰은 김지하에 대한 기왕의 무기징역형에 대해 '형집행정지' 결정을 취소함으로써 반공법 위반 혐의로 재구속된 그는 다시 무기징역수가 되었다. 10월에는 김대중, 김영삼, 윤보선, 함석헌, 천관우 등이 서명한 '김지하를 석방하라'는 성명서가 발표되었다. 그리고 미국 워싱턴과 뉴욕에서 〈시와 김지하의 밤〉이 개최되었다. 11월에는 재일한국청년동맹에 의해 「고행… 1974」가 시극화(詩劇化)되어 일본에서 공연되었다. 아울러 12월에는 일본의 '김지하전집간행위원회' 편으로 한국어판 『김지하 전집』이 도쿄의 한양사에서 발행되었다. 이어 일본 중앙공론사에서 이회성 번역으로 일어판 『김지하 작품집- 불귀』가 간행되는 등 김지하 시인은 한국 반독재 민주화 투쟁의 상징이자, 박정희와 맞선 강골의 저항시인으로 전 세계가 주목하는 시인이 되었다.

동아일보에 1974년 2월 25일부터 27일까지 3회에 걸쳐 연재된 옥중수기 「고행… 1974」로 인하여 재수감된 김지하는 1976년 12월 31일, 재판부에 의해 기왕의 무기징역형에 덧붙여서 징역 7년, 자격정지 7년형을 추가로 선고받았다.

「고행… 1974」 필화사건으로 김지하는 또다시 기나긴 옥중 생활에 처하게 된다. 김지하가 구속된 독방 근처에는 누구도 접근할 수 없도록 철저히 통제했다. 이후 〈자실〉을 중심으로 국내는 물론 전 세계의 지속적인 석방 요구가 펼쳐졌다. 그럼에도 불구하고 1980년 12월 12일, 감옥에서 석방될 때까지 그는 5년 9개월 동안 군사독재 정권에 의해 영어(囹圄)의 몸이 되어야 했다.

감옥에 갇힌 김지하는 자신이 처한 현실을 「푸른 옷」이라는 시로 노래한 바 있다. 불의에 맞서다가 푸른 수의(죄수복)를 입게 된 시적 화자는 자신이 염원하는 꿈을 노래한다.

새라면 좋겠네/물이라면 혹시는 바람이라면//여윈 알몸을 가둔 옷/푸른 빛이여 바다라면/바다의 한때나마 꿈일 수나마 있다면//가슴에 꽂히어 아프게 피 흐르다/굳어버린 네모의 붉은 표지여 네가 없다면/네가 없다면/아아 죽어도 좋겠네/재 되어 흩날리는 운명이라도 나는 좋겠네/캄캄한 밤에 그토록/새벽이 오길 애가 타도록/기다리던 눈들에 흘러넘치는 맑은 눈물들에/영롱한 나팔꽃 한 번이라도 어릴 수 있다면/햇살이 빛날 수만 있다면/꿈마다 먹구름 뚫고 열리던 새푸른 하늘/쏟아지는 햇살 아래 잠시나마 서 있을 수만 있다면/좋겠네 푸른 옷에 갇힌 채 죽더라도 좋겠네/그것이 생시라면/그것이 지금이라면/그것이 끝끝내 끝끝내/가리어지지만 않는다면.

10. 〈자실〉의 출범과 1974년 무렵의 광주전남 문단의 현황

1974년 11월 18일, 자유실천문인협의회가 출범하기 전에 광주전남의 문인들은 '한국문인협회 전남지부'에 대부분 소속되어 활동했다. 1970년 광주전남 지역에 〈전남문인협회〉가 결성되었고, 기관지로 매년 후반기에 『전남문단』이라는 책자를 발간했다. 이 책자에는 회원들의 시, 소설, 평론, 희곡, 수필 등이 수록되었다. 1970년 전남문협이 출범하여 1980년까지 이끌던 회장은 허연(1955년, 『현대문학』 등단), 정소파(1957년, 동아일보 신춘문예 등단), 범대순(1965년, 시집 『흑인고수 루이의 북』 등단), 박홍원(1961년, 『현대문학』 등단) 시인 등이었다.

그와 함께 시동인 모임으로 1967년 1월 광주 YMCA 소회의실에서 발기인 모임을 갖고 결성된 〈원탁시회〉가 있다. 결성 당시 광주문단의 어른이었던 다형 김현승 시인의 영향을 받으며 문단에 나온 광주 출신 시인들이 대거 동참했다. 범대순 문병란 윤삼하 정현웅 박홍원 구창완 손광은 김현곤 송선영 황규련 시인 등이 회원으로 참여해 1967년 5월 1일에 팸플릿 형식의 『원탁문학』 창간호를 펴냈다. 결성 초기에 범대순 시인이 창립을 주도했고, 초대 대표를 맡는 등 〈원탁시회〉의 골격을 만들었다.

이후 송기숙 강인한 허형만 송수권 김종 오명규 문도채 주기운 진헌성 김재희 전원범 박주관 시인 등도 참여했다. 현재 〈원탁시회〉는 '시와 사람' 출판사 대표 강경호 시인이 2015년부터 회장을 맡고 있는 가운데 박판석 백수인 염창권 등 20명이 그 명맥을 이어가고 있다. 강경호 회장은 2017년 결성 50주년을 맞아 언론과의 인터뷰에서 "〈원탁시〉는 서로 소통하고 인간적 우애를 나누는 장이자 단절된 문단에서 끊임없이 소통하는 전통을 지켜왔다. 우리가 느슨해졌고 다른 동인 모임이 많이 등장했지만, 이번 50주년을 계기로 다시 새로운 지평을 여는 기회로 삼아야 하는 동시에 격의 없는 원탁의 정신을 되새겨야 할 것"이라고 소감을 밝힌 바 있다.

염창권 교수(광주교대)가 결성 50주년을 맞아 「문학동인회 원탁시(圓卓詩)의 전개 과정」이라는 논문을 통해 "〈원탁시〉는 에꼴(ecole) 커뮤니티라기보다 소셜(social) 커뮤니티에 가깝다." 라고 말한 바 있다. 〈원탁시〉는 그동안 동일한 지면에 각자의 신작을 발표한다는 것에 주안점을 두고 있었다. 물론 매년 일정한 주제를 정해 각자가 시를 창작하고 시낭송회와 시화전 등을 통해 시민과 가까이하는 형식은 긍정적이다. 하지만 동인지 운동이 '에꼴' 형성을 기본 목표로 활동하는 게 원칙임에도 불구하고, 〈원탁시〉는 일부러 그런 형식을 탈피했다.

1970년대 중반 시조 동인을 살펴보면 광주전남의 〈시조예술동호인회〉가 있다. 1970년 8월에 출간한 『영산강』이라는 동인지에는 고정흠 김영자 문도채 문삼석 송선영 정소파 최일환 허연 등 12명이 동인으로 활동했다. 이후 1974년 4월에 〈한국시조작가협회〉 전남지부의 기관지로 『녹명(鹿鳴)』이 출간되었고, 이후 1977년 12월 이후에는 정소파 경철 등이 주축이 된 〈민족시연구회〉의 『민족시』가 발행되었다. 아울러 『녹명』의 제호를 바꿔 〈호남시조학회〉가 발간한 『시조문예』 등이 있다.

광주에 거주하던 문인들 중에서 1974년 11월 18일 자유실천문인협의회의 서울 출범식에 참석한 문인은, 광주 중앙여고에 국어교사로 재직했던 양성우 시인 혼자였다. 그러나 101인 선언의 서명 대열에는 문병란 김준태 이한성 김남주 시인과 송기숙 한승원 문순태 소설가 등이 동참하게 된다. 그리고 그 당시 서울서 활동 중인 박봉우 강태열 이성부 조태일 최하림 이시영 시인과 박화성 천승세 이청준 송영 송기원 등의 소설가도 그 뜻을 함께했다.

1974년 11월 당시의 광주전남 문단은 조연현 이사장 체제의 〈한국문인협회〉 산하의 전남지부(지부장: 허연)에 소속된 80여 명의 문인들이 활동했다. 문인들의 직업은 대부분이 초중학교의 교사나 대학교수 혹은 언론사 기자나 의사, 약사 등이었다. 문협 전남지부는 1974년 11월에 140쪽 분량으로 서울의 세운문화사에서 기관지 『전남문단』을 발간했는데 여기에는 허연 차의섭 진헌성 주기운 정재완 정소파 전원범 이영권 오명규 양성우 송선영 범대순 박홍원 문병란 문도채 김현곤 김만옥 등의 시와 한승원 황방현 이명한 김신운 등의 소설, 그리고 심종언 구창환

1, 2 전남문인협회 기관지 『전남문단』과 한국 최장수 동인 〈원탁시〉 동인지.
3 〈원탁시〉 모임에서. 문병란 강인한 김준태 문병란 시인 등. 4 2002년 여름 〈원탁시회〉 모임회에서 회원들. 허형만(대표) 염창권(총무) 함진원 진헌성 주기운, 손광은 강인한 범대순 오명규 고성만 김종 박주관 등.

의 평론, 한옥근의 희곡이 실려 있다.

『전남문단』1974년 호에는 「시의 사회성과 그 문제점」이라는 조선대 구창환 교수의 평론이 실려 있다. 그는 문병란 시인의 제2시집『정당성』에 대해 호평을 했다. 1960년대 이후 줄곧 문제가 되고 있는 시의 사회성과 현실인식을 강조하면서 광주전남 문학의 새로운 주역으로 문병란 시인이 출현했음을 알렸다.

3부

1970년대
반독재 민족문학을
선도한 광주의 문인들

1. 60년대 참여문학론에서 70년대 민족문학론으로

1972년 10월 17일, 박정희 대통령의 특별선언으로 '유신체제'가 출범했다. 그 이전 1971년 제7대 대선 때 신민당 김대중 후보는 선거 유세 중에 "만약 이번에 평화적으로 정권이 교체되지 않으면 박 정권의 교체 가능성은 완전히 말살되며, 가공할 만한 총통제 시대가 온다."고 경고했는데, 불행하게도 그 예언은 적중하고 말았다.

유신체제 아래서 민주주의와 인권 그리고 자유의 보장은 사실상 불가능했다. 이에 이 땅의 국민들은 비록 그 차이는 있었지만, 적극적인 혹은 소극적인 투쟁일지라도 자유와 정의를 위하여 용기 있게 저항했다. 그 저항의 끈질김은 유신헌법에 의해 '긴급조치' 제1호가 발동된 1974년 1월 8일부터 제9호가 해제된 1979년 12월 1일까지 약 6년 동안 이 조치가 강행될 수밖에 없는 사실로서도 이를 확인할 수가 있다. 유신체제가 진행되는 동안 정치인은 물론이거니와 문인·기자·교사·교수·성직자·변호사 등과 청년학생들, 그리고 민초들에 이르기까지 약 1천여 명에 이르는 사람들이 긴급조치의 희생양으로 구속·투옥되었다. 그리고 중앙정보부나 보안사, 경찰 등 정보기관에 붙잡혀 가 정신적, 신체적 피해를 받은 사람들도 이루 헤아릴 수 없이 많았다.

'유신권력'의 '금기'에 대한 응전으로 1970년대 광주전남 문학의 선각자들은 인간의 존엄과 천부적 권리 문제를 자신의 문학영역에 끌어들이고자 노력하고 있었다. 문학이 언어를 구원할 것인가, 아니면 우리가 몸담고 있는 현실인 이 세상을 구원할 것인가 하는 문제는 1960년대의 '순수-참여문학논쟁' 이전부터 촉발되었다. 인간을 위한 문학이냐, 문학만을 위한 문학인가라는 물음 앞에 문인들은 번민하지 않을 수 없었다.

일찍이 참여문학론자인 조태일 시인은 1965년 1월 경희대학교 교지 〈대학주보〉의 기고문에서 "자, 이제 우리들은 우리들의 역사, 우리들의 현실, 우리들의 숨결을 똑바로 인식하는 데서부터 한국 시의 갈 길을 찾아 나서야겠다."고 주장했다. 아울러 그는 "왜 우리들은 이 현실에 사는 인간들을 노래하기를 주저하는가. 노래하더라도 왜 앵무새처럼 주체성 없이 지껄이고만 있는가. 인간의 육성을 들어보라. 인간의 참다운 반려자인 시인이 왜 인간의 소리를 기피하는가."라고 부르짖었다.

바로 그러한 절박한 각성 속에서 1960년대의 이른바 '순수-참여 논쟁'이 뜨겁게 전개되었다. 작가의 사회참여는 창조행위의 한 방편이며, 시대에 대한 책임이라는 주장이 제기되었다. 특히 1967년 12월 28일, 문학평론가 이어령이 조선일보에 「에비가 지배하는 문화」라는 글을 기고하자, 김수영 시인은 『사상계』 1968년 1월호에 「지식인의 사회참여」라는 글을 통해 이어령의 주장을 반박하는 등 이후 두 사람 간에 펼쳐진 '불온시(不穩詩) 논쟁'은 세간의 주목을 받았다. 작가의 사회참여 문제를 둘러싼 이 '불온시 논쟁'은 1960년대 참여론의 정점이었다. 이 논쟁에 백낙청 염무웅 김치수 김현 등 평론가와 고은 이호철 최인훈 정현종 박태순 등 시인·작가들이 가세함으로써 참여문학 논쟁은 1960년대 문단의 최대 화두로 떠올랐다.

1 작가의 사회참여 문제로 이어령 평론가(왼쪽)와 김수영 시인 간에 '불온시논쟁'이 전개되었다.   2 '순수-참여론' 논쟁을 보도한 경향신문 1968년 3월 20자 기사.

1960년대의 참여문학론자들은 정치적 자유가 보장되지 않은 현실 속에서 창작과 언론의 자유를 실현하기 위하여 지식인들이 참여활동에 나서는 것은 당연하다고 옹호했다. 문학평론가 백낙청은 『창작과비평』 1966년 겨울호의 창간 권두논문, 「새로운 창작과 비평의 자세」에서 "작가는 언론의 자유를 위한 싸움이 자기 싸움임을 알아야 한다. 사상의 자유, 학문·예술의 자유를 물론 포함해서다."라고 주장했으며, 문학평론가 유종호도 "문학작품이 문제의 제시에만 그치지 말고 스스로 현실문제에 적극적으로 참여하여, 그 절망의 영토 위에 도표를 박아놓은 문학이 더욱 절실히 요망된다."며 작가들의 사회참여를 적극 주문했다.

　　1960년대의 참여문학론은 1970년대에 이르러 민족문학론으로 확대, 발전되었다. 1970년대 민족문학론의 중심기표는 '시민의식'에서 점차 '민족'으로 변화했으며, 이 과정에서 김수영과 신동엽 시인의 문학적 성과가 주목을 받았다. 아울러 민족문학론자들은 현실을 변화시키는 힘으로 '민중'을 주목하기 시작했다. 일깨워지고 각성된 민중이야말로 역사발전의 원동력이며, 이들에 의해서 인간다운 삶이 실현될 거라고 강조했다. 하지만 한국사회는 6·25전쟁의 여파로 여전히 냉전시대였다. 정치권력은 '반공이데올로기'를 전가(傳家)의 보도(寶刀)처럼 휘두르면서 국민들의 의식과 행동을 지배하려고 했다. 또한 문인들의 직접적인 권력비판이 아닌 사회비판마저도 용납하지 않았기에 사회적 모순을 창작화하는 것은 권력의 '금기'에 대한 '도전'으로 간주되었다.

　　돌이켜 보면 1965년 『현대문학』 3월호에 발표된 '소설 「분지(糞地)」 필화사건'으로 남정현 소설가가 중앙정보부에 연행돼 구속되고 나서 '표현의 자유' 문제가 한국문단에 본격적으로 대두되었다. 아울러 1970년 5월, '김지하의 「오적」 필화사건'을 기화로 우리 사회의 모순과 세상의 진실을 밝혀내고자 하는 문인들의 욕구가 자연스럽게 분출되었다.

　　'민주주의'라는 소중한 가치를 지켜내기 위하여 자신의 문학을 현실적 모순 속에 투신하는 문인들이 바로 이곳, '광주'에서도 새롭게 등장하기 시작했다.

2. 광주의 민족문학을 선도한 문병란 시인의 생애와 업적

광주전남 현대문학사에서 '반독재 민족문학'이라는 새로운 문학적 기류 형성에 떨쳐나선 문인들 가운데 그 선각자로서 서은(瑞隱) 문병란(文炳蘭) 시인을 맨 먼저 주목하지 않을 수 없다. 1934년 8월 15일(호적은 1935년 3월 28일), 전남 화순군 도곡면 원화리(원동)에서 약종상을 했던 아버지 문태식과 어머니 홍중근 사이에 3남 2녀 중 막내로 태어난 문병란은 1943년 도곡초등학교에 입학, 3학년까지 다니다가 1946년 광주로 이주했다. 광주에서 서석초등학교를 졸업하고 광주사범병설중학교 입학시험에 최고점수로 합격한 그는 1950년 6월 한국전쟁으로 휴교령이 내려지자 중2 때 부모를 따라 화순 향리로 피난을 갔다.

가계 빈곤으로 농사일을 거들던 그는 중형의 도움으로 향리에 있는 중학교를 마치고 화순농고에 입학했다. 고향집에서 이십 리 길을 매일 새벽마다 걸어서 고교를 다녔다. 고3 때 조대부고 교감으로 재직 중이던 문창식 족숙과 고향 사람들이 "병란이는 문재(文才)가 있으니, 김현승이라는 유명한 시인이 교수로 있는 조선대 문학과로 진학하라."고 권했다. 이에 문병란은 1956년 김현승 시인이 부임하고 있는 조대 문리대 문학과에 입학했고, 이후로 두 사람은 평생 사제의 인연을 맺게 된다. 화순 앵남역에서 새벽차로 광주로 통학을 했던 문병란은 시인의 꿈을 안고 창작에 몰두하면서 다형 김현승 시인의 강의를 열심히 들었다. 대학 2학년 때부터 문병란은 노트에 끊임없이 시를 써서 다형 선생께 바쳤다. 1957년 8월 문병란이 학보병으로 입대했을 때 다형은 「고별」이라는 문병란의 시 1편을 광주의 지역신문에 발표해 주었고, 이를 기화로 더욱 시작에 매진하게 된다. 1959년 3월, 1년 6개월의 군복무를 마친 문병란 학생은 3학년에 복학했다.

김현승 교수는 자신의 수업인 '시창작 실기시간'에 문병란 학생이 쓴 「가로수」라는 시를 『현대문학』 1959년 10월호에 초회 추천을 했다.*

문병란은 1961년 조선대 인문대 문학과(10회)를 졸업하고 교사채용 순위고사에 우수한 성적으로 합격해 순천고 국어교사로 발령 받았다. 고3 국어를 가르치면서 그는 더욱 시작에 정진했다. 그해 다형(茶兄)은 『현대문학』에 「밤의 호흡」이란 시로 2회 추천을 했고, 1962년에 「꽃밭」이란 시로 3회 추천을 완료하여 문병란은 마침내 시인으로 등단하게 된다. 그즈음 다형 김현승 시인은 조선대에서 재직하다가 1961년 4월, 서울의 숭실대 교수로 자리를 옮겼지만 여전히 서울과 광주를 오가면서 후배 문인들을 길러 내고 있었다.

문병란은 1966년 광주일고로 전근하여 고3 학생들을 가르치면서 교내 문예반 학생들의 모임인 〈원시림〉을 지도하기도 했다. 이후 1969년에 주위의 권유를 받아들여 조선대 사범대 국어교육과 전임강사로 자리를 옮겼다. 그때를 전후로 하여 문병란 시인은 박홍원 구창환 문순태 허형만 김준태 김만옥 김종 박판석 이한성 백수인 이성연 김수남 김수중 등 광주전남지역의 여러 문인들과 인연을 맺게 된다. 1972년, 조대에 재직한 지 3년이 되었을 때 그는 박철웅 이사장의 독재적 학교운영에 불만을 품고 과감히 조대 교수직을 박차고 나와 전남고에서 국어교사로 재직했다. 국어시간에 이광수, 서정주 등 교과서에 나오지 않은 친일문인들의 이야기를 해 주는 등 진보적인 교육을 했고, 학생들에게 단연 인

---

* 그즈음 『현대문학』 등 대부분의 문예지는 3회를 추천받거나 혹은 일간지 신춘문예에 당선될 경우 '데뷔'로 인정했다.

기가 있었다. 일부 교사들은 이것을 학생 선동으로 몰아붙였다.

1975년 어느 날 유신치하의 교육체제에 불만을 품은 황일봉 정철 김양래 오정묵 은우근 조현종 등 전남고 학생들이 교내에서 스트라이크를 벌여 소요가 일어났다. 그때 황일봉(현재 서은문학연구소 이사장)이 주모자로 낙인찍혀 학교에서 제적을 당하는 일이 벌어졌다. 문병란은 책임감을 느끼고 사표를 제출했고, 광주일고 제자 김영중이 운영하던 광주 '대성학원'으로 자리를 옮겼다.

대성학원에서 문병란의 국어수업은 명강의로 소문이 자자했다. 문학 지망생들은 문병란을 사사(私事)하고자 학원 수업을 들었다. 그는 참된 문학인의 자세를 일깨우면서 재수생들의 입시지도에도 열성을 쏟아 대학 진학의 길을 열어 주었다. 그때 임동확 시인 등이 문병란 시인으로부터 영향을 받아 문학의 길에 들어섰다. 문병란은 광주 시내에서 '거리의 교사'로 이미 명성을 얻고 있었다.

등단 10년을 맞아 문병란 시인은 새로운 출발을 다짐하고자 1971년 7월에 첫 시집『문병란 시집』을 출간했다. 특이한 것은 이 첫 시집의 헌사에 "오늘의 이 시집을 태어나게 해 주신 은사 김현승 선생님과 저의 학업의 뒷바라지에 애정을 부어주신 사형(舍兄) 문병석 형님께 바치나이다." 라고 되어 있을 뿐 통상 시집에 수록되는 '추천사'나 '발문(跋文)'은 일절 받지 않았다는 점이다. 문병란 시인은 첫 시집을 출간할 때부터 단순 서정시를 탈피하는 등 자신만의 시적 변화를 모색했다. 1973년 10월에 그는 제2시집『정당성』(세운문화사)을 출간했다. 이때부터 문병란은 현실문제에 보다 더 뜨겁게 관심을 갖고, 민중적 시각을 펼쳐 보였다. 문병란은 퓨리터니즘과 문학의 사상성을 강조한 김현승의 시정신을 존경했지만, 한편으론 자신만의 새로운 길을 개척하려는 의지와 결단력을 갖고 있었다.

문병란 시인의 문학적 입지를 굳혀 준 시집『정당성』에는 장시「사기꾼들」,「호롱불의 역사」등 55편의 시가 수록돼 있다. 이 시집을 통해 현실문제에 정면으로 도전했고, 우리 사회의 부조리를 냉철하게 비판하는 그만의 시각을 견지했다. 이에 대해 문학평론가 구창환은 『전남문단』 (1974. 11.)에 실린 서평(「문병란 시집 '정당성'을 통해 본 시의 사회성 과 문제점」)에서 찬사를 아끼지 않았다.

> 문병란의 시는 현실문제에 대해서 정면으로 도전하고 사회 부조리 를 비판한다. 그는 연암(燕巖)의 후예다운 반골정신을 밑바닥에 숨기고 그릇된 사회상황을 고발한다. 그는 용감하게 부정과 불의를 척결하고 양심의 자유와 사회정의를 부르짖는다. 그는 비인간화를 강요하는 모 든 사회현실에 대하여 프로메테우스의 정신으로 반항을 시도하고 휴머 니티를 옹호하려고 한다. 문병란의 시에서 우리는 순교자적이요, 예언 자적인 메시지를 읽을 수 있다.

시집 『정당성』을 출간한 후 문병란 시인은 『창작과비평』 1974년 겨 울호와 1975년 가을호에 「겨울 산촌」, 「땅의 연가」, 「고무신」, 「나를 버 리고 가신 님」 등의 시를 연속으로 발표하여 광주전남은 물론 중앙문단 에까지 그 이름을 널리 알리게 된다. 이후 창비에 발표했던 작품들을 토 대로 1977년 8월, 인학사에서 제3시집 『죽순밭에서』를 출간했고, 1979 년 4월에 한마당출판사에서 이 시집을 재출간했다.

그런데 문공부 당국은 한마당출판사에서 시집이 재출간되자 '도서잡 지주간신문윤리위원회'라는 단체의 건의를 받아들여, 이 시집을 엉뚱하 게도 '풍속문란'이라는 이유로 '판매금지'하는 행정처분을 내렸다. '풍속 문란'의 근거로 "이 시집에 수록된 「일본인」과 「시법(詩法)」이란 작품이 외설스럽고 민족정신을 부정했으며, 일본 국기를 모독했기 때문이다."고 했다. 이 시집을 2년 전에 출판했을 때는 별 문제를 삼지 않다가 '한마당' 이란 출판사로 옮긴 후 느닷없이 '판매금지' 조치를 내린 것은 그 당시 출판사의 운영자(최권행 대표, 전 서울대 교수)가 '긴급조치'를 위반한 '민청학련사건'의 관련자라는 정치적 이유가 개입된 게 분명했다. 바로 그 때문에 문공부 당국은 한마당출판사의 '등록'마저 취소하고 말았다.

그러나 문공부가 문병란 시집을 판매금지한 가장 큰 이유는 그 시집이 갖고 있는 민중적 저항성을 두려워했기 때문이었다. 시집『죽순밭에서』가 판금조치되자 문병란은 1979년 7월 26일, 25쪽 분량의 장문의 항의서를 당국에 제출했다. "이는 민중문학에 대한 박해이며, 작자 자신만이 아니라 다수의 독자에 대한 모독이다. 정치보복을 중단하라!"고 촉구했다. 우리 사회에 '표현의 자유' 문제를 다시금 환기시킨 시집『죽순밭에서』에 대한 문단의 반응은 뜨거웠다. 황지우 시인은 이 시집의 성과에 대해 이렇게 평가하기도 했다.

시인 문병란이 싸우며 쓰러지며 다시 일어서며 지나온 시적 여정은 바로 고통 → 저항 → 해방의 길에 다름 아니다. 그의 시는 이 길을 가장 낮은 포복으로, 바꿔 말해서 우리 역사와 현실의 접점인 '이 땅'에 가장 가까이 밀착해서 지나왔다. 「땅의 연가」에서부터 「죽순밭에서」, 「보리 이야기」까지 이 시집에 들어와 있는 그의 시들이 그것을 잘 말해 준다.

신경림 시인은 "문병란 시인의 세계 인식은 극히 평면적이다. 그러나 그의 시는 깊고 넓은 감동을 불러일으킨다. 삶을 대하는 성실성, 이것이 그의 시를 힘 있는 것으로 만들어 주고 있다."고 평한 바 있으며, 이시영 시인(전 한국작가회의 이사장) 역시 "문병란의 시인으로서의 참된 가치는 그가 일체의 도시적 병폐에 물들지 않은 건강한 언어를 무기로 민중 속에 광막하게 잠든 시를 끌어내는 데 탁월한 재능을 발휘한다는 점이다."고 호평했다.

유신체제 아래서 '거리의 교사'로 불리어지며 사회적 발언을 서슴지 않다가 의문의 정치적 테러를 당하기도 했지만, 문병란 시인은 유신체제가 종말을 고할 때까지 이 땅의 지식인이자 시인으로 자신의 소임과 책무를 다하고자 했다. 1970년대와 1980년대 척박한 그 시절에 농민운동과 양서 보급운동, 그리고 교육운동에도 열정을 쏟았다. 특히 1977년 12월에 전국의 지역 단위로는 최초로 '앰네스티(국제사면위원회)' 광주지부가 결성되었을 때 그는 조아라 송기숙 윤영규 이기홍 이성학 박석무 서명원 등과 함께 '광주 앰네스티' 활동에 동참하면서 양심수들의 석방운동에 적극 힘을 보탰다.

광주항쟁 1주기를 맞이한 1981년 5월, '창작과비평사'는 문병란 시선집 『땅의 연가』를 출간했다. 이 시선집은 독자들의 열화와 같은 요청으로 간행된 것이다. 김준태 시인은 발문에서 "문병란 선생은 청마 유치환의 대륙적 골격에다가 다형 김현승의 청교도적 고백정신을 함유한 우렁차고 뜨거운 가슴을 지닌 시인이다."고 역설했다. 1980년 5월항쟁으로 인해 옥고를 치르고 출감한 문병란 시인은 김준태 시인과 함께 광주 전남의 문학을 대표하는 시인으로 〈오월시〉 동인과 〈광주젊은벗들〉을 비롯한 문학적 후생들에게 가장 큰 영향을 끼쳤다.

1980년대 중반 문병란 시인은 1년마다 한 권씩 시집을 펴낼 정도로 그 어느 때보다도 왕성한 창작활동을 재개했다. 문학을 통해 광주의 진실과 그 아픔을 형상화하고자 하는 의지가 반영된 것이었다. 이때 그는 『아직은 슬퍼할 때가 아니다』, 『무등산』, 『새벽의 서』, 『5월의 연가』, 『화염병 파편 뒹구는 거리에서 나는 운다』, 『못다 핀 그날의 꽃들이여』 등의 시집과 『어둠 속에 던지는 돌멩이 하나』 등의 산문집을 연이어 출간함으로써 독자들과 문단의 이목을 집중시켰다.

시는 설명도 논리도 구차한 변명도 아니다. 시는 삶 자체요, 내 생명의 구체적인 행위이다. 나의 모든 것 그 이하도 이상도 아니다. 나는 열심히 살겠다. 열렬히 사랑하겠다. 그리고 쉬지 않고 쓰겠다. 자기 삶에 충실한 사람은 남을 시비할 겨를이 없다. 개가 짖을 때마다 어찌 뒤돌아보겠는가. 누가 무어라 하든 민중문학, 민중시는 이 시대의 민중의 요청이며 이미 그것은 깊숙이 뿌리내렸다. 그것은 이미 민중과 함께 생명 그 자체이기 때문에 죽일 수도 부정할 수도 없다. 민중시를 부정하는 것은 바로 민중을 부정하는 것이기 때문이다.

문병란 시인은 1986년 2월 청사출판사에서 제9시집 『무등산』을 펴내면서 그 '후기'에서 자신의 문학론을 설파하면서 시대정신으로 무장된 여러 시편들을 발표했다.

분노는 천근인데/눈물마저 말라버린 가슴으로/안아도 안아도 안을 길 없는/아직도 우리는 커다란 아픔입니다

― 「광주소식」 중에서

새벽이 오기까지는/아직 우리들은 어둠에 익숙해야 한다/어둠에 스며들어 어둠의 일부가 되고/어둠과 속삭이며 오히려 어둠을 사랑하며/속속들이 어둠의 은밀한 가슴을/열렬히 두 팔로 끌어안을 줄 알아야 한다

― 「새벽이 오기까지는」 중에서

이 엄청난 사실을/어찌 내가 말할 수 있느냐/인자는 요산한다 하여/나를 현자로 비유하고/눈도 귀도 없는/더더구나 입도 없는 두루뭉수리 나에게/무등산은 알고 있다 말하지만/이 엄청난 사실을/어찌 내가 말할 수 있느냐

― 「무등산의 말 1」 중에서

평론가 염무웅은 시집 『무등산』의 해설 「민중성과 예술성」이라는 글에서 다음과 같이 문병란의 문학에 대해 평가했다.

> 문병란의 시집 내용은 크게 둘로 갈라볼 수 있다. 하나는 그해 5월
> 의 광주체험에 관계된 것이고, 다른 하나는 농촌으로 집약되는 우리 민
> 중현실의 모순과 고통을 노래한 것이다. 어떤 소재를 다루듯 문병란의
> 작품들을 줄기차게 관류하는 것은 가열찬 비판정신이다. 우리는 그의
> 시들을 읽을 때마다 마치 맨살에 뜨거운 것이 닿듯 그 감정의 열기에
> 직접 부딪히게 된다. 이 시집을 읽어보면 그의 도전적인 문학론이 작품
> 실제에서 적나라하게 관철되고 있음을 확인한다. 두말할 것 없이 문병
> 란의 시는 오늘 우리 시대에 있어 가장 선진적인 문제의식에 토대한 가
> 장 진실한 문학이다.

1987년 '6월항쟁'에 힘입어 그해 가을부터 조선대 정상화를 위한 재학생들과 동문들의 투쟁이 본격화되었다. 조선대 초대총장 박철웅이 7대 총장으로 부임하면서 벌어진 학사행정의 난맥과 학내 분규는 결국 1988년에 총장 직무대행체제를 불러왔다. 그해 9월 16일 문교부는 이돈명 변호사(조대 정치학과 1회 졸업생)를 신임총장으로 승인함에 따라 마침내 '조대의 민주화'가 이루어졌다.

1988년 9월 29일, 이돈명 신임총장이 취임하자 문병란 시인은 조대동문들과 재학생들의 강력한 요구로 국문과 교수로 다시 복귀하게 된다. 1972년에 박철웅 이사장과의 갈등으로 이 대학을 떠난 지 17년 만에 모교로 다시 되돌아올 수 있었던 것이다. 이후 조대 국어국문과 문병란 교수는 2000년에 정년퇴임할 때까지 의욕적으로 학생들을 가르쳤다. 정년퇴임 후에도 쉬지 않고, 무등산 자락 아래에 〈서은문학연구소〉를 개설하여 문학에 뜻을 둔 시민들을 가르치며 광주문학의 든든한 버팀목

역할을 했다.

문병란 시인은 첫 시집 『문병란 시집』(1970년)을 시작으로 마지막 시집 『금요일의 노래』(2010년)까지 무려 30여 권에 달하는 개인 시집을 출간했다. 그리고 산문집과 저서로 『저 미치게 푸른 하늘』, 『현장문학론』, 『민족문학론』 등 10여 권을 펴냈다. 문학 활동과 관련하여 그는 전남문학상·요산문학상·금호예술상·광주광역시문화예술상·박인환시문학상 등을 수상했다. 그는 누구보다도 치열하게 문학을 통한 우리 사회의 민주화에 앞장섰다.

1987년 6월항쟁 직후 미국의 뉴욕타임스는 "한국의 시가 민주화를 이끌었다"라는 기사에서 문병란을 일컬어 '화염병 대신 시를 던진 저항 시인'이라고 소개하기도 했다. 그는 1974년 〈자유실천문인협의회〉의 창립회원으로 문학운동을 시작한 이래 〈광주전남민족문학인협의회〉 공동대표와 〈민족문학작가회의〉 이사 등으로 활동하면서 삶과 문학을 일치시키고자 헌신했다.

한평생 민족문학운동과 민주화운동에 헌신해 온 문병란 시인은 지난 2015년 9월 25일 오전 6시 15분, 조대 병원에서 향년 82세의 나이로 타계했다.

송기숙 작가와 함께 광주전남 문단의 큰 어른으로 존재해 온 문병란 선생의 별세 소식에 광주전남 문단은 물론이거니와 시민사회단체는 큰 슬픔에 빠졌다. 광주전남작가회의, 광주지역 시민사회단체, 그리고 조선대 동문이 주축이 되어 〈민족시인 문병란 선생 민주사회장〉 장례위원회가 구성돼 장례절차를 확정했다. 장례위 고문으로 고은 백기완 강신석 백낙청 염무웅 송기숙 임헌영 강연균 현기영 박석무 황석영 문순태 정희성 이시영 허형만 박판석 등 문화예술인과 재야인사들, 상임장례위원장에 리명한 이홍길, 공동장례위원장으로 김준태 윤만식 김승균 정용화 차명석 등, 호상으로 조진태 황일봉, 장례위원으로 김희수 이강 나종영 이재의 김태종 강기정 김양래 송재형 채희윤 임낙평 최경환 이지현 박시영 정우영 은미희 등, 600여 명의 규모로 구성되었다.

9월 25일, 조선대학교병원 장례식장 1호실에 빈소가 차려졌고, 전국 각지에서 수많은 조문객이 찾아왔다. 9월 28일 저녁 7시경 조선대병원 장례식장 앞 광장에서 〈민족시인 문병란 선생 추도의 밤〉이 열렸다. 이 날 광주전남작가회의 조진태 회장의 사회로 진행된 '추도의 밤' 행사는 리명한(소설가) 상임장례위원장의 인사말을 시작으로 손광은 시인, 임진택 소리꾼의 추도사가 있었다. 이어 박몽구 시인이 추모시 「얼음으로 뜨거운 정신을 다지듯」을 낭송한 다음, 박문옥 가수와 임진택 소리꾼이 추모공연을 했다. 그리고 광주전남작가회의 이지담 시인을 비롯한 〈서은문학회〉, 〈광주문인협회〉 회원들이 문병란 시인의 대표시 「꽃에서 푸대접하거든 잎에서나 자고 가자」, 「9월의 시」, 「인연서설」을 낭송했다.

다음 날 9월 29일(화) 오전 8시 조선대병원 영결식장에서 발인이 있은 후 오전 10시경 국립아시아문화전당 민주광장에서 장진성(장례위집행위원장)의 사회로 〈민족시인 문병란 선생 민주사회장〉이 엄수되었다. 이홍길 상임장례위원장의 인사말, 황일봉 호상의 약력 보고 후 윤장현(광주광역시장), 장휘국(광주광역시교육감), 임추섭(광주교육희망네트워크 상임대표), 이낙연(전남도지사)의 추도사가 있었다. 특히 광주일고 제자이기도 한 이낙연 전남도지사(현재 국무총리)의 추도사에 조문객들은 눈시울을 붉혀야 했다.

　　철부지 고등학생으로 선생님께 국어를 배운 제자가 선생님 앞에 섰습니다. 야위고 키 큰 미남이셨던, 그러나 말씀과 글이 외모보다 더 깔끔하고 아름다우셨던 선생님을, 저희들은 지금도 생생히 기억합니다. 말과 글이 바로 그 사람이라는 것을, 그러므로 말과 글은 한없이 정갈하고 어느 경우에건 가장 정확해야 한다는 것을, 맨 처음 깨우쳐 주신

1, 2 1971년 7월, 첫 시집 『문병란 시집』을 출간할 무렵의 문병란 시인. 『문병란 시집』, 『죽순밭에서』, 『땅의 연가』 등 문병란 초기시집. **3** 무등산 아래 '서은문학연구소' 집필실에서. **4** 망월동 5.18 민중항쟁 추모식에서. **5** 문병란 시인 가족. **6** 2015년 9월 29일, 국립아시아문화전당 민주광장에서 개최된 〈민족시인 문병란선생 민주사회장〉 영결식에서 추모사를 하는 이낙연 전남도지사(현재 국무총리).

분이 선생님이셨습니다. (중략) 선생님은 '꽃의 감성'과 '대쪽의 지성'을 겸비하셨습니다. 선생님께서 민중의 사랑과 믿음을 오래오래 받으시는 바탕이 바로 이것입니다. 오늘 저희들은 선생님을 먼 곳으로 보내드려야 합니다. 그러나 저희들은 그것을 실감하지 못합니다. 선생님은 '꽃의 감성'과 '대쪽의 지성'으로 우리 민중과 민족의 마음에 여전히 살아 계시기 때문입니다. 우리 민중과 민족은 선생님을 잃었지만, 선생님께서 남기신 '꽃의 감성'과 '대쪽의 지성'은 잃지 않을 것이기 때문입니다. 선생님을 사랑하고 따르는 후대는 선생님께 '민족시인'이라는 칭호를 바칩니다.

추도사가 있은 후에 김원중 가수가 '문병란 작시'의 「직녀에게」를 온몸으로 불렀다. 이어 이승철 시인이 추모조시 「다시금 무등으로 환생할 불립문자여」를 낭송하고 나서, 〈놀이패 신명〉의 오숙현 대표가 진혼굿을 했다. 미망인 김숙자 여사와 장녀 명아, 차녀 정아, 장남 찬기, 막내 현화 등 유가족들이 조문객들에게 감사인사를 했다. 그런 다음 고(故) 문병란 시인의 유해는 광주 망월동 국립 5·18민주묘역에서 추모식을 거행한 후 수많은 조문객들이 지켜보는 가운데 안장되었다. 광주전남이 낳은 민족시인 문병란 선생은 5월 영령들의 품 안에서 영원한 안식에 들어간 것이다.

천도(天道)가 저리 무심했던 캄캄한 절벽, 군홧발 소리만 자욱했던 군사독재 시절이었다. 문병란 시인은 교단과 거리에서 때론 포장마차에서 자유와 민주, 정의와 양심을 일깨웠다. 거짓 위정자들을 향해 외치던 광야의 목소리는 이 땅의 사람들과 광주 시민들에게 한 줄기 희망의 길을 제시해 주었다. 통일의 노둣돌이 되고, 분단된 산하를 하나로 잇는 오작교가 되고자 했던 문병란 시인이었다. 그는 최루탄 자욱한 군사독재 시절, 문학하는 후생들과 함께 부대끼면서 그래도 문학은 '저 미치도록 푸르른 하늘'을 바라봐야 한다고 강조했다.

3. 유신체제를 강타한 양성우 시인의
　　「겨울공화국」 낭송사건

　돌이켜 보면 한 편의 시(詩)가 칠흑 어둠을 밝히는 하나의 횃불로 존재한 시대가 있었으니, 그때가 바로 1970년대였다. 그리고 1970년대의 저항문학을 이야기할 때 김지하 시인과 함께 '양성우(梁性佑)'라는 이름을 기억하지 않을 수 없다.

　1970년 『시인』 11월호로 등단하여 『발상법』, 『신하여 신하여』 등 2권의 시집을 펴냈을 때만 해도 양성우 시인은 광주에서 학생들을 가르치던 평범한 국어교사에 불과했다. 그러한 그가 1975년 2월 12일, 광주 YWCA 강당에서 자작시 「겨울공화국」을 낭송함으로써 '양성우'라는 이름은 일약 전 국민적 관심인물로 부각되었다.

　1943년 전남 함평 학다리의 진례마을에서 태어난 양성우는 학다리 중을 졸업하고, 광주에서 조대부고를 다닐 때부터 당시 조선대 국문과 교수로 재직 중인 김현승 시인과 사제의 인연을 맺고 문학에 뜻을 두었다. 고교 시절 이성부 문순태 조태일 박석무 등과 교유하는 한편 광주의 고교생 연합 문학동아리인 〈진달래〉 동인으로 활동하면서 소설 습작에 매달렸다. 1960년 조대부고 2학년 때 4·19 학생시위에 가담했고, 3학년 때는 〈민통련 호남지역 고등학생총연맹〉의 회장으로 활동하다가 5·16 군사쿠데타가 발생한 다음 날에 미군방첩대(CIC)로 끌려갔다. 이후 조대부고에서 제적된 그는 오지호 화백, 전남대생 신기하 등 20여 명과 함께 광주교도소에 투옥돼 두 달간 옥살이를 했다. 감옥에서 나온 양성우는 고향에 있는 '학다리고등학교' 김재란 교장 선생님의 배려로 3학년으로 편입하여 이 학교를 졸업하고, 1963년 전남대 문리대 국문학과에 입학했다.

양성우는 1970년 전남대 4학년 때 『시인』 지를 주재하던 조태일 시인의 요청으로 시전문지 『시인』 지에 투고했고, 11월호에 「발상법」 등 7편의 시가 '특집'으로 게재되어 등단하게 된다. 전남대 국문과를 졸업한 양성우는 모교인 학다리고에서 교사생활을 시작했다. 학다리고 국어교사 시절인 1972년 2월, 첫 시집 『발상법』을 '한얼문고'에서 출간했다. 이듬해 광주 중앙여고로 스카웃이 된 그는 1974년 5월에 두 번째 시집 『신하(臣下)여 신하(臣下)여』를 김동리가 운영하는 '한국문학사'에서 간행했다. 이 시집은 저자의 '서문(序文)'이 없이, 김현승 시인의 서문(序文)과 염무웅 평론가의 발문(跋文)으로 조태일 시인이 제작을 맡아 출간되었다. 두 번째 시집이 출간된 뒤 문단에 '양성우'라는 이름이 점차 알려지기 시작했다.

1974년 11월 18일, '자유실천문인협의회'의 창립 작업에 깊숙이 관여했던 양성우 시인은 어느 날 '유신쿠데타'의 산물인 '긴급조치'에 의해 이 땅의 수많은 지식인들과 대학생들이 줄줄이 끌려가는 모습을 보고 한 편의 시를 탈고하게 된다. 그것이 바로 유신치하의 이 땅을 동토(凍土)에 비유한 문제의 시, 「겨울공화국」이다.

유신헌법이 선포된 뒤 야당과 재야의 반발이 거세어지자 박정희 대통령은 1975년 1월, 특별담화를 통해 이 헌법에 대해 국민의 찬부(贊否)를 묻고, 이를 대통령의 신임 문제와 연계하는 국민투표를 실시한다고 전격 발표했다. 그러고 나서 행정력을 총동원하여 공무원들에게 찬성운동을 펼치게 하고, 영세민 취로사업이란 명목으로 엄청난 금품을 살포하여 국민투표를 찬성으로 통과시키려고 했다. 국민투표는 권력에 의해 얼마든지 왜곡될 수 있었기에 김영삼 신민당 총재와 재야의 윤보선, 김대중 등은 '국민투표 거부운동'을 펼치겠다고 선언했다. 가톨릭의 〈정의구현전국사제단〉 등 종교계도 투표반대 의사를 밝혔다. 국민투표일인 1975년 2월 12일을 '국민투표 거부의 날'로 정했고, 이날 전국에서 '시국기도회'를 거행키로 했다. 바로 그러한 정치적 상황 속에서 양성우 시인은 2월 12일, 광주 YWCA의 강당에서 종교계가 개최한 '구국금식 기도회' 모임에 초청시인으로 참석했다. 그날 양성우 시인은 「겨울공화국」이란 자작시를 특유의 목소리로 우렁차게 낭송했다.

여보게 우리들의 논과 밭이 눈을 뜨면서/뜨겁게 뜨겁게 숨 쉬는 것을 보았는가/여보게 우리들의 논과 밭이 가라앉으며/누군가의 이름을 부르는 것을 부르면서/불끈 불끈 주먹을 쥐고/으드득 으드득 이빨을 갈고 헛웃음을/껄껄껄 웃어대거나 웃다가 새하얗게/까무라쳐서 누군가의 발밑에 까무라쳐서/한꺼번에 한꺼번에 죽어가는 것을/보았는가//총과 칼로 사납게 윽박지르고/논과 밭에 자라나는 우리들의 뜻을/군 홧발로 지근지근 짓밟아대고/밟아대며 조상들을 비웃어 대는/지금은 겨울인가/한밤중인가

그날 YWCA의 소심당에서 양성우 시인이 낭송한 80행에 이르는 「겨울공화국」이란 시는 당시의 시국상황과 묘하게 맞물려 대단한 호소력을 발휘했다. 한 편의 시가 예리한 비수가 되어 '유신체제'라는 과녁을 향해 달려가기 시작했고, 삽시간에 광주 사회를 들끓게 만들었다.

2월 13일, 정부는 유신헌법에 대한 국민투표 결과가 찬성으로 가결되었다고 발표했다. 야당과 재야는 "예정된 정치극에 지나지 않으며, 투표결과에 승복할 수 없다."고 주장했다. 2월 14일, 박 정권은 갑자기 정치적 유화책을 내놓았다. 1974년 1월과 4월에 발동한 긴급조치 1호(개헌논의 금지), 4호(민청학련 관련)를 해제하고, 이 법의 위반자 중에서 '인혁당사건'과 반공법 위반자를 제외한 전원을 석방한다고 발표한 것

이다. 이 조치로 김지하 시인 등 '민청학련사건' 관련자들이 전국의 교도소에서 일제히 석방되었다.

1975년 2월 14일, 긴급조치가 해제되었기에 중앙정보부와 경찰은 「겨울공화국」이란 시를 낭송하여 광주 사회에 커다란 파문을 일으킨 양성우 시인을 구속할 수 없었다. 하지만 그를 교단에서 몰아내고자 학교 재단(죽호학원)과 교장에게 상당한 압력을 행사하고 있었다. 2월 22일, 중앙여고 최태근 교장은 양성우 교사를 불러 "재야집회에서 불온한 시를 낭독하여 정부와 상부기관의 압력으로 더 이상 재직시킬 수 없으니, 어서 사표를 내라."고 종용했다. 그리고 만약 사표를 제출하지 않는다면 파면하겠다고 통보했다. 하지만 양성우 교사는 "시작품을 읽었을 뿐인데 어떻게 사표를 냅니까. 문학인에게 가장 중요한 것은 표현의 자유입니다."라고 말하며 교장의 사직 권고에 불응했다.

그런데 1975년 2월 25일자의 동아일보는 「겨울공화국」 전문과 함께 "이 자작시 낭독으로 양성우 교사가 학교 측으로부터 사표 제출을 종용받고 있다."고 '편집자 주(註)'를 달아 보도했다. 아울러 함석헌 선생이 발행하던 『씨알의 소리』 1975년 3월호에 이 시의 전문이 게재됨으로써 '양성우'라는 이름은 전국적으로 알려지게 된다. 2월 26일 〈문협 광주 지부〉가 양성우 시인의 파면종용 사건에 대해 진상조사를 결의했고, 그날 서울에서도 〈자실〉을 이끌던 고은, 조태일 시인과 이문구 소설가가 광주로 찾아왔다. 고은 시인 등 문인들은 중앙여고 최태근 교장과 면담을 했다. 이 자리에서 문인들은 "양성우 교사에 대한 사표 강요는 표현의 자유에 대한 폭거이므로 사표 종용을 철회하라."며 엄중히 항의했다. 이러한 사실은 동아일보의 사회면에 연이어 보도되었다.

3월 4일, 신학기가 되어 출근했지만 교무실의 양성우 교사의 책상은 철거되었고, 학교 측은 수업마저 배정하지 않았다. 그럼에도 그는 매일 출근투쟁을 했다. 양성우 교사가 가르치던 2학년 여고생들은 학교 운동장으로 뛰쳐나와 항의집회를 여는 등 학교는 온통 긴장상태에 빠졌다. 정보부 요원들과 경찰, 사복형사들은 학교 안팎에 배치되어 동태를 살피며 상주했다. 양성우 시인은 수위실에서 시간을 보내다가 퇴근을 했다.

중앙정보부는 학교 측에 보다 강력한 압력을 넣어 속히 징계조치를 취하라고 압력을 넣었다. 마침내 중앙여고 측은 3월 28일, 제3차 징계위를 열어 파면을 결정했고, 시낭송을 한 지 정확히 2개월 만인 4월 12일 학교인사위원회(죽호학원 이사회)는 양성우 교사에게 파면 사실을 통보했다. 그런데 학교 측은 파면사유로 「겨울공화국」 시에 대해서는 일언반구도 하지 않고, 어떤 대단한 비리 사실이 있는 것처럼 조작해 파면을 통보했다. 4월 12일 오전, 교장은 양성우 교사에게 파면 사실을 통보할 때 눈물을 훔치며, 안타까운 표정을 짓는 것으로 봐서 자의에 의한 것이라기보다는 정보부의 압력과 강요에 못 이겨 그리한 게 분명했다. 양성우 교사에게 파면이 통보되던 그날, 정보부 요원들은 학교 복도에서 기다렸다가 그를 차에 태워 광주 화정동에 있는 정보부의 광주분실로 끌고 갔다. 몇 시간 동안 그를 조사한 후에 정보부 요원들은 다시 양성우를 차에 태워 어디론가 향하면서 한마디했다.

광주가 당신 때문에 아주 시끄럽다. 광주를 떠나라. 당신이 있으면
이웃학교(광주일고)가 가만히 있겠느냐. 시민이 널 추방하라고 한다.
이제 광주에 오면 안 된다!

정보부는 그렇게 으름장을 놓았다. 또한 정보부 측의 배후조종으로 그날 광주공원에서 '양성우 교사 추방대회'라는 관제데모가 실제로 열리기도 했다. 1975년 4월 12일, 양성우 교사가 파면되던 그날, 정보부는 일련의 시나리오에 따라 그러한 짓거리를 일사천리로 진행했던 것이다.

중앙정보부의 짚차에 태워진 양성우는 광주를 벗어나 한참을 가더니

1, 2, 3 1975년 2월 12일 광주 YWCA의 강당에서 「겨울공화국」이란 자작시를 낭송하여 중앙정보부의 압력으로 광주 중앙여고에서 교사직에서 사표 종용과 파면 사실을 보도한 동아일보 사회면 기사. **4** 1975년 4월 12일, 광주 중앙여고 교사직에서 파면당한 후 정보부에 의해 구례 천은사에 약 6개월 동안 유폐되어 생활할 때 양성우 시인.

캄캄한 밤에 구례의 '천은사'라는 절에 당도했다. 정보부 요원들은 "당신은 이제 일주문 밖으로 나오면 안 된다. 여기 머물러 있으라!"고 말하고서 떠났다. 양성우 시인을 천은사 절에 유폐시켰던 것이다. 정보부 직원들이 떠나가자 경찰은 천은사의 일주문에서 양성우 시인의 출입을 철저히 가로막았다. 그 당시 천은사는 지금과 달리 몹시 퇴락한 절이었다. 양성우 시인은 천은사 뒷방에 절밥을 얻어먹으며 스님들과 함께 감옥에 갇힌 듯 생활했다.

천은사에 갇혀 지낸 지 어언 6개월째로 접어든 1975년 9월 어느 날이었다. 양성우 시인은 고은 시인의 전화를 받고 구례 읍내로 나갔다. 광주에 갔다가 구례로 건너온 고은 시인은 그날 양성우 시인과 재회의 술잔을 나눈 다음, 이런저런 얘기 끝에 한마디했다. "여기 있어 무얼 하겠어. 어찌 되었든 서울로 올라가서 견뎌 보도록 하자."

천은사 유폐생활이 어언 6개월쯤 접어들었던 터라 경찰의 감시가 느슨해져 있을 때였다. 양성우는 문득 천은사에 너무 오래 머물렀다는 생각이 들어 '사람이 많이 사는 곳으로 가자.'고 마음을 먹었다. 그날 밤 양성우 시인은 구례구역에서 고은 시인과 함께 서울행 완행열차에 몸을 실었다. 사실상 무작정 상경이었다.

4. 새로운 야성의 목소리로 한국 시단을 일깨운 김준태 시인

한 사람의 시인이 탄생하기까지는 고향의 산천초목과 가족사적 상흔이 몰고 온 흔적들이 시인의 존재 속에 켜켜이 쌓이게 마련이다. 문학이란 결국 자기 상처의 응시이자 해원이며, 자신의 몸뚱이에 덧씌워진 시대고(時代苦)이다. 그러므로 결국 문학은 자신이 지나쳐 온 삶의 이력과 그 흔적을 담아낼 수밖에 없다.

김준태 시인의 경우 한국 근현대사의 역사적 상흔이 깊숙이 내장돼 있다. 그는 1948년 7월 10일(음력) 전남 해남군 화산면 대지리 269번지에서 태어났다. 일제 강점기 시절 할아버지는 강제 징용되어 일본 오사카에 있는 이따미공항 격납고 공사장으로 끌려갔고, 아버지는 1941년 태평양전쟁 때 강제 징병되어 남양군도까지 끌려가 일본군 총알받이로 모진 고생을 다했다. 천만다행으로 두 분은 해방이 되자 고향 땅으로 살아 되돌아올 수 있었다.

그의 부친은 깨어 있는 분이었다. 해방공간에서 백범 김구 선생이 주석으로 있던 '한독당'을 거쳐, 몽양 여운형 선생이 주도한 '건국준비위원회'에 참여하게 된다. 1950년 한국전쟁이 가져온 이데올로기적 대립은 땅끝마을 해남까지 뻗치고 있었다. '한독당'과 '건준'에 참여했다는 이유로 김준태의 부친은 '보도연맹사건'에 연루되어 10여 명의 마을사람들과 함께 고향땅 산마루에서 억울하게 총살을 당했다. 아울러 김준태가 열 살이 되던 그해 1957년 가을엔 모친마저 세상을 등지고 말았다. 화산남초등학교 3학년 때 그는 졸지에 고아 신세가 된 것이다.

양친을 모두 여읜 김준태는 조부모님 슬하에서 청소년 시절을 보냈다. 조실부모, 친족망실의 아픔을 어떻게 달랬을까. 소년 김준태는 초등 4학년 때 처음으로 「달밤」이라는 동시를 썼다.

창문을 열어놓으니/달이 내게 다가와 어루만져 준다/아 하늘의 달만이 나의 친구인가.

이렇게 시작되는 김준태의 시를 보노라면, 가계사적 상처에 대한 소년의 애잔한 마음을 읽을 수 있다. 해남에서 화산중학교를 졸업한 김준태는 1964년 광주의 조대부고에 진학했다. 조대 부고에 다닐 때 그는 김만옥(시인, 『사상계』로 등단. 훗날 자살하게 됨), 김성빈(시인, 『현대시학』으로 등단, 훗날 자살하게 됨), 송기원(시인·소설가) 등과 만나 깊은 우정을 나누게 된다. 그리고 본격적으로 시 쓰기에 전념했다. 조대부고 2학년 때 등사판 시집 『제2의 경악』을 발간했고, 상징주의 시인 애드가 앨런 포의 「까마귀」를 번역·소개하여 주변 사람들을 놀라게 했다. 조대부고 문예부장으로 활동하면서 광고와 일고, 수피아여고 등 광주지역 문예반 학생들을 연합하여 〈석류문학〉 동인을 결성했고, '문학의 밤'이나 '작품품평회'를 통해 점차 이름을 알렸다.

1968년 조선대 사대 독일어과에 입학한 김준태는 조선대 최초의 문학동인지 〈입석시〉 동인을 결성해 활동했으며, 삼남교육신문 신춘문예에 당선되었다. 이듬해 1969년에 그는 광주의 양대 지역신문 전남매일신문과 전남일보의 신춘문예에 모두 당선되는 기염을 토했다. 당시 한국시단의 중심인 김현승, 박목월 시인의 심사로 당선되었다는 것은 그를 고무시키기에 충분했다.

이로써 광주문단의 기린아로 새롭게 등장한 김준태는 지방지 출신이라는 한계 극복과 자신의 문학적 역량을 평가받기 위해 다시 중앙 일간지와 월간 『시인』지에 작품을 투고했다.

서울에서 『시인』지를 주재하던 조태일 시인과는 일면식도 없는 사이였다. 조태일 시인은 어느 날 수많은 투고작 중에서 생년월일도 없이 작품만을 보내온 김준태의 시를 발견하고 눈에 번쩍 띄어 '신인' 작품으로 싣기로 결정했다. 그때 조태일 시인은 '이런 시를 쓸 수 있는 분이라면 아마 나보다도 훨씬 인생의 연륜이 높고, 깊은 분일 거다.'고 생각하고, "선생님의 훌륭한 시를 싣기로 했으니 약력을 좀 보내 주십시오." 라고 편지를 보냈다. 그런데 김준태가 보내온 약력을 받아본 조태일 시인은 다시 한 번 놀라고 당황하게 된다. '이것 봐라! 나이 겨우 스물에 시골 대학교 초년생 아닌가?'

『시인』 1969년 11월호에 김준태의 시는 김지하의 작품과 함께 '신인'으로 실리게 된다. 「머슴」, 「시작을 그렇게 하면 되나」, 「서울역」, 「신김수영」, 「아메리카」 등 5편의 시가 발표된 것이다. 중앙의 유력한 문예지 『시인』지로 등단한 김준태 시인은 휴학계를 제출하고 군에 입대했다. 그런 다음 1970년 12월 9일, 해병대 청룡부대의 일원으로 '베트남전쟁'에 참전하게 된다.

분단된 산하에서 한국전쟁이 불러온 가족사적 참화를 겪은 그가 왜, 베트남전쟁에 참전했을까. 그 누구처럼 달러를 벌기 위해서 참전한 것인가. 아니면 베트콩을 사살하려고 간 것인가. 김준태 시인은 부산항 제3부두를 떠나 해병대 청룡부대원(가수 남진도 청룡부대원이었다)으로 강제 차출돼, '베트남전쟁'에 참전한다. 그는 베트남 북부 고노이 섬에서 목포고 출신의 중대장의 배려로 행정병과 보급병으로 일하게 된다. 그는 함께 온 동료병사들이 불과 며칠도 안 되어 죽은 것을 봐야 했다. 김준태는 베트남 최전선에 있으면서 미국이 저지른 '더러운 전쟁'의 실상을 목격하게 된다. 남십자성이 빛나는 그곳에서 미군의 용병, '따이한(한국군)' 병사가 되었지만, 그는 단 한 명의 베트콩도 죽이지 않았다고 토로한 바 있다.

베트남전쟁에 참전 중일 때 『창작과비평』 1970년 여름호에 「감꽃」, 「보리밥」, 「처녀작」, 「산중가」 등의 시편을 발표했다. 한 가지 주목할 만한 사실은 김준태 시인의 이 시들이 '김남주'라는 사람을 시인의 길로 이끄는 데 결정적 기여를 했다는 점이다. 김남주 시인이 '나의 문학체험'에서 고백한 것처럼 『창비』에 실린 이 시편들을 읽고 '야, 이런 것이 시라면 나도 쓰겠는걸.' 하며 자신을 시인의 길에 들어서도록 결정적 동기부여를 했다고 말한 바 있다.

그리고 『창비』 1972년 봄호에 김현승 시인은 김준태 시인이 베트남에서 보내온 편지를 소재 삼아 「가을에 월남(越南)에서 온 편지」라는 시를 발표하기도 했다. 조태일 시인은 같은 잡지에 실린 「민중언어의 발견」이라는 평론에서 김준태의 시를 매우 높게 평가했다.

> 동물적인 기백의 순발력을 지니고서 전혀 새로운 목소리와 새로운 형식으로 우리들 가슴에 참신하게 와 닿는 김준태는 건방지리만큼 거센 목소리로 외쳐대는가 하면 천 리 물속 같은 고요한 서정으로 걷잡을 수 없을 정도의 새로운 충격을 준다. 과거 우리 시사(詩史)에서도 드물게 밖에 만나지 못하는 그런 야성적인 활달한 목소리는 우리의 관심을 끈다.

그는 베트남전쟁의 포화 속에서도 시심을 잃지 않은 채 1971년 12월 9일, 정확히 만 1년 만에 무사히 고국 땅으로 귀환할 수 있었다. 『창비』 1974년 가을호에 「호남선」 등의 시를 발표하는 등 김준태는 동아일보 등 일간지 월평(月評)을 통해 염무웅, 김현 평론가로부터 호평을 받아 신예시인으로 자리 잡게 된다.

1973년 군에서 제대한 김준태 시인은 조선대에 복학했다. 1974년 11월에는 대학생 신분으로 〈자실〉의 출범에 동참했다. 그리고 1976년 2월에 조대를 졸업할 때까지 사범대 학생운동의 총책으로 활동했다. 1960년대 중반부터 대학가의 학생운동은 월남파병반대, 한일굴욕 외교 반대 투쟁부터 시작하여 긴급조치 반대운동 등으로 이어졌다. 스무 살에 한국 문단에 등장한 김준태 시인은 대학 시절부터 광주지역 운동권의 선후배, 친구들과 유대관계를 맺으며 문인으로서 사회참여를 적극 주장했다. 1970년대의 문학을 이끌어 온 양대 문예지 『창작과비평』, 『문학과지성』의 필진으로 참가하면서 '앙가쥬망(현실참여) 문학'의 당위성을 동료 및 선후배들에게 역설했다. 조대 독일어과를 졸업한 그는 경상남도 사천에 소재한 용남고교에서 1976년 3월부터 독일어와 영어를 가르쳤다.

1977년 7월, 전남 함평의 학다리고에서 영어교사로 재직하던 김준태 시인은 첫 시집 『참깨를 털면서』를 창비시선(詩選) 14번째로 출간, 문단에 신선한 바람을 일으켰다.

"내 시의 스승은 '낫 놓고 기역자도 모르는' 할머니라고 말할 수 있다. 시집 『참깨를 털면서』에 나오는 그 할머님이 내 시정신의 길라잡이였다. 83세에 돌아가신 그 할머니는 한 번도 남을 증오하지 않았다. 세상의 모든 잘못이 당신 때문에 비롯된 것이며, '다 내 탓이다'고 생각하시면서 역사의 핏빛 산골짜기를 헤쳐 나온 분이다."

김준태 시인은 자신의 시적 텍스트를 '고향 할머니'라고 말한 바 있다. 1980년 이전까지 그의 '고향'은 해남 땅에 머물러 있었지만, 1980년 5월 이후에는 '빛고을, 광주'로 확장되었다. 독일의 실존철학자 하이데거가 "시인의 사명은 고향으로 되돌아가는 것, 귀향이다."고 말한 바처럼 김준태 시인은 '고향정신(Heimatgeist)의 회복'이야말로 혼돈의 시대를 구원하는 지름길이라고 인식했다. 인간의 본질, 인간의 정신과 육신, 그리고 하늘과 땅의 위대함을 맨 먼저 호흡하게 했던 곳이 고향이기 때문이다.

현재 고2 국어교과서에 실려 있는 「참깨를 털면서」는 노동의 신성성과 즐거움, 그리고 인간의 욕망과 일상 사이에서 얻은 삶의 지혜가 담겨 있다. 언제 읽어봐도 감동을 안겨 주는 작품이다. 현재 김준태의 또 다른 시 「콩알 하나」는 중2 국어교과서에 실려 있고, 수필 「아들에게 보내는 편지」는 고2 국어교과서에 실려 있기도 하다.

그런데 김준태의 첫 시집 『참깨를 털면서』는 하마터면 '창비시선'이 아닌, '문학과지성 시인선'으로 출간될 뻔했다. 「참깨를 털면서」라는 시가 『시인』 1970년 5월호에 처음 수록된 후 『문학과지성』이 1970년 가을호로 창간될 때 이 작품을 우수작으로 선정, 재수록한 적이 있었다. 그 무렵 '문지'는 처음으로 시선(詩選) 시리즈를 기획 중이었고, 「참깨를

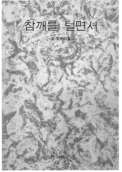

1 함평 학다리고 재직시 첫 시집 『참깨를 털면서』를 출간할 무렵의 김준태 시인. 2 광주 전남고 재직시 김준태 시인. 김준태 시인이 펴낸 시집들. 3 2001년 지리산 쌍계사에서 열린 천도재 〈칼날에서 연꽃으로〉 모임에서 김준태(왼쪽), 김지하 시인.

털면서」를 재수록한 것을 인연으로 평론가 김현은 김준태 시인에게 첫 시집을 문지에서 출판하고 싶다는 뜻을 전했다. 경남 사천 용남고에 재직하던 김준태 시인은 시집 원고를 정리하여 '문지사'로 보냈다. 그즈음 '창비 시선'의 기획자로 참여하던 조태일 시인은 김준태의 첫 시집 원고가 '문지'로 넘어간 것을 알고, 깜짝 놀라 곧바로 전화를 했다. "김준태 시인, 그럴 수가 있나. 원고를 빨리 찾아오면 좋겠네. 꼭 창비로 줘야 하네!" 김준태는 자신을 문단으로 이끌어 준 조태일 시인의 말을 무시할 수 없었기에 한동안 고민을 거듭하다가 어렵사리 서울 청진동에 있는 사무실로 찾아갔다. '문지 4인방'이라고 불리는 김현 김치수 김주연 김병익 평론가는 그때 '문지' 사무실에서 바둑을 두고 있었다. 김준태 시인의 저간의 이야기를 듣고 '문지 4인방' 평론가들은 '몹시 아쉽다'는 표정으로 김준태의 시집원고를 돌려주었다.

김준태 시인은 1979년 봄학기를 맞아 함평 학다리고에서 광주의 전남고로 자리를 옮겼다. 이때를 전후로 하여 문병란 송기숙 한승원 주동 후 김신운 문순태 이명한 이삼교 등 선배 문인들과 교류하면서 광주문학의 체질을 새롭게 변모시키는 데 노력했다. 황석영 작가, 김지하 시인 등과도 문학적 혹은 동지적 만남을 가졌다. 김지하 시인과는 데뷔 초부터 상당 기간 문통(편지로 문학적 담론과 사유를 교환)을 했는데, 김지하가 김준태에게 보낸 여러 통의 편지는 한국문학사의 중요한 문학적 사료로 평가된다. 아울러 박효선 윤만식 김선출 전용호 등 문화패들과 강연균 홍성담 김경주 화가와도 스스럼없이 어울렸다. 문학하는 후배들인 박주관 이영진 박몽구 최두석 곽재구 나종영 임철우 나해철 등 〈5월시〉 동인과 그 아랫세대인 김하늬 고재종 박선욱 조진태 정삼수 장주섭 박정열 박정모 고규태 임동확 김형수 이형권 정봉희 이승철 등과 자주 만나 전혀 새로운 문학적 세례를 안겨 주었다.

1979년 9월, 고정희 허형만 강인한 김종 국효문 시인이 광주에서 〈목요시〉 동인을 결성해 활동을 시작했다. 그때 동인에 참여했던 허형만 시인은 〈목요시〉 결성 배경을 이렇게 말했다. "당시 〈반시〉, 〈자유시〉 등이 활동하던 시기여서 시대적 어려움 속에서도 '시인은 시를 쓰는 일을 통해서만 시인이다'라는 생각을 갖고, 광주를 중심으로 새로운 시적 풍토를 조성하고자 했다." 1980년 봄에 김준태, 송수권, 장효문 시인이 동인에 합류함으로써 광주지역 중견시인들은 〈목요시〉의 깃발 아래 뭉치게된다. 〈목요시〉 동인은 '올바른 주제와 올바른 아름다움이 있는 참다운시'를 지향한다는 모토에서 출발했다. 1980년대 초반 〈목요시〉의 활동에 대해 문학평론가 이윤택은 『우리 시대의 동인지문학』이라는 저서에서 다음과 같이 말한 바 있다.

> 광주지역에서 탄생한 〈목요시〉는 1980년대 초반에 집단 운동의 가능성을 보여 주게 되지만, 이 동인에 참여한 시인들이 이미 1970년대부터 자신의 시세계를 분명하게 구축한 기성세대라는 점에서 참신성이 떨어지기도 했다. 그러나 김준태 시인이 보여 준 '싱싱한 육성으로 내뱉는 정직한 언어', 고정희 시인이 보여 준 '튼튼한 의식과 왕성한 탐구정신', 강인한 시인이 보여준 '하찮은 주변에서 발견한 투명한 에스프리' 그리고 허형만 시인이 보여 준 '따뜻한 일상을 포착하는 시적 개성'은 진정한 지역문학의 탄생이라는 찬사를 받기에 충분했다.

1969년에 등단한 이후 "동물적인 순발력과 전혀 새롭고 싱싱한 야성의 목소리"로 광주문단을 뛰어넘어 전국적인 명망을 획득한 김준태의 시는 1970년대를 돌파해 왔고, 1980년 5월의 '청춘시인'으로 새롭게 거듭날 순간을 준비하고 있었다.

5. 저항문학의 극점, 양성우의
   '장시 「노예수첩」 필화사건'

박정희 정권의 유신체제를 정면으로 비판한 문제의 시 「겨울공화국」 낭송사건으로 양성우 시인은 광주 중앙여고에서 '파면'을 당한 터라 퇴직금도 받지 못한 채 1975년 9월, 고은 시인과 함께 밤기차로 상경했다.

서른셋의 나이로 무작정 상경하여 서울에서 객지생활을 시작했다. 서울 흑석동에 혼자 몸을 눕힐 정도의 굴속 같은 방 한 칸을 얻어 생활했다. 주머니에 돈이 있을 때는 한 끼 정도를 먹었고, 오후에는 '창비'나 작가 이문구가 편집장으로 있는 '한국문학사'에서 문인들과의 술자리로 끼니를 대충 때우곤 했다. 그 무렵 '서라벌예대 문창과 3총사'라고 일컬어진 이시영, 이진행 시인과 송기원 작가가 물심양면으로 양성우 시인을 도왔다.

그러던 어느 날 양성우 시인이 상경하여 어렵게 생활한다는 소식을 들은 한양대 리영희 교수는 양성우를 한양대 부설 '중국문제연구소'에서 일할 수 있도록 주선해 주었다. 중국문제연구소가 발행하는 논문집의 편집 일이었다. 그 일을 하면서 양성우 시인은 박정희 시대를 총체적으로 비판하고, 유신치하의 한국의 정치현실이 '노예상태'라는 것을 착안하여 틈틈이 장시 「노예수첩(奴隷手帖)」을 쓰고 있었다. 그러다가 그는 1976년 6월경에 문익환 목사의 배려로 '대한성서공회'에서 추진 중인 '신·구교 공동번역 성서' 간행의 '문장위원'으로 취직했다. 히브리어 판의 성서 원문을 바탕으로 우리말로 새롭게 번역하는 문장을 윤문하는 일이었다. 비로소 안정적 직장을 구한 것이다.

「겨울공화국」 낭송 사건이 있은 후 양성우는 『창비』 1975년 가을호와 1976년 겨울호에 「지리산타령」, 「새」 등 몇 편과 임정남이 편집장으로 있는 월간 『대화』지의 1976년 12월호에 「이 가을에 내 아비 제(祭)도

못 지내는데」라는 시를 발표했을 뿐, 그의 작품을 실어 줄 잡지는 거의 없었다. 이에 양성우는 중남미의 문학적 유통 경로를 염두에 두고, 발표 지면이 없다면 이를 지하에서 유통시켜야겠다고 마음먹었다. 그리하여 자신이 쓴 장시 「노예수첩」 등의 작품을 은밀히 복사하여 손에서 손으로 유통시켰다.

그 무렵 양성우 시인이 근무하는 종로의 '대한성서공회'의 사무실에는 한국 민주주의와 인권문제에 관심이 많은 외국인들이 자주 찾아오곤 했었다. 그들이 요청하면 양성우는 자작시를 한두 편씩을 건네주었다. 그런 경로로 1977년 4월경, 일본인 다카사키 쇼지 교수와 미국인 여교수 하세가와 케서린 엘리자베스에게 양성우는 장시 「노예수첩」을 건네준 적이 있었다.

양성우의 복사본 장시 「노예수첩」을 입수한 일본인 다카샤키 쇼지 교수는 어느 날 일본의 이와나미서점(岩波書店)이 발행하는 저명 잡지 『세카이(世界)』에 이 시를 넘겨주었다. 양성우 시를 입수한 이 잡지는 일본어로 번역하여 1977년 6월호에 전격적으로 발표했다. 유신 시절, 일본 『세카이』지는 한국의 지식인들에게 아주 인기였고, 많은 사람들이 구독하고 있었다. 하지만 양성우는 자신의 시가 일본 『세카이』지에 발표된다는 사실을 전혀 모르고 있었다.

1977년 6월 13일 아침 9시경 양성우는 평소처럼 '대한성서공회'가 있는 종로서적 건물로 출근하다가 그 입구에서 전격적으로 체포돼 서울 남산 근처의 중앙정보부 5국 지하실로 끌려갔다. 그가 중앙정보부 조사실에 들어가 보니, 사무실 벽면 한쪽에 커다란 조직표가 그려져 있었다. 이름 하여 '양성우 국제간첩단 사건'이라는 조직표였다. 양성우는 도대체 무슨 영문인지 몰라 깜짝 놀랄 수밖에 없었다.

정보부 요원들은 양성우를 체포한 이후에 흑석동의 자취방을 수색하여 옷가지를 제외한 소지품과 양성우의 시가 발표된 잡지, 그리고 원고지 상태의 미발표작 「우리는 열 번이고 책을 던졌다」 등의 시편을 가져왔다. 그러고는 '양성우 국제간첩단 사건'에 대한 조사를 진행했다. 정보부 요원들은 본격적인 조사도 하기 전에 먼저 그의 온몸을 군홧발로 지근지근 짓밟았다. "너 같은 놈은 이제 영원히 글을 못 쓰게 해 주겠다."고 말하더니, 아주 교묘하게 그의 전신을 기술적으로 강타했다. 그러고는 퉁퉁 부은 손가락에 볼펜을 끼워 넣고는 간첩임을 자백하는 '자술서'를 쓰라고 강요했다. 그때 양성우에게 일자리를 준 한양대 중국문제연구소의 리영희 교수와 「노예수첩」이란 시를 타이프 해 준 이 연구소의 여직원도 붙잡혀와 조사를 받았다.

양성우 시인은 대한성서공회의 일을 하면서 감리교 선교사 등 여러 외국인들을 자주 만난 적이 있었는데, 그때 그가 만난 외국인들의 이름이 '양성우 국제간첩단 사건'의 조직원으로 명단에 올라 있었다. 정보부는 1주일 동안 억지로 사실을 꿰어 맞춰 '국제간첩단 조직사건'을 조작했다.

양성우 시인이 정보부에 끌려갔다는 소식은 6월 어느 날부터 문단에 알려지기 시작했다. 이 소식을 전해 들은 〈자실〉과 국제펜클럽 한국본부 등 문인단체와 종로 5가를 중심으로 한 종교계가 주축이 되어 기독교회관 강당에서 '양성우 석방을 위한 집회'가 열렸다. 그 집회의 파장이 커지자 '양성우 국제간첩단 사건'은 방향을 선회했다. 정보부는 이제 작품의 위법성 문제를 집중적으로 조사하기 시작했다.

정보부는 장시 「노예수첩」이 일본 『세카이』 지에 실린 것은 해외 출판물에 의한 형법상 '국가모독죄'이며, 「우리는 열 번이고 책을 던졌다」라는 시를 광주의 이기홍 변호사 등에게 건네준 것은 '대통령 긴급조치 9호 위반'이라고 결정하여 이 사건을 검찰에 송치했다. 당시 검찰은 정보부의 주문을 처리하는 기관에 불과했다. 1977년 6월 27일, 검찰은 양성우 시인을 '국가모독죄'와 '긴급조치 9호위반' 혐의로 구속기소했다.

정보부는 양성우를 체포할 때 자취방에서 작품이 실린 책자와 미발 표작 등을 수거해 왔으나, 정작 구속기소할 때는 앞서 말한 두 작품만을 집중적으로 문제 삼았다. 양성우 시인은 나머지 책자 등 소지품을 밖으로 내보내도 된다는 정보부의 말을 듣고, 고은 시인과의 면회를 요청했다. 정보부로부터 연락을 받고 부랴부랴 달려온 고은 시인에게 양성우는 소지품과 함께 공소(控訴) 유지에 증거물이 되지 않는 원고 보따리를 고은에게 전하면서 "이건 책으로 펴내도 된답니다."라고 했다. 그러고 난 뒤 양성우 시인은 서울구치소에 수감되었던 것이다.

어느 날 문득 고은 시인은 정보부에서 했던 양성우의 그 말을 떠올렸다. 고은 시인은 '그래, 양성우 시집을 펴내야겠다.'고 생각했다. 다음날 고은 시인은 양성우와 평소 친분이 두터웠던 한국기독학생회총연맹(KSCF) 안재웅 총무를 만났고, 두 사람은 양성우 시집 출간 문제에 흔쾌히 합의하였다. 안재웅 총무는 시집 출판 비용은 기독교 유지들의 찬조로 부담하겠고 말했다.

양성우 시집 『겨울공화국(共和國)』 출간 작업이 일사천리로 진행되었다. 고은 시인이 '서문'을 쓰기로 했고, 1975년 12월경 양성우가 자신의 '시작노트' 첫 페이지에 써 놓은 말을 '자서(自序)'로 삼기로 했다. 그리고 제2시집 출간 이후 양성우가 발표했던 58편의 시들을 모으고, 시집의 '발문'은 조태일 시인이 쓰기로 했다. 시집 뒤표지의 '촌평'으로 신경림 백낙청 이문구, 황석영의 글을 받을 수 있었다. 그 모든 준비가 마무리된 후 편집과 출판 실무는 조태일 임정남 이시영 시인 3인이 맡아 처리했다. 마침내 양성우의 제3시집 『겨울공화국』이 1977년 8월 하순, 화다출판사에서 전격적으로 출판되었다. 시집 뒤표지에는 신경림 시인 등의 촌평과 함께 이 시집 출간 의의를 밝히는 글이 실려 있었다.

이 시집은 세상에 풍파를 던졌던 「겨울共和國」을 비롯, 그럴 수 없다며 울며 발버둥치는 제자들을 남겨두고 구례의 泉隱寺에서 은거생활을 하면서 썼던 것과, 홀연히 서울에 나타나 온갖 어려운 생활 속에서 얻은 60여 편의 恨 맺힌 서러운 노래들로 된 것이다. 따라서 이 시집은 양성우의 개인의 것이라기보다는 어려운 시대를 더불어 사는 우리 모두의 노래집이다.

시집『겨울공화국』이 출판되었다는 소문은 삽시간에 전국으로 퍼져 나갔다. 그런데 정보부 측에서 '공소 사실'이 안 된다고 되돌려 준 그 원고가 막상 시집으로 출판되자 이번에는 '치안본부'가 문제를 삼고 나섰다. 경찰은 즉각 이 시집 출판을 '긴급조치 9호 위반'이라고 결정하고, 그해 9월 28일 고은 조태일 시인을 체포했다. 그리하여 두 시인은 1977년 10월 7일, '시집『겨울공화국』출판사건'으로 구속기소되어 서울구치소로 수감되고 말았다. 또한 시집 출간에 관여했던 임정남, 이시영 시인도 경찰조사를 받았다.

참으로 어처구니없는 사태를 맞아 〈자실〉은 즉각 간사회의를 소집하여 신경림 시인을 임시 대표간사로 추대했고, 고은 조태일 시인의 석방을 탄원하는 진정서를 작성, 문인들의 서명을 받기로 결의했다. 이때 미국펜클럽은 고은 조태일 시인의 구속 사실에 대해 한국펜클럽 측에 진상조사를 요구했고, 한국펜클럽은 10월 24일, 이사회를 열어 정부 측에 석방탄원 진정서를 제출키로 의견을 모았다. 10월 28일, 한국펜클럽의 모윤숙 이사장은 〈자실〉이 주도하여 문인 275명으로부터 서명 받은 '석방탄원 진정서'를 검찰총장에게 직접 제출했다. 그 결과 다음 날인 10월 29일 검찰은 고은 조태일을 구속한 지 1개월 만에 불기소 처분을 내렸고, 두 사람은 서울 현저동의 서울구치소 감옥에서 빠져 나올 수 있었다.

이 사건과 별도로 '시집『겨울공화국』수거사건'이 벌어져 한동안 문단을 얼어붙게 만들었다. 시중에 배포된 시집『겨울공화국』은 즉각 판금조치가 내려져 경찰이 전국 서점에서 수거했고, 광주에서도 이 시집을 수거하기 위해 일대 소란이 일어났다. 이 시집을 증정 받은 전국의 문인들과 서점에서 구매한 사람들도 경찰에 의해 시집이 모두 압수당하는 초유의 사태가 벌어졌던 것이다.

양성우 시인의 「노예수첩」, 「우리는 열 번이고 책을 던졌다」 필화사건은 정보부의 언론통제로 일반 대중들에게 잘 알려지지 않았지만, 법정에서는 이 사건을 놓고 논쟁이 치열했다. 서울지검 서익권 검사와 양성우 시인의 공동변호인 홍성우 황인철 조준희 홍남순 변호사와의 법리 공방이 치열했다. 소설가 박태순은 저서 『민족문학작가회의 문예운동 30년사』에서 양성우 시인의 필화사건에 대해 이렇게 언급했다.

> 문학언어와 법률언어가 충돌한 사건이었다. 문학은 체제의 구속력으로부터 전혀 자유로울 수 없다는 검찰관의 강퍅한 법리에 맞서 양성우는 광야의 목소리를 토해 냈다. 양성우 시인은 「노예수첩」, 「우리는 열 번이고 책을 던졌다」라는 두 작품으로 구체적이며 직접적으로 반독재투쟁을 소리 높여 외쳐 부름으로써 1970년대 저항문학의 한 극점을 이루었다.

검찰은 1심 공판에서 피고 양성우에게 징역 10년을 구형했고, 재판부는 징역 3년을 선고했다. 양성우는 판결 결과에 불복하여 즉각 항소를 제기했다. 이어 1978년 4월 24일부터 서울형사지법 117호 법정에서 항소심 재판이 진행되었다.

그즈음 5월 16일에는 양성우 시인과 연인관계였던 정정순 씨가 옥바라지를 위해 시인의 고향 함평으로 내려가 직접 혼인신고를 했다. 양성우 시인에 대한 면회는 직계 가족이 아니면 불가능했기에 혼인신고를 자청했던 것이다.

1, 2 1977년 8월, '양성우 시집 『겨울공화국』(화다) 초판본과 일어판 시집 『겨울공화국』(코세이사). 일본의 『세카이』 1977년 6월호에 장시 「노예수첩」이 게재된 후 1985년 3월, 풀빛출판사에서 9년 만에 출간된 시집 『노예수첩』. **3** 1979년 2월 5일, 광주 YWCA의 소심당에서 열린 〈양심범을 위한 문학인의 밤〉 행사에서 박태순 작가. **4** 1979년 제헌절 특사로 석방되던 날 화곡동 고은 시인 자택에서. 고은 박태순 백낙청 양성우 염무웅 송기원 이시영 등 문인들과 임채정 양관수 장선우.

다음 날인 1978년 5월 17일부터 '신부 정정순'은 옥중에 갇힌 '신랑 양성우'를 위해 정성 어린 옥바라지를 했다. 두 사람의 '옥중결혼'은 한동안 문단의 화제가 되었다.

1978년 6월 30일, 검찰은 항소심에서 양성우에게 징역 5년을 구형했고, 재판부는 1심과 마찬가지로 징역 3년형을 선고했다. 1978년 7월에는 일본 도쿄의 코세이샤(皓星社)에서 양성우의 시집 『겨울공화국(冬の共和國)』 일본어판이 재일동포 강순의 번역으로 출간되었다.

양성우는 서울구치소에서 민족시인으로 존경을 받았고, '신기(神技)'에 가까운 '통방(通房)'으로 교도소 안에서 중심 역할을 했다. 그러던 어느 날, 대학생과 지식인 등 수백 명의 긴급조치 사범들과 함께 '반정부 구호 제창'을 주도한 것이 문제가 되어 1978년 9월 7일, 양성우 시인은 돌연 청주교도소로 이감(移監) 조치되었다. 이감된 후 '반정부 구호제창' 사건으로 청주지법에서 추가 재판을 받았다. 9월 12일, 이 추가 기소 사건에 대해 재판부는 기존의 징역 3년형과 별도로 징역 2년형을 추가하여 양성우 시인은 '징역 5년형'의 장기수가 되었다. 그즈음 양성우 시인은 감옥에서 악성치질과 장 파열로 피를 쏟으며 괴로워하고 있었다.

양성우 시인이 1975년 2월 12일 「겨울공화국」을 낭송했던 그곳, 광주 YWCA의 강당(소심당)에서 1979년 2월 5일, 자유실천문인협의회의 주최로 〈양심범을 위한 문학인의 밤〉 행사가 열렸다. 당시 〈자실〉의 회원 중 김지하 양성우 문익환 시인과 송기숙 소설가 등 4인이 수감되어 있었고, 이들의 석방을 촉구하기 위한 행사였다. 이들 중 문익환 시인을 제외한 3명의 문인들은 모두 광주전남 출신이었다. 이날 〈우리의 교육지표〉 사건으로 전남대에서 해직된 명노근 교수가 사회를 보았고, 이성학 장로의 인사말, 양성우 시인의 부인 정정순 씨가 양성우의 시 「날마다 오소서」를 낭송했다. 이 행사를 맞아 서울에서 이문구 조태일 박태순 이시영 등 다수의 문인들이 광주로 왔다. 그리고 광주 지역의 여러 문인들과 종교계 등 재야인사들도 적극 동참했다.

1979년 4월 12일, 양성우 시인은 신병치료를 위해 청주교도소에서 영등포교도소로 이감될 수 있었다. 문인들과 양성우 부인의 간절한 청원 결과이기도 했다. 4월 27일, 양성우는 서울 영등포시립병원에서 수술을 받았고, 무사히 위기를 넘길 수 있었다. 그리고 이날 저녁 6시경, 광주에 이어 서울 종로의 기독교회관에서도 〈옥중문학인의 밤〉이 열렸다. 투옥문인 4인에 대한 옥중시·편지·최후진술이 소개되었고, 성명서와 결의문이 채택되었다. 이날 정희성은 양성우의 옥중편지를 낭독했고, 조태일은 자작시 「당신들은 감옥에서 우리들은 밖에서」를 낭송하여 장내를 숙연하게 만들었다. 행사의 마지막 순서인 인사말을 통해 정정순은 양성우 시인의 근황을 전했고, 참석자들은 뜨거운 박수갈채를 보냈다.

6. 전남대 〈우리의 교육지표〉 선언을 주도한 송기숙 작가

1979년 7월 17일, 제헌절 특사로 양성우 시인과 전남대 송기숙(宋基淑) 교수 등 '긴급조치 9호' 위반 수감자 86명이 석방된다는 소식이 뉴스를 타고 전해졌다. 그날 양성우 시인은 투옥된 지 2년 1개월 만에 영등포교도소에서, '우리의 교육지표' 사건으로 수감된 송기숙 교수는 1년 1개월 만에 청주교도소에서 각각 석방될 수 있었다.

송기숙은 1935년 전남 장흥에서 태어나 전남대 국문과를 졸업하고, 목포교육대 교수를 거쳐 1973년부터 모교인 전남대에서 국문과 교수로 재직했다. 1966년 『현대문학』에 평론 「이상서설(李箱序說)」 등이 추천되어 평론가로 데뷔했는데, 단편소설 「대리복무」로 재등단하여 이때부터 소설가로 활동했다. 1972년에 첫 소설집 『백의민족』을 펴냈고, 이어 1977년에는 '창비'에서 첫 장편 『자랏골의 비가』를 펴냄으로써 문단적 위치를 굳히게 된다. 1978년에 다시 『도깨비잔치』를 출간하는 등 그는 한국 근현대사에 나타난 민중들의 수난과 저항을 형상화함으로써 '리얼리즘 작가'의 대열에 당당히 합류했다.

소설가 이문구로부터 '천연기념물'과 맞먹는 '천연인간(天然人間)'이라는 별칭까지 얻기도 했던 송기숙은 해학과 익살로 좌중을 휘어잡아 작가 황석영, 시인 백기완과 함께 한국문단의 '3대 구라'라는 애칭을 듣기도 했다.

1970년대 중후반부터 송기숙은 작가로서 입지를 굳혀 나갔지만, '유신체제' 하의 대학교수로서 번민하고, 괴로워했다. 1975년 5월에 긴급조치 제9호가 발령된 뒤 대학은 학도호국단제와 군사교육의 강화, 교수 재임용제 실시로 유신체제가 강요한 반민주적 교육풍토 속에서 신음하고 있었다. 대학캠퍼스에는 정보부 요원들과 사복 경찰들이 학생들을 감시하고 있었고, '지도교수제'의 실시로 교수들은 운동권 학생들의 동향을 보고해야 하는 등 대학교육은 비인간적이고, 반민주적으로 치달았다. 특히 박 정권의 '교수 재임용제' 실시로 전국의 대학 교수 400명 이상이 교단을 떠나야 했다. 정권에 밉보인 대학 교수들을 솎아내는 데 활용된 것이다.

연세대에서 해직된 성래운 교수를 비롯하여 김동길 김병걸 김윤수 김찬국 문동환 백낙청 서남동 안병무 염무웅 이문영 이우정 한완상 등 전국 대학의 해직교수 18명은 1978년 4월 13일, 〈해직교수협의회〉를 결성하여 민주교육을 위해 나서게 된다. 그러던 그해 5월 중순경 〈해직교수협의회〉의 성래운 회장이 광주를 찾아와 송기숙 교수를 만났다. 그날 두 사람은 유신치하의 대학 현실을 비판하는 성명서를 작성하여 광주와 서울의 각 대학에서 교수들의 서명을 받아 이를 동시에 발표하기로 합의했다.

서울대 해직교수인 백낙청은 박정희 정권의 〈국민교육헌장〉을 비판하고, 학원의 인간화와 우리 사회의 민주화를 주장하는 성명서를 초안하여 송기숙 교수와 의견을 나눈 다음, 〈우리의 교육지표〉라는 성명서를 완성했다. 6월 12일, 성래운 회장으로부터 이 성명서를 전달받은 송기숙 교수는 자신을 포함한 전남대 교수 12명(송기숙 김두진 김정수 김현곤 명노근 배영남 송기숙 안진오 이방기 이석연 이홍길 홍승기)의 서명을 극비리로 받아 서울의 성래운 회장에게 전달했다.

서울에서도 각 대학 교수 56명이 서명에 동참했으나 이런저런 사유로 성명서 발표가 차일피일 연기되고 있었다. 성래운 회장은 더 이상 성명 발표를 지체할 수 없다고 판단하고, 일단 전남대 교수 12명의 이름으로 작성된 〈우리의 교육지표〉 성명서를 1978년 6월 25일, AP통신과 일본의 아사히신문(朝日新聞) 등 외신기자들에게 배포했다. 그런 후 곧바로 광주로 와서 송기숙 교수를 만났다. 성래운 회장으로부터 전남대 교수들만으로 성명이 발표될 수밖에 없는 저간의 설명을 듣고서 송기숙 교수는 그 피해를 최소화하기 위하여 이미 서명에 동참한 서울지역 대학교수들의 신원을 보호키로 결정하고, 향후 이 사건의 추이를 지켜보기로 했다.

1978년 6월 27일, 〈우리의 교육지표〉 선언 사실이 외신을 통해 전해지자, 이날 오전부터 이 선언문에 서명한 전남대 교수들이 일제히 중앙정보부 전남지부로 연행되었다.

시국선언으로 교수들이 연행되었다는 소식을 듣고 전남대 운동권 학생들은 이 선언을 지지하는 '동조시위'를 벌이기로 결의했다. 6월 28일 오후 1시 30분경, 전남대생들은 도서관 앞 광장에서 연행된 교수들을 위한 기도회를 개최했다. 이어 이날 저녁 7시부터 광주 YWCA 강당에서 이 선언문을 낭독했고, 전남대 교수들과 학원민주화를 위한 기도회를 개최했다. 다음 날인 6월 29일에도 정보부에 연행된 교수들이 석방되지 않자, 전남대생 700여 명은 노준현 학생의 주도로 대대적인 항의 시위를 전개했다. 이른바 전남대생들의 '6·29시위'가 발생한 것이다. 이날 〈우리의 교육지표〉 선언문과 함께 영문과 학생 박몽구 시인이 초안한 〈6·27 양심교수 연행에 대한 전남대 민주학생선언문〉이 낭독되었다. 학생들은 "민주교육선언 교수를 석방하라!", "학원사찰 중지하고 기관원은 물러가라!"는 구호를 외치며, 기습시위를 한 뒤 교수들이 석방될 때까지 도서관에서 농성을 전개했다. 그날 저녁 6시경 완전무장한 경찰이 최루탄을 쏘면서 도서관에 난입하더니 농성 중인 전대생들을 일제히 연행하기 시작했다. 학생들은 이에 굴하지 않고, 6월 30일과 7월 1일에는 광주 시내 한복판으로 진출했다. "민주교육!", "유신철폐!"라는 구호를 외치며 가두시위를 벌였다. 7월 3일 오전 9시경에는 조선대 학생들도 학교 강당에서 〈조선대학교 민주학생 선언문〉을 낭독하면서 '동조시위'에 가담했다.

〈우리의 교육지표〉 선언에 대한 전남대와 조선대 학생들의 '동조시위'는 유신체제 이후 광주에서 일어난 가장 큰 규모의 반독재 민주화투쟁이었다. 이 동조시위로 김선출 김윤기 노준현 문승훈 박몽구 신일섭 안길정 등 전남대 학생 14명과 박형중 양희승 등 조대 학생 4명, 그리고 유인물을 인쇄해 준 광주 YWCA의 김경천 간사 등 모두 20명이 '긴급조치 9호위반'으로 구속되었고, 박기순 등 10여 명은 무기정학을 당했다. 경찰의 무자비한 시위 진압으로 수십 명의 학생들이 중경상을 입기도 했다.

1978년 6월 27일부터 정보부로 끌려가 조사를 받던 송기숙 교수는 7월 4일, 긴급조치 9호 위반으로 구속되었고, 전남대 교수직에서 강제해직되었다. 그 밖의 교수들은 구속은 면했지만, 모두 전남대에서 강제로 해직당했다. 전남대 교수들이 신분상의 불이익을 감수하면서 '교육지표 선언'을 주도한 것은 광주 시민사회에 충격을 안겨 주었고, 광주지역 학생운동의 역량을 한층 더 성장시키는 계기가 되었다.

〈우리의 교육지표〉 사건에 대한 재판은 그해 1978년 8월 12일부터 진행되었다. 광주의 홍남순 이기홍 지익표 변호사와 서울의 이돈명 홍성우 변호사가 무료변론에 나섰고, 재판이 진행될 때마다 법정은 방청객들로 넘쳐났다. 재판 중일 때 법정 안팎이 반독재 민주화운동의 열기로 가득찬 가운데 1심 판결을 앞둔 송기숙 교수가 최후진술을 했다.

> 소설가로서 시대의 진실을 기록하고 증언하는 것이 내 자신의 임무다. 우리를 죄인시하는 모든 법률적 근거인 '긴급조치' 라는 것이 정권의 연장, 유신체제를 굳히기 위하여 무리하게 만든 마지막 단말마적 표현이라고 아니할 수 없다. 마치 미친놈이 쥔 칼자루 같은 '긴급조치' 라는 법에 대해 역사의 심판이 있을 것이다.

1978년 8월 28일, 1심 재판에서 징역 4년, 자격정지 4년형을 선고받은 송기숙 교수는 이후 항소심과 상고심이 모두 기각당해 유죄가 확정되었다.

1979년 6월 15일, 이 사건으로 광주교도소에서 복역 중인 송기숙, 성래운 교수는 교도소 측의 차별대우에 항의하여 단식투쟁을 했고, 이후 송기숙 교수는 청주교도소로 이감되었다.

1979년 제헌절을 하루 앞두고 신문과 방송은 양성우 시인, 송기숙 교수가 특사조치로 방면된다는 소식을 전했다. 7월 17일, 제헌절 특사로 영등포교도소에서 석방된 양성우 시인은 이날 환영 나온 〈자실〉의 문인들과 함께 서울 화곡동 고은 시인의 집으로 갔다. 그러고는 신문지 두 장을 펼쳐 '민족시인! 양성우 해방! 만세' 라고 쓴 붓글씨 아래에서 기쁜 마음으로 기념촬영에 임했다. 그 후 양성우 시인은 '옥중결혼' 이라는 아름다운 인연을 맺은 신부 정정순과 8월 15일, 명동 YWCA 강당에

1 〈우리의 교육지표〉 선언문을 초안한 백낙청 평론가. 2 1979년 4월 27일, 서울 기독교회관에서 열린 '옥중문학인의 밤' 행사장. 3 1979년 제헌절 특사로 석방된 후 서울 기독교회관에서 개최된 석방환영 모임에서 고은 시인의 인사말. (의자에 앉은 오른쪽부터) 송기숙 작가와 양성우 시인. 4 1993년 광주매일신문의 특별연재 〈정사(正史) 5·18〉 관련으로 송기숙 작가가 광주매일 김준태 부국장과 인터뷰하고 있다. 5 '우리의 교육지표' 사건에 대한 재심청구에서 지난 2013년 4월 29일, 35년 만에 무죄를 선고받고, 송기숙 작가와 부인 김영애 여사가 환한 모습으로 법정을 나오고 있다.

서 수많은 축하객들이 운집한 가운데 정식으로 결혼식을 올렸다.

송기숙 작가는 석방된 이후 창작에 매진하였고, 이후 장편소설『암태도』, 『은내골 기행』과 동학농민혁명 100주년을 맞은 1994년에 완간한 대하장편소설『녹두장군』(전 10권, 창작과비평사, 시대의창 재간행) 등으로 민족문학사에 굵직한 발자취를 남기게 된다.

지난 2013년 4월 29일, 〈우리의 교육지표〉사건으로 '유신의 감옥'에서 13개월 동안 복역한 송기숙 교수는 이 사건에 대해 재심을 청구했다. 그리하여 사건 발생 35년 만에 광주지방법원의 재심청구에서 무죄를 선고 받음으로써 마침내 명예를 회복하게 되었다.

1970년대라는 엄혹한 유신체제 하에서 양성우 시인은 "이 시는 버릴 수 있지만 이웃들의 살결, 이웃들의 언어와 사랑과 눈물 그리고 자유를 버릴 수 없다."(시집『겨울공화국』의 자서)고 자기 결단을 함으로써 한국을 대표하는 저항시인이 되었다. 그리고 송기숙 작가는 "그릇된 현실을 용서치 않는 주책(主策)으로 그 어려움을 스스로 행하여 사실이 진실임을 가능케 한 대인(작가 이문구의 말)"으로 일컬어지며, 광주는 물론이거니와 한 시대의 사표(師表)가 되었다.

7. 가장 강력한 '반독재 민주화투쟁'에 헌신한 김남주 시인

한국문학의 연대기에서 1970년대의 광주전남 문학은 '시대정신'과 밀접하게 관련 맺으면서 자신의 존재를 드러냈다. 한 시대가 요구하는 문학의 역할에 부응하여 역사의 제단에 헌신하는 모습을 보여 준 것이다. 그리고 우리는 시대정신의 표상(表象)으로서 김남주(金南柱) 시인을 기억한다.

김남주는 일찍이 "시인은 성자가 아니라, 혁명하는 사람이다."라는 인식을 갖고 우리 사회의 변혁운동에 가장 강력하게 헌신했다. 그는 김형수 시인의 평가처럼 개인의 열정을 공동체의 이해와 일치시키는 윤리적 당위를 구현함으로써 그가 작고한 지 어언 사반세기 세월이 흘렀음에도 '김남주'라는 이름은 한 사람의 시인이기에 앞서 여전히 '시대정신의 표상'으로 읽힌다.

1945년 10월 16일, 전남 해남군 삼산면 봉학리 535번지(봉학길98)에서 아버지 김봉수와 어머니 문일님 사이에 3남(남식, 남주, 덕종), 3녀(남심, 유순, 숙자)의 둘째 아들(셋째)로 태어났다. 해남 삼화초등학교와 해남중학교를 졸업하고, 1964년 1년 재수 끝에 광주일고에 입학했다. 고교 2학년 9~10월경 그는 입시 위주의 교육에 반대하여 자퇴한 후 대입검정고시를 거쳐 1969년 스물네 살 때 전남대 문리대 영문과에 입학했다. 입학 후 그는 '3선개헌반대'와 '교련반대'에 앞장서는 등 학생운동에 뛰어들었다.

그러던 어느 날 김남주는 전남대 법대 대학원생인 박석무(전 국회의원, 현 다산연구소 이사장)를 만나게 된다. 그를 통해 쿠바혁명의 지도자, 체 게바라에 얽힌 무용담과 김수영 등 여러 시인들의 시를 접하면서 문화적 충격에 휩싸이게 된다. 이후 1970년 『창작과비평』에 발표된 김준태의 시 「산중가」, 「보리밥」, 「감꽃」 등의 시를 읽고서 자신의 몸속에 꿈틀거리는 시혼(詩魂)을 발견했고, 막연하게나마 시를 써 봐야겠다는 생각을 갖게 되었다.

1972년 대학 4학년생이 된 김남주는 해남으로 낙향하여 파블로 네루다의 시집에 사로잡혀 있었다. 그러던 중 그해 10월 17일에 '10월유신(維新)'이 선포된 소식을 방송을 듣고 알게 된다. 김남주는 대통령 박정희에 대해 분노와 배신감을 억누를 수 없게 된다. 그 이튿날 광주로 올라온 그는 해남중학교 시절부터 절친하게 지낸 전남대 법대생 이강과 만나 '10월유신'에 반대하는 행동에 나서자고 결의했다. 김남주는 이를 실행에 옮기고자 자신의 책들을 팔아 마련한 돈으로 유인물 제작에 필요한 도구를 샀다. 그런 후 이강과 함께 황토현과 백산 등 갑오농민전쟁의 전적지를 찾아가 결의를 다졌다. 이후 두 사람은 〈한국민권협의회〉라는 단체명으로 '유신체제'를 반대하는 유인물 〈함성〉을 제작했다.

> 대한민국 대통령 박정희 씨와 그 주구들은 권력에 굶주린 나머지 종신집권의 야망으로 국민의 귀와 눈에 총부리를 겨누었으며, 한국적 민주주의란 가면을 쓰고 국민의 고혈을 강취하고 있다. (……) 자학과 어둠 속에 허탈을 일삼고 있는 언론, 문화, 청년학생, 시민이여! 우리 함성이 들리지 않는가? 독재자의 복마전을 향해 4·19정신으로 총진격하라!

유신헌법이 선포된 이후 전국 최초의 '반유신투쟁' 유인물 〈함성〉의 내용은 그러했다. 김남주와 이강은 이 유인물 수백 장을 직접 제작하여 1972년 12월 9일에 전남대와 조선대, 그리고 광주 시내의 5개 고교(광주고, 광주일고, 광주공고, 광주여고, 전남여고)에 400장을 직접 살포했다. 중앙정보부와 경찰이 이 사건의 주모자를 찾으려고 혈안이 되자, 김남주는 잠시 서울로 피신했다. 그러다가 이듬해 2월, 두 사람은 '반유신투쟁'을 전국적으로 확산해야 한다고 결의했다.

이강은 〈고발〉이라는 제호로 유인물을 다시 제작했다. 그는 〈함성〉유인물 여분 100장과 새로 제작한 〈고발〉유인물 500장을 이불 속에 숨겨서 서울에 있는 김남주에게 수화물로 탁송했다. 이때 수하물과 별도로 "각 학교에 배포하기 바란다."라고 쓴 이강의 편지가 정보부의 서신 검열에 발각되어 본격적인 수사가 개시되었다.

이후 이 유인물의 제작 및 배포사건은 걷잡을 수 없이 확대되었다. 유신체제가 선포된 후 광주에서 발생한 최대 규모의 '시국사건'이 된 것이다. 정보부는 1973년 3월 30일부터 세 차례에 걸쳐 관련자들을 모두 체포하기 시작했다. 김남주 이강을 비롯하여 전남대생 이평의 김정길 김용래 윤영훈 이정호 등과 서울대생 이개석 그리고 석산고 교사 박석무, 김남주의 동생 김덕종, 이강의 동생 이황 등 모두 15명이 체포되어 광주경찰서 대공분실과 정보부 광주분실로 모두 연행돼 가혹한 조사를 받았다.

검찰은 1973년 5월 4일, 김남주 등 9명을 국가보안법 및 반공법 위반혐의로 구속기소했다. 이어 광주지방법원에서 제1심 공판이 진행되었고, 홍남순 이기홍 윤철하 권신욱 변호사가 공동변호인으로 활동했다. 9월 25일 광주지법 재판부는 반공법 혐의에 대해서는 무죄를 판시하고 김남주 박석무에게 징역 2년형을, 이강에게 징역 3년형을 선고했다. 그리고 나머지 관련자들은 모두 집행유예로 석방했다. 12월 20일, 전남대생 1천여 명이 박석무 등 3인의 석방을 요구하는 탄원서를 국무총리에게 제출했다. 이어 그해 12월 28일, 광주고법에서 항소심 판결이 내려졌다. 박석무에게는 무죄가 선고되었고, 김남주와 이강은 징역 2년에 집행유예 3년을 선고했다. 집행유예를 선고받았지만 검찰의 상고 대상자라고 하여 석방되지 않다가, 당시로서는 거액인 1인당 3만 원의 공탁금을 납부하고 나서야 수감된 지 9개월 만에 광주교도소에서 석방될 수 있었다.

이 사건의 여파로 전남대에서 제적된 김남주는 고향 땅인 해남으로 내려가 농사일을 거드는 한편 정보부에서 겪은 가혹한 고문 체험과 농민들의 생활상 등을 시로 쓰면서 한동안 창작에 전념했다. 어느 날 그는 자신의 작품들을 '창비'에 투고했다. 투고작을 심사한 창비의 염무웅 주간은 '편집 후기'에 "뚜렷한 방향감각과 확고한 역량을 갖추고 있어 앞으로의 활동이 크게 기대된다."고 평가하면서, 『창작과비평』 1974년 여름호에 신인(新人)으로 등단시켰다. 이 잡지에 김남주의 시 「잿더미」,

「헛소리」, 「그들은 누구와 함께 자고 있는가」, 「진혼가」 등 8편의 시가 발표됨으로써 그는 광주전남 출신으로 '창비'를 통해 등단한 최초의 시인이 되었다. 아울러 그해 11월 18일, 〈자실〉이 태동하자 그는 창립회원이 되었다.

김남주 시인은 친구 이강과 함께 1975년에 광주 유일의 운동 단체로 처음 결성된 〈전남민주회복구속자가족협의회〉의 창립에 관여했고, 그해 11월경부터 광주시 궁동 광주 MBC 인근에서 광주 최초의 사회과학 서점 '카프카'를 운영하게 된다. 김남주가 운영한 '카프카 서점'은 '민청학련' 사건으로 구속되었다가 석방된 광주지역 운동권 학생들의 거점이자 광주지역 문단의 사랑방 역할을 했다. 광주의 선후배 문인들과 문학 지망생들이 수시로 들락거렸다. 문병란 송기숙 황석영 양성우 김준태 윤재걸 송기원 등 문인들과 훗날 〈5월시〉 동인으로 활동하는 박몽구 나종영 이영진 나해철 등 문학 지망생들이 드나들었다.

당시 김남주 시인은 '물봉'이라는 별명으로 통했다. 책 판 돈을 후배들의 막걸리 값으로 쓴 탓에 서점은 문을 연 지 1년 만에 문을 닫고 말았다. 이후 김남주 시인은 광주 봉림동의 봉심정(전남대 후배 김정길의 집)에서 한 달간 칩거하다가 고향으로 내려갔다.

1977년에 해남으로 귀향한 김남주 시인은 정광훈 홍영표 윤기현 박경하 전광식 김덕종 등 농민들과 한국일보에 장편소설 「장길산」을 연재 중인 작가 황석영 그리고 광주 YMCA의 최우열 목사 등과 함께 〈사랑방농민학교〉 운동을 시작했다. 11월 하순경에는 해남군 기독교농민회와 해남 YMCA 농어촌분과위와 함께 지역문화운동의 일환으로 제1회 〈해남농민잔치〉를 열었다. 이날 김남주 시인은 서림공원 내 단군전 광장에서 「황토현에 부치는 노래」라는 자작시를 낭송하기도 했다. 이 행사를 기반으로 〈해남농민회〉가 결성되었고, 이것은 훗날 〈한국기독교농민회〉의 모체가 되었다.

1 〈민청학련〉 사건 관련 광주 학생운동권 동지들과 함께. (왼쪽부터) 박형선 최권행 김운기 윤한봉 김남주 조봉훈 윤재근. **2** 1977년 광주에서 〈민중문화연구소〉 개소식 행사 후 무등산장에서. (앉은 사람 좌측부터) 김남주 최권행. (뒷줄 오른쪽부터) 박석무 송기숙 문병란 황석영 (한 사람 건너) 백기완 고은.

1977년 11월경 다시 광주로 되돌아온 김남주는 황석영 작가, 최권행(현재 아시아문화중심도시조성위원회 위원장) 등과 함께 〈민중문화연구소〉를 개설하여 초대회장을 맡았고, 개설 기념 강연자로 〈자실〉 대표간사 고은 시인과 '백범사상연구소' 백기완 소장을 초청했다. 1978년 2월, 김남주 시인은 친구 이강의 집에서 생활했다. 그러면서 민중문화연구소의 활동의 일환으로 김상윤이 운영하는 '녹두서점'에서 전대 후배들(노준현 안길정 박현옥 등)에게 일어판 『파리콤뮨』 책자를 강독했는데, 이를 빌미로 중앙정보부는 그를 체포하고자 이강의 집을 급습했다. 다행히 체포를 면한 김남주는 한때 전남 무안군 삼향면 나환자촌의 여성 의사의 도움으로 피신 생활을 하던 중 정보부가 신원을 파악하자 서울로 도피했다. 정보부의 수배령이 내려진 가운데 김남주는 서울에서 피신생활을 계속하면서 자신의 활로를 모색했다.

　　1978년 4월 24일, 서울의 성공회 강당에서 소설가 이문구의 사회로 〈자실〉이 주최한 제1회 〈민족문학의 밤〉 행사가 열렸다. 그곳에서 김남주는 광주의 〈전남민주회복구속자가족협의회〉 모임에서 알게 된 서강대 출신의 박석률(그는 박석준 시인의 친형이다)과 우연히 만났다. 그때 〈남민전 준비위〉에서 활동 중인 박석률로부터 이 조직의 가입을 두 번이나 권유받았다. 그해 8월 수배 중에 틈틈이 번역한 프란츠 파농의 저서 『자기 땅에서 유배당한 사람들』을 번역하여 청사출판사에서 출간했다. 마침내 9월 4일, 김남주 시인은 목숨을 각오하고 박정희 반대투쟁에 전념하고자 〈남민전 준비위〉에 가입했다. 이후 남민전 준비위 산하 〈민주화투쟁위원회(민투)〉에서 '한무성(韓武聲)'이라는 가명으로 활동하기 시작했다.

　　〈남민전〉에 투신한 김남주 시인은 지하신문 〈민중의 소리(民聲)〉의 편집자로 활동하면서 유신반대 투쟁을 위한 제반 문건을 집필하거나 살포했다. 아울러 박석률 이학영 최석진 등과 함께 '남민전 전사(戰士)'의 일원으로서 반독재·반유신투쟁을 위한 활동자금을 마련하고자 '땅벌작전'에 나서기도 했다. 김남주 시인은 엄혹한 유신체제의 말기에 가장 강력한 비합법 전위조직인 〈남민전 준비위〉의 '전사'로서 1년 이상 반독재 민주화투쟁을 전개했다.

1979년 7월 4일 오후 7시경 이문구 이시영 송기원 등 〈자실〉의 문인들은 〈세계시인대회〉가 열리는 워커힐호텔에서 '한국의 시는 죽었다', '구속문인 석방하라!' 등의 플래카드를 펼치며 시위를 벌였다. 이 사건으로 연행된 9명 중 이문구 송기원 이시영 등 5명은 2주 동안 유치장 신세를 졌다. 1979년 8월 11일에는 'YH노조'의 신민당사 농성사건으로 〈자실〉의 대표간사 고은 시인이 구속되었다. 이어 10월 4일에는 신민당 김영삼 총재가 국회에서 제명 처리되는 등 정국은 한 치 앞을 내다볼 수 없을 정도로 차갑게 얼어붙었다.

박정희 유신독재가 하한선을 향해 치닫던 1979년 10월 9일이었다. '유신체제'라는 철권통치가 중앙정보부장 김재규의 손에 쓰러지기 불과 3주 전의 일이었다. 구자춘 내무부장관은 갑자기 기자회견을 열어 〈남조선민족해방전선(南朝鮮民族解放戰線)〉이라는 '대규모 반국가 지하조직'을 적발했다고 대대적으로 발표했다. 그리고 모든 언론은 이 사건을 1면 톱기사로 보도했다.

김남주 시인은 1979년 10월 4일, 〈남민전〉의 총책 이재문의 잠실아파트에서 체포되었고, 아울러 이 사건으로 신향식 김병권 안재구 임헌영 이재오 박석률 이학영 최석진 박광숙 등 80여 명이 검거되는 등 〈남민전〉은 유신체제의 막바지에 발생한 최대의 시국사건이자, 공안사건이 되었다. '남민전 사건' 관련자들은 정보부에서 무려 60일 동안 가혹한 고문 수사를 당했고, 내무부와 치안본부는 '반유신, 반독재투쟁'을 북한과 연계된 '공안사건'으로 조작하여 발표했다. 하지만 〈남민전〉은 북한의 지령에 따라 행동했던 '반국가단체'가 아니라, 박정희 장기독재에

1 1979년 10월 9일, 내무부가 발표한 〈남민전〉 사건을 보도한 경향신문 1면 톱기사. 2 '남민전' 사건으로 구속된 사람들이 서울지방법원에서 재판을 받고 있다. 둘째 줄의 첫 사람이 김남주 시인. 3 김남주 첫시집 『진혼가』, 옥중시집 『나의 칼 나의 피』『조국은 하나다』 4, 5 1988년 5월 4일, 광주 가톨릭센터 강당에서 열린 〈옥중시인 김남주 석 방촉구대회〉, 1988년 5월 10일 서울여성백인회관 강당에서 열린 〈김남주 문학의 밤〉에 서 만세삼창을 하는 (왼쪽부터) 김규동 문익환 고은 시인.

1 1988년 12월 21일 전주교도소에서 김남주 시인 석방되던 날- 왼쪽부터 김준
태 최권행 박석무 박광숙 이승철 김남주 이영진. 2 전주교도소 앞에서 김남주
시인의 석방 일성. "천길 굴속을 빠져 나왔다." 3 1988년 12월 21일, 출옥하던
날 김남주 시인이 광주 망월동에서 윤상원 열사 영정을 들고 서 있다. 4 1989
년 1월 민족문학작가회의 신년하례식에서 참석한 김남주 시인. (오른쪽부터) 문
익환, 백낙청, 고은, 김남주 현기영 등.

저항한 '가장 강력한 비합법 지하조직'이었던 것이다(정부기구인 '민주화운동 관련 명예회복 및 보상심의위원회'는 2006년 3월, 〈남민전〉에 대해 "유신체제의 권위주의적 통치에 항거한 민주화운동"이라고 평가했다).

1980년 2월 4일, 〈남민전〉 사건에 대한 첫 공판이 열렸다. 이어 5월 2일, 1심이 선고되었다. 이재문과 신향식에게 사형, 안재구 박석률 최석진 임동규 등에게 무기징역형, 김남주에게는 징역 15년형이 선고되는 등 핵심 관련자들에겐 대부분 중형이 선고되었다. 1980년 9월 5일, 항소심에서 김남주는 징역 15년형을 선고받은 후 서울구치소에서 광주교도소로 이감되었다. 1980년 12월 23일, 대법원에서 징역 15년형이 확정된 김남주 시인은 한국 시문학사상 최장기수(最長期囚)가 되었다. 서른다섯 살의 나이로 0.7평의 독방에서 장장 9년 3개월 동안 투옥되어야 했다.

이후 1984년 첫 시집 『진혼가』가 청사출판사에서 간행되었고, 이때를 전후로 하여 〈자실〉을 중심으로 김남주 석방운동이 전개되기 시작했다. 1985년 4월 27일 〈김남주 석방대책위원회〉가 발기되었고, 1987년 독일 함부르크의 국제펜대회에서 '김남주 석방결의문'이 채택되었다. 1987년 11월, 옥중시를 묶은 제2시집 『나의 칼 나의 피』(고은 양성우 편)가 인동출판사에서 출간되었고, 일본 펜클럽의 명예회원으로 추대되었다.

1988년 2월부터 김남주 시인에 대한 석방운동이 요원의 불길처럼 번져 나갔다. 문인 502명의 석방탄원서 제출(2월 1일), 미국 펜클럽의 명예회원 추대(3월 8일)와 미국 펜클럽 수장 손택 회장과 펜클럽 국제본부의 명의로 청와대에 석방촉구서한 발송(3월 25일), 광주(5월 4일)·서울(5월 10일) 등지에서 〈옥중시인 김남주 석방결의대회〉 개최, 광주 남풍출판사에서 옥중시를 망라한 제3시집 『조국은 하나다』 출간(8월), 광주출판사에서 김남주 석방을 위한 『김남주론』 출간(8월), 그리고 마침내 9

1 1989년 1월 29일, 광주 문빈정사에서 지선 스님의 주례로 김남주 박광숙 혼인식이 치러졌다. 이날 수많은 하객들이 운집했다. **2** 1990년 5월 광주항쟁 10주기를 맞아 민예총 주최의 전국 순회행사에서 시낭송을 하는 김남주 시인. **3** 1994년 2월 13일, 향년 50세의 나이로 김남주 시인이 별세했다. 2월 16일 오후 5시, 전남대 중앙도서관 앞에서 〈민족시인 고 김남주선생 민주사회장〉 노제가 엄수된 후 광주 망월동 제3 민주묘역에 안장됐다. **4** 2013년 8월, 광주전남작가회의 회원들이 인천 강화에 사는 김남주 시인의 미망인 박광숙(소설가) 여사를 찾았다. (좌측부터) 김완 백정희 이지담 전용호 조진태 양원 박광숙 나종영 박관서. **5** 염무웅 임홍배 엮음으로 출간된 『김남주 시전집』(창비, 2014), 맹문재 엮음으로 출간된 『김남주 산문전집』(푸른사상, 2015)

월 1일에는 민족문학작가회의 주최로 국내외 문인들이 대거 참가한 가운데 서울 여의도 여성백인회관에서 개최된 〈88서울민족문학제〉에서 김남주 시인의 석방을 다시 한 번 촉구하게 된다.

이처럼 국내외의 지속적인 석방운동에 힘입어 1988년 12월 21일, 마흔셋의 중년이 되어 투옥된 지 9년 3개월 만에 전주교도소에서 '형 집행정지' 조치로 출감될 때까지 김남주 시인은 1970년대 문학과 1980년대 문학의 가장 고통스러운 연결고리로서 가혹한 형벌을 참아내야 했다. 이에 대해 문학평론가 염무웅은 "70년대의 한국문학을 김지하가 버텨냈다면, 80년대를 버티고 서 있는 것은 김남주다."라고 말했다. 또한 문학평론가 김사인은 "김남주는 스스로를 소신공양함으로써 이 땅의 80년대를 버텨 세웠다. 저 지옥 같은 불구덩이 속을 알몸뚱이로 뒹군 그의 살 타는 냄새에 기대어 우리 문학의 80년대는 구사일생으로 명을 보존했다."고 평가했다.

유신체제라는 정치적 질곡과 작가적 양심 사이에서 자유와 해방의 언어를 선택한 1970년대의 '광주전남의 문학'은 선각자들의 희생과 눈물을 발판 삼아 1980년대라는 거대한 역사의 광장으로 휘달려가고 있었다.

4부

'5·17쿠데타'와
광주 문인들의
'진실 투쟁'

1. 박정희 유신체제의 붕괴와 1980년 '서울의 봄'

박정희의 '10월유신체제'에 맞서 민주주의와 인권, 자유와 해방의 언어를 선택한 1970년대의 '광주전남의 문학'은 한국문학의 최전선에서 시대정신을 실천하고 있었다. 박 정권이 발동한 무소불위의 '긴급조치'에도 아랑곳하지 않고 광주전남이 낳은 문학적 선각자들은 '반독재 민족문학'을 선도함으로써 문학을 통한 민주주의의 회복에 앞장섰다. 문학이 단순한 '문자놀음'이 아니라 압제의 정치현실을 타파하는 '가장 강력한 무기'가 될 수 있음을 보여주었던 것이다.

유신독재체제가 국민들의 신망을 잃은 채 점차 내리막길을 향해 치닫던 1979년 10월 16일, 부산에서는 수만 명의 학생과 시민들이 '민주화 요구' 시위를 했다. 부산 남포동 국제시장 부근에서 시작된 이 시위는 통행금지에도 아랑곳하지 않고 파출소를 부수는 등 밤새도록 계속되었다. 시위의 발단은 신민당 김영삼 총재에 대한 국회의 제명조치에 항의하여 일어난 것이었지만, '유신철폐, 독재타도!'라는 전 국민적 염원이 담겨 있었다. 시위는 사흘 후 마산 일대까지 번져 '부마항쟁'이라는 자연발생적인 시민봉기로 발전했다. 이에 놀란 박정희와 그의 측근인 차지철 경호실장은 "탱크로 깔아뭉개라."는 강경방침을 고수했고, 부산에 계엄령을, 마산·창원 일대에 위수령을 발동했다. M16과 장갑차로 무장한 공수부대가 투입되어 무수한 사람들이 부상당하거나 체포되었다. 결국 '부마항쟁'이라는 시민봉기는 닷새 만에 진압되고 말았다.

1979년 10월 16일에 발생한 '부마항쟁'은 유신의 중심부에 심각한 분열과 동요를 몰고 왔다. 항쟁이 진압된 그 일주일 후에 중앙정보부장 김재규는 유신의 심장을 향해 총부리를 겨눴다. 1979년 10월 26일, 궁정동 비밀안가에 울려 퍼진 그 총격으로 유신체제는 종막을 고했다. 그러나 5·16쿠데타 이후 18년 동안 지속된 동토의 '겨울공화국'은 하루아침에 무너지지 않았다. 10월 27일부터 제주도를 제외한 전국에 '비상계엄령'이 선포되어 군부가 상황을 장악하고 있었으며, 유신체제를 지탱했던 주요 세력들은 여전히 각계각층에 온존해 있었다.

10·26 이후의 민주화 일정을 지켜보던 재야세력은 1979년 11월 24일 오후, 서울의 명동성당 앞 YWCA 강당에서 〈통일주체국민회의에 의한 잠정 대통령 선출저지 국민대회〉(일명: YWCA 위장결혼식 사건)를 개최했다. 10·26 이후 계엄령이 발동되어 일체의 옥내외 집회를 할 수 없었음에도 불구하고 〈민주주의와 민족통일을 위한 국민연합〉, 〈해직교수협의회〉, 〈민주청년협의회〉 등 재야와 청년학생 등 1천여 명은 그날 명동성당 앞 YWCA 강당에 집결했다. 그들은 '최규하 김종필 등 유신정부의 퇴진과 공화당·유신정우회 및 통일주체국민회의의 해산' 등을 요구하는 성명서를 발표했다.

사전에 정보를 입수한 계엄사는 집회 현장을 급습했고, 곤봉으로 무장한 경찰 특공대가 유리창을 깨고 의자를 던지면서 단상을 점거하는 통에 그날 행사는 제대로 치러 보지도 못하고 일순간 아수라장이 되어 버렸다. 현장에서 96명이 체포되었고, 명동과 무교동 일대에서 가두시위를 벌이던 44명이 체포되는 등 140여 명이 계엄당국에 연행되었다.

이 사건으로 함석헌 박종태 양순식 임채정 이우회 이상익 최열 홍성엽 등이 남산의 합동수사본부(합수부)와 서빙고동의 보안사에 연행되어 한 달 동안 불법으로 감금된 채 조사를 받았다. 핵심 관련자들은 상상을 초월하는 고문을 당했다. 결국 이 사건으로 14명이 구속되었다.

이날 '명동 YWCA 위장결혼식'에는 '자유실천문인협의회' 소속 문인들도 참석했다. 백낙청 이호철 조태일 박태순 이문구 이시영 등은 백골단이 현장에 들이닥칠 때 간신히 몸을 빠져나왔지만 현장에서 붙잡혀 보안사로 끌려간 김병걸(문학평론가)은 지독한 고문으로 들것에 실려 나왔으며, 백기완(시인, 통일문제연구소장)은 고문 후유증으로 몇 달 동안 병석에 누워 있어야 했다. 그리고 이 사건의 여파로 훗날 체포된 현기영 소설가 역시 엄청난 구타와 고문 조사를 받은 후 20일 동안 경찰서 유치장에서 구류 신세를 져야 했다.

1941년 제주에서 태어나 서울대 사대 영어교육과를 졸업하고, 1975년 동아일보 신춘문예에 단편「아버지」가 당선되어 작품활동을 시작했던 현기영 소설가는 제주도 최현대사의 비극적 삶을 깊이 있게 성찰하는 작품으로 문단의 주목을 받아왔다. 그즈음 11월 중순에 창작과비평사에서 펴낸 첫 소설집『순이 삼촌』은 제주도 '4·3항쟁'을 최초로 형상화한 문제작으로 평가되었다.

서울사대부고 영어교사였던 소설가 현기영은 친목회(훗날 〈제주사회문제협의회〉의 모체가 된다)를 같이하는 제주도 후배들과 함께 그 명동집회에 참석을 했다. 제주도 후배들은 학생운동으로 옥살이를 했거나 그런 성향을 가진 20대 후반의 젊은이들이었다. 결혼식으로 위장한 이날의 YWCA 명동국민대회는 경찰 특공대가 대회장에 난입해 아수라장으로 변해 버렸고, 경찰의 호송 차량 2대에는 연행되는 사람들로 넘쳐 나고 있었다. 현기영은 이날 간신히 체포를 면하고 귀가했지만 한 후배가 경찰에 체포되어 조사 받는 과정에서 현기영을 중심으로 한 '친목회'를 말한 것이다.

명동 집회가 끝나고 나서 이틀 뒤인 1979년 11월 26일(월요일), 현기영은 '서울사대부고'에 출근했고, 수업을 하기 위해 교실로 들어서려는 순간 교실 앞 복도에서 연행돼 중부경찰서로 붙잡혀 갔다. 그런데 경찰서의 실내 방송을 통해 명동YWCA의 수배자 명단이 흘러나왔는데 제주도 고향 후배들의 이름이 4명이나 끼어 있어서 현기영은 자신이 속한 친목회를 문제 삼고 있다는 것을 즉감했다. 중부경찰서 지하 보호실에서 며칠 동안 대기하고 있던 현기영은 어느 날 합수부 요원들에게 인계되어 검정색 승용차에 실려 남산의 중앙정보부로 갔다.

합수부 요원들은 먼저 현기영을 군복으로 갈아입힌 뒤 첫날은 몽둥이로 전신을 구타했다. 그 이튿날은 멍 들고 부은 몸에서 군복을 벗긴 후 내복 위로 싸릿대가지를 후려치는 등 온몸 마디마디를 후려갈겼다. 그리고 3일째 되던 날은 어느 방으로 끌려가 다수의 수사요원들에게 집단 구둣발 세례를 받아야 했다. 현기영은 꼬박 2박 3일 동안 처음으로 참혹한 육체적 학대를 견뎌내야 했다. 그는 그때의 참혹한 경험담을 자신의 소설 속에 쓴 바 있다.

아, 이 고통스러운 육체를 벗어 버릴 수만 있다면! 정신을 배반하는 육체, 제 몸이 이렇게 저주스러울 줄이야. 영혼과 육체가 분리되어, 차라리 죽을 수만 있다면!

합수부 요원들은 이런저런 조사 끝에 그해 1979년 11월 중순경 창작과비평사에서 출간된 현기영의 첫 소설집 『순이 삼촌』을 본격적으로 문제 삼기 시작했다. 그는 남산 합수부에서에서 거의 초죽음 상태로 곤욕을 치른 후 '집회 및 시위에 관한 법률 위반죄'로 서울 남부경찰서 유치장에 20일 동안 감금되어야 했다.

1 1979년 11월 24일, '통일주체국민회의에 의한 대통령선출 저지대회'(명동YWCA위장결혼식사건) 행사 도중 계엄군들에 의해 연행되는 재야인사 함석헌 선생 등. 2 1979년 11월 26일, 신군부의 합수부로 연행된 소설가 현기영. '소설집『순이삼촌』 필화(筆禍) 사건'으로 2박 3일간 모진 고문을 당한 후 20일 동안 남부경찰서 유치장에 감금되었다. 3 1980년 4월 4일, 전남대 직선제 총학생회장 선거유세에서 열변을 토하는 박관현 후보. 4월 9일, 압도적인 지지로 당선되었다.

현기영 작가는 1980년 8월 21일에 또다시 수업 중에 연행되어 종로 경찰서 대공과로 끌려갔다. 종로서에서 4박 5일 동안 수사관에게 시달리며 조서 작성에 응한 후에야 풀려날 수 있었다. 그 직후 현기영의 첫 소설집 『순이 삼촌』은 당국에 의해 판금 조치를 당하고 말았다. 이처럼 박정희 유신체제가 종막을 고했지만, 문인들에 대한 '필화(筆禍) 사건'은 여전히 계속되고 있었다.

1979년 11월 28일, 공화당과 신민당은 재야인사 김대중(DJ)의 자택 연금을 해제하기로 합의했으며, 12월 1일, 국회에서는 '긴급조치 9호 폐지안'이 상정되어 여야 전원일치로 통과되었다. 12월 6일, 대통령 권한 대행인 최규하는 '통일주체국민회의'에서 단독으로 입후보하여 제10대 대통령으로 선출되었다. 최 대통령은 다음 날 열린 국무회의에서 '12월 8일 0시를 기하여 대통령 긴급조치 9호를 해제한다.'고 의결했다. 이로써 장장 5년 11개월 만에 유신악법이 해제되었다. 같은 날, 재야인사 DJ에 대한 자택연금도 해제되었으며, 긴급조치 9호 위반으로 수감된 68명이 출옥했다. 그러나 '반공법 위반'으로 투옥된 김지하 시인은 여전히 수감생활을 계속했다.

1979년 12월 20일, 계엄사 보통군법회의에서 박정희를 시해한 김재규(54세, 전 중앙정보부장) 등 7명에게 '내란목적 살인죄 및 내란수괴 미수죄' 등을 적용하여 사형이 선고되었다(1980년 1월 28일, 계엄고등 군법회의에서도 1심과 마찬가지로 김재규 등에게 사형을 선고했다. 2월 20일, 대법원은 김재규 등의 상고를 기각함으로써 사형이 확정되었다. 당시 재야세력의 일부는 김재규 구명운동을 위해 서명을 받고 있었으나, 무위에 그치고 만 것이다. 이듬해 광주항쟁이 진행되던 1980년 5월 24일에 김재규 박선호 이기주 유성옥 김태원 등 5명은 서울구치소에서 '교수형'으로 사형이 집행됨으로써 형장의 이슬로 사라졌다).

1979년 12월 21일, 최규하 대통령은 제10대 대통령 취임식에서 "현 정부는 위기관리정부다. 특별한 이유가 없는 한 1년 이내에 국민 대다수가 찬성할 수 있는 헌법을 준비하겠다."고 말했다. 향후 직선제에 의해 대통령 선거가 치러질 것임을 시사한 것이다. 그즈음 '3김'으로 불리는 김대중 김영삼 김종필은 차기 대선을 맞아 대권 경쟁에 돌입했다. 아울러 전두환 노태우 등 '신군부세력'은 '12·12군사반란'으로 권력의 핵심에 한층 더 다가섰고, 자신들의 집권을 위해 1980년 1월부터 'K-공작계획'이 가동 중인 가운데 1980년 '서울의 봄'이 도래하고 있었다.

'대통령 긴급조치 9호'가 해제됨으로써 제적된 대학생들은 학교로 복학할 수 있었다. 그즈음 대학가에서 시작된 '민주화 열풍'에 힘입어 우리 사회는 민주주의가 도래할 거라는 믿음과 열망에 가득 차 있었다. 언론은 이를 가리켜 '서울의 봄'이라고 명명했다. 시국사건으로 제적된 후 학교로 복적한 대학생들은 '학도호국단'의 해체와 학원민주화를 위한 첫 과제로 총학생회의 부활을 주장했다. 전국의 대학가는 학생회장의 직선제 선거열풍에 휩싸였으며 3월 28일, 서울대 총학생회가 맨 먼저 출범했다. 유신치하에서 사라졌던 각종 서클이 부활했고, 4월에 접어들어 유신체제에 협력한 어용교수의 퇴진과 재단비리의 척결, 언론자유 문제가 대두되었다.

광주의 전남대의 경우에도 '민주화의 봄'이 찾아오면서 각종 시국사건으로 제적되었던 대학생들이 복적하게 된다. 〈민청학련〉 관련자들과 〈우리의 교육지표〉 사건으로 제적된 사람들이 학교로 돌아오게 된 것이다. 정동년 김상윤 박몽구 등이 복적을 했다.

전대 학생운동권의 중심인 윤한봉의 경우 1979년 '전대 상담지도관실 방화사건'의 배후조종자로 몰려 서부경찰서로 끌려간 후 모진 고문을 받았고, 10·26 이후 12월 초에 석방되었다. 그는 1979년 12월 하순까지 〈전남민주청년협의회〉 회장과 〈현대문화연구소〉 소장을 맡다가 그 자리를 정용화에게 물려주었다. 이후 윤한봉은 전대 운동권의 상황과 정국 추이를 지켜보면서 1980년 5월 17일까지 광주에 머물렀다.

'우리의 교육지표' 사건으로 수감생활을 하다가 10·26 이후 석방돼 영문과 2학년으로 복적한 박몽구 시인은 '복적생협의회(회장 정동년)'의 일원으로 활동했으며, 교내의 각종 시국선언문을 초안했다. 또한 전남대의 유일한 학생시인으로서 4·19행사 때 기념시를 발표하기도 했다.

그즈음 전남대 학원민주화를 위해 각과 학회장과 서클의 대표자를 중심으로 〈학원자율화추진위원회(학자추위)〉가 구성되었다. '학자추위'는 학원민주화와 총학생회의 부활을 위한 공청회, 해직교수 및 제적학생 복직·복적 환영대회 등의 프로그램을 통해 학생들의 관심을 끌어모으고 있었다. 3월 17일, 〈학자추위〉는 어용교수 11명의 퇴진을 주장했다. 그러나 어용교수로 지목된 교수들은 퇴진은 물론이거니와 자숙과 반성의 기미조차 보이지 않았다. 3월 27일에는 〈어용교수 백서〉가 발표되어 유신체제에 협력했던 교수 11명의 행적이 낱낱이 공개되기도 했다.

1980년 4월 4일, 전남대 직선제 총학생회 구성을 위한 첫 유세가 전대 대강당 앞 광장에서 열렸다. 학도호국단 체제를 종식하고, 6년 만에 치러지는 직선제 총학 선거였다. 학생운동권의 지지로 출마한 '들불야학' 강학 출신의 법학과 3학년 박관현은 열변을 토했고, 이미 대세를 장악했다. 그리하여 그는 4월 9일에 치러진 총학생회장 선거에서 압도적인 지지로 당선되었다. 인문사회대 학생회장으로는 사회학과 3학년 박선정이 선출되었다.

4월 23일, 인문사회대 학생회는 임시총회를 열어 23일 당일까지 어용교수들이 자진사퇴하지 않을 경우 해당교수의 교수실 폐쇄와 화형식을 갖기로 총의를 모았다. 총학 간부들은 비록 사제지간의 정을 끊더라도 이는 민주화를 위한 도정에서 어쩔 수 없는 일이라고 생각했다.

2. 윤재걸 양성우 문병란 시집이 몰고 온 파장

윤재걸 시인의 첫 시집 『후여후여 목청 갈아』

1979년 12월 하순경 서울 평민사에서 출간되어 1980년 봄에 광주 문학도들에게 가장 많이 회자된 책은 윤재걸(尹在杰) 시인의 『후여후여 목청 갈아』라는 첫 시집이었다.

1947년 전남 해남군 옥천면 동리마을에서 고산(孤山) 윤선도(尹善道) 선생의 11세 직손(直孫)으로 태어난 윤재걸은 광주서중을 거쳐 광주일고를 입학했다. 고교 시절 문득 자신이 고산의 직계후손이라는 생각이 들어 이때부터 시작에 몰두했다. 1965년 광주일고를 졸업한 후 이듬해 1966년 『시문학』 9월호에 「어느 병실에서」 등 2편의 시로 다형 김현승 시인의 초회 추천을 받았고, 그해 12월호에는 「과원에서」라는 시로 2회 추천을 받아 문학적 역량을 인정받았다.

1967년 연세대 정치외교학과에 입학한 그는 연대 학생운동의 선두 주자였다. 1971년 연대를 졸업한 후 그해 1971년 4월 대선을 앞두고 신민당 김대중 후보의 정책팀 일원으로 활동했다. 당시 DJ가 대선공약으로 발표하여 이슈가 된 '향토예비군제 폐지' 공약을 입안하는 등 대선에서 큰 역할을 했다. 대선 후 그는 안기부가 조작한 '서울대 내란음모사건'의 배후조종자로 지목되어 강제 입영을 당했다.

1973년 군 제대 후 중앙일보 기자로 입사하여 TBC-TV의 PD로 명성을 날리던 그는 1975년 8월, 「용접」 등의 시편으로 『월간문학』 신인상에 당선되어 마침내 시인이 되었다. 그는 1975년 12월부터 동아일보 『신동아』 기자로 일하면서 당시 사회문제가 된 '함평고구마사건'을 심층 취재하여 역량 있는 기자로 이름을 떨치기도 했다.

1975년 등단 무렵에 윤재걸은 김남주 시인이 운영하는 광주시내 '카프카서점'에서 소설가 송기원(宋基元), 시인 김준태 등과 자주 어울렸다. 그때 윤재걸은 "정치와 시는 한 몸이다."는 독특한 문학관을 설파하기도 했다.

송기원은 1947년 전남 보성에서 태어나 조대부고를 거쳐 서라벌예대 문창과, 중앙대 문예창작과를 다녔으며, 그즈음 시인이자 소설가로 활동했다. 그는 1967년 전남일보 신춘문예에 시 「불면의 밤에」가, 1974년에는 동아일보 신춘문예에 시 「회복기의 노래」, 중앙일보 신춘문예에 소설 「경외성서」가 각각 당선되어 광주문단은 물론 서울에서도 화제가 되었고, 윤재걸과는 절친한 친구 사이였다. 송기원은 윤재걸 시집의 '발문'에서 1975년 당시의 광주 문단 풍경과 윤재걸의 문학관을 이렇게 피력한 바 있다.

내가 친구이자 같은 문학 동인인 윤재걸을 처음 만난 것은 1975년 무렵, 광주에서 K시인(김남주)이 경영하고 있던 카프카라는 서점에서였다. 윤과 나와 K는 쉽게 의기가 투합되어 만난 그날부터 술을 마시며 새삼스럽게 문학청년 짓거리를 해대기 시작했다. 그때 셋 중에서는 유일하게 유부남인 윤은 철딱서니 없게도 가정보다는 K와 나와의 동숙을 좋아해서, 늘상 결혼반지나 결혼시계 따위를 내밀며 우리를 끌고 다녔고, K와 나 또한 워낙 철면피들이라 그런 윤을 은연중 부추겨대었다(중략).

윤재걸을 처음 대하는 사람은 우선 그의 시원한 이마와 함께, 작은 몸짓과는 달리 상대방을 단번에 압도하는 대인풍의 너털웃음과 제스처에 주눅이 들 것이다. 그것은 무엇보다도 학생시위가 격렬하던 무렵의 신촌 일대 학원가를 휩쓸면서, 뜨거운 현실인식으로 사회의 제반 모순과 대항하던 투사 시절에 자연스럽게 몸에 익힌 것일 것이다.

만약 시라는 것에도 정도(正道)가 있을 수 있다면, 그는 정도의 시만을 쓰겠다고 선언한 적이 있다. 그는 이를테면 정치와 시는 한 몸이라고 믿고 있는 듯하다. 시를 전혀 현실인식이나 사회의식으로부터 분리시켜, 무슨 자연이나 노래하고 살아가는 자잘한 기쁨이나 읊조리고 혹은 아직껏 유행되고 있는 애매모호한 '무의식의 탐구' 따위 말장난 같은 시만을 시라고 주장하는 미몽의 자들에게는 윤의 정도가 일종의 혁명이나 반체제 운동처럼 금기의 대상으로 보일지도 모른다.

바로 이처럼 1975년 무렵부터 자신의 확고한 문학관을 지닌 윤재걸 시인은 '윤재걸의 〈창법 혹은 삶의 방법의 시〉'라는 부제를 달아 40편의 시를 묶은 첫 시집 『후여후여 목청 갈아』를 출간하여 1980년 '서울의 봄' 당시 광주지역의 문학청년들에게 필독서가 될 정도로 인기가 높았다.

1980년 5월항쟁 당시 윤재걸은 『신동아』의 기자로 광주의 진실을 취재했지만 이것이 언론에 반영되지 않자 신문사 편집국에서 울분을 토해냈다. 결국 이것이 문제가 되어 그해 8월에 'A급 문제언론인'으로 낙인찍혀 신군부에 의해 강제해직을 당하는 고초를 겪어야 했다. 해직 이후 그는 베스트셀러 르포집 『서울공화국』(1984, 나남) 등을 펴내면서 1980년대 초반의 '르포시대'를 이끌다가 1985년 동아일보에 복직하게 된다.

복직 이후 그는 1985년 2월 청사출판사에서 제2시집 『금지곡을 위하여』를 펴냈고, 『신동아』 4월호에 「장준하, 그 의문의 죽음」이라는 기사를 써서 세간의 이목을 집중시켰다. 이어 7월호에 「특별기획─광주, 그 비극의 10일간」이라는 특집기사를 썼다. 광주민중항쟁의 발단과 원인, 그 비극적 최후와 항쟁의 의의를 추적하여 원고지 350매 분량으로 집필한 이 기사는 전두환 '5공정권'이 한창이던 시기에 '한국 공식언론사상 최초'로 광주 문제를 정면으로 다룸으로써 광주 시민들의 피맺힌 한(恨)을 풀어주었다. 『신동아』 7월호가 출판된 후 윤재걸은 동아일보의 남시욱 출판국장, 이정윤 출판부장과 함께 보안사에 연행되어 모진 고초를 겪기도 했다.

양성우 시인의 제4시집 『북치는 앉은뱅이』

　양성우 시인은 1979년 7월 17일, 제헌절 특사로 석방되어 일약 한국 문단의 중심으로 복귀했다. 석방되자마자 그는 함석헌 선생이 발행하는 『씨알의 소리』 1979년 8월호에 신작시 「영등포 산조」를 발표했고, 『창작과비평』 1979년 가을호에 특집으로 「꽃 꺾어 그대 앞에」 등의 시편을 발표하여 문단에 돌아왔음을 알렸다. 이듬해 1980년 3월에 창간된 무크 『실천문학』에 장시 「만석보」를 발표한 그는 감옥에서 쓴 옥중시편을 묶어 1980년 4월 하순에 창작과비평사에서 네 번째 시집 『북치는 앉은뱅이』를 출간했다.

　양성우의 옥중시집 『북치는 앉은뱅이』는 장시 「노예수첩」 필화사건으로 교도소에 수감 중일 때 성경의 갈피에 못으로 눌러 쓰거나 그 당시 긴급조치로 수감 중인 연대 학생 김영환이 암송한 작품들, 그리고 교도소 내 '민주교도관'이 은밀히 건네준 종이에 쓴 시편들을 한데 모아서 시집으로 엮어낸 것이다.

　시집 『북치는 앉은뱅이』에 대해 문학평론가 백낙청은 "쇠창살 속에서 오히려 더욱 뜨거워진 시인의 정열이 이제 또 한 권의 시집으로 결실한 것은 우리 모두의 큰 기쁨이 아닐 수 없다."고 평했다. 그리고 고은 시인은 "양성우는 좋은 시인이다. 그는 그의 시와 행동을 역사의 절실성에 두고 있다. 특히 70년대의 암흑이야말로 양성우의 절실성을 빛나게 한 것이다."라고 평했고, 조태일 시인은 "양성우는 온통 뜨거운 시인이다. 그러므로 그가 쓰는 시들은 항상 뜨거움으로 살아 있다. 이 뜨거움으로 자신을 불사르며 70년대를 이겨 왔고, 이 뜨거움으로 80년대를 밝힐 것이다."라고 말했다. 하지만 양성우는 김지하와 함께 이미 '반체제 시인'으로 낙인이 찍힌 터라 그의 시집은 출간되자마자 계엄사에 의해 즉각 '판매금지 조치'가 내려졌다. 시집 『겨울공화국』에 이은 두 번째 판금조치였다.

1 1979년 12월 하순에 출간된 윤재걸 첫 시집 『후여후여 목청 갈아』(평민사), 1980년 4월에 출간된 양성우 제4시집 『북치는 앉은뱅이』(창작과비평사), 1980년 4월에 재출간된 문병란 팸플릿 시집 『벼들의 속삭임』(양서조합)은 1980년대 초반 광주 문청들의 필독서였다. **2** 월간 『신동아』 기자 시절, 광주의 어른 홍남순 변호사를 취재하고 있는 윤재걸 시인. **3, 4** 제4시집 『북치는 앉은뱅이』를 출간할 무렵의 양성우(왼쪽) 시인, 팸플릿 시집 『벼들의 속삭임』을 출간할 무렵의 문병란 시인.

10·26 이후의 정치적 격변기와 1980년 '서울의 봄'을 맞아 양성우 시인은 동교동의 DJ로부터 부름을 받고 대통령 직선제에 대비해 '대통령선거기획업무'에 참여했다. 한승헌 변호사와 함께 신촌로터리 근처에 비밀 사무실을 차려 놓고, 1980년 5·17직전까지 DJ의 연설문을 초안하거나 '내가 본 김대중'이라는 홍보책자의 발간을 기획하는 등 여러 활동을 전개했다. 그 당시 '창제인쇄공사'를 운영하던 조태일 시인에게 DJ의 성명서나 연설하도록 은밀히 부탁하였고, 이 일로 조태일 시인은 1980년 3월 경찰에 체포되어 1주일간 조사를 받기도 했다. '서울의 봄' 당시에도 DJ는 신군부 세력에 의해 일거수일투족을 감시받고 있었다.

문병란 시인의 팸플릿 시집 『벼들의 속삭임』

유신체제 아래서 교직을 박차고 나와 광주시내 '대성학원'의 국어강사로 생계를 꾸려 나갔던 문병란 시인은 '시와 행동의 일치'라는 자신의 문학적 신념을 확고히 하고 있었다. 1978년 1월에 『벼들의 속삭임』이라는 제목으로 '농민문고' 형식의 시집을 발행한 것이 절판되자, 1980년 4월에 이 시집의 증보판을 출간하였다. 광주시 동구 대의동의 YWCA 건물 2층에서 '양서협동조합'이라는 서점을 운영하던 장두석 대표의 도움으로 출간된 이 시집에는 모두 45편의 시작품이 수록되어 있다.

『죽순 밭에서』를 재출간했지만, '판금조치'된 자신의 시집이 서점에 유통될 수 없게 되자 문병란은 팸플릿 시집을 출간했고, 광주 독자들의 반응은 뜨거웠다.

비록 팸플릿 형식으로 인쇄소(동명인쇄사)에서 출간된 것이었으나, 그 내용은 당시로선 상상할 수 없을 정도로 날카로운 현실인식이 돋보인 작품이었다. '유신벼'와 '통일벼'를 등장시켜 박정희 유신체제를 신랄하게 비판한 장시 「벼들의 속삭임」과 「땅의 연가」 등의 대표작, 그리고 공무원들의 파렴치한 행태를 풍자, 고발한 「고급공무원 K씨의 하루」

등이 실린 문제의 시집이었다.

> 유신벼, 통일벼 자네들은 아는가/이내 사설을 들어보게/넓으나 넓
> 은 들 오지게 익은 벼/박참봉 김참봉/양반 지주 집으로 죄다 들어가고/
> 진짜 주인들은 배를 곯던 시절/상놈 머슴놈들은 손톱이 빠지고/지게
> 밑에서 골병이 들었지./타작이 끝나기 바쁘게 홅이 밑에서/우리들은
> 모두 멱서리에 담겨져/부잣집 창고로 끌려갔지./터져죽고 곯아 죽고/
> 굶주리는 주인님 그리워하며/이듬해 봄이 올 때까지/우리들은 창고에
> 갇혀 낮잠을 잤지/놀고 먹는 양반이 있고/일하고 굶주리는 상놈이 있
> 던 시절/우리들은 쌀이 되어 밥상에 올라/폭군의 기름진 수라가 되고/
> 박판서 김판서 창자 속에 들어가/뭉글뭉글 피어나는 욕심이 되고/탐관
> 오리 시커먼 뱃속에 들어가/냄새 고약한 똥이 되고/세도 싸움 벼슬 낚
> 시 밑천이 됐지.
>
> — 「벼들의 속삭임」 중에서

문병란 시인은 시집 『벼들의 속삭임』의 서문에서 자신의 확고한 문학적 신념을 밝혔다. 1980년 5월 17일, 전국 일원에 비상계엄이 확대되자 문병란 시인은 이 시집이 문제가 되어 신군부가 작성한 '예비검속 대상자'의 명단에 올라 한동안 도피생활을 했다. '내란음모 배후 선동자'로 수배되어 여수에 있는 순천고 제자 서충석의 집에 은신해 있다가 6월 28일, 자진출두를 했다. 문병란 시인은 곧바로 구속 수감되었고, 9월 중순경 기소유예 처분으로 풀려날 수 있었다.

> 시(詩)도 생활필수품과 같아서 우리가 일용할 양식이어야 하고 누
> 구나 쉽게 이해하며 삶의 에너르기가 되어야 한다. 교과서나 고급 양장
> 의 시집에 끼어서 명성과 여백을 자랑할지라도 그것이 민중에 의해 읊

어지거나 공감을 불러일으키지 않을 때는 시를 위한 시, 자랑하기 위한 시이지 우리들에게 꼭 필요한 시는 아닐지 모른다(중략). 가장 이상적인 사회는 역사상에 한 번도 없었을지 모른다. 그러나 우리는 그 이상 사회 실현을 한 번도 포기한 적이 없었다. 세상에서 가장 무서운 것은 무엇인가? 그것은 무기도 돈도 아니다. 오직 진실일 뿐이다. 이 진실을 믿는 사람들을 위하여 이 시집을 편다.

3. 이명한 송기숙 작가의 문학적 성과와 무크『실천문학』

〈광주전남민족문학인협의회〉를 이끈 이명한 작가

1979년 첫 소설집『효녀무(孝女舞)』를 조태일 시인이 운영하는 '시인사'에서 출간한 후 본격적인 창작활동을 전개한 이명한(李明翰) 소설가는 광주전남 문단의 대표적 작가 중의 한 사람이다.

이명한은 1932년 전남 나주 봉황면에서 '나주학생독립운동'의 주역, 독립운동가 이창신의 장남으로 태어났다. 이명한은 1950년대 말, 나주에서 거주하던 소설가 오유권을 만나 문학의 길에 접어들었다. 나주 영산포 출신의 농민문학가 오유권(吳有權, 1928~1999)은 김동리 황순원의 추천으로 등단하여 8편의 장편소설과 2백여 편의 중·단편소설 등 모두 2백 13편의 작품을 남기는 등 광주전남이 낳은 최대의 다작 작가로 유명하다. 작가 오유권은 지치지 않은 창작열로 작품을 쓰면서도 문학에 뜻을 둔 고향 후배들을 키워냈다. 이명한 한승원 문순태 주동후 등 광주전남지역의 후배 작가들을 길러낸 것이다.

이명한은 신춘문예에 소설을 응모했다가 낙선의 아픔을 겪은 후 한때 문학의 길을 포기하려고 했다. 그러다가 가슴속에 사라지지 않은 문학적 혼불을 꺼버릴 수 없어 1970년을 전후로 몇몇 시인들과 동인활동을 전개하면서 다시 문학에 뜻을 두게 된다. 시 창작에 남다른 열정을 갖고 그는 5차례나 동인지를 펴낸 후 1970년대 광주에서 결성된 〈소설문학〉 동인의 일원으로 참가했다. 1970년 작가 주동후와 한승원의 주도로 결성된 〈소설문학〉 동인은 1973년 3월에 창간호를 내고 본격적인 활동을 전개하다가 1979년까지 세 번의 작품집을 출간했다.

동인지 『소설문학』 창간호에는 김만옥 김신운 김제복 이계홍 이명한 주길순 주동후 한승원이 참여하여 단편소설을 싣고, 그 첫발을 내딛었다. 이후 1974년 7월에 발간된 2집에 김만옥과 주길순 대신에 문순태 강순식이 참여했고, 1979년 2월에 출간된 3집에는 송기숙 설재록 이지흔 정청일이 새로운 동인으로 합류함으로써 동인지 『소설문학』은 한동안 광주 소설문단의 구심체 역할을 수행했다.

1975년 4월, 단편소설 「월혼가(月魂歌)」로 제15회 『월간문학』 신인상에 당선된 이명한은 불혹의 나이를 넘겨 늦깎이로 중앙문단에 얼굴을 내밀었다. 『월간문학』에 등단할 당시 작품을 심사한 정한숙, 곽학송 작가는 심사평에서 "이명한의 소설은 차분한 문장과 정확한 표현으로 능히 기성의 수준에 이른 작품이다. 어느 산촌의 자그마한 상황을 이처럼 아름답게 꾸민 솜씨는 범상치 않다."고 찬사를 아끼지 않았다. 그 후 이명한은 '전남일보 창간 1주년 기념 장편소설 현상공모'에 「산화(山火)」가 당선되기도 했다.

조선대 법정대 법학과를 졸업하고 1973년부터 약 10년 동안 조대부고 국어교사로도 재직했던 이명한 작가는 당시 문예반 지도교사로, 훗날 〈5월시〉 동인으로 참여하게 되는 이영진의 문학적 재능을 발굴하여 그를 시인의 길로 이끌기도 했다. 이명한 작가는 출판기념회 모임에서 자신의 문학관을 이렇게 밝혔다.

일제 강점기와 한국전쟁, 군부독재 시절을 거쳐 오면서 격렬한 시

1, 2 〈광주전남민족문학인협의회〉(현재 광주전남작가회의)를 이끈 이명한 작가. 1991년 리얼리즘문학의 거장, 김정한 작가(가운데 의자에 앉은 이)의 부산 자택 앞에서 광주전남의 문인들. 송기숙 이명한 공동회장과 장효문 허형만 김준태 김희수 곽재구 고재종 이철송 윤정현 조성국 윤석진 시인과 김유택 박혜강 심상대 정해천 작가 등. 3, 4 이명한 작가의 소설집 『효녀무』(시인사), 『황톳빛 추억』(작가), 장편 『달뜨면 가오리다』(열린세상) 등. 5 2012년 7월에 출간된 이명한 첫 시집 『새벽, 백두정상에서』(문학들) 출판기념회에 자리한 이명한 작가 가족.

대적 상황과 직면했다. 그때 나는 죽을 고비를 넘기면서 어쩜 내 생명은 아무것도 아니라는 생각으로 문학의 외길을 걸어왔다. 우리가 이 사회와 역사 속에서 삶을 이어가고 있는데, 문학이 결코 당대 현실을 외면해서는 안 된다고 생각한다. 문학은 허공에서 나오는 것이 아니다.

1979년 『효녀무』를 출간하고 나서 이명한 작가는 두 번째 소설집 『황톳빛 추억』(2001, 작가출판사)을 펴냈고, 이어 백호 임제 선생의 사상과 시혼을 형상화한 장편소설 『달 뜨면 가오리다』를 광주 『금호문화』에 절찬리에 연재했다. 이후 1994년 열린세상출판사에서 이 소설을 전 2권으로 출간한다. 아울러 그는 광주매일신문에 대하역사소설 「춘추전국시대」를 연재하기도 했다.

1987년 9월, 작가 이명한은 〈광주전남민족문학인협의회〉를 결성하여 문병란 시인, 송기숙 작가와 함께 공동의장으로 활동했다. 이후 광주민예총 회장, 민족문학작가회의 자문위원, 6·15공동위원회 남측공동대표, 한국문학평화포럼 회장으로 활동하면서 문학예술활동과 통일운동을 병행했다.

또한 지난 2012년 7월에 첫 시집 『새벽, 백두의 정상에서』(2012, 문학들)를 출간하여 팔순이 넘은 연치에도 지치지 않은 창작열을 보여 주었다. 그해 7월 20일, 5·18기념문화센터 대동홀에서 열린 출판기념회에서 이명한은 첫 시집을 출간하는 소회를 밝혔다.

소설을 쓰면서도 시라는 것을 가슴 한구석에 종양처럼 간직하고 살아온 노정이 짧지 않았다. 가슴속에 지니고 살기가 버거워 한 점씩 떼어내어 꽃잎 뿌리듯 여기저기 던져 놓은 것들을 달리는 버스 속이나 가로수 아래, 더러는 먼지 자욱한 길거리에 서서 한 수씩 수첩 위에 새겨오다 보니 백여 수가 되어 버렸다.

이명한 작가의 부친 이창신(李昌信, 1914~1948) 선생은 일제치하 '나주학생독립운동'으로 옥고를 치른 애국지사로 유명하다. 또한 이창신 선생은 1934년 『신동아』지에 '이석성(李石成)'이라는 필명으로 장편소설 「제방공사」가 당선돼 등단한 소설가이기도 하다. 장편 「제방공사」는 일제의 검열로 글의 곳곳이 삭제당할 정도로 치열한 작가정신을 보여 준 작품으로 일제 강점기인 1930년대 조선인 노동자와 민중들의 처절한 삶을 형상화하여 주목을 받았다. 하지만 우리 문학사에서 이창신 작가에 대한 평가가 제대로 이루어지지 않고 있어 안타깝다.

이명한 작가의 아들 이철영(李哲寧)은 문화재를 보존하는 일과 함께 전라도의 역사와 풍물, 문화유적에 조예가 깊은 광주지역의 대표적인 '답사여행 작가'로 알려져 있다. 지난 2007년 '한국문학평화포럼 기획신서'로 『이철영의 전라도 기행』을 화남출판사에서 출간했을 때 오마이뉴스 오연호 대표기자는 이철영에 대해 이렇게 평가했다.

전라도를 주제로 글을 쓰는 작가는 많다. 하지만 전라도의 역사와
문화를 제대로 울궈내는 글은 많지 않다. 이철영의 글은 전라도를 다시
들여다보게 하는 미덕이 있다.

'이창신-이명한-이철영'은 한국문학사에서 보기 드문 '문학적 3대(代)'를 형성해 남도의 예술혼과 남도 사람들의 철학을 담아낸 '산문정신'의 진수를 보여 주었다. 〈광주전남민족문학인협의회〉 공동대표로 활동한 작가 이명한은 해마다 찾아오는 그 5월에 대해 자신의 오롯한 마음을 이렇게 표현한 바 있다.

5월은 얼마나 모진 계절이기에 해마다 거르지 않고 이 땅을 찾아와
우리를 이렇게 아픈 매로써 채찍질을 하는 것일까. 5월은 도대체 무엇

이기에 우리의 동산을 찾아와 접동새 울음으로 가슴을 에이게 하는 것일까. 흘러가도 흘러가도 건너뛰지 않고 되돌아오는 잔인하고 황홀한 5월의 그날을 우리는 지금 다시 맞이하고 있다.

청주교도소에서 초고가 집필된 송기숙의 장편 『암태도』

1979년 7월 17일, 박정희 정권의 제헌절 특사로 석방된 송기숙(宋基淑) 작가는 한동안 장편창작에 매진했다. 1978년 6월, 전남대 교수 시절 〈우리의 교육지표〉 사건에 연루되어 광주교도소에서 복역하다가 이듬해 청주교도소로 이감된 송기숙 작가는 청주교도소장의 특별한 배려로 옥중에서 자신이 구상 중인 소설의 초고를 쓸 수 있었다. 당시 감옥에서는 좀체 찾아볼 수 없는 일이기도 했다. 청주교도소장은 어느 날 송기숙 작가를 불러 이렇게 제안했다.

명색이 작가인데 감옥에서 허송해야 되겠소? 송기숙 교수님께 집필할 수 있도록 허용하겠습니다.

사실 따지고 보면 일제치하 감옥에서도 작가들에겐 집필이 허용되었다. 하지만 유신치하에서 작가에게 펜을 준다는 것은 감히 상상할 수 없는 일이었다. 그리하여 송기숙 작가는 훗날 자신의 대표작이 된 장편소설 『암태도』의 상당 부분을 청주교도소 감옥에서 집필할 수 있었다.

송기숙 작가는 1979년 제헌절 특사로 석방된 후 감옥에서 쓴 이 초고를 바탕으로 장편소설 『암태도』의 집필에 착수했고, 1979년 『창작과비평』 겨울호부터 연속 3회에 걸쳐 이 소설을 연재한 후 1981년 11월에 책으로 출간했다.

일제하 농민들의 삶과 투쟁을 그린 장편소설 『암태도』는 1920~1930년대를 시대적 배경으로 전남 신안군 '암태도'에서 발생한 농민(소작농)

들의 반봉건적·반일적 저항과 투쟁을 형상화한 작품으로 1980년대 초반 민족문학의 최대성과로 평가되었다. 현실에 순응하며 살아가야 했던 농민들이 삶의 일상성에서 깨어나 자신의 삶과 인간으로서의 자존을 회복하고자 저항하는 모습을 송기숙 작가는 감동적인 필체로 보여 주었다.

그가 이전에 출간한 『자랏골의 비가(悲歌)』와는 달리 불가피한 몇 군데만 사투리와 민요를 사용했고, 상당 부분은 표준말을 썼다는 점에서 그 이전 작품과는 문체적 차이가 있었다. 그럼에도 송기숙 작가는 그 누구보다도 유려하게 전라도 토착방언을 구사하여 주목을 받았다.

1980년 3월, '서울의 봄' 당시에 전혀 새로운 형식의 문예지가 출간되어 문단 안팎에서 비상한 관심을 불러 모았다. 전예원에서 출간된 무크(MOOK) 『실천문학』의 창간호였다. 〈자유실천문인협의회〉의 고은 이문구 박태순 이시영 송기원 등이 주축이 되어 이 단체의 기관지로 처음 출간된 무크 『실천문학』은 '역사에 던지는 목소리'라는 슬로건을 내걸었고, 계엄령 치하에서 검열관들과의 가시 돋친 설전 끝에 출간될 수 있었다.

1980년에 출간된 창간호에는 '무단(舞丹)'이라는 필명으로 고은의 장시 「벽시」가 실렸으며, '늦봄'이라는 필명으로 문익환의 시 6편이 수록되었다. 계엄사는 이 책이 창간될 당시 '사면복권'이 안 되었다는 이유로 두 시인의 이름조차 못 쓰게 했다. 또한 잡지의 본문 여러 군데가 검열에 걸려 몇 행씩 잘려 나갔다. 문병란의 시 「함평고구마」와 최하림의 시 「희망 없는 땅」의 경우 각 시마다 5행씩이 삭제되었다. 그뿐 아니라 박태순 정희성 송기원 이시영 등 4인의 토론은 곳곳이 계엄사의 검열로 '삭제'를 면치 못했다. 그럼에도 불구하고 무크 『실천문학』은 독자들의 주목을 받으며 서점에서 불티나게 팔려 나갔다.

무크 『실천문학』은 1980년 5·17쿠데타 이후 신군부에 의해 『창작과

1 청주교도소에서 초고가 집필되어 계간 『창작과비평』에 연재 후 출간된 송기숙 장편 『암태도』(창작과비평사, 1981).　**2** 빨치산 루트를 찾아 산행에 나선 송기숙(오른쪽 두 번째), 조정래 작가와 경제학자 박현채 등.　**3** 대하 장편소설 『녹두장군』을 집필한 무렵의 송기숙 작가.　**4** 1980년 3월, '자유실천문인협의회'의 기관지로 창간된 무크(MOOK) 『실천문학』은 1980년대 새로운 문학운동을 주도했다. 『실천문학』 제1권은 계엄사의 검열조치로 문병란의 시 등 본문 곳곳이 삭제되었다.

비평』, 『문학과지성』 등의 문예지가 강제 폐간될 때 한국문학의 공백을
메우며 1980년대의 '유격적 문학운동'을 선도했다. 1981년에 2집(『이
땅에 살기 위하여』)과 1982년에 3집(『말이여 솟아오르는 내일이여』)이
출간되었고, 1984년에 제5권이 나온 후 1985년부터 계간 문예지로 전
환되었다.

　　1982년부터 서울에서는 『우리세대의 문학』, 『공동체문화』, 『언어의
세계』, 『문학의 시대』, 『민의』, 『시인』, 『민중시』, 『민중』 등의 무크가 봇
물처럼 쏟아져 나오기 시작했고, 지역에서는 마산의 『마산문화』, 부산의
『지평』 등이 출간되었다. 광주에서는 1982년 9월 정진백의 주도로 『남
풍』이 출간되었고, 이후 『민족과문학』(1983년)이 출간되었다. 1985년에
는 '광주출판사'의 김희수 고규태 전용호에 의해 『민족현실과 지역운동』
이 출간되는 등 광주에서도 새로운 출판운동이 활발하게 전개되었다.

4. '서울역 회군'과 '5·17쿠데타' 그리고 '광주시민봉기'

　　1980년 5월부터 서울의 대학가는 계엄령 해제, 유신잔당의 퇴진, 정
부 주도의 개헌중단, 노동3권 보장 등의 슬로건을 내걸고 정치투쟁을
전개했다. 5월 14일, 고려대에서 모인 서울 27개 대학의 총학생회 대표
들은 시청과 광화문 일대에서 시위를 전개했다. 시위는 다음 날까지 이
어져 15일 오후에는 서울역 인근에 대학생 10만 명이 운집하여 민주화
일정을 늦추고 있는 최규하 정부를 성토했다. 오후 8시경 서울역의 시
위는 절정에 달했다. 신현확 국무총리는 부랴부랴 담화를 발표하여 연
말까지 개헌안을 확정하고, 1981년 상반기에 양대 선거를 실시하겠다고
공언했다. 아울러 5월 20일, 국회가 열리면 비상계엄을 해제하겠다며
학생들의 해산을 종용했다.

국무총리의 담화가 있은 후 서울과 경인지역의 총학생회장 20여 명은 서울대 이수성 학생처장과 심재철 총학생회장의 주도로 서울역에서 갑자기 철수하기로 결정했다. 이른바 '서울역 회군'으로 시위는 중단되었고, 그날 밤 9시경부터 학생들은 각 대학별로 철수를 시작했다.

5월 16일, 서울은 그 전날과 달리 거짓말처럼 평온했다. 그날 오후 5시부터 이화여대 동창회관에 모인 전국 55개 대학의 대표들은 향후 일정에 대해 밤새워 토론했다. 다음 날인 17일 오후, 학생대표들은 국회가 열리는 20일까지 모든 시위를 중단하기로 결정했다. 그런데 그날 저녁 오후 6시경 경찰이 회의장을 급습했고, 미처 피신하지 못한 다수의 학생들이 체포되었다.

1980년 5월이 오자, 광주의 대학가는 최규하 과도정부와 전두환 신군부의 움직임을 주시하면서 학내민주화투쟁을 마무리하고, 사회민주화투쟁으로 전환하려고 했다. 전남대 박관현 총학생회장은 1주일 동안 교내에서 열린 〈민족·민주화성회〉를 마무리했다. 그런 다음 1980년 5월 14일부터 전남도청 앞 광장에서 수많은 학생들과 시민들이 참가한 가운데 〈민족·민주화 대성회〉를 갖고 시국선언문을 발표했다. 특히 15일에는 4월혁명 이후 최초로 송기숙 김동원 등 전남대 교수 50~60여 명이 폭우 속에서도 대형 태극기를 앞세우고 학생들과 함께 금남로 일대를 행진했다.

5월 16일 오후 3시경부터 민족·민주화를 위한 〈횃불 대성회〉에 참가하기 위해 전남대와 조선대 그리고 광주교대 및 성인경상대 등 광주전남지역 18개 대학의 학생과 시민 등 5만여 명이 운집했다. 그날 박관현 전남대 총학생회장은 도청 앞 집회에서 횃불 대행진의 의의를 밝히며 열변을 토했다. 이날 밤 10시경 학생들과 시위대는 '계엄해제, 노동 3권 보장' 등을 요구하는 결의문을 채택했다. 이어 민주화의 의지를 모은 횃불로 '반민족, 반민주 5·16쿠데타'에 대한 화형식을 거행한 후, 「우리의 소원은 통일」을 목청껏 불렀다. 만약 계엄당국에 의해 휴교령이 내려질 경우 다음 날 오전 10시경 전남대 정문에서 만나기로 하고 모두들 질서 정연하게 뿔뿔이 헤어졌다.

한편 전두환 신군부는 권력찬탈을 위해 1980년 1월부터 은밀하게 〈K-공작계획〉을 가동하고 있었다. 보안사 언론공작팀은 신문과 방송의 사전검열을 통해 대학생들의 시위가 점차 거세어지고 혼란이 증폭된 것처럼 조장했다. 신문과 방송은 마치 난리가 날 것처럼 시위 사실을 대대적으로 보도했던 것이다. 정권 찬탈의 시기를 저울질하던 전두환은 5월 17일, 전군(全軍) 주요지휘관회의를 소집했다. 그리하여 5월 17일부터 권력 장악을 위한 '전두환의 시나리오'가 가동되었다. 전두환은 전군 주요지휘관회의를 통해 '비상계엄 전국 확대안'을 포함한 제반조치를 '백지(白紙) 서명'으로 위임 받은 후 국무회의에서 통과되도록 국방장관에게 압력을 넣었다. 그날 밤 9시 50분경, 신군부가 조장한 살벌한 분위기 속에서 '비상계엄 전국 확대안'이 국무회의를 통과했다. '비상계엄 전국 확대안'이 통과되기 몇 시간 전부터 전국 대도시에는 이미 군인들이 투입되고 있었다. 서울에는 7개 공수특전단 중 6개 여단이 투입되었다.

광주에는 계엄령이 발동되기 이전부터 공수부대가 전남대와 조선대 안에 숙영지를 구축했다. 7공수여단 병력의 절반인 2개 대대가 광주에 투입되었고, 그들은 '시위진압장비'가 아닌 '전투장비'로 무장하고 있었다.

1980년 5월 17일 밤 10시를 전후로 전두환의 5·17쿠데타는 서울에서 이미 가동되었다. 동교동의 DJ는 총으로 무장한 군인들에 의해 체포되었고, 전국의 주요 재야인사들과 대학 총학생회의 간부들에 대한 예비검속이 이미 시작되고 있었다. 18일부터 모든 대학에 휴교령이 떨어졌고, 언론은 더욱 강경한 검열로 재갈이 물려 있었다.

이후 1980년 5월 18일부터 27일까지 그 열흘 동안 광주에서 벌어진 일은 너무나 끔찍했고, 처참했다. 감히 누구도 그 이전엔 상상할 수 없었던 백주대낮의 학살극이 공수부대에 의해 자행되었다. 완전무장한 공수부대원들은 철심이 박힌 곤봉이나 개머리판으로 남녀노소를 가리지 않은 채 무차별적으로 폭행을 가했다. 어린 학생들과 여학생들, 노인들은 물론이거니와 시위에 참여하지 않고 길가에 그냥 서 있거나 걸어가는 사람들에게까지 잔인무도한 살상은 계속되었다. 특히 젊은 사람이라면 남녀를 불문하고 추격하여 진압봉으로 구타한 후 군용트럭에 싣고 어디론가 사라져 갔다. 천인공노할 이같은 만행에 저항하여 자연발생적으로 학생들과 시민들이 일제히 봉기하기 시작했다.

공수부대 학살극의 절정은 5월 21일, 오후 1시경 금남로 도청 앞에서 벌어졌다. 확성기에서 애국가가 울려 퍼지는 것을 신호탄으로 공수대원들은 M16 소총으로 시민들을 향해 집단발포를 시작했다. 일제사격은 무려 10분 동안 계속되었다. 금남로는 그야말로 피바다를 이루었다. 최소 54명이 사망하고, 500명 이상이 총상을 입어 피투성이로 나뒹굴었다.

이에 광주 시민들은 자신의 생명을 지키기 위해 무장봉기의 필요성을 절감했다. 광주 시민들은 화순 나주 영산포 함평 영암 강진 목포 해남 완도를 찾아 광주의 상황을 알렸고, 총궐기를 호소했다. 21일 오후 3시경부터 마침내 무장한 시민군이 광주에 등장했다. 공방전이 벌어졌고, 오후 4시가 넘어 시민군의 기세에 눌린 공수부대는 철수하면서 길가에 총기를 난사하여 또다시 수많은 시민들이 희생되었다. 21일 오후 6시경 공수부대의 철수 사실을 뒤늦게 파악한 시민군들은 '전남도청' 건물로 들어갔다. 마침내 공수부대가 광주 한복판에서 철수한 것이다. 광주 시민들에게 이 사실이 전해지자, 서로 부둥켜안은 채 감격의 눈물을 흘렸다. 이로써 1980년 5월 27일 새벽, 광주가 진압되기 전까지 이른바 '해방 광주'가 찾아왔다.

5월 22일, '해방 광주'가 찾아온 그날 '남동성당'의 김성룡 신부의

1 1980년 5월 15일, 전남도청 앞 〈민족·민주화 대성회〉에 전남대 교수들과 학생들이 대형 태극기를 앞세우며 금남로로 진입하고 있다. 2 5월 16일 광주 금남로의 〈횃불 대성회〉 관련 소식을 보도한 신문. 3 5월 16일 오후 3시부터 전남도청 앞 분수대에서 열린 〈민족·민주화 대성회〉에 5만여 명의 광주전남지역 학생들과 시민들이 참석했다. 4 신군부의 잔악한 '피의 학살'에 맞서 광주전남 지역민들의 정의로운 항쟁이 계속되었다. ⓒ5·18기념재단

주선으로 홍남순(변호사), 조아라(장로), 이애신(YWCA 장로), 조비오(신부), 이기홍(변호사), 장휴동(한일극장 대표), 송기숙(교수), 명노근(교수), 이성학(장로) 등 16명이 〈시민수습대책위원회〉를 결성하였으며, 계엄군과 정부에 광주 시민들의 요구사항을 제시했다.

그러나 신군부는 시민들의 간절한 협상요구를 묵살해 버렸다. 5월 27일 새벽 1시 30분을 전후로 하여 3개 공수여단의 특공부대와 보병 2개 사단 병력 등 총 2만여 명이 광주 중심부를 장악하기 위해 출동했다. 전남도청 안의 시민군 항쟁지도부는 죽음을 각오하고 싸우기로 결의했다. 하지만 도청과 시 외곽에 잔류해 있는 시민군들은 5백 명에 불과했다. 끝까지 자리를 지킨 윤상원 열사 등 시민군들은 도청이나 YWCA 등지에서 최후를 맞았다.

5월 27일 새벽 4시경, 중무장한 계엄군들의 무차별 사격으로 5시 10분경 전남도청이 함락되었고, 이어 오전 7시~8시경 YWCA 건물과 9시 30분경 녹두서점에 있던 사람들이 모두 체포됨으로써 10일 간에 걸친 5월광주항쟁은 '피의 학살' 속에 막을 내렸다.

광주 시민봉기로 인하여 사망한 희생자들의 숫자는 지금까지도 정확히 집계를 낼 수 없는 실정이다. 정부 측 통계수치의 한계와 각종 암매장 의혹사건이 아직도 규명되지 않았을 뿐더러 행방불명자에 대한 검증도 미완의 상태로 남아 있기 때문이다.

지난 2007년에 〈민주화운동기념사업회〉에서 발간한 『6월항쟁을 기록하다』(제1권, 116쪽~235쪽)에 따르면 광주항쟁 당시 사망했거나 이후 그 후유증으로 죽음에 이른 민간인 숫자는 총 235명이라고 밝히고 있다. 하지만 실제 인명피해는 이보다 훨씬 더 많았다. 5·18 초기에 군용트럭에 무차별적으로 실려 간 그 많은 사람들이 어디로 끌려가서 어떻게 죽었는지 아직도 알 수 없기 때문이다.

5. 5·18민중항쟁을 전후로 한 광주 문청들의 '진실투쟁'

1980년 '5·18민중항쟁' 기간 동안 신군부의 조작된 여론공작으로 5월광주의 진실은 철저히 은폐·조작되었다. 항쟁 기간 중인 5월 20일부터 광주의 지방지 전남매일신문은 기자들의 제작거부로 6월 1일까지 신문을 발간하지 못했고, 서울의 중앙지는 5월 21일까지 보안사의 사전검열로 광주 관련 소식이 일절 보도되지 못했다.

광주학살의 참상에 대해 침묵으로 일관했던 광주MBC와 KBS는 20일 밤에 불에 타 버렸다. '해방 광주'가 시작된 5월 22일부터 서울의 TV와 신문은 신군부의 입맛대로 왜곡·편집되었다. 텔레비전은 광주시민들의 피해 사실은 전혀 보도하지 않고, 폭력성만을 부각한 채 부상당한 공수대원들의 얼굴만 내보냈다. 전국의 신문 중 '동아일보'만 비교적 객관적인 사실보도를 했고, 조선일보 등 다수의 언론은 '신군부의 보도지침'에 충실히 따르고 있었다. 물론 그 배후에는 신군부의 보안사가 철저히 작동하고 있었다.

또한 마치 고정간첩과 불순분자의 난동으로 광주항쟁이 일어난 것처럼 선전하기 위해 '시위선동 간첩 검거— 군중에 먹일 환각제 소지'라는 가짜 기사와 함께 '간첩'의 사진과 증거물까지 게재했다. 그러나 훗날 이것은 계엄사가 거짓으로 조작해 발표한 것으로 밝혀졌다. 그뿐 아니라 5월 22일자의 신문은 5월 17일 밤, 계엄사로 체포된 김대중 선생에 대한 '중간수사결과'라는 것을 발표해 함께 실었는데, 이때 '학원소요 배후조종, 선동 확증' '학생조종, 민중봉기 시도' 등의 제목으로 5·18이 마치 DJ의 배후조종으로 발생한 것처럼 치졸한 언론공작을 자행했다. 그뿐 아니라 전두환 신군부가 주축이 된 계엄사는 광주 밖으로 나가는 7개의 외곽도로를 모두 봉쇄하여 외부로 통하는 모든 길을 철저히 차단했다. 5월 21일 오전부터는 일체의 시외전화가 불통되었고, 또 오전부터 고속버스도 운행되지 않았다. 아울러 21일 밤 9시 30분부터 외부로 가는 기차도 두절시켰다. 이 때문에 광주를 제외한 타지역의 사람들에게 광주의 참상과 그 진실은 거짓과 기만 속에 파묻혀 있었다.

보안사의 보도통제로 광주의 참상을 제대로 보도할 수 없게 되자 전남매일신문(全南每日新聞) 기자들은 5월 20일, 집단사표를 쓰고 제작거부에 들어갔다. 5월항쟁 중에는 광주의 지방지와 서울의 중앙 일간지 등 일체의 신문이 시민들에게 배달되지 않았다. 뉴스를 통해 접할 수 있는 '광주의 진실'은 아무것도 없었다. 텔레비전 역시 광주 관련 뉴스를 한 줄도 보도하지 않았기에 광주 시민들은 '진실의 입'이기를 포기한 '관제언론'을 한없이 원망했고, 그들에 대한 분노를 감추지 않았다. 20일 밤, 8시 20분께 전남여고 앞 MBC방송국이 화염에 휩싸이고, KBS 방송국도 불타오르자 환호성을 내지를 정도로 그때 광주시민들은 언론을 불신하고 있었다.

5월항쟁 기간 동안 온 국민의 눈과 귀가 가려진 채, 광주는 여타 지역과 분리·고립된 채 '절해(絕海)의 고도(孤島)'에 홀로 서 있어야 했다. 이에 광주의 문청(文靑)들과 시인들, 청년예술인들은 신군부의 '진실은폐 공작'에 저항하여 '광주진실 알리기 투쟁'을 즉각적으로 전개하기 시작했다.

신군부세력은 '광주의 진실'을 모두 '유언비어화' 하는 조작과 은폐를 자행했고, 그 진실을 생산하는 사람들을 즉각 체포·고문·구속·파면·수배·제적 등의 강경조치로 탄압했지만, '광주진실 알리기 투쟁'은 5월항쟁 기간 동안 그리고 그 이후에도 계속되었다.

훗날 소설가로 등단해 활동하게 되는 문청(文靑) 전용호는 5월항쟁이 시작되는 18일 오후부터 김선출 등 〈극회 광대〉의 단원들과 함께 광주의 참상을 담은 유인물을 만들어 살포했고, 5월 21일 오후부터는 〈들불야학〉의 윤상원 등과 함께 〈투사회보〉를 제작하여 광주의 진실을 시민들과 함께 공유하는 데 앞장섰다. 또한 화가 홍성담은 항쟁 기간중 〈광주자유미술인협의회〉의 회원들과 〈광대〉의 윤만식, 김정희 등과 함께 플래카드와 대자보를 제작하는 등 '시민군(市民軍) 문화선전대'의 일원으로 활동했다.

당시 서울에 거주하던 황지우 시인은 5월 22일, 서울 종로3가의 단성사극장 앞에서 자신이 직접 만든 '광주 유인물'을 살포하려다가 현장에서 체포되었다. 계엄사 합수부로 연행된 그는 지옥과도 같은 모진 고문에 시달려야 했다. 르포작가 김현장은 5월 24일, 「전두환의 살육작전」이라는 유인물을 전주지역 종교계의 도움으로 제작하여 이를 전주와 서울, 대구, 부산, 대전 등지에 유포시켰다. 김현장은 즉각 수배조치 되었다. 그러나 수많은 사람들이 이 유인물을 서울과 지방에서 살포했고, 그 중에서 김영환 박해전 김창규 등 다수의 사람들이 구속되었다(이 세 사람은 훗날 시인으로 등단한다). 그들 외에도 전국 각지에서 김현장의 이 유인물을 복사하거나 살포했다는 이유로 수십 명이 수배되거나 체포되었다.

이영진 시인은 5월항쟁 직후 서울로 상경하여 문단선배인 김진경 시인에게 광주의 참상을 전했다. 광주의 진실을 알고 격분한 김진경 시인은 국어교사이자 친구인 윤재철과 합작으로 유인물을 제작해 종로와 서울 일대에 비밀리에 살포했다.

목포 문태고 출신의 문청(文靑) 김건남(훗날 시인으로 등단한다)은 6월 3일, 자신이 보고 겪은 광주의 참상을 기록한 르포「찢어진 깃폭」('김문'이라는 가명으로 제작됨)을 서울의 명동성당에서 증언하게 된다. 이 증언은 녹음테이프로 만들어졌고, 영어와 일본어 등으로도 제작되어 광주의 진실을 알리는 데 기폭제 역할을 하게 된다. 계엄사는 7월 8일, 이 녹음테이프를 해외로 반출하고 성당 미사 때 신도들에게 강론했다는 이유로 〈천주교정의구현사제단〉 소속의 김성룡(광주 남동성당

1, 2, 3 5월항쟁 기간과 항쟁 이후 대부분의 언론은 신군부의 입맛대로 왜곡, 편집되어 '광주의 진실 찾기'를 외면했다. 4 1980년 6월 3일, 목포 문태고 출신의 김건남은 광주의 참상을 폭로한 수기(「찢어진 깃폭」)를 명동성당에서 증언했다. 계엄사는 '유언비어 유포' 혐의로 광주 남동성당 김성룡 신부 등 7명을 강제 연행했다. 5 1980년 5월 20일, 전남매일신문 기자들은 계엄사의 검열조치에 항의, 집단사표를 쓰고 제작거부에 들어갔다.

주임신부) 김택암 안충석 양홍 오태순 정덕필 신부와 정마리안나 수녀 등 7명을 '유언비어 유포' 혐의로 전격 체포했다.

조선대 국문과 1학년생 문청(文靑) 조진태(시인, 전 광주전남작가회의 회장, 현 5·18기념재단 상임이사)는 5월항쟁 직후 살아남은 자로서의 부끄러움과 죄의식으로 1980년 7월 하순 한 편의 시를 썼다. 8절지 갱지에 '조지형'이라는 필명으로 자작시 「일어서라 꽃들아」를 쓴 그는 이 시를 송정리 집 근처의 인쇄소에서 2천 장을 인쇄했다. 8월 어느 날 그는 새벽 첫 버스를 타고 조선대 본관 강당과 강의실, 그리고 광주 시내 중심가로 나가 학생회관과 다방, 주점을 돌면서 혼자서 하루에 2천 장을 모조리 살포했다. 경찰 등 정보당국은 비상이 걸렸고, 조진태는 학적부의 필체 추적으로 경찰에 체포돼 구속되었다. 이어 그는 조선대 국문과에서 제적되었다.

이처럼 광주항쟁 기간과 항쟁 직후의 '진실 투쟁'에 동참한 문학예술인들의 노력과 그 행적을 좀 더 자세히 살펴보려고 한다.

6. 〈투사회보〉의 제작에 참여한 '광대' 단원과 '들불야학'

1979년 12월에 창립된 〈YWCA 극회 광대〉는 1980년 3월 15일, 광주 YMCA의 무진관(강당)에서 마당굿 「돼지풀이」를 공연하여 광주문화운동에 새로운 발판을 마련했다. 1980년 5월 무렵 〈광대〉는 작가 황석영의 대표작 「한씨 연대기」를 소극장 무대에 올리기 위해 YWCA 건물 2층의 '양서협동조합'에서 매일 연습중이었다.

비상계엄령이 전국으로 확대되어 치안책임이 경찰에서 군(軍)으로 이관된 상황 속에서도 박효선 연출가와 김윤기 김선출 김태종 등 〈광대〉의 단원들은 오전 10시경 연습을 위해 모였다. 그런데 갑자기 밖에서 함성

소리가 울려 퍼지더니, 이내 최루탄 터지는 소리가 들려왔다. 연습은 중단되었고, 단원들은 시내 상황을 알아보기 위해 하나둘 밖으로 나갔다.

1980년 5월 18일 당시 전남대 경제학과 3학년생이었던 전용호(소설가, 전 광주전남소설가협회 회장)는 오전 10시경 전남대 앞에서 벌어진 시위에 참가하던 중 그날 오후 12시 30분경 중앙초등학교 옆의 '김원기내과병원' 부근에서 전남대 '탈춤반'의 동료이자 〈광대〉 단원인 김윤기 김선출 김태종과 우연히 만났다. 그들은 서로 목격한 광주시내의 참상을 얘기하다가 "우리가 할 수 있는 일은 지금의 상황을 시민들에게 널리 알리는 것이다."고 의견을 모으고 곧바로 행동에 들어갔다. 전용호는 전남대에서 지하신문 〈대학의 소리〉의 제작에 참여한 바 있어 그때 사용했던 '가리방'과 등사기가 보관된 전남대 농대 근처의 후배 자취집으로 갔다. 그곳에서 그들은 18일의 광주시내 상황을 글로 작성했다.

"전두환의 마각이 드러나기 시작했다. 광주시민은 총궐기하자. 공수부대의 만행에 맞서서 광주시민들이 하나로 뭉쳐 유신잔당과 전두환 일파를 몰아내자!"

16절지 갱지에 500여 장의 유인물을 신속히 제작한 후 등사용구와 유인물을 정부미 포대에 담아 오후 3시쯤 택시를 타고 시내로 갔다. 길이 막혀 공용터미널 인근에서 내린 그들은 2인 1조로 나뉘어 중흥동과 산수동, 계림동 일대에 유인물을 살포하기 시작했다. 그날 통금이 오후 8시로 앞당겨진다는 소식을 듣고 그들은 황급히 학동 '배고픈다리' 근처에 있는 '무등육아원'으로 갔다. 그곳에는 김선출의 친구이자 문청(文靑)인 이현철이 살고 있었다. 그들은 그곳에서 1천여 장의 유인물을 다시 제작, 20일 아침까지 2인 1조로 학동과 방림동, 양림동 일대를 누비며 뿌리고 다녔다.

21일 낮에 전용호는 전남도청 인근의 '녹두서점'으로 갔다. 17일 밤에 예비검속자로 체포된 전남대 복적생 김상윤이 운영하던 그곳은 광주

1, 2, 3, 4 5월항쟁 당시 광주 광천동 〈들불야학〉의 윤상원 등과 〈극회 광대〉 단원들에 의해 제작된 〈투사회보〉는 민주화를 열망한 광주의 시민정신을 입증해 주는 중요한 문건이다. ⓒ5.18민주화운동기록관 5 1980년 5월항쟁 당시 〈투사회보〉 제작에 참여한 사람들. (오른쪽부터) 김태종(현재 5·18민주화운동기록관 연구실장), 전용호(소설가), 김선출(현재 한국문화예술위원회 상임감사). ⓒ5·18민주화운동기록관

운동권의 사랑방이었다. 녹두서점 안에는 윤상원 김영철 박효선 정해직 윤강옥 김상집 등이 모여 광주 참상을 외부로 알리는 문제, 투쟁 지도부 구축문제 등을 논의하고 있었다. 그러던 중에 전남도청 앞에서 계엄군의 발포로 수많은 사상자가 발생했고, 시민들이 화순 등지에서 무기를 구해 시내로 들어오고 있다는 소식이 들려왔다. 시민군과 공수부대와의 무장혈전(武裝血戰)을 피할 수 없다고 즉감한 윤상원이 힘주어 말했다.

"홍보작업이 조직적으로 전개되어야 한다. 투쟁의 방향을 설정하고, 시민들의 행동방향, 무장 시위대의 임무를 제시해야 한다."

윤상원과 전용호는 광천동의 '들불야학'으로 발길을 옮겼다. 그곳에서는 19일부터 윤상원의 주도로 광주 상황을 알리는 유인물이 제작되고 있었다. 19일 오전에 1호, 오후에 2호, 저녁에 3호를 발간할 정도로 신속하게 제작되어 시민들에게 광주상황을 전해 주고 있었다. 전용호는 21일 오후부터 윤상원 등 들불야학팀들과 함께 유인물 제작에 다시 참여하였다. 윤상원은 시민군의 저항에 밀려 계엄군들이 광주 외곽으로 퇴각한 21일을 '민주시민의 날'로 명명하고, '들불야학'이 제작한 유인물 명칭을 〈투사회보〉라고 그 제호를 정한 후 본격적인 작업에 착수했다. 즉 '문안 작성조'로 윤상원 전용호, '필경조'로 박용준 동근식, '물자(종이) 조달조'로 김경국 서대석, '등사조'로 김성섭 나명관 윤순호 등 들불야학 학생들이 참여하여 매일 5천여 장을 제작, 광주 일원에 살포했다.

〈광주시민 민주투쟁협의회〉라는 단체명으로 제작된 이 〈투사회보〉는 21일부터 1호가 제작되어 23일쯤엔 광주YWCA 강당으로 자리를 옮겨 '수동 윤전기'로 다량의 매수가 제작되는 등 25일 오후까지 모두 8호가 발간되었다. 이 유인물의 제작비는 광천동 주민들의 성금과 들불야학의 기금, 그리고 '녹두서점' 대표 김상윤의 부인 정현애의 지원으로 충당되었다.

5월항쟁 기간에 제작된 이 〈투사회보〉는, 광주시민들이 체제전복을 노리는 무장폭도가 아니라 민주화를 열망하는 평범한 시민들이었음을 입증해주는 중요한 자료이다. 광천동에서 〈투사회보〉를 만드는 책임자였던 윤상원은 '해방 광주'가 시작된 5월 22일부터 전남도청에서 활동했으며, 그곳에서 '시민군(市民軍)' 궐기대회팀과 홍보선전팀을 막후에서 지도했다. 26일에는 '시민군'의 대변인으로서 두 번에 걸쳐 내외신 기자회견을 하는 등 광주항쟁의 정당성을 전 세계에 널리 알리는 역할을 했다.

25일 저녁에 〈시민학생투쟁위원회〉가 새롭게 구성되었다. 그날 밤부터 〈투사회보〉의 제호는 〈민주시민회보〉라는 이름으로 10호까지 발간되었다. 11호도 제작되었으나, 27일 새벽 진주한 계엄군에 의해 모두 압수되고 말았다.

광주항쟁 기간과 5월 27일 이후 보도된 서울의 중앙지와 TV방송은 대부분 신군부가 요구하는 대로 편집돼 뉴스를 전했다. 조선일보의 경우, '무정부상태 광주 1주', '총 들고 서성대는 과격파들', '폭도', '폭동', '유언비어' 등 광주 시민들의 정서와 동떨어진 보도만을 일삼았다. 그나마 동아일보만이 객관적인 보도로 '오열(嗚咽) 광주… 새질서 찾기 진통(陣痛)', '악몽(惡夢) 씻고 재기(再起) 몸부림', '엄청난 유혈(流血) 참극 치유 큰 걱정' 등과 함께 '광주사태 일지(日誌)'라는 것을 상세히 실어 5월항쟁의 전개과정을 뉴스 행간을 통해 파악할 수 있게 보도했다.

광주는 앞서 말한 대로 계엄군 의해 5월 21일 오전부터 시외 전화와 제반 교통수단의 차단으로 광주시 외곽으로 가는 모든 도로가 봉쇄되는 등 그야말로 홀로 동떨어진 바위섬처럼 존재해 있었다. 마치 2014년 4월, '세월호'의 아이들처럼 오직 '구조의 손길'만을 간절히 기다리면서 피눈물을 흘리며 죽어가야 했던 상황이었다.

5월항쟁 기간중 광주가 여타 지역과 철저히 분리, 고립된 채로 항쟁의 진실을 외쳐 말할 때 신군부세력은 그것을 모두 '유언비어'로 몰아붙이며 '진실은폐 공작'을 자행했다. 그 와중에 발간된 〈투사회보〉는 광주시민의 눈과 귀, 입으로 존재했고, 온몸으로 '광주진실 알리기 투쟁'을 전개했던 것이다.

7. 황지우 김현장, 이영진-김진경-윤재철 시인의 '5월 광주' 유인물 제작

황지우 시인의 '광주 유인물' 〈땅들아, 통곡하라!〉

1980년 5월 21일까지 계엄사의 보도 통제로 광주의 참상은 전혀 알려지지 않았다. 그해 5월 서울에 거주하던 전남 해남 출신의 황지우(본명: 황재우黃在祐)는 1980년 1월, 「연혁(沿革)」이라는 시로 중앙일보 신춘문예에 갓 등단한 시인이었다. 광주서중과 광주일고, 서울대 철학과(미학 전공)를 졸업하고, '조교 장학생'으로 서울대 대학원 철학과를 다니고 있었다.

계엄군에 의한 광주학살이 자행되던 5월 19일 무렵에 그는 광주에 사는 장형(황혜당 스님)과 통화를 했다. 그때 큰형으로부터 "광주는 지금 쑥밭이 되었다. 절대 광주로 내려오지 말라."는 말을 듣게 된다. 그 무렵 서울서도 광주의 참상이 점차 전해지고 있었다. 대학생들과 각계 민주단체들을 중심으로 광주항쟁을 지원하는 시위를 조직하자는 연락이 오가고 있었다. '광주 지원 시위'는 항쟁이 한창이던 5월 22일, 서울역과 종로 3가의 단성사 극장 앞에서 하기로 되어 있었으나, 정보당국에 노출되어 결국 무산되고 말았다.

이러한 '지원 시위' 소식을 누군가로부터 들은 황지우는 장형의 신신당부에도 불구하고 고향에 대한 어떤 책무를 느껴 뭔가를 해야 한다고 작심했다. 그는 광주에서 벌어진 참상을 담아 〈땅들아, 통곡하라!〉는 제목으로 유인물을 만들었다.

5월 30일, 그는 자신이 직접 제작한 유인물을 가방에 담았다. 점심때쯤 그는 정장 차림에 안개꽃다발을 들고 종로 3가의 단성사극장 앞으로 나갔다. 안개꽃은 그가 연인을 만나는 것처럼 위장하기 위한 방편이었다. 한편 계엄사 합수부는 종로 3가 일대에서 수상한 일이 벌어진다는 정보를 이미 입수했던 터라, 경찰과 보안사 등 합수부 요원들이 단성사 극장 주변에서 삼엄하게 감시하고 있었다. 그런 사실을 전혀 알지 못한 황지우는 안개꽃다발로 감춘 유인물을 시민들에게 은밀하게 배포한 다음, 종로 3가에서 지하철을 타고 청량리역에서 하차했다. 합수부 요원들은 종3에서부터 황지우를 미행하고 있었다. 오후 2시경 청량리 지하철역 플랫폼에서 내리자마자 황지우는 합수부 요원들에게 체포당해 수갑이 채워진 채 거칠게 끌려갔다.

계엄사 합수부로 잡혀간 황지우는 먼저 군복으로 갈아입혀졌다. 다짜고짜 모진 매타작을 한 후 그들은 황지우에게 물고문을 하려고 '통닭구이' 자세로 매달아놓았다. 합수부 요원들에게 황지우는 그저 먹잇감에 불과했다. 그들이 요구하는 대로 시인하지 않으면 온갖 고문이 가해졌다. 육신의 고통에 사로잡힌 정신은 온전치가 못했다. 하지만 그는 버텨내려고 발버둥을 쳤다. 단성사극장 앞에서 뿌린 유인물 사건은 합수부에 의해 '김대중 내란음모사건'과 관련된 '도심지 폭동사건'으로 조작되고 있었다. 합수부 요원들은 황지우를 심문하면서 "너 같은 놈 하나쯤은 죽여 버려도 끄떡없는 권리를 국가는 나에게 줬단 말이야. 널 믹서기로 갈아 하수구로 흘려버리면 그만이야!"라고 윽박지르면서, 그들이 조작한 내용대로 순순히 시인하라고 겁박했다.

그때 황지우는 자신에겐 죽을 희망마저 없다는 것을 느꼈다. '죽을 수도, 살 수도 없다'는 말만 헛되이 되풀이하고 있었다. 그곳에서 그는 기억하기조차 끔찍한 '지옥의 계절'을 보내다가 그해 초겨울에 간신히 빠져 나올 수 있었다. 하지만 그에겐 또 한 차례의 시련이 기다리고 있었다. 1981년 초, 그가 '조교 장학생'으로 다니던 서울대 대학원 철학과에서 제적조치를 당해야 했다. 이후 그는 서강대 대학원 철학과에 입학했다.

1981년 12월, 황지우 시인은 홍일선 정규화 김도연 김정환 박승옥 나종영 김정환 김사인 시인 등과 함께 『시와경제』 동인으로 참가했다. 1980년대 시 동인지 운동의 첫차를 탄 것이다. 1980년대 '시의 시대'를 여는 데 기꺼이 동참하게 된다.

그는 자신이 겪어야 했던 5월의 체험을 바탕으로 1983년 10월, 첫 시집 『새들도 세상을 뜨는구나』를 문학과지성사에서 발간했다. 이 시집으로 황지우는 문단 안팎의 주목을 받으며 계간 『세계의 문학』이 제정한 제3회 '김수영문학상'을 수상했다.

김현장 르포작가의 '광주 유인물' 〈전두환의 살육작전〉

전남 강진군 칠량 출신의 김현장은 『뿌리깊은 나무』와 월간 『대화』 등에 글을 기고하여 문단에 르포작가로 알려졌다. 특히 1977년 『대화』 지 8월호에 그가 쓴 르포 「무등산 타잔과 인간 박흥숙」이라는 글은 언론과 공무원의 횡포로 '시대의 흉악범'이 된 박흥숙을 새롭게 조명하여 우리 사회에 적잖은 파장을 불러왔다.

김현장은 1980년 5월 당시 공수부대에 의한 광주학살의 참상을 목격하고 구례 천은사로 갔다. 언론은 신군부의 수중에 놀아나 그 어떤 진실도 말하지 못하고 있을 때였다. 그는 광주에서 벌어진 제반 사실을 낱낱이 거론하면서 「전두환의 살육작전」이라는 원고를 작성했다.

그런 다음 5월 24일, 전주로 가서 중앙성당의 문정현 신부와 면담했다. 김현장에게서 광주의 참상을 들은 문정현 신부는 김현장이 작성한 원고를 유인물로 만들어 전국에 널리 알리고자 했다.

1, 2 황지우 시인은 5월항쟁 이후 '광주 유인물' 〈땅들아, 통곡하라!〉 배포 혐의로 계엄사 합수부로 연행되어 모진 고문을 당했다. 그의 첫 시집 『새들도 세상을 뜨는구나』. **3, 4** 르포작가 김현장이 작성한 「전두환의 살육작전」이라는 유인물은 전국 각지에 수만 장이 살포되어 큰 파장을 일으켰다. **5** 5월항쟁 직후 서울에서 광주 관련 유인물 제작, 살포에 참여한 〈5월시〉 동인의 이영진(왼쪽부터) 김진경 윤재철 시인.

전주지역 종교계의 지원을 받아 제작된 김현장의 유인물「전두환의 살육작전」은 전주의 성당과 농민회 등에 유포되었다. 이어 종교계의 루트를 타고 서울, 부산, 대구, 대전 등지에 수만 장이 살포되어 큰 파장을 일으켰다.

계엄사는 이 유인물 제작, 배포사건으로 김현장을 즉각 수배했고, 관련자들을 일제히 검거하기 시작했다. 이 사건과 관련하여 전국적으로 80여 명이 수배당하거나 구속되었다. 전주 여산성당의 박창신 신부는 정치테러를 당했고, 청주에 살던 김창규 등 수많은 사람들이 경찰에 체포되거나 수배를 당했다.

이영진– 김진경– 윤재철 시인의 '광주 유인물' 배포

전남 장성 출신의 이영진 시인은 조대부고를 졸업하고, 1976년『한국문학』4월호에 '신인상' 으로 등단했다. 그는 등단 무렵 승려가 되려고 작정했다. 기독교 집안에 대한 반발과 '트라우마' 때문이었다. 어느 날 그는 서울 청진동에서 고은 시인을 만나 "승려가 되려고 하니, 좀 도와주십시오."라고 간청했다. 그러나 고은 시인은 이영진의 관상을 한번 훑어보더니, "넌, 절밥을 먹을 수 없어. 중 될 팔자가 아니야."라고 만류했다. 그는 장차 어찌 살아야 할지 고민하다가 1977년 9월에 입대했다. 화천에서 군 복무중에 허리를 다친 탓에 이듬해 11월에 그는 의병제대를 하고, 광주로 돌아왔다.

그 무렵 광주에서는 연극운동이 일어나고 있었다. 전남매일신문의 최병연 문화부장과 유석우 디자이너, 그리고 광주MBC에 있는 주동후 소설가 등이 주축이 되어 〈극단 예후〉가 창단돼 활동하고 있었다. 어느 날 유석우 씨는 이영진이 시를 쓴다는 것을 알고 극단에서 함께 일하자고 권유했다. 이제 막 군에서 제대하여 특별한 직장도 없었기에 이영진은 선뜻 응했다.

1979년 초부터 이영진은 정상섭 한송주 곽남진 등과 함께 〈예후〉에서 기획일을 봤고, 나중엔 살림까지 도맡아하는 등 열정적으로 연극운동에 뛰어들었다. 〈예후〉는 창작극 전문극단으로 「마의태자」, 「멀고 긴 터널」, 「어디서 무엇이 되어 만나랴」 등을 광주에서 공연하여 점차 명성을 쌓아가고 있었다.

1980년 '서울의 봄' 당시 이영진은 '4월혁명' 기념작품으로 윤대성의 희곡 「노비문서」를 광주 시내의 '아세아극장' 무대에 올리기 위해 열심히 뛰어다녔다. 「노비문서」는 고려시대의 '만적의 난'을 모티브로 삼아 정치권력의 부당성과 폭력성을 부각한 문제작이었다. 서울의 〈극단 산하〉가 1973년 4월, 표제순의 연출로 국립극장에서 초연하여 호평을 받았던 작품이기도 했다. 말하자면 이미 7년 전에 서울에서 공연된 작품이었던 것이다.

그런데 보안사 광주지부 검열관은 '비상계엄령 치하'라는 이유로 「노비문서」의 대본을 검열한 후 중요한 대사 몇 군데를 삭제하라고 했다. 그 당시 연극은 사전검열에서 대본이 통과되어야만 무대에 올릴 수 있었기에 이영진은 곤혹스러웠다. 이미 국립극장에서 공연된 작품을 새삼스럽게 보안사가 문제 삼는 것은 '표현의 자유에 대한 중대한 침해'라고 생각한 그는 대사의 삭제를 거부한 채 상연을 강행하려 했다.

보안사는 이 사실을 알고 만약 대본수정 없이 공연을 강행하면 체포하겠다고 으름장을 놓았다. 「노비문서」에 대한 포스터도 이미 나왔고, 보안사의 지적대로 중요한 대사를 삭제한다면 연극 내용은 본래 취지와 달리 왜곡될 수 있기에 그는 고민했다. 「노비문서」 포스터에는 윤대성 원작, 유석우 연출, 최병연 제작, 이영진 기획으로 되어 있으나. 상당 부분을 이영진이 도맡아 처리하고 있을 때였다.

오랜 고민 끝에 이영진은 대본수정 없이 「노비문서」를 상연하기로 마음먹었다. 연극 상연은 1980년 4월 22일부터 다음날까지 이틀간 공연하기로 되어 있었다. 이영진은 「노비문서」 첫회를 무대에 올린 후 보안사의 체포를 피하려고 극장에서 몰래 빠져 나왔다. 전남매일신문의 최병연 문화부장은 걱정이 되는지 이영진의 친척집인 장성 본양까지 동행해주었다. 그러면서 그는 이영진에게 혹시 수배령이 떨어질지도 모르니 당분간 광주로 나오지 말고 피신해 있으라고 당부했다.

이영진 시인은 4월 19일에 장성 본양으로 들어간 후 그곳 친척집에서 계속 피신해 있었다. 5월항쟁 초기 피신중이던 그 마을로 어느 날 전투경찰 한 명이 무릎을 다쳐 들어왔다. 그 전경을 통해 광주에서 벌어진 참상을 소상히 들은 이영진은 가만히 있을 수가 없어 광주로 나가려고 했지만 친척들은 절대 광주로 가서는 안 된다며 만류했다. 그리고 그때는 이미 광주로 가는 길목에 바리케이드가 처져 진입할 수도 없었다. 수많은 사람들이 6·25 때의 피난민들처럼 연이어 광주에서 탈출해 오는 것을 목격하고 그는 어쩌지도 못한 채 괴로워했다.

5월 27일, 뉴스를 통해 광주가 계엄군들에게 진압되었다는 소식을 들은 이영진은 곧장 버스를 타고 장성읍내로 갔다. 계엄군들은 광주 인근의 소도시에도 배치되어 수배자들의 명단을 든 채 차량을 검문하고 있었다.

이영진이 탄 버스가 장성읍내에 도착하자, 계급장도 없이 M16 소총을 든 계엄군 2명이 버스에 올라타더니 젊은 사람들의 주민증을 일제히 조사하기 시작했다. 이영진은 자신의 이름이 혹시 수배자 명단에 있을지도 몰라 내심 걱정하면서, "서울에서 친척이 돌아가셔서 갑자기 나오느라 주민증을 안 가져왔다"고 둘러댔다. 그러자 군인은 이영진을 연행하기 위해 당장 하차하라고 말했다. 이영진이 가슴을 졸이며 미적대고 있는 순간에 버스에 같이 탔던 노인들이 군인들을 향해 왜 그러냐면서 꾸짖어대자 그들은 마지못해 물러갔다. 가까스로 위기를 모면한 이영진은 장성역에서 서울행 기차에 몸을 실었다.

서울에 도착한 이영진은 당산동에 살고 있는 김진경 시인의 아파트로 갔다. 김진경은 『한국문학』 신인상을 통해 이영진보다 2년 먼저 등단한 선배로서 1980년 3월, 서울사대 국어과를 졸업하고 우신고의 국어교사로 재직하고 있었다. 이영진이 김진경의 당산동 아파트로 찾아가니, 거실에 있는 텔레비전이 박살나 있었다. 그날 이런저런 얘기 끝에 이영진은 광주에서 벌어진 참담한 상황을 김진경에게 들려주었다.

김진경은 이영진을 통해 상상할 수도 없는 이야기를 듣고 말문이 막혔다. 눈이 휘둥그레질 정도로 큰 충격을 받은 김진경은 곧바로 오류중학교에서 국어교사로 재직 중인 친구 윤재철을 만났다. 윤재철과는 중·고교 때부터 절친한 친구 사이로 서울대 사대 국어과 동기였다. 당시 김진경은 『한국문학』 신인상으로 등단한 시인이었지만 윤재철은 미등단 상태로 시창작을 하고 있던 친구였다. 김진경은 광주에서 일어난 일들을 윤재철에게 이야기하면서 "우리가 유인물을 제작하여 서울 시민들에게 알리자."고 제안했다. 어쩌면 구속되거나 해직될 수도 있는 위험한 일임에도 불구하고 윤재철은 선뜻 그러자고 동의했다.

서로 의기투합한 두 사람은 동대문 평화시장 뒷골목으로 가서 유인물 제작에 필요한 '가리방 등사기'를 구입했다. 김진경은 만약 붙잡히면 투옥될 각오를 하고, 아주 격렬한 문장으로 신군부가 광주에서 저지른 만행을 글로 썼다.

이어 두 사람은 김진경의 아파트나 윤재철의 학교 숙직실에서 야음을 틈타 유인물 제작에 들어갔다. 가리방 등사기로 이삼백 장을 두 번에 걸쳐 작성한 그들은 방과후에 그 유인물을 옷 속에 숨겨 종로 쪽으로 나갔다. 공중전화부스 안에 몰래 놓고 나오거나 유인물을 돌로 묶어 가정집 담 너머로 투척하는 방법으로 그들은 서울 일원에 광주 관련 유인물을 살포하기 시작했다. 황지우 시인과 달리 그들은 다행히 체포되지 않았다.

8. 김준태의 「아아 광주여, 우리나라의 십자가여!」 필화사건

김준태 시인은 1980년 5월 18일 당시 전남고 독일어 교사로 재직하고 있었다. 그날은 일요일이었기 때문에 집에서 쉬고 있었으나 광주 시내에 참담한 일들이 벌어지고 있다는 전화를 받고 그는 시내로 나갔다. 시내에서 그는 '목불인견(目不忍見)'의 참상을 들은 후 다음 날을 맞았다. 5월 19일은 월요일이어서 수업 때문에 학교로 갔으나 학교는 온통 그 전날 시내에서 벌어진 일로 뒤숭숭했다. 19일 오후 4시 50분쯤 광주고등학교 앞에 있던 장갑차가 느닷없이 발포하여 초·중고생 여러 명이 총상을 입었다. 계엄군들은 그들을 싣고 어디론가 도주해 버렸다. 광주시내에서 첫 발포가 시작되었다는 소문은 삽시간에 전해졌고, 그날 밤부터 광주시내 중·고등학교에도 휴교령이 내려졌다.

19일 밤 이후 광주 시내의 모든 학교가 휴교 상태였기에 김준태 시인은 매일 시내로 나갔다. 그는 광주에서 벌어지는 제반 일들과 참상을 직접 목격하거나 아니면 시민들로부터 전해 들으면서 이를 메모하거나 일기를 썼다.*

5월 27일, 광주는 다시 계엄군의 수중에 떨어졌고, 그는 같은 학교 동료교사의 부인이 임신한 몸으로 계엄군의 총탄에 맞아 숨졌다는 이야기를 듣고, 차마 믿기지 않은 만행에 몸서리를 쳤다. 학교는 계속 휴교 중인 가운데 광주항쟁이 발발한 지 16일 후, 항쟁이 진압된 지 6일 후인 1980년 6월 2일 오전 10시경 김준태 시인은 〈전남매일신문〉의 편집부국장으로 재직중인 문순태 작가로부터 전화를 받았다. 내용인즉 그날

---

* 10일 간의 '광주항쟁' 기간에 직접 목격, 발로 뛰며 취재한 글(다큐)은 항쟁 10년 후에, 복간한 『월간중앙』에 전재되었다.

전남매일 석간신문이 다시 발간되는 바, 오전 11시까지 '광주' 관련 시를 써가지고 신문사로 직접 들고 오라는 거였다. 어찌 보면 어처구니없는 청탁이었지만, 김준태 시인은 자신도 모르게 "너무 급하게 재촉합니다만, 곧 써다 드리겠습니다."라고 흔쾌히 청탁에 응했다.

김준태 시인은 청탁받은 원고를 쓰기 위해 아내에게 잠시 어린 두 아이들을 데리고 집 밖에 나가 있으라고 했다. 그러고나서 비로소 펜을 잡기 시작했다. 원고 청탁 마감시간은 불과 한 시간도 채 남아있지 않았다.

김준태 시인은 창문을 뚫고 달려오는 듯한 무등산을 온몸에 받으며, 비로소 시를 쓰기 시작했다. 그 자신도 모르게 시의 첫줄이 써지기 시작했다. 훗날 그가 고백하였듯이 시를 쓰는 순간 광주에서 죽은 수많은 사람들… 영령들이 그와 '엑시타시(접신)' 하는 것이었는지 모른다. "아마, 「아아 광주여, 우리나라의 십자가여!」는 다시 살아난 '귀신들'이 썼겠지."라고 지금도 그는 말한다.

> 아아 광주여 무등산이여/죽음과 죽음 사이에/피눈물을 흘리는/우리들의 영원한 청춘의 도시여//우리들의 아버지는 어디로 갔나/우리들의 어머니는 어디서 쓰러졌나/우리들의 아들은/어디에서 죽어 어디에 파묻혔나/우리들의 귀여운 딸은/또 어디에서 입을 벌린 채 누워 있나/우리들의 혼백은 또 어디에서/찢겨져 산산이 조각나 버렸나//하느님도 새떼들도/떠나가버린 광주여/그러나 사람다운 사람들만이 아침저녁으로 살아남아/쓰러지고, 엎어지고, 다시 일어서는/우리들의 피투성이 도시여/죽음으로써 죽음을 물리치고/죽음으로써 삶을 찾으려 했던/아아 통곡뿐인 남도의/불사조여, 불사조여, 불사조여

김준태 시인은 마치 신들린 것처럼 시를 단숨에 써 내려갔다. 광주의 참상과 진실, 광주항쟁의 모든 과정을 압축적으로 형상화하면서 광주가

죽음의 통곡 속에서도 끝내 다시 불사조처럼 일어날 수 있다는, 죽음으로써 죽음을 물리치고 죽음으로써 삶을 찾으려 했던, 부활과 청춘의 도시로서의 광주를 형상화했다. 그러고 나서 그는 이 시편의 마지막 부분에 이르러서는 모든 상처와 죽음을 딛고 광주시민이 반드시 일어설 수 있다는, 신생(新生)의 희망과 용기를 노래했다.

> 지금 우리들은 더욱 살아나는구나/지금 우리들은 더욱 튼튼하구나/지금 우리들은 더욱/아아, 지금 우리들은/어깨와 어깨, 뼈와 뼈를 맞대고/이 나라의 무등산을 오르는구나/아아, 미치도록 푸르른 하늘을 올라/해와 달을 입맞추는구나//광주여 무등산이여/아아, 우리들의 영원한 깃발이여/꿈이여 십자가여/세월이 흐르면 흐를수록/더욱 젊어갈 청춘의 도시여/지금 우리들은 확실히/굳게 뭉쳐 있다 확실히/굳게 손잡고 일어선다.

그날 김준태 시인은 불과 단 1시간 만에 마치 접신의 경지에 이른 듯 광주에서 벌어진 그 모든 진실을 가슴속에 담아 105행이 되는 장시 「아아 光州여, 우리나라의 十字架여!」를 썼다. 마감시간이 임박했기에 김준태 시인은 그 길로 곧장 택시를 타고 신문사의 편집국장실로 갔다. 문순태 편집부국장과 신용호 편집국장, 그리고 고참 편집진들이 김준태 시인이 오기만을 기다리고 있었다. 그들은 김준태 시인의 시를 보더니 두세 군데 빨간 줄을 그으며 양해를 구했다. 원고는 곧바로 공무국의 문선(文選) 팀에 보내졌다.

김준태 시인의 시는 바로 그날, 석간신문인 전남매일신문의 6월 2일자에 실리기로 했다. 당시 광주에는 전남매일신문과 전남일보라는 2개의 지방지가 있었다. 공수부대에 의해 광주학살이 한창이던 5월 20일, 전남매일신문 기자들은 보안사의 언론검열로 광주의 참극이 신문에 정상적으로 보도될 수가 없게 되자, 신문사 사장 앞으로 집단사표를 쓰고, 2만 장의 유인물을 만들어 광주시민들에게 배포한 적이 있었다.

> 우리는 보았다. 사람이 개 끌리듯 끌려가 죽어가는 것을 두 눈으로
> 똑똑히 보았다. 그러나 신문에는 단 한 줄도 싣지 못했다. 이에 우리는
> 부끄러워 붓을 놓는다.
>
> 1980년 5월 20일, 전남매일신문기자 일동

그런 연유로 전남매일신문은 5월 21일부터 신문 발간이 전면 중지되었다가 13일 만에 나올 예정이었다. 김준태 시인의 원고가 문선(文選)되어 조판이 앉혀졌다. 조판된 지형(紙型: 그것을 신문사 조판국에서 자주 쓰는 말로 '게라지'라고 한다)은 전남도청 안에 있는 계엄사(보안사)로 가서 검열을 받은 후 'OK 승인'이 떨어져야 윤전기를 돌려, 신문을 인쇄할 수 있었다. 당시 전남도청 안에는 보안사에서 파견 나온 다섯 명의 언론검열반 군인들이 있었다.

이들은 김준태의 시를 보더니 "어 이것 봐라, 김준태, 맛 좀 보여줘야겠어!"하면서 신문사의 검열용 '게라지'를 꼼꼼히 훑어보더니 「아아 光州여, 우리나라의 十字架여!」라는 시 제목을 「아아, 光州여!」라고만 허용했고, 시 본문 총 105행에서 무려 71행을 삭제하더니 단 34행만 싣도록 했다. 그들은 검열에 걸린 해당 부분을 모두 조판에서 걷어내도록 빨간색 사인펜으로 '삭'이라고 표시해 놓았다.

시인이 쓴 작품을 절반도 아닌 2/3 가량을 들어낸다면 시의 원형이 거의 훼손될 뿐 아니라 시의 흐름과 내용, 문맥 또한 이상하게 변질될 수밖에 없었다. 그런데 이 시를 쓸 때 김준태 시인은 자신만의 시적 기교(?)를 최대한 발휘했다. 만약에 시가 검열에 걸려서 어떤 부분을 삭제하더라도 시적 문맥의 전체 내용을 독자들이 파악할 수 있도록 시를 썼

ⓒ5·18민주화운동기록관

1 전남매일신문의 1980년 6월 2일자 1면에 실린 김준태 시인의 「아아 光州여, 우리나라의 十字架여」라는 시가 실린 신문의 원판 게라지(왼쪽). 계엄사의 검열로 시 원문 2/3가 삭제된 후 발간된 신문(오른쪽). 2 2014년 5월 18일, 김준태 시인이 광주 망월동 5·18국립묘지에서 「아아, 光州여!」 집필과 발표 과정에 대해 설명하고 있다. 3 5·18국립묘지에서 함께한 문인들. (왼쪽부터) 조진태 임동확 김준태 채희윤 김미승.

던 것이다.

계엄사에 가서 삭제된 검열판을 받아온 신문사의 분위기는 썩 좋지 않았다. 김준태 시인의 시는 6월 2일자 전남매일신문의 좌측면 중앙에 배치되었다. 누가 보더라도 그날 신문의 톱기사였다. 좌측 상단에 김준태 시에서 언급된 '무등산 아래에 있는 광주시내 전경'이 대형사진으로 배치돼 있었고, 그 사진 아래에 이 시를 싣고 있어 독자가 신문을 보면, 맨 먼저 김준태 시인의 시에 시선이 꽂히도록 편집되어 있었다.

6월 2일 오후 4~5시경, 보안사에서 '게라지'의 검열을 받아온 신문사의 간부는 김준태 시인을 보더니, 검열 당시 보안사 검열반원들의 험악한 분위기를 전하면서 "빨리 도망가는 게 좋겠다."고 권했다. 신문은 오후 6시경부터 윤전기가 돌아갈 예정이었다. 그런데 계엄사의 검열에 삭제된 시가 윤전기에 찍히는 바로 그 순간, 신문사의 한쪽에선 누군가에 의해 삭제되지 않은 김준태 시의 원문이 유인물로 인쇄되어 광주시내 일원에 유포되기 시작했다.

그리고 외신(外信) 즉 AP, UPI, 로이터통신 기자들은 '광주항쟁(Gwangju Upring)'의 진실이 담겨 있는 김준태 시의 원문을 번역하여 타전하기 시작했다. 영어, 일본어, 독일어, 중국어, 프랑스어 등으로 번역되어 해외 각국에 광주의 진실이 알려지게 된다.

6월 2일자 전남매일신문이 발행된 뒤 얼마 되지 않아 계엄사 군인들이 편집국을 급습했다. 김준태의 시가 빌미가 되어 편집국 간부와 기자 등 4~5명이 보안사로 연행되었다.

6월 2일, 신문사 간부로부터 "빨리 도망가는 게 좋겠다."는 말을 들은 그 순간, 김준태 시인은 게오르규의 소설 「25시」에서 나오는 한 구절을 떠올렸다. "예봉을 피하라!"는 말이었다. 이에 그날 오후 신문사에서 나와 곧바로 잠행하기 시작했다. 어린 두 아들과 젊은 아내의 얼굴이 떠올랐지만 그는 무등산 자락을 품에 안고, 광주의 밤거리를 걸으며, 그날 억울하게 죽어간 수많은 광주시민들의 얼굴을 떠올렸다. 당시 보안사, 경찰 등 정보요원들은 그를 붙잡기 위해 혈안이 되었기에 신안동 집으로 전화할 수도 없었다. 또한 그날 이후 집으로 귀가할 수 없었기에 선후배의 집에서 하루하루를 머물며 여기저기서 도피생활을 했다. 그리 떠돌며 25일 동안의 긴 잠행 끝에 김준태 시인은 마침내 결단을 내렸다. 긴 도피 생활이 너무나 힘들었다. 2살, 4살짜리 어린 아이들도 간절히 보고 싶었다.

수많은 사람들이 죽었는데, 더 이상 숨어 다닐 수 없다. 죽은 사람도 있는데 구속되더라도 학교로 가자.

그렇게 결단한 김준태 시인은 6월 25일 오후, 집에도 들르지 않고, 곧바로 전남고로 갔다. 동료교사들은 이미 소식을 들어 알고 있었기에 반가움에 앞서 동료교사의 앞날을 걱정하고 있었다. 김준태 시인은 학교에서 10분 정도 머물다가 곧바로 신안동 자택으로 갔다. 집에 도착하자마자 누군가로부터 전화가 왔다. 김준태 시인의 소재 파악을 위한 전화였다. 그런 후 불과 5분도 안 되어 집안으로 수사요원들이 들이닥쳤다. 김준태 시인이 "어디서 왔냐?"라고 묻자, 그들은 '서부경찰서'라고 말했다. 그들은 김준태 시인을 짚차에 태워 광주 화정동의 '505보안대'로 데리고 갔다. 수많은 사람들이 이미 그곳에 체포되어 와 있었다. 김준태 시인은 보안대 옥상으로 끌려갔다. 당시 현직 여수시장과 오병문(전남대 총장, 교육부장관 역임) 명노근 이방기 김동원 이홍길 안진오 등 전남대 교수 20여 명도 그곳에 잡혀 와 있었다.

보안사 요원들의 조사가 밤새도록 이어졌다. 그러다가 그들은 어느 날 백지를 가져와서 김준태 시인에게 "사표를 쓰라!"고 했다. 한 장도 아닌 석 장을 작성하라고 강권했다.

1 2007년 7월 11일일부터 17일까지 서울 인사동 공화랑에서 〈한국문학평화포럼〉 주최로 개최된 〈김준태 통일시화전〉에 참석한 박용길 장로님(문익환 목사의 부인)과 함께. (왼쪽부터) 김준태 시인 부부, 박용길 장로, 이승철 시인. **2** 1997년 5월항쟁 기념 광주 전남민족문학작가회의 주최로 금호문화재단 공연장에서 개최된 〈전국문학인대회〉에 참석한 문인들. 민영 조태일 김준태 허형만 김희수 박주관 나종영 최두석 곽재구 김태현 박두규 박남준 이승철 김기홍 김해화 임동확 정우영 이성욱 등. **3** 2019년 등단 50주년을 맞이한 김준태 시인은 요즘에도 왕성한 창작활동을 전개하고 있다. 최근에 펴낸 김준태 시집들. (오른쪽부터)일본어판 시집 『광주로 가는 길』(일본 후바이샤), 『밥시, 강낭콩』(모악), 『쌍둥이할아버지의 노래』(도서출판b), 『달팽이뿔』(푸른사상).

이에 김준태 시인은 '수많은 사람들이 죽었는데, 이 따위 사표를 못 쓰랴!' 하면서 그냥 써 주었다. 그 후 김준태 시인은 보안사에서 20일 동안 조사를 받다가 풀려났고, 전남고 김준태 교사에 대한 사표는 수리되었다.

김준태 시인의 「아아 광주여, 우리나라의 십자가여!」는 한국문학사에서 광주민중항쟁을 다룬 '최초의 5월시'이자, 1980년대의 첫 필화(筆禍)사건으로 기록되었다. 아울러 이 한 편의 시는 1980년대 한국문학의 새로운 출발점이자, 장차 다가올 '5월문학의 신호탄'이 되었다.

'1980년 5월'은 살아남은 자들에게 부끄러움 죄닦음 죄의식으로 작동했다. 그리하여 5월은 1980년대 한국문학의 거점이 되었다. 이은봉 시인이 언급했듯이 우리 세대의 모든 문학과 시는 1980년 '5월'에서 비롯되었다 해도 과언이 아니었다. 광주항쟁을 통과하면서 한국문학은 그 주제와 내용, 형식과 기법, 사유와 통찰의 작가정신에 일대 변혁을 몰고 왔다. 그 경험이 직접적이든 혹은 간접적이든 5월을 통해 문학의 깊이와 넓이가 달라졌던 게 사실이다. 그 5월을 자양분 삼아 1980년대 한국문학은 '시의 시대'를 맞이하게 된다.

하지만 전두환 정권의 초·중반까지 광주는 일체의 외부집회가 통제되고, 경찰과 정보요원이 시내 곳곳에 배치되어 있었다. 인쇄소와 복사 가게는 물론 술집과 다방도 감시 하에 놓여 있어 광주와 5월을 이야기 한다는 것은 참으로 난감하고, 어려운 일이기도 했다. 5월·광주·무등산·금남로·충장로·광주천이라는 말은 권력에 의해 사실상 '금기어'가 되었다.

그와 함께 1980년 5·17 쿠데타가 발생하면서 신군부는 '김대중 내란음모사건'을 조작했고, 이 사건에 연루되어 〈자유실천문인협의회(자실)〉의 고은 문익환 시인과 송기원 작가 등이 구속되었다. 그리고 신경림 조태일 시인과 구중서 평론가도 '계엄포고령 위반'으로 투옥되어야 했다. 그 때문에 〈자실〉이라는 문인조직은 사실상 궤멸상태에 빠졌다. 더구나 1970년대 문학의 양대 산맥으로 존재했던 계간문예지 『창작과 비평』과 『문학과지성』은 1980년 8월, 신군부에 의해 강제로 폐간됨으로써 한국문단은 암흑기에 처해진 것이다.

이영진 시인이 말했듯이 "이 땅에 살아가는 모든 존재의 당위를 한꺼번에 지워 버린 거대한 테러"가 자행된 그 5월에 어쨌든 살아남은 사람들은 '존재가 지워진 사람들'에 대한 죄책감과 굴욕감, 그리고 부끄러움을 지닌 채 역사 앞에서 참회하는 마음을 숨길 수가 없었다.

바로 그러한 참회와 부끄러움 속에서 1981년 7월, 광주를 기반으로 〈5월시〉 동인이 활동하게 된다. 뒤이어 그 아랫세대로서 광주의 젊은 문청들이 1982년 12월, 〈광주 젊은벗들〉을 결성하여 시낭송운동을 펼치는 등 '광주 진실 알리기 투쟁'이 바야흐로 전개되기 시작한다.

〈5월시〉 동인과
〈광주젊은벗들〉의
문학운동

1. 'K-공작계획'과 '삼청교육대' 그리고 5공 정권의 등장

1980년 5월 27일, '광주민중항쟁'을 무력으로 진압한 신군부는 5월 31일, 대통령 최규하를 의장으로, 주요 내각과 군 수뇌부 26명을 위원으로 하는 〈국가보위비상대책위원회〉(약칭: 국보위)를 설치했다. '국보위'는 산하에 '국가보위비상대책 상임위원회'를 설치했는데, 상임위원장에 전두환(중앙정보부장서리 겸 보안사령관)이 취임했다.

신군부 세력은 1980년 5월 초부터 권력 장악을 위한 시나리오, 이른바 〈K-공작계획〉에서 '비상기구 설치'를 구상했는데, 광주학살을 자행한 뒤 곧바로 이를 실행에 옮긴 것이었다.

국보위는 형식적으로 '대통령 계엄업무 자문기구'였지만 실질적으로는 행정각부를 통제한 '신군부의 국정수행기구'였다. 국보위 전체회의는 발족 이후 단 2회만 개최될 정도로 실질적인 조직 운영은 전두환이 상임위원장으로 있는 '국보위 상임위원회'가 주도했다. 상임위원회는 산하에 13개 분과위원회를 두고 개혁조치라는 미명 하에 각종 정책을 결정하여 행정 각부가 이를 시행하도록 했다. 국보위 상임위원장 전두환이 사실상 정부 운영의 주도권을 장악함으로써 최규하 정부는 껍데기 정부, 허수아비 정부로 전락했다.

'국보위 상임위원회'가 추진한 주요 정책을 보면 공직자 숙청, 보도에 비협조적인 언론인 강제해직, 불량배 소탕 관련 삼청 계획과 사회정화운동이었다. 즉, 행정부 공무원들을 일사불란하게 장악하고, 언론에 재갈을 물리며, 사회적인 공포분위기를 조성하여 신군부의 정권장악에 장애가 되는 걸림돌을 제거하는 데 그 초점이 맞춰졌다.

특히 신군부는 계엄포고령을 발동해 1980년 8월 1일부터 이듬해 1월 25일까지 사회악 일소와 불량배 소탕, 사회정화라는 명분으로 '삼청교육대(三淸敎育隊)'를 설치하여 전국적인 공포 분위기를 조성했다. 대외비로 진행되어 전과자와 폭력배 등 2만 명의 명단을 미리 작성해 추진했으나, 각 경찰서와 파출소 사이에 과당경쟁이 붙어 '머리 숫자 채우기' 식으로 그 대상자가 무려 6만 명에 달했다.

삼청교육대의 인권유린 실상에 대해 최초로 폭로한 이적 시인(1988년, 전예원 출간 『삼청교육대 정화작전』의 저자)의 경우 "지방지 신문기자로서 강도를 못 잡는 경찰의 무능을 비판하는 기사를 썼다가 경찰의 미움을 받고, 술값을 갚지 않았다는 이유로 경찰서에 연행되어 결국 원한의 삼청교육대에 입소했다"고 밝힌 바 있다. 1980년 10월에 연행되어 삼청교육대에 입소한 그는 삼청 순화교육대 - 삼청근로봉사대 - 청송보호감호소까지 무려 2년 6개월 동안의 생지옥에서 간신히 살아남아 귀환할 수 있었다.

신군부의 삼청교육대는 5·16쿠데타 이후 만든 '국토건설대'를 모방한 것이었다. 삼청교육대는 사회악 일소를 명분으로 폭력배 소탕을 내세웠으나, 이 과정에서 학생운동 전력자, 입바른 소리를 잘하는 지역 언론인들, 시국현실에 불만이 있는 사람들, 혹은 공무원들과 사적인 원한 관계에 있는 사람들이 무더기로 '순화대상자 명단'에 끼워 넣어져 1/3이 넘는 무고한 국민들이 군경의 합동작전으로 붙잡혀 갔다. 1980년 8

'광주학살'을 자행한 신군부는 '불량배 소탕'과 '사회정화'라는 명목으로 '삼청교육대'를 설치했다. 정권 장악을 위한 사회적 공포 분위기를 전국적으로 조성하기 위해서였다.

월 초부터 전국 각지에서 6만 명이 넘는 사람들이 계엄포고령 제13호에 의거 체포되었고, 군경의 심사를 거쳐 4만 명이 삼청교육대에 끌려가 구타와 폭력, 강제노역 등으로 참혹한 고통 속에 허덕여야 했다. 삼청교육대 순화교육 대상자 중 일부는 '사회보호법'에 의해 재판 과정도 없이 청송감호소에서 5년간의 보호감호조치를 받은 경우도 있었다. 이렇듯 삼청교육 과정에서 사망하거나 그 후유증으로 희생된 사람이 무려 450명에 달했다. 신군부는 광주학살에 이어 삼청학살을 자행함으로써, 조직적인 국가폭력으로 수많은 국민들이 참담한 인권유린의 피해자가 되어야 했다.

전두환, 노태우 등 신군부 세력이 '국보위 상임위원회'를 통해 삼청교육대 등 각종 정책들을 펼친 까닭은, 국민적 지지기반이 없는 비정통적인 군사정권이 자신들의 집권욕을 달성하고자 허위적인 지지 분위기를 조성하기 위해서다. 그와 함께 국정수행능력을 과시하여 자신들을 유일한 집권세력으로 부각시키려는 정치적 노림수였다. 신군부의 그 같은 노림수는 성공했다. 국보위 등장으로 대통령과 행정각부의 권능은 일시에 무력화되었던 것이다. 결국 허수아비 대통령을 그만두겠다고 결심한 최규하는 1980년 8월 16일, 대통령직에서 물러났다. 최규하가 하야하게 되자 신군부의 '시나리오'에 따라 국보위 상임위원장 전두환을 대통령으로 만들기 위한 '언론 공작'은 아주 노골적으로 진행되었다.

1980년 8월 22일 전두환은 육군 대장에서 물러나 전역했다. 그리고 바로 그날을 전후로 하여 마치 기다렸다는 듯이 조선, 동아, 경향, 한국일보, 매일경제신문 등 전 언론이 전두환을 미화하고 찬양하는 특집기사를 대대적으로 보도했다. 한국일보 김훈(훗날 소설가로 등단한다.) 기자 등은 「전두환 장군 의지의 30년－ 육사 입교에서 대장 전역까지」, 「인간 전두환 － 육사의 혼이 키워낸 신념과 의지와 행동」, 「새역사 창조의 선도자 전두환 장군」 제하의 특집기사에서 "구국의 길을 뚫을 수만 있다면 백번 죽어도 한이 없다", "그의 통솔력은 기술이 아닌 지극한 정성", "예리한 판단력, 무서운 추진력－ 가장 싫어하는 것은 남을 헐뜯는 것", "술은 꼭 인화를 위해서만 마셔라", "사(私)에 앞서 공(公)… 나보다 국가(國家) 앞세워", "근검·절약이 생활신조" 등등의 소제목과 전두환의 사진을 함께 실었다. 마치 수렁에 빠진 이 나라를 구할 영웅으로 전두환을 적극적으로 미화하고 찬양했던 것이다. 아울러 갑자기 미당 서정주 시인이 텔레비전에 출연하여 차마 눈뜨고 볼 수 없는, 전두환 찬양을 입에 침이 마르도록 했다.

신문과 방송을 통해 일약 '정의의 화신', '구국의 영웅'으로 부각된 전두환은 '통일주체국민회의'라는 '대통령 선출 거수기'를 통해 1980년 8월 27일 후보로 단독 추천되었고, 그런 후 9월 1일, 대한민국 제11대 대통령으로 취임했다. 12·12와 5·17 쿠데타로 군부와 정치권을 장악하고, 광주를 온통 피로 물들인 학살의 원흉이 '5공 정권'의 대통령으로 등극한 것이다.

2. 1980년 5월과 한국문학의 '그라운드 제로'

한편 신군부가 조작한 '김대중 내란음모사건'과 광주항쟁 관련자들에 대한 '내란혐의 조작사건'으로 이 땅의 한국문학은 심각한 타격을 받게 된다.

서울에서는 '김대중 내란음모사건'으로 1980년 5월 17일 밤, 고은 문익환 시인과 이호철 송기원 작가 등이 체포·투옥돼 수형생활에 들어갔다. 그해 7월에 『창작과비평』을 주재하던 백낙청 평론가는 합수부로 연행되어 조사를 받았고, 구중서 평론가와 신경림 조태일 시인은 '계엄 포고령 위반혐의'로 구속되었다. '서울의 봄' 당시 DJ의 참모 역할을 수행했던 양성우 시인은 충남 예산으로 도피하여 다행히 구속을 면할 수 있었다. 서울에서 자유실천문인협의회를 이끌던 핵심 문인들이 체포·구속·수배를 당해야 했다.

그리고 광주에서는, '5월항쟁' 기간 중 〈시민수습대책위원회〉에 참가한 송기숙 소설가가 5월 27일 이후 계엄사의 수배를 받아 잠행했고, 문병란 시인도 수배 조치로 도피생활에 들어갔다. 훗날 두 사람은 자진 출두했는데, 송기숙은 '505보안대'로 끌려가 어깨뼈가 부러질 정도로 극심한 고문을 당한 뒤 '내란 중요임무 종사죄'로 투옥되었다. 문병란은 다행히 그 혐의가 입증되지 않아 기소유예 조치로 9월 중순경에 석방될 수 있었다. 전남매일신문에 「아아 광주여, 우리나라의 십자가여!」라는 시를 발표한 김준태 시인은 505보안대로 끌려가 20일 동안 모진 조사를 받은 후 전남고등학교 교사직에서 강제로 해직되었다. 또한 '남민전 사건'으로 서울구치소에 투옥된 김남주 시인은 1980년 9월 5일, 항소심에서 징역 15년형을 선고받고, 9월 10일 광주교도소로 이감돼 기나긴 수형생활에 들어갔다. 그뿐 아니라 1980년 7월 31일, 계간지 『창작과비평』과 『문학과지성』 등은 계급의식을 조장하고 사회불안을 조성한다는 명목으로 신군부에 의해 강제로 폐간조치 되었다.

이처럼 1980년 5월 이후의 한국문학은 가장 엄혹한 빙하기에 놓여 있었다. 김남일 작가가 언급했듯이 1980년 5월 광주야말로 한국문학의 그라운드 제로(Ground Zero)였다. 가장 비합법적인 방법으로 국가권력을 찬탈한 신군부는 국가라는 이름으로 폭력을 일상화하고 있었다. 신군부가 자행한 국가폭력으로 한국문학은 일순간 허허벌판에 내동댕이쳐졌다.

1980년 5월 이후 광주 사람들은 크게 웃거나 큰 소리로 말할 수도 없는 현실 속에서 살아가야 했다. 그 '5월'은 이미 지나가 버린 사건이 아니라 살아남은 자에겐 현재 진행형으로 여전히 작동하고 있었다. 이웃과 일가친척, 형제자매들의 억울한 죽음은 머릿속에서 쉽게 지워질 수 없었다. 하지만 현실적으로 아무것도 할 수 없다는 자괴감 때문에 문인들은 펜을 던지거나 혹은 자탄에 빠져 술잔만을 들이켜야 했다.

5월이 불러온 '트라우마'는 죽음에 필적했다. 살아 있지만 온전히 살아 있는 게 아니었기에 사실상 죽음에 처한 듯 절망스러웠다. 또한 5월 항쟁 이후의 광주는 외부집회가 철저히 통제되었다. 경찰과 정보요원들은 시내 찻집과 대학가 캠퍼스에서 공공연히 시민과 학생들의 일거수일투족을 감시했다. 문인들이 '광주'를 이야기하거나 글로 쓴다는 것은 구속과 투옥 등 신변의 위협을 감수해야 하는 일이었다. 5월과 광주, 충장로와 무등산, 금남로와 광주천이라는 말은 권력의 금기어가 되었다. 언론은 존재의 의의를 상실한 채 5공정권의 '보도지침'에 의해 '받아쓰기' 보도만을 했고, 광주의 상처와 고통에 대해선 침묵으로 일관했다.

그러던 어느 날부터 광주와 서울의 젊은 문인들과 문청(文靑)들에 의해 그 '5월'이 은밀하게 거론되기 시작했다. 권력에 의해 유언비어화 된 5월의 실체적 진실을 문학의 이름으로 드러내고자 했다. 젊은 문학인들과 문청들은 더 이상 '5월'을 암흑 속에 묻어 버려선 안 되며, 민족 전체의 이름으로 새롭게 호명되어야 한다고 주장했다. 5월의 영령들을 해원(解冤)하는 데 문인들이 적극 앞장서야 한다고 생각했던 것이다.

3. 살아남은 자의 부끄러움과 〈5월시〉 동인의 결성과정

1980년 가을부터 광주의 젊은 시인 이영진과 박주관의 발의로 〈5월시〉 동인이 태동을 준비한다. 그들은 일신상의 사정으로 광주항쟁에 직접 참여하지 못했고, 그 현장 부재(不在)의식은 원죄의식과 부끄러움으로 작동했다. 어쨌든 살아남았기에 무언가를 해야 한다고 자기결단을 시작하게 된다. 〈5월시〉 동인 김진경이 "우리가 모이게 된 근본적인 계기가 최근 이 땅의 상황들"이라고 은유적으로 언급한 바처럼 '1980년 5월'이라는 시간과 '광주'라는 공간이 겹치는 곳에서 〈5월시〉는 출발했던 것이다.

〈5월시〉 동인지 제1집은 1981년 7월에 출간되었다. 〈5월시〉 이후에 〈시와경제〉(1981. 12), 〈삶의문학〉(1983년 봄), 〈분단시대〉(1984. 5), 〈남민시〉(1985) 등이 출현하게 되어 1980년대 동인지 운동이 일어났다.

그리고 서울과 지방에서는 '무크지 운동'도 본격화되었다. 서울에서는 『창비신작시집』(1981) 『우리세대의문학』(1982) 『민의』(1982) 『공동체문화』(1983) 『시인』(1983) 『민중시』(1984) 등이 출간되었고, 지역에서는 『마산문화』(1982, 마산) 『남풍』(1982, 광주) 『민족과문학』(1983, 광주) 『지평』(1983, 부산) 『민족현실과 지역운동』(1985, 광주) 『새벽들』(1986, 강릉) 등이 출간되었다. 물론 〈5월시〉 동인 이전에 〈시운동〉 동인지가 출간되었지만, 그것은 '경희대 국문과' 출신의 '합동시집'에 가까웠고, 사회적 문맥을 상실한 소집단이었기에 '운동으로서의 동인'이라고 평가할 수는 없다. 〈5월시〉 동인의 결성과정에 산파역을 담당했던 사람은 이영진 김진경 박주관 시인이다. 1980년 6월부터 가을 사이 이영진과 김진경이 '동인 결성'에 대해 얘기하기 시작했고, 이를 박주관이 적극적으로 추동했다. 그리고 〈5월시〉 동인 중 유일하게 광주항쟁의 전 과정에 참여하고 투옥되었던 박몽구 시인이 동인에 합류함으로써 〈5월시〉 동인은 정당성을 부여받게 된다.

1980년 5월 당시 서울 상명여중에서 국어교사로 일하던 박주관 시인은 광주의 비극을 알고 난 뒤 '광주는 내 실체다.'라는 인식을 갖게 된다. 그는 1980년 6월부터 가을 사이, 광주로 내려가 고교 시절부터 알고 지내던 이영진에게 동인 결성의 당위성을 설파했고, 결국 두 사람은 공감대를 형성하게 된다.

이영진 시인은 고교 시절부터 광주지역 '학생문단'을 통해 친교를 맺은 이들 중 '등단' 절차를 거친 친구들을 만나 동인 결성의 참여 의사를 타진했다.

〈5월시〉 동인지 1, 2집에 참여한 아홉 명 중, 충청도 출신인 두 사람(김진경 윤재철)을 제외한 일곱 명(곽재구 나종영 나해철 박몽구 박주관 이영진 최두석)은 모두 고교 시절부터 광주지역의 학생문단에서 익히 알고 지내던 사이였다. 곽재구 나해철 박몽구 최두석 박주관은 광주일고 문예부 〈원시림〉 동인으로 활동했고, 광고에 다니던 나종영과 일고의 나해철 곽재구 박몽구 등은 〈용광문학〉 동인으로도 함께 한 적이 있으며, 또한 일고의 박몽구와 조대부고의 이영진은 〈울림〉 동인으로 활동했다.

광주지역 고교생 '학생문단'은 오랜 역사와 전통을 갖고 있었다. 한국전쟁 직후인 1953년, 광고 문예부 학생이었던 박봉우 강태열 윤삼하 주명영은 광주 최초의 학생동인을 결성하여 『상록집』을 출간했으며, 1971년 무렵엔 광주시내 고교생 문학동인은 무려 13개에 이를 정도로 전국 초유의 학생문단을 형성하고 있었다.

1972년경 일고 문예부의 〈원시림〉, 광고와 일고, 광여고 학생들이 주축이 된 〈용광문학〉, 조대부고가 주축이 된 〈석류〉, 일고의 박몽구와 조대부고의 이영진이 결성한 〈울림〉 그리고 〈청명〉, 〈용설란〉 동인 등이 그것이다.

광주일고 문예부 〈원시림〉 동인은 김현승 시인의 제자인 주기운 시인이 지도교사로 있었고, 문병란 시인도 일고 재직시 지도교사를 했다. 〈원시림〉은 1983년 〈시와경제〉 제2집 동인으로 참여한 선명한(본명은 선경식, 18대 국회의원으로 활동 중 2004년에 별세) 시인이 일고 시절에 결성한 것으로 황지우 박종권 최권행 등이 가입해 활동했던 동인이다. 〈5월시〉 동인 중 박몽구 곽재구 나해철 최두석은 광주일고 동기생이었고, 박주관은 2년 선배로서 〈원시림〉에서 활동했다. 2학년 때 박몽구는 〈원시림〉의 보수적인 색채에 불만을 품고 박석면(다산연구가 박석무의 동생)과 함께 자진 탈퇴했는데, 그 박석면을 통해 조대부고에 다니던 이영진을 소개받았다. 이후 세 사람은 의형제처럼 어울리다가 박몽구의 발의로 1973년 〈울림〉 동인을 결성했다. 〈울림〉 동인은 "문학은 참여+예술이다. 울림의 다른 이름은 피울음이어야 한다."는 캐치프레이즈를 내걸고 광주학생회관에서 '문학의 밤'을 갖기도 했다.

광고와 일고, 광여고와 전남여고, 살레시오고 문예부 학생들의 연합 동인으로 결성된 〈용광문학〉은 광고의 나종영과 일고의 박주관 나해철 곽재구 등이 참여했다. 그들은 가톨릭센터에서 작품발표회를 갖거나 YMCA에서 자작시 토론회를 갖는 등 치열하게 활동했다. 이처럼 〈5월시〉 동인 중 광주전남 출신 문인들은 이미 고교 시절부터 문예부 활동을 통해 서로 잘 알고 지내던 사이였다.

1981년 1월, 이영진 시인은 광주에 살던 박몽구 곽재구 손동연 박재성 시인과 서울에 살던 나종영 김진경 시인을 접촉하여 〈5월시〉 동인 결성의 산파역을 수행했다. 〈5월시〉 동인 제1집에 참여한 박몽구(박상태)

곽재구 나종영 시인의 등단 과정을 살펴보면 이러하다.

1980년 5월 광주항쟁이 끝나자 '현상금 300만 원'으로 지명수배가된 박몽구 시인은 〈5월시〉 동인 중 유일하게 광주항쟁의 전 과정에 참여했다.

박몽구는 1977년 월간 『대화』지 10월호에 일용노동자로 일하는 아버지의 삶을 형상화한 「영산강」과 무등산 철거민으로 억울하게 희생된 '박흥숙 사건'을 형상화한 「뿌리 내리기」 등의 시편으로 등단했다.

그런데 등단하자마자 박몽구 시인은 광주 송정리 자택에서 체포돼 서울 남산의 중앙정보부로 끌려갔다. 정보부는 박몽구의 시 「뿌리 내리기」를 문제삼아 사흘 동안 조사한 후 '긴급조치 9호위반'으로 구속하려했다. 그때 이 잡지의 발행인 강원룡 목사도 조사를 받았는데, 정보부는 박몽구 시를 핑계삼아 이 잡지를 폐간시킬 목적이었다. 이에 강원룡 목사는 박몽구 시인을 석방해 주면 『대화』지의 발간을 중단하겠다고 정보부 측과 협상하여 구속을 면할 수 있었다. 그런 일로 인해 당시 상당한 영향력을 지닌 『대화』지는 1977년 10월호로 자진 폐간의 길을 걷고말았다.

1978년 『창작과비평』 봄호에 5편의 시를 발표, 주목받는 젊은 시인이 된 박몽구는 1978년 6월, 전남대 시절 발생한 〈우리의 교육지표〉 사건의 '동조시위' 혐의로 경찰과 정보부의 추적을 받게 되자, 서울에서 1년간 도피생활을 했다. 1979년 9월, 서울에서 체포돼 광주로 압송된 그는 '긴급조치 9호위반' 혐의로 광주교도소에 투옥되었다. 이 과정에서 돌연 '10·26사건'이 발생하자 석방된 그는 1980년 3월, 전남대 영문과 2학년에 복적했다. 그는 5·17쿠데타 직전까지 전대의 각종 시국선언문을 도맡아 작성했다. 또한 1980년 5월 18일 오전 10시경 전대 앞에서 촉발된 첫 시위를 시작으로 그는 광주항쟁의 전 과정에 참여했다. 광주항쟁이 진압되기 직전 26일 저녁, 친구 김상집의 집으로 피신한 그는 김상집과 문승훈, 두 친구 어머니의 도움으로 송정리역에서 서울행 밤기차에 몸을 실어 도피할 수 있었다.

서울로 피신한 박몽구는 '광민사'에서 6개월 동안 출판 일을 하다가 1980년 11월경 다시 광주로 되돌아갔다. 여전히 수배 중인 관계로 친구 집에서 동가식서가숙을 했다. 그런 차에 이영진을 만나 동인 참여를 수락했고, 1981년 3월경 박재성의 집에서 열린 동인 결성을 위한 첫 모임에 참석할 수 있었다. 〈5월시〉 동인지 제1집이 출간될 무렵 1981년 7월 11일, 박몽구는 1년 이상의 긴 도피 끝에 체포돼 광주 서부경찰서로 연행돼 '계엄포고령 위반' 혐의로 광주교도소에 수감되었다. 다행히 그때는 광주항쟁이 발발한 지 1년이 지난 시점이라 처벌이 완화되어 1981년 9월에 집행유예조치로 석방될 수 있었다.

1980년 가을 무렵, 나종영과 곽재구는 미등단 상태였다. 등단한 문인들 위주로 동인을 결성한다는 원칙 때문에 이영진은 좀 더 시간을 갖기로 했는데, 1981년 1월 1일자의 중앙일보 신춘문예에 곽재구가 「사평역에서」로 등단하게 된다. 곽재구는 전대 국문학과 4학년에 재학중이었고, 같은 대학의 영문학과 4학년생 임철우도 그해 서울신문 신춘문예에 당선됨으로써 전대 출신 2명이 중앙지 신춘문예로 등단하여 화제가 되었다.

나종영은 광고 재학 시절에 〈용광문학〉 동인으로 고교 때부터 문학에 뜻을 두고 정진했으나, 대학 진학은 전남대 상대를 택했다. 나종영은 전대 상대 2학년 때인 1974년 전남대 교지 『용봉(龍鳳)』에서 실시한 〈제1회 용봉학생작품상〉에 「겨울 귀」, 「겨울 점묘」 등의 작품으로 국문과 학생들을 제치고 시부문에 당선됨으로써 자신의 문학적 존재감을 과시했다. 전대 교수인 범대순, 정재완 시인은 심사평에서 "시를 쓰는 사람의 기본적인 능력은 뭐라 해도 이미지 조성능력으로 집약된다고 보겠는데, 이 부분에 상당한 솜씨를 지니고 있음을 볼 수 있다. 이 이미지를 시

전체의 구성에까지 이끌어 전체적인 효과를 살릴 줄 아는 것이 미덥다."
고 평했다.

그런 후 나종영은 1981년 1월 중순, 창작과비평사가 폐간된 이후 무크 형식으로 출간한 '13인 신작시집' 『우리들의 그리움은』을 통해 '신인'으로 등단하게 된다. 그즈음 서울 한국산업은행 본사에서 은행원으로 근무하던 나종영은 실은 『창작과비평』 1980년 가을호로 이미 등단할 뻔한 사람이었다. 그는 창비 편집부에서 자신의 시를 직접 교정까지 봤지만 1980년 7월 31일, 『창작과비평』이 강제 폐간되어 등단하지 못했던 것이다. 1981년 새해 벽두 창비는 무크 형식으로 '13인 신작시집'을 펴내게 되었고, 이때 정규화와 함께 '신인'으로 등단하였다. 나종영은 곽재구와 거의 같은 시기에 등단함으로써 〈5월시〉 동인지 제1집에 합류할 수 있었다.

나해철은 '시인'이 되고 싶어 국문과에 진학하려고 했으나 어머니의 간청에 못 이겨 전남대 의대에 진학했다. 그 또한 일고 다닐 때부터 곽재구 박몽구 최두석 등과 함께 〈원시림〉 동인으로 활동했고, 나종영과는 〈용광문학〉 동인으로 활동을 함께했다. 전대에서 실시한 〈제2회 용봉학생작품상〉에 투고하여 김희수 등과 함께 최종심 3인에까지 올랐을 정도로 문학적 역량은 이미 인정받고 있었다. 의대 진학 후 한때 데카당스에 빠졌다가 어느 날 친구 곽재구와 만나 다시금 창작열을 불태우게 된다.

나해철은 1980년 4월, 광주항쟁이 일어나기 한 달 전에 결혼했다. 평소 의협심이 남다른 그는 광주항쟁이 발생한 5월 18일 시위대열 속에 있다가 광주 대의동 YWCA 인근의 학원가 골목에서 공수대원들과 정면으로 맞닥뜨렸다. 죽느냐 사느냐의 기로에서 그는 결혼예복인 양복 상의마저 벗어던진 채 도피하여 간신히 공수대의 체포를 면할 수 있었다. 다음날인 5월 19일 그는 아내와 함께 택시를 타고 광주 시내로 들어가던 중

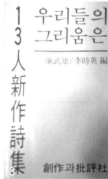

1 광주일고 문예부의 〈원시림〉 동인지. 〈5월시〉 동인 중 광주일고 출신의 곽재구 나해철 박몽구 최두석 시인이 〈원시림〉 활동을 했다. 2 광주일고, 전남대 영문과 출신의 박몽구 시인이 등단한 월간 『대화』 1977년 10월호. 박몽구 시인의 등단작을 문제 삼아 중앙정보부는 『대화』지를 폐간했다. 3 '창작과비평사'가 1981년에 간행한 13인 신작시집(『우리들의 그리움은』)으로 나종영 시인이 등단했다. 4 〈5월시〉 이후에 수많은 동인지와 무크지가 출현하여 1980년대 '시의 시대'를 열었다.

착검한 공수대원들의 검문검색에 걸렸다. 그때 해남에서 영어교사를 하던 아내가 자신의 교사 신분증을 보여 주면서, "남편도 나와 같은 학교 선생이다."고 기지를 발휘하여 가까스로 위기를 넘길 수 있었다.

1981년 봄, 나해철은 광주 충장로 우체국 앞에서 만난 오랜 벗 곽재구로부터 "데뷔한 사람들로 동인을 결성하기로 했다."는 말을 듣고 상심했다. 미등단 상태였던 나해철은 1981년 7월에 출간된 〈5월시〉 제1집에는 합류할 수 없었기 때문이다.

4. 1981년 여름, 5공의 폭압을 뚫고 출간된 〈5월시〉 1집

1980년 가을부터 시작된 〈5월시〉 동인 결성논의는 1981년 1월에 곽재구, 나종영이 등단하면서 본격화되었다. 그들은 광주항쟁 1주기인 1981년 5월 출간을 목표로 하되, 무조건적인 출발이 아니라, 과연 작품이 되어 있는지 합평회를 먼저 갖기로 했다.

1981년 1월 이영진은 동인 참가자 명단을 마무리했다. '광주항쟁'과 관련해 수배 중인 박몽구 시인을 포함하여 동인에 참가하기로 결정한 모든 시인들은 3월경 광주 학동의 '배고픈다리' 근처에 있는 박재성 시인의 집으로 모였다. 그들은 첫 모임에 대한 기록을 남기고자 담요로 휘장을 치고 논의과정을 모두 녹음키로 했다. "동인을 하자!"고 뜻을 모았지만 동인 '명칭'이 결정된 것도 아니었고, 동인의 지향점과 '에꼴' 형성에 대한 논의도 필요했다. 하지만 엄혹한 5공정권의 초기였기에 모든 게 조심스러웠다. 이날 각자가 써 온 작품을 갖고 모이기로 한 것은 과연 얼마만큼의 에꼴 형성이 가능한지 우선 점검하기 위해서였다. 그런데 광주의 참상을 겪으며 느꼈던 충격이나 상실감, 부끄러움은 가슴속에 들끓고 있었지만 실제 작품들은 이에 훨씬 못 미쳤다. 어쨌든 동인

각자의 작품이 에꼴 형성에 필요할 정도로 맞아떨어져야 하는 게 아닌가, 라는 기본적인 조건이 정해졌고, 그런 논의 과정에서 손동연과 박재성 시인은 스스로 참여하지 않는 쪽으로 정리되었다.

그들은 동인 명칭에 대해서도 의견을 나누었다. 〈광주〉, 〈뜨거운 남도〉 등 여러 명칭이 거론되었다. 그러다가 분단을 극복할 수 있는 명칭, 시국을 정면으로 돌파할 수 있는 이름으로 하자고 논의한 끝에 동인들은 마침내 "5월시로 하자!"고 결정했다. 그리고 동인지의 '선언문' 혹은 '서문'을 어찌 처리할 것인지에 대해 의견이 오갔다. 동인지라면 마땅히 동인의 지향점과 운동의 목표를 담은 '서문'을 책에 싣게 마련이다. 그러나 동인들은 1980년 광주가 지닌 엄청난 충격을 논리적으로 설파한다는 것은 불가능하다고 판단했다. 동인 각자의 시적 방법론에도 차이가 있고, 〈5월시〉라고 명칭을 붙였을 때 '5월'이라는 단어 자체가 강력한 메시지이기 때문에 서문에 어떠한 언사를 덧붙인다는 게 오히려 군더더기라고 생각했다. 그뿐 아니라, 성급하고 불성실한 '선언'을 먼저 발표하고, 작품이 여기에 뒤따라가지 못했을 때의 경솔함을 탈피하기 위해 '논리화' 작업은 추후로 미루고, 일단 작품으로 현실에 대응함으로써 에꼴을 형성하자고 결론을 내렸다. 그 때문에 〈5월시〉 동인지 1, 2집에는 서문이 없이 동인들의 작품만 게재되었다. 〈5월시〉 동인지 제1집을 보면 동인 명칭 외에는 딱히 '5월 광주'가 연상되지 않는다.

동인지의 편집과 발행 문제는 이영진 시인이 맡기로 결정되었다. 그는 동인들의 시 원고를 모아 장동의 자택에서 후배 고규태의 도움으로 원고를 타자로 쳤다. 박몽구 동인이 수배 중인 것을 감안하여 '박상태'라는 이름을 작명한 후 제작에 들어갔다. 표지 디자인은 전남매일신문사의 유석우 씨에게 맡겼고, 인쇄는 광주 시내에 있는 대호출판국에 의뢰했다. 30만 원의 제작비에 1,000부를 찍기로 결정했다. 편집한 원고를 인쇄소로 넘겨 책이 나오기만을 기다리는 가운데 어느 날 유석우 씨

1 1981년 7월, 광주 대호출판국에서 출간된 〈5월시〉 동인지 제1집 『이 땅에 태어나서』.
에는 동인 6인의 52편의 시가 실려 있다. 경찰에 의해 하마터면 전량이 압수될 뻔했다.
2 〈5월시〉 동인이 서울 인사동 운당여관에서 회의를 하고 있다. (왼쪽부터) 나종영 강
형철 곽재구 시인. 3 〈5월시〉 제1집에 실린 동인들의 캐리커처와 사진. (왼쪽부터 시
계방향) 김진경 박상태(박몽구) 나종영 이영진 박주관 곽재구.

로부터 전화가 왔다. 정보당국이 이 책의 출간사실을 파악했고 머잖아 책이 모두 압수될 것 같다고 말하면서 "모른 척할 테니 오늘 밤에 인쇄소에 가서 일부라도 찾아가라."고 했다. 이에 이영진은 놀란 가슴을 진정시키면서 그날 밤 광주 황금동 2가의 인쇄소로 갔다. 택시를 대기시킨 후 동인지 500부를 몰래 빼내왔다. 하마터면 햇빛도 못 보고 압수당할 뻔한 〈5월시〉 동인지 제1집은 이렇게 탄생할 수 있었다.

〈5월시〉 동인지 제1집(『이 땅에 태어나서』)에는 동인 6인(김진경 박상태 나종영 이영진 박주관 곽재구)의 52편의 시가 실려 있다. 표지는 녹색 1도로 커다랗게 숫자 '5'가 디자인돼 있고, 본문에 동인의 사진이나 캐리커처, 그리고 경력이 실려 있는, 80쪽 분량의 소책자다. 이영진 시인은 1980년대 중반 『한국문학』과의 대담에서 첫 동인지 출간 무렵의 심정을 이렇게 밝혔다.

> 엄혹한 5공 초기였기에 문단에 어떤 반향이 있을 거라든지 혹은 문학사적인 의미 같은 것에 뜻을 두기보다는 무엇보다도 광주에서 시 쓰는 자로서의 자기존재에 대한 최소한의 설득력이 더 절실했기에 이 동인지를 펴낸 것이다.

동인지 1집의 작품들을 보면 '5월 광주'는 구체적인 상황묘사보다는 대부분 상징적인 모습으로만 드러나 있다. 김진경 시인의 「진혼」, 박몽구 시인의 「무등 혹은 우리들 마음의 기둥」, 나종영 시인의 「봄밤」, 이영진 시인의 「마취사」 등을 읽다 보면 당시의 광주 상황을 어느 정도 유추해서 읽어 낼 수 있다. 1집 책자의 맨 뒤에 동인 6명의 주소록이 실려 있고, '판권'을 보면 '발행인: 이영진, 편집인: 이영진, 인쇄처: 대호출판국, 500부 한정판 정가 1,000원'이라고 기재돼 있다. 제1집은 경찰의 압수조치로 인해 극소수의 문인들에게만 돌려졌고, 언론이나 서점에는 배포할 수 없었다. 그 때문에 출간소식을 다룬 보도 기사는 전혀 찾아볼 수 없었고, 독자들은 이 책이 나온 사실조차 몰랐다.

〈5월시〉 제1집이 출간되자 동인들은 무등산 산장에서 합평회를 가졌다. 그들은 무엇보다도 5공의 폭압을 뚫고 책이 무사히 출간된 사실에 일차적인 의미가 있다고 자평했다. 5월의 상처나 슬픔 혹은 역사적 전망을 제대로 형상화하지 못했더라도 피의 학살로 세워 둔 '금기의 벽'을 돌파했다는 사실에 자부심을 느꼈다. 그러나 작품 속에 의욕과잉이 있지 않느냐, 아직 덜 소화된 부분들이 작품으로 노출되지 않았느냐는 자기반성을 하면서 동인지 2집에서는 참여의 폭을 넓혀 '5월'에 대한 '집단자각'의 형태를 갖춰 보자고 결의했다.

5. 〈5월시〉 2집에 참여한 동인들과
5월시 선언문, '제3문학론'

〈5월시〉 동인은 제2집을 출간하고자 서울의 몇몇 출판사를 타진했다. 하지만 '5월시'라는 명칭이 갖고 있는 부담 때문인지 어느 출판사에서도 선뜻 응답이 없었다. 이에 어쩔 수 없이 1집과 마찬가지로 자비출판의 형식으로 1982년 3월경에 펴내기로 하고, 원고 수합에 들어갔다. 1집 출간 합평회에서, 동인들의 시각을 넓히고 참여의 폭을 확대하여 '집단자각'의 형태를 갖춰 보자고 결의한 대로 나해철 윤재철 최두석 3인을 새로운 동인으로 맞아들였다.

전남 나주 출신인 나해철 시인은 1982년 1월 1일자의 동아일보에 「영산포 1·2」가 당선되어 등단했다. 신춘문예 심사위원인 김규동 시인과 김우창 평론가는 "「영산포」는 개인적 체험을 다루고 있지만 그것을 이해할 만한 진술이 되게 하는 데 성공했다."고 평가했다. 충남 논산 출신의 윤재철은 김진경과 대전고 및 서울대 사대 국어과의 동기로 오랜 친구 사이이다. 그가 비록 '등단'이라는 절차는 거치지 않았지만, 시인으로서의 자질이 충분하다고 인정하여 동인으로 받아들였다. 1980년대 동인지 운동 때는 윤재철의 경우처럼 '등단' 여부는 크게 중요하지 않았다. 문단이 새롭게 재편되는 시기였기에 동인지를 통해 '작품활동'을 시작한 사람들이 많았고, 그것을 '등단'으로 인정했다. 전남 담양 출신의 최두석은 일고 시절에 〈원시림〉 동인으로 활동했다. 서울사대 국어과에 다닐 때 평론가 김현으로부터 오랫동안 문학적 지도를 받은 그는 1980년 2월, 『심상』으로 등단했다. 서울사대 선배인 김진경 시인의 권유로 2집부터 참여하게 된다.

〈5월시〉 동인지 제2집을 기획하면서 동인들은 자신들의 책무라고 생각한 '5월'의 확산에 초점을 두고 열정을 쏟아부었다. 문학의 선언주의나 인맥주의 혹은 섹트주의를 거부하면서 서울과 광주를 몇 차례 오가며 모임을 가졌다.

1982년 3월, '도서출판 한국'에서 〈5월시〉 동인지 제2집 『그 산 그 하늘이 그립거든』이 출간되었다. 동인의 숫자가 6명에서 9명으로 증가했고, 책의 면수도 120쪽 가까이 되어 1집과 달리 책의 모양새가 갖춰졌다. 광주항쟁에 대한 좀 더 근원적인 탐구와 함께 곳곳에 '죽음'에 대한 형상화와 분단문제에 대한 근본적인 반성, 광주와 전라도의 한(恨)을 담아낸 시편들이 선보였다.

뒤이어 〈5월시〉 동인은 1982년 12월에 제3집 『땅들아 하늘아 많은 사람아』를 서울의 '청사'라는 명망 있는 출판사에서 출간했고, 전국 서점에 유통되어 상당한 파급력을 불러왔다. 이 3집에 김진경 동인의 평론 「제3문학론」이 게재되었다. 〈5월시〉 동인의 지향점과 논리적 방향성을 제시한 장문의 '서문'인 셈이다.

이제 민족어의 명명력(命名力)이 진실로 명명(命名)하기 어려운 것 앞에서 자신을 세워야 하는 모험을 감행할 때이다. 5월은 이러한 진정한 모험과 귀향에로 우리를 부르는 목소리이다. (중략) 시를 쓰는 자의 말이 우리에게 의미 있는 것은 그의 말이 자신의 말이면서 동시에 모두의 말일 수 있을 때이다. 시를 쓰는 자의 고난이 의미 있는 것은 그의 삶이 자신의 삶이면서 모두의 삶일 때이다. 그 시대의 어둠을 명명하도록 부름을 받아 그 순수한 구속을 기꺼이 받아들일 때 비로소 시를 쓰는 자는 진정한 시인일 수 있다. 우리는 이 말이 우리에게 최대의 구속으로 작용하기를 바란다.

〈5월시〉 동인지 2, 3집이 10개월 사이에 연속해서 출간되자 문단 안팎에 동인 이름이 회자되었고, 언론과 서평을 통해 그 이름이 알려지기 시작했다. 문학평론가 이은봉이 지적했듯이 3집을 통해 좀 더 확실히 민중적인 정서를 획득했고, 좀 더 분명하게 시를 '사적(私的) 차원'에서 '공적(公的) 차원'으로 위치시켰다는 평가를 받았다.

하지만 문단의 일각에서는 〈5월시〉 동인에 대한 쓴소리도 있었다. '편협한 향토주의', '감상주의'라는 지적과 함께 '5월의 패배만을 노래한다.'는 비판도 있었다. 이에 대해 〈5월시〉 동인은 억울해하며 항변했다. 1980년대 초반, 〈5월시〉 동인은 광주의 상처, 그 슬픔과 트라우마에 매몰돼 있었고, 역사적 전망과 비전에 대한 인식보다는 그 상처나 죽음의 극복에 집착했기에 '향토주의'라는 말은 너무나 일방적인 표현이라고 반박했다.

권력에 의해 '5월'을 자꾸 광주에 폐쇄시키려고 하니까, 이건 우리 모두의 문제라는 관점에서 중앙으로 끌고 왔던 것이다. 5·18의 상처와 죽음은 1950년대 이후 한반도가 겪어 온 모든 모순의 폭발점이며, 분

©뉴스페이퍼

1 〈5월시〉 동인지 제2, 3집. 1982년 12월에 청사출판사에서 출간된 제3집 『땅들아 하늘아 많은 사람아』는 전국 서점에 유통됨으로써 문단 안팎에 상당한 파급력을 불러왔다. 2 〈5월시〉 동인지 2집에 새로운 동인으로 합류한 (왼쪽부터) 나해철 윤재철 최두석 시인. 3 서울의 작가회의 사무실에서 〈5월시〉 이영진 강형철 시인과 〈시와경제〉 김사인, 그리고 김형수 시인, 소종민 평론가 등.

단이 야기한 민족 전체의 문제다. 〈5월시〉에 대한 비판과 지적은 기계적인 비판에 불과하다. 그들은 기계적인 비판만 했지 문학이 갖고 있는 울림과 열정을 제대로 읽지 못했다.

6. 〈5월시〉 동인이 1980년대 한국문학사에 남긴 업적

1980년대라는 정치적 상황 속에서 〈5월시〉는 그 시대를 상징하는 하나의 문학사적 사건으로 존재할 수 있었다. 광주항쟁 이후 예술의 모든 부문이 침묵하고 있을 때 조심스럽게나마 광주의 죽음과 수난, 5월의 부활을 노래했기 때문이다. 문학평론가 김종철은 "〈5월시〉 동인의 역사적 작업은 '민중문학사'에서 응분의 평가를 받아야 함은 물론이고, 공포와 침체의 국면을 돌파하도록 많은 사람들에게 용기와 희망을 주었다는 점에서 '민중운동사'에서도 한 장을 차지하게 될 것이다."고 평가했다.

1983년 초에 이영진 시인은 광주에서 상경하여 청사출판사의 편집장으로 일하게 되고, 바로 이때부터 〈5월시〉에 의한 본격적인 문학운동이 펼쳐지게 된다. 〈5월시〉 동인들은 주말마다 서울 인사동 인근의 '운당여관'에서 밤을 지새우며, 새로운 출판운동을 모색했다.

동인지 3집을 출간한 이후 〈5월시〉는 1983년 8월, 시와 판화의 만남을 통해 문학의 대중화작업에 몰두하게 된다. 그즈음은 문학에서 장르 통합의 논리가 확산될 때였고, 〈5월시〉는 맨 먼저 이를 실천에 옮겼다. 김경주 조진호 화가와 결합하여 광주 아카데미미술관에서 '시판화전(詩版畫展)'을 열었고, 9월에 한마당출판사에서 '5월시 판화집(版畫集)' 『가슴마다 꽃으로 피어 있어라』를 출간, 신선한 화제를 몰고 왔다. 시의 테마를 '판화'라는 작업을 통해 보다 시각화하는 작업을 시도함으로써 문학과 미술의 아름다운 만남을 이룩한 모범적인 사례로 평가되었다.

〈5월시〉는 1984년 여름에 청사출판사에서 무크『민중시』를 창간하여 1980년대 문학운동의 전초기지로서의 역할을 수행한다. 그와 함께 '청사 민중시선' 시리즈를 기획하여 한국 최초의 노동시집으로 평가되는 박영근 시집『취업공고판 앞에서』를 출간했고,『민중시』 1집에 백무산(백봉석)을 등단시키는 등 1980년대 '노동문학'의 서막을 열어젖혔다. 무크『민중시』를 통해 문학운동의 여러 활동가들─ 강형철 김형수 조진태 이학영 고규태 시인을 발굴했다. 이후 그들은 민족문학작가회의와 한국작가회의, 광주전남작가회의에서 중책을 맡아 문학운동을 수행했다.

〈5월시〉 동인의 주도로 기획된 '청사 민중시선'은 1980년대 '시의 시대'를 여는 데 한몫했다고 평가하지 않을 수 없다. 이영진 시인은 1984년 12월 초순, 김남주의 첫 시집『진혼가』를 출간했다. 12월 22일, 광주 가톨릭센터 강당에서 〈자실〉과 '민문협', '전남 민청협', '민문연' 4개 단체가 공동주최로 〈옥중시인 김남주 시집『진혼가』 출판기념회〉를 개최함으로써 '남민전 사건'으로 '문학적 금기'가 된 김남주 시인을 문단에 복권시킬 수 있었다. '청사 민중시선'은 김남주의 첫 시집 출간을 시작으로 문병란 김준태 양성우 장효문 윤재걸 김희수 김만옥 등 광주전남 출신 시인들과 정양 정규화 박진관 김태수 김흥수 고형렬 등의 시집 그리고 박주관 박몽구 김진경 윤재철 이영진 최두석 고광헌 등 〈5월시〉 동인의 시집을 연이어 출간하여 군부통치에 저항하는 문학 텍스트를 유통시켰다. 채광석이 주도한 '풀빛 판화시선'과 함께 '청사 민중시선'은 1980년대의 문단 형성에 기여했다.

〈5월시〉 제4집『다시는 절망을 노래할 수 없다』가 1984년 3월, 청사출판사에서 출간되었다. 윤재철의 장시「난민가」, 5월항쟁을 사실적으로 형상화한 박몽구의 연작장시「십자가의 꿈」, 최두석의 평론「시와 리얼리즘」 등이 게재되는 등 광주학살에 대한 방조혐의로 책임이 제기된 미국을 새롭게 인식하는 시적 모티브가 등장했다.

1, 2, 3 1983년 '5월시 판화집' 판화작업에 참여한 김경주(중앙), 조진호 화가. 4 한국 최초의 노동시집으로 평가되는 박영근 첫 시집 『취업공고판 앞에서』(청사). 〈5월시〉 동인에 의해 출간될 수 있었다. 5 청사출판사에서 출간된 김남주 백무산 양성우 시집들. 6 청사에서 출간된 〈5월시〉 동인지 제4, 5집. 7 〈5월시〉 제5집부터 동인으로 합류한 고광헌 시인. 8 1984년 12월 19일, 〈자유실천문인협의회〉 재창립을 주도한 채광석 시인. '자실'이 개최한 '민족문학의 밤' 행사.

고광헌 시인을 새로운 동인으로 맞아들인 가운데 1985년 4월에는 〈5월시〉 제5집 『5월』이 출간된다. 1983년 광주일보 신춘문예에 당선하고, 조태일 시인의 추천으로 무크 『시인』지를 통해 등단한 고광헌 시인의 합류로 〈5월시〉 동인은 모두 10명이 되었으며, '교사문인'이 절반에 이르게 된다. 〈5월시〉는 5집에서 문학운동의 방향을 지역문화의 매체로서 깊이 뿌리내릴 것을 천명했다. 전남대 국문과 문학동인 〈비나리패〉의 공동창작 장시 「들불야학」을 특집으로 게재했으며, 시의 서사구조 확립에 역점을 두고 최두석의 장시 「임진강」과 박몽구의 연작장시 「십자가의 꿈」을 연속 게재하기도 했다.

〈5월시〉는 1980년대 동인지 운동과 출판운동을 주도함은 물론, 〈자유실천문인협의회(자실)〉를 통한 문인운동에도 적극 앞장섰다.

1984년 12월 19일, 서울 흥사단 강당에서 〈자실〉이 재창립될 때 이영진 시인은 〈시와경제〉 동인을 이끌던 채광석 홍일선 김정환 김사인 시인 등과 수시로 만났고, 이 단체의 재건에 〈5월시〉가 적극 나설 수 있도록 했다. 〈자실〉이 재창립된 후 〈5월시〉 동인 중 이영진 최두석 김진경 고광헌 박몽구 시인이 집행부 간사로 활동을 시작했다. 〈삶의문학〉 〈분단시대〉 〈남민시〉 동인들도 〈자실〉의 문학운동에 적극 가세함으로써 5공의 폭압통치를 타파하기 위한 문학운동이 전국 각 지역에서 대오를 갖추기 시작했다. 〈자실〉은 '민청련'과 '민통련' 등 재야단체들과도 적극 연대 투쟁함으로써 전두환 군부정권에 저항하는 지식인운동의 전위 역할을 수행했다.

7. 〈5월시〉 동인의 『민중교육』 출판과 '전교조'의 출범

청사출판사에서 무크 『민중시』를 기획, 출간한 〈5월시〉는 김진경 윤재철 고광헌 등 교사문인들이 주축이 되어 무크『민중교육』을 기획하게 된다. 〈5월시〉 동인 중 절반이 교사문인이었던 까닭에 '교육민주화'를 위해 "우리가 지금, 발 딛고 선 곳의 얘기를 해야 한다."고 생각했기 때문이다.

1984년 여름, 서울에서 교사로 재직하던 〈5월시〉의 김진경 윤재철 고광헌 최두석 시인은 〈삶의문학〉 동인으로 활동 중인 이은식 김영호 김흥수 류도혁 이은봉 이재무 등과 대전에서 만났다. 그날 〈5월시〉 동인들은 대부분 교사로 재직중인 〈삶의문학〉 동인들에게 교육개혁의 일환으로『민중교육』이란 무크지 창간에 함께 뜻을 모으자고 요청했고, 두 동인은 의견일치를 보게 된다. 이어 고광헌 시인은 'YMCA 중등교육자협의회' 소속의 유상덕 이철국 심임섭 이순권 교사 등과 접촉하여 이들의 동참도 이끌어낸다.

1985년 5월, '교육의 민주화를 위하여'라는 부제를 달고『민중교육』제1집이 실천문학사에서 출간되었다. 문병란, 조재도, 고규태의 교육시와 강병철의 소설, 고광헌, 김택현의 교육시평, 「분단상황과 교육의 비인간화」관련 '좌담', '교육민주화 관련 특집', '소외된 현장의 목소리', '학생들의 교육론', '르포(「교사임용 이대로 좋은가」)' 등이 수록된『민중교육』창간호는 시판되자마자 교사와 독자들로부터 큰 호응을 얻었다.

그런데 6월 25일, 서울 여의도고 교장이『민중교육』에 대해 '문제가 있는 책'으로 서울시 교육위원회(서울시교육청)에 보고했다. 이 과정에서 안기부(국정원의 전신)가 직접 수사에 개입하게 된다.

이 책이 출간된 1985년의 시국은 '대우자동차투쟁', '미문화원 점거 농성투쟁', '구로지역동맹파업'이 잇따라 발생하던 상황이었다. 특히 전두환 정권의 '학원안정법'을 둘러싸고 재야 및 학생운동권이 결집함으로써 5공 정권과의 충돌이 불가피해지게 되었다. 안기부는 '학원안정법' 통과 작업의 일환으로『민중교육』에 대해 '공안'의 칼날을 들이

밀었고, 이 사건을 직접 수사 지휘했다. 이 책은 급기야 1985년의 최대 시국사건으로 비화됐다. 문교부는 "『민중교육』은 반미를 선동하고, 계급의식을 고취하는 불온·용공 출판물"이라고 매도했고, 8월 6일 국영방송 KBS-TV는 특집으로 「민중교육, 당신의 자녀들을 노린다」를 방영하는 등 신문과 방송이 총동원되어 『민중교육』에 대한 '마녀사냥'을 시작했다.

안기부는 『민중교육』 주요 필자들을 체포하기 시작했다. 1985년 8월 초부터 김진경, 윤재철, 고광헌, 유상덕 교사와 실천문학사의 송기원(소설가) 주간이 남산의 안기부 지하실로 끌려갔다. 8월 12일에는 당사자의 출두도 없이 징계위원회를 열어 『민중교육』지에 필자로 참여한 교사들에게 중징계 조치를 내렸다. 이 과정에서 김진경, 윤재철, 고광헌, 유상덕, 홍선웅 등 10명의 교사를 파면 조치하고, 류도혁 강병철 황재학 전인순 전무용 등 7명을 사직시켰다. '교육민주화'라는 순수한 마음으로 시작한 일이 안기부에 의해 공안사건으로 둔갑되어 교사 문인들이 무더기로 교단에서 쫓겨났던 것이다.

안기부에 끌려간 김진경 윤재철 송기원 고광헌 유상덕 등은 2주 동안 혹독한 수사를 받았다. 그 결과 고광헌 유상덕을 제외한 나머지 3명은 1985년 8월 17일, '국가보안법' 제7조 1항(고무찬양, 선동)과 제7조 5항(이적표현물 제작)의 위반혐의로 검찰에 송치되었다.

전국의 교사들과 문인들의 관심이 집중된 가운데 『민중교육』 출판사건'에 대한 재판이 열렸다. '민변'을 중심으로 공동변호인단이 꾸려져 한승헌 김동현 변호사 등이 변호인으로 참여했다. 교사들과 학생, 문인들은 재판부가 합리적인 판단을 내려 줄 것을 희망했으나 1986년 2월 13일, 1심 판결에서 세 사람은 모두 실형을 선고받았다. 6월 13일에 열린 항소심 판결에서 김진경은 징역 1년, 송기원은 징역 10월이라는 실형이 선고되었고, 윤재철은 집행유예로 석방될 수 있었다. 대법원은 이 사건의 상고를 기각하여 형이 확정되었다.

『민중교육』지 사건에 연루된 교사들에 대한 강력한 징계조치는 오히려 교육자적 양심에 불을 붙이는 결과를 가져왔다. 고광헌 유상덕 등 해직교사들은 〈교육출판기획실〉을 만들어 본격적으로 교육출판물을 출간했고, 전국의 교사들은 '교육민주화선언'에 나서게 된다. 이후 교사운동은 '민교협'과 '전교협'을 거쳐 1989년 5월 28일, 마침내 '전국교직원노동조합(전교조)'을 결성하기에 이른다. 노태우 정권은 1,500여 명의 교사들을 교단 밖으로 쫓아내면서 탄압했지만, 전교조의 참교육운동은 국민적 지지를 획득하게 되었고, 1999년, 김대중 정부 시절에 마침내 합법화될 수 있었다. 〈5월시〉동인의 주도와 〈삶의문학〉동인의 동참으로 출간된 『민중교육』지는 전교조의 창립에 결정적인 역할을 수행했던 것이다.

8. 80년대 문학의 '상징'에서 자발적 '순명'을 선택한 〈5월시〉

『민중교육』지의 출판사건으로 김진경 윤재철 시인이 구속되고 고광헌 시인이 파면되자, 〈5월시〉는 새로운 길을 모색했다. 『민중교육』지 사건으로 서울의 미림여고에서 파면된 화가 홍선웅 등과 만나 〈5월시〉동인은 두 번째 판화시집 출간 문제를 협의하게 된다. 1986년 4월, 홍선웅 김경주 김봉준 박진화 이철수 홍성담 류연복 화가 등의 참여로 〈5월시〉판화시집 『빼앗길 수 없는 노래』가 시인사에서 출간되었고, '시판화전'이 인사동의 '그림마당 민'에서 열렸다.

김진경 시인이 14개월 동안 복역한 뒤 석방되었다. 1986년 겨울, 〈5월시〉동인은 한자리에 모여 앞으로의 동인운동 방향에 대해 논의했다.

1 1985년 5월, 〈5월시〉 동인의 주도하고 〈삶의문학〉 동인이 동참하여 실천문학사에서 출간된 무크 『민중교육』. 2 『민중교육』 출판사건을 보도한 신문기사. 이 책을 출간하여 구속된 실천문학사의 송기원 주간(소설가). 3 『민중교육』 출판사건에 연루되어 법정에서 재판을 받고 있는 김진경, 윤재철 송기원. 4 『민중교육』 사건으로 구속된 교사의 석방과 해직교사 복직을 요구하는 가두시위. 〈5월시〉 고광헌 시인과 〈삶의문학〉 임우기 평론가 등이 플래카드를 들고 명동에서 시위하고 있다.

그들은 '시 동인지 체제로는 의미 있는 그 무엇을 담아내기엔 역부족이다'고 판단하고 새로운 문학적 틀을 모색했다. 문학평론가 채광석의 견해를 받아들여 〈5月시〉와 〈문학의 시대〉(류양선 홍정선 김태현 송승철 이현석) 동인 그리고 임철우 이창동 소설가, 김경주 화가가 동참하는 새로운 동인체제를 만들기로 의견이 모아졌다. 그리하여 1987년 5월, 광주 무등산장에서 두 동인의 통합을 위한 MT가 열렸다. 그날 〈5月시〉는 새로운 동인으로 강형철 시인을 맞아들였다. 1985년 8월, 『민중시』 2집을 통해 등단한 강형철 시인은 〈5月시〉 동인들과 이미 오래전부터 뜻을 같이하고 있었다. 〈5月시〉와 〈문학의 시대〉 동인은 〈5月문학〉 동인으로 통합을 결의했고, 다음 날에는 망월동 '5월묘역'을 참배했다. 〈5月문학〉 동인은 종합계간지 『5月문학』을 출간하기로 결의했다. 그러나 망월동에서의 굳은 결의에도 불구하고 〈5月문학〉 동인은 이후 별다른 성과를 내지 못한 채 유야무야되고 말았다. 결정적인 이유는 '1987년'이라는 상황에서 비롯된 것이기도 했다.

1987년 이영진은 '인동출판사'의 편집인으로 있으면서 편집장이던 필자와 함께 '5월광주항쟁시선집' 『누가 그대 큰 이름 지우랴』, '광주항쟁소설집' 『일어서는 땅』, 김남주 옥중시집 『나의 칼 나의 피』 등을 연속 출간하며 바쁜 나날을 보냈다. 또한 그는 〈자실〉의 마지막 사무국장으로 일하면서 재야 사회단체들과 연대하여 직선제 쟁취를 위한 '국민운동본부'에 참여하는 등 〈자실〉의 문인들을 추동하여 '6월항쟁'에 적극 나섰다. 그런데 '6월항쟁'이 끝난 7월 12일에 〈자실〉의 좌장이자 맏형인 채광석 시인이 불의의 교통사고로 타계하는 일이 벌어졌다. 민족문학 진영은 극심한 혼미상태에 빠졌다. 또한 각자의 정치적인 입장이 달라 1987년 12월의 대선국면에서 '양김의 후보단일화문제'를 놓고, 〈5月문학〉 동인들 간에 서로 적잖은 상처를 입게 된다.

그 때문에 〈5月문학〉 동인은 구체적인 결과물을 내놓지 못한 채 〈5月

시〉와 〈문학의 시대〉 동인으로 다시 환원되었다. 세월은 흘러 1980년대를 지나 1990년대를 살게 된 동인들은 "〈5월시〉는 여전히 계속되어야 하는가?"라는 질문 앞에서 그 누구도 자신 있게 대답하지 못했다. 6월항쟁 이후 '소집단운동'의 소임이 사실상 끝났다고 생각했기 때문이다.

1986년 판화시집 출간 이후 8년 동안 긴 침묵 속에 있다가 1994년 9월, 〈5월시〉 동인은 신작 시집 『그리움이 끝나면 다시 길 떠날 수 있을까』를 펴내게 된다. 〈5월시〉 동인이 '머리말'에서 "이 신작시집은 호수(號數)를 갖는 동인지가 아니다."라고 밝힌 바처럼 당시 문단적 상황에 대한 항변으로서 동인지를 출간한 것이다. 그리고 가장 직접적인 이유는 1987년 이후 〈5월시〉 동인으로 참가했지만, 단 한 번도 함께 동인지를 펴내지 못한 '강형철 동인'에 대한 우정과 배려 때문이기도 했다.

어느덧 세월이 흘러 김영삼 정부와 김대중 정부를 거치면서 광주항쟁의 역사적 의의가 공인되었다. 〈5월시〉 동인은 '이제 5월을 문학적 원점으로 삼는다는 것은 더 이상 어렵다.'고 판단했다. 동인이 생산하는 문학적 텍스트가 시대와의 교감에서 중요한 의미를 지니지 못한다면 설령 동인지를 펴낸다고 하더라도 그 생명력이 다한 것이라는 주장이 동인 내부에서 자연스럽게 흘러나왔다. 바로 그러한 생각이 모아져 〈5월시〉 동인은 1994년 이후 '자발적 순명(殉名)'의 길을 택하게 된다.

돌이켜 보면 〈5월시〉는 문학운동과 출판운동의 측면에서 1980년대를 상징하는 존재였고, 남보다 한 발짝 앞선 '치열한 불온성'으로 한 시대를 풍미했다. 그뿐 아니라 1980년대의 '광주문학' '5월문학'을 견인하면서 수많은 문학적 텍스트를 문단에 유통시켰고, 문학적 후생들을 길러 냄으로써 한국문학의 발전에 공헌했다. 〈5월시〉는 광주의 진실과 역사의 질곡 사이에서 온몸으로 당대 현실을 맞받아치는 것을 운명으로 생각했다. '5월'을 완성하기 위한 '실천적 삶'으로 스스로의 상처를 치유하려고 했고, 자기 존재의 정당성을 확인했다. 그리고 이제 그 〈5월시〉

1, 2 화가 홍선웅, 류연복 등의 참여로 〈5월시〉 동인의 두번째 판화시집 『빼앗길 수 없는 노래』가 1986년 4월, 시인사에서 출간되었다.　**3** '자실' 시절, '민통련'의 백기완, 계훈제, 임채정 등 재야인사들과 김정환 등 문인들이 구속문인 석방과 '창비 등록취소 철회'를 요구하며 사무국에서 농성하고 있다.　**4** '자실'의 '민족문학교실' 행사 후 기념촬영. 고은 이 시영 채광석 이영진 강형철 김남일 박선욱 고규태 이승철 현준만 고형렬 등.　**5** 1987년 인동출판사에서 출간된 '5월광주항쟁 시선집'과 '광주항쟁 소설집' 그리고 김남주 옥중 시집 『나의 칼 나의 피』는 문단 안팎에 화제를 불러왔다.　**6** 1994년에 출간된 〈5월시〉 동 인의 '신작시집' 『그리움이 끝나면 다시 길 떠날 수 있을까』는 1987년부터 〈5월시〉 동인 에 새로이 합류한 '강형철 동인'에 대한 우정과 배려 때문에 출간된 것이다.

는 개인에게 운명적으로 주어진 '시인의 길'을 가기 위해 각자도생(各自圖生)의 길목에서 새로운 '5월시'를 꿈꾸고 있는 중이다.

9. '오월문학사'의 거대한 분수령, 임철우의 장편 『봄날』

〈5월시〉 동인이 자발적 순명의 길을 택할 때 작가 임철우는 자신의 문학적 생명을 걸고 광주 문제를 물고 늘어졌다. 1981년 〈서울신문〉 신춘문예로 등단한 뒤 1984년 무크 『실천문학』을 통해 광주항쟁을 최초로 소설화한 단편 「봄날」을 발표하는 등, 이후 그는 일련의 광주 소설로 주목을 받았다. 한때 〈5월시〉 동인의 명예회원으로 불렸고, 1987년 광주 무등산장에서 〈5월문학〉 동인이 결성될 때 합류하기도 했다.

임철우는 1978년 군 제대 후에 박효선 박호재 이미란 정종대 채복희 등과 함께 〈빛울림〉 동인으로 활동했다. 이후 한승원 이명한 문순태 주동후 이삼교 김신운 등과 함께 광주에서 출범한 〈소설문학〉 동인으로도 참여했다.

전대 국문과 박효선(1954~1998)의 친구이기도 했던 임철우는 1979년 광천동에서 〈들불야학〉을 이끌던 윤상원(5월항쟁 당시 '시민군' 대변인)과도 만나면서 사회의식에 점차 눈을 뜨게 된다. 임철우는 문청 시절에 〈광대〉의 일원으로서 마당굿 공연이 있을 때 피켓을 들거나 단역을 맡아 출연하기도 했다.

임철우는 1980년 5월의 광주 현장을 누구보다도 생생히 지켜본 사람이었다. 〈광대〉 소속의 박효선 김윤기 김선출 김태종 임철우 등은 황석영 원작소설 「한씨 연대기」를 연극무대에 올리고자 광주 대의동 YWCA 안의 양서협동조합 사무실에서 날마다 연습에 몰두하고 있었다. 1980

년 5월 18일에도 그들은 거기에 모여 연습 중이었는데, 〈광대〉 단원인 윤만식(전, 광주민예총 회장)이 갑자기 뛰어 들어와 "시내가 난리가 났다. 어서 피해야 한다. 집에 들어가지 말고 다른 데로 가라."고 외쳤다. 1980년 5월 22일부터 박효선은 '시민군 지도부 홍보부장'으로 일했다. 〈광대〉의 단원들과 〈들불야학〉의 강학과 학생들, 화가 홍성담 등은 5월 항쟁 기간 동안 〈투사회보〉나 대자보, 현수막을 작성하여 시민군의 홍보선전을 담당했다. 신문이나 방송으로 광주 소식을 일절 접할 수 없던 시민들은 전남도청 인근의 YMCA 등 건물 셔터에 나붙은 〈투사회보〉나 〈대자보〉 등을 통해 광주 시내의 상황과 국내외 소식을 접했다. 그때 임철우는 노트를 가지고 다니면서 시내에 나붙은 각종 대자보나 벽보 등을 일일이 손으로 베껴 썼다(이러한 체험은 훗날 광주를 소설화할 때 큰 도움이 된다). '광주 5월'은 임철우에게 '기억'이기보다는 '삶', 그 자체였다. 그는 분노하며 그 열흘간을 보냈고, 이후 장편소설 『봄날』을 쓰기 위해 10년 동안 창작열을 지펴야 했다. 청소년 시절부터 광주에서만 살다가 1982년 서강대 영문과 대학원을 다니기 위해 그는 상경했다. 그때 그가 만난 교수들과 대학원생들은 광주 이야기가 나오면, "정말 그렇게 많이 죽었어요? 모두들 목숨 아까운 줄 알건데 어떻게 조직된 힘이 유도되지 않았어도 그리 자발적으로 뛰어드는 것이 가능하냐?"고 반문했다. 그런 이야기를 들을 때마다 그는 복창이 터질 것 같았다. 그들도 이 나라 국민일진대 광주의 진실을 너무나 모른다고 생각한 그는 광주 문제를 반드시 알려야 하겠다고 다짐했다. 광주 밖의 사람들과 대화하면서 겪은 간극과 불화를 줄이기 위해 그는 대하장편소설 『봄날』 창작에 매달렸다. 그것은 항쟁의 전 과정을 비교적 소상히 지켜본 작가로서의 그 자신의 운명이기도 했다.

문학평론가 김형중은 1998년 2월에 완간된 임철우의 『봄날』(전 5권, 문학과지성사)의 출간 의의에 대해 이렇게 평가했다.

1 1980년 광주항쟁 당시 전남도청 인근 건물의 셔터 벽에 나붙은 〈투사회보〉, 〈대자보〉를 통해 국내외 소식을 접하고 있는 광주 시민들. 2 그 당시 대자보 3, 4, 5 임철우(왼쪽)는 대학 시절 박호재(중앙) 등과 함께 〈빛울림〉 동인으로 활동했고, 〈광대〉의 연출가 박효선(오른쪽)과 절친한 친구였다.

임철우의 『봄날』은 '오월문학사'의 거대한 분수령이다. 1980년 오월 이후, 한국문학의 주요하고도 오래된 과제 중의 하나였던 오월항쟁에 대한 대하소설화 작업이 이 작품에 의해 이루어졌다는 점에서도 그렇고, '오월'에 대한 문학적 사실복원 작업의 정점에 이 작품이 있다는 점에서도 그렇다. 게다가 우연하게도 이 작품의 완간 시기는 '오월'의 제도화 과정과 맞물려 있었다. 임철우는 '오월'이 제도화되기 이전에 '오월'을 가장 극적으로, 가장 총체적으로, 가장 사실에 가깝게 형상화한 마지막 작가였던 셈이다.

10. 5월의 진실을 알리기 위한 〈광주젊은벗들〉의 등장

〈5월시〉 동인의 아랫세대인 〈광주젊은벗들〉은 1982년 12월 23일부터 이듬해 1983년 10월 22일까지 10개월 동안 광주 시내 한복판에서 '시낭송'과 '시화전', '벽시- 노래마당' 행사를 펼침으로써 '광주 진실 알리기 투쟁'에 동참했다. 〈5월시〉 동인이 동인지 출판이라는 '정적(靜的) 운동'을 했다면, 〈광주젊은벗들〉은 시낭송 행사를 통해 '동적(動的) 운동'에 나섰다. 5공 정권 초기의 암울한 정치적 상황을 뚫고 광주 시민들 속으로 직접 뛰어들어가는 문학운동을 펼친 것이다.

〈광주젊은벗들〉이 전개한 시낭송 행사에 김준태 문병란 조태일 등 한국문단의 중진들과 곽재구 나종영 나해철 박몽구 이영진 등 〈5월시〉 동인, 그리고 박재성, 김종섭 등이 초대시인으로 참여했다. 또한 홍성담 변재호 박광수 윤철현 정광훈 홍성민 등 미술기획 〈토말그룹〉과 함께 '시와 미술의 만남-시화전'을 개최하여 일약 광주사회의 주목을 받았다.

〈광주젊은벗들〉의 주축 멤버는 1980년 5월항쟁에 직접 참여했거나 혹은 그 현장에서 살아남은 자들이었다. 멤버 중 일부는 '광주 진실 알리기 투쟁'에 동참하다가 고초를 겪은 사람들도 있었다. 그 당시 박선욱 시인을 제외한 구성원들은 등단하지 않은 문청(文靑)들이었으나, 〈광주젊은벗들〉 활동이 계기가 되어 이승철 정삼수 조진태 장주섭 박정열 이형권 박정모 등이 차례로 등단하게 된다. 그리고 이 운동에 동참했던 박선정 정봉희 김형수(송정리 출신)는 광주에서 문화운동과 노동운동을 지속적으로 펼쳐냈다.

1980년 5월 광주학살로 인해 광주의 문학운동이 사실상 궤멸상태에 빠졌을 때 '겁 없는 앙팡테리블'이라고 할 수 있는 〈광주젊은벗들〉은 광주 시민들과 직접 만나 '5월'의 정당성을 알리고, '광주공동체'에 대한 시민적 공감대를 확산했다.

〈5월시〉 동인은 1981년 7월 광주에서 동인지 1집 『이 땅에 태어나서』를 전격적으로 출간하여 1980년대 새로운 문학운동의 단초를 열었다. 하지만 애석하게도 광주에서 이 책이 출간된 사실을 아는 사람은 극소수에 불과했다. 앞에서 잠시 언급했듯이 〈5월시〉 동인지 1집이 경찰에 압수되기 직전 그 일부만을 몰래 빼돌렸고, 그 결과 언론사에 신간소개를 공개적으로 의뢰할 수 없는 상황이었다. 물론 동인지를 서점에 배포할 수도 없었다. 그 때문에 〈5월시〉의 첫출발은 안타깝게도 '찻잔 속의 태풍'에 그쳤다. 1981년 12월, 〈5월시〉 동인보다 5개월 늦게 출범한 〈시와경제〉 동인지는 1집 출간과 동시에 중앙일보 등에 대대적으로 보도되어 전국적인 유명세를 탔으나 〈5월시〉는 그러하지 못했던 것이다.

1980년대 초반 5월의 전국화에 가장 큰 기여를 한 사람은 익히 알다시피 김준태 시인이었다. 1980년 6월 2일자의 전남매일신문에 발표된 시 「아아 광주여, 우리나라의 십자가여!」는 삭제되지 않은 시 원문과 신문에 인쇄된 그 지면이 다량으로 복사돼 전국 각지에 비밀리에 유포되고 있었다.

1980년 5월 당시 광주 북성중학교 교사였던 정해숙(전교조 광주지부장, 전교조 위원장 역임)이 자서전에서 밝힌 바처럼 김준태 시인의 시를 알리는 것 자체가 눈물겨운 투쟁이기도 했다. 전남매일신문에서 김준태 시인의 시를 읽은 정해숙 교사는 광주의 진실을 알리기 위한 방편으로 김준태의 시를 널리 보급해야 한다고 생각했다. 그는 직접 신문사를 찾아가 6월 2일자 신문을 모두 사려고 했지만 잔여분이 50부밖에 없어 이를 구해왔다. 그러고는 김준태 시 부분만을 오려서 전남지역 여교사들에게 발송했다. 그런 다음 더 많이, 더 널리 전국의 교사들에게 알리고자 전남도청 여직원의 은밀한 도움으로 이를 다량 복사하여 우편으로 발송했다.

> 검열과 감시가 워낙 심한 광주에서는 우편으로 보낼 수 없는 상황이었다. 그래서 나는 그때부터 주말마다 여행 아닌 여행에 나섰다. 봉투에 담은 (김준태 시) 복사물을 가방에 넣고 서울로, 천안으로, 전주로 가서 우체통 순례를 했다. 우체통에 넣을 때도 나름 주의를 했다. 한 우체통에 대량으로 넣었다가는 혹시라도 의심을 살까 봐 한 장씩 두 장씩 나눠서 넣었다. 우표를 붙이거나 봉투에 넣는 작업을 할 때도 혼자했는데, 혹시 지문이라도 남아 추적을 당할까 싶어 장갑을 끼고 했다. 피가 마르는 심정이었다. 그렇게 광주의 참상과 진실이, 적어도 내가 알고 있는 전국의 사람들에게 알려졌다.

정해숙 교사와 같은 이러한 노력에 힘입어 김준태의 시를 한 번이라도 읽어본 독자들은 계엄사의 발표 내용과 전혀 다른, 광주의 새로운 진실을 알게 된다. 그 시를 읽은 사람들은 "광주와 무등산은 더 이상 패배의 장소가 아니라, 이 땅의 정의가 다시 살아올 성스러운 부활의 공간"(문학평론가 이황직)으로 인식하게 된다. 김준태 시인의 문학적 역량으

1980년 2월, 문청 시절 이재창, 정지석, 임종일의 〈무영(無榮)문학〉 동인 모임에 참석한 이승철(왼쪽 끝).

로 '불사조로서의 광주, 부활과 청춘의 도시로서의 광주'가 부각된 까닭에 광주 시민들과 전국의 뜻있는 국민들은 5월에 대해 새로운 힘과 용기를 갖게 될 수 있었다.

11. 김준태 시인의 학다리고 제자 이승철이 겪은 그해 5월

김준태 시인이 1977년 함평 학다리고에 부임할 당시 고3이었던 필자는 그즈음 문학에 뜻을 두고 있었기에 그분을 문학적 스승으로 생각했다. 고3 때 문예반 활동을 하며 조선대와 경희대 백일장에도 참가했던 나는 1년간의 재수 끝에 광주 쌍촌동의 이제 막 신설된 성인경상대(호남대의 전신) 행정과에 입학했다. 나는 교내 문학동아리 〈꽃불문학회〉를 만들어 부회장으로 활동하면서 학과 공부보다는 온통 시에 사로잡혀 있었다.

1979년 대학 1학년 때 나는 김준태 시인을 통해 신동엽 김수영 양성우 김남주 조태일 문병란이란 시인이 있다는 것을 처음 알았다. 그리고 문청 친구 이재창을 통해 송수권 시인이 광주에 살고 있다는 것을 알게 되었다. 그 외에 광주에서 살던 박몽구 이영진 박재성 손동연 김종섭 시인 등을 만나 문학에 대해 여러 조언을 들었다. 그 시절 나는 문학을 한답시고 한 마리 들개처럼 광주 시내를 휘젓고 다녔다. 그 과정에서 조진태 정철훈 박선욱 박정열 김하늬 정봉희 김형수(송정리 출신과 광고 출신의 동명이인의 두 김형수) 정삼수 장주섭 신상록 나명란 오수희 등과 〈무영(無榮)문학회〉 동인으로 활동하던 이재창 정지석 임종일 등 문청들과 어울리며 '시인'이 되고자 발버둥쳤다.

1980년 5월 18일, 그 전날 과음으로 늦게 일어난 나는 대충 밥 한술을 뜨고 서둘러 길을 나섰다. 일요일인 그날은 학다리고 동창생들과 야유회 가기로 약속한 날이었다. 나는 집결장소인 동신고 정문 앞으로 갔다. 그런데 약속시간이 한참이 지났건만 동창생들이 한 명도 오지 않았다. 도대체 무슨 영문인지 알 수 없어 한참을 더 기다렸지만 마찬가지였다. 그런데 이상하게도 그 시각 풍향동 거리가 어쩐지 음산했다. 일요일이었지만 지나다니는 사람도 별로 없었다. 엊그제 도청 앞에서 횃불집회를 할 때만 해도 광주는 활기찼는데, 그 영문을 몰라 길가는 행인을 붙잡고 무슨 일이 있냐고 물었다. 그러자 그분은 "아니 전국에 비상계엄령이 선포되었는데 그것도 모르냐!"고 핀잔을 주었다. 일요일인 그날은 신문이 발간되지 않았고, 라디오를 통해 방송도 듣지 못하고 나온 터라 일순간 나는 바보가 되었던 것이다.

그때 내 머리를 퍼뜩 스치는 말이 있었다. 5월 16일 밤에 도청 앞 횃불시위를 마무리하면서 "만약 계엄령이 전국으로 확대되면 오전 10시경 전대 교문 앞에서 집결하자!"는 그 말이었다. 나는 풍향동에서 용봉동의 전대 정문 쪽으로 걸어갔다. 우연찮게도 나는 5월항쟁의 첫 시위대열에 가담하게 된 것이다. 전대 정문 인근에 도착해 보니 학생들이 교문 앞에서 웅성거리고 있었고, 계엄군들이 총을 들고 학생들의 출입을 가로막고 있었다. 교문 안쪽에는 학생들 대여섯 명이 무릎이 꿇린 채로 앉아 있었다. 학교에 들어가려다가 체포된 학생들이라고 했다.

그런데 거기에서 뜻밖에 아는 얼굴을 보았다. 재수생 시절인 1978년, 나는 서울 청계천 헌책방에서 구입한 『대화』지에 게재된 박몽구의 시에 감복하여 송정리까지 그를 만나러 간 적이 있었다. 이후로 성인경 상대에서 문학동인회를 이끌면서 가끔 만나 술잔을 나누기도 했던 그 박몽구 시인이 그날 그 시각 거기에 있었다. 박몽구 시인은 학생들을 선동해 시위를 주동하고 있었다. "계엄군은 물러가라!"고 외치며 전대 정문 앞에서 투석전을 벌이다가 그는 시위대를 이끌고 광주역을 지나 시내 쪽으로 진출했다. 그 때문에 나는 전대생이 아니었건만 수백 명의 전대생들과 스크럼을 짜며 금남로와 충장로 일대로 진출했다. 시위대열은 광주소방서 앞에서 경찰들과 공방전을 벌였다. 그 자리에서 "김대중 석방하라!"는 구호를 듣고서야 나는 DJ가 끌려갔다는 소식을 알았다. "김대중 석방하라!"는 구호는 엄청난 파급 효과가 있었다. 1980년 '서울의 봄' 당시 직선제를 앞두고 전국을 순회하면서 민주화를 역설하던 DJ였기에, 그가 끌려갔다는 것은 광주 시민들에게 충격적인 사실이 아닐 수 없었다.

죽음의 악령은 5월 18일 오후부터 광주 시내 곳곳에 널브러져 있었다. 그날 조선대에 진주해 있던 계엄군 공수부대원들은 점심때가 지나자 광주 시내로 진출했다. 공수대원을 마주친 젊은 사람이라면 그 누구도 감히 생존을 장담할 수 없던 상황이 이미 전개되고 있었다. 공수대원들은 시위를 하든 안 하든, 혹은 남녀노소를 불문하고 광주 시민들을 무조건 타도해야 할 '주적(主敵)'으로 간주했다. 그들은 삼삼오오 무리지어 다니며 철심이 박힌 박달나무 진압봉을 마치 장난감처럼 다루며 시민들을 향해 무차별적으로 휘둘렀다. 공수대원들과 마주칠 때 도망친다면 그들은 옥상 끝까지 추격하여 피곤죽이 되도록 살상을 한다는 소문이 18일 오후부터 광주 시내 전역에 파다하게 퍼졌다. 그런 소문으로 18일 오후부터 광주우체국 인근의 충장로 점포들은 거의 셔터 문을 내리고 철시를 했다. 공수대원들은 젊은 사람들이 모인 다방이나 주점으로 쳐들어가 그 이유를 묻지도 않고, 살인무기와 같은 그 진압봉을 마구 휘두른다는 소식이 삽시간에 입소문으로 전달되었다.

5월 18일 시위대열에 합류했던 나는 그날 밤 집으로 돌아갈 수 없어 양림동에 사는 친구 집에서 하룻밤을 묵었다. 그 친구는 재수생 시절 서울에서 알고 지내던 사이로 전남대 공대에 다니고 있었다. 우리는 5월 18일, 그날 겪은 경험담과 소문을 서로 나누었다. 다음 날 나는 그 친구에게 같이 시내로 가보자고 했지만, 그는 집에 있겠다고 했다. 그때 마침 그의 고교 동창이 놀러와 나는 그 친구와 함께 시내로 나갔다.

그 친구와 나는 충장로 1가 제일백화점 옆 지하의 제일다방에서 잠시 이야기를 나누며 커피를 한잔 마시고 있었다. 그때 다방 여종업원이 누군가로부터 전화를 받은 후 갑자기 손님들을 향해 소리쳤다. "공수대원들이 충장로–금남로 상가를 휘젓고 다니며 난리를 친다니 어서 밖으로 나가라!"고 말했다. 그러더니 그녀는 다방 문을 닫아야 한다며 손님들을 모두 뒷문을 통해 내보냈다. 다방을 빠져나와 충장로 거리를 살펴보니 음산한 기운이 돌고 있었다. 무엇보다 우리는 충장로를 빠져나가는 게 급선무라고 생각했다. 그 친구는 잠시 공중전화를 해야겠다며 제일백화점 건물로 들어갔다. 이미 백화점 상가도 철시하여 매장 코너엔 아무도 없었다. 세상 물정 모르는 그 친구는 자신이 과외하고 있는 학생의 학부모에게 전화하여 자신을 데려가 줄 수 없냐고 하소연하고 있었다. 어처구니없는 생각이었지만, 다방 여종업원의 말을 듣고 공포에 질린 그는 금남로를 빠져나가기 위해 그런 전화를 했던 것이다.

그가 전화하는 걸 지켜보다가 나는 백화점 건물 2층 계단에서 내려오던 서너 명의 공수대원들을 발견했다. 나와 그 친구는 공수대원들을 쳐다봤고, 그들과 동시에 눈길이 마주쳤다. 공수대원들은 우리 두 사람을 보더니 마치 먹잇감을 발견한 맹수처럼 쏜살같이 계단 아래로 뛰어내려왔다. 이에 그 친구는 전화통을 팽개친 채 백화점 의류매장 안으로 황급히 몸을 숨겼다. 그가 불 꺼진 백화점 매장 안으로 들어가자 공수대원들은 그 친구만을 붙잡기 위해 뛰어갔다. 그 통에 나는 간신히 금남로를 빠져나왔지만, 나중에 들으니 그 친구는 공수대원의 진압봉에 맞아 팔이 부러졌다고 했다.

　　그 19일에 나는 거의 끼니를 때우지 못했지만 공복의 쓰라림보다는 극도의 공포감이 온몸에 똬리를 틀고 있다는 걸 느꼈다. 19일 저녁부터 광주 시내는 더욱 험악한 분위기에 휩싸였다. 그날 밤 시내에는 전기가 끊기기도 했다. 그리고 공수대원들이 젊은 사람이라면 무차별로 체포, 연행하기 위해 집집마다 가택수색을 한다는 소문이 횡행했다. 여기저기 시내 상황을 돌아보다가 날은 이미 어두컴컴해지고 있었다. 계엄사 군부대가 있는 상무대 인근이 자취집이어서 나는 집으로 돌아갈 수 없어 계림동에서 살고 있는 손동연 시인(해남 북일면 출신으로 1975년 전남일보와 1980년 서울신문 신춘문예로 등단했다)의 집에서 하룻밤을 묵어야겠다고 생각했다. 가로등마저 꺼진 어둠 속에서 그 선배 집을 찾기 위해 한참동안 애를 태워야 했다. 당시 광주 시내 여고에서 국어 교사로 재직 중인 그 선배는 나를 보자 깜짝 놀랐다. 지금 공수대원들이 집집마다 문을 두드리며 수색한다고 난리를 치고 있다는데 어떻게 찾아올 수 있었냐고 몹시 걱정했다.

　　그 선배 집에서 무사히 하룻밤을 보내고 다음 날 5월 20일 아침, 계림동 헌책방 길을 통해 시내로 나가려고 집을 나서면서 나는 그 선배 집에 있던 노란색 서류봉투 하나를 챙겨 나왔다. 대학생이 아닌 월부책장

수처럼 위장하려고 들고 나온 것이다. 손동연 시인의 집에서 나와 헌책방 골목길 쪽으로 들어서는 순간, 난 깜짝 놀랐다. 예닐곱 명의 공수대원들이 그 골목길 막다른 곳에 서 있었다. 순간 나와 눈길이 마주친 그들은 잠시 하던 일을 멈추고 날 노려봤다. 그들과 나 사이는 불과 10미터 거리였다. 그 촌각의 순간에 나는 그 골목길을 직진해서 앞으로 나아갈 것인가, 아니면 뒤돌아 도망칠 것인가를 놓고 엄청난 고민을 했다. 그때 번개 치듯 '도망치면 죽는다' 라는 생각이 엄습해 왔다. 하여, 난 골목길 오른편으로 바짝 붙어 고개를 숙인 채 나아가면서 그들이 볼 수 있도록 노란색 서류봉투를 왼손으로 옮겼다. 그런데 무슨 까닭인지 그들은 날 검문하지 않은 채 그냥 내버려 두었다.

공수대원들을 뚫고 나온 나는 헌책방이 줄지어 선 계림동 인도 쪽으로 들어섰다. 그런데 길가에 시민은 단 한 명도 보이지 않고 양쪽 인도에 5미터 간격으로 100여 명의 공수대원들이 착검을 한 채 줄지어 도열해 있었다. 그들을 보자 또다시 등줄기에 싸늘한 식은땀이 흘렀지만, 나는 뒤로 물러설 수 없었기에 곧장 앞으로 나아갔다. 다행히 계림동 헌책방 길을 무사히 빠져나올 때까지 공수대원들 중 그 누구도 날 불러 세우지 않았다. 나는 계림동 길을 2~3백미터쯤 걸어서 대인시장 인근에 다다랐다. 그때 한 무리의 시민학생들이 공수대원들과 대치 중인 게 저 멀리 눈에 띄었다. 그때 갑자기 어느 아주머니가 내 앞에 나타나더니 소리쳤다.

"학생 같은데 여기서 뭐 하는 거여. 빨리 집으로 돌아가!"

때마침 집 방향으로 가는 시내버스가 도착하는 게 보여 나는 얼른 그 차에 올라탔다. 시내버스가 양동시장 부근에 이르자 공수대원들이 검문 검색을 하고 있었다. 공수대원들은 내가 탄 시내버스를 정차시키더니, 진압봉을 든 공수대원 몇 명이 차에 올라탔다. 그들은 차 안에 있던 대학생 차림의 젊은이 몇 명을 다짜고짜 잡아끌고 내려갔지만, 나는 그냥 내버려 두었다. 왜 나를 잡아가지 않았는지 영문도 모른 채 나는 무사히 상무대 아래 운천저수지 인근의 마륵리 자취집에 무사히 도착할 수 있었다. 불과 하룻밤 사이에 세 번의 위기를 넘기고 귀가했지만, 내 눈앞에서 끌려가던 그 친구들을 생각하니 분노와 두려움에 가슴이 뛰었다.

이후 계엄군들이 상무대 앞 도로에 바리케이드를 쳐서 시내 안팎으로 오갈 수 없게 되자 나는 자취집 골방에 숨어 지내며 뉴스라도 들으려고 라디오를 켰지만 광주 소식을 전해 주는 방송은 없었다. 답답한 마음에 이리저리 다이얼을 돌리다가 어느 순간 북한 방송인 듯한 아나운서의 목소리로 비교적 소상하게 광주 시내 상황을 속보처럼 전해 주는 주파수가 잡혔다. 태어나서 처음 듣는 북한 방송이었다.

수많은 사람들이 죽거나 행방불명된 채 '광주사태'가 참혹하게 진압되었다는 소식을 듣고 당시 함평에서 한국일보 지국장을 하던 아버지는 5월 27일 아침 일찍 함평읍 내교리에서 출발해 100리 길을 도보로 걸어 내가 살던 마륵리 자취집에 찾아오셨다. 광주는 5월 20일부터 시외전화가 불통이었다. 2대 독자인 아들의 생존을 확인하고자 먼 길을 걸어오신 부친은 멀쩡히 살아 있는 날 바라보시더니 '무사하니 다행이다.'라는 한마디를 남긴 채 함평으로 되돌아가셨다.

광주항쟁이 끝난 뒤 나는 시위현장에 함께 있지 못하고 집으로 도피하여 살아남았다는 자책감 때문에 한동안 괴로워했다. 그러던 중 나는 1980년 6월 2일 오전에 김준태 시인의 신안동 집을 찾아갔다. 마침 그 시각에 전남매일신문에서 청탁받은 시를 탈고한 김준태 시인은 제자인 나에게 한번 읽어 보라고 권했다. 원고지에 특유의 글씨체로 써 내려간 김준태 시인의 시를 독자로서 맨 처음 읽은 나는 "선생님, 시가 정말 좋습니다!"라고 경탄했다.

10일 간의 광주항쟁에 대한 너무나 생생한 증언과 진실을 담고 있는 김준태 시인의 시를 이후로도 몇 번이나 다시 읽었고, 그때마다 나는 전율하면서 그 5월의 참혹한 순간을 떠올렸다. 이 시가 신문에 발표되고 나서 김준태 선생은 보안사의 체포를 피해 잠행했고, 어느 날 내 자취집에서 잠시 머물다 간 적도 있었다.

5월 광주항쟁 때 운 좋게 살아남은 나는, 그해 그날 광주에서 희생된 그 무고한 죽음은 산 자를 대신하여 죽은 '대속(代贖)행위'라고 생각했다. 살아남은 내가 그들의 억울한 죽음을 위해 무언가를 해야 한다는 생각에 사로잡혀 있었다.

12. 자작시「일어서라 꽃들아」살포사건으로 제적당한 조진태

돌이켜 보면 1980년 5월에 살아남은 광주의 문학청년들은 저마다의 방식으로 '대속'을 자기화하기 위해 그 자신과 힘겨운 싸움을 벌이고 있었다.

1980년 신학기에 조선대 국문과에 입학한 조진태 역시 살아남은 자로서의 부끄러움을 견딜 수 없어 어느 날 뭔가를 해야겠다고 굳게 결심한다. 그해 7월 하순 그는 한 편의 시를 썼다. 8절지 갱지에 '조지형'이라는 필명으로 '광주문제'를 형상화한 자작시「일어서라 꽃들아」를 쓴 것이다.

> 병든 자는 누구냐/피를 흘리며/쓰러지며/울부짖다가 이곳을/살덩이 형제들만 남아 있는 이곳을/이름 없이 떠나간 자는 누구냐/누구더냐/가슴이 끓다가 피가 끓다가/목이 터져라 살아있는 소리를 외치다가/어둠을 먹은 자는 다 누구냐/그대 말없이 입 다문 젊은 꽃들아/핏빛

조진태는 1980년 8월, 자작시 「일어서라 꽃들아」 살포사건으로 조선
대 국문과에서 제적된 후 1981년 광천동에서 노동자 생활을 했다.

꽃잎을 흩뿌리고/아스팔트의 견고한 가슴에 마음을 깔고/한몸으로 외
치던 광주의 가슴들아/그리움은 너와 나의 것이 아니다/피 흘리며 쓰
러져간/꽃들의 빛이 아니다/슬픔아, 눈물아/5월의 하늘 아래 빛 꺼진
잎들아/바람아 불어라, 불어 올라라/병든 가슴을 말끔히 씻어가고/끊
임없이 피어나는 꽃씨들을 뿌려라

– 조진태의 시 「일어서라 꽃들아」 중에서

조진태는 모두 37행으로 완성한 이 시를 광산구청 옆에 있는 '현대
인쇄소'에 의뢰하여 마스터인쇄로 2천 장을 찍었다. 그러고는 1980년 8
월 하순 2학기 개강이 있던 그날, 이 유인물을 가지고 새벽 6시 10분 발,
첫 시내버스를 탔다. 조선대에 도착한 그는 본관 강당과 각 강의실 책상
위에 유인물을 살포한 후 광주 시내로 진출했다. 충장로 인근의 학생회
관과 다방, 무등극장 옆의 막걸리 집과 학생들이 자주 드나들던 주점을
순회하면서 그는 자신의 시가 인쇄된 유인물 2천 장을 그날 하루에 모
조리 살포했다.

「일어서라 꽃들아」라는 시가 인쇄된 '불온 유인물'을 시내 곳곳에서
발견한 광주계엄사에 비상이 걸렸다. 계엄사는 즉각 수사팀을 꾸렸고,

광주경찰서 정보과 형사들은 '조지형'이라는 범인을 붙잡기 위해 혈안이 되었다. 형사들은 유인물이 배포된 곳을 탐문 수사하여 '학생 차림'인 것을 알게 되었다. 그리고 조대와 광주 시내 충장로 일대에만 이 유인물이 살포되었다는 것에 착안하여 범인은 '조대 학생'이라고 압축했다. 수사팀은 조대 교무과로 가서 입학원서를 낱낱이 확인하여 '조'라는 성을 가진 학생 글씨와 이 유인물의 글씨체를 하나하나 필적 대조했고, 마침내 유인물과 똑같은 필체의 학생, '조진태'라는 범인을 찾아냈다.

1980년 9월 13일, 아침 일찍 짚차를 타고 온 3명의 형사들에게 체포된 조진태는 광주경찰서로 압송되었다. 경찰서 수사실로 들어가자마자 그는 엎드려 뻗힌 상태에서 각목으로 머리와 몸을 사정없이 구타당했다. 계엄사 수사팀은 그가 대학 1년생이라는 것을 파악했기에 그를 행동으로 내몬 '배후세력'의 이름을 댈 것을 집요하게 강요했다. 그곳에서 수없이 자술서를 쓰다가 화정동에 있는 505보안대로 넘겨졌다. 거기서 그는 온갖 사상검증에 시달려야 했다. 이 자작시 살포사건으로 그는 보안사와 광주경찰서를 오가며 유치장에서 74일 동안 갇혀 있어야 했다. 계엄사 당국은 그가 대학 1학년 신입생이고, 그의 형이 '월남전 유공자'라는 사실을 참작하여 석방조치했다. 하지만 조진태는 '계엄포고령 위반'과 '불법유인물 배포 혐의'로 학교에서 제적조치를 당하게 된다.

자작시 한 편으로 두 달 이상 경찰서 유치장에서 살다가 조대에서 제적된 그는 이후 광천동 공단으로 들어가 노동자 생활을 시작했다. 공단 근처에 자취방을 얻어 생활하면서 시 쓰기를 계속했고, 1981년에 조대 출신으로 결성된 '샛별야학'의 강학으로 노동자들을 가르치기도 했다. 조진태는 송정리에 사는 문학 친구들인 김형수와 정봉희 그리고 광주에 사는 이승철 박선욱 박정열 등과 어울리면서 광주의 상처를 딛고 뭔가를 결행해야 한다고 다짐하고 있었다.

13. 『실천문학』 첫 신인 박선욱과 '아들사건'의
정삼수 박정열 박정모

〈광주젊은벗들〉에 참여한 멤버 중에서 1982년 11월, 무크 『실천문학』을 통해 맨 먼저 등단한 박선욱 시인은 전남고 문예부 시절에 박정열, 김탁(전 전라남도의회 의원), 차환옥 등과 함께 『6인 사화집』를 펴낼 정도로 고교시절부터 문학적 열정이 대단했다. 그는 전남고 교사로 재직했던 문병란 시인의 시집 『정당성』을 읽고 충격을 받아 문학의 길에 들어섰던 친구였다.

'해방광주'가 시작된 1980년 5월 22일, 시내버스가 끊기자 그는 불편한 다리를 이끌고 방림동에서 전남도청 앞 상무관까지 걸어갔다. 상무관 안에서는 광주항쟁에 참여하여 희생당한 시신들이 태극기에 덮여 있고, 소복을 입은 엄마들이 관을 붙잡고 울부짖거나 고교생들이 헌화하는 모습을 보았다. 어느 날에는 대인동 부근을 걸어가다가 공수부대 계엄군들이 쏘아 대는 총소리에 놀라 사람들이 우왕좌왕하며 혼비백산하는 장면도 목격했다. 그리고 5월 27일 새벽, "지금 광주 시민들이 죽어가고 있습니다."라고 호소하던 김선옥 씨의 눈물 어린 방송을 들은 그는 항쟁 기간 중 매일 울면서 일기를 썼다.

박선욱은 광주항쟁이 끝나자 박정열 조진태 이승철 등과 어울리면서 시창작에 누구보다도 열심히 매진했다. 그는 동년배 문청들 몰래 실천문학사에 무려 56편의 시를 투고했다.

누이야/봄이면 앞산에 꽃 보러 가자던 누이야/길바닥에 꽃도 없이 쓰러져 버린 지금 넌/무엇이 그예 볼 게 있다고/핏발선 두 눈 치켜뜨고 있느냐/터지는 함성 무수한 돌비로 떨어지던 날/치마폭에 맑은 울음 담아/정성들여 날라다 주던 누이야/네 머리 위에/사납게 발톱 세운 날카로운 야욕의 부리가/눈 부라리며 사정없이 내려꽂힐 때/네가 섰던 자리엔/빨간 비명이 흙 얼굴에 자지러졌다/누이야/밤마다 흐드러진 별 떨기로 피어나는 누이야/네 부푼 젖가슴이 봄날의 미친 거리에서/한 송이 꽃봉오리로 잘려 갈 때/누이야 넌/메마른 벌판 때리는 바람이 되었다/누이야/망월동 흙 한줌으로 누운 누이야/햇살처럼 부드러운 봄이 오면/햇살처럼 부드러운 봄이 오면/햇살보다 부드러운 웃음을 나누자던/네 말은 끝내 함께 묻힐 수 없어/무덤 위 억새풀로 돋았구나/무덤 위 억새풀로 돋았구나

– 박선욱, 「누이야」 전문

박선욱은 1982년 11월에 출간된 무크 『실천문학』 제3권에 「누이야」 외 3편의 시로 제주 출신의 김수열과 함께 『실천문학』이 발굴한 첫 신인으로 등장하게 된다.

'말이여 솟아오르는 내일이여'라는 슬로건을 내걸고 출간된 무크 『실천문학』 제3권은 본문의 맨 앞장에 박선욱의 시 「누이야」, 「그때 이후로」, 「가려거든」, 「잠든 조카를 보며」라는 4편의 시를 연속 게재했다. 이로써 박선욱은 그 무렵 광주에서 시를 쓰던 동년배 문청 중에서 맨 먼저 한국문단에 얼굴을 내밀었다. 박선욱의 등단작 중에서 「누이야」와 「그때 이후로」는 1980년 5월항쟁 이후 살아남은 자의 회한을 넘어 광주의 희망을 노래한 시편이었다.

박선욱과 고교 시절 문예부 친구이자 1980년 당시 전남대 철학과에 다니던 박정열은 전대의 유일한 학생시인인 박몽구 선배와 절친하게 지내고 있었다. 그는 양동시장 안에 살면서 5월항쟁의 전과정에 참여했고, 항쟁의 참상에 대해 고뇌할 수밖에 없었던 문청이었다.

5·18 제1주기를 맞이한 1981년 5월경에 광주 시내 곳곳에 다량의 유인물이 살포되기 시작했다. 「전남도민 5월 시국선언문」, 「민주학우 5월

1, 2 1982년 11월, 박선욱은 '실천문학'이 발굴한 첫 신인으로 무크 『실천문학』 제3집 「말이여 솟아오르는 내일이여」로 등단하여 〈광주 젊은벗들〉에 참여했다.   **3** 광주항쟁 1주기 때 '아들사건'으로 옥고를 치른 전대 국문과 출신의 정삼수, 전대 철학과 출신의 박정열, 광주교대 출신의 박정모가 〈광주젊은벗들〉에 참여했다. (왼쪽부터) 정삼수 박정열 박정모.   **4** 1989년 서울 황토출판사 사무실에서. (왼쪽부터) 〈광주젊은벗들〉의 이승철, 박정열, 김흥태, 박선욱.

궐기문」 등의 제목으로 작성된 이 유인물들은 화정동 농성동 월산동 광천동 일대의 주택가와 전남대 조선대 교육대의 교정에도 뿌려졌다.

수천 장의 유인물이 시내 일원에 살포되자, 경찰과 안기부에 비상이 걸렸다. 그게 바로 광주항쟁 제1주기 때 발생한 최초의 조직사건인 이른바 '아들사건'이었다. 이 사건으로 조봉훈 정철 이한수 정삼수 조현종 정병규 정석윤 박정열 류식 박정모 등 전대와 교대의 운동권 학생들과 광천동 노동자 등 30~40명이 서부경찰서에 대거 연행되었고, 그들 중 10명이 핵심세력으로 지목돼 투옥되었다. 항쟁의 주역들이 사라지고, 광주가 공황 상태에 빠졌을 때 젊은 대학생들과 노동자들이 침묵을 깨고 떨쳐나선 것이다.

'아들사건'으로 체포되어 몇 개월 동안 광주교도소에 투옥되기도 했던 3명의 문청(文靑) 정삼수(전대 국문과) 박정열(전대 철학과) 박정모(광주교대)는 〈광주젊은벗들〉의 멤버로 새로운 문학운동에 동참하게 된다.

14. 1982년 12월, 광주 시민들 앞에 나타난 〈광주젊은벗들〉

〈극회 광대〉의 단원으로 박효선과 함께 마당극 운동을 이끌었던 연출가 윤만식은 1982년 10월에 〈극단 신명〉을 창단했다. 그는 박효선이 이끌던 〈극회 광대〉의 전통을 이어받아 1980년 5월 이후 침체에 빠진 문화운동에 활력을 불어넣고자 1982년에 〈신명〉을 창단했던 것이다.

그는 창립기념 공연으로 '의병장 안규홍 장군'의 일대기를 담은 마당극 「의병굿」을 10월 8일, 금남로 가톨릭센터 강당에서 공연하고자 준비했다. 문병란 시인이 쓴 서사시 『동소산의 머슴새』를 원작으로 윤만식은 문병란 시인과 함께 대본을 만든 후 동부경찰서 정보과로 검열을

1982년 10월에 〈극단 신명〉을 창단한 윤만식(왼쪽)과 '상임기획'을 맡은 박선정. 박선정은 〈광주젊은벗들〉 행사의 사회자로 활동했다.

받으러 갔다. 당시 연극이나 마당극을 무대에 올리려면 대본 심사에 통과되어야 했다. 그런데 작품제목이 「의병굿」이라는 이유를 들어 경찰은 "선량한 시민들을 선동할 수 있다."며 대본 불가 판정을 내렸다. 이에 할 수 없이 제목을 「안담살 이야기」로 고쳐 공연하기로 했다.

그즈음 박선정(전 광주남구관광청장, 2018. 5. 30. 별세)이란 친구가 있었다. 전남대 인문대 학생회장 출신으로 1980년 5월 17일 밤에 신군부에 예비검속되어 징역을 살았던 그는 1981년 4월 3일, 광주교도소에서 출감한 후 〈극단 신명〉에 합류해 있었다. 그는 〈신명〉의 '상임기획'이란 직책을 맡고 있었지만 대관하기, 티켓판매, 스폰서 섭외, 포스터 붙이기 등 궂은일을 하면서 윤만식 대표와 함께 공연준비에 여념이 없었다. 윤만식과 그 이전부터 친분이 있던 이승철은 「안담살 이야기」라는 공연과정을 통해 박선정이란 친구와 서로 안면을 트는 사이가 되었다. 두 사람은 58년 개띠생이라서 통성명을 하자마자 서로 말을 트며 친구로 지냈다.

그 무렵 광주 구시청 사거리에 자리한 소주방 '통나무집'은 학생운동을 하다가 퇴학당한 사람들이나 문화운동에 관심 있는 사람들이 모여 술을 마시던 '사랑방'이었다. 그곳에 모인 사람들은 5·18을 겪으면서 느낀 분노와 울분, 폭력과 죽음, 사랑과 좌절 등 제각기 자기만의 상처를 지닌 채 고민하고 있었다. 민주화를 염원하며 앞으로 나아가려 했지만 전두환 정권의 파쇼적 억압과 경찰과 안기부 등 정보당국의 끊임없는 사찰과 감시로 옴쭉달싹할 수 없던 시기임에도 불구하고 그곳에 모인 사람들은 어느 날부터 조심스럽게 광주의 진실을 이야기했다.

광주 운동권의 진로와 이 나라 민주화를 위해 각자가 무엇을 어떻게 할지에 대해 고민하고 토론했다. 주머닛돈이 없었기에 서비스 안주로 나오는 닭죽만을 안주 삼아 막걸리를 들이켜다가 서로 의기투합이 되면 옆 테이블과 합석하여 통성명을 했다. 취기가 오르면 술집 한편에서는 자연스럽게 양희은과 김민기의 금지곡이 합창으로 이어졌다. 그러다가 어느덧 절정에 이르면 「사노라면」이라는 운동권 노래로 자기의지를 다지곤 했다.

쩨쩨하게 굴지 말고 가슴을 쫙 펴라!
내일은 해가 뜬다. 내일은 해가 뜬다!

마치 그 노래에 의지해 내일은 다시 일어서겠다는 듯 합창을 하곤 했다. 그때 박선정은 가끔 그곳에서 특유의 시낭송으로 좌중을 일시에 압도하곤 했다. 고은 시인의 「화살」이라든가 김지하 시인의 「타는 목마름으로」 등의 시편을 암송했는데, 어찌나 격정적으로 낭송하던지 끝나기가 무섭게 여기저기서 박수갈채가 터져 나왔다. 누군가는 앙코르를 외쳐댔다. 어느 날 그 술집 모퉁이에서 박선정의 결정적인 시낭송을 들은 이승철은 생각했다.

'아, 글자로 시를 읽는 것보다 낭송을 하니, 시가 펄펄 살아 움직이는구나. 그렇다, 이제 시낭송운동을 시작해야겠구나.'

어느 날 그는 그런 생각을 박선정과 조진태, 박선욱 등에게 알렸고, 그들은 시낭송 모임을 갖자고 의기투합 했다. 그러나 그들은 모두 미등단 문청들이었다. 대중들의 관심을 끌어모으려면 누군가는 등단절차를 거쳐야 했다. 그러던 중 박선욱이 앞서 얘기한 대로 1982년 11월, 무크 『실천문학』 제3권으로 등단하게 된다. 당시 『창작과비평』은 이미 폐간되었고, 유일하게 민족문학을 선도하던 『실천문학』에 박선욱이 처음으로 '신인' 이라는 월계관을 쓰고 당당히 '시인' 으로 등단하자, 주변에 있는 문청들은 적잖이 놀랐고, 한동안 믿기지 않은 표정을 지었다. 하지만 박선욱 시인은 주변의 문청들에게 '나도 등단할 수 있다' 는 새로운 희망을 심어 주었다.

　　〈극단 신명〉의 마당굿 공연 이후 한동안 침묵에 빠졌던 광주 문화운동권은 박선욱의 등단으로 활력을 되찾을 조짐을 보였다. 더구나 그의 데뷔작 「누이야」, 「그때 이후로」 등의 시편은 광주와 5월을 형상화한 작품이었다.

　　어느 날 조진태와 이승철은 방림동에 사는 '등단시인' 박선욱을 찾아갔다. 두 사람은 이런저런 얘기 끝에 박선욱 시인에게 시낭송운동을 한번 해 보자고 제안했다. 광주에서 지금 왜 그런 운동이 필요한지에 대해 서로 의견을 나누었고, 박선욱은 두 사람의 대의에 동의하여 쾌히 수락했다. 그리하여 광주의 겁 없는 '앙팡테리블' 이 시낭송이라는 새로운 문학운동을 준비하기 시작했다.

　　첫 번째 시낭송 행사를 준비하면서 박선욱 이승철 조진태 정삼수 장주섭은 모임의 형식을 '동인' 이라는 카테고리에 넣어 역할을 한정시킬 것이 아니라, 〈광주젊은벗들〉이라는 명칭으로 행사 때마다 뜻이 맞는 사람들을 끌어들일 수 있는 '열린 기획실' 체제로 운영해 보자고 했다. 누구라도 자연스럽게 들고나면서 광주를 중심으로 가장 생생한 문화의 모습을 보여 주자고 결의했던 것이다. 특정인들끼리 동인활동을 하던

1 1982년 12월 23일, 남도예술회관 2층에서 개최된 〈제1회 광주젊은벗들 시낭송의 밤〉 2 김준태 시인의 초대강연. 3 제1회 행사 팸플릿 표지에 실린 홍성담의 판화. 4 박선욱 시인의 시낭송.

1 조진태의 시낭송. 2 정봉희의 민요 메들리 3 행사 후 등단 기념 꽃다발을 박선욱 시인에게 건네준 이승철. 4 〈제1회 광주 '젊은벗들' 시낭송의 밤〉 행사 후 〈광주일보〉 문화면에 보도된 기사.

당시의 문학풍토에선 매우 파격적인 제안이었다.

마침내 〈광주젊은벗들〉은 1982년 12월 23일(목) 오후 6시, 전남도청 앞 '남도예술회관' 2층 다목적실에서 〈제1회 광주젊은벗들 시낭송의 밤〉을 개최하기로 결정했다. 초대강연에 김준태 시인, 초대 시인에 곽재구 나해철 나종영 이영진 박재성 김종섭 시인을 섭외했다. 행사 장 분위기를 돋우기 위해 정봉희가 민요공연을 하기로 했고, 시낭송에는 박선욱 시인을 비롯해 이승철 손용석 이영림 조진태 이형권 정삼수 장주섭이 참가하기로 했다. 다만 행사 팸플릿에는 젊은 벗들 세 사람의 이름을 가명으로 쓰기로 했다. '아들사건'으로 석방된 지 얼마 안 된 정삼수는 집행유예기간을 감안하여 '한경식'으로, 학생운동으로 경찰의 주목을 받고 있는 장주섭은 '장방림'으로, 노동운동으로 '블랙리스트'에 오른 정봉희는 '김봉이'라는 가명을 써서 만일의 사태에 대비했다.

하지만 행사 팸플릿을 만들 돈이 없어 박선욱과 이승철은 직접 발품을 팔기로 했다. 금남로와 충장로 일대의 점포와 가게를 일일이 돌아다니며 행사의 취지를 밝히고, 광고 스폰서를 섭외했다. 광주 시민들은 취지에 공감하여 흔쾌히 십시일반하며 덕담까지 아끼지 않았다. 행사를 앞둔 〈광주젊은벗들〉은 보도자료를 만들었다. 당시 언론통폐합 조치로 광주의 유일한 일간신문인 광주일보 문화부에 소식을 알렸고, 시내 중심가에 포스터를 붙이는 등 발바닥이 부르트도록 열심히 홍보했다. 그 결과 행사 당일에 장소가 비좁을 정도로 많은 시민학생들이 몰려들었다.

그날 사회자는 박선욱 시인의 사촌인 노상호가 맡기로 결정되었다. 행사 첫 순서는 김준태 시인의 초대 강연이었다. 김준태 시인은 「아아 광주여, 우리나라의 십자가여!」를 언론에 발표한 이후 처음으로 광주 시민들 앞에 그 모습을 드러냈다. 1980년 5월 이후 문학행사에 처음 얼굴을 내민 까닭에 광주 시민들의 관심을 촉발시켰다. 김준태 시인은 "시인이 세계를 변모시킬 수 있을까."라는 독일의 시인 '고트프리드 벤'의 명제를 거론하면서 문학인이 지녀야 할 역사의식에 대해 열강했다. 그는 벤의 역사의식을 비관주의라고 비판하면서, "모든 예술작품은 결국은 역사의 기록이며, 시대정신과 역사의식을 밑바탕에 깔아야 한다."는 독일의 비평가 헤르더의 말을 인용했다. 결론으로 "붓끝이 세상을 변화시킬 수 있고, 시인이 세계를 변모시킬 수 있다."고 강조하여 뜨거운 박수갈채를 받았다. 무릇 광주의 시인이라면 역사의식을 갖고 시창작에 임해야 한다는 주장이었다.

이어 곽재구 나종영 이영진 김종섭 등 초대시인들의 시낭송이 있고 나서 정봉희가 흥겨운 민요 메들리로 청중을 압도했다. 그런 다음 〈광주젊은벗들〉인 박선욱 이승철 손용석 이영림 조진태 이형권 정삼수 장주섭이 자작시를 낭송하여 박수갈채가 연이어졌다. 행사의 마지막 순서는 전남대 〈용봉문학회〉 학생들이 주축이 되어 신동엽의 서사시 「금강」 서장과 「누가 하늘을 보았다 하는가」를 연대시로 낭송했다. 끝으로 〈극단 신명〉을 대표하여 박선정 상임기획의 덕담이 이어지는 등 행사는 시종일관 긴장을 잃지 않은 채 진행되었다. 시민대중과 주최 측은 뜨거운 열기와 벅찬 마음으로 행사를 마무리했다. 광주일보는 〈광주젊은벗들〉이 펼친 이날의 시낭송 행사에 대해 "시는 삶 누릴 활력소"라는 제목으로 12월 27일자의 문화면에 박스기사로 크게 보도했다.

15. 〈광주젊은벗들〉의 주요 활동과 그들이 추구한 것들

광주항쟁 이후 어느 시인은 "언어로 치환될 수 있는 모든 것이 허구로 느껴진다."고 말했다. 그러나 언어로 형언할 수조차 없는 그 5월이었지만, 침묵과 굴종으로 살아갈 수 없었기에 〈광주젊은벗들〉은 울타리를 박차고 나와 광주 시민들 앞에 나섰던 것이다.

〈광주젊은벗들〉은 첫 번째 행사의 팸플릿에 실린 '초대의 말'에서 "시는 인간 각자에게, 그리고 그 인간이라는 집단이 모여 형성되는 민족에게 사랑과 자유, 정의와 진리를 실현하는 최선의 과학적·정서적 예술양식이다."고 설파하면서, "시가 오늘을 사는 모든 이의 가슴에 뜨거운 삶의 정신적 밑거름이 되어야 한다."고 주장했다. 그와 함께 "시가 특정 지식인, 예술인의 소유물이 아닌, 모든 사람들과 함께 부르는 그야말로 '민중의 노래'가 되길 가슴 깊이 갈망한다."고 설파해서 그 첫 출발부터 광주 시민들의 정서와 함께하고자 하는 '문학의 대중화' 노선을 천명했다.

〈광주젊은벗들〉은 첫 행사를 가진 3개월 후, YMCA 백제실에서 문병란 시인을 초대강연자로 모시고 두 번째 시낭송의 밤을 가졌다. 두 번째 행사의 팸플릿을 통해 〈광주젊은벗들〉은 '공동체문화'를 주창했다. "분단극복과 민족통일의 문화를 지향하고, 문자행위의 신비성 파괴와 민중문학시대의 발판을 마련하겠다."고 포부를 밝히면서 제3세계와의 연대성을 강조했다. 노동 문제와 광주 문제에 천착한 조진태 박선욱 김형수(송정리) 박정모 정봉희 박정열 이승철의 시편이 낭송되었다. 아울러 팔레스타나, 아프리카, 라틴아메리카 등 제3세계 민족시가 낭송되었고, 행사 중간에 노래와 춤이 곁들여졌다.

〈광주젊은벗들〉은 1983년 5월에 『붉은 산 아아 저 흰옷들』이라는 소책자를 발간하여 두 차례에 걸쳐 진행된 시낭송운동에 대한 자체 평가와 함께 향후 나아갈 방향을 제시했다. 이때부터 〈광주젊은벗들〉은 정삼수의 제안으로 명칭을 〈광주젊은벗들 시낭송기획실〉로 변경했다.

〈광주젊은벗들 시낭송기획실〉은 3개월간의 준비기간을 거쳐 1983년 7월 10일부터 1주일 동안 광주 '대한투자신탁' 전시실에서 시화전(詩畵展)을 가졌다. '젊은벗들'의 신작시와 문병란 김준태 곽재구 나종영 나해철 박몽구 이영진의 초대시가 그림과 어우러졌다. 당시 광주 미술운동을 주도하던 홍성담 화가가 〈토말그룹〉 소속의 홍성민 변재호 박광수 윤철현 정광훈 화가와 함께 참여해 과거와 전혀 다른 새로운 형식의 시화전을 선보였다. 미술기획 〈토말그룹〉은 〈광주젊은벗들〉의 시화전에 동참한 이유를 행사 팸플릿에 수록된 「집단적 신명으로서의 시화전」이라는 글에서 다음과 같이 밝혔다.

1. 우리가 지금 규명해야 할 것은 오늘 이 땅에서 벌어지고 있는, 현실적인 삶이 담긴 문화의 본질인 것이다. 생생한 우리 자신의 삶 속에 담긴 본질을 어떻게 추출하여 표현해 내는가 하는 것이 중요한 과제가 되어 있는 것이다.

2. 우리는 먼저 고통과 슬픔의 이미지를 품고서, 거기서 자연발생적으로 나올 행위들을 끌어 모으기로 한다. 이를테면 캔버스 안에서 고독하게 한 시대로부터 소외시켜 온 자신에 대한 창조적 반성이자, 그에 의한 또 다른 예술적 계기를 가지려는 것이다.

3. 우리는 이러한 행위가 무책임하고 자위적인 것이 아니라, 감히 역사에 던지는 물음이 되기를 바라고 싶은 것이다.

4. 시와 미술의 만남은 새로울 바가 없다. 이러한 집단적 표현행위는 시와 미술이 갖는 보편적 공감대를 형성하게 될 것이며, 이러한 '만남' 이야말로 집단적 신명으로서 잠재된 우리 시대의 문화 역량을 표출한 것이 될 것이다.

〈광주젊은벗들〉은 시화전이 갖는 의미를 행사 팸플릿에 수록한 「사랑과 저항으로서의 노래」라는 글에서 이렇게 밝혔다.

자기의 해방을 위한 전 세계 수많은 희망과 노동 속에서 시는 필연적으로 전쟁과 평화의 형식을 갖지 않으면 안 된다. (중략) 옛 조상들의 역사적 경험과 민중세계 밖의 젊은 사생아들이 자신의 참다운 삶과 사회현실, 참다운 영혼을 찾기 위한 전면적인 해방의 행동세계, 돌아갈

1, 2 〈광주젊은벗들〉과 〈토말그룹〉이 결합하여 치른 시화전. 〈토말그룹〉의 홍성민 화가와 〈토말그룹〉의 리더 홍성담 화가.　3 조진태의 친구로 〈광주젊은벗들〉에 참여한 (왼쪽) 정봉희, 김형수.　4 〈광주젊은벗들〉은 불과 10개월 사이에 세 차례의 시낭송과 한 차례의 시화전을 연속 개최하여 침체에 빠진 광주문학에 새로운 활력을 불어넣었다. 행사 팸플릿.

수 없는 한반도의 북쪽 그러므로 재신생하는 아시아의 일부로서, 그리고 짓눌려진 아시아의 일부로서 묶여 있는 채 새로운 통일과 변혁을 지향해 가는 우리의 노래들은 환상과 불의에 표류하는 군도(群島)가 아니라 거대한 민중의 삶의 들판을 가꾸어가는 데 정진해야 할 것이다.

1983년 7월 10일부터 1주일 동안 계속된 〈광주젊은벗들〉과 〈토말그룹〉의 시화전은 기존 시화전의 형식을 탈피하기 위하여 시와 그림을 액자와 캔버스라는 틀을 없애고 전시했다. 아울러 만화와 콜라주 등 다양한 형식실험으로 시의 테마를 시각화하여 기존 시화전에서 느낄 수 없는 신선함을 안겨 주었다. 〈광주젊은벗들〉의 시화전이 개최되고 한 달 후에 〈5월시〉 동인과 김경주 조진호 화가가 참여한 〈5월시 시판화전〉이 광주 아카데미미술관에서 개최되었다. 말하자면 〈광주젊은벗들〉이 〈5월시〉보다 한 발 앞서서 '시와 미술의 변증법적인 만남'을 추구했다고 볼 수 있다.

〈광주젊은벗들 시낭송기획실〉은 1983년 10월 22일, YMCA 2층 백제실에서 제4회 행사로 '벽시 노래마당'을 개최했다. 행사장 안은 여전히 많은 시민들과 학생들이 찾아와 북적거렸다. 조태일 시인이 오랜만에 고향 광주를 찾아와 「역사의식, 민족 그리고 문학」이라는 제목으로 초대 강연을 했다. 특히 백기완 선생은 초대 서시로 「민중과 하나 되는 그날까지」라는 '벽시(壁詩)'를 박선욱 시인을 통해 보내 주었다.

아직은 캄캄한 밤/아직은 그 속에 밟힌/캄캄한 새벽//(중략)//이 어둠에 묶여/잠 못 드는 형제여//날마다 찢어져도/날마다 뿌리쳐라/민중과 하나 되는 그날까지//(중략)//형제여/젖먹이적 밑힘마저/다한들 이 밤을/네 힘으로 헤치라//마지막 눈빛에/흙이 들어온들/발끝이 눈이 되어/그것마저 끌리면/온몸으로//나뒹구는 한이 있어도/민족과 하나 되는 그날까지/결코 멈추지 마라

1 〈광주젊은벗들〉은 제4회 행사로 '벽시ㅡ 노래마당'을 개최했다. 조태일 시인이 5월항쟁 이후 처음으로 광주시민들 앞에 나타나 「역사의식, 민족 그리고 문학」에 대해 초대강연을 했다. **2** 박몽구 시인이 초대시를 낭송하고 있다. **3, 4, 5** 〈광주젊은벗들〉'벽시ㅡ 노래마당' 시낭송에 참가한 장주섭 박학봉 이형권.

조태일 시인의 초대강연이 끝나고 「친구」, 「밤뱃놀이」, 「금관의 예수」 등 김민기의 금지곡들이 공연되었고, 〈젊은벗들〉의 시낭송 후 노래마당으로 서울대 〈메아리〉 팀의 민요공연도 흥겹게 펼쳐졌다.

〈광주젊은벗들〉 9명의 시낭송이 연이어졌다. 장주섭 이승철 박선욱 김경의 장헌권 박학봉 이형권 신상록 정삼수가 출연하여 광주항쟁을 형상화한 시편들과 노동시·농민시를 선보였다. 그리고 행사의 마지막 순서로 특별기획시 낭송이 펼쳐졌다. 〈광주젊은벗들〉은 1980년 5월이 결국 '분단체제'라는 민족 모순에서 비롯되었다는 자각을 갖고 '오월'에서 '통일'로 나아가야 함을 설파하고자 했다. 문익환(「꿈을 비는 마음」) 백기완(「백두산 천지」) 고은(「새벽길」) 조태일(「너만 하나냐 우리도 하나다」) 「목소리」) 양성우(「지금은 결코 꽃이 아니라도 좋아라」) 등 민족통일시가 낭송되었다. 당시 서울의 대한출판문화협회에 근무하던 〈오월시〉 동인 박몽구 시인이 초대시인으로 참석하여 「지금 이 길을 그대로 가고 만다면」 등을 낭송했다. 이날 행사 팸플릿에 백기완 시인의 조언을 바탕으로 박선욱 시인이 집필한 「벽시(壁詩) 문학론」이 게재되어 주목을 받기도 했다.

그날 '벽시- 노래마당'에서 〈젊은벗들〉이 뜨겁게 낭송한 시편의 일부를 소개하면 다음과 같다.

> 나는 나는 휘파람새라오/광주천변에서 갈치장사하는 아낙네라오/
> 이슬도 마시고 서리도 맞는/나는 나는 누더기 걸친 휘파람새라오/갈치
> 요 생갈치요/내 노래 바람보다도 드세게/불붙는 낙엽들을 광주천에 던
> 지고/갈치요 칼 눈 싱싱한 생갈치요/크게 크게 서석동 울리도록 울며
> 는/내 낭군 노가다판 자갈통이 비지요
>
> — 장주섭, 「휘파람새」 중에서

> 여름비 오는 광주 밤바다 속에 흘러들어/피 끓는 함성으로 붉어진

당신들 얼굴 보았다/한 젊음 쏟아지는 충장로의 밤은 더없이 술렁이고/
피멍 든 무등 벌판에는/잡초들 아우성소리 가슴마다 못 박혀 넘치는구
나./그렇지만, 우리들은 안다/그대들이 밤새껏 헤픈 술잔을 비우며/가
멸찬 쓴 웃음 속에, 혹은 성난 피발길 속에/부르는 저 가슴 아픈 노랫가
락이/정녕 어디서 시작되는지를 설운 이 땅의 사람들/그 누가 모르랴

— 이승철, 「해질녘, 광주에 와서」 중에서

천둥번개가 치고/불타는 가슴에 비가 내린다/형제들아/하늘로 치
솟던 우리의 불길을/누가 잔인하게 끄고 있느냐/푸르고 강직한 나무가
모조리/번갯불에 밑동째 부러지고/풀꽃들은 눈을 다치는구나/하지만
형제들아/먼 산에 바람이 부니/먹구름 몰아낼 바람이 부니/맑게 갤 날
이 머지않았어라/햇덩이 하나씩 입에 물고/붉고 뜨거운 입김으로/차디
찬 땅덩이를 녹여 보자/형제들아

— 박선욱, 「천둥번개가 치고」 중에서

보아라 형제여/붉은 흙덩이로 바위 되어 넋을 기리는/형의 무등을/
우리 님의 무덤을//갈라지고 일그러지고 부서지고/패인 바위덩어리/
거기에 고인 핏물 남김없이 받아다가/오대양 육대주에 눈물과 함께 뿌
리리라.//삼촌과 큰형을 거적 위에 눕힌/아버님의 오월이여/밤새 심장
을 뜯기우고/그 밤을 온통 하얗게 떨며/나 여기 선 것은//차라리 그날
의 아픈 기억을 물어/혼으로 타오르는 붉은 산이 되려 함이요.

— 김경의, 「나 여기 선 것은」 중에서

어찌 할거나 어찌할거나/굶주린 하늘빛 등짝에 붙어/주름살처럼 몸
을 파는 들판/칙칙한 모방에서 농약을 들이켜고/저수지 둑에는 칼부림
이 나는데/고쟁이처럼 펄럭이는 녹색혁명 완수/가슴 무너지는 삽질 끝

에 애비가 운다./숨 가쁜 물길 앞에서 거품을 물고/홧병 난 양수기가 피눈물을 쏟는데/군살 박힌 아우성이 거꾸러지듯/들판 가득히 속고 사는 바람/속고 사는 목숨

— 이형권, 「양수기」 중에서

나는 너를 노래한다./아시아의 멀고 먼 남쪽 강이여/저녁 물가 나무 숲에 어스레히 내 마음의 땅/아버지들의 아버지들의 오랜 슬픔을 이야기하며/옥수수밭 저편 아아 강둑 오막살이 검게 쓰러져/땅 끝에 덕지덕지 맺혀 살아가는/달빛 아래 홀로/저 캄캄한 진달래꽃에 홀로/강물이 흐르고/삽과 도끼의 지친 잠이 떠내리고/내 뱃가죽에 으스스 얼어붙은 물소리로/생존이여/자유여/나는 너를 노래한다

— 정삼수, 「멀고 먼 아시아의 남쪽강」 중에서

1980년대 초반 〈광주젊은벗들〉은 10개월에 걸쳐 세 차례의 시낭송과 한 차례의 시화전을 연속 개최하여 침체에 빠진 광주문학에 활력을 불어넣었다. 5월 이후 실의에 빠진 광주 시민들 속으로 직접 뛰어 들어가 대중과 함께 호흡하는 시낭송운동을 전개함으로써 열린 공간에서 상호 공감대를 형성했던 것이다. 특히 〈광주젊은벗들〉이 연거푸 행사를 치를 때 50군데가 넘는 광주 시내의 가게와 점포에서 십시일반 광고를 후원해 줌으로써 광주 시민들의 격려와 지원 속에 시낭송행사가 개최된 것도 매우 의미 있는 일이었다. 김준태 시인은 1980년대 후반 『금호문화』 주최로 열린 좌담에서 1980년대의 광주지역 문학운동에 대해 다음과 같이 평가한 바 있다.

80년대 문학의 큰 맥락은 5월항쟁 문학입니다. 5월항쟁 문학의 문을 연 것은 시였고, 87년 이후부터 소설이 나타납니다. 80년을 기점으

로 문학은 운동성을 띠고 삶의 현장으로 뛰어나오는 실천성과 그리고 오늘날 문학이 어떠한 위치에 와 있는지를 재조명하는 역사성을 띠고 있다고 봅니다.

그럼 5월항쟁 문학에서 광주의 경우를 보면 초창기에는 〈젊은벗들〉 그룹들이 '벽시운동'을 통한 창작활동을 했습니다. 그 다음에 「5월시」 동인들의 창작활동은 전국적으로 5월이라는 테마를 확산시켰으며 「목요시」 동인들의 활동, 그리고 「원탁시」 동인들의 창작활동이 괄목할 만합니다. 그리고 전남대, 조선대, 순천대, 목포대 등 대학가의 문학팀들이 아주 열심히 썼습니다. 특히 전남대의 「오월문학상」은 전국의 대학가로 5월문학운동을 펼치는 데 기여했습니다.

1980년대 초반의 〈광주젊은벗들〉의 문학운동은 민요와 노래 그리고 미술과 연계하는 장르와의 결합, 장르통합의 효과로 판을 넓히고, 행사 중간에 노래와 춤이 어우러져 긴장감과 활력을 불어넣는 등 광주지역 문화운동에 하나의 시발점이 되었다. 그 무렵 광주의 시민들은 누군가가 간절히 진실을 말해 주고 외쳐 주기를 바랐다. 바로 그러한 갈망의 눈빛을 읽은 문인들과 〈광주젊은벗들〉은 자신을 가다듬으면서, '5월'의 진실을 자기화하기 위해 몸부림쳤다. 문학이란 혼자서 할 수도 있지만 여럿이 더불어 펼치는 공동체 정신을 실천하여 시대정신에 동참하려고 했다.

〈광주젊은벗들〉은 1983년 10월 22일에 열린 '벽시-노래마당'를 끝으로 활동을 마감하게 된다. 1983년 여름에 박선욱은 서울의 태창문화사에 취직되어 상경하게 된다. 이어 그해 11월에 필자 또한 상경하여 시무크 『민의』 제2집 〈시와현실〉을 통해 등단하게 된다. 이후 두 사람은 서울에서 출판사 일을 하면서 1984년 12월에 창립된 〈자유실천문인협의회〉의 간사로 활동했고, 이후 〈자실〉을 중심으로 새로운 문학운동에 투신하게 된다.

16. 광주 〈민문연〉의 문화운동과
고규태 전용호 정진백 등의 지역출판운동

〈광주젊은벗들〉 이후 광주에서는 1983년 11월에 〈민중문화연구회〉(약칭: 민문연)가 결성되어 본격적인 문화운동을 펼치게 된다. 지역문화운동 공동체로 출범한 〈민문연〉은 문병란 송기숙 황석영 박석무 공동대표, 홍성담 박효선 운영위원장, 전용호 사무국장 체제로 문학·미술·연희·노래·출판 등 5개 분과가 결성되어 1980년대 중반부터 광주에서 본격적인 문화운동을 전개했다.

〈민문연〉은 기관지로 〈광주문화〉라는 팸플릿을 발간했고, 1985년 4월 27일부터 28일까지 광주시 유동 YWCA 강당에서 창립기념 공연으로 〈광주문화—통일을 향한 민중문화〉 행사를 성대하게 개최했다. 광주지역 문화운동권과 재야세력, 서울지역 문화운동 관계자들이 총결집하여 광주의 진실을 알리기 위한 문화운동을 본격적으로 전개했던 것이다. 창립공연에 '자유실천문인협의회'의 전, 현직 대표인 고은 양성우 시인이 초청강연자로 참석하여 "광주의 5월이야말로 혁명적 문화운동의 본산이다!"고 열강하여 큰 호응을 받았다. 아울러 이날 고규태 시인이 김남주 시인의 옥중시 「학살」을 낭송하여 반향을 불러일으켰다. 행사장은 그야말로 입추의 여지가 없을 정도로 시민들과 청년학생들이 몰려들어 단상에까지 자리를 차지했다. 행사장 벽면에는 "통일운동 만세!", "민족통일만세!"라는 구호와 함께 "택시기사 완전월급제 실시, 하남전자 노동자 생존권 투쟁 지지, 언론출판 악법철폐, 도시서민의 생존권 보장" 등 각종 현수막이 나붙어 투쟁의 열기를 북돋웠다. 그날 전경과 사복경찰들이 행사장 주변을 에워싸고 있었지만, 〈민문연〉은 광주문화운동의 진수를 유감없이 발휘했다. 대중들의 반응은 가히 폭발적이어서 서울에서 참석한 문화운동권 관련자들이 깜짝 놀랄 정도였다.

1985년 여름부터 광주 〈민문연〉의 문학·출판분과가 중심이 되어 '도서출판 광주'가 설립되었다. 김희수 대표를 비롯하여 문순태 나종영 김경주 박호재 나해철 고규태 임동확 전용호 이한재 등이 주축이 되어 새로운 지역출판운동을 펼쳤다. 광주출판사는 1985년 11월에 출판등록 을 교부받아 본격적인 기획 출판물을 펴냈다. 고규태 임동확 전용호 윤 정현 등이 편집장으로 활동했고, 이한재는 영업부장으로 일했다.

1980년대 광주에서의 지역출판운동을 살펴보면 다음과 같다. 1982 년에 독일의 WCC(세계교회협의회)의 후원으로 광주에서 '일과놀이'가 설립돼 1983년부터 소극장운동과 출판운동이 전개되었다. 그 당시 광 주에서 창작활동을 하고 있던 소설가 황석영이 주축이 되어 꾸려진 '일 과놀이'는 홍성담 박효선 전용호 김선출 조진태 김형수 등의 참여로 무 크『일과놀이』와 문고판 단행본을 출간하는 등 1980년대 광주지역 출판 운동에 선구적 역할을 했다.

1985년부터 본격적인 활동을 전개한 광주출판사는 12월에 지역문화 무크 제1집(창간호)『민족현실과 지역운동』을 전격 출간했다. 이 책에 실린 전용호의「지역운동론」과 고규태의「지역출판운동을 위하여」라는 논문은 1980년대 중반, 광주에서 제기한 지역운동의 당위성을 설파했 다. "지역현장과 지역대중의 목소리와 요구를 수렴하는 방향으로 운동 이 전개되어야 할 것"이라고 천명하면서 '지역대중의 확보'와 '현장성 획득'을 위한 지역운동의 필요성을 강조했던 것이다.

『민족현실과 지역운동』은 특집을 통해 정용호, 고규태의 논문과 함 께 〈글과현장〉의 임동확, 윤동환의 르뽀「소외된 땅, 어민현장을 찾아 서」, 기획논문으로 이광호의「제3세계 군부와 민족해방운동」, 이술의 「통일 지향의 3민 문화를 위하여」, 김경주의「민족미술의 재점검」을 게 재했다. 아울러 박봉우 문병란 김준태 김희수 나해철 고광헌 이재무 김 용락 이승철 조진태의 신작시와 이삼교 박호재의 신작소설, 박효선의

1 〈민문연〉은 1985년 4월 하순, 광주 유동 YWCA 강당에서 창립기념행사로 〈광주문화
큰잔치〉를 성대하게 개최했다. 이날 고은 시인의 열정적인 초대 강연.　2 광주출판사
초대 편집장, 청사출판사 편집장으로 출판운동과 함께 〈민문연〉 홍보국장으로 민중가수
정세현 등과 함께 노래운동을 전개한 고규태 시인의 첫 시집 『겨울 111호 법정』(두리).

희곡 「잠행」, 임동확의 서평 「광주 오월의 젊은 시인들」, 민중문화연구회의 5월기획 〈5월과 문화항쟁〉 관련 원고들과 부르스 커밍스의 「미국의 핵정책과 한반도 평화」라는 글을 게재하는 등 당시 지역에서 출간된 출판물로서 가장 선진적인 작업을 보여 줌으로써 전국적인 주목과 관심을 받았다.

광주출판사는 각종 단행본도 출판했다. '광주신서'로 파울로 프레이리의 민중교육론 『페다고지』(성찬성 번역), 카우츠키의 『마르크스 자본론 해설』 등과 해방직후 여성혁명가 김사임에 대한 남편 고준석의 회상기 『아리랑고개의 여인』, 광주항쟁 참가자 4인(김현채 이세영 김용수 김태헌)과 유가족 이금희의 증언을 묶어 '5·18광주의거청년동지회' 편으로 『5·18광주민중항쟁증언록』을 연속 출간했다. 아울러 '전남사회문제연구소' 편으로 『5·18광주민중항쟁자료집』, 전남대총학생회 편으로 '5월문학상 작품집' 『너의 이름에 붉은 줄을 그으며』(우상호 김호균 송광룡 이봉환 박호민 정도상 심종철 정강철 외), 『김남주론』(김준태 위기철 염무웅 이강 김희수 박석무 문익환 박광숙 외) 등을 출간함으로써 광주 5월의 진실을 전국적으로 알리는 데 적잖은 기여를 했다.

당시 광주출판사 초대 편집장과 〈민문연〉 홍보국장으로 일한 고규태 시인의 활동상을 살펴보면 다음과 같다.

1980년 5월 당시 전남대 불문과 2학년생이었던 고규태는 전대신문사 기자와 〈용봉문학회〉 회원으로 활동했다. 그는 중학교 동창인 박관택의 친형 박관현이 1980년 4월, 전남대 총학생회장으로 출마하자 그의 당선을 위해 도왔고, 이후 전대신문 기자로 전국에서 입수한 제반 정보를 박관현 회장에게 건네주는 등 참모 역할을 수행하기도 했다. 5월항쟁 직후에 그는 계엄사의 검열을 받지 않고 전대신문을 제작한 혐의로 2달간 경찰에 수배를 받다가 신문사에서 강제해직된 후 '카투사'로 군복무를 했다. 1984년 7월, 고규태는 〈5월시〉 동인 이영진의 주도로 청사출판사에서 출간된 무크 『민중시』 제1집에 「지명수배 벽보 앞에서」 등의 시편으로 등단했다.

고규태 시인은 광주출판사 편집장 시절 『페다고지』, 『마르크스 자본론 해설』 등의 책자를 출간하여 국가보안법 위반혐의로 구속되었다. 그가 투옥되었을 때 홍남순 변호사가 변호를 맡았고, 1심에서 그는 집행유예로 출옥한 후 〈민문연〉의 홍보국장으로 노래운동 테이프 등을 제작하는 활동을 전개했다. 1987년에 그는 보다 전문적인 문예·출판운동을 전개하고자 상경했다. 서울에서 김형수 정도상 오봉옥 백진기 등과 함께 '문예대중화운동'을 펼치다가 1988년 청사출판사 편집장으로 일하게 된다. 그는 『민중시』 제4집 특집호로 군(軍)을 주제로 한 기획시집을 준비하다가 우연히 출판사 캐비넷에 있던 '백봉석'의 시 원고를 발견했다. 고규태, 조진태와 함께 『민중시』 1집에 '신인'으로 등단할 때 '백봉석' 시인은 본명을 썼다. 어느 날 고규태는 백봉석에게 '백무산'이란 필명을 권했고, 「만국의 노동자」라는 시를 새로 창작해 첫 시집을 출간하자고 제안했다. 고규태는 1988년 8월, 백무산의 첫 시집 『만국의 노동자』를 청사출판사에서 출간했다. 김형수 시인의 해설 「백무산을 소개하는 문예보고서」라는 글이 실린 백무산의 첫시집 『만국의 노동자』는 출간되자마자 대학가에서 베스트셀러가 되었다. 백무산의 그 시집은 박영근 시집 『취업공고판 앞에서』, 박노해 시집 『노동의 새벽』(풀빛)과 함께 문단 안팎에 화제를 몰고 왔고, 한국문단에 본격적인 '노동문학'의 출현을 알렸다.

1989년 2월, 고규태 시인은 이영진 시인이 운영하던 인동출판사를 인수하여 편집장으로 활동했다. 그 무렵 출판계에서 '북한 바로알기 운동'이 활발하게 전개될 때였고, 그는 북한 원전 『조선문학개관』, 『주체의 학습론』 등을 출간하여 '국가보안법' 위반혐의로 다시 옥고를 치렀다. 1989년 6월 고규태는 첫 시집 『겨울 111호 법정』을 녹두출판사에서 출간했고, 이후 명노근 송기숙 강요한 등의 주도로 광주에서 창간된 〈빛고을신문〉의 편집부장으로 활동했다.

1980년대 중후반 사회과학 전문출판사는 경찰과 정보당국의 탄압으로 신간서적이 서점에 배포되기 직전 제본소에서 전량이 압수되는 수난을 겪어야 했고, 서점에 출고된 책들도 경찰에 의해 수시로 압수조치를 당했다. 당시 서울과 광주 등 대학가 부근에는 사회과학 전문서점들이 운영되고 있어 학생들의 의식화운동의 첨병 역할을 수행했다. 광주에서는 황지서림 남녘서림 물음서적 백민서적 등이 사명감을 가지고 사회과학 서적의 보급운동에 동참했던 것이다. 경찰의 잦은 압수수색에도 불구하고, 그들은 군사정권에 저항하는 이론적 기지로서 역할을 수행했다. 광주출판사에서 출간된 『민족현실과 지역운동』(1985. 12.), 『5·18광주민중항쟁증언록』(1987. 11.)의 경우 초판 출간 당시 경찰에 의해 제본소에서 전량의 책이 압수당하는 일을 겪어야 했다. 5공정권의 출판탄압은 1980년대 중후반까지 계속되었는데, 이 과정에서 수많은 출판인들이 구속, 수감되었다. 하지만 이 책들은 다시 은밀히 제작되어, 전국 대학가 서점에서 유통될 수 있었다.

광주출판사는 1989년 봄, 〈광주전남민족문학인협의회〉의 기관지로 『민족현실과 문학운동』을 창간했다. 이 기관지를 통해 〈전교조〉 교사 출신의 김경윤과 〈광주청년문학회〉 출신의 윤정현, 그리고 서남경제신문사 기자 이하형이 시인으로 등단했고, 〈광주청년문학회〉 출신의 조성현이 소설가로 등단해 활동했다.

〈민문연〉 사무국장과 광주출판사 편집장으로 일한 전용호는 1985년 5월, 풀빛출판사에서 출간된 '광주 5월 민중항쟁의 기록' 『죽음을 넘어 시대의 어둠을 넘어』의 초고 집필자로도 참여했다. '전남사회운동협의회 편, 황석영 기록'으로 1985년 5월에 출간된 그 책은 출간 당시 경찰에 의해 초판 2만 부 전량이 압수되었지만, 지하로 재출판되어 5월의 진

1 광주출판사에서 펴낸 각종 서적들. '5월'의 진실을 알리기 위해 지역출판운동을 전개했다. **2** 1982년 9월, 광주에서 처음으로 무크 『남풍』을 출간한 출판인 정진백. 현재 그는 월간 『아시아문화』의 발행인으로 활동하고 있다. **3** 광주출판사 3대 편집장과 '광주 5월 민중항쟁의 기록' 『죽음을 넘어 시대의 어둠을 넘어』, 집필작업에 참여한 전용호 소설가. **4** '광주 5월 민중항쟁의 기록' 『죽음을 넘어 시대의 어둠을 넘어』 풀빛출판사 판과 창비의 판.

실을 알리는 데 크게 기여했다. 전용호는 1998년, 광주매일신문 신춘문예에 단편소설 「물안개」가 당선되어 소설가로 데뷔했다. 이후 그는 5월 뮤지컬 〈화려한 휴가〉를 기획, 공연한 '메이엔터테인먼트' 대표로 활동했고, 〈광주전남소설가협회〉 회장을 역임하는 등 광주 문화운동의 중추적 역할을 수행했다.

2017년 5월 15일, 『죽음을 넘어 시대의 어둠을 넘어』가 초판 발행 이후 32년 만에 전면 개정판으로 창비에서 재출간되었다. 개정판 『죽음을 넘어 시대의 어둠을 넘어』는 5·18민주화운동에 대한 최초의 체계적인 기록물이자 완결판으로 항쟁에 참여한 광주 시민들의 시각과 증언을 온전히 담아냈다. 그뿐 아니라, 5·18 당시 계엄군의 군사작전과 5·18 관련 재판결과를 반영하는 등 5월항쟁에 대한 역사적, 법률적 성격을 규명하는 데도 그 초점이 맞춰졌다. 또한 항쟁의 당사자 외에 당시 현장을 취재한 내외신 기자들의 증언과 기사를 통해 그해 5월의 광주를 입체적이고, 객관적으로 기술했다는 평가를 받았다. 이 개정판은 황석영 이재의 전용호의 공저로 출간되어 2017년 제32회 '만해문학상'의 특별상을 수상했다.

1980년대 광주에서는 일과놀이 광주출판사 외에도 세종출판사 한마당출판사 남풍출판사 들불출판사 빛고을출판사 규장각 등이 출판운동을 전개했다.

남풍출판사는 1982년에 광주지역 최초의 무크 『남풍』을 창간하여 2호까지 발간했고, 세종출판사는 1983년 이명한 강인한 김신운 곽재구 나종영 등의 참여로 무크 『민족과문학』을 창간했다. 특히 남풍출판사 정진백 대표는 1983년부터 단행본 출판에 주력하여 『분단시선집』(문병란 송수권 편)을 간행했고, 김남주 옥중시집 『조국은 하나다』, 김준태 산문집 『5월과 문학』, 김문(김건남)의 5·18투쟁체험기 『찢어진 깃폭』, 5·18광주민중항쟁유족회 편의 『광주민중항쟁비망록─ 망월동 묘비명』

등을 간행하는 등 지역출판사로서 왕성한 활동을 전개했다. 정진백 대표는 당시 광주에서의 출판운동을 이렇게 회고한 바 있다.

> 언어의 길이 막힌 상태에서 사상의식을 전파하고, 변혁운동을 실현할 수 있는 매체는 출판밖에 없었다. 그때 광주는 도청에 뿌려진 피가 아직 식지 않았던 시절이었다. 누구나 할 말이 많았고, 그 발언들은 책으로 만들어졌다. 출판을 통해 사회문화운동에 기여하고자 했다.

전남 함평 출신의 정진백 대표는 1991년 『월간 사회평론』과 1995년 『월간 사회문화리뷰』를 창간해 우리 사회의 담론 형성에 기여했다. 2014년 1월에 그는 '(주)아시아문화커뮤니티'를 설립하여 '평화와 아시아를 위한 소통과 교류, 연대와 공존의 길'을 지향하는 『월간 아시아문화』를 창간하여 오늘에 이르고 있다. 정진백 대표는 지난 2016년 12월, '박근혜 최순실세력 퇴진 시국선언문' 217편을 엮은 『위대한 한국민, 전진하는 역사』(아시아문화커뮤니티)를 출간하여 언론의 주목을 받았다.

17. 1980년대 광주의 노래운동과
   김종률 김원중 정세현 등의 활동

1980년대 5월의 아픔과 그 진상을 알리기 위해 광주에서는 1982년부터 노래운동이 시작되었다. 1982년 4월 광주에서 제작된 〈넋풀이-빛의 결혼식〉이란 비합법 노래테이프가 그 신호탄이었다. 이 테이프에는 민중가요인 「임을 위한 행진곡」이 실려 있다. 5월항쟁 당시 시민군 홍보부장인 윤상원 열사와 '들불야학' 동지이자 노동운동가로 활동한 박기순 열사의 '영혼결혼식'(1982년 2월 20일, 광주 망월동묘역)을 모티브로 삼아 만든 노래가 바로 「임을 위한 행진곡」이었다. 〈넋풀이〉 노래테이프는 황석영 소설가의 자택에서 군용담요로 창문을 막아 방음장치를 한 후 휴대용 카세트에 녹음하여 만들어진 거였다. 이에 대해 송경자 작가가 쓴 『스물두 살의 박기순』(2018, 심미안)에 자세히 언급돼 있다. 노래극 제작에 필요한 장비는 시내에서 빌려온 휴대용 녹음기와 기타와 장구, 꽹과리, 징 등이었다. 〈자유 광주의 소리〉라는 단체명으로 제작된 〈넋풀이〉 테이프에는 「젊은 넋의 노래」, 「무등산 자장가」, 「에루아 에루얼싸」, 「못 오시나」, 「임을 위한 행진곡」 등의 7곡의 노래가 실려 있다. 노랫말은 황석영 작가가 직접 쓰거나 혹은 백기완 문병란의 시에서 발췌해 개사했다. 특히 「임을 위한 행진곡」은 백기완의 장시 「묏비나리」에서 그 일부를 발췌하여 황석영이 최종 가사를 만들었고, MBC 대학가요제 출신의 김종률(전, 광주문화재단 사무처장)이 작곡을 하여 탄생한 노래로 유명하다. 〈넋풀이〉 노래테이프 제작에 황석영 윤만식 전용호 김선출 이훈우 임희숙 임영희 김은경 등이 참가했고, 노래는 김종률 오정묵 임희숙 김은경이 불렀다. 1982년 6월, 광주 YWCA 청년협의회의 요청으로 '청년서부지역대회'에서 공연되어 호평을 받았다.

〈넋풀이〉 테이프에 실린 노래를 바탕으로 〈극단 신명〉의 윤만식 대표와 박선정 상임기획이 노래극 〈넋풀이 굿〉을 제작하여 공연을 갖기도 했다. 「넋풀이- 빛의 결혼식」 노래 테이프는 '기독교청년협의회(EYC)' 명의로 제작되어 전국 대학가 및 종교 및 사회단체에 보급되었다. 윤만식의 연출로 1982년 12월, 경기도 의정부의 YWCA 다락원 캠프장에서 전교협(전교조 전신) 교사들 앞에서 공연하여 호평을 받았다. 이후 〈넋풀이〉에 실린 노래 7곡만을 모아 노래 테이프 「임을 위한 행진곡」이 제작되어 전국의 운동권에 보급되었다. 마침내 「임을 위한 행진곡」은 한국을 대표하는 민중가요로 널리 불리어졌다.

1 1980년대 한국 노래운동의 선구적 역할을 수행한 작곡가 김종률에 의해 만들어진 「님을 위한 행진곡」은 우리시대의 대표적인 민중가요가 되었다. 2 전남대 출신 가수 김원중의 노래 「바위섬」은 고립무원에 처해졌던 광주의 한을 담아냈고, 문병란 작시의 노래 「직녀에게」는 '오월에서 통일로'라는 화두를 제시하여 만인의 심금을 울렸다. 3 고규태 시인과 함께 '1980년 광주'를 알리는 노래운동을 전개했던 작곡가이자, 가수 정세현(법능스님).

뒤이어 1984년에는 광주전남 젊은 음악인들의 합동으로 참가한 〈예향의 젊은 선율〉이란 컴필레이션 앨범이 출반되었다. MBC 대학가요제 출신의 박문옥 박태홍 김정식 김종률과 전일가요제 출신의 신상균 김원중 등이 참가해 총 11곡의 노래가 실려 있는 음반이었다. 그런데 여기에 수록된 전남대 출신 김원중의 노래 「바위섬」(배창희 작사, 작곡)이 크게 히트하여 KBS 가요 톱텐 2위, 라디오 차트 1위에 오르는 등 전국적인 애창곡이 되었다. 조선대 출신 배창희가 작곡한 「바위섬」은 1980년 5월 당시 고립된 광주의 상황을 은유적이며, 서정적으로 노래하여 전국적인 히트곡이 될 수 있었다.

특히 고규태 시인은 1985년 〈민중문화연구회〉의 홍보국장으로 활동하면서 정세현(법능 스님) 박선정 박영정 임종수 등과 함께 광주를 알리기 위한 노래운동의 일환으로 〈광주여 오월이여〉라는 '오디오 다큐멘터리' 제작을 주도했다. 광주 시민들과 전남도민들의 항쟁 과정을 노래와 다큐멘터리 낭송으로 엮어낸 〈광주여 오월이여〉라는 테이프에는 고규태가 작사한 「광주 출전가」(정세현 작곡, 박문옥 편곡), 「전진하는 오월」(김경주, 박태홍 작곡) 등 민중가요가 실려 있다. 연극평론가 박영정이 평가한 것처럼 〈민문연〉이 제작한 〈광주여 5월이여〉라는 노래 테이프는 전국 대학가와 재야단체에 보급돼 어떠한 성명서나 시위보다 더 큰 효과를 발휘했다.

그 노래들 외에도 1980년 중후반 광주에서는 김경주(화가, 현재 광주 동신대 교수)가 김남주의 시에 곡을 붙인 「죽창가」, 정세현이 양성우의 시에 곡을 붙인 「청산이 소리쳐 부르거든」, 박문옥이 문병란 시에 곡을 붙인 「직녀에게」(김원중 노래), 박종화 작사, 작곡의 「지리산」 등의 노래가 대중들의 마음을 사로잡았다. 가수 김원중은 어느 인터뷰에서 "광주의 예인들은 역사적이고 정치적인 일들이 자신과 무관하지 않다고 생각하기 때문에 광주만의 독특한 색깔을 갖고 있다."고 말한 바 있다. 광주의 노래운동은 1989년 5월, 김원중에 의해 민중가요의 길거리 공연도 전개되었고, 1999년 9월에는 유종화 한보리 김원중 김현성의 주도로 '시노래 운동'이 펼쳐졌다.

그리고 1980년대 광주의 노래운동을 이야기할 때 작곡가 정세현(본명 문성인)의 활약을 언급하지 않을 수 없다. 전남대 국악과 출신의 정세현은 1985년 고규태와 함께 〈광주여 오월이여〉라는 노래테이프 제작에 참여했고, 1987년에는 〈노래패 친구〉를 결성하여 노래운동을 적극적으로 이끌었다. 그는 1980년대 민주화운동의 현장에서 애창된 「광주출전가」 등 수많은 운동가요를 작곡했다. 음악평론가 노동은 교수는 정세현이 작곡한 「꽃아 꽃아」에 대해 "전통음악의 장단을 현대풍으로 처리하고, 굿거리장단과 육자배기 가락을 넣어 노래들을 더욱 풍요롭게 했다."고 평가했다.

1993년 정세현은 충남 예산의 수덕사로 출가하여 '법능 스님'이 되었다. 불교에 귀의한 그는 전남 화순의 불지사에서 수행하면서 「오월의 꽃」, 「먼산」, 「무소의 뿔처럼」 등의 노래와 함께 찬불가와 명상음악, 염불음악으로 불교 포교에도 앞장섰다. "행진곡 풍의 운동가요 대신 민중가요에 눈물과 물기가 묻어나도록 짙은 서정성을 담아낸 법능 스님"(고규태 시인의 말)은 지난 2013년 6월 1일, 전남 화순 불지사에서 뇌출혈로 쓰러져 전남대병원에서 투병하다가 6월 13일, 세속 53세, 법랍 20세의 나이로 입적했다. 그는 유작으로 찬불가 8집 음반 〈나 없어라〉를 남겼다.

18. 임동확 정철훈 시인과 5월항쟁의 문학적 심화

1980년 봄, 전대 국문과 2학년생이었던 임동확은 '5월항쟁'에 적극적으로 참여하지 못했다는 자괴감으로 번민하는 나날을 보냈다. 그해 9월 그는 전대의 '쿠사' 회원들과 함께 제2의 5·18을 도모하자는 거창한 계획을 세운 적도 있었으나 이를 실행할 수 없었다. 그런데 '광주 미문화원 방화사건'으로 임종수(전 5·18기념문화센터 소장) 등이 구속되었다.

그 무렵 임동확은 '쿠사' 서클에서 도모한 일이 발각되어 계엄포고령 위반혐의로 상무대에서 영창 생활을 했다. 기소유예 조치로 석방된 그는 1981년 3월에 강제로 군에 입대했다. 군복무 중 〈용봉문학회〉 후배이자 훗날 그의 아내가 되는 문미정과 수많은 연서를 나누었고, 그때 참혹한 절벽의 시대에서 살아남은 자의 상처를 안고 다수의 5월 시편들을 창작하게 된다.

1984년 전대 국문과 학생들을 주축으로 〈비나리패〉 동인이 결성될 때 임동확은 김경윤 윤동훤 이형권 이봉환 이종주 윤정현 송광룡 등과 함께 활동했다. 1985년 4월, 〈비나리패〉가 공동창작한 장시 「들불야학」이 〈5월시〉 동인지 5집에 수록될 수 있었다. 윤정현이 대표집필한 공동창작시 「들불야학」은 전국 대학가에 집단창작시 열풍을 불러일으켰고, 광주항쟁의 총체성을 지향하는 서사시 창작에 하나의 시금석이 된 작품이다.

1987년 11월, 임동확은 민음사에서 첫 시집 『매장시편』을 출간하여 일약 전국적으로 주목받는 시인이 되었다. 민음사가 주관한 '오늘의 작가상'에 응모했지만, 아쉽게 탈락한 그 작품들을 민음사 편집장 이영준(현재 경희대 후마니타스칼리지 교수)의 적극적인 권유로 출간된 『매장시편』은 임동확의 문학적 궤적이 고스란히 배어 있는 시집이다.

임동확은 이 시집의 첫머리에서 "내가 나일 때 나는 너이다."라는 철학적 명제를 제시한다. 이 명제는 역사적 인간, 사회적 인간으로서 시인 자신의 존재 의미를 드러내고 있다. 그는 5월광주라는 역사공간을 재생시키면서, 치유 혹은 극복하는 자세를 견지했다. 임동확의 시적 정신에 대해 최하림 시인은 임동확의 두 번째 시집 『살아 있는 날들의 비망록』 (민음사)의 해설 「체험과 문학」에서 다음과 지적했다.

> 임동확은 5월 광주를 겉핥기식의 예찬과 지지 등을 회의하고 거부함으로써 자신의 '광주'에의 길을 마련하려는 것이다. 그날 그가 거리에서 외치던 때의, 그 외침의 내포와 외연을 그는 잊어버릴 수가 없다. 그리하여 임동확 시인은 반복하여 '나는 기억한다' '나는 회상한다'고 말하면서, 그는 자기 자신이 도망자이며 비겁자라고 고백한다. 임동확은 5월이 갖는 눈부신 변혁성과 전시민의 공동참여에 의한 코뮌 형성에도 불구하고 그 항쟁을 외쳐 증언하거나 대변하려고 하지 않는다. 그는 심정적 대결이나 한풀이를 통해서 '5월'을 소비하려 하지 않으며, 시가 갖는 사랑의 힘으로 살육행위를 감싸려고 하지도 않는다. 임동확이 『매장시편』과 『살아 있는 날들의 비망록』을 통해 우리에게 보여 준 궁극의 말은 '모두가 생각해 낸 최후의 진실은, 살고 싶다로 시작해서 끝내는 저 들꽃처럼 지고 싶다는 것이다.'로 요약할 수 있다. 광주의 비극적 사태를 배경으로 발해지는 '살고 싶다'로 시작해서 '죽고 싶다'로 끝나는 마음속의 깊은 목소리는 슬프고도 아름답다.

임동확은 1990년 12월에 출간한 제2시집 『살아 있는 날들의 비망록』의 '자서'에서, "오월은 나의 화두다/또는 거대한 벽이다/그래서 나의 모든 시는/그곳에 새겨진 음화에 지나지 않는다/그러나 난/풍자에 의지하지 않았다/그렇다고 초월의 몸짓을 내보이지도 않았다/다만 막힌 물이 지하로 스며들듯/그 '속 사실'이 남긴 흔적을 추적하며/여기까지 온

1 전남대 학생창작단 〈비나리패〉 시집 『봄이 오는 강의실』(녹두 간)은 1980년대 대학가 문학운동의 선구적 역할을 수행했다. 2, 3 광주의 정신적 흔적을 질서화하는 진정성의 미학을 보여준 임동확 시인은 시집 『매장시편』, 『살아있는 날들의 비망록』 등을 통해 5월문학의 '심연'을 보여주었다. 4, 5 정철훈 시인이 보여준 '북방의식의 재생 혹은 재현'은 '광주문학'의 새로운 영토 확장의 측면에서 뜻깊은 작업이다. 정철훈은 문학의 전 장르를 포괄하는 왕성한 작업을 펼쳐내고 있다.

것 같다"고 자신의 문학적 자세를 밝힌 바 있다. 임동확 시인은 『벽을 문으로』, 『운주사 가는 길』 등의 시집을 통해 5월에 대한 '심연'을 자기화하면서, "광주의 정신적 흔적을 질서화"(문학평론가 정효구) 하려는 진정성을 보여 주었다. 임동확 시인은 '광주전남민족문학인협의회' 사무국장으로 활동할 때 〈5월문학제〉의 전국화를 위한 학술적 접근과 함께 여러 행사를 기획했다. 그는 〈5월시〉가 '5월'을 명명하여 문학과 역사의 광장으로 끌어온 것에 대해 긍정적인 평가를 했지만, 동인 활동을 시작한 지 10년도 채 안 된 시점에서 "5월은 이미 끝났다."라고 청산주의식으로 나아간 것은 너무 성급한 판단이었다고 비판하기도 했다.

1959년 광주에서 태어난 정철훈은 분단이 야기한 가족사적 비극을 몸소 체득하면서 시인의 길을 걸어왔다. 그의 부친을 제외한 나머지 3형제가 1946년에 월북한 것은 그의 문학작품에 중요한 모티브로 작동했다. 정철훈의 부친 정근(1930~2015)은 「둥글게 둥글게」, 「텔레비전에 내가 나왔으면」 등을 창작한 동요작곡가였고, 월북한 백부 정준채(1917~1980)는 〈조선프롤레타리아영화동맹〉의 서기장을 역임한 영화감독이며, 둘째 큰아버지 정추(1923~2013)는 '모스크바 차이코프스키 음악원' 출신으로 평양에서 카자흐스탄으로 망명한 작곡가이다. 이 같은 가계사적 비극으로 인해 그의 부친은 평생 동안 분단체제의 그늘 속에서 살아가게 된다.

1980년 5월에 정철훈은 광주에서 대학을 다니다가 국민대 경제학과와 러시아외교아카데미에서 박사학위를 받았다. 그는 오랫동안 국민일보 문화부 기자로 재직하면서 누구보다도 열심히 글을 쓰는 '라이터(Writer)'로서의 삶을 살아왔다. 1980년 5월, 광주항쟁 직전에 서울로 피신할 수밖에 없었던 그는 현장 부재의식과 광주에 대한 문학적 부채의식에 괴로워했다.

1997년『창작과비평』봄호에「백야」,「곱창집에서」,「선거에 대하여」 등의 시편으로 서른여덟의 나이에 등단한 정철훈 시인은『살고 싶은 아침』,『뻬쩨르부르그로 가는 마지막 열차』,『빛나는 단도』등의 시집을 펴냈다. 아울러 장편소설로『카인의 정원』,『인간의 악보』등과 평전으로『김알렉산드라 평전』, 비평서로『뒤집어져야 문학이다』등 문학적 전 장르에 걸쳐 15권의 저서를 펴낼 정도로 왕성한 창작력을 보여 주었다.

정철훈 시인은 2017년 7월에 제6시집『만주만리』(실천문학사)를 펴 냈다. 이 시집은 한 집안의 가족사적 비극을 민족사적 차원으로 끌어올 림으로써 백석 시인이 못다 쓴 '북방 이야기'를 형상화했다는 평가를 받았다. 정철훈이 보여준 북방의식의 재생은 우리들 무의식의 지층에 묻힌 대륙적 공간을 소생시킨 작업이자, '광주문학'의 새로운 영토 확 장의 측면에서 뜻깊은 문학적 작업이라고 말할 수 있다.

지난 2017년 8월, 서울 강남 신사동의 '유심' 세미나실에서 열린『만 주만리』출판기념회에서 평론가 신상철은 "노래는 슬퍼야 하고, 시는 짧아야 하지만, 정철훈의 경우 분단가족사가 민족사적 차원으로 해원되 기까지 그의 시는 길어질 수밖에 없을 것"이라고 의미 있는 발언을 했 다. 그리고 이재무 시인은 "조변석개(朝變夕改)하는 이즈음 문학적 풍토 에서 정철훈 시인이야말로 일이관지(一以貫之)하는 문학의 한 전형을 보여 주고 있다."고 평가했다.

한국문학과 한국시가 '평화'와 '분단극복'을 위해 과연 무엇을 할 수 있을지 사려 깊은 통찰이 필요한 이즈음 분단의 상처를 자기화한 정철 훈 문학은 새롭게 주목받아야 할 것이다.

19. 김해화 오봉옥 등 〈해방시〉 동인들과 김하늬 시인을 기억하면서

이 글을 마무리하고자 하는 순간에 몇몇 그리운 얼굴들이 떠오른다. 특히 〈해방시〉 동인을 결성하여 활동했던 친구들로 김하늬 김기홍 김해화 정안면 박영희 오봉옥 시인 등을 기억하지 않을 수 없다. 1986년에 동인지 『아, 그날의 꽃잎처럼』(사사연)를 펴낸 〈해방시〉 동인 중에서 한때 나는 김하늬(본명: 김종기) 시인과 절친하게 지낸 적이 있었다.

김하늬 시인은 1957년 광주 광산구 동곡에서 태어나 광주 서석고를 졸업하고, 총회신학대학 목회과를 수학했다. 그는 유신 말기인 1979년 여름, 현대문화사에서 첫시집 『우리는 만나야 한다』를 출간하여 주변의 문청들을 깜짝 놀라게 했다.

> 천년을 두고 바다와 산은 닿을 수 없어도/만년을 두고 하늘과 땅은 닿을 수 없어도//우리는 끝끝내 소아마비에 걸려 있을 수만은 없다//비록 눈물 많은 이 땅에 눈물 없이/살아 왔다지만//우리는 무엇 때문에 우리라고 부르지/못하고//우리는 무엇 때문에 우리라고 말하지 못했나//(중략)//모든 것은 모든 것끼리 서로 만나듯이//만나지 않고서는 안될/참으로 만나지 않고서는 안될/사람들이기에/사람들이기에//그 무슨 일이 있더라도/그 무슨 일이 있더라도//우리는 만나야 한다/우리는 만나야 한다

김하늬의 첫 시집은 문병란, 김준태 시인으로부터 호평을 받았고, 이후 그는 조진태 박선욱 이승철 등 문청들과 어울리면서 문학적 시혼을 뜨겁게 불살랐다. 1982년 4월, 김하늬는 광주항쟁 2주기를 앞두고 '문학의 밤' 행사를 준비하던 중에 인쇄소에 맡긴 문건으로 안기부에 끌려

1, 2 광주 광산 동곡 출신의 김하늬 시인은 "현실과의 대결의지와 저항의식의 투철함"을 보여주다가 마흔두 살의 나이로 요절한 비련의 시인이다. 김남주 시인은 그의 시정신에 대해 적극적인 평가를 내린 바 있다. 3, 4, 5, 6, 7 1986년 광주에서 결성된 〈해방시〉 동인들— 김해화 오봉옥 정안면 김기홍 박영희 시인 등은 광주문제를 자기화하기 위해 문학적 정열을 쏟아 부었다. 8 〈해방시〉 동인의 모임에서(오른쪽 두 번째)는 우연히 이 자리에 놀러온 박남준 시인.

가 모진 고문을 받았다. 철필로 새긴 갱지 한 장 때문에 '자생적 공산주의자'로 낙인찍힌 그는 국가보안법 위반 혐의로 징역 2년을 선고받아 광주교도소에서 복역해야 했다. 김하늬는 1982년 초여름에 광주교도소 안 교회당 2층에서 '남민전 사건'으로 복역 중인 김남주 시인과 처음 만났다. 그때의 첫 만남에 대해 김남주 시인은 김하늬의 시집 『희망론』(1991, 자유사상사)의 해설(「현실과의 대결 의지와 저항의식의 투철함」)에서 다음과 같이 언급한 바 있다.

> 그에 대한 필자의 첫 인상은 아주 강력했다. 네모로 각이 진 큰 얼굴, 꼭 다문 입술, 약간 핏기가 도는 부리부리한 눈, 이런 것들에서 풍겨 나오는 어떤 힘이 필자로 하여금 그런 인상을 받게 했을 것이다. 그리고 잠깐 동안이었지만 그와 나눈 대화 속에서 필자는 현실과의 대결 의지가 철의 규율처럼 완강하고 불의의 세계에 대한 저항의식의 투철함이 불요불굴하다는 것을 금방 피부로 느낄 수 있었다. 그래서 필자는 신속하게 그에게 빨려들어갔던 것이다.

광주교도소에서 수감생활을 할 때 김하늬는 박관현 기종도 조봉훈 신영일 임낙평 등과 함께 교도소 측의 반인권적 처우에 저항하여 단식투쟁을 전개했다. 이 단식투쟁의 여파로 박관현은 결국 옥사했고, 신영일은 출소 후 교도소에서 당한 육체적 고통으로 사망하게 된다.

김하늬는 2년간의 형기를 마치고 감옥에서 석방된 후에도 '사회안전법'의 '보호관찰대상자'로 살아가야 했다. 1985년 그는 『시문학』과 『민의』 3집에 「밥」 등의 시편을 발표한 후 김해화, 김기홍, 오봉옥 시인 등과 함께 〈해방시〉 동인으로 참여하게 된다. 그는 첫 시집 이후 『안개주의보』, 『오후의 외출』, 『하늬바람』, 『흥부타령』 등의 시집을 연이어 펴내며 문학혼을 불태웠다.

그러던 1999년 어느 날, 김하늬 시인은 마흔두 살의 나이로 이승을 떠나고 말았다. 안기부에서 당한 모진 고문과 2년 동안의 수감생활에서 얻은 만성간염으로 그는 홀연히 세상을 등져야 했던 것이다.

돌이켜보면 김하늬 시인의 경우 몇 권의 시집을 지상에 남길 수 있었으니, 그래도 행복한 문인이었다고 말할 수 있을 것이다. 사실 1980년 5월의 상처 속에 고통 받으며 괴로워하다가 아무것도 남기지 못한 채 문학의 뒤안길에서 홀연히 사라져 간 사람들이 얼마나 많은가. 한때는 누구보다도 열정적으로 문학을 꿈꾸며 살아온 무명의 시인, 무명의 독자들이 있었기에 오늘의 '광주문학'은 이만큼 성장했는지도 모른다.

20. '문학의 진실'과 '이데올로기의 종언' 사이에서

문학의 길에 처음 들어섰던 스무 살 문청 시절, 문학은 다름 아닌 '진실의 탐구'라고 배웠다. 진실 어린 옳은 말은 사람을 높은 곳으로 인도하지만, 옳지 못한 말은 사람을 타락시키므로 문학은 반드시 진실을 추구해야 한다고 배웠다. 또한 일국의 시인이 되기 위해선 진실이라는 실체를 꼭 껴안아야 하며, 그 진실을 자기 문학 속에 드러내야 한다는 가르침을 문학적 은사들로부터 가르침을 받곤 했다. 그러기에 젊은 날 나는 이 세상과 내 마음속에 존재하는 '진실'이라는 실체를 찾고자 방황을 거듭했다. 대학 신입생 시절 학과 공부는 멀리 하고, 온통 문학과 사회과학 책더미 속에 파묻혀 살았다. 허나 진실이라는 실체를 쉽사리 찾을 수 없었다. 혹자는 그 진실이 아마 삶 자체일 거라고 말했다.

그러던 어느 날, 독재자인 대통령이 심복의 손에 피살되는 '10·26사건'이 터졌다. 세상은 민주화의 꿈에 한껏 부풀었지만, 춘래불사춘(春來不似春)이었다. 하수상한 시절이 훌쩍 떠나가더니, 1980년 5월에 나는 광주 시내 한복판에 서 있었다. 전두환 노태우 등 신군부정권은 권력을 가로채기 위해 수백수천의 무고한 광주 시민들을 희생양으로 삼았다. 가까스로 나는 살아남았지만 역사의 제단에 바쳐진 수많은 그 죽음들의 의미에 온통 사로잡혀야 했다. 그때 나는 문학적 기로에 서 있었다. 내가 추구해야 할 문학의 진실이 무엇인가에 대해 깊이 고민하지 않을 수 없었다. 문학이 진실의 탐구라고 했을 때 내 문학은 이제 숙명적으로 광주의 진실, 그 5월의 진실을 찾아나서야 했기 때문이다.

어쨌든 나는 광주가 나에게 던져 준 시대의 진실에서 결코 벗어날 수 없었다. 고립무원에 처해졌던 그 참혹한 주검들을 영원한 삶의 형태로 부활시켜야 했다. 무수한 죽음의 흔적들을 문학의 이름으로 새롭게 자리매김해야 한다고 나는 몇 번이고 다짐했다. 그 당시 정치상황에서는 광주의 진실을 드러낸다는 것은 체포와 투옥을 감수해야 하는 위험한 일이었다. 하지만 내 문학이 진실추구를 거부한다는 것은 문학이 지닌 본래적 사명을 회피하는 일이었다. 세상 속에 감추어진 광주의 진실을 찾기 위해 나는 벗들과 함께 1982년 12월부터 10개월 동안 〈광주젊은벗들〉 활동을 전개했고, 이후 서적 외판원과 세차장 직원, 공사판 인부, 구로공단 노동자로 전국을 떠돌며 방황을 거듭했다. 1983년 12월에 나는 1980년 5월의 진실을 담은 「용봉동의 삶」, 「양산동에 와서」, 「그 사내」 등의 시편으로 등단할 수 있었고, 이후 출판 일을 천직으로 여기며, 몇 권의 시집을 펴내면서 이순(耳順)의 나이에 이르게 되었다.

세월은 흘러 5월광주의 진실이 어느 정도 밝혀졌고, 학살자들이 한때 법정에 세워졌지만 학살의 최고책임자인 전두환과 그를 따르는 모리배들은 여전히 광주의 진실을 참담하게 왜곡하고 있다. 그러기에 황석영 작가가 "이 빛나는 계절에 위대한 시민들은 세상을 바꾸어놓았다."고 말했지만, 광주의 진실은 여전히 미해결의 상처로 남아 있기도 하다.

학살의 참상을 정면으로 마주할 때마다 그 속에 내장된 상처는 나와 우리들에게 강력한 트라우마로 작동하고 있는 것이다.

돌이켜보면 우리의 삶을 드높이고, 저 멀리 확장하고, 또한 풍성하게 하는 것이 문학이라고 믿었다. 하지만 자본의 위력이 세상의 중심에서 판을 칠 때 문학은 어느새 도떼기시장의 상품으로 전락했다. 바로 그때 문학의 진실은 도매금으로 넘겨져 더없이 왜소해졌다. 척박한 시대고와 맞서서 의연히 맞장을 뜨는 문학은 이제 좀처럼 찾아보기 힘들다. 한국문학은 너나없이 사소해졌고, 자기만의 폐쇄적 울타리에서 사유화되었다. 문학적 연륜이 깊어질수록 시야도 그만큼 넓어져야 마땅하건만 그 문학 속에 담겨진 진실은 그다지 풍부하지 않다. 불꽃을 튕기면서 사람의 마음을 뒤흔들던 문학은 이즈음 찾아보기 힘들다. 더구나 신경숙 '표절사건'과 최영미의 '미투사건'으로 한국문학은 졸지에 그 위엄을 상실한 채 독자들의 손에서 멀어져 가고 있는 중이다.

그럼에도 불구하고 지난 2014년 5월에 출간된 한강의 장편소설 『소년이 온다』를 통해 나는 '광주 5월문학'의 새로운 희망을 발견할 수 있었다. "문학이 문학다워지려면 상처 입은 존재들에 대한 깊은 신뢰와 고통의 자기화가 절실히 필요"할 것이다. 문학평론가 신형철이 이 책의 추천사에서 적절히 표현했듯이 "한강의 이 소설은 그날 파괴된 영혼들이 못다 한 말들을 대신 전하고, 그 속에서 한 사람이 자기파괴를 각오할 때만 도달할 수 있는 인간존엄의 위대한 증거를 찾아내는데, 시적 초혼과 산문적 증언을 동시에 감행하고" 있다. 장편소설 『소년이 온다』를 통해 '5월문학'의 금자탑을 쌓은 작가 한강의 문학정신에 깊은 경의를 표하지 않을 수 없다.

지금으로부터 3년 전, 나는 어느 원로시인의 문학강연을 우연찮게 경청한 적이 있었다. 당대를 대표하는 그 원로시인은 시력(詩歷) 60년에 이른 자신의 문학적 생애를 회고하면서 전혀 뜻밖의 말씀을 했다. 즉,

1 한강 작가는 장편소설 『소년이 온다』를 통해 '5월문학의 금자탑'을 쌓았다. **2** 2018년 5·18민주화항쟁 38주년 기념 〈오월문학축전〉의 하나로 개최된 「통일을 대비하는 오월문학: 오월문학사 정립을 위한 문학포럼」. ⓒ뉴스페이퍼(http://www.news-paper.co.kr) **3** 1983년 등단 이후 이승철이 펴낸 시집들. **4** 지난 2016년 제5시집 『그 남자는 무엇으로 사는가』(도서출판b)를 펴내고, 광주 '5·18민주화운동기록관'에서 출판기념회를 가졌다.

"딱히 할 이야기나 사명감이 있어서 시를 쓴 것이 아니라 그냥 시를 쓰다 보니 시인이 되었다."고 말했다. 그는 우리 사회의 평등, 농민-노동자해방, 독재정권과의 투쟁을 위해, 다시 말해서 이데올로기 문제로 그동안 시를 써 온 것이 아니라고 자신의 속내를 털어놓았다.

그 순간 내 머릿속을 전광석화처럼 스치고 지나간 사람은 김남주 시인이었다. 김남주 시인은 살아생전에 "혁명을 이데올로기적으로 준비하기 위해 문학을 해야 한다."고 주창했다. 그는 자신의 문학적 신념을 실천하기 위해 군사정권 하에서 10년 동안 감옥살이를 했다. 하지만 그 원로시인은 "시라는 것은 결코 목적, 이데올로기 문제가 아니다. 말을 가지고 말의 아름다움에 천착하는 것이 좋은 시다."고 규정했다. 그리고 북한문학을 사례를 들면서 "임화, 이찬을 제외한 나머지 북한 시인들은 우리말을 너무 모른다. 이데올로기야말로 시의 무덤이다."고 규정했다. 아울러 그분은 서정주 시인에 대해 언급하면서 "체제에 순응하고 권력에 빌붙었을 때 그 시인은 몰락한다. 그가 친일시도 잘 썼고, 전두환 환갑 때는 찬양시도 쓰는 등 시적 재능은 있으나 그가 진정 시인인가, 미당이 말년에 쓴 시가 좋은 시인가?"라고 되물었다. 이어 그분은 "시인은 자기가 살아 있는 현실에 뿌리내려야 한다. 나는 앞으로 남이 하는 똑같은 소리를 안 하겠다. 남이 듣지 못한 것, 남이 만지지 못한 것을 시로 쓰겠다."고 선언하면서, "나는 평생 을로 살았다. 갑이 아닌 을로 살아온 것이 시를 쓴 바탕이 아닌가 하고 생각한다."고 그날의 강연을 마무리했다.

그 원로시인의 강연을 듣고서 난 적잖이 놀라지 않을 수 없었다. 어떤 말씀에 대해서는 수긍할 수 있었지만, 또 다른 어떤 말씀은 자기모멸로 다가왔기 때문이다. 나는 내 문학의 진실을 찾기 위해서 젊은 날부터 지금까지 거의 의식적으로, 이데올로기적으로 시를 써왔다. 하지만 그 원로시인은 그러한 문학적 태도를 전면 부인하고 있었다. 심지어 이데올로기가 강조된 자신의 평론집에 대해 "지금 생각하면 웃기기도 하고, 창피하기도 하다."고 말씀했다.

'진실의 탐구'와 '이데올로기의 종언' 사이에서 나는 지금 번민하고 있다. 프란츠 카프카는 잃어버린 고향을 되찾기 위해서는 타향으로 가야 한다고 말했다. 내 문학의 본적지를 되찾기 위해 나는 지금까지 자못 긴 여행을 했다. 이제 내 문학적 진실을 위해 나는 어디로 향할 것인가.

끝으로 지금 이 순간에도 문학의 진실을 찾고자 길을 나서고 있는 그 모든 친구들과 독자들에게 경의의 마음을 전하고 싶다.

부록
광주전남 문인들과의
서면 인터뷰

나의 삶,
나의 문학을 말한다

문순태 허형만 김희수 박호재
이은봉 김형수 이도윤 박상률
박관서 염창권 은미희 박두규
채희윤 송은일 김선태 김경윤
김　완 심영의 김여옥 최기종
조성국 이지담 서애숙 이재연
이대흠 유종화 송태웅 정윤천
이상인 장진기 이민숙

서면 인터뷰를 게재하면서

　계간『문학들』2013년 가을호(통권33)부터 2014년 가을호(통권37)까지 총 5회에 걸쳐 연재한『광주의 문학정신과 그 뿌리를 찾아서』를 단행본으로 최종 정리하는 작업을 진행하면서 나는 문득 '이런 생각'을 하게 되었다.

　그 당시 잡지에 연재할 때는 광주전남의 근현대문학사, 특히 1980년대 〈5월시〉와 〈광주젊은벗들〉의 문학운동을 중심으로 글을 집필할 수밖에 없었는데, 그때 내가 언급하지 못했던 분들— 다시 말해서 광주전남의 현대문학사를 이야기할 때 중요한 문인들, 광주전남을 문학적 근거지로 창작활동을 해 온 문인들을 좀 더 포함하여 책으로 펴내는 게 어떨까 하고 말이다.

　그래서 나는 〈서면인터뷰〉를 요청할 사람들의 명단을 작성해 보았다. 한 분, 한 분의 면모를 살펴보다 보니, 어느새 30명이 넘는 시인, 작가들에게 〈서면인터뷰〉를 요청하게 되었다. 이분들을 선정하는 데 있어 어떤 특별한 원칙은 없지만, 내가 1983년 등단하여 오늘에 이르기까지 광주전남의 문단 언저리에서 지켜본 사람, 함께 술을 캐면서 얘기를 나눠 봤던 사람, 또한 이분들의 작품들을 읽어본 결과 '이분의 이야기라면 광주전남문학의 현주소를 파악하는 데 도움을 줄 수 있겠고, 또 앞으로 문학에 뜻을 둔 후생들에게 보탬이 될 수도 있겠다.'고 생각했던 바로 그분들에게 청탁을 했다.

그날 곧바로 〈서면인터뷰 요청서〉를 이메일로 보내면서, 순전히 나의 시간 관계상 5일 이내에 써 주실 것을 부탁드렸다. 내가 그 생각을 한 때가 2018년 11월 21일 오후였으니, 말하자면 청탁받은 분에게 1주일도 채 안 되는 기한을 드리고, 〈서면인터뷰〉 답변서를 써 달라는 무례를 범한 것이다.

물론 이 과정에서 미처 챙기지 못한 분도 있다. 어떤 분은 연락이 안 되었고, 또 어떤 분은 문단의 한참 어른이라서 전화 드리기가 민망스러워 독촉 전화도 하지 못해, 기한 내에 답변해 주신 분들만의 글을 여기에 싣게 되었다.

〈서면인터뷰〉를 청탁할 때 나는 '딱딱하고 원칙적인 답변이 아닌, 문학적 비유나 재미있는 에피소드, 문단의 비화에 해당하는 이야기'로 답변해 주시기를 요청했다. 하지만 글이란 시인, 작가 자신의 성격을 반영하기도 해서, 인터뷰 요청자의 뜻대로 되는 것은 아니다. 그럼에도 불구하고 답변에 응해 주신 문인들의 글은 매우 진솔했고, 때론 거침이 없었으며, 자신의 문학적 생애와 문학관을 드러내주고 있는 소중한 옥고들이어서 아주 유의미하다고 생각한다.

내가 〈서면인터뷰〉를 요청할 때 '공통 질문 6개항'은 다음과 같다.

1. 문청 시절과 문단 데뷔 무렵의 문학적 스승, 문우 관계, 문학에 뜻을 둔 결정적 계기는 무엇인가요?

2. 1980년 5월이 끼친 문학적 영향, 문학관의 변화, 등단 이후 문단 활동과 〈한국작가회의〉, 〈광주전남작가회의〉에서의 활동 내역, 직책, 교우관계, 현재 하고 있는 일, 문학인의 사회적 참여에 대한 견해는 무엇인가요?

3. 자신의 대표작, 대표작품집에 얽힌 이야기, 그동안 출간된 저서 목록(출판사, 출간 시기), 문단의 평가, 문학상 수상 경력 등에 대해 알려 주세요.

4. 광주전남 출신 문인으로서의 자긍심은 무엇인가요? 전라도가 내 문학에 끼친 영향, 광주전남 문학의 선각자 중 존경하는 사람, 그 이유는, 어떤 영향을 받았나요?

5. 앞으로 추구하고자 하는 문학세계는? 광주 문단에 남기고 싶은 말, 광주전남 문학의 활성화를 위한 방안은 무엇인가요?

6. 기타, 하시고 싶은 말씀이 있으면 해 주세요.

〈인터뷰 답변자〉의 글은 위 '6개 항목의 질문'에 대한 것임을 참고하시기 바란다. 원고의 수록순서는 필자가 임의로 결정한 것이다. 자신의 체험을 통해 광주전남 문학이 걸어온 길을 짚어 주고, 또한 광주전남 문학의 활로와 미래를 여는 데 충고와 고언을 해 주신 문인들에게 이 자리를 빌어 감사하다는 말씀을 올린다.

고향은 내 소설의 뿌리이고 무대이다

문순태_ 소설가

1

나의 문학에 대한 첫 걸음은 1957년 광주고등학교에 입학하면서부터였다. 수필가인 송규호 선생님이 국어시간에 작문을 써 내라는 숙제를 내주어, 나는 「자취생의 변」이라는 내 체험 이야기를 제출했다.

선생님은 나를 교무실로 불러 잘 썼다는 칭찬과 함께 문예부에 들어가라고 하였다. 문예부에 들어가 보니 같은 학년인 이성부가 있었고 3학년 선배로 이이화(역사학자), 임보(본명 강홍기, 시인) 등이 있었다. 나는 이성부와 자주 어울렸고 당시 전남대생이었던 박봉우 선배를 알게 되었으며, 2학년 때부터 박봉우 선배를 따라 이성부와 함께 한 달에 한두 번꼴로 양림동으로, 당시 조선대 교수였던 김현승 시인을 찾아다니면서 시를 써서 바쳤다. 3학년 때 조태일과 민용태가 문예부로 들어와 어울렸다.

광주고등학교 3학년 때 가명으로 전남일보에 시가 입선, 전남매일 전신인 농촌중보(소설가 김유택의 부친이 경영하던 신문) 신춘문예에 소설 「소나기」가 당선되었다. 시상식에서 수필에 당선된 한승원을 처음 만났는데, 졸업 무렵이라 머리를 기른 그는 형님의 헐렁한 신사복에 중

절모자를 비뚜름하게 쓰고 나와 그 모습이 우스꽝스러웠다.

대학교 3학년 때 『현대문학』지에 김현승 선생님을 통해 시 추천을 받았다. 그러나 내 꿈은 소설가가 되는 것이었다. 1965년 대학을 졸업하자 그해에 조선대학교부속고등학교 독일어 교사로 취직이 되었다. 그러나 글이 쓰고 싶어 겨우 일 년을 채우고 전남매일신문사 기자로 옮기고 말았다. 기자가 되면 신문에 맘껏 글을 쓸 수 있다고 생각했던 것이다.

신문사에 들어가서 첫 시리즈를 맡았는데 그 제목이 '밑바닥'이었다. 막심 고리키의 소설 「첼카슈(밑바닥)」에 감동을 받은 터라, 소설 제목을 본딴 것이었다. 그때 썼던 것들이란 광주천 다리 밑에 방을 만들어 살던 사람들(그 무렵에는 하천의 다리 밑에 방을 만들어 전세까지 놓고 살았다)이며, 광주역 대합실에서 잠을 자는 가족들 등 그야말로 사회의 밑바닥에서 어렵게 살아가고 있는 밑바닥 인생의 이야기들이었다. 이 시리즈는 문제가 되어 5회에서 끝나고 말았다.

1972년 나는 어학연수차 독일을 가게 되었다. 돌아와 보니 '유신헌법'이 선포되어, 국회의사당 앞에 탱크가 버티고 있었다. 언론자유가 기력을 잃고 흐느적거리고 있었으며, 기사를 쓰는 데 많은 제약을 받게 되었다. 나를 소설 쓰게 만든 것은 이 유신헌법이었다. 기사를 제대로 쓰지 못할 바에야, 기사로 쓸 수 없는 것들을 소설이란 형식을 빌어서 쓰고 싶었다.

반 년 동안에 걸쳐 5백 70매 분량의 중편 「호랑이 사냥」을 썼다. 무기력해진 신문기자가 도시의 동물원에서 호랑이가 뛰쳐나간 사건을 추적하는 내용이었다. 물론 그 호랑이는 다시 붙잡지 못한 것으로 끝이 난다. 이 소설을 친구인 이성부를 통해 '창작과비평사' 염무웅 씨에게 보냈더니, 한 달 후 원고가 되돌아왔다. 이성부가 전해 주는 말로는 지나치게 관념적이라는 것이었다. 그 무렵 김동리 선생이 발행한 『한국문학』편집장 이문구를 알게 되었으며 한승원과 이문구를 따라, 동대문구

장 옆에 살았던 김동리 선생님을 찾아다니며 소설 지도를 받았다. 『한국문학』 신인상 공모에 「백제의 미소」를 투고하여 당선되었다. 그때가 1974년 봄이었다. 훗날 1981년 나는 숭실대학교 대학원에 다니면서 2년 동안 김동리 선생님의 강의를 들었다. 시인이 되기까지의 스승이 김현승 선생님이라며 소설가로서의 스승은 김동리 선생님인 셈이다.

1975년 봄, 중편 「청소부」를 써서 『창작과비평』에 보냈더니 염무웅 씨가 만나고 싶다고 연락 와서 상경했다. 창비에서 백낙청, 염무웅 씨를 만났는데 염무웅 씨가 나를 얼싸안고 펄쩍펄쩍 뛰면서 작품이 너무 좋다고 칭찬해 주었다. 이때부터 창비와 인연이 닿아 「청소부」, 「징소리」, 「여름공원」 등을 발표했고 1977년 첫 창작집 『고향으로 가는 바람』(창작과비평사)도 낼 수 있었다.

이 무렵 나는 광주학생회관에 사무실을 하나 마련하여 신문사 일이 끝나는 대로 이곳에 틀어박혀 소설을 썼다. 이 무렵 김남주와 여러 차례 만났고 김남주를 학생회관 내 사무실에서 지내도록 했다. 김남주는 루카치를 읽고 있었다. 나도 빌려 읽을 수 있었다. 이때 전남매일신문사에서 경력기자 모집이 있어, 심상우 사장한테 부탁하여 남주를 응시하도록 했다. 필기시험에 합격하여 면접을 보는데, 사장이 남주를 보며 왜 얼굴이 그렇게 검으냐고 물었다. 남주는 "폐병 때문입니다."라고 대답해서 낙방했다. 나는 폐병을 앓는 사람을 추천했다고 하여 사장한테 매우 꾸중을 들었다. 아마 남주는 내 독촉에 마지못해 응시는 했으나 신문기자가 하기 싫어서 일부러 그렇게 대답을 했을 것이다.

등단을 한 후에도 나는 여전히 기자적 시각으로 세상을 보며 살았다. 허구의 소설보다는 진실된 신문기사를 더 믿었다. 그러나 세상은 내게 신문기사를 제대로 쓸 수 없게 만들어 사표를 쓰고 싶었다. 김준태 시인한테 「아아 광주여, 우리나라의 십자가여!」라는 시를 청탁하여 전남매일에 실었다는 이유로 중앙정보부의 미움을 샀다. 1980년 8월, 나는 반체제 기자라는 이유로 해직되고 말았다.

2

신문기자에서 해직이 된 나는 오직 글쓰기만으로 여섯 식구를 건사해야
만 했다. 팔이 아파 시내버스 손잡이를 잡을 수 없을 정도로 글을 많이
썼다. 전남매일 편집부국장으로 5·18광주항쟁을 몸소 체험하면서 분노
와 비극의 현장을 목격한 나는 역사적 아픔을 소재로 문학적 성취를 노
리기보다는 실체적 진실규명이 더 시급하다고 생각했다. 그 무렵 고은
선생님과 이호철 선배님도 광주에 자주 오셨고 광주에서는 송기숙 문병
란 선배와 이삼교를 비롯한 〈소설문학〉 동인들, 그리고 후배로는 김준
태 등과 자주 어울렸다. 그 무렵 나는 "문학은 역사의 칼"이어야 한다는
생각이었다. 이 사회의 구조적 모순과 병폐를 역사의 칼로 도려내어 새
로운 이상사회를 건설해야 한다는 것이 내 주장이었다. 이 무렵에 쓴 소
설이 중편 「일어서는 땅」, 「최루증」, 「녹슨 철길」 등이었으며 장편소설
을 쓰기 위해 자료를 준비하기 시작했다. 2000년에 발간된 광주항쟁 장
편소설 『그들의 새벽』(전2권)은 문학적 성과보다 진실규명에 비중을 두
었다.

5·18광주항쟁을 겪은 후 나는 소설을 통해 진실을 규명하고 싶었고
5·18은 6·25전쟁의 연장선상에 있다는 생각이었다. 이 땅의 모든 비극
의 원인은 분단에 있었고 문학을 통해 분단극복을 시도해야 한다는 입
장이었다. 그러자면 분단의 원인부터 따져야 하고 민족의 동질성 회복
이 중요하다는 생각이었다.

이문구 씨를 통해 자연스럽게 〈자유문인실천협의회〉에 가담했고 창
립 당시부터 〈민족문학작가회의〉 회원이 되었다. 지역에서는 송기숙 문
병란 이명한 선배에 이어 1995년부터 2기 〈광주전남작가회의〉의 회장
이 되었다. 그때 사무국장은 임동확이었다. 지금은 〈광주전남작가회의〉

의 고문이다. 현재 전남 담양군 남면 생오지마을에 살면서 힘이 딸려 소설은 못 쓰고 틈틈이 시를 끄적거린다.

3

평론가들은 대표작으로 「징소리」, 「철쭉제」를 이야기하는데 내 입장은 대하소설 「타오르는 강」(전9권, 1987, 창작과비평사/2012, 소명출판)이다. 영산강 주변의 노비들이 1886년 노비세습제가 풀려 강으로 몰려들어 자율적인 삶을 살아가는 이야기다. 이들은 사회와 역사에 눈 뜨면서 민중이라는 이름으로 사회변혁의 주체가 된다. 이 소설은 9권으로 완간하기까지 30년 이상이 걸렸다. 우선 여러 매체에 연재를 하다 보니 그렇게 되었고 광주학생독립운동이 주 내용인 8, 9권인데, 군사독재 기간 장재성 등 주동자가 사회주의자들이라는 이유로 역사의 그늘 속에 묻혔던 것을 노무현 정부 때 이들이 서훈되면서 비로소 새로운 연구 자료들이 나왔다. 광주학생독립운동은 우연하게 일어난 것이 아니고 사회주의자들이 중심이 되어 수년 동안 준비해온 항일운동이었다는 것을 말하고 싶었다. 비교적 전라도 토박이어를 폭넓게 구사했다는 평가다.

저서목록은 주요 소설집으로 『고향으로 가는 바람』, 『철쭉제』, 『걸어서 하늘까지』, 『그들의 새벽』, 『41년생 소년』, 『된장』, 『울타리』, 『생오지 뜸부기』, 『생오지 눈사람』, 『도리화가』, 『타오르는 강』 등이고 시집으로 『생오지에 누워』, 『생오지 생각』이 있다.

수상경력은 한국소설문학작품상, 이상문학상 특별상, 문학세계 작가상, 요산문학상, 채만식문학상, 한국가톨릭문학상 등이다.

문단의 평가를 내 스스로 말하기는 쑥스럽다.

문순태 소설 연구 『고향과 한의 미학』(염무웅 외, 2006, 태학사)

박사학위 논문으로 『해한의 세계 – 문순태 문학연구 』(박성천, 2012, 박문사)

문순태 문학연구 『생오지 작가 문순태에게로 가는 길』(조은숙, 2016, 역락)

문순태 소설연구 『문순태 소설의 시대정신』(전홍남 외, 2018, 국학자료원)

4

나는 지금까지 한 번도 고향을 떠나지 않았다. 고향은 내 소설의 뿌리이고 무대이기 때문이다. 전라도의 아픈 역사를 소설 형상화를 통해 맺힌 한을 푸는 해한(解恨) 작업을 하고 싶기 때문이다. 지역문인 중에 존경하는 인물은 역시 내 스승이었던 김현승 시인이다. 그의 선비다운 올곧은 정신을 본받고 싶다. 그분은 현실에 타협하지 않고 문학을 생명처럼 사랑하는 순수한 분이다.

5

이제 우리 나이로 올해 80이니, 더 추구할 문학적 목표를 생각한다는 것은 무리다. 다만 마지막 가는 길목에서 문학이 사회와 역사를 올바르게 변화시킬 수 있다는 정신을 끝까지 견지하는 일이다. 문학은 감동과 소통을 통해 보다 나은 세상을 꿈꾼다.

6

우리 문청 시절에는 최소한 선배에 대한 예의를 지키려고 노력했다. 모든 문학잡지가 인기작가 중심이 아니라, 세대별로 균등하게 지면을 구성했으며, 선배가 쌓아올린 업적을 정당하게 평가하려고 노력했다. 모든 세대가 더불어 함께 가는 문단이 되었으면 좋겠다. 특히 지방문단의 활성화를 위한 지원이 필요하다. 지역의 문인들, 출판사, 잡지사에 대한 지원이 필요하다.

시 이전의 침묵을 더 동경한다

허형만_ 시인

1

순천고등학교 재학 중 부임해 오신 국어선생님은 문병란 시인이셨다. 나는 문예부장으로서 시를 좋아하는 친구들과 〈시크라멘〉이라는 이름의 동인회를 만들고 문 선생님을 지도교사로 모시며 대학입시 공부와 병행하면서 시 공부를 했다. 이것이 문학에 뜻을 둔 결정적인 계기가 된 셈이다. 대학입시를 앞두고 법대 지망을 원하셨던 아버지의 뜻을 거역하고 1965년 당시 전기였던 중앙대 국문과에 입학했다.

평론가 백철, 소설가 김영수, 시인 조병화 교수 밑에서 문학공부를 하며 〈정오동인회〉를 만들어 매주 동아리실에서나 연못시장 술집에서나 장소 불문하고 치열하게 합평을 했다. 조병화 교수님은 매주 교수휴게실로 나를 불러 한 주 동안 쓴 작품을 검열(?)하시곤 했다. 당시는 다른 대학 도강도 많이 다니던 터라 가까운 숭실대에 가서 김현승 시인 강의도 자주 들었다. 김현승 시인은 문병란 선생님의 대학 은사이시면서 동시에 『현대문학』을 통해 등단시키신 분임을 잘 알고 있었기에 도강이라기보다는 오히려 문병란 선생님 제자라고 밝히고 떳떳하게 수강하곤 했다.

2

가정사정상 농사일 2년을 포함해서 10년 만에 대학을 졸업하고 광주 석산고를 거쳐 숭일고 국어선생으로 있을 당시, 1979년 강인한 고정희 국효문 김종 시인과 함께 『목요시』 동인회를 결성하고 9월에 동인지 제1집을 출간했다. 당시 『반시』, 『자유시』 등 각 지역을 대표하는 동인활동이 활발하던 시기였을 뿐 아니라 시대적 어려움 속에서도 "시인은 시를 쓰는 일을 통해서만 시인이다."라는 사명감으로 광주를 중심으로 하는 새로운 시적 풍토가 절실했기 때문이었다.

우리『목요시』 동인들은 매년 꾸준히 동인지를 발간해 오다가 1983년 『목요시선집』(최하림 편, 실천문학사)을 끝으로 활동을 멈추었다. 1980년 나는 문병란 선생님의 권유로 광주 대성학원에서 강의하던 중 광주민주화운동을 겪었다. 1980년 봄, 『목요시』 2집부터 김준태 송수권 시인이 합류하면서 우리는 "이 시대를 살아가는 우리에게 있어서 시는 무엇이어야 하는가."를 고민하지 않을 수 없었고, 그래서 나의 작품도 매우 치열해졌음을 기억한다. 당시 『목요시』 대표를 맡아 온갖 수고를 마다하지 않았던 강인한 시인의 회고 기록은 다음과 같다. 이러한 후기가 새삼 가슴 뜨겁게 생각된다.

쉽사리 기울기 쉬운 와중에서 소용돌이를 헤치고 평형을 유지해야 한다는 우리들의 판단은 바로 올바른 주제와 올바른 아름다움을 지키자는 첫 번째의 다짐 그것이었다. 제2집이 나오고 얼마 안 있어 광주민주화운동이 일어났다. 제2집의 발행 날짜가 1980년 5월 10일이고 보면 야릇한 흥분을 지금도 누를 길이 없다. 봄 가을 두 권씩 내기로 약속했던 동인지를 1980년 가을에는 보류하기로 하였다. (중략) 그리고, 우리는 제3집에 이르러 시의 사명이 무엇이어야 하는가를 뼈아프게 자문하고 그런 한 덩어리의 마음으로 1981년 여름호를 내놓았다. 『목요시』

제3집은 기념비적인 작업들이었다. 우리가 값싼 센세이션을 일으켰다고는 생각하지 않는다. 『목요시』 1981년 여름호를 받아본 이들은 누구라 없이 목구멍을 치밀어 오르는 뜨거운 눈물을, 아니 그 이상의 충격을 느꼈다고들 하였다. 삶의 가장 치열한 한가운데서 써진 시였노라고 자부할 수 있는 슬프리만큼 참담한 작업이었다. 그토록 지루하던 여름 장마와 겨울 폭설 속에 우리 동인들은 서로를 껴안으며 서로를 확인하는 침묵 속에 그만 한 해를 넘기고 말았다. 이제 세 번째 작품집을 또다시 세상에 내놓으며 우리는 뜨거운 눈물을 삼킨다…

3

그렇다. 당시 치열했던 나의 시대정신은 1981년 실천문학사의 『이 땅에 살기 위하여』에 「산 하나」 외 3편을, 1984년 창작과비평사의 17인 신작 시집 『마침내 시인이여』에 「허송씨(許送氏)」 외 3편을 발표하면서, 그리고 1984년 시집 『풀잎이 하나님에게』(영언문화사)서 확고하게 드러났다.

그 후 1985년 『모기장을 걷는다』(오상), 1987년 『입 맞추기』(전예원), 1988년 『이 어둠 속에 쭈그려 앉아』(종로서적), 『공초(供草)』(문학세계사), 그리고 1991년 『진달래 산천』(황토)으로 이어졌다. 특히 『진달래 산천』을 출간해 준 황토출판사 이승철 시인은 당시 그 힘든 출판사 사정에도 불구하고 정치풍자 시집 『친애하는 국민 여러분』(김지하 김남주 황지우 외)을 비롯하여 『하늘이여 땅이여 아아, 광주여』(고은 문병란 김준태 외), 『공화국을 위하여』(고은 조태일 양성우 외) 등 출판을 통해 시대의 한복판에서 고군분투하고 있었다. 역사 속에서의 시인의 가치! 나의 시는 그래서 더욱 시대와 문학성을 함께 녹이려 애썼던 같다. 참고로 시집 『진달래 산천』의 해설에서 평론가 김재홍 교수는 당시 나의 시세계를 이렇게 말했다.

허형만의 시집 『진달래 산천』은 현실에 대한 날카로운 응시를 담고 있으면서도 그것이 서정적인 가락으로 잘 형상화 돼 있음을 알 수 있다. 그의 시는 현실의 짙은 어둠을 꿰뚫어보고 그에 대한 저항의지를 드러내기도 하지만, 그가 궁극적으로 지향하는 세계란 사랑과 믿음과 소망이 물결치는 생명의 세계이며 평화의 세계이다. 이 점에서 그의 시에 기독교적 세계관과 민중의식이 담보되어 있는 점은 그의 시를 건강하게 해주는 원동력으로 작용하는 것으로 이해된다. (중략) 허형만의 시는 전체적인 면에서 안정되어 있는 것이 장점임에 분명하다. 그의 시는 내용으로서의 사상성과 표현으로서의 예술성이 행복하게 조화되는 경우가 적지 않다. 그만큼 그의 시가 성숙되어 있다는 뜻이 되겠다. 무엇보다도 그의 시가 현실에 대한 날카로운 응시를 담고 있으면서도 궁극적으로 그것들을 따뜻하게 끌어안고 극복해 나아가리라는 열린 의지를 보여주는 것은 주목할 만한 일이다.

나는 1973년에 작품 활동을 시작한 이후 오늘에 이르기까지 총 17권의 시집을 출간했다. 시집 목록은 다음과 같다.

『청명』(1978, 평민사) 제2회 소파문학상 수상, 『풀잎이 하나님에게』(1984, 영언문화사) 제7회 전남문학상 수상, 『모기장을 걷는다』(1985, 오상), 『입맞추기』(1987, 전예원), 『이 어둠 속에 쭈그려앉아』(1988, 종로서적), 『공초』(1988, 문학세계사) 제34회 전라남도문화상(문학부문) 수상, 『진달래 산천』(1991, 황토) 제2회 우리문학작품상 수상 시집, 『풀 무치는 무기가 없다』(1995, 책만드는집), 『비 잠시 그친 뒤』(1999, 문학과지성사) 제7회 한성기문학상 수상, 『영혼의 눈』(2002, 문학사상사) 제1회 월간문학동리상 수상, 『첫차』(2005, 황금알) 순천문학상, 광주예술문화대상 수상, 『눈먼 사랑』(2008, 시와사람) 우수문학도서 선정 제7회 영랑시문학상 본상 수상 시집, 『그늘이라는 말』(2010, 시안) 제6회 한남

문인상 대상 수상, 『불타는 얼음』(2013, 고요아침) 제30회 펜문학상 수상 시집, 『가벼운 빗방울』(2015, 작가세계) 제8회 인산문학상 수상 시집, 『황홀』(2018, 민음사) 제1회 문병란문학상 수상, 2018한국시학상 대상 수상, 『4인시집』(2018, 문학과사람).

또한 시선집으로는 『새벽』(1993, 대정진), 『따뜻한 그리움』(2005, 시와사람사), 『그늘』(활판시선집, 2012, 활판공방 시월), 『내 몸이 화살』(2014, 인간과문학사) 등이 있고, 중국어시집 『許炯万詩賞析』(2003, 시와사람), 일본어시집 『耳を葬る』(2013, 도쿄, 쿠온사)가 있으며, 수필집 『오매 달이 뜨는구나』(1987, 오상) 등이 있다.

그 외 평론집 및 연구서로 『시와 역사인식』(1988, 열음사), 『우리시와 종교사상』(1990, 김향문화재단, 공저), 『영랑 김윤식 연구』(1996, 국학자료원), 『문병란 시 연구』(2002, 시와사람사), 『오늘의 젊은 시인 읽기』(2003, 시와사람사), 『박용철 전집- 시집 주해』(2004, 깊은샘), 『시문학 1-3호 주해』(2008, 문학사상사) 등이 있다.

4

1980년대 나의 시적 삶은 이렇게 1990년대로 이어져 오면서 전라도라는 향토적 정서 속에서 제2의 김영랑 시인과 문병란 시인을 꿈꾸었다. 강진 출생 김영랑은 1930년 『시문학』에 작품을 발표하면서부터 〈시문학파〉로 알려져 순수시만 쓴 시인으로 평가되곤 하지만, 내가 박사학위 논문으로 〈김영랑 시연구〉를 쓰면서 살펴본 바에 의하면 김영랑의 시에는 「독(毒)을 차고」, 「거문고」, 「한길에 누어」, 「춘향」 등 일제에 저항하는 시들도 다수 발견되어 루벤가톨릭대학에서 발표한 논문도 〈한국의 저항시인 김영랑〉이었다. 그러니까 김영랑 시인은 순수서정은 물론이고 시대적 아픔과 저항정신으로도 시를 써왔음을 우리는 알아야 한다. 그 후 1959년부터 1962년까지 『현대문학』지에 김현승 시인의 추천으로 등단한 문병란 시인은 앞에서 밝혔듯 나의 고등학교 시절 은사님이시자 한국 현대시문학사에서 문학을 민주화운동에 연결시킴으로써 문학과 삶이 다르지 않음을 온몸으로 실천한 시인이셨다. 평생을 무등산과 함께 광주를 지키며, 어두운 시대에 그 시대를 외면하지 않고 시대의 한가운데서 희망과 사랑을 노래하신 민족시인이면서 동시에 서정시인이었다.

5

1996년 노벨문학상을 수상한 폴란드 시인 비스라바 쉼보르스카는 그의 시 「어떤 사람들은 시를 좋아한다」에서 "시를 좋아한다는 것−/여기서 '시' 란 과연 무엇일까?/이 질문에 대한 여러 가지 불확실한 대답들은/이미 나왔다./몰라, 정말 모르겠다./마치 구조를 기다리며 난간에 매달리듯/무작정 그것을 꽉 붙들고 있을 뿐."이라고 말했다. 나도 그렇다. 나에게 누군가가 '시' 란 무엇이냐고 묻는다면, 나 역시 비스라바 쉼보르스카를 흉내 내듯 "몰라, 정말 모르겠다."고 답할 것이다.

그래서일까. 이제는 시 쓰기가 두렵다. 이제 그만 쓰고 싶다. 시를 쓸 때마다 절필하는 심정으로, 이게 마지막 작품이다, 하면서 쓰지만 원고 청탁에 응해놓고는 후회하고, 발표하고 나서는 또 후회하고, 그래서 지금까지의 시 답지 않은 시들을 모두 불태우고 싶은 심정을 어찌 할 수 없다. 시 쓰기만 두려울까? 아니다. 사람 만나기는 더더욱 두렵다. 시는 침묵으로부터 나온다지만 나는 시 이전의 침묵을 더 동경한다.

혁명의 도시와 아픈 시대의 삶과 시

김희수_ 시인

1

나는 솔직히 1980년대 횡행했던 '민중시'의 정확한 개념을 모르고 시를
쓰게 되었다. 쓰다 보니 '민중시'로 불렸다. 그래서 지금도 '민중시' 하
면 1970, 1980년대의 민중의식을 담은 시, 민족현실을 직시한 시, 민주
화와 통일을 추구하고 그에 따른 실천운동으로서의 시, 민중 속으로 뛰
어든 시, 정도로 막연히 알고 있을 뿐이다. 따라서 나는 왜 민중시를 쓰
게 되었는가? 혹은 쓰지 않으면 안 되었는가? 하는 물음은 그대는 왜 시
를 쓰게 되었는가? 쓰지 않으면 안 되었는가? 라는 근본적인 물음으로
바뀌어야 할 것이다.

1980년대는 전두환 쿠데타로 인한 암울하고 답답한 시대였고, 분노
와 격정, 저항으로 지글지글 끓던 시대였다. 이런 시대에 모름지기 시인
의 꿈을 가진 사람이라면 누구라도 부조리와 모순의 현실을 외면할 수
없었을 것이다. 또한 외면해서도 안 될 것이다. 당대의 사회 역사적 상
황 속에서 솟구쳐 오른 슬픔, 분노, 사랑, 증오, 원망 등의 민중적 애환
은 자연스럽게 시로 분출되기 마련이었다. 그래서 1980년대를 '시의 시

대' 라 하지 않았는가. 나의 시도 이러한 사회적 배경에 편승하여 출발하게 되었고 시인이라는 부끄럽고 무거운 이름을 얻게 되었다.

중학교 때였다. 시인이셨던 문예반 선생님의 몇 번의 칭찬은 내가 시를 좋아하게 된 결정적 계기가 되었다. 그러면서 우리나라는 아직 노벨문학상에 빛나는 문인이 배출되지 못했으니 여러분은 부단히 정진하여 우리나라의 큰 꿈을 이루어야 한다고 가르치셨다. 그 후로 언감생심, 나는 장차 문학사에 빛나는 작가가 되리라는 허황한 결심을 한 적이 있었다. 그래서 고등학교 문예반을 거쳐 대학 국문과를 택한 것이었으리라.

그러나 내가 처한 현실의 벽은 너무 가혹한 것이었다. 나는 9남매의 장남이었고 문중 소유의 논을 부쳐 먹는 가난한 농민의 아들이었다. 겨우 나 혼자 대학을 배운 후 직장인이 되어 생활고에 시달리는 가족을 부양해야 하는 상황에 이르렀다. 노트 열 권을 모두 시로 채우면 그중 좋은 시 한 편은 분명히 숨어 있다는 믿음을 가질 때였다. 다행히 1984년 어느 날, 창작과비평사에서 발행한 무크 『마침내 시인이여』에 시를 발표하여 등단의 기회를 얻게 되었다. 무엇을 써야 할 것인가는 고민할 필요가 없었다. 내가 처한 현실을 무조건 진실하게 쓰리라 하였다. 날로 허물어져 가는 고향, 쭉정이뿐인 농업 현실, 열악한 문화 환경으로 인한 소외감 등, 심각한 농촌문제는 내 시의 주요배경이 되고 주요정서가 되었다.

> 왜 돌아오지 않는지/어머니의 잠은 길고 어둡다/이 들녘을 차고 떠난 피붙이/찔레 땅가시 마른 줄거리 사이로/네가 보인다 누이야/한 잎 질 고운 단풍잎 따라/그리움 몇 발자국 올 밖에 서면/보인다 캄캄한 보리밭 고랑마다/널브러져 있는 때까치의 울음/밥상머리 떨구던 네 눈물과/빵과 라면의 새로운 힘과/야간 교대, 때 절은 밤 노동이 보인다/(중략)/왜 돌아오지 않는지/어머니의 잠은 길고 어둡다
>
> — 「뱀딸기의 노래 17」

산업화에 의한 농촌의 몰락은 식구들을 이산가족으로 만들고 전통 정서의 단절을 가져왔다. 이 시에는 아무런 문학적 기교가 없다. 그냥 쉽고 직설적이다. 도시로 떠난 식솔들에 대한 그리움, 남은 사람들의 쓸쓸하고 허탈한 정황이 보인다. 이농에 대한 실의, 울분이 깔려 있다. 예나 지금이나 내 시의 화두는 고향이다. 고향은 어머니에서 가족으로, 사회로 민족으로, 민족의 동질성으로 확산된다. 「뱀딸기의 노래」 연작시는 이러한 정서를 그린 것이다. 지금도 나는 흙, 쇠스랑, 녹슨 삽날, 어머니, 두엄자리, 장아치, 청국장, 황실이 젓갈… 등 고향 냄새가 풍기는 고리타분한 시어들을 사랑한다.

도서출판 청사에서 발간한 첫 시집 『뱀딸기의 노래』 후기에는 '문명 속에서 기계 속에서 살면서 버려지고 잃어버린 것들에 대한 일깨움은 앞으로 내 시 속에서 계속될 것이다. 투박하고 거칠게 살면서도 뭔가 소중한 것들을 잃어버린 것만 같은 우리 시대의 허전함을 위해, 이 땅의 삶 같지 않은 삶들의 새로운 건투를 위해 이 작은 시집을 드리며' 하면서 흙 냄새나는 시작(詩作)의 변을 밝히고 있다. 이후 나는 농촌시를 쓰면서 시인의 지난한 길을 모르고 제법 우쭐거리기만 했다. 가장 시골적인 것이 세계적인 것이라고 자위하기도 하면서.

2

격동의 시대 1980년 5월, 나는 사회초년생으로 시골학교의 국어선생이었다. 항쟁 열흘 만에 친구 윤상원(당시 시민군 홍보부장)이 계엄군의 총에 죽었다는 소식을 들었으나 아이들을 가르친다는 핑계로 찾아보지 못했다. 솔직히 난리 통에 보신하기에 급급했지 거리로 뛰어나가 서슬 푸른 군부에 저항하거나 투쟁할 용기도 없었다. 세상이 두려웠고 막막하기만 했다. 자신이 비겁하게 느껴졌고 역사와 시대 앞에 부끄러웠다. 나는 골방에 숨어 습작이나 끄적거려 보는 힘없는 '흰손'이었고 샌님이었다. 이 충격은 내내 오목가슴을 후벼 파는 통증이었다. 굳이 말한다면 보잘 것 없는 내 시를 출현시킨 결정적 계기가 되었다.

> 매운 채찍 휘감은 자욱/진물 고여 아물지 않은 상처를/아무도 모르게 저녁 빛살에 씻고/만신창이 맨몸을 그러나 당당하게/광포한 폭염 속에 던졌던 사내/매독처럼 징징 시대를 앓아/아직 끝나지 않은 긴 토론을 남겨 두고/아편굴 지나 아리랑 고개/철철 피 흘리며 절며 간 사내/이제는 저 강둑에 녹두꽃으로 피어/어둠 끝에 뜨건 눈물 흘리누나/(중략)/봄에 피는 모든 꽃이/어찌 다 아름다우랴 이쁘다 하랴/못다 핀 그리움으로/밟힌 땅 솟아나는 눈물로/부르노라 상원아 상원아 상원아!
>
> ― 「녹두꽃 사내」

이 시는 그를 추모하고자 쓴 시로 제2시집 『지는 꽃이 피는 꽃들에게』에 실려 있다. 전남대 정치외교학과를 졸업하고 상경, 은행원 자리를 박차고 돌아와 민중운동에 앞장선 그는 한동안 광천동 공장지대에서 야학선생을 했다. 태봉산 근처에서 동생들과 자취생활을 하면서 친구들과 스터디를 하던 그, 다정다감한 성격에 비주얼이 멋졌던 그는 나와 동갑내기였다. 내 결혼식 피로연에 시골까지 따라와서 '선구자'를 바리톤의 우렁찬 목소리로 불러주기도 했다. 친구의 혁혁한 투쟁을 서사시로 써서 훗날에 남기는 것이 친구에 대한 나의 할 도리라 생각했다.

3

대표시집으로 동강출판사 간행한 『오늘은 꽃잎으로 누울지라도』(1989)라고 생각하고 있다. 그러나 요즘 다시 음미해 보니 격정과 분노만 앞선 작품이었다. 먼저 간 민주열사의 이름에 누를 끼치지 않았나 하는 생각도 든다. 이제라도 역량 있는 시인이 나타나 윤상원 열사에 대한 온전한 서사시를 다시 집필하여 후세에 남겼으면 좋겠다.

그동안 펴낸 시집으로『뱀딸기의 노래』(1984, 청사출판사),『지는 꽃이 피는 꽃들에게』(1988, 도서출판 광주),『오늘은 꽃잎을 누울지라도』(1989, 동광출판사),『사랑의 화학반응』(1997, 시와사람),『저 들녘에 내가 있다』(2009, 문학들) 등이 있다.

4

어느 작가인들 그가 처한 시대와 무관한 작품이 있겠는가. 조국의 현실을 외면하고 민중의 삶과 동떨어진 시, 이는 참다운 시가 아니다. 만해나 육사의 시가 두고두고 돋보이는 이유가 무엇이겠는가? 억압과 굴욕의 역사에 온몸 던져 싸우는 자세는 참다운 시인의 숙명일 것이다. 적어도 민중시를 쓰는 시인들의 시정신은 그랬을 것이다. 그러한 시정신으로 무장한 문인들은 광주민중항쟁과 더불어 참담한 수난을 겪었다. 송기숙 문병란 김남주 김준태 등〈자유실천문인협의회〉를 중심으로 한, 문학적 실천을 부르짖는 문인들을 나는 존경하였다. 그리고 변혁과 진보의 고향, 남도인의 전통과 의로운 정서가 살아 있는 고향, 이곳에서 문학활동을 하며 살았던 시절이 나는 자랑스럽다.

가장 기억에 남는 일은 광주전남작가회의 지회장으로서 2005년 7월〈남북작가대회〉에 참석한 일이다. 위대한 혁명의 도시 운운하며 반겨하던 북한 문인들과 백두산을 등정, 함께 환호하며 일출을 본 일. 손잡고 통일을 맹세하던 일이 떠오른다.

또한 광주출판사를 설립하고 지역문예운동에 일조한 일이 있다. 광주출판사는 엄혹한 시대에 문학적 저항의 몸부림으로서 일종의 지역문예운동의 역할을 수행하기 위해 1985년 11월에 설립되었다. 내가 대표를 맡고 전용호가 편집 겸 살림을 맡았다. 최초의 지역운동 무크『민족현실과 지역운동』을 출간하고『페다고지』,『광주민중항쟁 증언록』 등

활발한 출판활동을 보여 주었다. 그러나 불온출판물이라 하여 공안당국에 수천 권의 서적을 압수당하고 대표와 편집장을 연행하는 등 현실적 제약을 넘지 못하고 문을 닫고 말았다.

5

앞으로 추구하고자 하는 문학세계는 민족정서의 동질성을 찾아 형상화하여 통일문학에 기여하는 일이다. 그리고 역량 있는 후배시인이 나타나 5·18광주항쟁의 대서사시를 집필하여 출간하는 것을 지켜보고 싶다.

문학은 밀실과 광장을 오가야 한다

박호재_ 소설가

1

초등학교 3학년 때 일이다. 여름방학을 마치고 개학을 했는데 난데없는 상을 받게 됐다. 내가 제출한 그림일기 방학숙제가 전교 최우수작에 선정됐다.

며칠 후 아침 운동장 조회시간에 상을 받기 위해 교장 선생님이 서 있는 구령대(연단) 계단을 올라가는데 조금 어안이 벙벙했다. 그때까지도 까닭 없는 상을 받은 것 같은 느낌 때문이었다.

상을 받고 나서야 고등학교에 다니던 누이에게 그림일기 얘길 해 주며 내가 처한 어리둥절한 상황을 털어놓았더니, '솔직하게 썼기 때문'이라고 설명을 해줬다.

너무 오래돼서 기억이 희미하긴 하지만, 초등학교 5학년이던 누이와 같은 욕조에서 목욕을 하던 중에 내가 물장난을 치니까 그녀가 눈을 왕방울만 하게 뜨고 나를 노려봐서 오줌이 저렸다… 어쩌구 저쩌구… 하는 내용이었던 듯싶다.

사태가 심각해진 것은 그 다음부터였다. 백일장 대회만 있으면 선생님들이 나를 추천하는 것이다. 심적 부담이 보통이 아니었다. 그래도 대회에 나가면 장려상이나 가작 정도는 겨우 받아왔던 터라 함평초등학교 글쓰기 대표의 멍에를 쉽게 벗지 못했다.

통상의 경우 재능이 눈에 띄기 시작하는 중고등학교 시절에도 내 문재(文才)는 전혀 드러날 기회가 없었다. 수업을 빼주는 인센티브에 혹해 더러 백일장 대회에 참가하기도 했지만 겨우 입선에 턱걸이를 했을 정도다. '솔직하게 썼기 때문이라는' 누이의 평을 돌이켜보건대, 그날 이후 내 글은 솔직하지 못했기 때문일 것이다.

고교 시절, 문학은 물론 내 관심 밖의 일이기도 했다. 그 무렵 암 선고를 받으셨던 아버지는 그때부터 내 진로에 대해 개입하기 시작했는데, '난리 통에도 기술자는 먹고 산다.' 는 말만을 반복하셨다. 당신 생애의 끝이 보이기 시작했기에 장남이었던 내가 일가의 생계를 떠맡아야 한다는 원려 때문이었을 것이다. 보통학교를 겨우 마치고 대처에 나가 남의집살이를 하면서 독학으로 전기기술자가 되신 후 7남매의 가족을 부양한 당신의 삶이 증거한 확고부동의 선명한 지혜였다.

고교를 마칠 무렵 돌아가신 아버지가 내게 남긴 유지는 '어머니를 부탁한다.' 였다. 나는 엔지니어가 돼야 한다는 숙명을 받아들였다.

공대에 진학하고 나서야 나는 내게 이과생의 자질이 태부족하다는 점을 절실히 깨달았다. 그중에서도 특히 고차원의 수학원리가 등장하는 '공업수학' 은 나를 거의 절망에 빠트렸다. 당시 전남대학은 계열별 모집을 한 후 2학년 때 전공을 선택하는 학제를 운영했는데, 수학 스트레스가 제일 적어 보이는 건축과를 선택했을 정도다.

물리학과 수학이 융복합된 구조역학이라는 고약한 과목이 나를 끊임없이 괴롭히긴 했지만, 건축 전공 선택은 내게 일말의 비상구를 마련해 줬다. 정성적(情性的) 사고를 통해 해결될 수 있는 학습의 내용이 적지 않았기 때문이다. 구조역학의 곁에 있던 바우하우스, 아르누보, 안토니

오 가우디, 르 꼬르뷔제 등등의 어휘에 빠져들었고, 공대에 가서야 비로소 내가 문과 체질임을 깨달은 셈이다.

이 인식이 고단한 항해의 단초였다는 생각을 나는 여전히 거둘 수가 없다. 이때부터 내 '유목의 삶' 이 시작됐다. 갑급하게 소설과 시를 읽어대기 시작하면서 혼란은 더욱 깊어졌다. 세상 모든 일들이 잿빛으로 다가서는 미혹을 견딜 수가 없어 군대로 달아났다. 해안 초소 근무를 하면서 아침부터 저녁까지 지켜봐야 했던 바다가 또한 작가의 길을 걷게 된 내 의식의 편린이 되었던 듯싶기도 하다.

병역을 마치고 복학을 준비하고 있을 무렵 5·18을 맞았다. 전공이 건축공학이었기 때문에 엔지니어로서의 삶이 예정돼 있었지만, 그렇게 살아가는 게 무의미하다는 회의는 더욱 깊어졌다.

원고지 쓰는 법도 잘 몰랐고, 창작 멘토도 없는 상태에서 습작을 시작했다. 그러나 한 편의 소설도 제대로 완성하지 못하고 낑낑대고 있는 중에 지금은 없어졌지만 당시 유력 문학지였던 월간 『한국문학』에서 대학생 작품 현상공모(5회 당선자 이창동, 6회 당선자 임철우)를 띄웠고, 「무학산」이라는 제목으로 200자 86매 길이의 단편을 투고했다.

뽑히리라고는 꿈도 꾸지 않았는데, 1981년 4월의 어느 날 밤에 전보가 왔다. 가작 당선이었다. 훗날 안 일이지만 김승옥 작가와 한승원 작가가 심사위원이었는데, 한승원 작가께서 적극 밀었다는 얘길 들었다.

내 당선은 일종의 사건이었다. 학내 문학패거리들 사이에서 초특급 화제가 됐다. 듣보잡 공돌이가 돌연 소설가로 등장했기 때문이다. 어떻든 그 일을 계기로 학내 문학패들과 어울리면서 작가 행세를 하고 다니는 중에 시험이 하나 닥쳤다.

그 무렵 학내에서 전남대 전대신문사 창간 20주년 기념 학생작품 공모가 있었는데 그들이 내게 은근히 출품을 종용한 것이다. 난감한 주문이었다. 내 스스로도 작가가 됐다는 게 어리둥절한 상황에 출품은 위험

천만한 모험이었다. 낙선하면 내 중앙 문예지 등단은 '장님 문고리 잡기'로 전락할 위기였다. 피해 갈 명분도 마땅찮은 터라 나는 '내가 과연 작가가 될 수 있는가?'라는 정체성에 대한 의문을 다시 한 번 시험하는 기회로 삼겠다는 용기를 냈다. 공모에 응했고 다행히 「직립」이라는 제목의 소설로 당선됐다.

이렇게 두 개의 언덕을 넘은 후 학생작가 소리를 들으며 전공과 문학을 오가는 어정쩡한 생활을 하면서, 임철우 작가 이미란 작가 고 박효선 연극연출가(당시 수배중) 등과 더불어 〈빛울림〉이라는 동인 활동을 하며 문청 시절을 보냈다.

졸업이 다가오자 또 한 차례 진로에 대한 고민이 깊어졌다. 아니 그것은 어쩌면 선택의 고민이라기보다는, 선택을 할 수 없는 고통이었다. 아버지가 돌아가신 후 어머니 홀로 꾸리는 가족의 삶은 궁핍이 절정에 이르렀다. 결국 아버지의 유지는 다시 한 번 작동해 나를 대기업의 엔지니어 신입사원으로 데려갔다.

2

김승옥의 소설 「무진기행」의 배경인 광양에서 제철공장에 다니며 가끔 광주의 문우들을 만나며 살아갈 때 일이다. 당시 이영진 이승철 시인이 이끌어가던 인동출판사에서 1980년 5월 광주항쟁 소설집 『일어서는 땅』을 기획했다. 당시 인동출판사는 1987년 7월에 광주항쟁 시선집 『누가 그대 큰 이름 지우랴』(문병란 이영진 편)를 펴낸 후 광주항쟁소설집을 출간을 서두르고 있었다.

서슬 퍼런 전두환 정권 하에서 첫 시도된 5월소설 창작집 출판이었기에 몹시 위태로운 기획이었지만, 불온했던 것만큼 작가들의 가슴을 오히려 설레게 했다. 이영진 이승철 임동확 고규태 시인 등이 작품을 독촉했다. 물론 작품을 쓸 만한 처지는 아니었다. 제철공장 건설 공기(工

期)가 촉박해지면서 내가 속한 설계팀에 엄청난 작업량이 밀려들었기 때문이다. 야근이 일상인 시절이었다. 집필은 고군분투였다. 일을 하다 문장이 떠오르면 화장실에 가 노트를 하고, 늦은 밤 집에 돌아와 원고를 쌓아갔다. 코피를 쏟기도 했다. 보름여 만에 탈고를 해 인동에 원고를 보내고 혼곤한 잠에 떨어졌는데, 원고가 나아가지 않아 몸부림치는 꿈을 꾸다 식은땀에 젖어 깨어났다.

한승원 윤정모 임철우 정도상 김남일 작가 등이 함께 참여한 『일어서는 땅』은 문단에 돌풍을 일으켰다. 평론가 염무웅 선생이 『신동아』의 '월평' 란에 정도상의 「십오방 이야기」와 내 작품인 「다시 그 거리에 서면」을 특별히 끄집어내 장문의 비평을 쓰셨다. 최원식 평론가가 『창작과비평』의 리뷰 코너에서 리얼리즘 비평의 관점에서 내 작품을 호평하기도 했다.

출발이 그랬듯이, 내 문학은 5월과 동떨어져 존재할 수 없었다. 5월 이외의 주제를 생각해 본 적도 없다. 5월을 다루는 것을 동시대 작가로서의 당연한 의무라 생각했다. 나의 경우뿐만 아니라 1980년대 창작을 하겠다는 사람이라면, 창작이 삶의 진실을 캐는 행위라면, 가혹한 폭력 앞에 노출된 실존의 문제들을 방관할 수는 없는 일 아닌가.

이영진 고규태 임동확 시인 등 주로 실천적 문학 활동을 했던 시인들과 가깝게 지냈다. 고규태 임동확 시인과는 『민족현실과 지역운동』(1985, 광주출판사)이라는 무크지를 함께 만들어내기도 했다. 무크지 출판에 얽힌 일화가 하나 있다. 인쇄소에 파일을 넘긴 후 일부 인쇄가 진행 중인데 기관원이 덮친다는 정보가 닿았다. 당시 편집장을 맡은 고규태 시인이 재빠르게 파일을 빼돌려 서울에 가서 인쇄를 걸었다. 이미 인쇄된 책자는 압수를 당했지만 고 시인의 지혜로운 처신으로 이 책이 세상에 나올 수 있었다.

당시 〈광주청년문학회〉 활동을 했던 윤정현 시인 김호균 시인 조성국 시인 등도 후배이긴 하지만 문우처럼 가깝게 지냈다. 특히 이들 청년 작가들은 대학 문학패와 노동자문학회 등 그룹들과의 연대의 틀을 만들어가는 데 핵심적인 역할을 했다.

문학운동의 진영이 이렇게 넓혀지면서 〈자유실천문인협의회〉의 활동을 했고, 〈자실〉이 〈민족문학작가회의〉로 개편되는 과정에서 〈광주전남작가회의〉(출범 당시 이름은 '광주전남민족문학인협의회') 사무국장을 맡기도 했다. 그 무렵 치렀던 행사 중에서 고 김남주 시인의 문학제를 처음 열었던 게 특별한 기억으로 남는다.

홀로코스트 작가 엘르 위젤은 타인이 겪는 고통에 대한 무관심을 거악으로 규정했다. 그리고 '관심'을 갖기 위해서는 불의에 맞서는 '편가름'이 필요하다고 말했다. 이게 바로 참여문학의 본질이다. 열심히 작가 생활을 한 것은 아니지만 참여문학의 본질에서 벗어나지 않기 위해 노력했다.

3

5월 소설인 「다시 그 거리에 서면 1·2」(인동출판사)를 기억하는 사람들이 많고, 5월 문학을 다루면서 꼭 등장하는 작품이다. 그러나 개인적으로는 『창작과비평』지에 발표했던 단편 「야간주행」이 남다르게 애착이 간다.

서울에 기거하며 힘겨운 전업 작가 생활을 할 때 쓰여진 작품이어서 그렇기도 하지만, 5월의 참혹한 희생을 치르고도 시대의 암울한 구름은 걷힐 기세가 아니었고, 눈물겨운 후일담의 삶들은 질펀하게 이어지고 있었다.

「야간주행」 정도상 작가의 동생이 불운한 죽음을 맞은 지 얼마 후 정 작가와 함께 남행을 하면서 겪은 일들과 오래된 회상을 엮은 로드 스토리다. 분신정국에서 산화한 박승희 열사와 함께했던 시간들을 떠올리며 몇 차렌가 눈물을 쏟으며 쓴 소설이다. 사실은 묵힐 뻔한 작품인데 김형수 시인(현재 신동엽문학관 관장) 덕분에 빛을 보게 됐다.

탈고를 해 책상 위에 두었는데 김 시인이 내게 말도 하지 않고 창비로 가져갔고, 며칠 후 교정 교열이 나왔다고 내게 다시 원고를 가져왔다. 백낙청 선생이 손수 연필로 교정 교열을 했다는 얘길 듣고 송구한 마음이 들었지만 그날 이후 아직까지 고맙다는 전화 한 통 드리지 못했다. 중편 「세월 밖의 일」도 아끼는 작품이다. 분단 모순이 만든 가족사의 현재적 비극(이영진 시인의 가족사에서 모티브를 얻음)을 다뤘다는 관점에서 나름대로 자긍심을 안겨줬기 때문이다. 하의도 소작투쟁을 다룬 장편소설 『눈뜨는 섬』을 풀빛출판사에서 펴내기도 했다. 광주에 있는 무등일보에 2년여 연재한 작품으로 고 나병식 선생(당시 풀빛 대표)이 두 권의 책으로 엮어주셨다.

4

특정 지역출신 문인이라는 자긍심은 의미 없는 접근이라 생각한다. 그러나 그 작가가 무엇을 다뤘느냐는 관점은 지나칠 수 없는 명제다. 제주 4·3을 다룬 현기영의 『순이 삼촌』, 김준태 시인의 『아아 광주여, 우리나라의 십자가여!』 조정래의 『태백산맥』은 우리 문학사에 한 획을 그은 금자탑이다. 김승옥과 송영의 소설도 문청 시절에 열독했다.

5

세계는 늘 새로운 것들로 채워져 가는 것 같지만, 현세적 삶에서 버림받거나 상실된 기억과 인문주의적 행적은 굳이 드러나지 않지만 어느 곳에선가 제 역할을 하며, 이것들은 창작의 소중한 자산이다. 이런 문제들을 실존의 측면에서 고민하고 탐색하는 작품을 쓸 수 있으면 좋겠다.

광주전남 문학인들에게 하고 싶은 말은 '문학은 밀실과 광장을 오가야 한다'는 말이다. 여전히 시대는 어떤 형태로든 질곡이 반복될 수밖에 없다. 또한 어느 시기에나 거대 모순은 존재한다. 참여작가라는 정체성으로 왜곡된 공동체 삶의 구조와 직면하기 위해서는 '정의로운 편가름… 연대의 힘'이 필요하다. 그러나 최근의 행태들을 보면 동료 작가그룹 내부에서도 '가치 분열적'인 일들이 비일비재하다.

이런 일들이 지나치게 드러나다 보니 광주전남작가회의 원년 멤버로서 솔직히 화나고 절망스러울 때가 많다. 여전히 세상이 온전치 않는 것이라면 문학과 미술이, 음악이, 연행이, 현장이 함께 손잡고 나아가는 작가동맹의 따뜻한 군불이 다시 지펴졌으면 좋겠다.

그러나 작가는 다시 광장에서 밀실로 돌아올 수 있어야 한다. 광주문단의 후배들에게는 기왕 작가의 길을 걷겠다고 나섰다면 창작에 혼신의 힘을 기울여야 한다고 주문하고 싶다. 그 노력이 동시대인의 고통과 당대의 모순을 다룸으로써 문학의 참된 가치를 보여 줄 수 있다면 더욱 의미가 배가될 것이다.

대지의 시, 토지의 시를 추구한다

이은봉_ 시인·문학평론가

1

문청 시절과 문단 데뷔 무렵 문학적 스승은 우선 다형 김현승 선생을 들수 있지요. 김현승 선생은 대학 3학년 때 작고하셨는데, 작고하시기 바로 직전에 선생님의 호를 딴 〈다형시문학상〉을 받았지요. 서울 수색의 선생님 댁에 찾아뵈었더니 전선이 보이는 전기 곤로에 물을 끓여 커피를 타 주시더군요. 시를 보여 주면 몇 마디 안 하셨어요. "음, 시가 덜 되었네. 아직 시가 안 되었어. 그래도 시가 들어 있기는 해. 이것 한 편은 시가 되었군." 선생님께 시를 보여드리면 이런 정도의 말을 듣는 것이 전부였습니다. 그때는 시가 되었다는 말의 뜻을 몰라 내내 고민을 하고는 했지요.

　다형 김현승 선생님이 작고한 뒤에는 공주사범대학에 계시던 조재훈 선생님이 시론 등의 강의를 맡아 했지요. 조재훈 선생님한테도 시에 관한 많은 것을 배웠지요. 조재훈 선생님과는 문학적 동지 같은 느낌이 컸습니다. 강의를 마치시면 시내의 커피숍에 앉아 당시의 시단에 대해 많은 얘기를 나누었지요.

당시 내가 다니던 대학교에는 영문과에 윤삼하 김종철 강선구 등의 선생님이 영시 강의를 하셨는데, 저는 특히 김종철 교수님께 많은 것을 배웠습니다. 지금은 『녹색평론』을 만드는 일에 주력하고 계시지만 당시에는 영시와 영비평 강의하며 실천비평을 하는 현장의 문학평론가이었습니다. 성탄절 이브 날 친구들과 함께 선생님 네 집에 놀러가 민화투도 치고 하며 놀던 생각이 나네요.

교양학부에 불문학을 전공하신 이가림 교수가 계셨는데, 이가림 교수한테도 참 많이 배웠지요. 이가림 교수님이 김종철 교수님과 저를 '전주식당'에 데려가 젓갈백반을 사 주어 맛있게 먹었던 기억이 나네요. 용문동 집에서 사모님이 끓여 주시던 칼국수도 맛있게 먹었던 기억이 나고요.

대학 일학년 때 〈여명문학회〉의 선배들이 초청을 해 만난 나태주 선생과의 인연도 참 소중합니다. 그때 이래 나태주 선생께도 시와 문학에 대한 참 많은 것을 배웠습니다.

문우 관계로는 1980년 광주항쟁 이후 전두환 군사정권의 문화정책과 맞서기 위해 만들게 된 〈삶의문학〉 동인들, 그 친구들을 빼놓을 수 없지요. 평론을 쓰는 김영호 임우기, 시를 쓰는 윤중호 정영상 이재무 이강산 김흥수, 소설을 쓰는 이은식 채진홍 김미영 등이 이때 만난 문우들이지요.

문학에 뜻을 둔 결정적 계기, 데뷔 배경에는 특별한 것이 없습니다. 글을 읽고 쓰는 것 이외에는 잘 하는 것이 없어 문학에 뜻을 두고 되었다고 하면 비웃을까요. 고등학교 때 〈흥사단 아카데미〉 활동을 했는데, 흥사단 아카데미 선배들 중에 최남선 이광수 주요한 등이 문인이군요. 모두 친일을 했지만요. 그래도 문학하는 일이 애국하는 일일 수 있다는 것을 그들을 통해 깨달은 것은 사실이에요.

이른바 문단 데뷔라는 것은 기본적으로 친구들과 함께 내가 만든 『삶의문학』을 통해 했고요. 나중에 등단지면을 자꾸 물어 평론은 『삶의 문학』, 시는 『창작과비평』 17인 신작시집 『마침내 시인이여』라고 하지요. 『마침내 시인이여』에 시를 실으면서 전국적으로 알려지게 되었으니까요.

2

1980년 5월과 나의 문학은 필연적으로 연결되어 있지요. 1980년 광주민주화운동이 없었으면 부지런히 공부해 모교의 교수가 되었겠지요. 1980년 광주민주화운동 이후 전두환 군사독재의 문화정책과 싸우면서 많은 사람들로부터 미움을 받게 되었지요. 산업체부설학교 혜천여고 파업사건, 이른바 '『민중교육』 사건' 등에 연루되어 고향을 떠나 사는 고통을 받아들일 수밖에 없게 되었지요. 광주대학교 문예창작과 교수로 부임하게 된 것도 이런 인연과 무관하지 않을 듯싶어요. 광주전남작가회의에서는 이사 등의 직책을 맡은 적이 있기는 한데, 말년에는 제자들이 두루 관여하고 있어 깊이 관여하지 않았습니다. 제자들에게 교수는 일을 처리하는 데 불편할 수도 있으니까요.

나는 주로 글을 쓰는 일에 주력했어요. 광주 민주화운동과 관련된 시를 분석하고 해석하며 체계화시키는 일, 기타 조태일 성래운 나종영 곽재구 나희덕 등의 시가 갖고 있는 의미를 밝히는 일에 주력했습니다. 실은 그것보다 내가 더 주력한 것은 수많은 문학 지망생들에게 시인, 작가의 명함을 부여하는 일입니다. 함께 공부하며 학생들의 문학적 역량을 높이는 일에 최선을 다한 것이지요.

광주의 시인, 작가 중에는 나종영 곽재구 채희윤 등을 친구라고 생각하고 있습니다. 하지만 따로 만나 술을 마시며 놀았던 적은 별로 없습니다. 교수로서 제게 주어진 일이 너무 엄중하기 때문이었습니다. 문학인의 사회참여는 우선 문학작품을 통해 이루어져야 하겠지요. 하지만 그것만이 문학인의 사회참여라고 생각하지는 않습니다. 문학운동은 작품

운동도 있지만 문인운동도 있기 때문입니다. 역사의 한 구비에서는 문학인도 분연히 온몸으로 떨치고 일어나야 한다고 생각합니다.

3

그동안 간행한 책이 꽤 많습니다. 연구서로는 『한국현대시의 현실인식』(1993), 『송강문학연구』(공저, 1993)가 있고요. 공저 및 편저로 『시창작이란 무엇인가』(2003), 『한국현대시 대표선집』(2003), 『이성부 산행시의 세계』(2004), 『고향과 한의 미학 문순태의 소설세계』(2005), 『홍희표 시 다시 읽기2』(2008), 『홍희표 시인연구』(2011). 『유쾌한 시학강의』(2015) 등이 있습니다. 평론집으로는 『시와 리얼리즘』(편저, 1993), 『실사구시의 시학』(1994), 『진실의 시학』(1998), 『시와 생태적 상상력』(2000), 『시와 리얼리즘 논쟁』(편저, 2001), 『시와 깨달음의 형식』(2018) 등이 있습니다.

기타 시론집으로 『화두 또는 호기심』(초판, 2005), 『화두 또는 호기심』(증보판, 2015), 『풍경과 존재의 변증법』(2017)이 있습니다.

연간 사화집으로 『2002 오늘의 좋은 시』~『2017 오늘의 좋은 시』 15권 공편하기도 했습니다. 시집으로는 『좋은 세상』(1986), 『봄 여름 가을 겨울』(1989), 『절망은 어깨동무를 하고』(1994), 『무엇이 너를 키우니』(1996), 『내 몸에는 달이 살고 있다』(2002), 『길은 당나귀를 타고』(2005), 『알뿌리를 키우며』(시선집, 2007), 『책바위』(2008), 『첫눈 아침』(2010), 『걸레옷을 입은 구름』(2013), 『봄바람, 은여우』(2016)가 있습니다. 시조집으로 『분청사기 파편들에 대한 단상』(2017), 시선집으로 『알뿌리를 키우며』(2007), 『달과 돌』(2016), 『초식동물의 피』(2018)를 간행하기도 했습니다.

문학상으로는 한성기 문학상(2005), 유심 작품상(2006), 한남 문인상(2007), 충남시인협회 본상(2011), 가톨릭 문학상(2012), 질마재 문학상(2014), 송수권 시문학상(2016), 시와시학상(2017) 수상했습니다.

4

전라도가 내 문학에 끼친 영향은 여기서 다 말할 수 없이 큽니다. 그러므로 지면상 생략을 할 수밖에 없습니다, 이해해 주세요. 광주전남 문학의 선각자 중 존경하는 사람은 마땅히 다형 김현승 시인입니다.

나는 늘 김현승의 시로부터 신과 함께하는 인간의 높은 품격을 발견합니다. 송강 정철이나 고산 윤선도, 김영랑 등도 내가 좋아하는 시인입니다. 이들 시인 모두에게 나는 영향을 받았습니다. 내 시의 정서에는 김영랑의 그것이, 윤고산의 그것이, 정송강의 그것이 담뿍 들어와 있습니다. 밝고 환하면서도 여린 슬픔을 품고 있는 내 시의 정서는 무엇보다 김영랑이 자리해 있습니다. 최근에는 송수권의 시에도 많은 영향을 받고 있는 중입니다.

5

당분간은 대지의 시, 토지의 시를 추구하고 싶습니다. 대지의 시, 토지의 시는 근원의 시, 근본의 시입니다. 근본의 정신은 마땅히 진보적일 수밖에 없습니다. 물론 내 삶이 만드는 궤적에 따라 내 시는 달라질 것입니다. 지금은 대지의 시, 토지의 시, 근본의 시를 쓰고 싶습니다. 광주문단에 남기고 싶은 말이나 광주전남 문학의 활성화를 위한 방안은 지금 딱히 떠오르는 것이 없습니다.

토착정신을 모아서 남북 문학이 손을 잡아야

김형수_ 시인·문학평론가

1

1988년이던가, 첫 시집 머리말에 "말보다 먼저 글을 배웠다"고 썼던 기억이 나요. 어려서부터 말더듬이 심했고, 고등학교 때까지 의사소통이 어려웠어요. 그래서 늘 말다툼을 피하고, 불가피할 때는 쪽지를 이용했어요. 장차 꿈이 '말' 보다 '글' 에 관련된 직업을 갖는 거였어요. 중학교 마치고 진로를 고민할 때 취업보다 진학을 택한 이유가 여기에 있는데, 광주고등학교에 입학한 첫날 문예반에 들어간 학생은 나밖에 없었다고 해요. 왜냐하면 오리엔테이션 시간에 학교에서 문제 서클로 지목해 문예반 활동을 금지한다는 안내를 했었거든요. 하여튼 나는 고교 시절을 온통 문학으로 살았다 할 만큼 교실 안이 아니라 교실 밖에서 학창 시절을 마쳤어요. 광주라는 도시에 '고교 문단' 이라 부를 만한 것이 있었지만 나는 거기에는 참여하지 않았어요. 문예반 선배 중에 좀 뛰어난 분이 있었기 때문에 다른 데 한눈팔 겨를 없이 따라다니며 귀동냥을 한 거죠.

여기서 강조해 두고 싶은데, 당시 광주는 절정의 르네상스를 구가하고 있었고, 그 시절의 교육 제도는 허술해 보이지만 지금보다 몇 배는 훌륭했습니다. 자꾸 새로운 제도와 규칙이 생겨나고, 절차적 민주주의가 진화하는 것처럼 여기는 작금의 분위기는 얼마나 염려가 되는지 모르겠어요. 지금 제가 답변이 너무 두루뭉술한 셈인데, 방금 던진 질문의 첫 항목에 대한 답은 모두 여기에 들어 있어요. 교지 편집을 하면서 박봉우 시인, 문순태 소설가 등 까마득한 선배 어른들을 찾아다니고, '문학의 밤' 때는 10년 미만의 선배들과 어울려 문학적 치기에 속하는 버릇들을 습득하곤 했는데 대개는 상식으로부터의 일탈이고, 악습도 많지만 중요한 것은 그것들이 모두 문학적 순정의 부분집합이었다는 겁니다. 안타깝게도 그 훌륭한 '문학의 도시'가 5·18로 풍비박산이 났습니다. 그래서 1980년 이후 저는 오랫동안 환멸에서 벗어날 수 없었어요.

2

내게 5·18이 끼친 문학적 영향, 문학관 등은 거의 절대적인 것이 아닌가 합니다. 제가 학창 시절에 꿈꾸었던 '문예주의자의 세계'는 5·18과 함께 끝났습니다. 1980년 5월 18일에 운암동 자취방을 나가서 5월 30일에 돌아왔는데, 그때 제게는 신동엽과 이성부의 백제정신 정도가 희미하게 남아 있을 뿐 모든 이상이 지워지고 없었어요. 공허감이 무언지, 폐허가 어떤 건지를 심각하게 체험했습니다. 그러고 나서 5·18이 휩쓸고 간 참담한 대지 위에서 한동안 김지하로 대표되는 구비문학, 민요, 민예 등에 사로잡혀 살았습니다. 문사의 꿈은 사라지고, 이제 문학이 어떻게 역사현장의 일부가 되느냐 하는 문제에 관심을 갖게 된 거예요. 그러다가 스물네 살 때 광주를 떠났지만 그 후에도 늘 전라도와 광주를 품고 살았던 것 같아요. 나중에 고교 문예반 선배 나종영 시인이 〈5월시〉 동인으로 활동하는 걸 보면서 다시 시를 생각하고 등단을 마음먹게 되었습니다.

　문단에 등단한 이후 서울에서 사회과학 전문 출판사의 편집자로 근무할 때 줄곧 광주를 드나들며 활동했던 기억이 나요. 후배들 중에 천재적인 재능을 가진 친구들이 많았는데 대표적인 이름이 이형권입니다. 그 친구들과 전개했던 〈광주청년문학회〉 활동은 전국적으로 꽤 알려져서 여러 지역에 그런 형식의 문학회를 낳게 했어요. 안타까운 점은 그것이 지금의 〈광주전남작가회의〉와 연결될 수 없었다는 점입니다. 그래서 나중에 친구가 회장을 맡고 있는 동안에도 전혀 기여하지 못했네요. 미안한 마음이 큽니다.

3

대표작이라고 내세울 만한 것은 없고요, 제 두 번째 시집에 실린 작품 중에 「뗏목지기는 조직원이었네」가 있습니다. 1980년대 중후반에 저는 한라산 지리산 등에서 전개된 비정규적 무장항쟁의 사례들을 꽤 열심히 취재하고 다녔는데, 그러다가 일시적 분위기 속에서 매우 짧은 시간에 그다지 창작의 긴장도 지불하지 않고 쓴 작품이 이거예요. 당시에 사회 변혁운동에 몰두했던 젊은 활동가들 사이에 그 시가 꽤 퍼졌던 것 같아요. 지금도 가끔 잘 읽었다는 인사를 듣고는 합니다. 그 외 특별히 중요하게 생각되는 작품은 없어요. 나는 처음부터 장르를 가리지 않고, 제 내면의 소리에 몰두할 틈이 없이 무엇이건 간에 청탁 받는 대로 글을 쓰는 습관을 가지고 있었어요.

시보다 평론 청탁을 더 많이 받았고, 짬짬이 개인 시간이 나면 소설을 썼는데, 직업이 세 개쯤 되는 사람처럼 물불을 가릴 새 없이 살아서 끝을 맺지 못한 글이 많아요. 돌이켜 보면 『문익환 평전』, 『소태산 평전』 등을 썼던 기억, 두 권짜리 소설 『조드』를 몽골 초원에서 유목민을 취재하면서 집필하여 한국 인터넷 매체에 연재한 일 등이 떠오릅니다. 그리고 상금이 있는 상으로는 『소태산 평전』으로 만해문학상 특별상과 원불교 문화대상을 받았던 기억이 납니다.

4

저는 전라도를 사랑합니다. 마르케스가 남미를 얘기하고 응구기와 시옹오가 아프리카를 고민하듯이 저는 아시아나 한국을 사유하는 것이 아니라 그보다 훨씬 더 원초적인 자리를 파고 들어가 저의 내면에 잠겨 있는 전라도를, 그중에서도 특히 제 고향동네의 장터를 순도 높게 사랑합니다. 그에 비하면 광주도 그냥 지나쳐가는 정거장 같은 도회로 변할 때가 많아요. 그런 의미에서 제 정체성이야말로 천부적 토착주의에 있다고 봐도 될 거예요. 그런데 제 마음 속의 전라도를 함부로 꺼내어서 내돌리다 보면 순정에 때가 묻고 또 난장판의 떨이 취급을 받는 결과를 빚을 수도 있기 때문에 저는 그에 대한 표현을 늘 절제하며 삽니다.

오늘 그 이야기를 한 번 다시 하자면 제 마음속의 전라도는 지방자치체 하의 주민들이 점유하는 권리 범주와는 좀 다른 곳에 있어요. 그러니까 저 옛 황토 위에 누누이 축적된 수난의 역사와 대동세상의 꿈을 버리지 않았던 사람들의 마음속, 특히 전래 고향마을 이야기 속에 담겨 있어요. 고로 나는 김남주 시인이 전봉준에게 바쳤던 표현처럼 "콧날 우뚝 세워 결코 굴하지 않았던 사람"의 후예답게 수난을 견디는 자의 '의연한 자의식'을 가져야 된다고 생각해 왔습니다. 가령, 우리 사회의 작동형식이 거래와 유통을 중심에 두다 보니 예술에서도 '광고' 혹은 '동냥'이 지나치게 중시되고 있어요.

저는 그런 건 수난 받은 정신들이 참여할 일이 아니라고 생각하여 되도록 외면하려 애썼던 것 같아요. 여기서 존경하는 선배를 들자면 역시 김남주 시인을 첫 손에 꼽아야겠지요. 1980년대 초창기에 다른 문단활동은 거의 눈에 차지 않고, 사회변혁운동과 문학의 관계 속에서 '문학운동을 한답시고 계급계층운동의 현장을 이탈하는 장면'에 거듭 실망할 때 그 깊은 목마름 김남주의 시를 접한 게 충격이었어요. 「학살」은 제게 아직까지 읽은 시 중 가장 큰 전율을 안긴 시로 기억되고 있습니다.

5

제가 광주 문단 운운하는 말을 남길 만한 처지는 아닌 거 같아요. 그런 말은 좀 오만해 보이고 거부감이 들어요. 그냥 제 얘기를 하자면 한때, 문학을 계급계층운동의 일부로 되돌려 놓으려는 운동이 제가 제안한 '자주적 문예운동'이었는데, 이는 1980년대 후반에서 1990년대 전반기의 민중운동에서 문학이 주력군을 형성하게 되는데 큰 기여를 했다고 생각합니다. 문단 안만을 들여다보아서는 그게 뭔지도 모르는 경우가 많지만 사실은 우리나라의 거의 모든 조직, 즉 대학의 학생회, 청년회, 노동단체, 각종 조합, 또 농민회 등에 얼마나 많은 문학회들이 그곳에서 활성화되었는지 몰라요.

광주지역도 전남대학교의 〈용봉문학회〉, 〈비나리패〉, 조선대학교의 〈나락문학회〉, 또 〈광주청년문학회〉 등이 대단한 활동력을 보였습니다. 이를 흔히 운동권 NL그룹의 문학 활동이라고 일컫는데, 자주적 문예운동 진영은 계급계층운동에 방해되는 '분파'가 되지 않기 위하여 수시로 구심력을 해체하면서 활동했습니다. 여기에서 계급계층운동의 굴레를 벗기고 나면 1990년대 이후의 문예조직들이 그려집니다. 2000년대 이후 그것이 상업화되면서 점점 타락의 길을 가는 게 아닌가 합니다. 저는 문학운동이 그 속에 살아 있어야 한다고 봅니다.

6

제가 마지막으로 활동한 것은 2003년 민족문학작가회의가 체제개편을 시도하면서 신설한 사무총장제의 첫 사무총장을 맡았던 일입니다. 저는 그때 "지역정신(토착정신)을 모아서 남과 북의 문학이 손을 잡고 아시아·아프리카 연대로 가도록 하겠다!" 하고 취임 인터뷰를 해서 남북작가대회를 했고, 6·15민족문학인협회를 만들었으며, 전주아시아아프리카문학페스티벌을 개최하였습니다. 모두 제가 집행위원장을 맡았던 행사들이에요.

이후 다른 미학적 열정을 보태는 운동이 어떻게 존재했는지 그것은 제가 잘 모릅니다. 다만 아직도 그 활동이 필요하다는 생각, 또한 준비된 동력들이 없어서 그 일을 하기 어렵다는 생각, 그 때문에 한국문학은 디지털시대의 방식대로 체제 순응적으로 일방적으로 흘러가는 게 아닐까 생각해 봅니다.

끝으로, 최대한 자리를 피해오다가 이승철 시인의 요청을 피할 수 없어서 응답했는데, 오만한 생각을 아직 버리지 못하고 있어서 얼마나 죄송한지 몰라요. 지금은 최대한 시골살이에 열중하고 있음을 헤아려서 널리 양해해 주기를 바랄 뿐입니다.

통일시를 완성할 시인은 광주전남의 문인들

이도윤_ 시인

1

고등학교 1학년 때 선배의 권유로 광주 시내 문학동인회인 〈용설란〉에 가입하게 되었습니다. 대학생 선배들과 고등학교 남녀 문학청년들로 구성된 모임이었고 거기서 문병란 선생님을 만나게 되었습니다.

　우리 동인 중엔 전남여고 여학생이 자살을 기도하고 그녀를 병원에 데리고 가기도 했는데 소설이나 시를 닥치는 대로 읽던 때라 어른들이 하는 일들이 조금도 두렵지가 않았어요. 그들의 행동은 이미 시나 소설의 한 구절뿐이었으니까요. 술, 담배, 연애를 하고 세상의 고민을 모두 짊어진 것처럼 굴었죠.

　우리 집에는 아버지께서 아끼시던 오래된 시집들이 있어온 터라 중학교 시절부터 그런 시집들을 읽게 되었고 시를 좋아하게 되었지요. 대학을 서울로 진학하게 되자 문병란 선생님이 편지를 써 주시면서 조태일 시인을 찾아가라 해서 대학 1학년 때 조태일 시인을 만나게 되었고, 저는 더 깊이 시로 들어가게 된 거죠.

2

1980년 5월은 우리 역사를 뒤흔든 대사건이라 같이 살아 이 땅에 남은 모든 슬픔의 원천이라 해야겠지요. 그 어떤 생명도 분노와 눈물을 가득 담게 한 사유의 출발점과도 같아서

시의 뿌리도 변명도 여기서 태어납니다.

3

1993년에 창비에서 간행한 『너는 꽃이다』를 대표시집으로, 이 시집에 실려 있는 「등」이란 시를 저의 대표작으로 꼽고 싶습니다.

4

광주전남의 문인들은 시에서 정이 묻어나고 분노에서도 정이 묻어납니다.

사람임을 느끼게 하는 위대함이죠. 이미 이들은 훌륭한 시인이에요. 고등학교 일학년 때 김지하 시인의 「황톳길」을 노트에 옮겨 쓰다가 그 시를 외우게 되었어요. 엄청난 영향을 받은 거죠. 김지하의 천재적인 저항정신을, 시와 행동으로 살다간 김남주 시인을 존경하지요.

5

통일을 노래하고 통일시를 완성할 시인은 광주전남의 문인들입니다. 문학은 결국 혼자 하는 행위이지만 결속과 연대를 통해서 문학의 힘이 더 강렬해지기도 합니다. 좋은 시인들을 발굴해 내고 후배 시인들이 성장하게 하는 것도 선배 시인들의 몫입니다.

팽팽한 긴장 유지와 꺾이지 않는 붓의 힘

박상률_ 시인·동화작가

1

1981년 초에 전남대학교 상과대학 졸업장을 손에 쥐고서 광주의 햇살과 바람, 사람, 거리 등을 마주할 수 없어 대학원을 핑계로 서울로 도망쳤다. 대학원 때문에 시작한 서울 생활이지만 광주에서 멀어질수록 문학의 갈망은 커졌고, 상과대학의 교과목하고는 사돈네 팔촌 정도의 인연도 없는 시집과 소설 등을 더 챙겨 읽었다.

글을 본업으로 하지 않기 위해 상과대학을 간 사람이지만, '야만의 시대'라고밖에 달리 표현할 말이 없는 1970년대에 이어지는 1980년대는 나를 자연스럽게 문학으로 이끌었다. 그때 계간지 『창작과비평』은 물론 『민의』 같은 무크지에 실린 시를 보며 남몰래 문학의 욕망을 키우고 있었다.

서울 와서 자주 들락거리던 관악산 아래 신림동의 '동방서적'이라는 서점에서(주인은 이 아무개 씨로 나중에 국회의원도 하고, 지금은 어느 당 대표를 하고 있다) 동인지 〈5월시〉를 만난 뒤부터 시를 쓰기 시작했다.

그간 시라고 하면 중고등학교 국어책에서 읽은 것만이 전부인 줄 알

앉는데, 〈5월시〉에 수록된 시들은 가히 충격적이었다. 이런 게 시다니! 시를 이렇게 써도 된다면 나도 쓰자 하고 시작했다. 시를 쓰기 시작하자 시대에서 얻은 상처가 치유되는 느낌을 받았다. 박몽구 곽재구 나종영 나해철 김진경 이영진 최두석 등의 시인들을 그 동인지에서 만났다. 〈5월시〉 동인 시를 읽으니, 더 이상 상과대학 계열의 대학원을 다니는 게 무의미했다. 그래서 대학원을 그만두고 본격적으로 글쓰기를 시작했다.

대학 시절엔 소설가 송기숙 선생의 작품인 『자랏골의 비가』 등을 읽었지만 직접 배우지는 못했다. 대학 졸업 무렵엔 이문구의 『우리 동네』 연작소설을 통해 농촌의 현실을 더 핍진하게 알게 되었다(나 자신도 농촌 출신이지만!).

나중에 문단에서 만난 송기숙 선생은 나를 다른 이에게 소개할 때 처음엔 '제자뻘'이라고 했다가 나중엔 아예 '제자'라고 했다. 소설가 이문구 선생은 나에게 어떤 장르를 하든 동화는 포기하지 말라는 '문학적 유언'을 남기셨다. 당신은 동화 문장이 안 되어 동시까지만 썼다면서….

1980년대의 대표적인 무크지 『민의』는 일월서각이라는 출판사에서 발간하였다. 시중에서 책을 구하지 못한 어느 호는 서울 마포에 있던 출판사까지 가서 책을 샀던 기억이 난다. 그때 신인 중에 '이승철'이 있었다. 고등학교 어느 학년 때 한 반이었던 벗과 이름이 같아 혹시 같은 사람인가 싶어 자세히 살폈으나 다른 사람이었다.

시 쓰는 일을 손에서 놓지는 않았지만, 병역을 마친 뒤부턴 학원강사 생활로 생계를 해결하고 있던 처지라 바빠서 짬이 잘 나지 않았다. 그 무렵 『한길문학』에서 장편 서사시를 뽑는다는 광고가 한겨레신문에 났다. 그걸 놓치지 말아야겠다는 각오를 단단히 하고 시를 정리해서 투고하여 가까스로 당선통지를 받았다.

2

1980년 5월을 겪지 않았다면 나는 아마도 은행원 생활을 하다가 지금쯤 퇴직을 하거나, 경제 관련 자격증을 따서 별 생각 없이 살았을 것이다. 그해 5월 때문에 광주를 떠났고, 새로 자리 잡은 자리에서 〈5월시〉 동인 지를 만났다. 내 문학의 밑바탕은 5월로 상징 되는 여러 빛깔이 무늬져 있다고 생각한다.

나는 '5월 광주'를 일반 작품 속에 자연스레 스며들게 쓰기도 하지만, 아예 책 전체에 5월 광주를 담기도 한다. 이는 어린이책에서도 마찬가지이다. 시집『하늘산 땅골 이야기』(문학과경계)와 소설집『나를 위한 연구』(사계절)는 어른 독자용 책이지만 어린이와 청소년을 독자로 한 5월광주 책은 그림동화『아빠의 봄날』(휴머니스트), 고학년동화『자전거』(북멘토), 청소년소설『너는 스무 살, 아니 만 열아홉 살』(사계절),『통행금지』(서해문집) 등이다.

문학은 나 아닌 사람이 읽을 것을 상정하고 쓰는 순간 이미 사회에 참여하고 있다고 생각한다. 그래서 함부로 쓰면 안 되리라. 요즘은 문학이 하찮게 취급 받고 나아가 조롱까지 받는 처지이지만 문학이 아니었으면, 글쟁이들이 없었으면 이 정도 성취도 이루어내지 못했을 것이다.

광주전남작가회의에서 직접 활동은 하지 않지만 뜻은 항상 같이하고 있다고 생각한다. 십수 년 전엔 〈광주전남작가회의〉 회원으로 가입하려고 실무자에게 얘기했는데도 어찌 된 사정인지 가입 신청서가 오지 않아 차일피일 미루다 유야무야 된 적도 있다.

〈한국작가회의〉에선 희곡분과위원장과 아동문학분과위원장을 맡기도 했다. 하지만 나라는 사람은 그다지 활동적인 사람이 아니라서 희곡분과는 없어지고 말았다. 이런저런 사정으로 신입회원심사위원장도 맡긴 했지만 별다른 성과를 내진 못했다.

3

출판계와 학교 현장 사람들은 모두 청소년소설인 『봄바람』을 내 대표작으로 꼽는다. 작품성보다는 『봄바람』이 우리나라 최초의 청소년소설을 표방한 까닭 아닐까? 시로 문단에 나온 사람이 시보다는 청소년소설이 대표작이라니….

첫 시집이 나오자 그 시집에 실린 어린 시절 이야기를 동화로 써달라는 청탁이 있어 동화를 쓰기 시작하였다. 동화를 몇 해 쓰다 보니, 동화도 아니고 일반소설도 아닌 묘한(?) 『봄바람』을 썼다. 그게 딱 청소년들에게 맞는 소설이라 하여 우리나라의 청소년문학이 소설 『봄바람』에서부터 비롯되는 계기가 되었다.

그간 시집으로는 『진도아리랑』(1991년, 한길사)과 『국가공인미남』(2016, 실천문학)을 비롯 5권을 펴냈다. 동화는 『바람으로 남은 엄마』(1992, 민족사)를 시작으로 『미리 쓰는 방학일기』(2000, 사계절), 『개조심』(2012, 창비) 등 20여 권을 펴냈으며 청소년소설로는 『봄바람(1997, 사계절), 『나는 아름답다』(2000년, 사계절) 등 10여 권을 펴냈다.

나는 신인 때 공모에 응하여 받은 신인상과, 신인상 격인 '문학의 해 기념 불교문학상(희곡부문)' 말곤 '상' 자 붙은 건 '밥상' 말고선 받아본 적이 없다. 그런데 최근에(2018년) 한국작가회의 젊은 작가(40세 아래)들이 '아름다운 작가상'을 주길래 염치없이 덥석 받고 말았다.

4

전라도, 특히 진도에서 태어나지 않았다면 내 문학의 향방은 사뭇 달랐으리라. 아예 문학을 하지 않았을지도…. 나는 어찌 보면 진도를 팔아먹고(?) 사는 존재인지도 모른다. 고향 진도에서 어렸을 때 몸에 익힌 판소리나, 아리랑, 들노래, 육자배기 등의 가락으로 쓴 글이 많다(시는 물론, 청소년소설과 동화에서도!). 최근엔 사람보다 더 유명한 진도의 개 '진돗개'를 소재로 한다. 그래서 지금은 '개장수'를 하고 있다.

선배 문인 가운데에선 소설의 송기숙 선생, 시의 김준태 선생을 비롯 본받을 분이 한두 분이 아니라서 되레 적을 수가 없다. 선배 문인들 모두 현실을 외면하지 않는 문학을 하셨다. 현실과 팽팽한 긴장을 하면서도 꺾이지 않는 붓을 가지고 계신다. 참으로 존경스럽다.

5

나도 선배 문인들처럼 현실과 팽팽한 긴장을 유지하면서도 꺾이지 않는 붓의 힘을 끝까지 믿을 것이다. 특히 어린 독자들이 내 책을 많이 읽는지라 그들이 현실에 부딪힐 때마다 혼란스럽지 않게 일찌감치 가치관을 심어주는 잡아주는 글을 쓰고 싶다. 그게 쉬운 일이 아닌 줄은 안다. 자칫 잔소리, 교훈적인 글이 되기 십상이니까….

6

나는 특별히 잘하는 게 없는 인간이다. 그나마 청소년을 위한 글이 몸에 맞다. 청소년과 어린이들의 대변인 같은 글을 계속 쓰고 싶다. 어른 한 사람쯤은 그들의 편에 서 있는 것도 괜찮은 일인 것 같아서….

내 삶의 한계를 벗어나거나 해방시키는 문학

박관서_ 시인

1

대학교 등에서의 정규문학 수업보다는 〈시울문학회〉라는 문학동인회에서 10여 년 이상 문학수업을 했다. "문학은 삶에서 우러나는 똥이다."는 김남주 시인의 문학강연을 통해 새로운 문학관에 눈뜨고 김수영의 산문집과 김지하 신경림 조태일 등의 민중문학에 눈을 떴다. 이후 네루다, 옥타비오 빠스 등을 비롯한 3세계문학을 배우면서 문학생태계 내에서의 인정을 받기 위한 문학보다는 내 자신의 삶을 대상으로 하는 문학에 집중하였다. 1996년 계간 『삶 사회 그리고 문학』 신인추천을 받았고 이듬해 1997년 제7회 윤상원문학상을 수상하면서 본격적인 문학을 시작하였다. 그리하여 초기에는 주로 목포지역에서 활동하는 젊은 문인그룹인 〈시울문학회〉를 중심으로 김선기 김문옥 김주완 유종 김성호 김화숙 박시린 최기종 등과 함께 활동하였다. 이후 목포작가회의가 발족되면서 유종화 김선태 박성민 강흐들 정경이 박미경 양원 김경애 등 많은 문인들과 함께 문학활동을 하였다. 지금은 광주전남지역으로 보폭을 넓혀서 활동하고 있는 셈이다.

2

1996년부터 광주전남작가회의에 가입해서 활동하다가 2001년 전남 목포에 한국작가회의 목포지부를 창립하면서 사무국장을 맡았다. 이후 2005년에 목포작가회의 2대 회장에 선임되어서 적극적인 지역문학 활동을 했으며, 2017년에는 광주전남작가회의 회장으로 선임되어 활동하고 있다. 특히 광주전남작가회의 일을 보면서 좀 더 직접적으로 만난 5월문학은 그동안 궁핍했던 개인사의 울안에서 크게 벗어나지 못했던 내 문학의 지향점과 내용을 크게 전환하는 기점이 되었다. 개인적인 차원에서는 문학을 통해서 사회와 세계 그리고 자연과 영혼의 문제로까지 접속하고자 노력하고 있다. 이는 물론 개인의 자유와 상상력을 기반으로 하고 있음은 물론이다. 따라서 개인의 자유와 상상력을 제한하거나 억압하는 일체의 제도나 관습 등과는 대척하고 있다.

3

개인적으로 선배 등으로부터 인정을 받아야 하는 등단제도 등에 대하여 부정적이었으나 초대 목포작가회의 회장을 역임한 유종화 시인이 내 작품을 모아서 투고하여 1996년에 계간『삶 사회 그리고 문학』신인추천을 받았다. 이후 간행한 시집으로는『철도원 일기』(내일을여는책, 2000),『기차 아래 사랑법』(푸른사상, 2014)이 있고, 시노래음반『간이역 소식』(시하나노래하나, 2006)과『일로지역 주민생애사』(시와사람, 2017)를 발간했다. 윤상원, 전태일문학상을 받고 싶어서 다행히 제7회 윤상원문학상을 받았으나 전태일문학상은 받지 못했다. 2014년에는 중국 길림성의 조선족 동포들이 운영하는 도라지문학지의 도라지해외문학상을 받았다.

4

풍부한 문화예술적 자양분과 사회정치적으로 충분한 민주적 전통을 지닌 전라도는 그 자체로 문학이 지향해야 할 내외적인 영향을 부여하고 있다. 문제는 아직도 미흡한 내 자신의 문학세계에서 이를 어떻게 받아들여 개인 삶의 해방과 동시에 인간과 세계의 풍요로운 관계망의 형성에 기여하도록 할 것인가 이다. 김남주 시인과 초기의 문병란 시인 그리고 송기숙 김준태 문순태 한승원 선생 등 수많은 선배문인들의 문학정신과 세계를 흡입(?)하고자 노력하고 있다.

5

문학을 통해서 무엇보다도 먼저 흠집 많고 제한적인 내 삶의 한계를 벗어나거나 해방시키려는 노력을 하고자 한다. 동시에 이를 통해 물아일체가 된 문학의 영역으로 진입하고자 하는 소망을 지니고 있다. 광주전남문학의 활성화를 위한 지향점으로는 광주전남을 중심으로 독립된 지역문학판을 형성해야 한다고 생각한다. 이를 통해 한국문학계의 일부분으로서의 지역문학판이 아니라 최소한 아시아문학의 한 개체로서의 독특성을 지닌 지역문학판이 되었으면 한다. 이는 5월 광주정신을 기본으로 아시아의 정신과 문화에 접근하고자 하는 광주전남지역의 사회적 아젠다와 연결되는 내용이기도 하다. 이제 문학은 개인의 구원이나 사회문화의 첨병을 벗어나서 역사와 문화는 물론 경제, 정치, 산업, 교육 등 4차산업시대를 아울러 선도하는 본류가 되어야 한다. 겨우 문학계 내부에서의 끝없는 인정투쟁을 통해 안정적이면서 명예로운 일자리나 또는 자본수입의 확대를 목적으로 하는 협의의 문학은 최대한 제한되어야 한다고 생각한다.

정신사에서 혁명적인 사조가 탄생되어야

염창권_ 시인

1

성장기에는 결정적 시기가 있다. 그걸 잘 통과하면 성장 과업이 순조롭게 완성되지만, 그렇지 못할 경우에는 나이가 들어 노력해도 보상받지 못한다는 것이 정신분석학의 설명이다. 나에게 가장 큰 결핍의 시기가 있다면 고교 때라고 보아야 할 것이다.

시골에서 병설고등학교를 다니며 농사일을 거들다 보니 문화적으로 경험이 부족한 상태였고 세상 물정에도 아득하였다. 그러다가 형편에 맞추어 광주교대에 진학하였고, 5·18과 더불어 짧은 2년간의 대학생활을 마치고 나머지 20대의 전 기간을 시골 오지학교에서 초등교사 생활을 했다. 그러니 나에게는 적성이 뭐랄 것도 없이 청년기 모두가 생활인으로서의 생존기이자 성장기라 볼 수 있다.

그 과정에서 막연히 나 자신을 표현하고 성장시킬 수 있는 길로 글쓰기에 관심을 두게 된 것이다. 처음에는 소설에 매달리다가 나중에는 시 쓰기로 방향을 바꾸었다. 이성복 오규원 송수권 신경림 김수영 이성부 등이 주요 독서 대상이었고, 『심상』 주최 해변시인학교의 주요 참가자로서 습작품을 들고 찾아다녔다.

그러던 중, 영암 지역에서 뜻이 맞는 교사를 중심으로 〈달문학〉 동인회를 결성하여 팸플릿 형식의 회지에 처음으로 시를 발표할 무렵이다. 김 장학사께서 학교 아저씨를 통해 공문과 함께 학교로 보내온 송선영의 시조집『두 번째 겨울』을 받게 된 것이다. 발행일이 1986년 4월이니, 1988년 여름에 완성한 필자의 신춘문예 등단작「강가에서 2」와 2년간의 사이가 있다.

책을 받은 후로 탐독하던 송수권의『산문에 기대어』,『꿈꾸는 섬』옆에, 송선영 시조집『두 번째 겨울』이 놓이게 되었다. 두 분의 송 선생님은 그때까지 대면한 적이 없었지만, 작품을 통해서 알게 모르게 영향을 받게 된 스승이다.

이 무렵, 율포 해안가 자취방에서 쓴 동시「갈대 이야기」로『소년중앙』문학상(1991년)에 당선되었으니, 이때가 나의 가장 왕성했던 습작기가 아닌가 생각한다. 그때까지 문하의 인연을 얻어 직접 사사 받은 스승은 없었지만, AI 바둑프로그램 '알파고'가 기보를 통해 스스로 학습하듯이 앞의 여러 시인들의 시를 공부하며 습작기를 거쳤던 것이다.

2

5·18 당시 쿠데타 세력의 타격 목표는 시위를 주동한 청년 학생들이었다. 첫날의 무참한 진압작전 이후, 그 일부는 용감한 시민군이 되었고 나머지는 적극적인 지지자 혹은 심약한 목격자의 역할을 했다.

당시 나는 교대 2학년이었는데, 총에 맞을 것이 무섭고 두려워 자취방에 이불을 쳐두고 골목을 숨어서 돌아다니다가 마지막 진압작전 이전에 시골에서 자전거를 타고 오신 아버지에 끌려 광주를 탈출하고 말았다. 그러니 이 비겁과 처참함을 어떻게 드러내놓고 글로 쓸 수 있겠는가?

습작기의 시들은 이때 광주를 탈출한 것에 대한 부끄러운 고백이 주류였고, 시조 당선작 「강가에서 2」도 그와 같은 입장에서 쓰인 글이다. 한편, 시골에서 교사생활을 하면서 〈오월시〉 동인의 시를 읽으며 그 기개에 감명을 받았고, 문학 행사 때 독자로 참석하기도 했으나 그들은 내가 배우는 대상이었지 교류의 대상은 아니었다. 여전히 나는 문학과 문화의 변방에 머무른 채 캄캄하게 1980년대의 끝을 바라보고 있었다.

그 이후, 한국교원대에 진학하여 석·박사 과정을 이수하면서 시조, 동시, 시가 신춘문예에 차례로 당선되었고 교육학 박사학위를 취득하였다. 이후 시간강사를 거쳐 모교인 광주교대 교수공채에 합격하여 이곳 광주에 정착하게 되었다.

이때부터 김선태 시인과 함께 송수권 선생님을 본격적으로 뵙게 되었고 〈희방회〉의 회원이 되었다. 그리고 이후에 〈원탁시회〉와 〈한국작가회의 및 광주전남지회〉, 〈국제펜 광주지부〉 등에 가입하였다. 그러나 활발한 활동을 하기보다는 생활인으로서 직장에 얽매여 있어 명목상의 회원인 경우가 대부분이다.

그 가운데 딱 1년간, 〈원탁시회〉 총무를 맡아 동분서주할 때가 있었다. 어떤 모임이건 연락책이자 뒷수발 담당인 총무의 역할이 크다. 초대 범대순 시인에서 시작하여 가장 오랫동안 총무 겸 대표 일은 맡았던 회원이 문도채 시인이고, 그 다음이 강인한 시인이다. 1967년 시, 소설, 평론을 아우르는 『원탁문학』창간호가 팸플릿 형식으로 발간되었고, 1969년 제10집에 「원탁 발언」을 게재한 이후로 〈원탁시회〉라는 명칭으로 정착되면서 시인 중심의 동인회로 재편되어 오늘에 이르고 있다.

그 외에는 『시와사람』 편집장 1년, 〈원탁시회〉 대표 2년을 역임하였다. 지역문학을 위한 헌신이나 책무는 직장에서 퇴임한 이후의 일로 마음속에 남겨 두고 있다.

3

광주에 내려오고 나서, 직장 적응기간 4년을 보내며 뜻하지 않았던 문학적 공백기를 겪었다. 2000년 이후에야 시집 출간을 목표로 시를 다시 쓰기 시작하였는데 그때 쓴 작품 중의 하나가 「고인돌」이다.

죽음이 너무나 가벼워서/날아가지 않게 하려고/돌로 눌러 두었다./ 그의 귀가 밝아서/들억새 서걱이는 소리까지/뼈에 사무칠 것이므로/편 안한 잠이 들도록/돌이불을 덮어 주었다./그렇지 않다면,/어찌 그대 기 다리며/천년을 견딜 수 있겠는가

처음으로 이 작품의 성과를 인정하고 평을 써 주신 분이 송수권 선생 님이다.

"고인돌 앞에 서면 누구나 '죽음'이라는 사실에 한 번쯤은 당혹감을 느꼈을 것이다. 죽음이 가볍지 않도록 저토록 바윗덩어리로 눌러놓았다 는 진술이 그것이다. 그것은 죽음을 덮고 누워서도 결코 죽지 않고 천 년을 살아 누구를 그리워하며 기다리는 모습과 같다. 이른바 삶과 죽음 이 동일시되는 '편안한 잠'이라는 진술 속에는 '그대를 기다린다'는 역 설이 숨어 있어 더욱 비극의 긴장미를 효과적으로 높이고 있다. 염창권 의 시에는 이 극적인 비극미가 들어 있어 항상 시선을 끌어당기고 있 다."(송수권, 시인·순천대 교수, 무등일보 2000. 11. 27.) 이후로 「고인 돌」은 내 대표작으로 언급되어 왔다. 「고인돌」은 자유시이고, 2015년도 에 중앙시조대상을 받은 시조 작품으로 「11월」이 있다.

그림자를 앞세우는 날들이 잦아졌다/캄캄한 지층으로 몰려가는 가 랑잎들/골목엔 눈자위 검은 등불 하나 켜진다//잎 다 지운 느티나무 그 밑둥에 기대면/쓸쓸히 저물어간 이번 생의 전언이듯/어둔 밤 몸 뒤척

이는 강물소리 들린다//몸 아픈 것들이 짚더미에 불 지피며/뚜렷이 드러난 제 갈비뼈 만져볼 때/맨발로 걷는 하늘엔 그믐달이 돋는다//젖 물릴 듯 다가오는 이 무형의 느낌은/흰 손으로 덥석 안아 날 데려갈 그것은/아마도, 오기로 하면 이맘쯤일 것이다.

이 작품에 대해 나는 다음과 같은 설명을 붙인 적이 있다. "11월의 어수룩한 풍경들을 떠올려 본다. 난방을 켜지 않은 썰렁한 실내의 분위기가 인상적이다. 나뭇잎들이 땅바닥 위를 쓸려갈 때, 공기의 파장은 지층을 흘러가는 물소리 같이 들린다.

이때부터 사물들의 골격이 점차 뚜렷해지기 시작한다. 수습되지 못한 생각과 느낌들이 11월이라는 이름 속에 이입되어 있다. 이로 인해 이 달은 연중 어느 때보다 부산하다. 어둠은 언제나 생각보다 일찍 다가와 있다. 움푹 깊어진 허공 속에서 사람들의 얼굴이 떠돌아다니는 것을 본다. 안색이 밝지 않은 11월, 서자(庶子)와 같은 달이다. 어둑한 거리에 묵상에 든 사물들, 모든 존재자들의 그림자가 한층 길어진다. 그리고 우리가 11이라고 썼을 때, 11월은 애착과 이별이라는 두 겹의 벽을 만들어 그 틈새에 우리를 끼워둔다."

주요 수상 내역으로는 한국비평문학상(우수상), 국제펜광주문학상, 무등시조문학상, 박용철문학상(광주문화예술상), 한국시조시인협회상, 중앙시조대상 등이 있다.

4

앞에서 언급한 바, 송수권 송선영 선생님 두 분은 자유시와 정형시의 양면에서 각각 민족문학의 원형을 가장 잘 보여 주는 작품 세계를 구축했다고 본다. 이분들의 영향을 받아 시와 시조를 쓰고 내 나름의 작품 세계를 펼쳐나가게 된 것을 행운으로 여기며 감사하게 생각한다.

5

21세기말에는 문명의 종말이 있을 거란 예감이 든다. 생태계는 파괴되는 데, 인구를 줄일 생각은 않고 자꾸 늘려나갈 생각만 한다. 이기적인 시장경제의 폐단이다. 노인들에 대한 연금 지급과 부양을 위해 젊은이들의 숫자를 늘려가기보다는 생산적인 새로운 노년 문화가 형성되어야 한다.

이런 생각을 하면서 문명 비판적인 시를 쓰고 싶고, 가끔은 시도를 해 보지만 시대적 정신사조가 받쳐주질 못한다. 디스토피아적인 미래를 막기 위해서라도 이데올로기나 정신사에서 혁명적인 사조가 탄생되어야 할 시기이다. 광주전남의 문단에 새로운 가치와 설명력을 지닌 리얼리즘의 도래를 기대해 본다.

인간의 내면에 더 천착한 글을 쓰고 싶다

은미희_ 소설가

1

어렸을 때부터 다른 집과 환경과 분위기가 달랐습니다. 아버지는 무명의 화가셨고, 큰언니는 성악을 전공하라는 선생님들의 격려가 있을만큼 노래에 소질이 있었습니다. 하지만 다섯 살 터울의 큰언니는 소설가가 꿈이었고, 저는 자연스럽게 큰언니가 사다 놓은 책을 읽으며 자랐습니다. 초등학교 시절에 단테의 신곡을 읽고 이청준 박범신 등 닥치는 대로 읽었습니다. 처음 제 꿈은 문학보다는 그림이었습니다. 미술대회에 나가면 상을 타오곤 했지만 아버지는 당신이 화가시면서도 자식들은 그 길을 가지 않기를 바랐습니다. 하지만 작은 언니는 고집스럽게 그림을 그렸고, 저는 상을 타오면 아버지에게 숨겨야했습니다. 그러다 고등학교 2학년 때 과제로 산문을 쓴 것이 국어선생님에게 칭찬을 받았고, 그 이후 백일장에 차출돼 나가 상을 타는 바람에 꿈을 소설가로 잡았습니다.

동신여고에 다녔는데, 당시 한승원 선생님이 동신중에 계셨고, 첫 소설집『앞산도 첩첩하고』를 상재하셨습니다. 그때 국어선생님을 따라 출판기념회에 가서 떨리는 마음으로 축하주를 따랐는데, 후일, 한승원 선생님 댁에서 그 사진을 보게 되었습니다. 한승원 선생님도 사진 속의 그 여고생이 저라는 사실에 놀라셨구요.

그렇게 학교를 졸업하고 방송사에 취직해 소설가와는 다른 길을 걷고 있었습니다. 하지만 소설가가 되고 싶다는 생각은 여전히 마음속에 남아 있었습니다. 그러다 어느 날 큰언니의 심부름으로 광주 가톨릭센타에 가게 되었는데 그곳에서 글쓰기 강좌를 한다는 안내포스터를 보고 바로 등록을 했습니다. 시는 곽재구 선생님이, 소설은 임철우 선생님이 가르치셨구요, 그때부터 본격적으로 습작생활을 시작했습니다. 그때 딱 서른살이었습니다. 과감히 다니던 직장을 그만두고 본격적으로 소설쓰기에 들어간 것이지요.

당시 문우들은 이화경 장정희 나정이 김영미 선생님이었습니다. 지금 다들 열심히 작가로 활동하고 있지요. 하지만 다들 등단하는데 저는 계속 떨어졌습니다. 상심의 날들이었지요. 몇 번이나 그만둘까 방황도 많이 했습니다. 하지만 마지막으로, 딱 한 번만 넣고 그만두자는 마음으로 응모했다가 당선되는 바람에 지금까지 글을 쓰고 있습니다.

등단하고 나서 광주대 문창과에 등록해 문순태 선생님께 배웠습니다. 한승원 선생님도 제 문학적 스승이십니다. 한승원 선생님은 두 번이나 저를 뽑아주신 고마운 선생님이십니다.

'은'이라는 성이 희귀해 본명을 숨기고 '최영빈'이라는 이름으로 전남일보 신춘문예에 응모했을 때, 한승원 선생님이 뽑아주셨습니다. 다시 광남일보 문학상에서 한승원 선생님이 뽑아주셨는데, 그때 한승원 선생님에게 처음으로 인사드렸습니다. 그랬더니 한승원 선생님은 남자인줄 아셨다고 하더군요. 일부러 중성적 느낌이 나는 필명으로 넣었는데, 주효한 거지요.

2

1980년 당시 저는 열아홉 살이었습니다. 한국 나이로는 꽃띠, 스무 살이었습니다. 제 스무 살은 그렇게 시작했습니다.

금남로 집회에 참여했다 하마터면 죽을 뻔했고, 군인들이 물러간 금남로를 걸으면서 삶에 대한 허무를 느꼈습니다. 공포와 두려움과 분노가 일정정도를 넘으면 감정의 진공상태에 든다는 경험을 그때 했습니다. 모든 통각이 마비된 듯 무감각해졌습니다. 순례하듯 영안실을 도는데, 가마니를 덮고 누워 있는 한 젊은 청년의 주검 앞에서 알 수 없는 성욕으로 눈물을 훔치기도 했습니다.

그 청년을 애무하면 다시 살아날 것만 같은 생각이 성욕을 불러일으킨 것이지요. 그렇게 1980년 5월은 내게서 죽음과 삶, 분노와 두려움, 욕망(모든 욕망들)과 증오에 대한 다양한 생각들을 안겨 주었습니다.

사람이 어떤 존재인지 깨닫게 하고 고발하며 궁극적으로 사람에 대한 이해를 돕는 것이 문학이라 생각합니다. 오욕칠정으로 변화무쌍한 사람들의 내면을 그대로 까발리는 것, 그럼으로써 인간이 얼마나 나약하고 그악스러운 존재인지 환기시키는 장치가 문학이라고 생각합니다.

작가회의 활동은 광주에 있을 때는 참여했지만 거주지를 수원으로 옮긴 뒤는 참여하지 못하고 있습니다. 광주작가회의는 조진태 회원의 추천으로 입회하였고, 이사를 맡기도 했습니다. 소설을 쓰는 김별아 정길연 양선미 홍양순 하성란 김이정 이청해 소설가와 부정기적 모임을 갖고 있습니다. 하지만 다들 바빠 자주는 만나지 못하고 있습니다.

문학인의 사회참여는 필요하다고 생각합니다. 누구보다 인간과 인간의 내밀한 욕망들을 들여다보고 그걸 작품으로 형상화하는 작가들이야말로 이상적인 사회가 어떤 사회인지 잘 알 수 있다고 생각합니다. 집단을 이루게 되면 그 자체로 사회참여의 성격을 띠게 되지요. 보다 적극적인 사회참여 또한 필요하다면 하는 것이 좋다는 생각입니다. 누구보다

문학인들은 믿을 수 있으니까요.

3

대표작을 들라면 『비둘기집 사람들』과 첫 소설집 『만두 빚는 여자』를 꼽을 수 있습니다. 첫 소설집은 등단한 지 10년 만에 묶은 것이라 수록할 작품 선정에 고민이 많았습니다. 작품이 많았으니까요. 다양한 것들을 보여드리고 싶었지만 큰 주제를 가족으로 갖고 그와 관련된 작품을 추려 묶었습니다. 그동안 펴낸 작품집은 아래와 같습니다.

『비둘기집 사람들』(문학사상사, 2001), 『소수의 사랑』(문이당, 2002), 『바람의 노래』(문이당, 2005), 『바람남자 나무여자』(랜덤하우스코리아, 2007), 『만두 빚는 여자』(이룸, 2008), 『조선의 천재화가 오원 장승업』(자음과 모음, 2005), 『18세 첫경험』(이룸, 2006), 『창조와 파괴의 여신 카미유 클로델』(자음과모음, 2007) 평전, 『나비야 나비야』(문학의문학, 2009), 『인당수에 빠진 심청』(생각의나무, 2010) 그림동화, 『내친구 나비를 소개합니다』(풀잎, 2010) 어린이그림동화, 『흑치마 사다코』(자음과모음, 2011), 『인류의 빛 교황 요한 바오로 2세』(자음과 모음, 2012) 평전, 『Flutter Flutter Butterfly(미국 도랜스 출판사 영문판, 2016)

『18세 첫경험』은 중국어로 번역되어 출판되어 좋은 반응을 얻고 있습니다. 문단의 평은 나쁘지는 않습니다. 그동안 1995년 전남일보 신춘문예 소설부문 당선, 1996년 광남일보 광남문학상 수상, 1999년 문화일보 신춘문예 소설부문 당선, 2001년 삼성문학상을 수상했습니다.

4

광주전남의 질펀한 정서가 내 문학의 자산입니다. 전남문학의 선각자중 먼저 이청준 선생님을 꼽고 싶습니다. 초등학교 때 읽었던 「병신과 머저리」는 지금도 잊을 수가 없습니다. 그 이후 이청준 선생님의 작품은 거의 다 찾아 읽었고, 그 이후는 임철우 선생님입니다. 선각자라고 하기에는 좀 부적할 수도 있겠지만 그래도 내 문학에 가장 영향을 많이 끼친 분들은 이청준 임철우 한승원 문순태 선생님입니다.

이청준 선생님은 도회적이면서도 전라도의 정서를 가지고 있는 세련된 작품으로서, 임철우 선생님은 섬세한 문장과 표현, 구성이 저를 압도하고, 한승원 선생님은 웅숭깊은 그 문학적 세계가 저를 주눅 들게 하고, 문순태 선생님은 그 성실한 작가정신과 자세가 저를 늘 부끄럽게 만듭니다.

5
인간의 내면에 더 천착하고 싶어요. 인간이 무엇인지, 악의 평범성과 불완전한 인간에 대해서 저만의 어법으로 추적하고 싶어요. 멀리 보고 꿈을 키우면 좋겠어요.

어머니의 정서, 대지의 정서, 사람의 깊이

박두규_ 시인

1

전북에서 태어나 전주고등학교 1학년 때 이병천 하재봉 등과 동인지 『글내』를 만들어 졸업할 때까지 3년간 간행하였고, 문청시절인 대학생 때 전주의 백학기 박배엽 경북의 이중기 박기영 등과 교류하였다. 특히 이미 작고했지만 박배엽과는 늘 가까이 지냈다.

그의 집이 부유하여 그의 집에 있는 오디오 시스템과 클래식 음반들, 철학대사전과 같은 전문 사전류들, 화가들의 컬러 화집들, 동서양의 고전과 문학전집들, 개인 문집들이 가득한 그의 방에서 한 달이면 열흘 정도 보냈던 것 같다.

대학졸업 후 전주에서 박배엽과 함께 〈남민시〉 동인을 결성하였는데 이병천 백학기 최동현 박남준 박두규 박배엽 정인섭 등이 함께 했다. 소위 80년대 동인지 시대에 전북지역에서도 합류한 것이다. 이후 김용택, 서소로 등 여러 시인들이 〈남민시〉 동인으로 들어오면서 그 규모가 커지자 〈남민시〉는 이후 〈전북민족문학인협의회〉로 발전적 해체가 이루어지고 이어서 〈전북민족문학작가회의〉가 된다.

2

나는 1980년 5월을 군복무 기간 중에 만났다. 아무것도 모르고 있다가 81년에 제대한 후 대학에 3학년으로 복학해서야 5월을 알게 되었고 축제기간에 「저항시 전시회」 등을 기획하여 김지하 고은 김남주 조태일 신경림 이성부 양성우 김준태 등의 시를 전시하고 읽으며 문청시절의 마지막을 보냈다. 졸업 후 〈남민시〉를 결성하면서 문단에 얼굴을 내밀었는데 당시 나와 동인들의 문학에 대한 생각은 통일을 전제로 한 북(北)에 대한 남(南)의 대표적 문학정서를 의식하면서 시를 쓰자는 것이었다.

남의 정서는 '따뜻함'으로 대표되며 그와 연계된 어머니의 정서, 대지의 정서, 사람의 깊이 등과 같은 근본정서 위에 동학운동과 같은 혁명성을 실어 민주화, 노동, 통일이라는 당시 남한사회 변혁운동을 실천하는데 우리의 문학이 복무해야 한다는 생각을 하고 있었다.

그러나 나는 문단에 명함은 내밀었으나 당시 전교조가 창립되면서 1500여 명의 해직교사가 발생하자 전교조 활동에 전념하였다.

그와 함께 〈순천교육공동체시민회의〉나 〈여순사건순천시민연대〉, 〈생명평화결사〉 등 사회단체 활동을 병행하면서 시 창작은 거의 절필한 상태였다. 그때 순천에는 나종영 이학영 정안면 정양주 등의 시인들이 있었으며 자연스럽게 틈틈이 만나 술자리를 갖게 되었다. 그러다가 순천작가회의가 만들어졌고 나종영 회장, 박두규 사무국장 체제가 한동안 이어지면서 〈광주전남작가회의〉에도 드나들기 시작하였다.

가장 큰 행사로는 순천에서 영호남대회를 유치한 것이었다. 거의 300명에 가까운 영호남의 문인들이 모였는데 그때는 특별하게 영호남만이 아닌 전국의 각 지회 사무국장을 불러 회의를 하고 '지역작가연합'이라는 회의체계를 조직하였다. 강령과 깃발까지 제작하여 하나의 회의 틀을 갖춘 모양새를 하고 출범했으나 이후 작가회의 집행부에서 영호남문인대회를 전국작가대회로 승화시키면서 지역작가연합 회의를

은 와해되었다.

　나는 이후 서울에서 열리는 총회에 참석하기 시작했으며 전국의 문인들과 교류하기 시작했다. 당시 총회는 지금처럼 지역작가들을 위해 숙소를 잡아 주거나 하지 않았다.

　그러다보니 총회 후 2차, 3차 술을 마시고 밤이 깊으면 자연스럽게 지역의 문인들끼리 어울려 여인숙을 잡고 둘러앉아 밤새 통음을 하였다. 다음 날 해장한다고 술이 이어지면 자칫하면 또 하루가 가고 2박으로 이어지곤 하면서 서로 깊어지던 시절이었다. 그때부터 만난 벗들이 제주의 김수열, 전북의 박남준, 충남의 한창훈 유용주 이정록, 경북의 안상학 박영희, 경남의 고증식 등이었다.

3

1985년 『남민시』로 작품활동을 시작하여 첫 시집 『사과꽃 편지』(1995년, 내일을 여는 책) 이후 『당몰샘』(2001년, 실천문학사), 『숲에 들다』(2008년, 애지), 『두텁나루숲, 그대』(2013년, 문학들), 『가여운 나를 위로하다』(2018년, 모악) 총 5권을 냈고 산문집으로는 『지리산, 고라니에게 길을 묻다』(2006년, 삶창)와 『생을 버티게 하는 문장들』(2017년, 산지니)을 냈다.

5월은 지금도 내 소설의 화두이며, 숙제

채희윤_ 소설가

1

개인적으로 몹시 어려운 처지에 있었고, 또 '희곡' 으로 등단하였으나, 희곡은 워낙 처음 써 본 작품으로 등단되어 그렇지만, 사실 소설에 대한 열망이 많았다. 또 희곡의 특성상 무대 위에서 재현되지 아니하면 생명을 잃는 현상에, 집단적 작업이라는 것을 알게 되었다. 그럴 때 학급 실장이, 강석경의 「숲속의 방」을 읽고 학교를 그만두는 일이 있었다. 그 후 소설로 전향하게 되고, 그해 1989년 한국일보 신춘문예에 단편소설「어머니의 저녁」이 당선되어 소설가로 등단했다.

2

5월광주 민주화는 지금도 내게 큰 화두이며, 앞으로도 소설의 숙제이다. 사회와 개인의 문제, 개인과 집단의 문제에 대한 시각을 새롭게 하게 한 일대의 경험이었다. 워낙 홀로 있는 일에 익숙한 나에게 집단의 필요성과 집단적 행동의 중요성에 대에 일깨워 주었다.

자본주의 시대의 일반 시민은 행동하는 것을 통해, 비로소 민주시민이 된다는 사실은 우리 모두에게 중요하다. 문학적으로도 문학정신 5·18기념 소설특집에 실린 5월 보상금 문제를 다룬 「엄마와 나무거울」을 통해 과찬을 받았던 것도 기억에 남는다.

작가회의는 김영현 작가의 권유에 의해 가입하게 되었다. 1989년 그에게 이끌려 공덕동인지 용강동인지 있던 작가회의 사무실에 가서 가입했다. 광주에선 활동을 하지 않다가, 임동확 시인에 의해 끌려가서 발을 디딘 것이 오늘까지, 광주전남작가회의 회장까지 했고, 지금은 고문으로 남았다. 그래도 그때부터 만난 진정한 문우들의 보살핌 속에서 지금까지 행복한 생황을 해 왔다고 본다.

〈광주정신원천자료 DB집〉, 〈아시아작가 레지던스 사업〉 등이 회장하면서 했던 가장 큰 일들이 아니었는가 싶다. 송광룡 심미안 사장, 이화경 소설가의 도움이 없었다면 불가능했을 것이다. 정말은 그들에게 공을 돌려야 한다.

3
대표작이라고 내세 울만한 작품이 없어서 미안하다. 회자된 것이 거기에 상응한 작품이라며, 「한 평 구홉의 안식」, 「길 위에서」, 「버스 안에서」, 「엄마 나무거울」, 「공룡의 꿈」… 조금 초라하다. 작품집은 『한 평구홉의 안식』(민음사), 『별똥별 헤는 밤』(작가세계), 『스무고개 넘기』(문학과지성사), 『곰보 아재』(민음사), 장편소설로 『소설 쓰는 여자』(현대문학) 등이 있다.

4
광주는 대한민국 현대사의 기표이자 기의이다. 이런 곳에 산다는 것 자체가 소설가로서는 유리한 입장에 있는 것 같아서 스스로 존엄하다는 느낌이다. 우리 말결의 소설을 쓰고 싶다는 생각, 식민지 수탈의 현장이었던 내 고향 목포 이야기를 꼭 쓰고 싶다.

소설가 유금호와 이동하 선생님은 내 영원한 스승님이시고, 김준태 문병란 시인, 그리고 한승원과 문순태 선생님, 두 분을 보면서 더 써야 지 하며 채근한다.

5

앞으로 역시, 인간과 그 사회적 조건의 문제에 대해서 작품화하려고 한 다. 5월 이후 광주 민주화 경험 세대의 이야기를 쓰는 중이며, 광주 소 설을 위해 작은 도움이 되는 일을 계획하고 있다.

무속과 설화, 신화적 요소를 심화하고 싶다

송은일_ 소설가

1

28세 때, 1991년이었는데, 남편의 전근으로 광주로 이사를 왔습니다. 만삭으로 이사를 왔던 탓에 곧 아이를 낳았지요. 광주에서 학교를 다니지 않았기 때문에 광주가 저한테는 좀 낯설었습니다. 친구가 없는 데다 아이 때문에 외출하기도 어려웠고요. 마침내 글을 쓸 때가 되었다고 느낀 게 아이의 두 돌 무렵이었습니다. 그 무렵에 각종 단체에서 문화센터를 만드는 게 유행했죠. 광주 금남로 가톨릭센터에서 문학강좌를 개설했다는 포스터를 발견한 게 1993년 3월이었을 겁니다. 아이를 안은 채로 찾아가 봤죠. 김종 시인이 개설한 강좌였습니다. 수강생은 서른 명쯤 됐던 것 같고요. 일주일에 한 번씩 석 달을 나갔습니다. 선생님이 시인이라서인지 수강생들이 전부 시를 쓰고 합평을 하는데 저만 산문을 썼지요. 저는 어릴 때부터 나중에 커서 소설을 쓸 거라고 생각하고 살았기 때문에 시 쓰기는 시도하지 않았습니다.

저는 고흥에서 태어나 여중 2학년에 서울로 전학을 갔습니다. 소설가가 되겠다는 생각은 고흥여중 1학년을 다닐 때 이미 했고요.

문학에 뜻을 둔 결정적인 계기는 시골에서 제 아버지가 젊을 때 구독하시던 잡지 『사상계』였다고 할 수 있을 것 같습니다. 그 무렵에 창고에 묵혀 있던 오래된 그 잡지들이 끌려나와 휴지 대용으로 변소에 걸렸는데요, 휴지로 사용하기 전에 낱낱이 읽었죠. 거기서 '베스트셀러'라는 단어를 처음 발견했던 거고요. 최인호의 소설 『별들의 고향』 광고가 실려 있던 페이지였을 겁니다. 저한테는 유레카였죠. 처음 만난 베스트셀러라는 단어가 무슨 뜻인지 그냥 알아챘으니까요. 나도 베스트셀러 작가가 될 거야! 열네 살짜리 계집아이의 앞날이 거기서 결정되었다고 할 수 있습니다.

아무튼 제가 시를 쓰는 데는 재능도 관심도 없다는 걸 알게 된 김종 선생님이 강좌가 끝날 무렵에(3주 남았을 때였나) 소설가인 이지흔 선생님을 소개해 주셨어요. 이지흔 선생님이 우리 강좌에 초청강사로 오셨을 때였어요. "시인들 사이에 소설가가 끼어 있네?" 그러셨어요. 그날 이지흔 선생님과 알게 되어서 그 다음 주부터 단편소설을 써서 그 선생님께 보여드리게 됐어요. 단편소설을 일주일에 한 편 꼴로 겁 없이 써댔죠. 그해 겨울 신춘문예에 응모했다가 떨어졌고요. 그 이듬해 겨울에 몇 신문사의 신춘문예에 응모했는데 광주일보에서만 당선소식이 왔습니다. 그리하여 기나긴 무명작가의 길로 들어섰고요.

2

1980년 5·18 무렵 저는 서울 서대문구에 살던 고등학교 1학년생이었습니다. 제가 기억하는 1980년 봄은, 자취생 주제에도 구독하고 있던 신문지의 시꺼멓게 칠해진 면면과 대학생들이 벌인 '데모'로 멈춰 서던 하교 길 버스와 그로 인해 버스에서 내려 걸어야 했을 때 하필이면 겪고 있던 생리통 등입니다. 그때 저는 광주에서, '불순분자'들에 책동된 광주 시민들이 '불온한 난리'를 일으킨 것으로 알았습니다. 학교나 신문이나 티뷔 등, 아무 곳에서도 광주에서 일어난 일의 의미나 시내 교통 체증을 일으키는 시위의 진짜 뜻을 설명해 주지 않았기 때문이죠. 스스로 알아채기에는 우둔했고요. 대학에 입학해서야 암암리에 상영되던 '광주 비디오'를 봤습니다.

광주로 와서 아이 낳고 등단하고, 여러 광주 사람을 만나면서 내내 살고 있습니다. 14종 27권째의 책을 내면서요. 제 아이가 현재 만 스물일곱 살입니다. 제 아이는 광주에서 태어나 광주에서 자란 청년이므로 당연히 광주 시민이죠.

그런데, 제 아이가 광주 시민이긴 하지만 '광주 사람 의식'은 없는 게 아닌가 싶습니다. 한국 국민, 세계시민 의식은 있는데 태어나 사는 광주 사람 의식은 보이지 않는다는 겁니다. 어째 그런가. 생각해 보니 어미인 제게 그 '의식'이 없기 때문인 듯합니다.

'당시'를 광주에서 보내지 않은 사람은 결코 알기 어려운 그 어떤 의식! 이후 스물일곱 해를 살아도 알기 어려운 그 어떤 면면들!

그걸 알지 못한 저는 아이를 키우며 그 이야기를 할 수 없었고, 한다고 해도 단편적인, 아이가 교과서에서 읽었을 법한 내용 이상을 말할 수 없었던 것이죠.

아이와 더불어 '오월 광주'를 논해 보지는 않았을 지라도 제 인생의 딱 절반, 작가로서의 삶 전체를 여기, 광주에서 살고 있습니다. 여기서 제가 만나는 사람들은 대개 '오월 광주'를 직접 겪었고요. 그래서 제 몇 소설들에서 잠깐씩 나타나는 '5월 광주'는 추상적이고 관념적인 측면이 있습니다. 지난봄에 출간한 장편소설 『달의 습격』에서 묘사한 '5월 광주'는 제가 지인들로부터 습득한 '5월 광주'와 제가 오랜 시간 살면서 체득한 '5월 광주'라 할 수 있습니다.

문단활동, 문학단체 활동! 거의 하지 못했습니다. 광주에서 산 시간이 긴지라 상당히 많은 문인들을 알게 됐지만 같은 지역에 사는 문인들이지 대사회적인 활동을 함께하는 동료로서는 볼 수 없습니다. 작가의 대사회적인 활동은 작품일 뿐이라고 여겼던 탓에 친구이거나 지인으로서 문인들을 만나온 탓입니다.

3
그동안 출간된 작품집 목록은 다음과 같습니다.

장편소설『아스피린 두 알』(2000, 동아일보사), 『불꽃섬』(2001, 문이당), 『소울메이트』(2002, 문이당), 『도둑의 누이』(2004, 문이당), 『한 꽃살문에 관한 전설』(2005, 랜덤하우스중앙), 『반야』(전2권,2007, 문이당), 『사랑을 묻다』(2008, 대교북스캔), 『왕인』(전3권, 2010, 휴먼앤북스), 『천개의 바람이 되어』(2012, 예담), 『매구할매』(2013, 문이당), 『달의 습격』(2018, 나남), 단편소설집『딸꾹질』(2006, 문이당), 『남녀실종지사』(2009, 문이당), 『나의 빈틈을 통과하는 것들』(2014, 북인), 대하소설『반야』(전10권, 2017, 문이당).

위와 같이 출간해 왔습니다. 문단의 평가는 별로 받아본 적이 없고요. 신춘문예와 장편공모에 당선된 건 등단 과정이었고, 받은 상은 광주일보 문학상이 전부입니다. 현재까지의 대표작은 아무래도 대하소설『반야』라고 할 수 있겠지요. 원고량이 많고 집필기간이 길었으니까요.

4
출신지는 작가의 모든 작품에 절대적인 영향력을 행사한다고 생각합니다. 제 소설의 배경지역이 어디든 주인공들 태반이 전라도 출신입니다. 『불꽃섬』의 장소는 광주고요, 초기 백제가 시대배경인 3권짜리 소설『왕인』의 장소배경은 전라도의 원형이라 할 수 있는 백제 영토가 중심입니다. 소설『왕인』의 주인공은 전라도 영암 지방의 호족 출신이고요.

『한 꽃살문에 관한 전설』과 『매구할매』는 제 고향인 고흥입니다. 『달의 습격』의 남자주인공은 부모를 5·18로 잃었고요. 위에서 거론치 않은 소설들도 어떤 식으로든 전라도나 제 고향 고흥과 연결돼 있습니다. 전라도 출신 문인으로서의 자긍심이 무엇인가? 몹시 촌스러운(?) 그 질문에 대한 답은 작가인 제가 여기 전라도에서 태어나 살면서 전라도를 이야기하고 있다는 점으로 대신합니다.

저는 근작이라 할 수 있는 『달의 습격』, 『반야』, 『매구할매』뿐만 아니라 이전에 출간한 『천개의 바람』, 『왕인』 등에서도 무속, 설화, 신화적이라 할 수 있는 내용을 다뤘습니다. 그건 제가 전라도 고흥 땅에서 태어나 자랐기 때문이라 할 수 있을 겁니다.

시골스러움, 혹은 이야기적 요소가 저한테 체화된 덕이라고 여기는 것이죠. 어떻든, 초기작부터 제가 소설 속에서 의도했던 건 '여성들의 연대'와 '여성의 힘'이었습니다. 『아스피린 두 알』을 시작으로 『불꽃섬』, 『소울메이트』, 『도둑의 누이』, 『한 꽃살문에 관한 전설』에 이르기까지 여성의 주체성과 연대감을 이야기하려 애썼습니다.

작품들마다 '할머니'들이 등장하게 된 까닭입니다. 그냥 늙은 여자로서의 할머니가 아니라 자신의 혈육과 식구를 넘어서 여성의 힘으로 주변을 널리 돌보는 큰 존재로서의 할머니입니다.

그런 '비범한' 할머니에게는 무속적 신앙이 내재되어 있고 신화성이 발현된다고 보았슴다. 그런 할머니는 주인공의 삶에 지대한 영향을 미치면서 주체적 존재로 살게 하는 것이고요.

2007년 두 권짜리 장편소설 『반야』에서는 아예 작정하고 무속과 신화를 강화한 셈입니다. 『왕인』도 그렇죠. 세 권으로 출간됐던 『왕인』은 백제가 가장 강성했던 걸로 알려진 근초고왕 시대가 배경입니다. 주인공 왕인은 일본에 문자를 전파한 인물로 알려져 있죠. 저는 근초고왕 시대에 막강한 왕권에 못지않은 신권(神權)이 작동했으리라 여겼습니다. 왕궁에 버금가는 신궁을 설정하고 신녀들을 등장시켰고요. 왕들이 전쟁을 벌이는 동안 신녀들은 고통당하는 백성들을 돌보는 것이죠. '할머니' 처럼요.

5

제 소설들에서 무속과 설화와 신화성이 다분해진 가장 큰 이유는 제가 좋아하기 때문일 겁니다. 동시에 저는 모든 인간의 내면에는 어떤 식으로든 신화성이 내재되어 있다고 여기고, 여성은 신화성이 더 짙다고 생각합니다. 그게 여성적 힘이고 그 힘이 세상을 평화롭게 만들 수 있고, 만들어왔다고 보고요. 제가 무속과 설화, 신화적 요소를 활용하는 이유입니다. 앞으로도 그런 요소들을 심화시켜 글을 써 나갈 것이고요.

광주 문단에 남기고 싶은 말, 광주전남 문학의 활성화 방안에 대해서는 잘 모르겠다는 게 저의 솔직한 답입니다. 광주전남에 살거나 광주전남에서 태어나고 자라 나가 문인이 된 작가들이 각기 좋은 글을 써서 인지도가 높아지는 게 활성화가 아닐까, 싶을 뿐입니다.

그럼에도 불구하고 광주전남의 문학을 굳이 활성화시킬 필요가 있다면, 광주전남의 시인, 작가들을 광주전남에서 작정하고 키워야 하겠지요. 작품집 출간하면 시나 군에서 몇 천, 몇 만 권씩 사서 모든 도서관과 학교에 나누어 비치해 주고 그 작가들이 돌아다니며 자신의 작품에 대해 말하게 하는 식으로요. 물론 강연료를 **빵빵**하게 챙겨주면서요. 그렇게 된다면 광주전남의 작가들이 서울 문단을 꿈꾸지 않을 것이고, 오히려 광주전남으로 모여들겠지요. 광주전남을 자꾸 작품으로 만들어 낼 거고요.

남도 정서의 계승과 해양시 세계의 확장

김선태_ 시인

1

내가 처음 시를 습작한 것은 중학교 1학년 때부터이지만, 시인이 되겠다는 목표를 세우고 본격적으로 시를 쓰기 시작한 것은 대학 재학 시절부터이다. 대학 2학년 때 『한국문학』주최 대학생문예현상공모와 3학년 때 고대신문 주최 전국대학생문예현상공모에서 연달아 당선됨으로써 한때 대학생 문사로서 이름을 날렸다. 그러나 가정형편과 대학원 공부 그리고 때늦은 군 문제로 인해 10년 정도 시와 담을 쌓고 지내다가 1993년 늦깎이로 광주일보 신춘문예와 월간 『현대문학』추천으로 데뷔했다. 그리하여 80년대를 통과해낸 젊음의 비망록이라고 할 수 있는 첫 시집 『간이역』을 1997년에야 출간했다.

문학에 뜻을 둔 결정적인 계기는 중학교 1학년 때 국어선생님이 내가 쓴 시를 수업시간마다 전교생에게 읽히면서부터이다. 그러나 본질적으로는 성장과정에서 경험한 천형의 가족사와 가난, 첫사랑의 실패, 80년대의 시대상과 5·18의 체험 등이 복합적으로 얽혀 있다. 이러한 복합적 경험을 상처라고 한다면, 이 상처를 극복·치유하는 방식으로서 시 쓰기가 비롯됐다고 할 수 있다.

나는 중앙문단과 거리를 둔 채 한반도의 끄트머리 항구인 목포에서 외롭게 살고 있지만, 그간 자연스럽게 사귄 김지하 이재무 이지엽 유성호 홍용희 이형권 배한봉 김경복 고재종 신덕룡 양문규 등 문우들과 비교적 가까이 지내고 있다.

2

나는 대학에 입학한 해인 1980년 5·18을 직접 경험했다. 그것은 시에 대한 막연한 환상을 가지고 있던 나에게 일대 충격이요, 문학의 사회적 역할을 일깨워 준 계기가 되었다. 그리하여 등단 이전까지 나는 그 영향권 안에서 시대적인 고민을 안고 시를 썼다. 첫 시집 이후엔 그것을 극복하고 치유하는 방식의 세계를 추구했다. 문학인의 사회참여는 마땅하고 꼭 필요하다고 본다.

작가회의와의 인연은 1990년대 초반 내가 준비위원장이 되어 〈목포작가회의〉를 결성하면서부터이다. 그 무렵 함께했던 시인으로 유종화 박관서 김성호 이수행 등이 떠오른다. 이후 광주로 이주해 살면서 광주전남작가회의 회원으로 활동했다. 2000년대에는 서울 민족문학작가회의 기관지인 『내일을 여는 작가』의 편집위원으로 약 1년간 활동했다. 이후로는 가급적 단체 활동을 삼가고 작품을 쓰는 데만 몰두하고 있다.

3

비교적 널리 알려진 「조금 새끼」를 들고 싶다. 「조금 새끼」는 선원들이 사는 목포의 대표적인 달동네인 '온금동'에 전해 내려오는 민간설화를 시적으로 재구성한 시이다. 재개발 지역으로 낙점된 서산·온금지구에는 이를 바탕으로 한 '시화 골목길'이 조성되어 있다. 영화 〈1987〉의 무대이기도 하다.

대표 시집으로『살구꽃이 돌아왔다』(창비, 2009)와『그늘의 깊이』(문학동네, 2014)를 들고 싶다. 이 두 권의 시집은 나의 주요 시적 화두인 '남도의 정신과 정서'를 일관되게 담고 있으면서도, 목포로 다시 복귀하여 본격적으로 해양시에 관심을 기울이던 시기에 출간된 것이다. 서남해의 바다와 섬을 비롯한 해양생태, 해양민속에 이르기까지 아우른 바다 관련 시집이다. 특히『살구꽃이 돌아왔다』를 펴낼 무렵 이시영 선생은 "남도에 김선태 같은 시인이 꼭 한 명은 있어야 된다."며 창비에서 시집을 내는 데 결정적인 도움을 주었다.

등단 이후 나는 7권의 시집을 펴냈다. 그러나 2번째 시집인『작은 엽서』(1998, 한국문연)가 CD롬으로 제작되어 출판의 형식을 밟지 못한바 모두 6권의 시집이 맞다.

『간이역』(문학세계사, 1997),『동백숲에 길을 묻다』(세계사, 2003),『살구꽃이 돌아왔다』(창비, 2009),『그늘의 깊이』(문학동네, 2014),『한 사람이 다녀갔다』(천년의시작, 2017),『햇살 택배』(문학수첩, 2018) 등이 있고, 시집 이외의 펴낸 저서로 연구서『김현구 시 연구』(국학자료원, 1997), 문학평론집『풍경과 성찰의 언어』(작가, 2005), 문화기행서『강진문화기행』(작가, 2006), 연구서『김현구 시 전집』(태학사, 2005), 문학평론집『진정성의 시학』(태학사, 2012) 등이 있다.

지금까지 애지문학상(2007), 영랑시문학상 우수상(2010), 전라남도문화상(2011), 시작문학상(2017), 송수권시문학상(2018) 등을 수상했다.

4

전라도는 대대로 이 나라의 식량창고 역할을 했던 농도(農道)요, 풍류와 한국인의 원형이 가장 잘 살아 있는 예향이며, 저항문학의 본산이다. 또한 나라가 어려울 때마다 들고 일어섰던 의향이다. 나는 이러한 나의 뿌리인 전라도가 무한히 자랑스럽다. 나는 전라도 강진에서 한 농부의 아들로 태어나 지금도 떠나지 않고 살고 있다. 죽을 때까지 이 지역을 벗어나지 않을 것이다.

전라도에서 나고 자란 나의 정신과 정서는 철저하게 전라도적이다. 내 문학의 발원지도, 종착지도 전라도이다. 나의 문학은 지금껏 서울문학에 눈길을 주지 않고 '남도'라 이름할 수 있는 전라도의 정신과 정서를 일관되게 추구해 왔다. 최근에 관심을 두고 있는 해양시의 공간적 배경도 전라도 바다에 집중되어 있다. 이러한 나의 시세계를 두고 너무 낡았다거나 장소성이 협소하다고 지적하는 이들도 있으나 아랑곳하지 않는다. 작금의 현실이 아무리 4차원의 세계라 해도 위에서 언급한 전라도의 가치는 여전히 유효하다고 믿기 때문이다. 오래된 가치가 미래의 가치일 수도 있다는 역설을 믿기 때문이다. 그래야 지역문학으로서 전라도문학의 정체성도 지킬 수 있기 때문이다.

이 지역 선배 문인 중 내가 존경하는 시인을 들라면 김영랑 시인과 송수권 시인이다. 이들은 철저하게 전라도의 토착정서와 정신에 기반을 두고 시를 써온 분들이다. 풍류와 저항을 가장 조화롭게 시로 형상화한 시인들이다. 판소리로 친다면, 김영랑이 서편제라면, 송수권은 동편제에 가깝다. 나는 이들의 대를 이어 두 편제를 적절하게 아우른 시인이 되고 싶다. 특히 얼마 전에 작고한 송수권 시인은 나의 문학적 스승이다. 나는 그를 통해 광주일보 신춘문예로 등단했고, 그 분과 어울리며 어깨 너머로 시를 배워 왔다. 그가 평생 전라도를 떠나지 않고 '남도의 지킴이'로서 살다간 생애를 존경한다. 더욱이 영광스럽게도 금년에 그의 이름이 새겨진 문학상도 받았다. 나는 그 길을 발전적으로 따를 것이다.

5

벌써 이순이 눈앞이다. 지금껏 추구해온 남도의 정신과 정서라는 시세계를 계속 이어가는 것이 그 첫째요. 해양시의 세계를 확장하는 것이 그

둘째이다.

　광주전남문단은 빠르게 변화하는 세계를 문학작품 속에 담아내는 데 다소 둔감하다는 생각이 든다. 특히 관심사는 그대로 가지고 가더라도 그것을 말하는 방식 즉 기법의 변화는 있어야 하는데 그 점이 부족하다는 느낌이 든다. 지역문학으로서 광주전남문학의 정체성을 회복해야 한다고 생각한다.

자신의 '말 그릇'을 비우고 타자와의 소통

김경윤_ 시인

1

내가 문학에 뜻을 두게 된 것은 고등학교 졸업 후 재수하던 시절에 만난 두 가지 사건이었다. 어느 날 광주에서 막차를 타고 시골집에 내려오던 밤에 누군가 옆자리에 두고 내린 『씨알의소리』를 주워 와서 읽게 된 것이다. 거기엔 '전태일' 특집이 실려 있었는데, 전태일의 생애와 수기는 내 가슴에 '뜨거운 불을 놓은 듯 충격'을 주었다. 그때가 1977년 겨울이었다. 그 후 『씨알의소리』를 계속 구해서 읽으면서 사회의식과 문학에 대한 새로운 시각을 갖게 된다. 그 책을 통해 고은 양성우 박몽구 같은 시인들을 알게 되고, 함석헌 문익환 한완상 송건호 백기완 같은 당시 진보적인 지성들을 만나게 되었다.

두 번째 사건은 『창작과비평』과의 만남이다. 광주에 있는 이종사촌의 형의 자취방에서 처음 본 『창작과비평』을 통해 김준태 신경림 시인 등을 알게 되었다. 창비를 통해 알게 된 신경림 시인의 시집 『농무』는 나의 습작 시절의 '교본'이 되었다. 시가 '어렵다'는 상식을 깨고 '이야기가 있는 시'를 알게 해 주었다. 그때부터 나는 자신의 생활 속에서 얻어진 체험과 대상을 시로 형상화하고자 했다.

나는 전남대 1학년 때부터 학내 문학서클인 〈용봉문학회〉에서 활동했는데 당시 대학 분위기는 모든 서클이 사회과학 공부를 위주로 한 의식화교육이었다. 나는 나이 어린 선배들과 함께 자취방을 전전하며 소위 '금서'들을 읽으면서 사회의식이 강한 시들을 습작했다. 그 당시 용봉문학회 활동을 하면서 만났던 선배들이 곽재구 나종영 나해철 같은 시인들이었다. 2학년이 되면서 국문과 내의 몇몇 선후배들과 뜻을 모아 한국문학을 짊어질 포부를 갖고 창립한 문예창작동아리 〈비나리패〉를 만들게 된다. 후에 시인이 된 임동확 윤동휠 이형권 이봉환 이종주 윤정현 송광룡 등이 그때 함께 활동하던 동인들이다. 〈비나리패〉는 1980~1990년대 대학가에서 많은 주목을 받았으며, 기성문단에서도 평가를 받아 녹두출판사에서 『비나리패 시집 봄이 오는 강의실』을 간행할 정도였다. 아울러 1980년대 대표적인 동인지였던 〈오월시〉 동인지 제5집에 〈비나리패 공동창작시〉 「들불야학」(대표집필: 윤정현)이 실리기도 했다.

대학 시절 내가 영향을 받은 시인들은 김수영 신동엽 김지하 김남주 등이었는데, 특히 김지하와 김남주의 시들을 필사하여 암송하곤 했다. 당시 감옥에서 흘러나온 김남주의 시들은 '시'로서보다 사회변혁의 '무기'로서 널리 읽혔다. 그러나 나에게는 그 시절이 '문학'보다는 '문화운동'에 더 관심이 많았던 시기였다.

2

나는 군대 제대 후 다시 공부하여 전남대학교 국문과에 입학하였다. 당시 대학교는 사복형사들이 교정에 상주하는 살벌한 분위기였다. 특히 전남대 인문대 앞 잔디밭과 벤치는 소위 '짭새들'의 감시의 눈총이 날카로웠다. 5·18광주민주화운동이 막 지난 광주는 언제 분출할지 모르는 뜨거운 용광로와 같았다. 나는 5·18 당시에는 군에 있었기 때문에 그 실상을 잘 알지 못하였다. 내가 대학 1학년에 입학한 1982년 5월, 처음으로 광주 YWCA에서 열린 광주항쟁 2주기 행사에 참여하였다. 그날 실내집회 후 길거리에 나와 처음으로 시위에 참여하다 경찰에 붙잡혀 '닭장차'에 실려 동부서로 끌려가게 되었다. 나는 경찰서에서 2박 3일 동안 구류처분을 받고 갇혀 있다가 지도교수와 이모부의 보증을 받고 훈방으로 풀려났다. 그때부터 학교에서는 요주의 인물이 되었다. 당시 김남주의 시「학살」은 오월 광주와 문학의 사회적 기능에 대한 비수 같은 깨우침이었다.

대학 졸업 후 교직에 나간 나는 당신 군부정권 하의 비민주적이고 열악한 교육현장에 대해 교사로서 고민을 하다가 1987년 6월 민중항쟁 이후 봇물처럼 터져 나온 민주화의 흐름을 타고 일어선 교육민주화운동에 뛰어들었다. 1989년 전교조 관련으로 학교에서 해직되었다. 그해 봄 〈광주전남민족문학인협의회〉에서 발행한 무크『민족현실과 문학운동』이라는 잡지에 윤정현 등과 함께 '신인'으로 등단, 작품활동을 시작하였다. 해직 시절에는 당시 전교조 해직교사들이 주축이 되어 창립한 〈교육문예창작회〉에 참여하여 도종환 김진경 조재도 안도현 조영옥 배창환 신현수 최성수 이봉환 등 교사 시인들과 교류하면서 교육문예운동에 참여하였다.

1992년에는 광주에서 활동하는 젊은 시인들 이철송 정윤천 이봉환 윤석진 김호균 조성국 손용석 윤정현 김은태 이종주 등과 〈광주청년문학회〉를 결성하여 활동했으며 공동시집『봄 금남로 가로수』(살림터, 1992)를 출간하기도 했다.

1994년 나는 고향인 해남 송지종고로 복직하여 다시 교단에 서게 되었다. 내가 고향 학교로 복직하게 된 것은 '근원'에 대한 열망 때문이었다. 불혹이 가까운 나이에 고향에 돌아온 나는 비로소 내가 그토록 열망했던 '시'에 몰입할 수 있었다. 고향은 '운동'에 지친 나의 영혼을 감싸

주었고 "앞만 보고 달려온" 나의 삶을 돌아보게 했다.

1996년에 첫 시집 『아름다운 사람의 마을에서 살고 싶다』를 출간하면서 본격적인 문학 활동을 하게 되었다. 1999년 해남에서 〈땅끝문학회〉를 결성하고 초대회장을 맡아 2000년 5월에는 〈제1회 김남주 문학의 밤〉을 개최했다. 그해 〈민족시인 해남기념사업회〉를 결성하여 민상홍(군의회부의장), 김동국(해남종합병원원장) 등과 공동대표를 맡아 김남주 추모사업을 시작했다. 2001년 6월에는 〈고정희 10주기 추모 모임〉를 갖고 '해남여성의 소리'와 함께 〈고정희기념사업회〉를 결성하여 고정희 추모사업에도 주도적 활동을 하였다.

2005년 4월에는 그 동안 광주와 해남에서 활동했던 김남주기념사업회를 통합하여 해남에서 〈민족시인 김남주기념사업회〉의 창립총회를 갖고 회장을 맡은 후 지금까지 회장으로 활동하고 있다. 김남주기념사업회 회장을 맡은 후 2007년에는 '김남주생가 복원사업'을 추진했으며, 매년 〈김남주추모제〉와 〈김남주문학제〉를 열고 있다. 〈김남주문학제〉를 통해 전국적인 문학인들의 교류와 소통의 장을 마련하고 있으며, 특히 10주기와 20주기에는 전국적인 행사로 추진하여, '김남주시노래극', '김남주시그림전', '김남주추모시집 발간' 등 의미 있는 성과도 있었다.

2011년부터 2012년까지 〈광주전남작가회의〉 회장을 맡아 활동했다. 회장을 맡은 동안 회원들 간의 소통과 유대강화에 힘썼으며, 5월문학제, 섬진강문학학교, 『광주전남 작가』지 발간 외에 '광주문화아카데미'를 개최하여 인문학적 지평 확대에 기여했다. 또한 강정마을해군기지 반대를 위한 '글발글발평화릴레이' 행사, 4대강개발 반대 연대활동 등에도 적극 결합하였다. 〈광주문화재단〉이 주관한 아시아시간문화교류 사업의 일환으로 카자흐스탄 알마티시의 문화예술인과의 문화교류에 참가하여 고려인들과 보냈던 시간이 기억에 남는다.

3

나는 문단에 발을 내딛은 지 30년이 되었지만 겨우 시집 세 권을 출간했다. 나의 게으름과 열정의 부족을 탓할 수밖에 없다. 첫 시집『아름다운 사람의 마을에 살고 싶다』(내일을 여는 책, 1996년)는 주로 교사 시인들의 시집을 출간하던 출판사에서 편집진의 추천으로 발간하게 되었으며, 두 번째 시집『신발의 행자』(문학들, 2007)는『문학들』의 창간과 함께 기획했던 '문학들 시인선' 첫 번째 시집으로 발간되었다. 문학들 시인선 시리즈 1번은 김준태 시인, 2번은 나종영 시인이었고 3번이 내 시집이었다. 그런데 1, 2번 시집 원고가 넘어오지 않아 내 시집이 맨처음 나오게 되었다. 김준태 시인의 시집은 2014년에야 나오게 되었고, 나종영 시인의 시집은 아직 소식이 없다. 아무튼『신발의 행자』는 '문학들 시인선'의 '얼굴마담'이었고, 당시 편집주간을 맡고 있던 고재종 시인의 고언(苦言)으로 "달빛 아래서 문을 두드리며" 다림질한 까닭에 부끄러움을 면하게 되었다. 문화예술위원회의 우수도서로 선정되었고, 문단 안팎의 격려도 많아서 비로소 시인의 집에 들어선 듯했다. 세 번째 시집『바람의 사원』(문학들, 2015)은 서울의 출판사에서 내자는 권유도 있었으나 '변방이 새로운 중심이다'고 한 신영복 선생의 화두를 가지고 지역운동을 하는 입장에서 '서울의 불빛 그리워한 적 없는' '땅끝 시인' 답게 지역출판사에서 내기로 작정했다. 다행히 '세종도서문학나눔 우수도서'로 선정되었고 내 시의 새로운 길을 여는 계기도 되었다.

4

전라도, 넓게 말하면 호남의 문학적 전통은 '절의정신'에 있다고 생각한다. 물론 '농산물과 해산물이 풍부하여 사람들의 마음이 갯벌처럼 넉넉하고 말씨가 호박국처럼 구수한 곳'이어서 풍류가 발달했지만, 예부터 전라도의 문인들은 절의를 숭상했던 것도 사실이다. 그런 연유인지 아니면 1980년대 문청 시절을 보낸 까닭인지 김지하 김남주 김준태 같은 선배 시인들의 영향 속에서 문학 공부를 했고, 이시영 시인의 『만월』의 달빛 아래서 언어의 미감을 배우기도 했다. 굳이 존경하는 사람을 꼽자면, 김남주 시인을 들어야겠다. 그의 시와 같은 시를 쓸 수는 없지만, 그 '대책 없는 순결성'과 '순수한 인간성'은 늘 나의 거울이다.

5

나에게 특별한 문학세계가 있었던 것도 아니고, 또 추구하는 문학세계가 따로 있는 것도 아니지만, '문학은 인간학'이라는 점에서 "시의 밑바닥에는 인생이 있어야 한다."는 이성복 시인의 말에 공감하고 있다. 누구나 인생을 깊게 들여다보면 흰 옥양목 천에 묻은 황톳물처럼 슬픔이 배어 있다. 그 황톳물이 시가 아니겠는가.

광주전남 문단이라는 게 따로 있는 것도 아니지만 문학의 길을 가는 사람으로서 동지적 입장에서 혹은 '도반'으로서 바라는 바가 있다면, 자신의 '말 그릇'을 비우고 타자와 공감하고 소통하는 문화가 더욱 절실하다. 삶의 언어와 문학의 언어가 좀 더 가까이 있을 때, '진정성'이 느껴진다고 생각한다.

광주전남의 문학의 활성화를 위해서는 젊은 문학인들이 놀 수 있는 물이 있어야 한다. 물이 있어야 고기가 논다. 고인 웅덩이는 썩게 마련이다. 파닥이는 물고기들의 빛나는 비늘에서 '빛'을 찾아야 광주의 문학이 산다. 젊은이가 없다고 한탄하지 말고 새 물길을 내고 맑은 물을 흘려보내고 깨끗한 둠벙이라도 만들어 보자!!

햇귀처럼 밝고 환한 서정시를 쓰고 싶다

김완_ 시인

1

어릴 때부터 문학적인 분위기의 집안에서 자랐던 것 같습니다. 제가 3
남 1녀 중의 막내인데 10살 위인 큰형은 대학 시절부터 여러 차례 소설
로 신춘문예에 도전하였고, 둘째 형은 시집을 3권, 수필집 1권 낸 시인,
수필가입니다. 저도 고등학교 시절 광주고등학교 문예부 활동을 하였습
니다. 대학 시절에는 의과대학 서클 1년 선배인 나해철 시인이 있었고,
나해철 선배의 친구인 곽재구 박몽구 시인들을 캠퍼스에서 자주 볼 수
있었습니다. 아마 그런 영향도 있었을 걸로 생각됩니다. 대학 학보사나
교지에 시를 투고해 여러 차례 실리기도 하였습니다. 한동안 전공분야
와 생활전선에 몰두하여 문학을 잊고 살다가 40대를 넘긴 2000년도에
광고문예부 활동을 함께했던 선후배들이 모여 〈늘푸른아카시아〉란 모
임을 결성하고 인터넷에 카페를 개설함으로서 문학을 다시 생활의 중심
에 두고 생각하게 되었다고 할 수 있겠지요. 그 모임에는 김세웅 이상렬
(작고) 정승윤 나종영 김동하(작고) 박석구 오명현 조봉익 임채우 김선
웅 김형근 김완 김형수 송태웅 김민휴 박남인 시인, 양원옥 백성우 소설

가, 수필로는 현재 『에세이스트』 발행인 김종완 선배와 박석구 유기웅 등 여러 사람이 속해 있습니다. 그 후 2007년경 광주대학교 이은봉 교수님이 주관하는 공부하는 독서모임에 들어가서 여러 시인들과 친교하면서 문학수업을 하였다고 할 수 있겠습니다.

2

1980년 5월은 의과대학 본과 3학년이었습니다. 중간고사 기간이라 시험을 보러 갔더니 학동 의과대학 정문에 계엄령이 선포되었고 무장한 계엄군이 지키고 있어서 발길을 돌릴 수밖에 없었습니다. 5·18 광주민주화항쟁 동안 많은 것들을 직접 눈으로 보고 귀로 듣고 많은 생각을 했습니다. 그러한 체험들이 내 핏속에 스며들어 내 문학적 토양이 되었다고 생각합니다. 그 후 의과대학 문학 서클인 〈보라문학회〉에서 시를 발표하려는데 그 내용이 불온하다하여 학생과장인 교수님께 불려간 기억도 있습니다. 지난 이명박, 박근혜의 10년간 정보기관과 군의 정치적 중립 등과 같은 민주주의의 핵심 가치들마저 과거로 퇴행하기 시작하면서 4·19혁명, 5·18민주화운동, 6월민주항쟁 등 수많은 이들의 피와 땀으로 일궈온 민주주의가 무너져 내리고 있었습니다. 특히 역사 거꾸로 돌리기의 일환으로 새마을운동, 국사편찬위원회, 한국학중앙연구원, 전교조의 법외노조화 시도 등 일련의 사태를 지켜보면서 스스로 자문해 보았습니다. 이 시대의 시인의 일, 그것을 무엇일까? 하고 말입니다. 강정평화대행진, 저항의 글쓰기, 강정마을 10만 권 책 프로젝트, 문학인 시국선언, 촛불문학제 등 사안별로 적극적인 목소리와 행동을 해야 한다고 생각합니다. 결국 정의로운 시민의 끊임없는 문제제기와 쟁투와 저항, 단지 이것만이 민주주의를 지켜내지 않겠습니까? 자유의 대가는 영원한 감시와 견제라는 서양의 오래된 공화주의적 격언처럼 말입니다.

작가회의와 관련해서는 등단하자마자 2009년 한국작가회의에 바로 가입하였습니다. 시의 대중화를 목적으로 결성된 〈비타−포엠 시낭송회〉에 2008년 창립부터 이사로 참여하였습니다. 그 후 신덕룡 고재종 시인의 뒤를 이어 3대 회장을 맡았습니다. 그 과정에서 자연스럽게 많은 전국적인 작가, 광주전남 작가들을 만날 수 있었습니다. 광주전남작가회의 이사로, 현재는 부회장으로 활동하고 있으며, 모든 작가회의 모임에 적극적으로 참여하고 있습니다. 〈조태일시인기념사업회〉 창립 때부터 이사로 활동하고 있습니다. 동인 활동으로는 광주고 문예부를 중심으로 하는 〈늘푸른아카시아〉 〈시와시학〉 〈한국의사시인회〉 동인회 활동을 하고 있습니다.

3

저서는 지금까지 시집 3권을 출간했습니다. 『그리운 풍경에는 원근법이 없다』(2011, 시학), 『너덜겅 편지』(2014, 푸른사상), 『바닷속에는 별들이 산다』(2018, 천년의시작)입니다. 첫 시집부터 세 번째 시집까지 모두 2쇄를 하였습니다. 나름 선방했다고 생각합니다. 글쎄요, 문단의 평가는 잘 모르겠습니다.

첫 번째 시집은 등단 전부터 모아둔 시를 엮어 자연스럽게 묶었습니다. 대표작으로는 많은 분들이 좋아하는 「창평국밥집 1. 2」, 「그리운 풍경에는 원근법이 없다」, 「구름의 미학」, 「일어서는 강」 등이라고 생각합니다. 두 번째 시집은 2012년 대선 패배 후 한동안 무기력증과 우울증에 시달리다가 무등산이 국립공원으로 지정되면서 모든 걸 잊고 산에 다니자는 친구의 말에 용기를 얻어 무등산 골골을 다니면서 썼던 시들입니다. 대표작으로는 「너덜겅 편지 1, 2」, 「우주의 소리」, 「여행」, 「환자가 경전이다」, 「똥구멍 경전」 등이 있습니다. 세 번째 시집은 아래 시인의 말로 대신합니다.

"서정시를 쓰기 힘든 시대이다. 세 번째 시집을 묶는 동안 세월호 침몰부터 백남기 농민의 사망을 거쳐 촛불시위까지 마음이 편치 않았다. 가족들과도 세상과도 잘 화해하지 못했다. 불온한 생각들이 들끓었고 자학하는 날들이 많았다. 흔적 없이 사라지려는 진실에 온 산하는 텅빈 소리와 분노로 가득 차 신음하였다. 괴물 같은 자본주의의 본질에 도달할 수 있었지만 답은 어디에도 없었다. 세월호 희생자 304명의 영령들에게, 지구상에 고통받은 모든 사람들에게 미안하다. 서정시를 쓸 수 없는 시대란 없다. 적은 바로 내 자신이다. 개구장이 얼굴을 한 햇귀처럼 환한 서정시를 쓰고 싶다."

이 세 번째 시집으로 2018년 제4회 '송수권 시문학상 올해의 남도시인상'을 수상하였습니다. 부족함이 많은 저에게 이런 상을 주신 것은 더 겸허히 낮은 곳으로 내려가 고통 받은 이웃들에게 용기와 위안을 줄 수 있는 진정한 남도의 서정시를 쓰라는 격려라고 생각합니다.

4

역사의 굽이마다 광주전남이 보여 준 높은 도덕성과 행동하는 양심이 자긍심을 주고 늘 나를 깨어 있게 합니다. "삼라만상이 다 스승이다."라고 생각합니다. 기억을 더듬어 보면 그 당시 고등학교로는 유일하게 합법적 서클이었던 '광주고등학교 문예부' 시절은 전후세대의 영향을 지독히도 받았던 것 같습니다. 전쟁 후의 암담한 허무와 피폐된 정신의 어두운 언어들이 우리에게 밀려왔고, 교과서에 실린 서정주의 서정적 시를 위시하여 고교 선배인 박봉우 이성부 조태일 시인들의 시를 많이 읽었습니다. 특히 이성부 시인의 시집은 빠지지 않고 사서 들고 다녔던 기억이 납니다. 그 후 대학 예과시절에는 김수영 마종기 황동규 정현종 T. S. 엘리엇 등의 시를 많이 읽었던 것 같습니다. 문학의 말과 행동의 일치를 보여 주신 존경하는 광주전남의 문인으로 김현 조태일 이성부 김남주 문순태 김준태 시인, 이청준 한승원 소설가 등이 있고 이분들의 영향을 많이 받은 것 같습니다.

5

고통 받은 이웃들에게 용기와 위안을 줄 수 있는, 개구장이 얼굴을 한 햇귀처럼 밝고 환한 서정시를 쓰고 싶습니다. 회원들이 창작의 현장에서 각자 자신의 문학을 치열하게 갱신해갈 때 개인은 물론 광주전남작가회의 역시 진정한 역량을 갖춘 단체로 발전하리라 생각합니다. 과거와 미래를 하나의 통일체로 인식하고 온고(溫故)함으로써 새로운 미래(新)를 지향(知)할 수 있다는 의미로 읽어야 한다고 생각합니다. 옛것 속에는 새로운 것을 위한 가능성이 있는가 하면 반대로 변화를 가로막은 완고한 장애도 함께 있는 것입니다. 이것은 역사가 주는 교훈입니다. 대내외적으로 많은 어려움이 있습니다만, '소통'과 '화합'을 바탕으로 모든 회원들이 한마음으로 지혜와 힘을 모아 최선을 다한다면 〈광주전남작가회의〉가 더욱 발전하고 도약할 수 있으리라 확신합니다.

5·18의 경험이 제 삶과 학문과 문학의 원천

심영의_ 소설가

1

소설공부는 거의 혼자 했지요. 다른 공부가 그랬던 것처럼. 그래서 문학적 스승이나 문우라고 할 만한 사람들이 사실은 없지요. 좀 외로운 사람이랍니다. 1994년에 전남일보 신춘문예에 단편이 당선되었는데(「방어할 수 없는 부재」), 5·18후일담 소설이라 할 만해요. 5·18때 계엄군에 체포되고 끌려가서 엄청 고문을 당하고 108일 동안 갇혀 있었는데, 그 시절부터 가슴속에 하고 싶었던 이야기가 쌓여 있었던 듯싶군요.

2

앞에서 이야기한 것과 같은 맥락이고요. 1990년대 초반 5월운동을 좀 열심히 하다가 뒤늦게 공부를 했어요. 40대 내내 학부와 석사와 박사공부를 하고 50에 학위를 받았어요. 전남대 국문과에서 「5·18민중항쟁 소설연구」라는 논문으로요. 2006년에는 작가회의와 5·18기념재단 등이 주관하는 제1회 5·18문학상에 단편 「그 희미한 시간 너머로」가 당선되었고요. 그러고 보니 애초에 의도한 것은 아니나 5·18은 제 삶에 운명처럼 개입해 들어왔다는 느낌입니다.

아무튼 그렇게 공부하는 사이 밥벌이로 학원을 운영하고 또 주말에는 중·고등학교 아이들 과외를 하느라 쉴 틈이 거의 없었어요. 그래서 작가회의에 나갈 수 있는 시간적 여유가 전무하다시피 했지요. 어쩌다 모임에 나가면 다들 친한 사람들끼리 앉아 밥을 먹고 술을 마시는 거니까 나는 자연스레 소외감도 느끼고 그러다 점점 발길이 멀어지고요.

다만 작가란 끊임없이 글을 쓰는 행위를 통해 자신의 존재를 증명하면서도 당대의 문제에 개입해 들어가는 실천적 지식인의 태도를 갖는 게 매우 중요하다고 생각하지요.

그래서 작가회의나 진보적 민중단체가 주관하는 '국정원 민간인 사찰 규탄집회'나 '역사교과서 국정화 시도 반대'나 '세월호 침몰 사건의 진실규명' 등의 집회나 성명서 등에 가급적 참여했어요. 관련 글도 쓰고요. 나중에 보니 문화예술계 블랙리스트에 제 이름이 들어 있더군요.

3

첫 소설집 『그 희미한 시간 너머로』(2007, 화남), 장편소설 『사랑의 흔적』(2015, 한국문화사)이 있네요. 『사랑의 흔적』은 2014년 한국문화예술위원회 '아르코 창작기금'을 받아서 펴낸 장편이고요.

저서로는 『5·18과 기억 그리고 소설』(2009, 한국문화사), 『현대문학의 이해』(2012, 한국문화사), 『작가의 내면, 작품의 틈새』(2103, 한국문화사), 『텍스트의 안과 밖』(2014, 한국문화사), 『5·18과 문학적 파편들』(2016, 한국문화사), 『한국문학과 그 주체』(2018, 한국문화사), 『소설에 대하여』(2018, 한국문화사) 등이 있네요.

대표작은 소설로는 장편소설 『사랑의 흔적』, 저서로는 『5·18과 문학적 파편들』을 꼽고 싶군요. 소설가로서는 존재가 미미해서 문단의 평가라 할 것은 없고요. 수상은 1994년 전남일보 신춘문예, 2006년에는 작가회의와 5·18기념재단 등이 주관하는 제1회 5·18문학상, 2014년 아르코창작기금 수혜 정도네요. 대학(전남대와 조선대 등)에서 강의를 하는 것으로 밥벌이를 하느라 이론서 내지 비평집을 많이 펴냈어요.

4

전라도라는 변방의 가난한 집에서 태어난 데다 젊은 시절 만났던 5·18의 경험이 제 삶과 학문과 문학의 원천이라 할 수 있지요. 사실 특별한 자긍심은 없어요. 오히려 어떤 기회로부터 멀어졌다는 생각 탓에 지독한 소외감을 느낄 때가 있지요.

　소설가로는 문순태 선생님, 시인으로는 김준태 선생님 정도를 존경하고 좋아하는데, 까닭은 우리지역의 역사를 당신들의 문학의 원천으로 삼아 평생 문학을 일구고 계시는 게 후배들에게 귀감이 되는 데 있지요.

5

학문적 관점에서는 박사논문 이후에 우리 사회 소수자를 중심으로 한 주제들, 예를 들면, 장애인 문학, 다문화 소설, 여성주의, 지역문학 등에 관한 논문들을 계속 발표하고 있고요. 5·18 관련 주제들은 문학과 영화로 범주를 넓혀가면서 다양한 관점에서 공부하고 글 쓰는 작업을 계속하고 있고요. 소설의 경우에는 특히 5·18에 연루되었던 사람들의 현재적 삶의 모습에 대해서 장편을 쓰고 있지요. 저도 이제 나이가 좀 들어가니까 그동안 소홀했던 작가회의와의 연결점을 조금 넓혀가려고 합니다.

　지역문단의 활성화를 위해서는 지역작가들의 작품 활동의 공간이 확대되어야 하는 문제가 가장 중요한데, 저만 하더라도 작품을 발표할 지면이 사실상 거의 없다시피 해요. 지역 문화재단의 문학기금 역시 지나치게 소액이라 문학 활동에 실질적 도움이 되지 못하고요. 작가들끼리는 문단 내의 친밀한 관계에 있는 사람들끼리만의 관계를 넘어선 어떤 공유의 노력들이 필요하다고 생각합니다.

문인은 잠수함 속의 토끼여야

김여옥_ 시인

1

어린 시절 책만 좋아해 오죽하면 '난 감옥이 좋아' 라고 했을까. 다정했
지만 가난한 부모님께 한 번도 손 내밀지 않았던 난, 유복한 외동딸인
언니 친구의 집에 『세계문학전집』이 있다는 걸 알고 마을과는 멀리 떨
어진 '새마을부화장'을 밤마다 오가며 소설을 섭렵했다. 그 당시 내 꿈
은 정의로운 법관이 되는 거였다. 하지만 내 삶의 버팀목이었던 오빠의
갑작스런 죽음으로 내 사춘기는 염세주의의 늪에 빠졌다. 국내외를 막
론하고, 소설을 좋아했던 내가 군이 문학을 한다면 소설가를 꿈꿨겠지
만 (중학 시절 교내 글쓰기는 거의 내 몫이었다) 벽촌의 어린 내게 예술
가는 실존하지 않는 너무나 먼 별이었다. 고교시절 국어책에서 로버트
프로스트와 김광균의 시를 접하고서야 난 비로소 시에 눈을 떴다. 하지
만 꿈만 먹고 살기엔 현실은 냉혹했다. 나는 아무도 씌워주지 않은 가장
(家長)이라는 굴레를 스스로 짊어지고자 버둥댔다. 나는 굴지의 대기업
과 공기업을 두루 거치면서도 여전히 염세주의에서 헤어나지 못한 나를
발견했다. 모든 게 무의미했다.

퇴사 후 신학에 몰두했지만 그 또한 명쾌한 답은 못됐다. 그즈음 황지우를 비롯한 시들을 접하면서 어릴 적부터 내재돼 있던 내 열정이 꿈틀댔다. 오빠의 죽음 이후 거르지 않고 써왔던, 시도 소설도 에세이도 아닌 일기장을 매년 의식처럼 불태웠던 게 내 문학적 역량이었던가. 새로운 빛을 발견한 것이다. 죽음에서의 도피를 위해 난 문학을 선택했다. 하지만 문단은 달랐다. 예술과는 아무 연고도 없던 난 신문광고를 보고 문화센터에 등록했고, 신춘문예 외엔 등단이 뭔지조차 몰랐던 나는 등단과정에서 다시 한 번 인간속성에 대한 슬픔을 감내해야만 했다.

2

1980년 5월, 광주에서 여고를 다니던 난 해남에서 올라오신 아버지에게 손목 잡혀 내려간 25일까지 코 밑에 치약을 바른 채, 서방시장에서 주먹밥을 건네주기도 건네받기도 하며 혼자서 이리저리 섞여 다녔다. 오월 광주는 아마도 내 고질병인 염세주의를 더 악화시킨 주범이리라. 오월은, 광주와 전라도라는 거친 땅은, 문학 이전에 내 생래적 아픔과 탯줄이 같다.

인간에겐, 에덴동산에서 자기를 지으신 신의 말씀조차도 거부하는 자유의지가 있다. 그리고 불의에 항거하려는 선한 의지가 있다. 특히 문인은 '잠수함의 토끼'로서의 역할에 충실해야 한다. 어떤 체제이든 항상 반대편에 서 있어야 한다. 문학이, 문인이 달콤함에 안주하는 순간 나라든 체제든 그 공동체가 역주행하는 건 필연이다.

3

시집 『제자리 되찾기』(1994, 천산), 『너에게 사로잡히다』(2008, 화남) 외 동인시집 여러 권이 있다. 시집 『너에게 사로잡히다』 '시인의 말'에서 나는 "지대무외(至大無外) 지소무내(至小無內) – 가장 큰 것은 바깥이 없고, 가장 작은 것은 안이 없다), 안과 밖의 경계가 없듯, 성(聖)과 속(俗)의 구별이 없듯, 부는 바람 앞에서 그래도 아직은 푸른 잎맥으로 흔들리고 있는 내 신산한 삶이, 아무리 먼 길로 에돌아가도 맘과 눈과 귀가 오롯이 사로잡혀 있는 거기, 바로 그것과 다르지 않기를 바랐습니다."라고 했다. 비명조차 내지 못할 지경까지 스스로를 괴롭히며, 밑바닥까지 나가떨어져야 한다는 다짐으로(당선소감 중) 고고(孤苦)했던 나의 일성은 시작되었다. 그로부터, 아무리 에돌아가도 오롯이 사로잡혀 있는 시의 길이, 내 삶과 다르지 않기를 바랐다. 지금 나는, 되고 싶은 나를 향해 걸어가고 있는가.

4

정치적으로 사회적으로 버림받고 핍박당한 불모의 박토에서, 스스로를 썩혀 굳건한 뿌리를 내린 수많은 문인 선각들께 감사와 경의를 표한다. 그 신념의 문학이 내 삶과 문학의 지표가 되리라.

5

신자유주의로 인한 양극화가 심화되는 현실에서, 더불어 함께 잘 살 수 있는 공동체적인 상생의 삶을 모색하고자 한다. 신자유주의의 근간 논리는 경제 사회 등 모든 영역에서 시장원리를 도입하고, 교육·의료·복지 등 공공서비스를 감축하며, 이윤을 위해 모든 규제를 철폐하고, 공공부문을 민영화하려 한다. 그들은 공동체 이념을 배제하며, 감세를 통한 기업경쟁력 제고 등 자본의 자유로운 이윤 추구만을 보장한다. 그러나 그러한 논리는 1990년 후반 동아시아가 금융위기를 맞으며 그 한계를 드러냈다.

제발 인간들이 이 지구별에 아니 온 듯 다녀가길 바라며, 환경과 생태에 대한 다각적인 애정을 기울이고자 한다. 세계 인구 중 가장 가난한

20%는 세계 총 소득의 1%도 차지하지 못하는 실정이다. 특히 유전자변형식품(GMO) 회사인 몬산토는 오직 이윤을 위해 생태계를 파괴할 뿐만 아니라 세계 곳곳에 전쟁을 일으키며 우리 식탁의 구석구석을 빠르게 점령하고 있다. 또한 그들은 후진국의 노동자들에게 낮은 임금을 지불하며, 이윤을 극대화하기 위해 한정된 자원을 빠른 속도로 고갈시켜 환경오염의 주범이 되고 있다.

세계 유일의 분단국가로서 조속한 시일 내에 이루어져야 할 평화통일과, 통일 후 남북의 문화 차이 등에서 올 수 있는 괴리를 최소화 하도록 우리 모두가 준비하고 노력해야 함을 알리고자 한다.

토속어, 즉 향토 입말들을 적극 활용하여 우리 언어의 풍부함을 알리고자 한다.

움베르토 에코는 그의 저서 『적을 만들다』에서 "우리는 타인을 적으로 만들고, 그 위에 산 자들의 지옥을 건설한다."며 인류의 어리석음을 냉소적으로 비난한 바 있다. 그는 또한 "타인을 이해하는 것만이 유일하고 충분한 해결책이 아니다."라고 했지만, 그는 인간이 지닌 합리적 이성과 미학적 감성 또한 신뢰했다. 시인 키츠는 "아름다움은 진리고, 진리는 아름다움이다. 이것이 우리가 이 세상에서 알고 있고, 알 필요가 있는 모든 것이다."라고 했다.

나는 인간이, 시인이 진리 탐구를 포기하지 않는 한 이 지구별은 여전히 에메랄드 빛을 발할 것임을 믿어 의심치 않는다. 그리하여 그것은 나뿐만이 아니라, 모든 이들이 추구해야 할 과제라고 생각한다.

6

나는 인사동에서 만 8년 동안 문화예술인들의 사랑방 역할을 했던 〈시인〉이라는 남도음식점 겸 주점을 운영했다. 나 자신 워낙이 술을 좋아하여 지금도 별반 다르진 않지만, 그 당시 나는 1년에 400여 일은 술로 연명하며 지냈다. 하여 많은 인간 군상들을 목도해 왔다. 그야말로 우리나라의 유명짜한 문화예술인들, 정치인들의 내밀한 모습들을 가까이서 오랫동안 봐온 셈이다. 어떤 이는 대범하다, 인격자다, 부드럽다고 소문났지만 소심하다, 유약하다, 속이 다 들여다보인다. 어떤 이는 입으론 정의를 주장하지만 행동은 그렇지 않다. 어떤 이는 돈 자랑은 실컷 하고 술값 낼 때쯤엔 슬그머니 꽁무니를 뺀다. 하물며 계산하지 않으려 일부러 깽판 치는 사람도 있다. 그야말로 만인각색이다. 그러나 보기와는 다른 이도 있다. 풍문에 따르면 별로인 사람이, 보고 겪어 보니 진국인 경우도 있다.

어느 유명한 평론가는, 딴 좌석에서 문단의 선배와 함께 술 마시며 담소하던 후배의 뒤통수를 느닷없이 맥주병으로 후려쳤다. 피가 철철 났고 급히 119를 불러 응급실로 달려가 몇 바늘을 꿰매야 했다. 폭력을 행사하면서 그가 내뱉은 한 말씀은 '5·18을 더 이상 팔지 마!' 였다. 맞는 말씀이다. 오월 광주가 핏빛 절망으로 무너져 내릴 때 어디 있었는지 출처도 모를 이가 자기의 공훈을 깃발처럼 흔들어댄다. 그러나 따지도 않은 맥주병으로 머리통을 갈긴 그가 내뱉을 말은 아니었다. 더구나 날벼락을 맞은 후배도, 그 앞에 있던 선배도 그 말을 들을 하등의 이유가 없었다. 그로 인해 오히려 고초를 겪은 이들이었다. 한마디로 그의 콤플렉스였던 것. 무의식이었든 무기력했든 5·18 당시에 대해 그는 자책하고 있었으리라. 그 후로도 여러 번 이유 같지 않은 이유로 그는 폭력을 행사해 왔다. 주사도, 폭력도 참 고질병이다.

그 오랜 시간 주점을 한 죄로, '나는 네가 지난 여름에 한 일을 다 알고 있다'.

- 그리고 봇물처럼 터진 미투에 관한 단상.

나 또한 오랫동안 직장생활을 해왔고, 남성본위 사회에서 여자로서 많은 좌절도 맛봤지만, 그때마다 내 성깔대로 예스 노를, 말로 못하면 행동으로 또는 포커페이스가 안 되는 얼굴 표정으로 했었다. 그 당시만 해도 그게 쉬운 일은 아니어서 속앓이도 많이 했고, 눈물 흘린 적도 많았다. 그러나 도저히 표현을 못하겠으면, 아니 표현해도 관철되지 않거나 그 표현조차도 구차하면, 그 자리를 뜨거나 다시는 보지 않았다. 그래서 많은 것을 잃기도 했으리라. 그러나 타협하지는 않았다. 많은 남자들의 너무나 당연시해온 그런 만연한 행태들에 내가 얼마나 분노했었는지, 지금도 누구보다 분개하는지는 더 기술하지 않겠다. 하지만 유명하거나 기득권자인 남자들에 붙어서 그들과 안면이라도 트기 위해 웃음을 팔고 애교를 떠는 여자들, 난 너무나 많이 봐왔다. 스스로 노력하여 얻지 않는 것은 부끄러움이라는 걸 자신만은 알리라.

첨언하면, 고은 선생과 나 역시 제법 많은 술자리를 가졌다. 난 시인이기도 하지만 술집주인이기도 하여 고 선생의 옆자리에 앉는 일이 많았다. 나는 아직 젊은 40대, 고 선생은 70대. 나를 본 사람은 알겠지만, 내가 그리 사람들이 터부할 상인가. 또한 술은 얼마나 많이 마시는가. 그럼에도 고 선생은 그 흔한 손목 한 번 잡지 않았다. 그분께 술을 따라 드렸고, 그분도 내게 술을 따라줬지만 소주병 잡을 때 스친 자연스런 스킨십 외에는. 그분은 추임새처럼 후배들 이름을 불러가며 열변을 토했으며, 끊임없이 술잔을 들었다. 물론 그분의 젊을 때의 몇몇 기행은 나도 들은 바 있다. 평론가 김병익 선생의 "추행과 기행은 구별되어야 한다."는 취지의 인터뷰를 놓고도 지탄 일색이었다. 결론부터 말하자면 나는 김병익 선생의 말에 동의한다. 나는 남자들의 끈적거림과 추행을 누구보다 싫어한다. 그런 뉴스나 풍문에는 거세해 버리라고 목소리를 높인다. 그런 남자들은 열등동물이라 생각한다.

난 우리나라 사람들의 냄비기질이 좋으면서도 참으로 무섭다. 무슨 사안만 나오면 다들 정의의 사도가 되어 칼을 휘두른다. 그러고는 언제 그랬냐는 듯이 금세 잠잠해진다. 남의 티를 보기 전에 자신의 눈에 있는 그 커다란 들보는 왜 못 보는지.

'미투'의 시작을 알린 서지현 검사 건이나 그외 많은 폭로들에 아낌없는 지지를 보낸다. 그들의 고통이 전이돼 와 정말 많은 눈물을 흘렸다. 하지만 노이즈 마케팅도 있다는 것을 간과하지 않기 바란다. 이번 미투를 보니, 양 검지손가락을 들어 마치 상대를 찌를 듯이 적극적인 남자들을 보면 둘 중에 하나다. 한 부류는 정말 진심에서 나온 반응이다. 진작부터 남녀불평등에 대한 성찰에서 나오거나, 딸이나 사랑하는 여성이 있는 남자들로, 남의 일로 안 보이는 거다(모든 남자는 여자인 어머니에게서 태어났건만 대부분은 어머니나 아내는 여자로 안 본다는 사실). 그러나 경계해야 할 다른 부류는 자신이 그런 의심의 눈빛을 받고 있는 경우다. 즉 미투의 대상이 될까 봐 한 발 앞서서 손사래치고 있는 꼴이다. 이런 사람은 언제부터 그리 여자를 위했는지, 마치 여자의 옷깃만 스쳐도 다 죽일 놈처럼 떠들어댄다. 이런 부류 때문에 성을 분리해서 회식하자는 말이 나온다.

그리고 더 웃기는 건 고 선생을 두둔하고 싶어도 못하는 부류이다. 두둔하자니 어떤 여자가 언젯적 일을 들고 나올지도 모르니까. 아마 불면이 깊어졌으리라. 하지만 방심하지 말라. 당신들이 변명하는 '합의된 관계'여서가 아니라, 다시는 떠올리기 싫은 불쾌함과 2차 가해에 따를 덧날 상처 때문이니.

나는 이번 미투가 만시지탄이지만, 더없이 좋은 기회라고 생각한다. 단지 세상이 바뀌었으니 따라야 되는 게 아닌, 진작에 도려냈어야 할 못된 악습이라는 데 인식을 같이 하길 바란다.

이 기회에 특별히 젊은 엄마들에게 간곡히 당부한다.

아들들을 똑바로 길러야 한다. 힘 가진 남성 권력에 의해서만 여자들이 병들고 상처난 게 아니다.

나여, 여자여,
각성하자. 남녀불문 부디 자중자애하자.

쉬우면서 쉽지 않은 시, 사무사(思無邪)

최기종_ 시인

1

대학 시절 문학동아리를 만들고 김광원 하기송 김경원 강병선 백학기 정영길 김영춘 안도현 등과 교류하면서 신춘문예를 준비했다. 그때는 신춘문예 당선이 최고의 가치요, 선이었다. 10여 차례나 낙선의 고배를 마셔야 했다. 우연찮게 친구를 통하여 김규동 시인을 알게 되었고 1년 가까이 서신으로 시를 배웠다. 물론 우편으로 습작시를 보내고 답장으로 시평을 듣는 수준이었지만 그래도 그때 시가 되었던 같다.

그런데 1989년 전교조 사태가 벌어지면서 시보다는 교육운동에 치중했다. 그때 해직을 각오하면서…. 시를 쓰는 놈이 양심을 버려서야 되겠느냐 이런 마음도 있었지만 해직이 되면 시를 열심히 쓰겠다는 막연한 다짐도 있었다. 하지만 거리의 교사가 되어서 조직 활동가로서 교육운동가로서 살아야 했다.

이때부터 시의 경향도 바꿨다. 자연을 노래하고 그리움의 세계를 추구하던 경향에서 시대의 아픔을 토로하고 고발하는 리얼리즘으로 바뀐 것이다. 한상준 김경윤 김경옥 이봉환 정양주 등과 함께 〈전남교사문학회〉를 만들어 합평회도 하고 회지도 냈다. 전국 조직인 〈교육문예창작회〉에도 가입하여 이춘복 김진경 도종환 조영옥 정의연 등 교사문인들과 교류하면서 교육문제를 소재로 시를 썼다. 그 당시 잘못된 교육 현실을 고발하여 교육모순을 바꾸고자 하는 운동적 차원의 접근이었다. 첫 데뷔작이 「이 땅의 헤엄 못 치는 교사가 되어서」이다.

물론 그때는 시보다는 무너진 전교조 조직의 복원과 원상회복 투쟁이 우선이었다. 그런데 그렇게 치열하게 살다보니 몸이 아파서 외딴 섬으로 자원해서 부임했는데 거기서 그리움을 찾게 되었다.

> 가거도에는/갯돌이 많다/오라지게 물밑을 구르다가/문들어져 심(心)만 남은/갯돌도 많다//가거도에는/후박나무가 많다/사시사철 푸르디푸르게/질긴 울음 우는/후박나무도 많다//가거도에는/그리운 아내도 많다/오매불망 몸살하며/만물정령으로 태어나는/아내도 많다
> – 시 「가거도에는」

나에게서 아내는 동지이자 후원자였다. 전교조 문제로 밥줄이 잘릴 때에도 누군가 걸어가야 할 길이라며 필자를 북돋아 주었다. 해직 상황에서 여러 가지로 마음이 상할 때에도 함께해 주었던 사람이 아내였다. 그런 아내와 떨어져 살다 보니 그리움이 쌓여서 아내를 소재로 시를 쓰게 된 것이다. 그것을 엮어서 첫 시집 『나무 위의 여자』를 내게 되었다.

2

1980년 5월은 내가 군대에 있던 시절이었다. 그 당시 신문지상에서는 광주가 공산주의자와 폭도들에게 점령되어 무정부상태라고 했다. 그런데 군대 사수의 여자 친구가 광주 출신이어서 그 여자 친구가 사수에게 보낸 편지글을 보고서 광주의 진실을 알았다. 그 편지에서는 광주가 고

립되어 있었고 공수부대가 무자비하게 시민들을 살상했기 때문에 자위권 차원에서 저항하고 있다고 했다.

1987년 민주화투쟁 당시까지만 해도 나는 부끄러운 교사였다. 민주화투쟁에 심정적인 지지를 보냈지만 그 대열에 적극적으로 서지 못했다. 그 당시 목포역에서도 민주화투쟁이 치열하게 벌어지고 있었고, 교육청에서 학생들이 시위현장에서 오염되지 않도록 교외지도를 하라고 공문을 보냈다. 나도 순번에 따라 시외현장에 나갔지만 근처 다방에 들어가서 시간을 때웠다.

6월항쟁의 영향으로 노동자투쟁이 벌어지고 학교 현장에서는 교육민주화투쟁이 벌어졌다. 그렇게 〈전국교사협의회〉가 결성되고 5월 광주투쟁에 결합하여 시위를 하면서 나도 광주가 될 수 있었다.

내 성격은 되도록 자신을 감추고 나서지 않는 내성이다. 이런 내성 때문인지 나는 들꽃을 좋아했다. 들판이고 산이고 후미진 곳에 가면 내 눈에 들꽃들이 잘 든다. 외딴곳에 피어 있는 들꽃들을 보면서 나도 그렇게 살고 싶다고 생각했다. 사람들이 잘 가꿔 주는 정원에는 가기 싫고 호강하는 것도 바라지도 않고 이름 없는 들녘에서 혼자 살다가 흔적도 없이 스러지는 들꽃이 되고자 했다.

어쩌면 이건 내 합리화일지도 모른다. 하지만 외딴곳에서 피어난다고 해서 들꽃의 삶이 시시한 것은 절대 아니다. 들꽃의 삶도 그냥 사는 것이 아니었다. 봄에는 가뭄을 걱정해야 하고 여름에는 열사를 걱정해야 하고 가을에는 비를 걱정해야 하고 겨울에는 냉해를 걱정해야 한다. 이 세상에서 쉽게 피는 꽃이 그 어디 있으랴? 비바람과 무서리와 숱한 기다림의 시간 속에서 나만의 시심을 피우려고 한다. 더 많이 사색하고 더 많이 고민하고 더 많이 각고하면서 세상의 힘이 되고 기쁨이 되고 위로가 되는 꽃으로 피어나고자 한다.

1985년 목포로 전근을 와서 보니 〈목포문인협회〉만 있었다. 1996년,

1999년 〈목포 민예총 문학위원회〉에서 『문학과 세상』이란 회지를 발간하고 준비과정을 거쳐서 2000년 〈목포작가회의〉가 결성되었다. 나는 2001년 '목포청소년문학워크샵'에 참여하면서 양승희 양승집 선생님과 청소년문학지도위원으로 활동하다가 〈목포작가회의〉에 가입했다. 유종화 회장, 박관서 사무국장 체제였다. 천승세 소설가가 목포에 정착하고 화합이 잘 되어서 문학아카데미를 열고 청소년문학축전을 열면서 전국적인 모범을 창출했다고 본다.

주요 직책과 활동내역은 2002년부터 〈목포작가회의〉 청소년문학분과장을 맡아서 목포고교생연합동아리를 결성하고 연대 시화전과 문학토론회, 합평회를 지도했으며 매년 열리는 전국청소년백일장 대회를 맡아서 진행해 오다가 2009년부터 2012년까지 회장을 맡았으며 현재는 〈광주전남작가회의〉 이사, 〈목포작가회의〉 자유실천위원장으로 활동하고 있다.

사실 나는 전라북도 출신이어서 전주, 익산시에 거주하는 문우들과 가까운 편이다. 하지만 30년이 넘게 목포지역에 거주하면서 목포 사람이 되어서 목포작가회의 회원들과 유대관계가 좋은 편이다. 그리고 10년이 넘게 광주전남작가회의 활동을 하면서 대전, 제주 문인들을 비롯하여 전국의 문인들과 교류하고 있다고 본다.

나는 문청 시절을 빼면 교육민주화투쟁에 앞장서면서 시의 경향도 리얼리즘 위주로 변했다. 그래서 그런지 불후의 명작을 남긴다든지 무언가 묵직하고 깊이 있는 시를 쓴다는 생각보다는 시도 하나의 생활이고, 삶이라는 생각에서 사회의 불편한 진실을 추구해야 한다고 본다. 하나의 아름다운 시가 아니라 한 권의 피와 땀이 스며 있는 경향성을 담아야 한다고 본다. 그러므로 시는 불후의 명작이 아니라 보통의 명작이 되어야 한다. 밥 먹듯이 걸어가듯이 일기처럼 진경 현실을 담아야 한다고 본다.

3

그러는 의미에서 나의 대표시집은 『학교에는 고래가 산다』이다. 이 시집은 교직생활 30년 동안 썼던 교단 시들을 모아서 출간한 것이다. 1982년 첫 발령을 받아서 고속버스를 타고 직행버스를 타고 비포장도로를 달려서 철부도선을 타고 마이크로버스를 타고 남쪽 섬으로 갔던 땅거미 지던 하루가 교직생활 30년이었다는 것을 일깨우면서 교육민주화투쟁기부터 무너져 가고 있는 교실의 아이들과 그래도 새로운 패러다임을 찾아 나선 교사들의 끈기를 담았다.

그리고 2014년 4월 16일 어른들의 잘못으로 세상을 버린 세월호 아이들에 대한 아픔을, 진실을 담았다. 지금껏 감추려는 자, 회피하려는 자들이 지배해온 세상에서 진실을 드러내기 위한 싸움은 늘 패배하는 듯 보였으나 결국 진실이 승리한다는 희망의 속삭임을 노래한 것이다.

그간 출간한 시집으로 『나무 위의 여자』(시와사람, 2007), 『만다라화』(화남 2009), 『어머니 나라』(화남, 2011), 『나쁜 사과』(시와산문, 2013), 『학교에는 고래가 산다』(삶창, 2015), 『슬픔아 놀자』(도서출판b, 2018) 등이 있다.

4

전라도 사람인 것이 자부심이다. 전라도 구수한 사투리도 좋고 불의에 침묵하지 않는 전라도 정신이 좋다. 집회현장에 가면 10에 3이 전라도 사람이다. 그렇게 전라도 사람은 정의를 살리고 불의에 격정적으로 맞선다. 이런 전라도에서 나의 몸도 삶도 붉은 황토처럼 붉디붉다.

존경하는 시인으로는 김규동 이광웅 김남주다. 김규동 시인은 문청시절에 우편으로 편지를 보내면 꼭 답장을 해 주셨다. 김규동 시인은 소탈하고 겸손하고 인정이 많았던 분이다. 시집을 보내면 꼭 글씨를 써서 보내주신다. 이광웅 시인은 〈오송회〉 사건으로 옥고를 겪었던 분으로 같은 해직교사로서 선배로서 강직하고 품이 넓었다. 김남주 시인은 사실 목포 강연회에서 한 번 뵈었을 뿐이지만, "시는 무기다"라는 강렬한 몸짓으로 시가 무엇인가를 보여 주셨다.

5

앞으로 추구하고자 하는 문학세계는 쉬운 시 쓰기, 누구나 쉽게 다가오고 쉽게 공감할 수 있는 시, 쉬우면서 쉽지 않은 시, 사무사(思無邪)의 작품이다.

에돌기는 했을지언정 투항하지 않고 버티었다

조성국_ 시인

1

아마도 그랬다. 학생운동하기엔 너무 낡았고, 다른 계급계층에 복무하기엔 거충할 근거지가 없었으며, 밥줄목줄에만 매달리기에는 꿈이 많고, 그냥 하늘만 쳐다보고 살기에는 붉은 피가 너무 뜨거운 청춘의 때였다 〈5월시〉 같은 동인운동은 이미 한물간 것 같다며, 한창들 모여 쑥덕거렸다. 그러고는 '지역운동의 문예역량을 구축하고 창작을 위주로 하는 문예운동의 본 모습을 찾아내어 변혁운동에서의 문학예술이 차지하는 지위와 역할을 높여 보자.'는 취지에서 〈광주청년문학회〉가 발족되었다.

그 인원들을 대충 적어보면 윤동훤 김경윤 이봉환 이형권 윤석진 김호균 손용석 김은태 윤정현 이종주 이철송 정윤천 그리고 양기창를 비롯한 몇몇 사람들, 그들이 모여 문예사업을 벌리고 있을 때, 나는 '민주조선' 사건에 연루 되어 일계급 특진에, 현상금 삼백이 걸린 공안사범으로 도바리치는 중이었다.

같이 도바리치던 이철규, 심증은 가나 물증이 없는 의문사를 당한 채 무등산 기슭 4수원지의 변사체로 발견되고, 나는 좇나 쫄아서 안가의 뒷

골목 달세 방에 도사리고 앉아 내 흔적을 일기처럼 기록하고 있었다. 그 걸 훔쳐본 김형수 형(그때 형수 형과 김남일 형이 서울에서 내려와 〈광주 청년문학회〉 문예교양을 하고 있었다)이 가져다가 『창작과비평』에 덜컥 넘겨줌으로 해서 나는 졸지에 도바리치는 시인이 됐다

2

5월이, 광주 출신의 시인치고 문학적 자양분이 아닌 사람은 드물 거다. 나 역시 마찬가지다. 광주에서 한 번도 벗어난 적이 없다. 그러나 5월을 벗어나려고 노력한다. 노력하는 것이 아니라 극복하려고 한다 극복해서 5월을 계승하려고 한다.

작품도 작품이지만 조직적으로 방법을 물색해야 한다고 생각한다. 그래서 작가회의를 선택했는지는 모르겠지만 양에 안 찬다. 근 10여 년 가차이 작가회의 실무를 책임지면서도 못마땅한 게 이루 말할 수 없다.

조직적으로 빚어진 공익의 문학 활동에 등한시하면서 공동체를 말하고, 희망을 말하고, 작가정신을 말하는 작태가 한심스러울 따름이다. 또, 작품도 안 되면서(?) 제 자신만 시인인 양 거드름을 피운다. 시인이라는 이름 하나로 이 세상에서 가장 깨끗한 밥을 먹는 줄 알았는데, 밥상이 커지면 숟가락부터 먼저 대려고 한다. 숟가락이 없으면 아니꼬운 눈총을 부라린다. 나 역시도 이런 적폐의 대상이다 이 적폐의 척결로부터 내가 거듭나서 사회로 세상으로 살러갔으면 좋겠다.

3

아직은 나를 내세울 만한 대표작은 없다. 시인으로서 나는 다만 유명하고 싶지만 조용히 살고 싶고, 조용히 살고 싶지만 잊혀지긴 싫어서, 첫 시집 『슬그머니』(실천문학사, 2007년)를 살그머니 냈다. 밥줄 목줄 땜시 등단 18년 만에 냈다.

『둥근 진동』(애지, 2012년)과 동시집 『구멍 집』(문학동네, 2016년)을 냈다. 이십 수년을 에돌아서 다시 여기에 돌아올 수 있었던 내가 퍽 다행스럽다. 멀리 우회하는 동안 바래고 찢긴 내 삶이 너무 남루해 부끄럽기도 하지만 괜찮다.

비록 뜨겁지는 못했어도 한때 열렬히 사랑했던 것들을 욕보이지 않고 견뎠다. 에돌기는 했을지언정 투항하지 않고 버티었다. 들척지근 어림할 수 없고 물색없지만 예전에 사랑하지 못했던 것에 대하여 다시 사랑할 수 있게 되었다. 견디는 것이 쉽지만도 부질없는 것만도 아니었다. 그걸로 자찬하며 만족하며 산다. 살려고 노력한다.

혼자가 아니라 우리라는 테두리 안에서

이지담_ 시인

1

광주 '가톨릭 문화아카데미'에서 곽재구 선생님의 지도하에 아카데미 7
기(1992년)를 수료하고 〈원추리〉 시모임 회원으로 활동하고 있었다. 그
때 민족문학작가회의에서 광주문학아카데미 1기 수강생(1997년)을 모
집한다는 포스터를 접하였다. 1980년 오월 광주민주화운동 이후 전두
환 정권에 의해 바른말을 할 수 없는 시기였지만 당시 민족문학작가회
의는 두려움 없는 강한 펜의 힘을 보여 주는 광주전남의 진보문학을 대
표하는 단체로 인식되어 왔던 터라 나는 망설임 없이 접수하였다.

첫 강의를 들으러 갔는데 강의실 안에는 한 스무 명 가까운 시 지망
생들이 모여 있었다. 광주문학아카데미 1기는 민족문학작가회의 광주지
회장을 맡고 있던 김준태 회장과 사무처장 임동확 시인의 지도 아래 박
주관 시인이 담임을 맡았다. 강사로는 조태일 시인과 허형만 시인 채호
기 시인 김준태 시인 고재종 시인 임동확 시인 이경호 문학평론가 임우
기 문학평론가 등이 일주일에 한 강좌를 도맡아 해 주었다.

문학에 대한 열정과 시에 대해 무엇을 고민할 것인가를 깨닫게 하는

강의는 문학 지망생들에게 작가의 꿈에 한 발짝 다가서게 했다. 1기 아카데미를 수료 후 수료자 모두에게 작가회의 회원이 되는 특혜를 주었다. 우리 예비 작가들은 작가들 틈에서 부끄럽지 않도록 더욱 치열하게 써야만 했다.

1기 수료생 김규성 김성범 김창헌 박노동 박옥경 송호삼 이수경 이지담 이지상 정영주 정은주 등 11명이 주축이 되어 1997년 12월 22일 〈사래시〉 동인회를 결성하였다. 그동안 월례회를 통하여 친목과 창작활동을 진작하여 1999년 〈사래시〉 동인작품집 창간호 『마침내 새가 되어』를 발간하였다. 기존 회원들 몇이 비운 자리에 광주문학아카데미 2기와 3기 수료생들이 〈사래시〉 동인으로 입회하면서 동인들은 더 단단하게 글에 매진하였다.

〈사래시〉 동인들은 분기마다 강사를 초청하여 공부하는 일도 게을리하지 않았다. 초청강사로 임동확 시인 나희덕 시인 박라연 시인 김형중 문학평론가 등 좋은 시쓰기를 위한 노력을 아끼지 않았다. 그 결과 전회원들이 시인으로 등단하였고, 회원들은 광주전남작가회의 회원으로서 좀 더 떳떳하게 활동하였다. 현재는 김규성 김성범 박노동 박옥경 박정인 이지담 이창선 최미정 최양숙까지 9명의 회원이 활동하고 있다. 제2집 『낯선 시간의 톱날』, 제3집 『열매는 땅을 향해 열린다』, 제4집 『앞집 여자와 고양이』, 제5집 『하느님은 CCTV를 찍고 있다』, 제6집 『은유의 둘레』에 이어서 올해는 제7시집 『바람은 초점 바깥에 있다』를 문학들출판사에서 간행하는 결실을 맺는다.

〈사래시〉 동인 활동은 나의 문학의 시작이요 시인이 되어가는 과정이기도 하다. 공부를 제대로 하겠다는 열망으로 나는 2002년 광주대대학원 문예창작과에 입학하였다. 시 지도교수인 이은봉 교수님과의 인연으로 대학원 동기들과 후배들이 주축이 되어 시평 모임을 진행하면서 자연스럽게 〈진진시〉 동인회가 결성되었다. 정혜옥 이지담 김경옥 고미숙 서승현 이은실 금별뫼 백애송 이재연 김선옥 등과 외부 회원인 김민휴 김완이 합류하여 매년 상반기와 하반기에 문학기행을 다니며 시에 대한 영감을 얻으며 시창작에 집중하였다.

2003년 계간지『시와사람』신인상으로 등단하였고, 2010년에는『서정시학』신인상을 수상한 후 문학활동에 더욱 매진하게 되었다.

2

2008년 광주대학교 문예창작과 신덕룡 교수와 고재종 시인이 의기투합하여〈시낭송회 비타포엠〉을 출범시켰다. 광주에서 시의 대중화를 위해 시를 좋아하는 사람들이 모여 시를 낭송하고 또 노래함으로써 우리의 정서를 풍요롭게 하고, 이를 통해 밝은 세상을 만들어 보자는 취지에서였다. 첫회 회장으로 신덕룡 교수가 선임되었다. 나와 조기붕 씨가 부회장을 맡았고, 전숙경과 선안영 시인이 총무를 맡았으며, 이사와 감사를 두어 정기적으로 모여 행사를 진행하였다. 제1회 '시낭송회 비타포엠' 초청시인으로 '장석남 시인'을 모시고 시인의 시와 삶의 이야기를 듣고, 시낭송과 공연 순서로 진행되었다. 연회비 12만 원을 자발적으로 내는 회원이 70명이 모였으며 뒤풀이 시간에는 작가와 일반 회원들이 함께 어우러져 우애를 다졌다. 회원들의 다양한 문화욕구를 어떻게 수용할 것인가를 논의하고 문화소외지역을 찾아가는 행사도 계획하였다.

〈시낭송회 비타포엠〉은 2개월에 한 번씩 열기로 하여 그동안 한국 시단의 내로라하는 초청 시인만도 50여 명에 이르렀으며, 문화소외지역 학교를 선정해 찾아가 시낭송뿐 아니라 공연과 문학강연과 시쓰기를 통해 소외지역 학생들과 소통하는 기회를 가졌다.

〈광주전남작가회의〉 광주지회의 이사직을 맡으면서 나는 작가회의에서 일어난 일을 적극 거들기 시작했다. 2009년 신임 회장으로 선임된 고재종 지회장은 새로운 가능성을 모색하기 위해 공부하는 작가회의로 만들겠다고 선언하였다. 그 일환으로 '인문학포럼'을 기획한 고재종 회장은 선안영 사무처장 그리고 나 이렇게 세 사람이 합심하여 실무 작업을 담당하기로 하였다. 제1회 인문학포럼은 '문학과 철학'을 주제로 개설하였다. 총 16강좌로 구성된 포럼은 철학자 8명과 문학인 8명을 모시고 진행되었다. 광주지역 작가와 일반인들을 대상으로 적지 않은 수강료를 받았음에도 불구하고 50명에 이르는 수강생이 모여들었다. 이것은 광주지역에서 인간의 본질적인 탐구에 얼마만큼 목말라하고 있었는지를 보여 주는 사례가 되었다. 큰 호응에 힘입어 성공리에 마무리되었으며 매우 긍정적인 평가를 얻었다.

다음 해 2010년 제2회 인문학포럼은 좀 더 깊이와 수준이 있고 품격을 갖춘 포럼을 개설하여 광주전남의 감각과 생각을 균형 있게 정립하고자 하였다. 제2회 인문학포럼이 6월부터 8월까지 매주 목요일 오후 7시부터 2시간동안 북구 남도향토음식박물관에서 총 12회로 진행되었다. '문학과 예술'이라는 주제로 각 예술분야에서 최고 수준을 구가하는 강사들을 섭외하여 그들의 삶과 예술정신을 명 강의를 통해 문학과 예술, 그리고 삶과 세상을 창조적으로 보는 계기를 마련하였다. 첫 강의는 전 한국예술종합학교 총장인 황지우 시인의 '문학과 예술'이라는 주제로 열렸다. 1980년대 지역문단을 대표하는 황지우 시인이 문학과 예술에 대한 전반적인 이야기를 들려주었다. 『반갑다 논리야』, 『근현대사 신문』 등 출판가의 스테디셀러 제조기인 도서출판 사계절 대표 강맑실 씨는 '인문학도서 100권'이라는 주제로 지역 여성들에게 삶의 지침을 전했으며, KBS 이장종 PD가 '방송과 문학'을, 대중적 철학입문서를 집필해온 출판집단 문사철의 기획위원인 강신주 씨가 '우리 시에 비친 현대철학의 풍경'을, 오지여행 사진작가 박하선 씨가 '문명의 저편'을 이야기했다. 숙명여대 교수이자 작곡가인 이만방 씨가 '이방만의 클래식 여행'을, 〈워낭소리〉의 영화감독 이충렬 씨는 '영화, 삶 그리고 소통'

을, 문학평론가인 서동욱 씨는 '현대미학의 여러 풍경'을 이야기했고, 한국예술종합학교 건축과 교수인 김봉렬 씨는 '한국건축이야기'를 전하고, 세계적인 사진작가 김중만 씨의 '김중만의 포토클래스' 강의를 마지막으로 성공리에 마무리되었다. 모든 수강생들은 다음 해의 프로그램에도 관심을 보이며 기대했지만 회장이 바뀌면서 인문학포럼은 계속 이어가지 못하는 아쉬움을 남겼다.

2017년 〈광주전남작가회의〉 신임회장으로 박관서 회장이 선임되고, 광주전남작가회의는 창립 30주년을 맞이하여 활발한 활동을 알렸다. 첫 번째로 제1회 아시아문학페스티벌에서 아시아문학상을 수상하였고 노벨문학상 후보에 오른 몽골작가 담딘수렌 우리앙카이 시인을 방문하고 우리앙카이 시인이 소속된 〈몽골작가협회〉와의 MOU 체결을 위해 2017년 1월 26일 광주전남작가회의 박관서 회장과 조진태 시인 강회진 시인 김경윤 시인 이지담 시인 주영국 시인 등 10명이 몽골로 향했다. 광주전남작가들이 참여한 가운데 몽골작가협회 사무실에서 몽골작가 20여 명 가까이 참여한 가운데 MOU를 체결하였다. 양국 작가들과의 원활한 문학교류를 위한 토론과 작품 교류를 하며 다음 행사에 대한 계획을 나누었다.

2017년 7월 23일 몽골작가협회 초청으로 〈몽골 반점, 그 원형을 찾아서〉라는 타이틀로 몽골작가협회 회원들과 우리 작가들이 시산문 낭송 등의 교류행사에 참여하기로 하였다. 또 몽골예술대 주최 여러 장르 속에 나타난 징기스칸 이미지 조명 '심포지엄'에 참여하기 위해 광주전남작가회의 임원들로 꾸려진 12명(박관서 회장 나종영 시인 채희윤 소설가 조진태 시인 강회진 시인 이지담 시인 김호균 시인 주영국 시인 유종 시인 이동순 조선대교수 김종숙 시인 고영서 시인)이 출발하였다. 몽골예술대 심포지엄에서 박관서 회장이 '한국문학 속 징기스칸이 수용된 양상'이라는 주제로 강연을 하였으며, 담딘수렌 우리앙카이 시인을 모

시고 몽골작가협회 회원들과 우리 작가들의 작품을 시화하여 행사장에
전시하고 시산문 낭송 등으로 교류행사의 의미를 고조시켰다.

그리고 몽골 청소년들(초중고생 대상)의 문학 수련교육의 일환으로
우리 작가들이 광주전남 문학에 대한 이해와 시낭송으로 몽골 학생들의
가슴에 잔잔한 물결 하나를 남겼다.

2011년부터 부회장으로 활동하게 된 나는 현재까지 부회장직을 수행
하며 작가회의에서 회원들 간의 원활한 교류를 위한 역할을 하고 있다.

3

2003년 등단한 이후 나의 시 작품에서 만족을 얻지 못하기도 했지만 마
음에 맞는 출판사를 정하지 못한 상태였다. 오랜 생각 끝에 재 등단을
하여 내가 원하는 출판사에서 시집을 내기로 마음먹고 다시 좋은 작품
을 모아보자고 스스로 다짐했다.

2010년 계간 『서정시학』 여름호 시부문에 「바짓가랑이를 접듯」 외 3
편을 응모하여 당선이라는 소식을 받았다. 그동안 발표했거나 써놓은
작품들을 정리하면서 시대적으로 낡은 시들은 과감하게 버리기로 했다.
고심 끝에 60여 편을 모아 계간 『서정시학』의 시인선에 시집 원고를 제
출하였다. 최동호 교수님께서는 평소 『서정시학』 출신 문인들에게 서정
시학으로 등단하였다고 하여 다 시집을 내주지 않는다며 등단에 머물지
말고 끊임없이 공부하여 좋은 시를 제출해야만 시집을 출간할 수 있다
고 말씀하셨다. 그래서 원고를 보내놓고도 한참을 노심초사했다. 한 달
가까이 지나서야 출판사로부터 연락이 왔다. 편집위원들이 검토한 결과
출판하기로 했다는 것이었다.

2011년 11월 10일, 드디어 생애 첫 시집 『고전적인 저녁』이 세상에
나왔다. 대체적으로 호의적인 평을 해 주신 유성호 문학평론가의 평론
에 힘입어 제2집을 준비하기로 했다. 그러던 중 광주대대학원 아동문학

수업을 받으면서 매력을 느꼈던 그림책들을 보다가 동시를 쓰게 되었다. 기왕이면 나의 실력 검증이라도 해 보자는 생각으로 대교 눈높이 아동문학대전에 원고를 보냈던 것이 2014년 제22회 〈대교 눈높이아동문학대전〉 아동문학상 동시 부문 최고상을 수상하였다.

앞으로의 계획은 그동안 모아둔 동시 원고를 정리하여 동시집으로 묶어내겠다는 생각이다. 이후 제2시집으로 『자물통 속의 눈』이 2016년 12월 10일 출간하였고, 산문집 공저로 『길의 안부를 묻다』를 출간하였다.

제2시집 『자물통 속의 눈』이 '2017년 세종도서 문학나눔' 도서에 선정되어 스스로에게 책임 있는 작품을 펴내야겠다는 다짐의 계기가 되었다.

4

광주전남 출신으로서의 자긍심은 내 안에 흐르고 있는 피이다. 5·18민주화 운동부터 시작해 거슬러 올라가면 광주학생독립운동 더 거슬러 올라 한말 남도 의병에서 광주전남 사람들의 정신이 지금 내개도 흐르고 있음을 느낀다. 그 피는 위기가 닥쳤을 때 그 위기를 극복하기 위해 집단행동을 보여 주었다. 1980년 5·18민주화 운동 당시 날마다 도청으로 달려가 구호를 외쳤던 기억과 주먹밥을 건네주었고 또한 어떤 방식으로든 광주시민으로서 하나가 되어 있었던 기억들이 광주전남 정신이 내 안에, 우리 안에 피가 되어 흐르고 있음을 느낀다. 혼자가 아니라 우리라는 테두리 안에서 더 힘을 얻는다는 것을 알고 있다. 광주전남작가회의는 한 단체이면서도 바로 우리이기 때문이다.

5

광주전남 문학의 활성화를 위한 방안으로 작가 한 사람 한 사람이 광주전남작가회의의 주인이라는 생각을 가지고 행사 때마다 적극 참여하여서로 교류하는 일이 중요하다고 본다. 그리고 정기적으로 모여서 공부

하는 분위기를 만들어 갈 때 끈끈한 유대 속에서 깊이 있고, 독자들에게
다가갈 수 있는 좋은 작품들이 잉태되리라 본다.

자연과 하나 되는 시를 쓰고 싶다

서애숙_ 시인·시낭송가

1

문인들이라면 누구라도 그러했겠지만 나 또한 어린 시절부터 글쓰기를 좋아했죠. 특히 문학과 예능에 관심이 많으셨던 부모님의 배려로 책들과 친구처럼 지내온 시간들 속에서 글 쓰기의 첫 걸음마가 시작되었다고 생각합니다. 초등학교에 다닐 때 글짓기 대회에 나가면 그냥 돌아오는 경우는 없었죠. 초등 3학년 때던가, 그 무렵에 내가 쓴 글이 〈목포예술제〉에 우수상을 받게 되었고, 내가 다닌 초등학교가 우승을 한 경우도 있었답니다. 그때가 1967년 11월 8일로 지금도 그때 수상 기념으로 찍은 단체 사진을 갖고 있기도 하죠. 아울러 신아일보가 주최한 글짓기대회에서도 입상을 했었죠. 무엇보다도 여고 시절에 국어를 담당한 선생님이 문단에 데뷔한 '김재희'라는 시인이었죠. 각종 백일장 대회에 나가 좋은 결과를 얻게 되니, 시인이었던 국어선생님이 어느 날 "넌 글 쓰는 데 소질이 있으니, 장차 커서 문인이 되라."고 말씀하셨죠. 국어선생님으로부터 그 말씀을 듣고서 나는 문학의 끈을 놓지 않았답니다. 그분의 그 말씀이 날 '시인'의 길로 이끌어 준 게 한 결정적 계기가 아니었나, 하고 생각합니다. 성인이 되어서 〈섬사랑 시인학교〉 모임에 함께하면서 스승인 송수권 선생님과의 인연으로 시에 대한 욕망이 불같이 타올랐던 같습니다. 그런데 그냥 시 쓰기가 좋았던 것과는 또 다르게 '등단'이라는 또 다른 길이 엄청난 무게로 다가왔죠. 틈틈이 쓴 시를 송수권 선생님께도 보여드렸죠.

2001년 〈섬사랑 시인학교〉가 개최한 백일장에서 대상을 받았고, 2001년 『문학과경계』 여름호에 「여름, 일로 연꽃 방죽에서」 외 4편이 '제2회 문학과경계 신인상'에 당선되면서 늦깎이로 문단에 나왔죠. 그러고는 송수권 선생님의 '어초장'에서 정일근 최영철 이진영 시인 등과 만나게 되고, 소위 문단에 가장 많은 문인들이 분포돼 있는 58년 개띠생 문인들과도 교류하게 되었죠.

하지만 고등학교를 졸업할 때 친구의 아버지가 군산 미군부대에서 운영하던 볼링장에 우연히 가서 처음으로 볼링이라는 것을 접하게 되었는데, 한동안 볼링에 취미 이상으로 열정을 쏟아부었답니다. 제1회 KBS 전국볼링대회 2등, 제1회 KBC 볼링대회 챔피언과 여성볼링 2등, 광주MBC 토요볼링대회 챔피언전 우승과 우리나라 국가대표로 해외대회에도 참여할 정도였죠. 문단에서 내 이름은 잘 몰라도 볼링 쪽에서는 꽤 이름이 나 있었죠. 아무튼 볼링선수와 코치 생활을 하기도 했지만 운동을 하면서도 문학의 끈은 놓지 않았답니다. 각종 대회에 참가하면서도 창작노트는 항상 가지고 다녔으니까요.

2

등단하게 되면서 〈광주전남작가회의〉 회원으로 함께 활동하면서 또 다른 문학의 세계에 발을 들여 놓은 듯했죠. 사실 내 시적 관심은 현실적 부조리나 역사의식에 대해 깊이 천착하기보다는 일상의 사소함 속에서 발견하는 시적 진실, 그리고 삶과 죽음의 문제라는 철학적 주제에 더 마음이 갔죠. 등단 이후 2002년에 곧바로 첫 시집『세상 뜨는 일이 저렇게 기쁠 수 있구나』를 문학과경계사에서 출간했습니다. 그 시집의 주제가 '죽음'에 대한 것이었죠. 물론 나는 아직 당신과 마찬가지로 죽음이란 걸 경험해 보지는 못했죠. 그러기에 아직 경험하지 않은 그 죽음의 실체에 대해 이러쿵저러쿵 말한다는 게 어불성설일 수도 있죠. 하지만 나는 첫 시집에서 '죽음'이라는 경험 불가능한 사건을 나도 모르게 태연자약하게 즐기고 있는 시적 자아를 발견하게 되었죠. 모든 사람들이 공포로 느껴지기 쉬운 "이승의 떠남, 즉 저승길이 이처럼 아름다울 수 있을까"라는 새로운 정신세계를 문학을 통해 한번 추체험해 보려고 했는지도 모르죠. 어쩜 죽음을 노래한다는 것은 삶에 대한 강한 애착의 또 다른 표현일 수도 있을 겁니다. 오늘 우리가 못다 한 삶의 저편이 바로 죽음이 아닌가요. 하여 어쭙잖은 내 깨달음은 이승에서의 죽음은 저승에서의 새로 태어남으로 받아들여지는 윤회적 사상의 편린이 아닐까 하고 생각해봅니다.

광주전남의 문인이라면 1980년 그 5월에 참으로 억울하게 죽어가야 했던 수많은 사람들을 떠올리지 않을 수가 없죠. 그 참담한 죽음을 생각하면 내가 결국 하고 싶은 문학적 제의는 그 숱한 무주고혼에 대한 진혼가(鎭魂歌)여야 마땅하다고 생각할 때도 있었죠. 내 시가 외로운 혼령들, 무주고혼(無主孤魂)들을 어루만져 주는 것이 되어야 한다고 생각한 거죠.

광주전남의 자랑스러운 선배 작가들은 일제치하부터 근현대사를 지나 또한 군사독재 시절을 살아오면서 이 땅의 민주주의 문제, 우리사회 인권과 표현의 자유 확장 등에 문학적 투신과 함께 또 많은 성과를 냈다고 생각합니다. 작가회의 문인들은 어려운 시절을 공유한 분들이 많기에 서로 끈끈한 유대관계로 맺어져 있죠. 문학적 혹은 실천적 행동으로 생생히 살아 있는 선배, 동료, 후배 작가들을 보면 한편으론 자랑스럽게 생각한 답니다. 물론 나는 그분들처럼 적극 투신하지는 못했지만 그분들을 한편에서 바라다보는 것만으로도 펜의 힘이 진정 얼마나 위대한가를 느끼고 있죠.

3

등단도 늦었고, 또 문학외적인 이런 저런 일에도 관심과 열정을 쏟다보니 시집은 지금껏 2권밖에 내지 못했죠. 하지만 문학은 양(量)이 중요한 것이 아니라 결국 그가 추구하는 문학적 질(質)이 아닌가요. 그럼에도 불구하고 더 열심히 더 많이 써내야 문학적, 시적 질을 담보할 수 있다는 어느 선배문인의 말에 공감하고 있죠. 첫 시집의 표제 시는 앞서 말한 대로 죽음의 재생적 의미와 윤회적 생을 다룬 작품으로 내 초기 시의 대표작이라고 할 수 있죠.

여름, 일로 연꽃방죽에 가면/세상을 가득히 떠메고 가는 상여 한 채가 있다/개구리밥 부들 부래옥잠/축일의 명정을 서로 펄럭이며/한 땀두 땀 기쁘게/상여를 밀고 나가는 상주도 여럿 있다/누가 열반(涅槃)했는가/너무 장엄해서/아무도 울지 않는/꽃들의/호상(好喪)/물방개 소금쟁이 엿장수/만장(挽章)의 아이들 앞장서 상엿길 열면/개구리 붕어 메기/남도 소리꾼들/상여 밀어 올리는 소리 더욱 자지러지고/그렇구나세상 뜨는 일이/저렇게 기쁠 수 있구나/축제의 그 저승길을 몇 컷의 사진으로 담다보니/나도 어느덧 일로 연꽃방죽의 상주가 되어 있었다/꽃이 되어 있었다

– 「여름, 일로 연꽃방죽에서」 전문

그리고 지난 2017년 12월에 문학과경계사에서 두 번째 시집 『죽림풍장』을 펴냈죠. 어린 시절 자랐던 진도의 씻김굿과 풍장, 초분을 기억의

끝에서부터 천착하여 102편의 연작시집으로 세상에 내놓았죠. 첫 시집 출간 이후 15년 동안 내 시적 주제는 집요하게도 유년의 고향인 전남 진도군 임회면 죽림(竹林)에서 보았던 풍장(風葬)과 굿판 등에 사로잡혔죠. 이 시편들을 통해 삶과 죽음, 죽음과 삶이 무엇인지 이야기하고자 했죠. 이 연작시에서 나는 죽음이 그냥 단순한 죽음이 아니라, 새로운 삶의 시작이라는 생각을 다시 한 번 보여 주려고 했던 거죠. 어떤 분은 이 시집에 대해 "삶에서 죽음으로, 죽음에서 다시 삶으로 천화(遷化)는 축제의 노래들!"이라고 말한 바 있는데, 공감하는 바입니다.

> 대나무 우듬지가 울면서/무어라고 속삭이는지/초분 귀퉁이 헤진 틈 사이로 귀 기울였네/아직은 이승에 남아 있는 미련이/갈비뼈 사이사이/석류처럼 알알이 살아 숨쉬고/그 석류 속에 들어가 귀 기울이면/대나무 우거진 골에 세 들어 사는 동안/생전에 품어보지 못한 당신의 가슴 속에도/잘 익은 석류가 알알이 있었음을/이제 겨우 알겠네
>
> – 「죽림 풍장 77」 전문

또한 『죽림 풍장』 시집의 '해설'을 쓴 유종인 평론가는 "이 풍장 시편에서 농익은 죽음은 성숙한 죽음이다. 죽음에 이르러 삶에 대한 시선이 확장되고 성숙됐으니, 그 죽음은 살아 있는 죽음인 것이다. 자연의 이법을 알아가는 주검은 단순히 썩어가는 것이 아니라 갱신되어지는 것이다."라고 말했죠. 바로 내가 이 시집을 통해 이야기하고 싶은 것을 정확히 짚어주었다고 생각합니다.

4

앞으로 자연과 하나 되는 시를 쓰고 싶죠. 제가 다육식물을 600여 종을 키우고 있는데 모두 이름을 지어 주었지요. 이 녀석들을 하나하나에게

존재의 의미를 주고자 시를 쓰고 있답니다. 이에 대한 시화집을 한 권 펴낼 생각이 있죠. 저는 이름 있는 시인이 되기보다는 독자들이 고개를 끄덕일 수 있는 시를 쓰고 싶은 바람이 있습니다. 내가 존경하는 분이라면 우선 송수권 시인은 나를 문단에 이끌어 주셔서 참 고마운 분인데, 너무 일찍 돌아가셔서 아쉽네요. 또한 광주전남의 시인으로서 실천적 삶을 살아온 김준태 시인은 광주문단의 큰 어른이라고 생각합니다.

5
광주전남작가회의가 문학의 대중화에 좀더 큰 관심을 가졌으면 합니다. 제가 〈재능시낭송협회〉 광주지회장을 맡고 있는데, 광주 시민들이 의외로 문학과 시에 관심이 많은데 그들과 함께하는 프로그램을 개발했으면 합니다. 독자와 작가가 서로 소통하는 광장을 만드는 데도 나서 주시기를 바랍니다. 그리고 너무 행사 위주로 활동이 진행되다 보니 회원들 간에 유대관계, 문인들 간의 우정이 좀 부족하지 않나 하는 말들을 많이 하던데 동감합니다. 세상은 각박하게 변해가고 있는데 시를 통한 철학적, 인문학적 상상력의 깊이로 삶의 질을 한 단계 끌어올리는데 광주전남문학을 일신하도록 해보면 어떨까, 그런 생각도 잠시 해 봅니다. 마지막으로 광주전남 문단의 주변에 아픈 사람이 없는지, 혹시 술 한 잔 마시고 싶은 사람이 있다면 그들도 잘 챙겨주는 것이 작가회의가 할 수 있는 오지랖이라고 생각합니다.

좀 더 다양하고 이질적인 시적 세계가 나타나야

이재연_ 시인

1

전남 장흥 관산에서 출생했다. 공부는 진짜 하기 싫어했다. 그래도 숙제를 하지 않은 적이 없었으니 책임감 있는 학생이었다는 생각이 든다. 실제 책임감은 있었다(내 생활기록부엔 늘 품행이 단정하다, 라는 말이 적혀 있었다. 사실 나는 늘 일탈이나 비행을 꿈꾸고 있었다. 그러나 행동하지는 못했다). 지금 생각해 보면 나는 알 수 없는 무엇인가를 아무도 모르게 꿈꾸는 학생이었던 것 같다. 관심이 다른 데에 있었다. 그 '다른' 것이 그때는 무엇인지 몰랐다. 그즈음 하이틴 문고 같은 것을 읽었다. 시골학교나 시골집에 책이 많지 않았다. 그래서 손에 닿는 대로 책을 읽었다. 중학교 졸업 무렵이 되니 이러저러한 연애 책들과 대중소설이 시시해졌다. 내용이 빤히 보였다. 그때부터 세계 문학전집들을 읽으며 틈틈이 천관산을 바라보며 자랐다. 고개를 들면 늘 천관산이 보였다. 천관산만 보였다. 내 고향에선 그만큼 덩치 큰 사람은 천관산 말고는 없었기 때문이다. 천관산을 바라보면 무슨 말을 하고 있는 것 같기도 하고 내가 무슨 말을 해야 할 것 같은 기분이 들기도 했다. 내가 해야 할 일을 찾지 못하고 있었다.

시간이 흘렀다. 어떤 일에도 별 흥미를 느끼지 못한 채 시간이 흘렀다. 서울에서 직장생활을 하던 중 친구와 함께 경기도 장흥 카페촌을 다녀왔다. 그때가 1994년 무렵이었다. 경기도 장흥을 다녀온 직후 시를 써서 친구에게 보여 줬더니 시를 쓰라고 적극 권했다. 그렇게 말해 준 친구는 영문학을 전공했고 아버지가 시조시인이어서 문학적 감성과 감각을 지니고 있는 친구였다.

그 친구의 강력한 권유로 서울에 있는 CBS 드라마작가 양성소를 다녔다. 무려 접수 과정까지 코디해 준 것 같다. 그 친구는 내가 어떻게든 글을 써야 한다는 생각을 한 것 같았다. 그러나 나는 드라마 작가로서 재능이 없다는 것을 금방 알았다. 그렇지만 CBS 드라마작가 양성소에서 정영주 선생님을 만났다. 정영주 선생님은 제 시를 보더니 자꾸만 시를 쓰라고 권했다. 사실 친구와 정영주 선생님이 말하기 전부터 나는 이미 대학 노트에 매일 시 같은 것을 쓰고 있었다. 그것이 시라는 생각을 하지 못한 채 기록했으니 시 같은 것이었다. 또 일기 쓰는 일은 내게 중요한 일이었다. 오랜 시간 일기를 꾸준히 썼다. 내 생각을 기록할 수 있는 일이야말로 외부와 내부로 분리된 시간이 하나가 되는 시간이었다. 지금 생각해보면 이러한 시간들이 문학에 대한 불씨를 지켜주는 시간이었던 같다.

무엇인가 쓰라고 권해 준 친구와 정영주 선생님이 입밖으로 꺼내지 못하고 있던 나의 열망을 밖으로 꺼내 준 계기를 만들어 준 것 같다. 일기는 내가 시를 본격적으로 배우고 쓰기 시작하면서 쓰지 않게 되었다. 2005년 전남일보 신춘문예에 시가 당선되었고, 2012년 오장환 신인문학상을 수상하여 등단했다. 늦깎이 등단이었다. 그때는 빠르고 늦은 것이 중요하다는 생각을 전혀 하지 않았다. 문학은 그런 게 중요한 것이 아니라는 생각이 들었다.

2

1980년 5월 광주, 그때 나는 시골 고등학교 재학 중이었다. 아마도 1학년이었던 것 같다. 기억에 의하면 그때 무엇인가 술렁이는 분위기였다. 무슨 일이 일어난 것 같은데 그 내용을 우리는 정확히 알지 못했다. 다만 선생님들이 쉬쉬 하면서 일찍 하교 시켜 주었다.

집에 돌아가는 길에 트럭을 만났다. 트럭 짐칸에 머리에 띠를 두른 젊은 청년들이 타고 있었으며 구호를 외쳤다. 어떤 일이 일어난 것은 확실했다. 이러저런 이야기들이 입으로 전해졌다. 그러나 그 일을 정확하게 이해하지 못한 채 1980년이 지났다.

그 후 나는 『신동아』(아마도 그런 종류의 잡지였을 것이다) 같은 잡지를 읽으며 1980년 5월에 무슨 일이 일어났는지 점차 이해하게 되었다. 그때만 해도 1980년 이야기를 활자화하기 힘든 시기였지만 조금씩 진실이 드러나기 시작했다. 아무튼 숨죽이고 나는 그런 글을 주의 깊게 읽었다. 참 열심히 읽었다. 1980년 오월이 내게 영향을 미치기 전에 나는 남도 사람이다. 남도사람들은 기본적으로 정치적 감각을 가지고 있다. 나는 그것을 감각이라고 한다. 누군가에게 배우고 익히기 전에 몸에 지니고 타고난 것, 그것을 유전적 형질이라고 하자. 호남의 역사가 호남인에게 그런 유전적 형질을 남긴 것은 아닌가, 그런 생각이 든다. 설사 정치에 관심이 없다고 해도 우리 삶의 일반이 정치에 기반하고 있으니 작가라면 정치에 무관할 수 없지 않겠는가. 정치현실에 눈감을 수는 있겠으나 사회현실에 아예 무감할 수는 없다고 생각한다. 이러한 생각이 나의 시에 영향을 주었으리라고 생각한다.

그러나 때때로 정치사회현실과 무관한 존재 자체와 세계에 대한 접근 또한 예술의 근원적 욕망이지 않겠는가. 2000년 전후의 시들이 동어반복되고 있다는 생각을 하고 있을 즈음 2005년 전남일보 신춘문예에 시가 당선되었다.

그것이 내 목표는 아니었다. 그즈음 내 필력이 내 생각을 따라가지 못하고 있다는 사실을 잘 알고 있었다. 그때부터 약 4~5년을 시에 대한 어떠한 노력도 하지 않은 채 시간을 보냈다. 어느 날 지면에 발표되고 있는 시들을 봤다. 깜짝 놀랐다. 이미 많은 시인들이 내가 생각만 하고 있던 시들을 쓰고 있었다. 충격이었다.

그리고 2012년 오장환 신인문학상을 수상했다. 나는 한동안 작가회의 활동 같은 것에 별 관심이 없었다. 언제쯤인지 정확히 알 수 없지만 등단 한참 후 작가회의에 가입했다. 그리고 아주 가끔 작가회의에 나갔다. 지금은 작가회의 많은 이사들 중 한 명이다. 참고로 이사가 한두 명이 아니다. 광주전남 지역의 많은 작가들을 거의 알고 있으며 오래 보아온 작가들과 함께하고 있다. 지금 현재 하는 일이 무엇이냐고 묻는다면 무직입니다. 혹은 주부입니다. 이 말 외에 딱히 대답할 말이 없다. 그렇다고 시 쓰고 있습니다. 이렇게 말하기는 작금의 현실에 너무 민망한 일이다.

그러나 어떤 것보다 시는 내게 있어 중요하다. 중요하다고 말해야 게으름 피우지 않을 것 같아서 그렇게 말한다. 게으름을 피우지 않아야 할 만큼 중요한 것 같다. 그런데 게으름은 아마도 나의 천성 같다. 사회참여 나쁘지 않다. 꼭 참여해야 할 때도 있다. 세월호 사건 때와 탄핵정국을 기억해보라. 연대하여 목소리를 내야 할 때는 내야 한다고 생각한다. 권력의 힘이 올바르지 않게 사용될 때 누가 그것을 바로 잡을 것인가. 우리 모두의 몫이다. 문학인도 예외는 없다. 문학인이기 전에 국민이기 때문이다. 오히려 더 책임감 있는 행동을 보여야 한다. 그러나 작가의 사회참여는 전적으로 각자 개인이 선택할 문제이다.

3

저의 대표작이 무엇인지 잘 모르겠다. 보편적으로 좋다고 하는 시가 있고 일반적으로 좋다고 하는 시와 좀 다른 시를 좋다고 하는 이들도 있는 것 같다. 그리고 제가 특별히 애착을 갖는 시도 있다.

저로서는 첫 시집 『쓸쓸함이 아직도 신비로웠다』의 반응이 나쁘지 않아서 다행이라는 생각이 든다. 한 번도 뵌 적이 없는 정진규 선생님으로부터 전화를 받았다. 저야 그분을 알고 있었지만 선생님은 저를 전혀 알지 못하신다.

4월에 시집이 나왔는데 아마도 6월쯤이었던 것 같다. 마치 서울 인사동 길을 걷고 있었는데 전화가 왔다. "정진ㄱ니다." 네에? 아 네 선생님 안녕하세요. 갑자기 정진ㄱ니다, 라는 목소리에 나는 무척 당황했다. 그런데 그 전화는 너무 감사한 일이었다. 제가 시집을 보내 드릴 때 제 전화번호, 메일 주소도 없이 시집을 발송했는데 출판사에 전화번호를 물으셔서 전화를 주신 거였다. 다른 분들이 말했다. 정진규 선생님은 원래 시집을 받으면 그렇게 전화를 해 준다는 것이다. 그렇다 하더라도 나는 감사하다. 그때 음색이 불안하여 건강하시라고 전화를 끊었다. 그리고 몇 개월 후에 선생님의 부고를 들었다.

그 밖에도 여러 선생님들이 많은 메시지와 엽서, 전화를 주셨다. 그 중에 제게는 과분한 관심도 보여 주신 선생님들도 계신다. 저를 정말 전혀 알지 못한 분들의 격려 메시지 특별히 감사하다. 많은 힘이 되었다. 그리고 2018년 제8회 시산맥작품상을 받았다.

4

남도 사람들은 정 많고 의협심이 강하다. 또 속의 것을 잘 감추지 못하여 투박할 수도 있지만 소박한 사람들이다. 이런 사람들이 살아가는 남도를 사랑한다. 광주전남 출신으로서의 남도에 대한 자긍심은 있다. 하지만 '광주전남 출신 문인'으로서의 특별한 자긍심은 별로 없는 것 같다. '전라도 출신 문인'이라는 카테고리에 대해 특별히 의식해 본 적이 없다.

광주전남이 나고 자란 곳인데 저의 시에 끼친 영향이 전혀 없다고 할수는 없다. 하지만 저의 작품이 전라도라는 지역적인 특성을 크게 반영하고 있는 것 같지는 않다. 나는 진보적 성향을 지니고 있다. 그것이 작품에 영향을 미칠 수는 있다. 그러나 진보적 성향을 지니고 있다는 사실이 꼭 전라도 출신이어서 라고는 생각하지 않는다.

남도 문학의 선각자 중 존경하는 선생님은 이청준 선생님과 김승옥 선생님이 있다. 두 분의 작품 세계에 남도 사람으로서 큰 자긍심을 느낀다. 그 밖에도 송기숙 선생님 한승원 선생님이 있으며, 시에서는 김준태 선생님 위선환 선생님 나종영 선생님 이승철 선생님 고재종 선생님 정윤천 선생님 김선태 선생님 이대흠 선생님 등이 이루신 시업에 존경하는 마음을 갖지 않을 수 없다.

5

앞으로 어떠한 세계를 추구하고 싶다 표방해도 그 표방과 상관없이 흐르는 어떤 힘이 있다는 것을 인정하고 싶다. 확신할 수 있는 것은 없다. 자신할 수 있는 것도 없다. 나를 믿을 수도 없다. 단지 시로 표현할 수밖에 없는 것이 있다는 것을 믿고 싶다. 시로서만이 표현 가능한 세계가 있을 것이라고 생각한다. 거기에 가닿지 못할 수도 있다. 아무것도 자신할 수 없다. 내일 나는 어떤 시를 쓸지 모르겠다. 정말 모르겠다. 천천히 나아갈 뿐이다.

광주전남 시문학은 기본적으로 서정적이다. 이 서정이 어디에 기반하고 있는 것인지. 그 기반이 시대의 첨단인지 전통인지. 혹은 리얼리즘인지 모더니즘인지 그것이 중요하기보다는 좀 더 다양성을 인정하는 풍토가 조성돼야 된다고 본다. 리얼리즘도 있고 모더니즘도 있고 순수 서정시도 있다. 당대를 첨예하게 바라보는 시도 있고, 자아와 세계가 합일을 이루고 있는 세계도 있다. 합일을 이루지 못한 세계도 있다. 내가 속해 있는 세계만 주장하기보다는 나와 다른 부분을 인정하는 것이 다양의 세계라고 생각한다.

광주전남이 가지고 있는 서정이 큰 자산이 되려면 좀 더 다양한 시적 세계가 나타나야 한다고 생각한다. 지금과 다른 이질적인 세계들이 더 많이 나타났으면 좋겠다. 익숙한 곳을 떠나 아무도 알지 못한 땅을 찾아 자신의 시적 영토를 개척하는 시인들이 많이 나타났으면 하는 지극히 개인적 바람을 가지고 있다.

전라도 말은 내 시의 심장이며, 피부

이대흠_ 시인

1

태어나서 얼마 지나지 않아 죽을 고비를 넘겼다. 주사를 놓아 주던 약방
주인은 야매로 의료행위를 한 것이 걸려서 벌금 물고 난 후 주사기를 잡
지 않았고, 나는 주사를 맞아도 살아난다는 보장이 없는 상태였다.

어머니는 지푸라기를 잡고 매달렸고, 약방 주인은 사정하는 어머니
에게 주사약만 주었다. 동네에는 돼지에게 주사를 잘 놓았던 안촌한애
가 있었다. "애기가 주사 맞고 잠들면 살 것이고, 잠을 안 자면 죽을 것
이오." 약방 주인의 말이었다. 나는 안촌한애가 놓은 주사를 맞고 잠들
었다. 살아났다. 그것이 1살 때의 일이었을 것인데, 초등학교에 들어갈
때까지 나는 어머니 등에 업힌 채 바라보았던 눈 내리던 하늘 풍경을 기
억하고 있었다.

초등학교 6년간을 그네에서 보냈다. 그네를 타고 운동장을 바라보고
있으면, 돼지오줌보로 축구를 하거나 야구를 하는 아이들의 모습을 관
조할 수 있었다. 사람들이 저마다 움직이는 모습이 재미있었고, 신비하
였다. 또한 나무와 풀의 변화, 하늘을 보며 계절을 읽는 일 따위를 하였

다. 그것을 기록하는 일을 하고 싶어서 6학년을 마치며 미래의 꿈을 적는 난에 '시인'과 '농부'라고 써 넣었다.

그때의 내게는 두 가지 직업이 다 농사와 관련된 것이었다. 1992년 대학 2학년 때 오규원 선생을 만났다. 선생의 엄격한 지도로 시에 눈을 떴다. 이전 10년간 2천 편 내외의 시를 썼지만, 쓰던 습관대로 썼을 뿐 시어를 정밀하고 적확하게 써야 한다는 것을 몰랐다. 함민복 시인 김완수 시인 조연호 시인 등과 함께 대학을 다녔다. 함민복 시인은 선배였고, 김완수 형과 조연호는 동기였다. 사연도 많았고, 재미있는 일도 많았다.

배우 최민수 선배가 학생들 지도 때문에 학교에 자주 왔는데, 어느 날 아침 함민복 시인과 육탄전을 벌였다. 다른 사연을 빼고 그 둘의 대화는 이랬다. 키가 큰 최민수 선배가 함민복 선배를 보고, "너 누구야?" 그랬다. 그러자 함민복 선배가 "너는 누군데?" 하고 되물었다. 그 당시 최민수 선배는 〈신의 아들〉이라는 영화의 주연을 맡았기에 대부분의 국민이 알 만한 사람이었다. 그런데 함민복 선배의 난데없는 질문에 최민수 선배가 어이없다는 표정을 짓더니, "나를 몰라? 나는 신의 아들이다." 이렇게 말했다. 그러자 함민복 선배가 웃통을 벗어재끼며, "신의 아들? 그래 잘 만났다. 나는 사람의 아들이다."

그리고 신의 아들을 향해 달려들었다. 결과는? 피투성이가 된 함민복 시인과 나는 학교 매점으로 가서, 1인분 밥을 사서 사람의 아들끼리 나누어 먹었다. 나는 내 몫의 점심 값밖에 없었고, 함민복 선배는 전날 밤에 주머니 다 털어 후배들 술값 지불하고, 주머니에는 먼지밖에 없었다.

2

중학교 1학년 때 5월항쟁을 겪었다. 그때 당시 5월 학살의 뒤에 미국이 있다는 말을 듣고 영어공부를 때려치웠다. 5월은 내게 영어공부를 하지 말아야 할 이유였다.

'내가 너희들의 말을 배울 게 아니라, 우리말을 가장 고귀한 언어로 만들어 너희가 우리말을 배우게 하겠다.'고 다짐했다. 100점만 맞았던 영어 점수가 매월 약 5~10점씩 떨어졌다. 점수가 떨어질 때마다 30㎝ 플라스틱 자가 손가락 등을 내리쳤다. 피가 날 때가 많았지만, 단지도 아닌데, 뜻을 꺾을 수는 없었다.

그러나 고등학교를 마칠 때까지 5월의 실상을 몰랐다. 고교 졸업 후 서울에서 공장생활을 할 때 5월에 대한 기록과 영상물을 제대로 볼 기회가 있었다. 1987년 6월항쟁에 참여했다. 10㎝ 넘게 쌓인 최루가루를 밟으며, 펑펑 울었다. 6월이 5월이었고, 5월은 내 가슴속에서 점점 성장했다.

나는 5월의 진상을 알면 알수록 무언가를 해야 한다는 책무에 대해 생각했다. 무기력한 내 자신이 부끄러웠다. 1980년 5월을 문학적으로 기록해야 한다는 생각을 막연하게 하였지만, 밥줄에 매달려 서울 생활을 하였다. 그러다가 1997년 부채를 갚자는 생각에 광주로 낙향했다. 돈도 잃고 건강도 위협을 받았지만, 5월에 대한 장시 한 편은 썼다. 그게 「물속의 불」이다. 사람을 행복하게 하고, 인간의 정신을 보다 맑고 순수하게 고양시킬 수 있는 작품을 써야 한다는 생각이다. 말하자면 해탈에 가깝게 가는 것.

광주전남작가회의를 떠올리면, 우격다짐과 싸움과 날아다니는 술병과 뒤집어진 술상과 함부로 내뱉던 거친 말들과 어느 시인이 술 취한 뒤에 골목길에서 내게 던졌던 쓰레기봉투 같은 게 떠오른다. 스스로를 세계적인 시인이라고 자부하던 그에게 내게 문학성을 근거로 몇 마디 했던 것이 화근이었다. 이미 거물이었던 그 시인은 술에 취해 내게 쓰레기봉투를 던지며, "야. 이대흠. 너는 누구 계보야? 너는 광주를 떠나!"라고 소리쳤다. "나는 이대흠이 계보요!" 나도 맞받아쳤다. 천만다행으로 쓰레기봉투는 터지지 않았고, 나는 그를 뒤에서 부둥켜안아 들고 택시로 밀어 넣었다. 택시가 떠난 후 나는 그가 던졌던 쓰레기봉투를 제자리에 가져다 놓았다. 광주에 사는 동안 내가 가장 의미 있게 한 일이 함부로 내팽개쳐진 쓰레기봉투를 제자리에 가져다 놓은 그 일인지도 모른다. 오래된 이야기이다.

광주에서 지낸 10년 동안 본 광주는 목소리가 컸고, 어른이 드물었다. 그런 모습을 떠올리면 눈물이 난다. 그들이 지닌 성격적 결함도 결국 사회적 장애가 아니었겠는가. 그만큼 5월은 광주전남의 시인, 작가들에게 트라우마를 남겼다.

한때 광주전남작가회의의 사무차장과 이사를 맡았다. 일에서 빠질 수 없을 때 겨우 얼굴 내밀고, 그렇지 않을 때는 출입을 잘 하지 않는다. 그리고 지금은 별로 활동을 하고 있지 않는 〈시힘〉 동인회장을 5년째 맡고 있다. 서울이나 광주 나들이를 거의 하지 않기 때문에 자주 만나는 문인은 거의 없다.

목포대에서 석·박사를 할 때 지도교수였던 김선태 시인과 이따금 만나고, 시조를 쓰는 이성구 시인, 아동문학을 하는 김해등 작가 등과 가끔 얼굴을 본다. 조성국 고성만 김규성 오성인 이재연 시인, 이승우 소설가 등과 잊힐 만하면 연락을 하고, 우대식 김완수 함민복 시인 등과도 생각날 때 어쩌다 전화를 주고받고, 〈시힘〉 동인 중에서는 정일근 안도현 김백겸 나희덕 문태준 김성규 등과 안부전화 정도를 하고 지낸다. 그리고 박성우 시인과도 좋은 일 있을 때 한 번쯤 전화를 주고받는다.

문득문득 먼 데서 시인이나 소설가들이 찾아오면 만나고, 내가 부러 광주나 서울에 가서 연락하는 일은 거의 없다. 시골에 살다 보니 관계마저 수동적으로 변해 간다. 그 외에는 심심하게 산다. 직장에 나가고 집에 와 책 읽거나 글 쓰고 빈둥거린다. 모든 문학 창작과 발표 행위는 참여문학이다.

3

가장 최근의 시집인 『당신은 북천에서 온 사람』이 대표적 저서이다. 다음 시집을 내면 또 그것이어야겠지만, 지금까지는 그렇다. 이 시집은 2014년에 출간이 결정되었는데, 출판사 쪽 사정으로 2018년에야 발행되었다. 원고가 많이 밀려 편집을 여러 차례에 걸쳐서 했다. 나중에는 답이 없어서 편집을 담당한 박준 시인에게 마음껏 고르라 했고, 박준 시인이 고른 시 중에서 8편을 더 뺐다. 성실한 박준 시인이 몇 구절을 고쳤는데, 여러 번 읽어보고 나서 대부분 수용했다. 거기에서 한 발 더 나가 필요없다고 생각한 구절을 더 뺐다.

따라서 줄이고 줄여 맹숭맹숭해진 시들을 묶었다. 교과서 편찬자나 인터넷 상에서 비교적 많이 거론한 작품이 「아름다운 위반」, 「동그라미」, 「애월에서」 등이다. 그중 「아름다운 위반」은 작품이 미진하다고 생각하여 10년 정도 덧붙였다가, 줄였다가 했던 작품인데, 원고 청탁에 밀려 마지못해 발표했다. 발표할 당시에 몇 줄 더 있었던 것을 지우고, 구어체만 남긴 채 발표했다. 뜻밖에 반응이 좋았고, 전문가들의 상찬도 이어졌다.

4

지역성으로 인한 자긍심은 별로 없다. 어느 지역이나 그만그만하다고 생각한다. 그러나 전라도는 내 문학의 어머니이다. 전라도 말은 내 시의 심장이며, 피부이다. 김영랑과 송기숙. 영랑은 우리 시사에 탁월한 언어 감각으로 현대시를 구현한 선각이고, 송기숙은 사상과 행동, 곧은 역사 의식과 문학적 성취 면에서 존경하는 선배이다.

5

동양사상에 기반으로 가장 현대적이랄 수 있는 시와 소설을 쓰고 싶다.

문단에 할 말은 따로 없다. 다들 단독자로 외롭고 행복한 도반들 아닌가. 문학의 활성화 방안은 없다. 문학에 미치고, 문학에 순교할 사람들이 많아지면 자연스럽게 활성화되는 것이 문학이다. 무용지용의 가치가 문학인데, 자본의 논리, 활성화 방안이 앞서면 문학이 사라질 것이다. 그것은 사판들의 일이다.

독자와의 거리를 좁히기 위한 '시노래' 운동

유종화_ 시인·작곡가

1

이런 질문에 대답하기가 참 어렵다. 문청 시절도 없었고, 문학적 스승도 없었고, 또 문우도 없었다. 다만 술친구가 있었을 뿐이다. 문학에 뜻을 둔 적도 없었다. 학력고사 점수에 맞는 학교를 갔는데, 그게 우연히 국어국문학과였다. 거기서 만난 친구들이 있다.

안도현 강병선 유강희 이진영 이정하 김재훈 그리고 작가지망생들…

그들과 어울려 술집을 드나들었다.

이리 중앙시장 삼남극장 앞 건물 지하에 있던 강경식당이다.

나중에는 그 건물 1층에 새로 생긴 삼화식당에서 기본 안주에 닭죽을 얹어 준다고 해서 단골집을 그리로 옮겼다. 그때 그들이 씹어대는 안줏거리가 하나 더 있었는데, 누구는 어디로 등단했고 누구는 떨어졌다더라. 뭐 이런 이야기와 함께 그 당시에 발표된 기성작가들의 시와 소설을 계란말이 옆에 슬쩍 올려놓았다.

나는 그들이 하는 말을 알아들을 수가 없었다. 그때까지 나는 『김소월 시집』도 읽지 않았으니까 말이다. 한물간 주꾸미를 데친 안주를 오늘

먹지 않으면 안 된다는 생각뿐이었다.

그러다가 슬슬 그런 술자리를 피하게 되었는데, 그것은 순전히 새로 올라온 이상한 안주 때문이었다. 그들은 하나씩 작가가 되어갔고, 그들이 낸 시집을 보내왔다. 나중에 마주치면 잘 읽었다고 얘기하려고 그 책들을 읽었다. 술친구들이 보내준 책을 읽은 것, 이게 내가 문학과 인연을 맺게 된 동기이다.

2

80년 5월에 대해서는 할 말이 없다.

그때 나는 전라북도 김제군 월촌면 중대본부에서 방위병으로 근무하고 있었다. 도시락을 자전거 꽁무니에 매달고 출퇴근을 했다. 출근해서 주로 하는 일은 예비군 훈련 통지서를 돌리는 일이었지만 그래도 신분은 군인이었다. 광주에서 있었던 일은 퇴근해서 저녁밥 먹고 텔레비전 뉴스를 보고 안 게 전부였다.

작가회의 활동도 우연한 일 때문에 하게 되었다.

그 당시 나는 목포혜인여자중학교에서 국어교사로 근무하고 있었다.

1995년 『시인과 사회』 봄호에 시 「오살댁 일기」 연작 5편을 투고해서 임헌영 선생님의 추천으로 시인이라는 꼬리표는 달았지만, 특별히 작품 활동을 한 것도 없는 무명의 신출내기였다.

그즈음에 민족문학작가회의 목포지부가 창립을 준비하고 있었다. 그 당시에 목포에서 활동하는 작가 중에 내로라할 만한 사람도 없었기에, 회원 중에서 나이가 가장 많은 내가 엉겁결에 회장으로 추대되었다. 총무는 박관서 시인이 맡아 창립식을 치렀다. 소위 등단이라는 형식적인 절차를 거쳤을 뿐, 그 후로 청탁 한 번 받은 적 없어서 문학지에 작품 한 편 발표해 보지도 못한 내가 그렇게 회원들의 박수소리에 떠올려져서 민족문학작가회의 목포지부장이 된 것이다. 어쨌든 작가회의와의 인연은 그렇게 시작되었다.

이후 '시노래' 활동을 하게 된다. 시노래, 그때까지 그런 말은 없다. 딱히 부를 말이 없어서 백창우와 내가 만들어본 말이다. poem+song, 이렇게 두 단어를 합쳐서 poemsong, 이걸 우리말로 시노래…

1994년에 〈노래로 듣는 시〉라는 개인 작곡 음반을 낸 적이 있었다.

'소리모아'의 박문옥 선배가 내주신 것이다.

이 음반이 세상에 떠돌아다니면서 내게 많은 사람을 알게 해주었다.

그렇게 알게 된 사람들과 뭉쳐서 벌인 일이 〈시하나 노래하나〉라는 이름의 시노래 운동이다. 1998년 여름에 뜻을 모으고, 1년 동안 시 선정, 작곡, 편곡, 연주, 녹음을 했다.

1999년 9월 7일에 광주문예회관 소극장에서 음반 발표 겸 창립 공연을 했다.

이게 우리나라 시노래 운동의 시작이다.

기획은 내가 했고, 작곡은 주로 한보리가, 연주와 녹음은 오영묵이 맡았다.

또 음반 출반과 공연의 총연출은 박종헌이 했다.

거기에 광주에서 주로 활동하는 노래패 〈꼬두메〉 멤버들이 거의 다 참여했다.

이 공연을 한 날 밤에 한보리와 나는 서울로 갔다.

이틀 뒤인 9월 9일에 〈시노래모임 나팔꽃〉 창립 공연이 한양대학교 동문회관 대극장에서 있었기 때문이다. 거기에서 또 하나의 시노래 운동이 시작되었다.

3

이 질문에도 대답하기 쉽지 않다. 아니다. 너무 쉽다고 해야 옳다.

개인 시집을 낸 적이 없기에 당연히 대표시집이 없다.

문단의 평가를 받아 본 적이 없다. 문학상 수상 경력도 없다.

저서는 딱 한 권 있다. 1996년에 낸 시노래 해설서 『시마을로 가는 징검다리』이다.

지난 3월, 22년 만에 정리해서 다시 펴냈다.

이 책은 시와 노래를 합친 시노래(PoemSong)에 관한 글 묶음이기에 첫 번째 시노래 음반인 〈노래로 듣는 시〉에 실린 노래에 대한 이야기를 중심으로 재구성했다.

일반 가요 음반에 시를 가사로 써서 작곡한 노래가 한두 곡 끼어 있은 적이 있지만 음반 전체가 시노래로 채워진 적은 없었다. 그러기에 1994년에 첫 출반된 〈노래로 듣는 시〉는 우리나라 시노래 음반의 효시라고 말할 수 있다.

이러한 작업은 자꾸만 멀어져가는 시와 독자와의 거리를 좁히기 위한 방법 중의 하나로 시도한 것이다. 1980년대 후반부터 이런 일을 시작했는데 시에 가락을 붙이면서 거기에 대한 해설도 함께 썼다. 그 해설들을 묶어서 낸 책이다.

대표 노래라기보다는(내가 가수가 아니기에) 대표곡이라고 말하고 싶다.

특별히 알려진 곡이 없어서 주저주저하면서 말한다.

이렇게 저렇게 음반에 실려 돌아다니는 노래가 50여 곡 된다.

그중 내가 뽑는 대표곡은 「반도의 별」이다.

남들이 뽑으면 「감꽃」이 아닐까 싶다.

4

이것도 어렵다. 내가 본격적으로 문학을 해본 적이 없어서 마땅한 대답거리가 없기 때문이다. 솔직하고 쉽게 대답하겠다.

자긍심도, 내 문학에 끼친 영향도, 선각자 중 존경하는 사람도, 그 이유도, 어떤 영향을 받은 것도… 없다. 이하, 5번, 6항의 질문에도 내 답은 같다.

작가는 작품으로 현실과 세계에 발언한다

송태웅_ 시인

1

제가 문학에 뜻을 두기 시작한 것은 고등학생 시절부터였습니다. 제가 다니던 광주고등학교는 일찍이 '시인의 학교'라 불릴 만큼 한국문단에 큰 영향을 끼친 뛰어난 시인들을 많이 배출된 학교입니다. 저는 광주고 등학교 문예부에 들어가지는 않았지만 문예부 활동을 한 많은 친구들, 선후배들과 교유했습니다. 특히 광고 동창이었던 박종호, 후배였던 안찬수 들과 교유하면서 시를 쓰겠다는 생각을 했고, 그 무렵 마침 결혼을 한 지 얼마 되지 않은 큰누나의 집에 기숙하게 되었는데 그 매형이 당시 신예소설가로 광주문단에 이름을 떨치고 있던 설재록이었습니다. 그 매형의 서가에 꽂힌 문학서적들을 곶감 빼먹듯이 빼 읽게 된 것도 제가 문학에 뜻을 두도록 하는 데 큰 영향을 미쳤습니다.

대학에 진학할 때 저는 별 주저 없이 전남대 국문과를 선택했습니다. 그런데 대학에 들어가자마자 문학서클인 〈용봉문학회〉에 들어가지 않고 연극서클인 〈전대극회〉에 들어가 연극을 더 열심히 했습니다. 그러나 연극을 하는 동안에도 저는 늘 문학에 대한 관심을 늦추지 않았고 주목 받는 시나 소설을 계속 읽고 있었습니다.

또 국문과였기 때문에 주변에 문학을 하는 동기, 선후배가 많았습니다. 동기들 중에는 정양주 최승권 등이 있었고 선배들 중에는 곽재구 정삼수 김경윤 등이 있었으며 후배들 중에는 이봉환 윤정현 송광룡 이형권 이종주 등이 있었습니다.

하지만 문학서클에는 들어가지 않았기 때문에 혼자만의 습작을 이어나갔고 어디에도 발표하지는 않았습니다. 그러다가 순천에서 고등학교 교사 노릇을 하던 삼십 대 후반이 되어서야 〈순천작가회의〉에 가입하게 되었고 순천작가회의 결성의 산파 노릇을 했던 나종영 시인을 알게 되었습니다. 나종영 시인은 〈5월시〉 동인이며 제가 다녔던 고등학교의 선배이기도 했습니다. 그 나종영 시인은 적극적으로 저에게 시창작을 추동했고, 결국 2000년 광주전남작가회의의 기관지 『함께 가는 문학』의 시부문 신인상을 수상하며 정식으로 등단하게 되었습니다. 그러니 문단 주변을 떠돌며 문학을 짝사랑하던 저를 시인의 길로 인도한 사람이 바로 나종영 시인입니다.

2

1980년 5월은 저에게 지울 수 없는 상처이기도 하고, 더는 있을 수 없는 삶의 영예이기도 하고 뼛속 깊이 각인된 운명이기도 합니다. 1980년 3월에 저는 스물의 나이로 전남대학교 인문대학 어문계열 1학년 학생이었습니다. 그때 저는 전대극회 소속으로 6월에 있을 용봉축제에 올릴 연극 막스 프리시 작 〈만리장성〉에 캐스팅되어 연습에 열을 올리고 있었습니다.

일요일이었던 그날 5월 18일에도 연습에 참여하기 위해 학교에 들어서려다 오전 9시쯤 전남대 정문 앞에서 공수부대와 전남대 학생들 간의 최초의 충돌장면을 목격하게 되었습니다. 공수부대의 무지막지한 폭력에 기가 질려 돌멩이 하나 던져 보지 못하고 쏜살처럼 달아나고 말았지만 그 뒤 광주 시내 곳곳에서 있었던 공수부대의 야만적 살육 행위를 보게 되었습니다. 그것은 치가 떨리는 경험이었고 38년이 지난 지금도 5월이 되면 그때의 기억이 떠올라 몹시 힘들어집니다. 그 경험은 거의 무의식 속에 내면화되어 제가 쓰는 시에 작용하는 듯합니다. 그래서 제가 쓰는 시편들이 직접 5월을 다루지 않고 있다 하더라도 그때의 경험과 기억이 틈틈이 나타나는 듯합니다. 폭력에 대한 저항뿐만이 아니라 폭력에 의한 무참한 패배, 모욕감과 수치심, 자신의 비겁함에 대한 절망 등으로 나타나는 것을 인정합니다.

저는 주로 〈순천작가회의〉 회원으로 활동해 왔으며 〈광주전남작가회의〉 〈한국작가회의〉의 다른 지역 문인들과도 교유하고 있지만, 그렇게 열심히 하고 있다고는 할 수 없습니다. 타고난 성격이기도 하고 지나치게 외형적인 활동에 치중하는 것은 본인의 창작에 불필요한 소모와 낭비가 될 것 같기도 해서입니다. 순천작가회의의 사무국장으로 4년간 활동했고 지금은 순천작가회의 부회장, 순천작가회의에서 내는 연간지 『사람의 깊이』의 편집장으로 참여하고 있습니다.

문학인의 사회 참여는 작품 생산의 양과 질에 달려 있다고 생각합니다. 작품 생산의 양과 질에서 현저히 얘기할 게 없는 사람이 어떤 단체에 들어가 일정한 지향점을 보인다 할지라도 별로 인정받지 못할 것이라 생각합니다. 작가는 자신의 작품으로 현실과 세계에 대한 발언을 해야 한다고 생각합니다. 그의 작품이 그가 급하게 써낸 성명서보다 더 사람들을 움직일 수 있어야 작가의 사회적 참여가 이루어지는 일이라고 생각하는 편입니다.

3

대표작이라기보다는 가장 애착이 가는 시가 「길을 잃고 나는」이라는 작품을 꼽고 싶습니다. "길을 잃고 내가 찾으려 했던 것은 새로운 내가 아니라 내가 몰랐던 나였다 내가 몰랐던 내가 새로운 나였다"라고 썼는데 그게 자꾸만 증폭되며 내 마음에 울림을 주었습니다. 시집은 세 권 냈는데 『바람이 그린 벽화』(삶창, 2002), 『파랑 또는 파란』(도서출판 b, 2015), 『새로운 인생』(산지니, 2018). 『파랑 또는 파란』은 2016년 만해 문학상 최종심까지 오른 적이 있습니다.

4

광주전남은 문화적·역사적으로 매우 풍부한 자산을 가지고 있는 지역입니다. 그랬기 때문에 역설적으로는 오히려 핍박과 수탈이 이어졌고 그에 대한 저항으로 점철된 삶을 이어왔습니다. 그러한 토양에서 태어난 것 자체가 자긍심이며 제가 쓰는 시의 자양분으로 작용한다고 생각합니다. 광주전남의 시인들 중 제게 영향을 미친 사람은 박봉우 조태일 이성부입니다. 고등학생 시절부터 그분들을 사숙했으며 지금도 제 삶과 시를 돌아보게 하는 시인들이라고 생각합니다.

5

일상과 현실을 바탕으로 한 삶과 세계에 대해 쓰고자 하는 것입니다. 지나치게 관념화한다든지 자기만의 주관적 세계에 대해서만 쓰게 된다면 문학이 동시대인의 삶을 기록하고 시대적 소명의식을 보여 주어야 하는 문학적 사명을 간과하게 된다고 생각하기 때문입니다.

광주 문단은 그간 혁혁한 성과에도 불구하고 굉장히 침체되어 있다는 느낌도 지울 수가 없습니다. 그것은 광주문단이 지나치게 행사 위주의 문단 활동에 치중하고 있기 때문이라 생각합니다. 그러니 행사를 이끌고 참여하는 문인들과 그러지 않은 문인들 사이에 괴리가 너무 크게 발생하고 있는 듯도 합니다. 이러한 간극을 좁히고 광주문단이 활성화되고 광주문학의 역량을 높이기 위한 여러 다양한 프로그램을 개발해야 합니다. 우선, 각 분과위원회가 좀 더 활성화되어야 한다고 생각합니다.

사람살이를 관통하고 나온 '화살' 같은 시

정윤천_ 시인

1

세간의 나이로 삼십 대가 넘어서야 문학에 관심을 가지게 되었던 나는 문단의 세월로 치면 만학도로 분류될 수 있을 것이다. 대신 이십 대의 붉고 푸른 시절에 한 집안의 가장이 되어 가솔과 생계를 먼저 등에 짊어 졌던 고단한 청년기를 보내야 했었다. 자업자득의 사정이었을 것이다. 시골의 고적한 임지에서는 낮과 밤이 온통 쓸쓸함의 궁륭이었다.

책과 신문과 잡지와 종이에 적힌 활자들을 찾아 읽는 취미가 들었다. 그 얄팍한 문 너머 문학의 바다와 평원이 자리하고 있었다. 어느 날부터 인가 시를 읽거나 적어보는 또 다른 내가 한 사람 와 있었다. 서른 살이 되던 해의 가을이었다.

신춘문예에 시를 한 번 내보았던 기억이 있었다. 다섯 명에 들었다가 떨어진 경험이 아파서, 이번에는 유치원에 다니는 딸의 이름을 대신 적 어 신문사에 보냈다. "희재 씨"를 찾는 전화가 왔고, 사무실에도 들어오 던 신문의 지상에 내가 쓴 시와 얼굴 사진이 들어 있었다. 문학은 그렇 게 한 사람의 도반도 스승도 아류도 없이 내게로 왔다. 이듬해 『실천문학』의 신인으로 문단의 말석에 얼굴을 디밀게 되었다. 외로움과 불만과 가난과 치욕이 나를 그곳으로 가게 했다. 그것이 내게는 지금에 와서도 여전히 시라고 불러보는 호명이었다.

2

광주의 지척인 화순의 보건소로 전근을 오면서 광주의 젊은 시인들과 어울리게 되었다. 고규태 이철송 김호균 조성국 윤석진 등이 그들이었다. 〈청년문학회〉라는 이름으로 동인지 비슷한 것도 묶어 내었던 기억이 희미하다.

이명한 선생님 김준태 선생님 김희수 선생님 등이 당시의 광주 문단의 어른들이었다. 거론된 이름들이 현 광주전남작가회의의 창립 멤버들인 셈이었다. 한편으로는 을씨년스럽고 우둘투둘했던 문단 초년병의 시절을 용케도 그들과 함께했던 행운의 시절이 속절없이 지나갔다. 해마다 오월이 오면 금남로에서 가톨릭센터 어름에서 〈오월문학제〉를 치르었다.

그래도 등단지가 소위 '중앙' 이라 불리는 곳이었기에, 개인적으로는 남부럽지 않은 작품발표의 기회와 유명 출판사들로부터 시집 간행의 수혜를 받기는 하였다. 돌이켜 보면 나 역시 저, 1980년 5월이 배태한 문학 졸병 중의 한 사람이기는 했다. 그때야말로 지금은 전설이 되어버린 '시의 시대' (혹자는 그때를 포스터 문학시대라 칭하기도 하는 걸 들은 적이 있었다. 포스터 문학이 횡행하던 시절에 문학인이 아닌 척 시류를 헤엄쳐 왔던 자의 입에서 나온 소리였다)의 적자인 셈이었다.

3

아직도 대표작을 지니지 못한 불우한 시인의 한 사람임에 틀림이 없다. 그럭저럭 사람들의 입에 오르내리는 작품으로는 「어디 숨었냐 사십마

년」, 「십만 년의 사랑」, 「구석」, 「멀리 있어도 사랑이다」 등을 꼽을 수 있으며 「마흔 살 너머, 새벽 기차」 등 몇 편의 시가 시노래가 되어 불러지는 모양이다.

최근작 중에서는 문학상 수상작 중의 하나인 「발해로 가는 저녁」 등이 그나마 읽을 만한 시라고 생각한다. 시집으로는 『생각만 들어도 따숩던 마을의 이름』(실천문학), 『흰 길이 떠올랐다』(창비), 『탱자 꽃에 비기어 대답하리』(새로운 눈), 『구석』(실천문학) 등이 있으며. 시화집으로 『십만 년의 사랑』(문학동네)을 펴냈다. 작품집 중에 가장 문단의 평가를 받았던 시집으로는 『구석』을 들 수 있는데, 이 시집은 우수문학도서에 선정되었고, 유력 문학상 후보에 끼이기도 하였다. 문학상 수상으로는 제1회 은행나무 문학상, 제13회 지리산 문학상 등을 수상하였다.

4

등단 시절과 작품 활동의 초기만 하여도 광주전남 출신의 시인이라는 자부심은 대단하였다. 당시만 해도 광주 전남의 문학의 위세는 한국문학을 대표한다고 하여도 크게 이의를 제기할 만한 지역이 없었을 정도였다.

소설로 쌓아올린 금자탑은 차치하고서라도 시의 영역에서는 김준태 송수권 선생님 곽재구 시인을 위시한 〈오월시〉 동인들의 맹활약. 뒤를 이은 고재종 임동확 시인 등이 개척한 각개격파의 시의 여정은 한국시단의 모범이 되기에 충분하고도 남음이 있었다. 이후에 광주의 시단 혹은 문학판은 크게 위축되어 가고 말았다는 자괴감이 드는 것은 왜인지 모르겠다.

그래도 여전히 전라도는 문향의 고을이고, 이대흠 조성국 이재연 등의 후학들이 이곳에 남아 전라도의 문학을 내리지 않고 있다고 생각한다. 존경하는 선배로는 곽재구 시인과 신덕룡 시인을 마음의 어른으로 삼고 있다.

신덕룡 시인의 경우 광주전남 출신은 아니지만 이곳의 대학에서 오랜 시간 수많은 문학도들을 길러 내었으며, 두 분 다 인격적인 부분은 물론이고 자신의 문학적 성취와 노력의 부분에서도 아직까지 후배들의 귀감이 되어 주기에 충분한 성과물들을 내보이고 있기 때문이다. 안타깝게도 곽재구 시인은 오래전에 광주의 강역에서 멀어졌으며, 신덕룡 시인의 경우에도 작금에 이르러 정년을 마치게 되었음이 크게 아쉬움으로 남는다.

5

개인적으로는 시류와 관계없는 전통적인 발성을 기초로 하는 새로움의 시에 관한 갱신의 방법론을 모색해 보는 중이다. 시가 단순히 좋은 글, 혹은 좋은 의미의 발성에서 나아가 사람살이의 갖은 비루함과 함께 광휘로움을 관통하고 나온, '화살' 같은 것이기를 꿈꾸어 본다. 광주문학의 아쉬운 점은 지금과 같은 각종의 행사 위주성 문학제나 이벤트 등에서 하루바삐 빠져나와, 실제적이고 현실적인, 그야말로 여기에서 살아남아 있는 현존의 문인들과 문우들에게 창작열을 돋우는 분위기 조성과 학문적인 교류의 장들과 끼리끼리 모여서 이합집산하는 위태롭고 가냘픈 장면들의 타파라고 생각한다. 김수영 식으로 말한다면, "광주 전남의 시인들이여. 더 이상의 술상을 걷어 치워라." 정도가 되지 않을까 싶다.

6

우리가 우리들을 사랑하지 않는 한, 우리가 우리들을 바로 보지 않는 한, 우리가 우리들을 서로 받들지 않는 한, 우리에겐 더 이상의 우리들이 없음을 말과 음성으로서 전하기로 한다.

좀더 크고 깊이 있는 창작풍토를 조성해야

이상인_ 시인

1

1981년 대학에 입학하고 4월 초쯤 되었을 때다. 학보사에서 배부한 대학신문을 도서관에서 우연히 읽게 되었다. 내용을 뒤적거리던 나는 깜짝 놀랐다. 그것은 신입생들의 시가 4편이 실려 있었는데 읽어 보니 너무도 좋았던 것이다. 여러 번 읽고 또 읽던 나는 나도 평생 동안 시를 써야겠다는 결심을 단박에 하고 말았다. 앞뒤 가릴 것도 없이 도서관에서 문학책들과 씨름하며 나름대로 시를 써서 친구들에게 보여 주고 강의실 칠판에 적어놓기도 하면서 문청 시절이 시작되었다.

어느 정도 시가 모이자 학보사에 투고도 하였는데 수준 미달이라 번번이 실리지 못하고 말았다. 그러다 인연이 되어 국어과 교수님을 찾아가 시를 보여드리며 지도를 받게 되었다. 학과공부는 뒷전으로 밀려나고 밤낮없이 시 공부에 몰두하여 1학년을 마치자 대학 동문이신 동신대 전원범 교수님을 소개해 주셔서 1주일이면 한두 번씩 동신대로 시 지도를 받으러 다녔다. 시어나 상상력에 대해 특별히 지도해 주셨는데 지금까지도 많은 도움이 되고 있다. 그리고 문병란 시인께도 가끔 시 쓰는 친구들과 함께 찾아가서 시 지도를 받게 되었는데 광주민주화운동 관련 내용이나 바르고 투철한 시 정신에 대해서 좋은 이야기를 많이 해 주셔서 내 시작 활동에 큰 영향을 끼친 것 같다.

〈5세대〉 동인들과 활동하면서 시의 깊이를 더하게 되었다. 〈5세대〉 동인은 1986년 전후 전남 광주 전주에서 대학을 막 졸업하고 각종 신춘문예로 등단한 젊은 시인들이 광주 〈5월시〉 선배 동인들의 뒤를 이어 가자는 의미로 1986년도에 결성된 동인으로 이름도 이전을 4세대로 보고, 우리는 다음 세대인 〈5세대〉 동인으로 명명하기로 하였다.

그 동인들은 이름은 서울신문 신춘문예로 등단한 이진영, 중앙일보 신춘문예로 등단한 최승권, 『소설문학』에 시로 등단한 김용범, 중앙일보 신춘문예에 시조로 등단한 이재창, 무등일보 신춘문예로 등단한 정양주, 서울신문 신춘문예로 등단한 유강희, 『한국문학』으로 등단한 이상인과 박상석 시인 등이다. 〈5세대〉 동인들은 한 달에 한 번씩 만나 작품 토론을 하고 동인지를 3집까지 냈으며 1987년 12월 12일에는 대구 〈낭만시〉 동인 초청으로 대구 동아쇼핑 8층 비둘기홀에서 '광주·대구 교류 문학의 밤'에 참여하여 시낭송 및 독자와의 만남 등을 통해 우의를 다지기도 하였다. 이때 송수권 시인님이 함께하기도 하였다.

2

1980년 5월 18일 오후 5시 나는 담양 고향 집에서 주말 모내기 일손을 돕고 버스를 타고 와 광주 서방정류소에서 내렸다. 한 손에는 쌀푸대와 다른 손에는 김치통을 든 채 내가 재수를 하며 자취하고 있는 광주고등학교 앞에 있는 독서실로 가기 위해서였다.

그런데 시내버스는 눈 씻고 봐도 보이지 않고 대학생처럼 보이는 나를 택시들은 태워 주려 하지 않고 급히 지나쳐 가기만 했다. 걸어서 광고 앞에 다다랐을 때 군인들이 총을 들고 지키고 있었고 방송국이며 건물들이 여기저기에서 시커먼 연기와 화염에 휩싸여 불타고 있었다. 주인아저씨는 급히 지하실에 나를 숨겼다. 그것은 독서실에 가난한 대학생 형들이 많이 자취를 하고 있었는데 총을 든 군인들이 자주 들어와 조사를 한다고 했다. 밤새 여기저기서 총소리가 들리고 우리 몇은 지하실에서 밤을 꼬박 새우고 걸어서 다시 고향 집으로 가게 되었다.

그때 대학생 형 3명이 끝내 돌아오지 못하고 나중에 주인아저씨가 총에 맞아 죽었다고 했다. 소지품도 한두 달 그대로 있다가 치워졌다. 이듬해 나는 대학에 가게 되었고 문학을 하면서 2학년 때 〈글밭문학회〉를 만들어 활동하였다. 그때 5월 광주를 시로 쓰기 시작하였다. 문학회 회장을 하면서 문집도 발간하고 대학 게시판에 광주 관련 시들을 전지에 써서 릴레이로 게시하기도 하고 가투에도 참여하기도 하였다. 그때는 광주에서 살면서 서정시를 쓰기 힘든 상황이 전개되었고, 참여시로 모두가 하나가 되었던 것 같다.

그런 와중에 대학 3학년 때 광주일보 신춘문예에 응모하여 최종심에서 떨어지고 고광헌 시인님이 당선되었다. 이듬해 '전국 대학생 창작시 공모'에 당선되어 중앙대학교에서 시낭송과 함께 시상식이 있었다. 그리고 동아일보, 서울신문 등 여러 번의 신춘문예 본심 낙방을 겪고 1992년 『한국문학』 신인작품상으로 등단하여 지금까지 4권의 시집을 상재하였다.

현재는 〈순천작가회의〉 회장과 〈광주전남작가회의〉 부회장을 맡아 회원들의 창작과 여러 활동을 돕는데 노력하고 있으나, 내 자신이 너무도 많이 부족하다는 것을 느끼고 있다. 앞선 선배 작가분들의 작품성과 열정에 조금이라도 다가갈 수 있으면 하는 것이 작은 희망 사항이 되곤 한다.

3
아직 대표작이라고 내세울 만한 시가 없다. 그래서 더욱 열심히 써야겠다고 마음을 다지곤 한다. 시집만 4권을 냈고 내년에 다섯 번째 시집을 내려고 준비 중이다. 첫 번째 시집 『해변주점』은 이진영 형이 사장으로 있던 '문학과경계사'(2001)에서 나왔다. 두 번째 시집 『연둣빛 치어들』은 2007년 '문학들'에서 나왔고 세 번째 시집 『UFO 소나무』가 2012년 '황금알'에서, 네 번째 시집 『툭, 건드려 주었다』는 2016년 '천년의시작'에서 발간되었다. 그런데 첫 번째 시집과 두 번째 시집이 바뀌어 발간되었다. 초창기의 시들을 두고 나중에 쓴 시들을 시집으로 엮게 되었는데 처음 시들에 자신감이 부족했기 때문이기도 하다. 언제나 앞에 썼던 시들을 읽어보면 부끄럽고 부족하기만 할 때가 많다.

1992년 『한국문학』 신인작품상으로 등단한 이래 네 권의 시집을 펴냈지만 문단의 평가는 미지근하다. 내 시가 아직도 부족하고 채워야 할 부분이 많기 때문일 것이다. 다만 2008년 한국문화예술위원회 창작지원금을 받았고 2016년에는 네 번째 시집 『툭, 건드려 주었다』가 '세종도서 문학나눔 우수도서'로 선정되었다. 2017년 12월에는 담양 송순을 기리는 송순문학상 시부문을 수상하였다. 이 상은 담양을 주제로 한 작품만을 대상으로 시상하기 때문에 고향이 담양인 나로서는 쓰기 편하고 몇 달 동안 고향을 드나들며 아주 즐겁게 시를 쓸 수 있어서 좋았다.

4

존경하는 문인으로 소설가 한승원 선생님 이야기를 하고 싶다. 내가 1992년 『한국문학』 신인작품상으로 등단하고 그동안 등단한 시인, 작가들을 서울로 초대하여 얼굴을 익히는 자리가 마련되었을 때 서울 우이동에 사시던 한승원 선생님을 만났다.

한 숯불구이 식당에서 각자의 소개가 끝나고 건배와 식사를 하던 중 화장실에 볼일을 보러 갔는데 한승원 선생님이 볼일을 보고 계셨다. 대뜸 하시는 말씀이 전라도 광양에서 왔다고 자신을 소개하던데 잘 데는 있느냐고 나에게 물으셨다. 그래서 아직 못 정했다고 말씀드렸더니 그럼 우리 집에 가서 같이 자자고 하셨다. 그래서 우이동 자택으로 따라가서 자게 되었는데 전에 광양중학교에서 일 년간 국어교사 생활을 하신 적이 있어서 반갑기도 하고 그래서 같이 집에 오자고 하셨다면서 지하에 꾸며놓은 서재에서 술잔을 마주하게 되었다. 앞으로 열심히 시를 쓰라고 하시면서 밤새도록 격려해 주셨다. 그 뒤로 자주 선생님을 찾아가게 되었고 장흥으로 내려오시면서 거리가 더 가까워져 더 자주 찾아뵙게 되었다. 지금도 추석이나 설이면 꼭 찾아뵙고 인사를 드린다. 선생님을 찾아뵙고 한 말씀을 들으면 갑갑한 시가 보이고 머리가 시원해지곤 한다. 읽을 만한 책도 많이 소개해 주시고 문학정신을 다지는 정신적인 스승이 되어 주시고 계신 선생님께 늘 감사드리고 있다.

5

시의 본질이 자아와 대상과의 일체감을 통해 정서를 표출하는 장르라는 점에서 자아와 대상과의 정서적 교감이 잘 이루어진 경우 독자들의 심동이 크게 일어날 수 있다고 생각한다. 가령 나무나 과일 같은 소소한 대상에도 삶의 가치를 부여하거나, 그 속에서 살아 있는 존재의 의미를 발견하게 될 것이다. 자아가 분열될 수밖에 없는 현실의 틈 사이에서 갈등하며 시를 통해서 끊임없이 대상과의 작은 합일을 꿈꾸며 자신의 삶, 우리의 삶, 그 지향점을 모색해 보고자 한다.

　광주와 전남 문학이 하나의 주제에 얽매여 그것이 모든 것인 양 내달려 온 것이 사실이다. 그리고 그 당위성에도 공감한다. 하지만 지금부터는 다양성이 부여되어야 한다고 생각된다. 지금까지의 광주 이야기도 살려 나가고 더 나아가 좀 더 크고 깊이가 더해지는 문학 창작 풍토가 필요하리라고 본다. 그리고 판에 박힌 듯한 문학행사도 지양해야 할 것 같다. 몇 년씩 자꾸 되풀이되면 지루해져서 참여자도 독자들도 멀어질 수밖에 없다. 연구하고 심취하고 그 어느 지역 그 어느 누구보다도 창작열에 불타는 광주와 전남의 문학 풍토가 조성되었으면 좋겠다.

6

젊은 후배들을 발굴하고 공부하게 해서 큰 재목으로 키워나가는 것이 절실하다고 생각한다. 우리 광주전남 문학사를 길이 살리는 길은 정말 능력 있고 훌륭한 후배 문인들이 많이 나와야 한다는 것이다. 지금의 선배들이 후배들을 잘 챙겨 주고 이끌어 주고, 서로 마음을 함께하는 그런 풍토가 절실하게 필요해 보인다.

문명의 위기에 대한 성찰의 시

장진기 시인

1

특별한 시절은 없었다. 문학의 시작도 문학에 승선한 현재처럼 독립적이었다. 내 안의 모든 감각과 생각하는 것들이 복합적으로 문학에 작용했다고 볼 수 있다. 그림을 잘 그렸고 명지고 시절 조각반이었다. 정운교 선생은 미술선생이 부업이고 본업은 조각가였다. 사물을 정밀하게 보는 심미안이 그때 터득되었다고 봐도 과언이 아니다. 선생이 제단해 준 대리석을 망치질해 깨고 다듬고 사포질해 질감을 드러내는 작업을 한 학기 동안 했다. 국전에 당선되었다. 국무총리 상이었다. 그 정도 작품이었으니 선생의 지도는 실기를 통해 작가를 만드는 것이었다. 같이 했던 친구들은 미대 교수로 조각가가 된 걸로 안다. 나는 겨우살이처럼 다른 뿌리를 내려 문학으로 흘러 들어갔다. 시를 쓴 것이다.

80년대 대학을 다녔다. 예비역이었으니 늦은 나이였다. 광주민주화운동 5·18을 겪고 갔으니 행동이 앞섰다. 앞장서다 날아오는 사과탄의 파편을 손으로 막았다. 손에 찰과상을 입었다. 하마터면 이한열이 될 뻔했다. 가두 진출을 하다 골목에서 급습한 진압 경찰에게 모두 체포되게 생긴 일이 있다. 보도블록을 뜯어 파석을 만들었다. 그게 보도블록의 시초였다.

호헌철폐 때 이십여 명의 백골단과 혼자 대치한 일이 있다. 그런 과격한 행동이 5·18과 무관하지 않다. 대학 총선 때 '삼민투'와 '전대협'을 기획했다. 그것이 우리 민주화에 가장 중대한 역할을 했다고 본다. 중요한 사건이 있을 때마다 마치 계시를 받은 것처럼 영감이 떠오르는 것이다. 그런 생각도 들었다. 어느 절대자의 심부름을 하고 있다는 믿음, 그러나 나는 그리스도 종교인이 아니다. 내 메시아가 있다면 5·18 직전 횃불 전야의 분수대 광주 시민의 함성과 눈빛이다.

시인이 되는 것은 꿈이었다. 학부 때 신춘문예에 투고했다. 그 투고는 오십 넘어서까지 이어진다. 당시 「꽃뿔의 전설」이란 시를 어느 중앙지에 냈는데 당선되지 않았다. 삼십 년쯤 지난 뒤 티브이 이어령 선생 강좌에서 '에덴동산에서 놀던 사슴이 꽃을 머리에 이고 달아나다 뿌리가 내려 뿔이 되었다는 그런 상상력이 바로 시다.'라고 말씀하신다. 내 시가 아닌가. 심사를 보셨던 선생의 기억에 오랜 시간 남아 있었다면 당선작이나 마찬가지다. 나는 그렇게 믿는다. 그 뒤 무용총 벽화 속의 고구려 무사가 쏜 화살이 비껴 날아와 서울 종로를 걷고 있는 내 가슴에 맞는다는 내 시와 표현이 비슷한 시가 당선되는 것을 본다. 나는 그 뒤로 시를 내려놓았다.

졸업하던 이듬해 어머니가 돌아가셨다. 모든 것이 무너졌다. 건강도 잃었다. 어머니는 원불교 교도셨는데 장례식 때 추모시를 썼다. 그해가 원기 76년이었는데 쓰고 나서 세어 보니 76행이었다. 어머니께서 돌아가시며 시를 잊어버렸던 나를 다시 깨어나게 했다. 그 시를 1991년도 지역문예지 『칠산문학』에 싣게 된다. 이유는 단순했다. 많은 사람이 읽게 되면 어머니 혜원에 힘이 되리라 믿어서였다. 어머니 그리울 때마다 시가 나왔다. 1990년대 영광은 반핵의 사회운동이 일어나고 있었다. 1994

년도 3, 4 호기 가동 저지를 했다. 내가 주도한 칠산문학은 반핵문학제를 구상했다. 거리에 홍성담 전정호 화가의 도움을 받아 반핵 환경시화를 제작했다. 거리에 내거는 거리시화전이었다. 〈걸개 시화〉라 이름을 지었다. 최초의 거리 시화전이 되었다.

원불교 천주교 합동 미사법회를 영광 사거리 농협 앞에서 가졌다. 교구장님과 교도들은 북쪽에서 신부님과 신도들은 남쪽에서 촛불을 들고 오시게 했다. 해거름에 두 종교의 촛불 긴 행렬이 시내로 거리행진을 하니 상가와 거리가 경건해졌다. 광주의 문병란 시인과 전북의 최형 시인이 반핵문학 강좌와 격려사를 하니 시민들이 광장에 수도 없이 모여들었다. 그때 광주 작가와 같이 왔던 박문옥 가수는 밤 열두 시가 넘을 때까지 노래를 불렀다. 고을 문화축제가 된 것이다. 소등도 했다. 시민들이 따라 주었다.

1994년도 7월 영광에서의 반핵 문학제가 촛불의 시초가 되었다. 그 뒤로 내가 직접 부안 핵폐기장에 반대투쟁에 가서 촛불시위를 알려 줬다. 내 문학은 자연스럽게 그런 과정 속에서 쓰게 되었는데 그때는 주로 반핵 현장시였다. 56호기 건설 저지 투쟁에서 벽시를 써서 투쟁했고 그 시들을 『칠산문학』지에 실었다가 군에 의해 절서 되는 사건을 겪었다. 그 뒤 순수문학을 주장하는 보수문학의 매를 맞게 되는데 '한수원'의 음모가 숨어 있었다.

먼저 등단한 영광 출신 남궁경 시인의 소개로 이승훈 시인을 만났다. 1990년대 말이었다. 중앙문예에서 이승훈 시인께 공부하던 시인들의 문예지 『내일의 시』에서 신인상을 받았다. 이듬해 2000년 광주전남작가회의 기관지 『함께 가는 문학』에서 신인상으로 등단했다.

2

1980년 5월은 나에게 중요하다. 나는 살아 있으므로 죄인이라는 죄책감이 있었고 5·18을 증언해야 했다. 앞서 말했듯이 참여하고 행동할 수 있었던 것은 그해의 상처와 분노가 표출되었기 때문이다. 그 참여 형식이 반독재투쟁과 반핵투쟁이었다. 투쟁 현장시는 문학성을 획득할 수 없었다. 거칠고 관념적이라는 평을 피할 수 없었다.

청소년기에 니체의 「짜라투스트라는 이렇게 말하였다」, 「탈무드」, 헤르만 헤세의 「데미안」을 읽었고 개똥철학적이었다. 시인은 인생 목표였으나 직업으로 갖고자 하지는 않았다. 유별나게 친구들은 골방 담론을 즐겼는데 주로 철학적인 얘기였다. 조각을 하면서 묘사와 비유를 익혔다면 친구들과의 철학 담론을 통하여 사유의 습성을 길렀다. 문학 수업을 묻는다면 그것이 내 문학의 바탕이다. 그 시절은 실존철학이 유행이었다. 사르트르와 까뮈, 하이데거와 야스퍼스를 몇 가지 명제로 요약하여 정리하고 있었다. 대학을 졸업하고 장애 동생이 있는 고향에 내려와 농사와 노동을 할 수 있었던 것도 실존적 신념이 바탕이었다면 변병이 아니다.

1994년과 1996년 반핵대첩을 치루고 찬핵으로 돌아선 시인들과 또 다른 대접전을 치르게 된다. 내부 분열을 획책하는 '한수원'의 교란정책이었고 이미 표적이 된 나를 고사시키기 위한 전략이기도 했다. 그 시점에 광주전남작가회의 지회장 김준태 시인의 지원으로 〈영광작가회의〉를 창립한다. 그해가 2000년이었다. 조운 시인의 100주년을 앞두고 전국 단위의 문학 단체를 끌어와야 했는데 처음에는 문협 회원이었던 정형택 정설영 시인과 성춘복 문협 이사장과 친분이 있던 김윤호 시인의 의견으로 문협지부를 설립하기로 했다. 활동적이고 추진력이 있었던 김윤호 시인이 앞장서기로 했다. 그러다 사고가 터졌다.

전남문협 황하택 지회장이 우리를 적으로 간주하고 나를 '한총련' 용공분자로 각 지부에 단속을 시키는 전문을 발송하는 사건이 생겼다. 나 역시 즉시 반격했다. 지역에서도 황하택의 문협과 반핵 문인으로 극명하게 갈라졌다. 그런 내전을 치르고 우리 쪽은 작가회의 지부를 결성하게 된다. 전남에서는 광주 다음이고 전국적으로는 군 단위로는 처음 작가회의 지부다. 모범적으로 건설하고 싶었다.

『칠산분학』 내분 중에 조운 시인의 생가가 경매로 나왔었고 건축업자 손에 일차로 넘어갔었다. 내가 광주 일간지에 생가보존에 대한 기사 요청을 했고 지역 신문에 보도했다. 업자가 놀라서 포기했다. 2차 경매에 향토문화를 연구하시던 이기태 원장님과 보존을 하기로 협약했다. 원장께서 재력 있는 향우들에게 재원을 확보하시기로 하고 내가 경매를 성사시켰다. 그런데 폐암이셨던 이기태 원장께서 돌아가시게 된다. 내 가족과 장애동생과 사업을 위해 마련한 돈을 조운 생가 보존에 쓰는 결정을 했다. 황하택 광주문협 지회장과 찬핵 문인들에게 넘길 수는 없었다.

그 뒤로 20년이 흘렀다. 경제적으로 쪼들렸으나 생가를 매입 후 나는 작품성을 얻는 시를 썼다. 작가회의 2대 영광지부장과 민예총 지부장을 지냈다. 2002년 인사동 영역 거리시화전을 한일 월드컵 기간에 했다. 장승과 만장과 솟대를 외국 관광객이 인산인해가 된 인사동 거리에 알리바바처럼 침투해서 하룻저녁에 설치했다. 백 키로가 넘는 통나무 장승 삼사십 여 개, 새가 이십 여 마리 앉아 있는 당산나무 솟대 등 솟대 이삼 십여 개 만장 삼십여 기를 세웠다. 한국 대표 명시와 지역 향토 시인 영역시 백여 점이 걸려 휘날렸다. 당연히 과정이 쉽지 않았다. 종로 구청 허가를 배짱으로 얻어냈다. 인사동 상인 협회도 설득했다. 그해 가족시 낭송대회를 개최했는데 그 이후 시낭송 대회는 전국 문학행사의 꽃이 되었다.

문학인의 사회참여를 묻는다면 그냥 웃을 수밖에 없다. 상처투성이가 될 수 있기 때문이다. 그러나 작가는 시대의 첨탑이다. 남이 보지 못하는 감각을 가지고 있다. 예지력도 있다. 시대가 바로 가는 안테나가 되고 좌초할 수도 있는 사회 결손 현상들을 바로 가게 밝혀주는 등대의 일을 해야 한다. 그러나 무참히 이용만 당할 수 있어 비극적이다. 내가 그런 경험을 하지 않았다고 말하지 않겠다. 나는 문학으로 그 질곡을 헤엄쳐 나왔다.

3

신출귀몰한 문학적 기행과 신비한 세계의 지평을 넓혀 오면서도 가장 어려운 것은 시집 발간이었다. 조운 시인의 생가 매입 후 경제사정이 악화되어 자비출판이 어려웠고 나의 행동문학, 반핵진보 행동으로는 『실천문학』 시집을 갖는 것은 당연하다고 생각했으나 인정을 받을 수 없었다. 별로 아는 출판사도 없었다. 1994년도 '창비' 신인상 결선에 오른 적이 있다. 심사 후기에 내 시가 매우 높게 거론되었다. 그 뒤 자존심이 상해 투고하지 않았는데 시집 원고를 보냈다가 출간되지 않았다.

내 시 「새가 앉았다 날아간 나무만이 숲을 얘기할 수 있네」는 지역 문예지에 발표되어 표절되거나 도용되는 일이 있었다. 남이 쓰면 당선이 되니 지켜보던 천승세 선생께서 너희 집안에 아마 낙방 서생이 있나 보다고 재미 삼아 말씀하셨다. 제자 이규배 시인이 와서 염산 서정 식당에서 부르셨다. 원고가 있으면 가져와 보라고 하셨다. 두어 묶음 엮어 놓았기 때문에 부담 없이 가져갔다. 선생 말씀이 내 시가 서정이 깊고 묘사가 탁월하다고 평했다. 선생밖에 발문을 쓸 사람이 없다고 이규배 시인에게 원고를 서울에 가져가 보라고 했다. 실천문학사에서 내려고 했던 시집 원고여서 내가 알아서 하겠노라 말씀드렸지만 기회를 받아들이기로 했다.

첫 시집이 『작은 숲』에서 이규배 시인의 발문으로 나왔다. 이규배 시인의 발문도 정성스러웠고 이런 작가가 지금까지 빛을 못 보고 있다는 것이 이상하다는 중견 작가들의 후일담을 전해 들었다. 그런 말을 듣게 되어선지 첫해 몹시 들떠 있었다. 자랑삼아 많은 사람들에게 나눠 주기도 했다. 다음 해 문학들출판사에서 『슬픈 지구』를 펴냈다. 문명 비판적이고 반핵시, 세월호 시 등을 담았다. 김준태 시인께서 본인의 시집 내시는 것처럼 적극적이셨다. 직접 발문을 써 주셨는데 첫 시집을 도와준 이규배 시인이 명문이라고 감탄해 했다. 김준태 시인께서는 내 시에는 신기가 들어 있다고 했다. 나는 정염을 다하면 그렇게 된다고 믿는다.

시집을 내고 정종 선생이 떠올랐다. 내가 지역에서 몰릴 때 선생만은 나를 감싸주셨다. 선생은 약시이셔서 글자를 읽는 데 힘드셨다. 이독을 하셨다. 하루 종일 녹음된 세계문학전집을 몇 년 동안 들으셨다. 선생의 머리에는 동서양 모든 명작이 담겨 있었다. 강의를 물이 흐르듯 감동적으로 하셨다.

선생은 동년배였을 오장환 시인에 대해 우리에게 강의해 주셨다. 천재 작가 김사량과는 유학 시절 친분이 있어서 「김사량과 나」라는 특집을 『영광 작가』지에 실어드렸다. 내 시집이 없는 것을 늘 안타까워하셨고 원광대 계실 때 다니시던 출판사에 시집을 내시자고 했다. 선생께서 첫 시집 발문을 써 주시겠다고 하시다 병을 얻어 요양원에서 돌아가셨다. 선생과 나의 관계는 20년을 함께했다. 어느 날 나에게 박사학위를 주셨다. 조금만 더 사셨으면 선생의 발문으로 시집을 낼 수 있었으나 그게 못내 아쉽다.

원고는 쌓이고 나의 광적 열정과 영감은 한 해에 한두 권 시집을 내어도 부족하였다. 발정난 개처럼 출판사를 허덕거렸다. 우연히 학부 때 강의를 들었던 윤사순 교수님을 학회에서 뵙게 된다. 나남출판사를 추천 받게 되었다. 나남 조상호 대표님과 독대해서 내 문학과 시를 설득하게 되었다. 시집 『화인』과 『꽃무릇, 지는 꽃도 피는 꽃처럼 사랑하는가』를 출간했다.

또 두 권의 시집을 묶었다. 이번 시집은 예사롭지 않다. 어지간하면 모교에 의탁치 않으려 했는데 고대 은사님들께서 주시하신다. 그러나 나는 내 시가 선생들 기대 이상일 때 보여드릴 생각이다. 이번『유령 난민선』은 문명의 위기에 대한 성찰의 시다. 500행 가까운 긴 연작시와 내가 쓴 시 중에서 가장 절묘한 묘사와 탐미의 세계가 들어 있다. 여러 군데 출판사를 모색한다. 나는 사는 날까지 변화하고 또 율동하는 청년이다.

4

지역문학을 이끌면서 우리 지역 서남도 문학을 중앙에도 손색이 없는 문학으로 키우려 했다. 좋은 문예지를 흉내 내긴 했지만 머지않아 그에 못지않은 수준으로 끌어올릴 생각이었다.

지역 헤게모니와 진보 혐오의 프레임에 표적이 되어 군 최초로 연 작가회의가 문을 닫고 말았다. 지역에서 내가 개최하는 행사까지 방해를 받는다. 아무것도 할 수가 없게 되었다. 그러나 시심의 문은 닫지 않았으니 활동했던 때보다 더 열정적으로 창작을 했다. 전라도 문학의 실체는 한국문학이다. 전라도 문학이 떠나면 생명을 잃는다.

근래 조태일 문병란 김남주 고정희 김준태 등으로 이어오는 시맥은 과히 지리산이고 무등산이고 호남벌이다. 전라도 문학이 큰 이유는 5·18의 상처가 있어서다. 희생은 아팠으나 예술의 토양은 깊어졌다. 나는 조운의 터에서 문학을 했다. 조운 선생의 사회문화운동과 유사한 행보로 문학을 해 왔다. 월북으로 내몰릴 때와 비슷한 상황을 맞기도 한다. 청년기에 감동했던 작가들과 이후에 존경하는 분들의 삶의 태도를 본받는다. 고독할 줄 아는 것도 학습으로 이뤄진다면 기꺼이 고독하기 위해서 노력할 것이다. 내 문학은 멈출 수 없다. 이후에도 문제작을 써야 한다.

어머니와 같은 뜨거운 사랑이라는 언어

이민숙_ 시인

1

나의 문청시절과 데뷔 무렵: 일찍이 나는 '죽음'과 대면하며 도대체 산다는 게 아무런 의미가 없는 것 아닌가? 하는 물음에 붙들렸었다. 그때(중2)가 문학의 입구쯤에서 서성일 수밖에 없던 때였다고 해야 하리라. 한 꼬마가 백혈병에 걸렸다. 그리고 몇 개월을 병원에서 살다가 창백하게 죽어갔다. 그 아이는 동생답지도 않았다. 이미 죽음의 가파른 고갯길에서 그 너머를 눈치챈 듯했다. 죽음을 앞둔 1주일 쯤(초등 6학년짜리가), "아빠! 이제 집으로 가요! 난 안 되어요. 약도 닿지 않잖아요. 아마 누군가가 곧 나를 데리러 올 것 같아요."

몇 개월을 열에 들떠 물병을 입에 물고 학교를 들락거렸다. 난 억울했다. 그날부터 내 목표는 오로지 '자살'이었다. 있다고도, 생각해 보지도 않은 신에게 저주를 퍼부었다. 왜? 왜? 저 말갛고 선한 아이가 무엇으로부터 뒤집어씌운 죽음을 책임져야 한다는 건가. 좋다! 난 그렇게 당하지 않고 내 스스로 죽어주겠다! 그러나 불행하게도 그로부터 정확히 3년 후(고1) 첫사랑 알베르 까뮈를 만났다. 그의 말을 곧이곧대로 들었던가 말았던가. 정곡을 찌르던 삶의 부조리에 대한 통찰!

> 이리하여 나는 부조리에서 세 가지 귀결을 이끌어낸다. 그것은 바
> 로 나의 반항, 나의 자유 그리고 나의 열정이다. 오직 의식의 활동만을
> 통해서 나는 죽음으로의 초대였던 것을 삶의 법칙으로 바꾸어 놓는다.
> 그래서 나는 자살을 거부한다. —『시지프 신화』중에서

2

제2막의 죽음: 어찌어찌 결혼을 했다. 아 그렇지 그녀와의 만남이 먼
저였다. 고정희!『누가 홀로 술틀을 밟고 있는가』직접 꾹꾹 눌러쓴 대학
노트를 보여 주며 첫 시집의 출판 날짜를 손꼽고 있던 그때, 광주의 금
남로는 춥고 을씨년스러웠지만 그녀의 뜨건 눈빛과 밤새 쓴 시를 함께
들먹이며 여성의 삶과 문학적 삶에 대한 이야기를 나누던, 블랙커피의,
삭발의, 설레던 나날을 함께 보냈던 적이 있다. 그리곤 그해 1980년 3월
가난한 고향 남자(시를 쓴다는 여자가 그냥 좋은)와 함께 순천에서 신방
을 차렸다. 그 와중에 광주는 5월의 부조리에 휩쓸렸고 나는 그 피비린
내 나는 흙을 가슴에만 껴안은 채 신혼을 보내고 있었으니 역사의 수레
바퀴는 시인됨의 이유를 존재적 고민에만 고정시킨 꼴이 되었다. 고정
희의 서울행은 그보다 몇 년 후였으나 만나기 어려웠다. 또한 나는 한
죽음에 맞부딪히고 말았으니 무엇인가 삶은, 그 배면에 이렇듯 악착같
이 살라는 불투명 돛을 매달아 둘 이유는!

그는 죽을 수밖에 없었다. 치료제도 수술의 방법도 현대 의학으로서
는 그때 그 바이러스를 퇴치할 어떤 의학적 처방을 내릴 수 없다고 말하
는 의사의 절망스런 입술을 훔쳐보며 우리는 병원 밖으로 쫓겨났다.
또… 죽음을 마주 보며 무엇을 어떻게 하란 말인가. 풀이었다. 풀들은
지천이었고, 그때만 해도 시골에선 약보다 더 좋은 풀들이 흔했다. 날마

다 푸른 즙을 밥보다 더 많이 마셔야 했다. 10년 쯤, 한약방이 따로 없었다. 책을 좋아했기에 가능했던 방법, 온갖 대체의학 책을 망라했으며 약이 되는 산천의 풀들을 매일 푸댓자루로 하나 가득 캐 모았다. 팔꿈치 관절이 도드라지도록 삼베 약수건에 푸르게 녹즙을 짜댔다. 죽음은 서서히 두 손을 들고 물러났다. 그동안 쓴 시는 풀들의 초록물감이 물들인 손가락이 전부였다.

3.

시라는 낡아빠진 사진을 들고: 그렇게 살아오다 뒤를 돌아보니, 이건 뭔가! 저 남자는 살아났구나 하지만 나는? 무작정 집을 나왔다. 그렇게 찾아간 곳이 한국문학학교. 놓았던 문학의 끈을 이어준 곳, 강남의 가난한 교실 몇 칸짜리, 문학 재개발 포크레인으로 판 붉은 밭. 그곳에서 비로소 그대에게 문학은? 이라는 물음과 마주 섰다. 그 와중에 순천에 '작가회의' 깃발을 올릴 거라는 소식을 전해 들었다. 나종영 이학영 정안면 안준철 송태웅 정양주 박두규 한상준 김해화 김기홍 김청미…… 그들을 만난 게 1995년, 그리고 『사람의 깊이』 창간호에 원고 5편을 발표했다. 한 번의 투고로 최종심에 올랐던 모 일간지의 심사평은 그해 신춘문예 당선 작품집에 '이민숙'의 「종이배 조선소」운운… 몇 줄 아쉬운 평이 실렸을 뿐.

순천이라는 곳의 문학적 공기: 순천엔 '문협'이 있었고 그 안에 〈순천문학〉이라는 동인이 있었는데, '허의령'은 『사상계』 창간호로 등단한 시인이다. 그 무렵 이민숙 김청미는 〈시와산문〉에서 활동을 하고 있으면서 동인지에 실을 인터뷰 기사를 작성하고자 허의령 시인이 살고 있는 순천만 인근의 오이농가(허의령 선생님은 어쩐 일인지 농사꾼이 되어 살고 계셨다)를 찾게 되었다. 그곳에서 만난 또 다른 한 시인(서정춘)은 문학 언저리의 잡동사니 같은 허영이랄지 허명이랄지 그런, 삿될 수도 있거나 움틀 수도 있는 자존 아닌 그 어떤 웅덩이 같은 것도 허용해서는 안 된다는 추상 같은 충고를 했고, 일관되게 나는 그 문학적 이념을 갖고 살 수 있었다. 순천만에서 태어나 말 구루마를 끌고 말똥 냄새를 맡으며 마부의 아들이었기에 자신이 시인될 수밖에 없었다고, 서러운 노래 〈부용산〉도 불러주던 그를 만난 것은 내 새로운 문학 역정의 한 이정표 같은 사건이었다. 그 역시 재미있게도 등단 이후 30년이 넘도록 시집 한 권 없이 살아오면서 자필로 시를 써서 묶어놓은 시편들을 보여주었는데 (고정희의 경우와 어찌 그리 흡사했는지……), 질리고도 남을 추상 같은, 뼈밖에 안 남은 부처상을 생각게 하는 작품집 준비 원고들이었다. 시에 대한 염결성, 예술 전반에 대한 폭넓은 독학의 과정을 전해 들었던 것도 나로선 행운이었다. 한편으로 두려웠다. 내 스스로 실현한다고 한 문학적 삶이란 껍데기 같은 것 아닌가! 그는 어떤 소속도 안 된 채로 시만, 아무것도 잘 할 수 없어서 기어이 시만 쓰고 살았다는 말과 함께 그러나 통과의례는 리얼리즘이다, 라며 넌지시 작가회의의 경향 속에서 활동하는 것도 필요하다고 조언해 주었다. 그렇게 나는 〈민족문학작가회의 순천지부〉의 창립멤버로 뜨거운 몇 년을 보냈던 것도 같다.

죽음, 세 번째 고개: 내 생애 세 번째 죽음의 너울을 뒤집어쓰고 만 사태, 이젠 나 자신이었다. 두 번째 시집 『동그라미, 기어이 동그랗다』에 실린 '죽음이라는 밥'에 나타난 내 실존은 또다시 시지프스의 바윗덩이를 저 산꼭대기로 올려야 하는 형벌에 못지않은 가혹하도록 엄혹한 시간들로 잠입하고 있었다. 순천작가회의 회원들은 회원 아닌 형제에 가까웠다. 그들의 서로에 대한 헌신적 사랑은 감히 그 어떤 단체에서도 흉내 낼 수 없을 만큼 서늘하고 깊었다. 오죽하면 기관지를 『사람의 깊이』로 했을까. 깊었던 만큼 내가 받은 시련에 대한 사랑과 관심도 뜨거웠다. 그들의 사랑이 없었더라면 난 홀로 깊은 죽음의 심연을 맞이하고도 남았으리라. 그 와중에 내 활동은 침잠할 수밖에 없었는데, 아프기 몇 년 전에 인연을 맺은 한 사람이 오철수 시인이다. 그와 함께 니체를 읽고 시평을 쓰고(오마이뉴스에 연재), 그땐 다소 생소했던 온라인 카페 활동(아모르 파티)을 했다. 아파 있던 그때, 밥 한 술도 자연스럽게는 먹기 어려운 상황, 가라앉아 가는 목선의, 물에 빠진 내 작품들을 건겨(죽을까 봐 빨리빨리!) 첫 시집을 묶어주었다. 『나비 그리는 여자』, 그 안에 실린 몇 편의 시에 당연히 그때의 비참과 가여운 내 영혼의 근황을 귀뜸해 놓은 듯하다. '성(城)' '생명의 그물' 등. 그러나 작금의 내 삶의 현주소는 내 일상의 못다 푼 황홀의 한 귀퉁이를 환히 밝히고자 지은 내 호 '놀자' 처럼 매주 즐거운 주말 만들기에 맞춰져 있다. 산으로 바다로, 모래알처럼 발바닥을 간질이는, 파도처럼 내 살갗을 감미롭게 하는 시간들을 즐기며 살아가는 데에 있다. 어언 10년을 훌쩍 넘긴 죽음의 그림자는 이제 매 시간 최고의 어린아이의 순수성을 잘라 만든 옷 한 벌을 걸치고 날아다니고 있는 내 뒤를 쫓는 일은 포기한 것 같다. 월화수목금금금이 아니라, 빈자틈자놀자로 살고 있는 내 자신이 한없이 귀엽다! 위버멘쉬는 아니더라도, 그냥! 스스로 그러하게!가 내 주요 현재생의 실천덕목으로 나를 견인하고 있다.

4

순천작가회의의 면면: 그 무렵이 어쩌면 내게 찾아온 죽음의 그림자처럼 독특하고(그런 경험 없인 늘 은유의 늪에서나 헤매었던 나였으니), 그러나 매우 당당한 활동상을 자랑하던 순천작가회의의 전성기의 시작이었을까. '제9회 영호남문학인대회'를 기획하고 이끌었던 그해(2000년)는 전국에서 구름같이 몰려온 작가들의 경탄에 발맞춘 행사를 거뜬히 완성시키면서 놀라운 저력을 보여주기도 했다. 신생의 나이 3살 때, 사백 명에 가까운 참여자를 모신 대회가 어찌 그리 쉬웠을까! 나종영 박두규 김청미를 중심으로 우리는 신기에 가까운 통솔력과 민족문학작가

회의의 만화방창 화기애애를 연출하였는데, 한마디로 "순천작가?! 왜 이리 멋진겨?" 뜨거움의 시공간을 여기에 모아놨구나! 했다. 그 이후에 전국으로 번진 그 화합의 대회는 〈한국작가회의 전국문학인대회〉(현재명)로 결실을 맺기에 이르렀다. 영호남만이 아니다, 우리 모두다!하는 화두의 씨앗이 되었던 것이다. 2016년 2017년에 이르러 늦게 이 단체의 회장을 맡은 나는 큰 대회를 연속적으로 치렀다. 〈아시아문학페스티벌 순천대회〉 등… 우리는 어떻든 어디에서 개최되든 매년, 매 대회를 빠짐없이 참여하여 광주전남, 나아가 한국작가회의의 중심 역할을 마다하지 않았다. 순천작가회의! 결코 작은, 남녘의 지역 단체만은 아닌 것!

5

사회적 역할: 내 개인적으로는 오래전부터 여수와 순천을 출퇴근하며 하던 일이 있었다. 아이들을 가르치면서 주부들을 대상으로 한 인문학 토론 모임이었다. 여수의 시립도서관과 여성인력개발센터, 학생문화회관 등에서 주로 '독서논술지도자' '문학아카데미' 강의를 맡아 하면서 만난 사람들이었다.

대중강좌의 한계는 일정한 기간을 수료하면 그만인 데에 있었다. 그 한계를 극복하고자 강의실(놀이터 개념)을 따로 마련하여 모임을 꾸렸다. 그들과 함께 교육 관련 책이나 문학, 심리학, 역사철학 등 아이들을 문제없이 키우고자 한 열망도 채우고, 스스로 사회적 삶이나 자신의 정체성 등에서 고민해온 주제에 걸맞는 여러 장르의 책을 읽으며 자존감을 찾아가는 데에 심혈을 기울였다. 아이들은 밝고 안정감 있게 커가고, 스스로는 엄마의 역할을 잘하고 있다는 성취감에 많은 이들이 오래토록 함께 시간을 꾸려왔다.

참여 회원들은 길게는 15년이 넘게 지금까지 활동을 계속하고 있는 경우도 있다. 그들은 미국으로 싱가폴로, 호주로, 서울로 떠났다가도 여수로 돌아오면 이민숙을 찾아왔다. 그곳에 붙박여 인문학의 아둔함으로 자리를 지켜준 한 인간에게 웃음으로 보답하며 들어서는, 회자정리(會者定離) 거자필반(去者必返), 무상(無常)이라 해도 좋았다. 그것이면 충분했다. 그 안의 시(詩)라는 돌이킬 수 없는 아모르 파티!

지금 내 삶의 중심으로 자리 잡은 〈샘뿔인문학연구소〉, 〈빗살문학〉 등의 단체는 그때부터 꾸준히 함께해 온 구성원들이 존재론적 가치를 구현하고 있다고 자부하고 있는데, 그러한 소박한 시간의 궤적을 갖고 있다. 20년쯤(죽을 만큼 아팠지만 몇 개월 쉬지 않고 계속해온), 대중강좌와 개별적 인문학 토론모임, 창작모임을 함께 이끌어왔다. 여수시립 도서관 운영위원의 역할도 꾸준히 해 왔는데, 〈샘뿔인문학연구소〉도 여수시에 등록된 유일한 성인 관련 인문학 '작은도서관' 이다.

두 번째 시집 『동그라미, 기어이 동그랗다』를 받아보신 구중서 선생님(당시 한국작가회의 이사장)은 내 삶의 핵심 역량을 친히 평가한 후 『유심』 '권두언' 에 인문학적이며 공동체적 삶의 구현체로서의 미래 비전을 '이민숙의 여수 상황' 을 예를 들어 언급한 바도 있다. 어떤 의미로는 내 삶의 사회적 역할에 대한 가장 긍정적인 평가가 아니었나 싶다.

지금 현재의 광주전남 문학이 따로 또 함께 내 어깨를 두드려주고 있다. 그 안의 여러 선후배 문학인들에 대해서는 나 아닌 문학사적 궤적으로도 환히 드러나는 내용들이므로 따로 언급하지 않으려고 한다. 소박하고 소박한 나의 역할을 내용으로 이런 글을 쓰고 맺으려고 하니 부끄럽기 그지없다. 어떤 상황이 오더라도 내 삶의 충실성을 통해 역사 속 인물들과의 연대를 돈독하게 할 마음으로 하루하루를 살아갈 뿐이다. 대지인 어머니와 같은 뜨거운 사랑이라는 언어를 필두로 우주적 에너지를 내게 주고 있는 문학에 고개 숙인다.

광주의 문학정신과
그 뿌리를 찾아서

초판1쇄 펴낸 날 | 2019년 1월 28일
초판2쇄 펴낸 날 | 2019년 7월 19일

지은이 | 이승철
펴낸이 | 송광룡
펴낸곳 | 문학들
등록 | 2005년 8월 24일 제2005 1-2호
주소 | 61489 광주광역시 동구 천변우로 487(학동) 2층
전화 | 062-651-6968
팩스 | 062-651-9690
전자우편 | munhakdle@hanmail.net
블로그 | blog.naver.com/munhakdlesimmian
값 25,000원

ISBN 979-11-86530-66-5 03800